O OURO DE MEFISTO

ERIC FRATTINI

O OURO DE MEFISTO

A Organização Odessa, "O Escolhido" e a Corrida Contra o Tempo para Impedir a Ascensão do Quarto Reich

Tradução

Gilson César Cardoso de Sousa

JANGADA

Título original: *El Oro de Mefisto.*

Publicado mediante acordo com Pontas Literary & Film Agency, Espanha.

Texto de acordo com as novas regras ortográficas da língua portuguesa.

1ª edição 2012.

Coordenação editorial: Denise de C. Rocha Delela e Roseli de S. Ferraz

Revisão técnica: Adilson Silva Ramachandra

Créditos da capa: www.masgrafica.com

Revisão: Claudete Agua de Melo

Diagramação: Join Bureau

Dados Internacionais de Catalogação na Publicação (CIP)
(Câmara Brasileira do Livro, SP, Brasil)

Frattini, Eric
O ouro de mefisto / Eric Frattini ; tradução: Gilson César Cardoso de Sousa . – São Paulo : Jangada, 2012.

Título original: El Oro de Mefisto
ISBN 978-85-64850-10-1

1. Ficção espanhola I. Título.

12-04486 CDD-863

Índices para catálogo sistemático:
1. Ficção : Literatura espanhola 863

Jangada é um selo da Editora Pensamento-Cultrix Ltda.

Direitos de tradução para o Brasil
adquiridos com exclusividade pela
EDITORA PENSAMENTO-CULTRIX LTDA.
Rua Dr. Mário Vicente, 368 — 04270-000 — São Paulo, SP
Fone: 2066-9000 — Fax: 2066-9008
E-mail: atendimento@editorajangada.com.br
http://www.editorajangada.com.br
que se reserva a propriedade literária desta tradução.
Foi feito o depósito legal.

Ao Hugo, meu maior tesouro,
por estar sempre presente
e me dar, a cada dia de sua vida, seu amor.

À Silvia, por seu incondicional apoio
em tudo o que faço.
Sem ela, não conseguiria escrever.

Agradecimentos

À *Dokumentation Obersalzberg* por sua amabilidade ao me permitir consultar seus arquivos e penetrar no mundo dos hierarcas do Terceiro Reich no Obersalzberg.

À *Tipography of Terror Foundation* de Berlim por me facilitar toda a informação necessária sobre o organograma da SS, a Gestapo, o Escritório Central de Segurança do Reich (RSDH) e as plantas da sede do quartel-general na Prinz-Albrecht-Strasse de Berlim.

Ao *Centro Simon Wiesenthal de Paris* por sua ajuda nas informações sobre os nazistas evadidos da justiça.

Ao *Institute of Documentation for the Investigation of Nazi War Crimes* em Haifa, Israel, por me fornecer toda a documentação relativa ao julgamento de Adolf Eichmann em Jerusalém e as fotos dele na prisão de Ramla.

Ao meu amigo *Patxi Vélez*, da Embaixada da Espanha em Berlim, por nossas longas conversas e seus valiosos conselhos.

Aos amigos da página da web *U-Historia* (www.u-historia.com) por sua magnífica documentação, que me permitiu relatar em detalhe a vida a bordo do U-977 e do U-530.

Ao meu amigo *Antonio R. Nolasco,* diretor do Instituto Gemológico de Madri (IGM), pela informação pormenorizada que me deu sobre o ouro, seu comércio e sua manipulação.

Ao meu amigo *Jesús Bastante* por sua assessoria em temas religiosos que envolvem meu personagem August Lienart em seus anos de seminarista.

À hemeroteca do diário *ABC* de Madri por me permitir o acesso ao seu valioso material histórico.

Ao meu amigo *José Miguel Carrillo de Albornoz* por me ajudar a superar a síndrome da página em branco.

À *Federación Española de Parkinson* pela meticulosa informação sobre essa enfermidade, de que Hitler padeceu em seus últimos meses de vida.

Aos meus amigos do *Hotel Sevilla* de Havana por sua ajuda durante a coleta de documentos para este livro.

A *Andrea Somma*, *Alessandro Moriccioni* e *Massimo Garofalo* por seu auxílio na documentação da Roma do pós-guerra.

Aos meus amigos *Salvador Badillo*, *Patricia Abella*, *Sandra Vidosa* e *Carmen Flores* por sua colaboração desinteressada durante a configuração deste livro.

Aos meus amigos de *Foros del Misterio* (www.forosdelmisterio.es) da Espanha e de *Terra Incognita* (www.terraincognitaweb.com) da Itália, e aos meus *Amigos do Facebook* por seu constante apoio a toda a minha obra. Agradeço-lhes de coração.

Ao meu filho *Hugo Frattini* por corrigir meu precário italiano.

Aos meus amigos do histórico *Café Gijón* de Madri por me alimentarem magnificamente durante o desenvolvimento deste livro.

Aos meus amigos *general Félix Hernando* e *tenente-coronel Manuel Llamas*, da Guarda Civil, por sua assessoria desinteressada em alguns pontos deste livro.

À minha querida *Belén Bermejo* pelas horas que passamos no Café Gijón, nosso "quartel-general" particular, conversando sobre a trama deste livro. Sem ela e sem seu implacável lápis vermelho, tudo teria sido muito mais difícil para mim.

A *Miryam Galaz*, minha "adorada" editora, pelo carinho com que tratou a obra. Com ela conversei horas e horas a respeito do enredo e dos personagens de *O Ouro de Mefisto*.

E, é claro, um agradecimento muito especial ao meu querido amigo *Juan Ignacio Alonso*, que me tomou pela mão como o fez em meus romances anteriores, discutindo longamente seu enredo. Quanta paciência comigo!

Uma parte deste romance é de todos eles...

"Tudo o que existe merece perecer."

– Mefisto

(*Fausto*, Goethe)

Saint Paul, Minnesota, 1958

A neve já havia começado a invadir a cidade. Todas as ruas estavam enfeitadas para a celebração do Dia de Ação de Graças e para receber a cavalgada. Alguns meninos vendiam bilhetes para um sorteio cujo objetivo era arrecadar fundos para comprar perus que seriam doados aos orfanatos da cidade. Kermit Marzec gostava do estilo de vida americano. Gostava do trabalho, dos amigos, da família, da vida que levava nos Estados Unidos.

Fazia pouco menos de uma década que emigrara da Europa em ruínas, fugindo de um pós-guerra de fome e miséria, sem um centavo nos bolsos. Nos Estados Unidos, adquirira sólida fama de empresário tenaz e habilidoso, mas, sobretudo, de amigo de seus amigos. Marzec era até membro da honorável Câmara de Comércio de Saint Paul. Sua empresa de sucata, a Marzec's Enterprises Scrap Metal, com sede às margens do Mississípi, havia se tornado um dos patrocinadores oficiais da equipe de futebol local. Tudo era perfeito na vida de Marzec. Conhecera a esposa, Margaret, logo que pôs os pés em solo americano e tinha dois filhos: John, de 9 anos, e Michael, de 8.

Ker, como era conhecido entre os amigos, ia todas as manhãs ao Tony's, um café onde costumavam reunir-se os veteranos que haviam combatido nos campos de batalha da Europa. Marzec, acompanhado dos filhos, gostava de ouvir daqueles homens, alguns deles mutilados, as histórias de como tinham salvado a Europa da Alemanha nazista. Inclusive sentia-se orgulhoso de viver no mesmo país em que aqueles homens viviam.

– Olá, Ker! Olá, meninos! – saudou o dono do estabelecimento. – O que vão querer?

– Ovos, feijão, bacon bem passado, torradas de pão branco, café para mim e chocolate para os garotos – respondeu Marzec.

Enquanto comia, Marzec leu o jornal, que informava na primeira página sobre os graves incidentes ocorridos em Little Rock, Arkansas, entre racistas brancos e manifestantes negros que exigiam a aplicação da lei contra a discriminação racial nas escolas. Nas fotos, viam-se os racistas cuspindo nos paraquedistas que o presidente Eisenhower enviara para impor o cumprimento da lei.

– Não sei aonde vamos chegar neste país. Cidadãos americanos cuspindo em soldados americanos... – suspirou Marzec.

– É curioso – interveio o garçom. – Antes, nós os recebíamos como heróis que haviam dado uma surra naquele sanguinário do Hitler e hoje cuspimos neles, no Arkansas.

– Vamos, meninos, hora de ir para a escola – interrompeu Marzec, atirando sobre a mesa duas notas de 1 dólar.

Os três entraram no Ford Fairlane 500 da família e percorreram a Grande Avenida até a rua St. Albans. Ao chegar à porta do colégio, Marzec se abaixou e abriu a porta para os garotos descerem. Depois de beijar cada um deles na testa, acomodou-se de novo ao volante e voltou pela Grande Avenida a fim de tomar a Estadual 35 para leste. No rádio, soava a voz de Bill Haley E Seus Cometas interpretando o último sucesso do conjunto, *Don't Knock the Rock.* Chegando à rodovia Shepard, virou à direita e cruzou a ponte sobre o Mississípi para entrar na zona industrial da cidade. Em seguida, virou de novo à direita e subiu pela rua Filmore em direção a um grande conjunto de fábricas que se erguiam num descampado. Um enorme letreiro da Marzec's Enterprises Scrap Metal coroava o prédio maior.

Era cedo. Nem Lucy, sua secretária, havia chegado ainda. Kermit Marzec saltou do carro para abrir a grande porta metálica e entrou com o Ford no estacionamento, onde vários caminhões haviam deixado uma carga de ferro-velho.

Com a garrafa térmica de café em uma das mãos e um saquinho de biscoitos preso aos dentes, procurou as chaves da porta principal no bolso do paletó. Nesse momento, percebeu que havia uma sombra ao seu lado. O misterioso visitante, cujo rosto Marzec não conseguiu ver, num movimento rápido passou um arame fino em volta de seu pescoço e estrangulou-o ali mesmo, em questão de segundos. O café quente, caindo sobre o carpete barato, misturou-se à urina de Marzec, que não conseguira conter a bexiga enquanto lutava desesperadamente para levar um pouco de ar aos pulmões.

O desconhecido, de porte avantajado, levantou o cadáver de Marzec como se fosse um boneco e colocou-o no porta-malas do Ford. Em seguida, entrou no carro e estacionou-o em frente à prensa de sucata. Não tardou para que o Ford se transformasse num cubo metálico informe, de onde escorriam pequenos filetes de sangue por um dos lados. Pouco depois, o assassino desapareceu do local tão rapidamente quanto havia surgido.

Finsbury Park, Londres

O doutor Daniel Bergman representava o perfeito pediatra de bairro. Morava em uma casa úmida de dois andares da rua Seven, no subúrbio londrino de Finsbury Park. Instalara-se ali no final da guerra, e a sua clínica pediátrica era uma das melhores da cidade. Atendia, de preferência, crianças de famílias pobres. A clínica estava sempre aberta aos mais necessitados, e o próprio doutor Bergman ia à casa de seus pequenos pacientes em situações de emergência, não importando a hora ou o clima. Mesmo famílias ricas levavam seus filhos à clínica, para que o bom doutor as atendesse. Bergman era muito hábil em tranquilizar os pequenos, quer precisasse engessar um osso quebrado ou curar alguma enfermidade como o sarampo ou a escarlatina. As crianças adoravam aquele médico simpático que as acalmava com um doce e uma pergunta: "De quem você gosta mais? Do papai ou da mamãe?".

O doutor Bergman cuidava muito da aparência. Tinha mãos finas, dedos compridos, e estava sempre com as unhas perfeitamente aparadas. Vestia roupas de lã tanto no inverno quanto no verão.

Como sempre fazia todas as manhãs, Helen, sua enfermeira, abriu o consultório e pôs-se a organizar os prontuários. Às cinco da tarde, o doutor atendia a seu último paciente.

– Doutor, quer que eu feche a porta por fora? – perguntou a enfermeira, antes de sair.

– Sim, Helen, obrigado. Vou ficar por aqui mais um pouco. Amanhã, começaremos bem cedo. Já disse à senhora Cadweld que eu jantarei enquanto estiver arrumando estas fichas.

– Então, boa noite, doutor.

– Boa noite, Helen.

Fazia um mês que a governanta estava trabalhando para o doutor Bergman. Dedicada, honesta e disciplinada como uma alemã, o médico a contratara justamente por causa de seu caráter.

– Onde quer jantar, doutor Bergman? – perguntou a governanta.

– No escritório lá em cima – respondeu o médico.

– Preparei caldo de galinha e refogado de carne. Subirei com a bandeja num instante – disse a mulher.

– Ótimo. Também subirei logo, depois de organizar estas fichas.

A mulher fechou a porta ao sair, deixando o médico a sós no consultório. Meia hora depois, alguém bateu de leve. Era de novo a senhora Cadweld.

– Deixei a bandeja no escritório. Se o senhor se atrasar, a comida esfriará.

– Obrigado, senhora Cadweld, mas não fique me mimando como se eu fosse uma criança. Daqui a pouco eu subo.

Bergman se levantou e foi para o andar de cima, onde encontrou a governanta com o guardanapo nas mãos, pronta para colocá-lo em seu pescoço.

Bergman aproximou-se do prato, fechou os olhos e inspirou o aroma da carne com legumes.

– Que cheiro gostoso... – disse, antes de sentar-se.

Depois de alguns minutos, a senhora Cadweld ouviu um barulho no escritório. Ao entrar, viu o médico caído no chão, sufocado pelo próprio vômito e tentando desesperadamente respirar. Enquanto a vida escapava de seus pulmões, Daniel Bergman viu a senhora Cadweld olhando-o do sofá, onde havia se acomodado para contemplar tranquilamente a cena. Constatando que o pediatra estava morto, a governanta lavou bem os pratos para eliminar quaisquer traços do hexobarbital, colocou um chapeuzinho e uma capa, saiu da clínica e desapareceu na noite.

Oulu, Finlândia

As fortes nevascas haviam deixado toda a região sem o serviço de entrega do correio, e Seppo Törni, o carteiro, tinha bastante trabalho a fazer. Apesar da inclemência do tempo, Seppo queria encerrar logo o expediente para se dedicar a duas atividades de que gostava muito: a caça e o esqui. Após chegar à Finlândia como refugiado, depois da Segunda Guerra Mundial, vivia aos tropeços. Primeiro, trabalhara como empacotador em uma fábrica de papel em Tyrnävä; em seguida, fora soldador num estaleiro de Turku; e, por fim, estabelecera-se na longínqua Oulu, onde encontrou uma cabana isolada e um emprego cômodo no serviço de correios finlandês. Ali, ninguém fazia perguntas.

– Bom dia, Seppo – cumprimentou-o o senhor Haukanen. – Faz tempo que você não nos traz a correspondência.

– Culpa da neve, senhor Haukanen. Mas o serviço já foi normalizado e creio que não haverá problemas até a próxima nevasca – explicou Törni.

Depois de entregar todas as cartas, já por volta do meio-dia, Seppo Törni regressou em sua pequena motocicleta para a cabana, situada num desvio da estrada para Muhos. Quando entrou, algo se ergueu inesperadamente diante dele. Sem poder reagir, deixou que seu cão da raça husky lhe lambesse o rosto e saltasse à sua volta.

– Deixe-me, Keisari, sossegue – ralhou Törni, empurrando o pesado corpo do animal. – Ainda temos luz para sair e caçar um pouco.

Seppo Törni pôs a espingarda no ombro e calçou os esquis para entrar no bosque que rodeava a cabana, acompanhado de Keisari. De repente, a uns quinhentos metros, avistou um animal que parecia uma raposa branca escavando a neve em busca de raízes para comer. Sem fazer o menor ruído, ele ergueu a espingarda e mirou o corpo do animal. Conteve a respiração enquanto o dedo pressionava lentamente o gatilho. Mas, antes que a bala pudesse sair pelo cano, um barulhinho seco rompeu o silêncio do bosque. Um projétil havia atingido o crânio do carteiro. O corpo de Seppo Törni ficou estirado no chão, com a cabeça em pedaços, no meio do nada, enquanto o sangue tingia a neve ao redor. A uns setecentos metros do cadáver, um hábil atirador guardou cuidadosamente sua arma na mochila e se perdeu na imensidão da paisagem.

I

Estrasburgo, 1944

No dia 10 de agosto, treze homens – todos eles banqueiros poderosos, magnatas da indústria, oficiais das SS e da Gestapo, membros da Chancelaria e do Reichsbank – foram obrigados a abandonar seus empregos e seus destinos para comparecer a um hotel da cidade ocupada de Estrasburgo, na fronteira franco-alemã.

O major das SS Helmut Voss percorria nervoso a sala luxuosa, no meio da qual se destacava uma elegante mesa de mogno envernizado. Não podia faltar nada, tudo tinha de dar certo. Sem pontas soltas. Ao redor da mesa, viam-se catorze cadeiras e, diante delas, catorze cadernos em cujas páginas se podia notar o desenho de uma águia com as asas abertas, que mantinha entre as garras uma coroa de louros que emoldurava uma suástica.

Em uma ampla sala contígua, uma mesa comprida ostentava uma baixela de prata e taças de cristal da Boêmia. Tinham sido trazidos, para o evento que se iniciaria dentro de poucas horas, lagostas frescas, caviar do mar Cáspio, ostras da Normandia, *foie gras*, champanhe Bollinger, charutos cubanos e os mais selecionados e caros vinhos.

– Nossas instruções são claras. A baixela é muito valiosa – disse o mordomo a um dos garçons liberados por um destacamento da SS especialmente para a ocasião. Enquanto isso, uma secretária escrevia à mão, em cartões, os nomes dos convidados.

– Major? – chamou o mordomo.

– Sim – respondeu Voss.

– O taquígrafo chegou.

– Perfeito – respondeu ele, e, dirigindo-se ao taquígrafo, acrescentou: – Pode se acomodar. Darei as instruções mais tarde. Quantos rolos você trouxe?

– Cinco, senhor.

– É muito. Em poucas horas, a reunião estará terminada – sentenciou Voss.

O major Helmut Voss foi para os fundos da sala. Ali, aguardava-o a secretária com sua túnica nas mãos. Estendeu os braços para trás a fim de facilitar a tarefa da mulher. Sentiu-se bem depois de vestir a túnica. Trazia ao pescoço o duplo S rúnico e, ao peito, toda uma brilhante história militar: a Cruz de Ferro, que ganhara em combate quando servira nas Waffen SS, a Cruz de Danzig de Primeira Classe, a Medalha dos Sudetos, a Faixa do partido nazista por seus primeiros dez anos de militância e a Faixa de Serviço de Polícia por seus dezoito anos de trabalho. Essa última lhe fora entregue pelo próprio Führer durante uma concorrida cerimônia na Chancelaria.

– Sorria... – pediu Voss à nervosa secretária. – Hoje é um dia glorioso para o futuro do Reich.

Os primeiros convidados começaram a chegar.

– E o convidado principal? – perguntou um deles a Voss.

– Ainda não chegou. Se quiserem alguma coisa, cavalheiros, não hesitem em pedir a um assistente ou a mim – prontificou-se o major.

– Para que fomos chamados? Qual é o tema da reunião? – perguntou um dos convivas a Voss.

– O tema de todas as reuniões: poder, consolidação do poder – respondeu o militar, procurando assim encerrar o assunto.

A poucos quilômetros dali, um veículo atravessou em grande velocidade a ponte do Teatro rumo à praça de Broglie. O Mercedes preto não exibia nenhum distintivo que identificasse o passageiro. Ninguém deveria saber que ele estava naquela cidade.

O carro, dirigido por um funcionário da Chancelaria, reduziu a velocidade e entrou à esquerda, pela rua da Haute Montée, e seguiu até a praça central de Kléber. Seu misterioso passageiro olhou para fora e avistou a torre da catedral de pedra rosada do século XV, que se confundia com os telhados multicoloridos do centro histórico da cidade.

O visitante voltou sua atenção para os grossos relatórios que conservava sobre os joelhos. O primeiro, de caráter militar, detalhava o avanço dos exércitos aliados que haviam desembarcado nas praias da Normandia havia pouco menos de dois meses. O segundo, de caráter policial, explicava os acontecimentos do mês anterior, mais precisamente de 20 de julho, quando um grupo de oficiais de alta patente da Wehrmacht, liderados pelo coronel Claus von Stauffenberg, tentara dar cabo da vida do Führer em seu quartel-general de Rastenburgo, conhecido como Wolfsschanze ou a Toca do Lobo.

– Malditos traidores ineptos! – exclamou o passageiro do Mercedes, atirando para um lado o dossiê policial. Os informes e as fotografias que ele continha ficaram espalhados sobre o assento de couro. Os rostos dos cadáveres de Von Haeften, Olbricht, Von Quirnheim, Von Witzleben, Hoeppner, Bernardis, Klausing, do general Beck e do próprio Von Stauffenberg miravam do nada o passageiro misterioso. Alguns deles pendiam de ganchos de açougueiro numa fria sala da prisão de Plötzensee.

O relatório militar, com a tarja de "altamente secreto" na primeira página, pormenorizava os avanços dos exércitos inimigos a partir das praias normandas. A 88ª Divisão norte-americana já passeava por Roma desde 4 de junho.

– Fantoche pomposo e covarde – grunhiu o passageiro do Mercedes referindo-se ao Duce, enquanto continuava folheando o informe pessimista elaborado pelo alto-comando da Wehrmacht.

Dois milhões de soldados inimigos, em meio milhão de veículos e carregando 3 milhões de toneladas de material de guerra, rumavam sem encontrar resistência para o coração do Reich. Carenton havia caído em 12 de junho; Larteret e Portbail, no dia 18; e Roule, quartel-general do exército alemão, no dia 25. No dia 30 do mesmo mês, 6 mil soldados da Wehrmacht haviam se rendido em Haia. Por outro lado, em Caen, as Divisões Panzer conseguiram repelir a 7ª Divisão de Montgomery, mas o passageiro do Mercedes sabia que essa situação não iria durar muito. Era uma corrida contra o tempo. Precisava agir rápido, pois a missão que o levara ali podia ser considerada vital para a sobrevivência do Reich.

O Mercedes freou abruptamente diante da porta do hotel Maison Rouge, também na praça Kléber. O porteiro do estabelecimento saltou os três degraus da entrada e percorreu rapidamente o tapete vermelho que o separava da porta do veículo.

Nesse momento, um grandalhão da Gestapo que ocupava o assento dianteiro já se postara ao lado do carro. Deteve com um gesto o funcionário do hotel e abriu a porta. O poderoso passageiro desceu e se dirigiu ao edifício.

– Bom dia, senhor – saudou o gerente quando o recém-chegado se aproximou da recepção. – Pedirei a um mensageiro que o acompanhe até o salão azul, onde o esperam.

– Não se incomode – respondeu o homem –, sei onde é.

E, escoltado por dois agentes da Gestapo, enveredou pelos longos corredores até uma das portas ao fundo. Lá dentro, podiam-se ouvir as vozes dos convidados para o encontro secreto que logo começaria.

Quando entrou no salão, quase todas as pessoas que lá estavam deram um passo atrás e bateram os calcanhares com força, em posição de sentido.

– *Heil, Hitler!* – bradaram em uníssono, estirando o braço.

– *Heil, Heil...* E agora fiquem à vontade. Esta reunião deve permanecer no mais absoluto sigilo e, para isso, suas saudações não contribuirão em nada. Cavalheiros, se continuarmos agindo assim, nós não acabaremos nunca. A saudação ao nosso Führer ficará suprimida até terminarmos nossos trabalhos aqui – ordenou.

O major Voss se adiantou e garantiu ao recém-chegado que todos os presentes estavam prontos para começar. Aqueles homens, em sua maior parte idosos e com aparência de banqueiros, envergando elegantes trajes ingleses feitos por encomenda, aproximaram-se para estender a mão ao importante personagem. Só alguns continuaram no fundo do salão. Nem todos simpatizavam com aquele tipo baixinho, um pouco gordo, que alguns anos antes havia se convertido na sombra perigosa do Führer. Seu nome era Martin Bormann.

– Bormann e suas reuniões. Ele gosta de encontros secretos – cochichou um convidado ao ouvido de outro.

Na realidade, a ninguém interessava desentender-se com uma figura tão poderosa, e todos ali sabiam disso. Muitos tinham financiado não só as aventuras militares de Hitler e o abastecimento da Wehrmacht desde 1939, mas também, anos antes, o Partido Nacional-Socialista e a ascensão do próprio ditador ao ápice do poder. Embora isso pudesse lhes dar certa margem de manobra política perante o Führer, a maior parte sabia que isso não bastava para acabar com a influência daquele camponês. Nenhum dos homens elegantes ali reunidos tinha a mínima intenção de ir parar no campo de concentração de Dachau, como havia acontecido pouco antes com o poderoso presidente do Reichsbank, Hjalmar Schacht. Tampouco os militares presentes ousariam contradizer aquele homem rústico da Baixa Saxônia. Se o fizessem, poderiam acabar como simples combatentes na frente russa, sob a denominação "zum Verheizen", que na gíria significava "incineração".

Naquela época, muitos já tinham ouvido dos lábios do próprio Führer a sentença: "Quem está contra Bormann está contra o Estado". O secretário do chanceler exibia uma profunda cicatriz na fronte. Alegava que a havia adquirido numa briga de rua contra os comunistas, em seus primeiros anos de partido, na década de 1920; mas existia um boato de que aquela cicatriz fora feita por uma prostituta, que lhe arranhara o rosto porque ele não quis pagar seus serviços. Sem dúvida, a primeira versão era muito mais romântica e ajudava-o a formar uma imagem de si mesmo que fugia da realidade.

– Vamos começar, cavalheiros. Por favor, queiram sair da sala todas as pessoas que não foram convidadas para este encontro – ordenou Bormann, apontando para os funcionários do hotel que se encontravam no salão.

– Acha que os americanos chegarão à Alemanha antes do Natal? – perguntou, interessado, um dos banqueiros.

– O que ocorreu na Normandia foi uma vergonha. Nosso exército deveria ter previsto o desembarque nas costas da França. Em vez disso, os figurões estavam ocupados conspirando contra nosso Führer – respondeu o secretário de Hitler, referindo-se ao marechal Erwin Rommel, que havia caído em desgraça recentemente.

– E como está nosso Führer, depois do atentado?

– É uma covardia da qual a Gestapo conseguiu cortar as raízes. Mas agora, querido amigo, sentemo-nos à mesa. O futuro do Reich está em nossas mãos – disse Bormann para seu interlocutor em tom misterioso.

– Há sobre a mesa cartões com seus nomes. Indicam o lugar que ocuparão nela até o fim do encontro – explicou Voss.

– Sentem-se, senhores – disse Bormann, enquanto cada convidado procurava seu nome e ocupava o assento correspondente. – Sinto tê-los feito esperar um pouco, mas creio que tenham experimentado um bom conhaque e um bom charuto. Tudo pronto?

– Sim, senhor – respondeu o taquígrafo, que havia se sentado no canto mais distante da mesa, ao lado do major Voss.

Bormann retomou a palavra.

– Embora possamos parecer crianças num acampamento, proponho que se apresentem seguindo a ordem em que estão sentados. Nem todos aqui se conhecem. Eu serei o último.

– Bem, então acho que sou o primeiro – disse o homem à direita de Bormann. – Meu nome é Walther Funk, presidente do Reichsbank.

Depois, foi a vez do convidado à direita de Funk, um tipo alto, de bigode e profundos olhos azuis.

– Bom dia, cavalheiros. Chamo-me Emil Puhl, sou economista do partido, vice-presidente do Reichsbank e especialista em operações financeiras de alto risco.

Puhl, que comia e tratava com os grandes banqueiros de Zurique e Berna, sabia também negociar habilmente com os traficantes da Bahnhofstrasse e os contrabandistas de matérias-primas da Paradeplatz. Bormann precisava daquele homem para levar a cabo seu plano.

– Sou o tenente-coronel SS Adolf Eichmann, chefe da seção IVB4, responsável pela prisão e deportação dos judeus em todo o território ocupado.

– Sou o capitão SS Alois Brunner, assistente do tenente-coronel Eichmann na seção IVB4. Desde novembro de 1939, encarrego-me das deportações dos judeus de Viena, da Morávia, da Tessalônica, de Niza e da Eslováquia.

– Bom dia, senhores. Mas, antes, gostaria de saber... – começou o personagem que devia apresentar-se em seguida.

– Por favor, teremos muito tempo para perguntas – interrompeu Bormann, levantando a mão. – Agora só peço que os restantes se apresentem.

– Pois não. Sou Friedrich Flick, magnata do carvão e do aço.

– Meu nome é Carl Krauch – disse o próximo –, presidente do Conselho de Administração da IG Farben.

– Bom dia, senhores. O meu nome é Georg von Schnitzler, químico e membro do conselho da IG Farben.

A seguir, foi a vez de um homem de cabelos grisalhos e olhar penetrante, a quem Bormann tratava com extrema delicadeza e muito respeito.

– Quase todos vocês já me conhecem. Sou Gustav Krupp von Bohlen und Halbach, presidente do conglomerado Krupp AG.

– E eu sou o filho dele, Alfried Krupp von Bohlen, atual diretor executivo das indústrias Krupp AG – disse o jovem sentado ao lado do poderoso magnata.

– Meu nome é Kurt von Schroeder, banqueiro especialista em operações financeiras internacionais – apresentou-se o homem de bigode e óculos redondos que estivera conversando com Bormann antes do início da reunião.

– Também sou conhecido pela maior parte dos senhores, mas, como o secretário Bormann quer que nos apresentemos, eu o farei. Sou Albert Vögler, industrial, especialista em armamentos e filantropo.

– Bem, sou o último – disse um homem que permanecera em silêncio até aquele momento – e, sem dúvida, o único que não é alemão aqui. Espero, porém, que isso não lhes cause desconfianças. Meu nome é Edmund Lienart, sou empresário, financista e, mais importante para todos os senhores, um amigo muito próximo do Führer. Por isso eu vim.

Todos os assistentes olharam com curiosidade para aquele francês de cabelo curto e grisalho, bem-vestido e de óculos de armação metálica, sentado à esquerda de Bormann, que se declarava – sem rodeios – amigo íntimo de Hitler. Que papel lhe caberia no grande jogo esboçado por Bormann? Era o que todos ali se perguntavam.

– Agora, é minha vez. Queridos amigos, eu sou Martin Bormann, chefe da Chancelaria, líder do Partido Nacional-Socialista dos Trabalhadores Alemães, ministro do Reich e secretário particular do Führer. Como todos já nos apresentamos e somos amigos, o major Voss, que tão magnificamente organizou esta reunião, vai lhes transmitir uma série de indicações... digamos... de segurança. Adiante, major – convidou Bormann.

– Pois não, senhor. Cavalheiros, todos receberam papéis que vocês não devem copiar nem mostrar a ninguém, nem mesmo falar a respeito deles, exceto com seus superiores, caso os tenham. Todas as comunicações passarão por mim, que serei o único elo entre os senhores e o ministro Bormann.

O influente secretário de Hitler, de 45 anos, tinha memória de elefante e constituição física de um touro. Corpulento, de ombros arredondados e vigorosos, pescoço curto e grosso. Tinha o hábito de pender a cabeça para a frente, inclinando-a um pouco de lado. Krupp, que não tinha muita simpatia por aquele líder nazista, costumava compará-lo às lutadoras de Berlim, mulheres avantajadas que sempre aguardavam a oportunidade de ludibriar a adversária em seus combates na lama. Mas Bormann, sem dúvida, enganava à primeira vista. Na verdade, era bastante ágil para seu porte maciço. Tinha dedos gordos, cobertos de pelos negros, e nada escapava a seus pequeninos olhos perscrutadores.

Depois que os treze homens se calaram, Martin Bormann retomou a palavra:

– Os senhores já sabem qual é a situação militar em que nos encontramos. Falarei sem rodeios. Os exércitos inimigos avançam velozmente para a sagrada terra da Alemanha e nada os deterá. Sem dúvida, todos se surpreenderam ao ouvir isso de meus lábios, que pode até lhes parecer uma traição. Mas o que precisamos aceitar desde já é que o Reich, nosso glorioso Reich, tem seus meses, talvez suas semanas, contados – esclareceu Bormann, enquanto um murmúrio corria entre os assistentes.

– Por favor, por favor, não se alterem – pediu o ministro, procurando acalmar os ânimos enquanto tirava de sua valise de couro uma pasta volumosa contendo um informe militar redigido pelo alto-comando da Wehrmacht, que colocou sobre a mesa à vista de todos. – Nossas forças continuam resistindo a oeste, enquanto a leste o Führer foi avisado de que os exércitos bolcheviques conseguiram romper nossas linhas em vários pontos. Como a maioria dos senhores também sabe, Bruxelas caiu em mãos inimigas há apenas sete dias e os aliados já seguem em direção a Paris. Talvez a capital francesa seja tomada em breve.

– Nosso Führer tem algum plano pronto para deter os americanos? – perguntou Walther Funk.

Bormann desprezava aquele alcoólatra homossexual, totalmente analfabeto em questões de dinheiro. Suas análises financeiras eram tão imprecisas que, em tempo de paz, o melhor seria tirá-lo do mapa para ele não arruinar de vez a economia do país.

Martin Bormann ordenara à Gestapo que fizesse uma investigação sobre o presidente do Reichsbank. Gostava de ter informações sobre qualquer pessoa que se aproximasse dele ou pudesse ter acesso ao Führer. Ele interessava-se mais pelos aspectos psicológicos do que pelos políticos. A seu ver, o homossexualismo e o alcoolismo eram armas mais temíveis que a simpatia pelo regime comunista.

Funk, Walther. Desde 1939 deixou de estar à altura de seu cargo de ministro da Economia do Reich, já que suas funções passaram a depender do plano quadrienal e da Chancelaria do partido. Não gosta de viajar e, por isso, fica o tempo todo em Berlim trabalhando, quando o excesso de álcool não o impede, num escritório da Unter den Linden. Ao meio-dia, sai e vai a pé até a sede do Reichsbank. Quando se reúne com o Führer, jamais pergunta alguma coisa ou expõe algum ponto de vista, com receio de irritar o chanceler.

As pessoas mais próximas de Funk são Horst Walter, seu motorista, chefe de gabinete e conselheiro ministerial, e seu companheiro, o doutor August Schwedler. O ministro nunca aparece em Berna ou Zurique. "Talvez porque reconheça sua incompetência e não queira se medir com os banqueiros suíços", escreve à mão o agente da Gestapo ao pé da página. Funk não sabe coisa alguma de assuntos monetários, econômicos ou financeiros do Estado.

– Nosso Führer teme que o alto-comando não consiga deter o avanço inimigo para nossas fronteiras e, no momento, não pode revelar mais nada, como os senhores decerto compreenderão – desculpou-se Bormann em resposta à pergunta de Funk.

– O senhor poderá então nos dizer por que e para que estamos nesta reunião rodeada de tanto sigilo? Tenho muito trabalho a fazer e não é hora de deixarmos de lado nossas obrigações – protestou Krupp.

– Já vão saber o motivo da reunião – garantiu o líder nazista, com certo mistério na voz. – A chave de nosso encontro é Odessa.

– Odessa? – perguntaram ao mesmo tempo vários assistentes.

– Sim, Odessa, a sigla de Organisation der Ehemaligen SS-Angehörigen – esclareceu Martin Bormann enquanto examinava a expressão dos doze homens sentados à mesa.

– Terá de nos explicar o significado dessa Organização de Antigos Membros da SS – pediu o tenente-coronel Adolf Eichmann. – Por acaso planeja organizar uma associação de veteranos da SS?

– Responderei a todos se guardarem silêncio e me deixarem continuar... O Terceiro Reich poderá sucumbir, caso nosso Führer não conte com apoio suficiente dos militares para atirar ao mar os exércitos inimigos desembarcados na Europa. Devemos nos preparar para isso, de modo que se decidiu...

– Quando diz "se decidiu", a quem se refere? – interrompeu curioso o magnata Friedrich Flick.

– Senhor Flick, quer saber se o Führer está a par do plano? Pois devo dizer-lhe que, agora mesmo, ele se encontra em Berchtesgaden dirigindo a contraofensiva. Por esse motivo, eu vim em seu lugar.

– Então está aqui representando o Führer em pessoa? – indagou o velho Krupp.

– Sim. Sempre falo em nome de nosso glorioso Führer – respondeu Bormann. – E agora, se me permitirem, vou explicar a razão e a origem da Odessa, assim como o papel que todos os senhores deverão desempenhar nela. Somente a raça pode florescer na terra, por isso, os alemães de sangue ariano se purificarão e fortalecerão em contato direto com o solo germânico. Esse é o fundamento da *Deutsche Gemeinschaft*, a grande fraternidade alemã. Temos de preservar os melhores para dias melhores, os de sangue mais puro dessa confraria ariana. Temos de protegê-los não só para pôr a salvo o orgulho germânico, mas também para aguardar o momento da ressurreição, que trará consigo um glorioso Quarto Reich. Assim, convém escolher os melhores alemães para quando esse momento chegar. Eles deverão estar preparados para promover o renascimento de uma Alemanha nova e ainda mais poderosa.

Os presentes sabiam muito bem que nada do que o Führer fazia passava despercebido a Bormann. Esse camponês de nariz chato mantinha entre os dedos gordos os cordéis que manipulavam Hitler. Controlava todos os seus atos e ouvia com a máxima atenção os seus longos monólogos sem sentido. Movia-se pela corte do chanceler como uma comadre astuta, quase sem se deixar notar, à semelhança de um fantasma. Mas via e analisava tudo que se passava à sua frente, embora fosse desprezado por aqueles militares prussianos orgulhosos de sua falsa tradição guerreira, sempre a bater os calcanhares com estardalhaço.

Entre os que o colocaram de lado estavam personagens como Ribbentrop, para quem Bormann não passava de um "rústico"; Speer, o arquiteto de Hitler, que o definia como "um aldeão tosco e vulgar"; e Rosenberg, o apóstolo da religião nazista, em cujo entender Bormann era "analfabeto". As ações de Bormann a partir de 1943 revelavam, pelo menos a Krupp e talvez a Eichmann, que o secretário aguardava a derrota da Alemanha e a queda do Terceiro Reich, assim como o momento em que o Führer estivesse moribundo, para se impor como legítimo herdeiro do movimento.

– E como pretende fazer isso? – perguntou Krauch, presidente da IG Farben.

– Já foram tomadas as primeiras providências – respondeu Bormann. – Estamos criando rotas de evasão para a eventualidade da queda da Alemanha. Por enquanto, não podemos revelá-las, já que, até serem necessárias, convém mantê-las no mais absoluto segredo. Só posso dizer que elas vêm sendo preparadas e protegidas em diferentes países da Europa.

– Mas imagino que tudo isso terá um altíssimo custo econômico – ponderou Krupp.

– Sem dúvida, Herr Krupp. Pense bem: se conseguirmos que nossos protegidos escapem de uma Europa ocupada por americanos e britânicos, com uma Alemanha destruída e ocupada por comunistas, será necessário pagar subornos, obter documentos falsos, novas carteiras de identidade, lugares onde instalá-los até serem novamente chamados para o renascimento do Quarto Reich. Para isso a maioria dos senhores está aqui hoje.

– Ou seja, o senhor quer mais dinheiro de nós – protestou Alfried, filho de Gustav Krupp. – Vem nos pressionando há tempos para mantermos a economia a todo vapor a fim de continuar financiando uma guerra que, até agora, não nos levou a parte alguma. Financiamos o reabastecimento da Wehrmacht e de outras unidades militares do Reich. Se não pararem de pressionar nossas indústrias, iremos à falência por falta de fundos para financiar nossas próprias operações.

Bormann virou-se com um sorriso glacial para o jovem Krupp e respondeu:

– Querido amigo, tenho profundo respeito por seu pai, mas suas palavras, com um pouco menos de cuidado, poderiam cheirar a traição. E ninguém ignora que isso já colocou muitos do seu círculo como hóspedes de honra no campo de Dachau.

– Está me ameaçando? – bradou Alfried Krupp, levantando-se de um salto e apontando o indicador em riste para Bormann. – Mas então a quem pedirá dinheiro para seu novo empreendimento, sua nova Odessa? A quem recorrerá o Führer para reequipar seu contra-ataque? De onde virá o capital para a Wehrmacht ou a Kriegsmarine comprarem as matérias-primas necessárias a seu reabastecimento, à construção de novos tanques e submarinos? Devo lembrar-lhe que, quando o senhor ainda morava em uma granja de Halberstadt, meu pai já possuía usinas que construíam canhões para defender este país. Para defender nossa sagrada Alemanha.

– Queira desculpar meu filho, ministro Bormann – interrompeu Gustav Krupp. – Sabe como os jovens são impetuosos. Entretanto, caberá a eles reconstruir nossa grande Alemanha depois desta guerra, quando ninguém mais quiser saber de velhotes como eu.

– Senhor Krupp, o Führer e eu temos enorme respeito pelo que o senhor representa. Portanto, não levarei adiante esta discussão com seu filho, preferindo atribuí-la ao ímpeto da juventude ao qual se referiu – contemporizou Bormann a fim de abrandar um pouco o tom que até ali adotara. – Proponho uma pausa para comermos alguma coisa. Descansemos um pouco, e depois poderemos continuar a reunião. Vamos degustar as iguarias que o pessoal do major Voss preparou para nós.

Os treze homens sentados em volta da mesa se levantaram, formando pequenos grupos à medida que se aproximavam do salão onde estava montado o elegante bufê.

– Ostras a esta altura da guerra! É incrível! – comentou o especialista em armamentos Albert Vögler, enquanto saboreava uma ostra de Concarneau.

– O melhor para os melhores – interveio Bormann, que estava ao seu lado.

A um canto, bem afastados da mesa do bufê e de Bormann, Flick e os dois Krupp conversavam. Num segundo grupo, Eichmann e Brunner felicitavam o major Voss pela organização do evento. Puhl e Funk, ainda na sala de reunião, diziam alguma coisa em voz baixa a Von Schroeder, o especialista em operações financeiras com a Suíça.

– Deus os cria e eles se juntam – observou Bormann ao passar diante do grupo formado por Krauch e Von Schnitzler, da IG Farben. Ambos ouviram o comentário, que desenhou em seus lábios sorrisos de cumplicidade.

No outro extremo da sala, contemplando o panorama da praça Kléber, achava-se um silencioso Edmund Lienart. Bormann sabia que aquele francês misterioso era amigo do Führer desde a década de 1920 e, portanto, um personagem que não se podia ignorar. Lienart era a chave que coordenaria a Odessa. Assim o decidira o próprio Hitler.

– Como anda a situação na frente oriental? Sabe algo a respeito? – perguntou o francês, sem desviar os olhos da janela.

– Os bolcheviques conseguiram romper nossas defesas em Narva e avançam velozmente para a Prússia Oriental – respondeu Bormann em tom lacônico.

– Acha que o Führer tem alguma carta escondida na manga?

– Só ele sabe. No momento, esforça-se para deter o avanço do inimigo e impedi-lo de pôr os pés em terra alemã. Comenta-se que uma nova arma secreta vem sendo desenvolvida e que uma grande ofensiva será desfechada antes do Natal.

Martin Bormann achava tedioso ter de dar respostas a perguntas de caráter militar que em nada o interessavam, nunca o haviam interessado sequer durante os anos de glória, no começo da guerra, quando as forças alemãs destroçavam os exércitos da França, Dinamarca, Noruega, Bélgica,

Holanda, Grécia, Polônia e Iugoslávia. Seus interesses se concentravam na política e na figura do próprio Führer.

– E como vai meu amigo, o Führer? – perguntou Lienart.

– Oh, muito bem. Continua despachando pessoalmente todos os dias com o alto-comando. Temo, porém, que ele não descanse o bastante, e fiz essa observação ao médico da Chancelaria. Faz tempo que o senhor não vê o Führer?

– Sim, bastante tempo. A última vez em que nos encontramos foi no Berghof, em maio de 1938. Eu estava com minha esposa Magda e meu filho August – respondeu Lienart. – Um grande dia!

– Dias assim voltarão, não duvide. E como têm passado sua encantadora esposa e seu filho? – perguntou Bormann.

– Bem. Ela continua em nossa casa de família em Sabarthès e meu filho August foi para o seminário da abadia de Fontfroide. Antes, se preparava para o sacerdócio no seminário de Maria Auxiliadora, em Passau, mas a guerra o obrigou a mudar de escola – explicou Edmund Lienart.

– Lembro-me perfeitamente de sua bela esposa. É alemã, não é?

– Sim, de uma família ariana...

– Ora, amigo Lienart, não se preocupe com isso. Estou certo de que, se houvesse uma única gota de sangue judeu nas veias de sua esposa, o senhor mesmo a teria repudiado – tranquilizou-o Bormann, observando atentamente a reação do francês.

– Sim, mas Magda é cem por cento ariana. Sua família...

– Amigo Lienart, foi apenas uma brincadeira. Sei que é um grande amigo de nosso Führer. Está, portanto, juntamente com os seus familiares, livre de qualquer suspeita por parte das SS ou da Gestapo. Responsabilizo-me por isso pessoalmente.

O magnata francês não gostou nada daquela observação e muito menos de pensar que seu destino e o de sua família poderiam estar nas mãos daquele inculto e perigoso camponês alemão – o qual, de alguma forma, havia conseguido se tornar o número 2 do partido nazista e o único com poder suficiente para ver o Führer a qualquer hora do dia ou da noite.

– Já se foram os bons tempos dos risos e das brincadeiras – divagou Lienart, para amenizar um pouco a tensão entre ambos.

– Que idade tem o jovem August?

– Acaba de completar 23 – respondeu Lienart.

– Já esteve no exército?

– Não. Sente-se mais propenso a servir a Deus do que à França.

De novo, foi interrompido por Bormann, que riu com gosto.

– Os bons tempos logo estarão de volta, amigo Lienart, e o resultado de nossa reunião contribuirá para isso. Não duvide, amigo Lienart, não duvide – insistiu Bormann, pousando seu gordo braço no ombro do francês e caminhando com ele até onde estavam os outros convidados. – Sugiro retomarmos a conversa no ponto em que havíamos parado – propôs o secretário de Hitler.

Os treze homens voltaram a ocupar seus lugares à mesa. O primeiro a tomar a palavra foi Gustav Krupp.

– Muito bem, ministro Bormann. Agora eu gostaria de saber algo, como todos os demais gostariam, estou certo. Qual será nosso papel em sua organização Odessa?

– Tenho um plano concebido nos mínimos detalhes, uma máquina bem lubrificada em que todas as peças se ajustam perfeitamente. Ele deve ser executado por inteiro, cada milímetro. Se cada um cumprir sua missão, a Odessa será um sucesso e estaremos preparados para o nascimento de um novo Reich.

– Então, o que devemos fazer? – perguntou Krauch.

– Por ora, examinem o relatório financeiro que está dentro da pasta que foi entregue a cada um dos senhores pelo major Voss, no início da reunião – pediu Bormann.

Os doze homens abriram as pastas com o selo de "altamente secreto" e procuraram, entre os papéis, o relatório mencionado por Bormann.

– Agora que todos têm o relatório em mãos, direi qual será a missão de cada um. O tenente-coronel Eichmann ficará encarregado de redigir a lista Odessa, com os nomes dos candidatos pertencentes à SS que devem ser salvos por nossa organização após o fim da guerra...

– A Gestapo será incluída na lista? – indagou Brunner.

– Sim, a Gestapo também, mas daremos preferência à SS e aos altos membros do partido – explicou Bormann. – Você, capitão Brunner, coordenará a lista redigida pelo tenente-coronel Eichmann e preparará os documentos falsos que nossos camaradas da Irmandade usarão para chegar a seus refúgios seguros.

Depois de sorver um grande gole de água, Bormann prosseguiu distribuindo as tarefas na nova organização que estava criando naquele exato momento.

– Os senhores Flick, Krupp e Vögler fornecerão fundos, por intermédio de suas agências subsidiárias e das filiais de suas empresas no exterior, principalmente na Suíça e na Argentina, para financiar os primeiros passos da Odessa.

– Mas isso não bastará, tenho certeza – objetou Friedrich Flick.

– Não se preocupe, Herr Flick. Temos estudado e planejado, já faz tempo, outras formas de financiamento de nossa organização, como depósitos em ouro, em diversos bancos suíços, através do Reichsbank, ou das joias e do ouro tomados dos judeus nos campos de concentração pelo departamento do tenente-coronel Eichmann. Parte desse ouro e dessas joias dos judeus ajudará os melhores dos nossos a se esconder até que venha o novo Reich – confirmou Bormann. – Continuemos. O presidente e ministro da Economia, Funk, se encarregará de dar ares de legalidade às operações em ouro com a Suíça por meio de certificados do Reichsbank. Os senhores Puhl e Von Schroeder estabelecerão comunicações de mão dupla com os gnomos de Berna e Zurique para acelerar as operações de desvio de fundos procedentes do dinheiro e das joias tiradas dos judeus nos campos de extermínio. Assim, esses valores parecerão dinheiro legal e limpo aos olhos de quaisquer autoridades econômicas ou financeiras das potências inimigas que o rastrearem depois da guerra.

Só Funk e Von Schroeder sabiam o que Bormann queria dizer com "gnomos". Essa expressão era uma forma pejorativa com a qual o próprio Adolf Hitler se referia aos banqueiros e membros do governo suíço solidários com a Alemanha do Terceiro Reich. O Führer os desprezava profundamente, mas precisava deles na mesma medida.

– Os senhores, cavalheiros da IG Farben, recorrerão aos seus contatos no estrangeiro para fundar empresas fantasmas em países como Espanha, Portugal, Argentina, Brasil, Colômbia e outros dessa zona com o fim de criar uma cortina de fumaça que possa no futuro dar cobertura legal aos membros da Irmandade, frente às autoridades locais. Ao final da guerra, sem dúvida nenhuma, os americanos e britânicos irão pressionar outros países a entregar nossos camaradas, para castigá-los pelo que fizeram durante as hostilidades – afirmou Bormann.

– E qual será a minha função? – perguntou interessado Edmund Lienart.

– Você, amigo Lienart, será o núcleo, o centro de todas as operações da Odessa. As ações executadas pelas outras pessoas aqui presentes se concentrarão em você. Ninguém, nenhum serviço de inteligência inimigo, duvidará ou suspeitará de um cidadão francês, depois de se completar a destruição de nossa querida Alemanha. Nenhum russo, inglês ou americano nem mesmo um dos franceses desse títere chamado De Gaulle desconfiará de você. Quem irá imaginar que um cidadão francês, sem mácula, poderá dirigir e coordenar a mais importante e sigilosa operação de fuga de toda a história, uma operação que poupará importantes membros da SS e do partido da destruição de nosso país quando o Terceiro Reich chegar ao fim? Esse será o seu trabalho, amigo Lienart – concluiu o secretário do Führer.

– Mas essa coordenação de que fala... Quando será efetivada? – inquiriu o francês.

– A partir de agora. Deste exato momento. Você será uma espécie de ministro plenipotenciário das Relações Exteriores da Odessa. Precisará viajar pela Europa em busca de aliados poderosos, com quem seja possível contarmos depois que os inimigos do Reich iniciarem a perseguição aos nossos camaradas. Terá passe livre pelas fronteiras de todos os países controlados pela Wehrmacht, inclusive dos territórios ocupados. Sua missão consistirá em encontrar e convencer esses poderosos futuros aliados a nos dar ajuda desinteressada, ou não tão desinteressada assim. Vamos lhe entregar um crachá amarelo especial para livre entrada em qualquer instalação do Reich. Depois de exibi-lo, ninguém lhe fará perguntas.

– Então eles serão pagos por ajudar a Odessa? – perguntou Lienart.

– Sim, com ouro. Nisso, você terá o apoio dos camaradas Puhl e Von Schroeder, os únicos autorizados a intervir e negociar com os gnomos suíços. Os únicos – enfatizou Bormann, dando uma palmada sobre a mesa. E acrescentou: – Ótimo. Agora vocês já têm uma ideia geral do plano. Se quiserem fazer alguma pergunta, estou à sua inteira disposição – concluiu o secretário de Hitler, olhando fixamente seus interlocutores.

– O que aconteceria se algum de nós se recusasse a participar de seu magnífico plano Odessa? – indagou Vögler.

Bormann soltou uma forte gargalhada.

– Meu caro Vögler, por nada no mundo eu gostaria que um agente da SS se interessasse por você. Antes de encerrarmos aqui, pedirei o apoio incondicional de todos. Um sim redondo. Unânime. Não pretendo dizer ao Führer, ainda esta noite, que algum dos senhores se recusa a apoiar a futura grande Alemanha. Ou você pretende dizer-lhe isso pessoalmente, Vögler?

– Não, por favor... – gaguejou Vögler. – Nosso Führer e você, na qualidade de seu representante, sabem muito bem que podem contar com meu apoio incondicional ao projeto Odessa.

– Neste fim de semana, todos já estarão sabendo quais passos precisarão dar. Passos eficientes e rápidos. O tempo urge, e não podemos perder um minuto. Não haverá pontas soltas. Agora, quero ouvir seus votos para a operação Odessa – propôs Bormann.

– Meu voto é sim, em nome do Reichsbank – adiantou-se Funk.

– O meu também, um sim redondo – disse Puhl.

Um por um, todos pronunciaram o "sim" favorável ao projeto de Martin Bormann. Lienart, antes de responder, olhou bem para os outros, muitos dos quais haviam dado seu apoio à Odessa sem grande entusiasmo, como os Krupp e Flick. Mas, no fim das contas, sabiam que de seus bolsos é que sairiam os maiores financiamentos da operação idealizada por aquele tipo desprezível.

– Senhor Lienart, qual é o seu voto? – perguntou Bormann.

Segundos depois, o magnata francês voltou-se para o poderoso secretário do Führer:

– Meu voto é sim, claro. Um sim redondo – murmurou, também sem grande entusiasmo.

– Então, como tudo já está bem claro, proponho encerrar esta reunião e voltar às nossas tarefas. Muitos de vocês tomaram notas. Decorem-nas e destruam-nas. O major Voss preparará uma transcrição sumária para apresentarem aos seus superiores, porém ninguém mais deverá ouvir falar do que se passou aqui. Seus comentários me serão trazidos pelo major Voss. Devemos nos sentir satisfeitos, acreditem. Obrigado a todos pela presença. Quem quiser poderá saborear a boa comida com a qual o major nos presenteou ou então voltar aos seus afazeres. Boa noite – despediu-se Bormann.

Os treze homens apertaram-se as mãos e se dirigiram para a saída do hotel Maison Rouge. Um membro da SS ia chamando, um por um, os motoristas dos magnatas e banqueiros que tinham comparecido à reunião. Quando Edmund Lienart se preparava para abandonar a sala, Martin Bormann pegou-o pelo braço e levou-o a um canto afastado para que ninguém os ouvisse.

– Vamos até o terraço – propôs Bormann.

Ambos acenderam cigarros enquanto observavam as primeiras luzes que se acendiam em volta da praça.

– Depois da guerra, eu gostaria muito de vir morar nesta cidade. Talvez comprar uma casa nas redondezas... quando já não tiver responsabilidades no partido – desabafou o secretário, observando a expressão cética de Lienart. – Mas vejo que você, meu caro Lienart, é pouco sonhador. A política não passa de um jogo feio. Sei disso muito bem. Acho que o exército, neste caso, a SS, exige muita disciplina para fazer, ele mesmo, o impensável. A política requer habilidade para que outros façam o impensável por nós. Neste momento, necessitamos da mesma quota, tanto na política quanto no exército.

– Quanto tempo eu tenho para responder? – perguntou Lienart.

– Para responder a que, meu amigo?

– Gostaria que o próprio Führer ratificasse aquilo que você me disse. Só concordarei em conversar com o Führer e só do Führer aceitarei esta missão.

Nesse momento, Martin Bormann soltou uma sonora gargalhada e deu uma palmadinha no ombro do francês.

– Seu amigo, o nosso Führer, conhece você muito bem. Sabia qual seria sua reação: pôr em dúvida minhas instruções. Agora lhe pergunto: se o Führer lhe desse a ordem pessoalmente, você a acataria sem discutir?

– Sim, aceitaria a missão de imediato, pelo bem do renascimento do Reich – garantiu Edmund Lienart.

– De acordo. Amanhã cedo, um carro o apanhará em Berlim para levá-lo ao aeroporto, de onde um avião o conduzirá a Berchtesgaden. Ali será recebido pelo Führer, no Berghof. Nosso líder ratificará minhas instruções para seu trabalho na Odessa – disse Bormann.

– Se for assim, aceitarei sem condições.

– Em que hotel ficará em Berlim?

– No Adlon.

– Às sete da manhã o carro estará à sua espera na porta. Seja pontual, meu caro Lienart. O Führer anda muito ocupado e dispõe de pouco tempo até para amigos íntimos como você. Agora, se me der licença, preciso apanhar um avião em Berlim. – Começou a recolher as pastas com as informações sobre a Odessa que pouco antes os presentes à reunião tinham lido. Bormann então se voltou para Lienart e acrescentou: – Gostaria de lembrar-lhe, meu caro, que o Führer determina nossas metas e que nossa obrigação é cumprir o que ele ordena. O "como" e o "quando" ficam a nosso critério; mas nunca devemos discutir o "quê". Não se esqueça disso.

Antes de entrar para o mesmo veículo no qual havia chegado, Bormann ordenou ao major Voss que destruísse todas as pistas sobre a reunião que acabava de ocorrer.

– Tudo deverá sumir, major Voss. Entendeu?

– Sim, senhor, perfeitamente – apressou-se a dizer o oficial da SS.

– Então, que seja assim... *Heil, Hitler!* – exclamou Bormann antes de desaparecer dentro do Mercedes.

O major da SS Helmut Voss entrou de novo no hotel Maison Rouge e, sem meias palavras, pediu ao gerente que lhe entregasse o livro de honra do estabelecimento. Gustav Krupp, Walther Funk e alguns outros haviam assinado o livro. O oficial folheou-o até encontrar as páginas correspondentes ao dia 10 de agosto e arrancou-as. Em seguida, voltou à sala, onde o taquígrafo guardava os rolos utilizados durante a reunião.

– Passe-me esses rolos – ordenou-lhe o oficial. – Eu mesmo me encarregarei de redigir um sumário para todos os assistentes.

Quando ficou sozinho no imenso salão, Voss se aproximou de um gramofone instalado a um canto da mesa e colocou-lhe um disco. Ao baixar a agulha sobre o sulco, ouviram-se os sons de uma sinfonia de Schubert. Após ingerir, em um só gole, um copo de conhaque, o major se encostou em uma pequena lareira, pensando: "Não sei como alguém pode gostar dessa merda vienense de Schubert". Juntou então os rolos do taquígrafo e as anotações feitas pelos assistentes, acendeu o fogo e atirou nele os papéis comprometedores.

Pôs então o quepe com o emblema da caveira, apagou as luzes e saiu do hotel, perdendo-se entre os becos da cidade.

Em menos de nove horas, aqueles treze homens criaram uma poderosa organização chamada Odessa, que deveria converter-se no núcleo do renascimento de um Quarto Reich, após o fim do Reich de Mil Anos, já moribundo. Martin Bormann havia acabado de assentar os alicerces de uma organização nazista de nível internacional, cujos tentáculos se estenderiam do coração da Europa ocupada pelos Aliados às remotas selvas da América Latina, do centro de uma Alemanha vencida e aniquilada ao Oriente Próximo, explosivo e instável.

II

Berlim

Por trás das elegantes e antigas fachadas em estilo prussiano dos palácios que ladeavam a Wilhelmstrasse, descortinava-se agora uma paisagem rota e coberta com os escombros dos edifícios atingidos pelas bombas aliadas. A zona onde se concentravam os prédios do governo era conhecida pelo nome poético de Cidadela. A poucos metros dali, na Pariser Platz, erguia-se desde 1907 o exclusivo hotel Adlon.

O estabelecimento se convertera no centro mundano da capital alemã a partir dos anos 20, quando Lorenz Adlon, um negociante de vinhos, decidiu abrir o hotel. Agora, todo aquele esplendor estava um tanto apagado pelos bombardeios constantes a que as forças aéreas aliadas submetiam a capital do Reich. A música de Boccherini ou de Mozart, em seus elegantes salões e restaurantes, cedera lugar ao ruído estridente das sirenes que davam o alarme conforme os ataques aéreos se aproximavam. Personagens como Louise Brooks, Charlie Chaplin, Josephine Baker e Marlene Dietrich tinham sido substituídos por refugiados que buscavam alguma proteção sob o manto já não tão protetor do Terceiro Reich.

Mesmo assim, o pessoal do hotel, muito profissional, continuava cuidando da melhor maneira possível de seus hóspedes, apesar do racionamento e da escassez de produtos. No Adlon, ainda se podia comer pão quente com manteiga e marmelada inglesa.

– Senhor Edmund Lienart? – perguntou o oficial da SS.

– Sim, sou eu.

– *Heil, Hitler!* – saudou o recém-chegado, erguendo o braço e batendo fortemente os calcanhares das botas lustrosas. – Sou Rochus Misch, do

Begleitkommando Adolf Hitler. Tenho ordens de escoltá-lo até Berchtesgaden, para seu encontro com o Führer.

– Muito bem – respondeu Lienart. – Estou à sua disposição.

Nos últimos meses, a guerra ia de mal a pior para os alemães. O marechal Rommel acabava de se suicidar, aos 43 anos de idade. Bebera veneno numa prisão da Gestapo, onde tinha sido encarcerado por seu envolvimento no complô para assassinar o Führer. Aachen fora a primeira grande cidade germânica a cair em mãos aliadas, e em Belgrado já estavam sendo evacuadas as tropas de ocupação. A única pergunta era: quem chegaria primeiro a Berlim, os soviéticos ou os americanos?

Fora do hotel, bem diante do Portão de Brandenburgo, aguardava um Mercedes-Benz preto vindo da Chancelaria próxima, já com outros dois membros da Leibstandarte SS Adolf Hitler. Em 1933, Hitler havia criado essa guarda pessoal, um destacamento de elite posto única e exclusivamente sob seu comando.

– Temos ordens para levá-lo ao aeroporto de Gatow, onde o espera um Junkers JU 52 – explicou Misch.

– O avião não devia decolar de Tempelhof? – perguntou Lienart, intrigado.

– Não, senhor. Gatow é o aeroporto que os membros do governo e do partido, e consequentemente também o nosso Führer, costumam usar. Fica a uns dezesseis quilômetros daqui. O Führer não tolera as inconveniências de um aeroporto tão grande quanto Tempelhof – respondeu o guarda da SS.

Edmund Lienart se acomodou confortavelmente no assento traseiro, junto dos guarda-costas de Hitler. O cortejo, composto do Mercedes e de duas motocicletas providas de *sidecar* e metralhadoras MG-42 como escolta, arrancou em direção ao sudoeste da cidade, atravessando o Tiergarten até a Berliner Strasse. Não foi detido em nenhum bloqueio policial e ninguém reparou nele. Minutos mais tarde, a caravana parava na cabeça da pista do aeródromo, onde já se via um Junkers trimotor, modelo habitual para esse tipo de viagem.

– A duração do voo será de três ou quatro horas. Acomode-se, senhor – recomendou Misch.

Edmund Lienart ocupou o assento mais amplo e colocou o cinto de segurança. Só depois se lembrou de que era o lugar onde seu amigo Hitler sempre se sentava quando viajava naquele avião.

Após uma curta troca de palavras, Lienart soube que o jovem de 27 anos, nascido na Alta Silésia, pertencia desde 1940 à guarda pessoal do Führer.

– Seu nome é de origem francesa, não é? – perguntou Lienart.

– É, sim, senhor.

– Vermelho – traduziu Lienart.

– Sim. É o que significa. Ou talvez designe o lugar de onde provém, não sei ao certo. Mas não pense que minha família seja comunista – apressou-se a dizer Misch, quase como se estivesse se defendendo.

Lienart deu uma risadinha.

– Oh, amigo, não se preocupe com isso. O *Reichsführer* SS Heinrich Himmler não permitiria que um comunista fizesse parte da guarda do Führer desde 1940. Acalme-se.

O ruído dos motores para chegar à potência de decolagem interrompeu a conversa entre os dois homens. Lienart deve ter dormido um pouco durante o voo. O choque do trem de aterrissagem do Junkers na pista do aeroporto Bad-Reichenhall-Berchtesgaden, em Ainring, fê-lo despertar bruscamente. Era cerca de meio-dia. A fronteira austríaca situava-se a poucos metros de distância, e Berchtesgaden, a uns vinte quilômetros.

Ao pé da escada já aguardava um 770K Grosser Mercedes fabricado pela firma Daimler-Benz AG, de Stuttgart. O primeiro a descer do avião foi Rochus Misch, que saudou de braço erguido a Heinz Linge, um personagem arrogante, ambicioso e nada simpático, cujo sonho era ser o chefe do Begleitkommando. Linge não se dignou responder à saudação de Misch, mas cercou de atenções aquele francês de aparência importante, que conseguira acesso direto ao Führer num momento tão grave da guerra.

– Bom dia, senhor Lienart. Estávamos à sua espera – cumprimentou Linge enquanto o convidava a subir ao carro.

Durante todo o trajeto, Edmund Lienart não pôde deixar de admirar aquelas paisagens idílicas formadas por montanhas altas e lagos cristalinos, que ladeavam de maneira natural a estrada serpenteante para Berchtesgaden.

Ali, era como se o tempo e os acontecimentos houvessem parado. Nada parecia real, nem mesmo os milhões de mortos pelos quais a guerra já fora responsável. Aquele era o paraíso particular de Hitler, o local onde ele podia vestir roupas civis ou o típico traje bávaro, onde ele podia acariciar criancinhas e adestrar seus cães, onde ele trocava a imagem sórdida da indústria de armas ou dos campos de concentração por uma visão maravilhosa e poética. Naquela montanha, a *sua* montanha, Hitler não era o Führer, mas apenas um chefe rodeado de uma corte particular que ele tratava com uma cortesia à moda antiga e que alegrava com um senso de humor cruel.

Hitler não escolhera ao acaso sua terceira residência, depois das casas de Munique e Berlim. A montanha se erguia no centro de uma densa rede de símbolos que ia se convertendo com o passar dos anos em uma espécie de prisão híbrida do nacional-socialismo. Tudo isso tivera seu papel na escolha do Obersaltzberg como lugar de descanso. O município, na década de 1920, abrigava pequenos sítios, hospedarias, hotéis e sanatórios. Quinze anos depois, surgia na paisagem idílica uma grande construção: uma rede tecnológica que começou a modificar o ambiente, com cada vez mais valas e cercados que isolavam o centro do governo. Importantes homens do Reich como Rudolf Hess, Hermann Göring, Albert Speer ou Martin Bormann se instalaram nos arredores: eram os satélites do grande planeta chamado Adolf Hitler. Logo depois vieram os quartéis da SS.

O Mercedes parou de repente diante de uma grande guarita da SS, logo depois de cruzar o caudaloso rio que rodeava o Obersalzberg como se fosse uma proteção natural. Depois de ser liberado, o veículo entrou na Saltzbergstrasse e subiu por entre um bosque milenar, "que parecia ter saído da lenda dos nibelungos", pensou Edmund Lienart. Percorridos alguns quilômetros, o francês avistou à direita o luxuoso estúdio montado por Albert Speer, o arquiteto que sonhara com uma Alemanha modelar, mas ficara apenas no sonho.

– Vamos levá-lo até a casa de hóspedes, para que possa instalar-se – esclareceu Linge. – À tarde, alguém o conduzirá ao Berghof, para seu encontro com o Führer.

– Ótimo – murmurou Lienart, sem conseguir desviar os olhos da paisagem.

Da casa de hóspedes, avistava-se o grande pico maciço do Untersberg dominando o vale. Lienart seguiu de perto o membro da SS que se encarregara de sua bagagem.

– Quer que eu lhe mande um mordomo para ajudá-lo a desfazer as malas, senhor? – perguntou o oficial.

– Não é necessário, obrigado. Eu trouxe pouca coisa – respondeu Lienart antes de fechar a porta.

Sozinho na casa, e enquanto calculava quais seriam os próximos passos que deveria dar para seu encontro com o amigo Führer, Edmund Lienart não tirava os olhos das montanhas e do Kehlsteinhaus, o Ninho da Águia, a pequena fortaleza que o partido dera de presente ao Führer por ocasião de seus 50 anos. Lienart sabia que Hitler odiava aquele lugar. Tinha claustrofobia, mal suportava percorrer o longo túnel que terminava num elevador, e também não gostava de altura. Ali, Lienart se reuniria no dia seguinte com o mesmíssimo Bormann. "Talvez lhe agrade sentir-se o dono da montanha", pensou Lienart sobre o secretário de Hitler.

Era sabido que o Führer preferia o Berghof, seu palácio em plena cordilheira, de cujas imensas janelas ele podia apreciar a silhueta imponente do Untersberg.

O barulho da porta fez Edmund Lienart voltar à realidade.

– Senhor Lienart, sou Otto Meier, ajudante do tenente-coronel Linge. Ordenaram-me que o conduzisse ao Berghof, à presença do Führer. Siga-me, por favor.

Após sair da casa de hóspedes, Edmund Lienart acompanhou Meier por várias trilhas estreitas, algumas quase invadidas pela vegetação.

Ao fazer uma curva, avistou o chalé de Hitler. Não se lembrava bem dele, pois o visitara havia muitos anos, acompanhado da família. Tudo parecia tranquilo nos arredores, como se a guerra nunca houvesse chegado àquele vale, como se ela nunca houvesse existido. "Como se houvesse desaparecido por completo de nossas vidas", pensou Lienart. A vista – de onde ele estava agora – era absolutamente grandiosa.

Ao entrar no Berghof, Meier deixou Edmund Lienart esperando por um instante num pequeno salão. No corredor, cruzaram com o telefonista permanente da casa, um soldado da SS.

– Preciso anunciar sua chegada ao Führer – esclareceu Meier. – Espere aqui.

O horário do Führer, quando estava no Berghof, era bem conhecido de seus íntimos. Hitler, noctâmbulo, dava o ar da graça às onze da manhã. Começava o dia com uma refeição que costumava se alongar bastante e, em seguida, passava para a chamada casa de chá, acompanhado de seus pastores-alemães e de seus colaboradores mais próximos, como Albert Speer ou o próprio Bormann. Às vezes, ia com ele também sua companheira, Eva Braun.

Durante o café, Hitler se perdia em intermináveis monólogos sobre si mesmo, mas não raro estava tão cansado que caía num sofá, tendo os acompanhantes de esperar em silêncio até o Führer abrir os olhos. Às cinco ou seis da tarde, o grupo regressava ao Berghof. Horas depois, tinha início a cerimônia da ceia, depois da qual os convidados se transferiam para o grande salão onde costumavam assistir a filmes muito antigos, idiotas e sem nenhum interesse intelectual, ou ouvir uma ópera de Wagner. Por fim, Hitler, já tarde da noite, resolvia ir para a cama – e só então os convidados, também fartos, tinham permissão para recolher-se.

– O senhor pode esperar no grande salão – recebeu-o Otto Meier, dando-lhe passagem.

O acesso ao salão era por uma escada de cinco degraus, diante da qual se abria uma larga porta encimada por um arco. O piso, de mármore brilhante, resplandecia sob as luzes de dois grandes lustres que pendiam do teto de madeira artesanalmente entalhada. Bem à esquerda via-se a enorme lareira, diante de uma mesa rodeada de sofás confortáveis. Uma ampla escada de três degraus conduzia a um segundo patamar do salão. À esquerda, um vasto pórtico abria para outro salão menor, mais discreto. Uma pequena estante de livros ao lado de um piano, um grande globo terrestre, um relógio de parede coroado pela águia nazista e uma mesa redonda de marchetaria rodeada por seis poltronas de diferentes estilos emolduravam uma janela enorme, de onde se tinha uma visão extraordinária da paisagem e dos picos nevados do Untersberg. A janela raramente ficava fechada, mas, em dias de chuva forte, uma grande persiana acionada mecanicamente permitia vedar por completo o recinto do mundo exterior. As altas paredes estavam decoradas com grandes tapetes flamengos, além de quadros de artistas alemães e austríacos dos séculos XVII e XVIII.

Minutos depois, um murmúrio no corredor, cada vez mais próximo, deu a entender ao convidado que o Führer se aproximava. Vinha acompanhado de seu séquito particular. Christa Schöder, sua secretária; Bernhard Frank, comandante da SS em Berchtesgaden; Wilhelm Brückner, ajudante de campo principal; Nikolaus von Below, ajudante de campo da Wehrmacht; e Arthur Kannenberg, um homem baixo, forte e dotado de extraordinário senso de humor, a quem todos chamavam de *Willy*. Era o mordomo particular do chanceler. Cada um deles exibia a *Gelber Ausweis*, a identificação amarela, uma espécie de "abre-te, sésamo" que identificava o portador como membro do séquito do Führer.

O visitante notou que o Führer, trajando casaco cinza, gravata, calça preta e, presa à lapela, uma pequena águia de ouro com a suástica entre as garras, se aproximava dele a passos lentos e com um sorriso nos lábios, ao reconhecer o amigo.

– Meu bom e fiel amigo Lienart – disse Hitler, fazendo-lhe com o braço direito erguido a saudação nazista.

Lienart se empertigou e devolveu a saudação.

– *Heil, mein Führer.*

– Isso não é necessário, amigo – disse Hitler, pegando-o pelo braço e apertando-lhe debilmente a mão. – Vamos até a janela – sugeriu em seguida ao convidado.

Para o francês, seu amigo de muitos anos fora um homem de muitas caras: o chefe de Estado na Chancelaria de Berlim; o líder do partido nas impressionantes concentrações populares em Nuremberg; o estrategista militar na Wolfschanze, a Toca do Lobo, na Prússia Oriental; o deus-líder que os fiéis desejavam reverenciar em sua montanha sagrada; e o chanceler do povo no Berghof do Obersalzberg. Mas agora, naquele final de verão de 1944, era um homem de olhos vidrados, imersos em olheiras profundas, com o rosto inchado, muito pálido, de aspecto senil, com ombros encurvados e um dos braços em constante tremor, como se sofresse do mal de Parkinson.

Hitler se virou para seu ajudante pessoal, Otto Günsche, e ordenou-lhe que esvaziasse o salão, deixando-o a sós com o convidado. Todos acataram a ordem, exceto dois de seus guarda-costas da SS, que estavam de pé, um pouco afastados do resto do grupo.

– Vocês também – disse Hitler em tom cansado. – Quero ficar a sós com o meu amigo.

– *Ja wohl, mein Führer* – responderam ambos, sem deixar de observar atentamente o estrangeiro.

Quando a porta se fechou atrás deles, Hitler voltou para junto de Lienart, que ainda admirava a paisagem pela janela.

– Conhece a obra de Toni Blum, meu amigo? – perguntou o Führer.

– Não, não conheço, meu Führer.

– Em 1912, ele compôs uma ópera intitulada *O Cântico do Untersberg*. Segundo Blum, certa vez, o imperador Carlos V estava dormindo no Untersberg em meio a um exército de espíritos. Subitamente, uma revoada de corvos veio anunciar-lhe que aqueles espíritos ressuscitariam para salvar o povo alemão. O povo, reencarnado num pastor, fez a si mesmo este juramento de fidelidade: "Ao imperador e ao povo germânico, permanecerei sempre leal; a quem blasfemar contra nós, esmigalharei o crânio". Carlos V desceu do monte e mandou o arauto anunciar a unificação da Alemanha. O imperador perseguiu a vitória e tudo culminou num país apoteótico e grandioso. – E Hitler, calando-se, contemplou também a portentosa cordilheira ao lado de seu amigo Lienart.

Aos ouvidos do francês, com o Führer ali ao seu lado, aquele estranho discurso parecia sem sentido. O homem que antes discorria animadamente sobre tantos assuntos só falava nos últimos meses em adestramento de cachorros, dietas e lendas antigas, repisando sempre a estupidez e a maldade do mundo. Só quando recebia uma visita o chanceler abandonava seu estado depressivo e recuperava o poder de sugestão, a capacidade de persuasão. Não raro, a partir de uma lembrança qualquer, começava a divagar sobre exércitos cada vez mais poderosos que já estavam a caminho, vindos não se sabia de onde, para lançar os Aliados ao mar, ou de armas milagrosas que levariam a destruição total às mais remotas nações da Terra.

– Todos nós esperamos dias melhores. Um mundo de paz, uma cultura alemã triunfante. Devemos trabalhar por esse renascimento, do qual você será a chave, meu amigo.

– Agradeço suas palavras, meu Führer, mas gostaria de saber exatamente qual será o meu papel – disse Lienart.

– Somos soldados cumprindo o seu dever – prosseguiu Hitler. – Você, meu amigo, é um homem rijo, difícil de derrotar. Certa vez, logo que nos conhecemos, ouvi de você estas palavras: "Sejamos práticos". Pois chegou a hora de sermos práticos, meu caro, pelo menos enquanto a Alemanha puder seguir sua filosofia. Foi o Duce quem me disse aqui mesmo, no Berghof, que a guerra revela o caráter mais nobre dos homens; então, talvez seja este o momento certo para eu lhe pedir, como amigo, que manifeste esse caráter em prol de uma Alemanha nova e ainda mais forte.

– E qual é o papel prático que devo desempenhar? – insistiu Lienart, interessado.

– Sombras envolvem nossa grande Alemanha e o fim de nosso Reich se aproxima. Muitos, os americanos, os ingleses, vocês os franceses, elevaram o Terceiro Reich à categoria de herói solitário na luta contra os novos cavaleiros do Apocalipse: o judaísmo, o bolchevismo e a plutocracia. Temos de prosseguir nesta luta até o último alento. A vingança será nossa principal virtude; o ódio ao inimigo, nosso dever. Transformaremos nossas praças em valas comuns para os inimigos do Reich. Bem sei, contemplando esta paisagem, que as horas logo antes do amanhecer são as mais escuras. O povo alemão deverá refletir sobre tudo isso quando, no combate, o sangue espirrar dos olhos dos inimigos e as trevas cobrirem seus cadáveres – delirou Hitler, com indícios claros de esgotamento na voz.

– O senhor sabe muito bem, meu Führer, que sempre o servi fielmente desde nosso primeiro encontro na Áustria, ao final dos anos 20.

– Sim, meu amigo, eu me lembro. Você era um empresário e soube ver, tanto em mim quanto no Partido Nacional-Socialista, algo que outros não viram ou não se atreveram a ver. Sempre lhe serei grato por isso. Quando o fim se aproxima, só os mais leais permanecem a postos. Por isso, desejo confiar-lhe uma missão de importância transcendental para o futuro renascimento de uma nova e grande Alemanha.

– Ainda não entendi bem qual será essa missão, meu Führer – observou Lienart.

– O secretário Bormann já me informou de suas dúvidas quanto ao nosso projeto. É minha intenção e meu desejo que você empunhe a tocha capaz de resgatar o sangue germânico das cinzas. Quando os inimigos da Alemanha pisarem o solo sagrado de nosso país, somente seus melhores filhos serão perseguidos pelo trabalho que realizarem. Ninguém suspeitará de um homem como você, que sabe se movimentar com desenvoltura pelos caminhos às vezes tortuosos da política. Preciso que se comprometa comigo, com o Reich e com a futura sobrevivência da Alemanha, aqui e agora.

Lienart permaneceu por alguns segundos em silêncio, olhando bem nos olhos aquele homem trêmulo que outrora fazia vibrar milhares de pessoas apenas com suas palavras, nas concentrações do partido em Nuremberg.

– Conte comigo para essa grande missão que me atribui. Não o decepcionarei, meu Führer – respondeu Edmund Lienart.

– Então está tudo combinado. Deverá proteger aquele que foi escolhido para herdeiro do Quarto Reich, quando ele ressurgir das próprias cinzas, como a fênix.

– A que escolhido se refere, meu Führer? Quem é essa pessoa? – indagou Edmund Lienart.

– Por ora, direi apenas, meu caro, que você está muito próximo do escolhido, daquele que abrirá caminho para um novo Reich na Europa e liderará a grande batalha contra o bolchevismo e o poder financeiro judaico – Hitler limitou-se a responder.

Em seguida, pegou Lienart pelo braço e caminhou com ele até a porta do grande salão. Antes de abri-la, virou-se para o convidado e disse:

– Daqui a mil anos, meu amigo, não importa quem esteja no governo, as pessoas se lembrarão de que muitos alemães bons acreditaram uma vez na possibilidade de continuar a luta para reconstruir o Reich. Lá estarão nossos nomes, o meu, o seu, o de Bormann, para fazer história. Amanhã bem cedo, você se reunirá com o secretário Bormann no Kehlsteinhaus. Ele lhe revelará todos os detalhes. Resta-nos pouco tempo e precisamos ser cautelosos. Ninguém poderá saber qual é a sua missão. Entendeu?

– Perfeitamente, meu Führer – respondeu Lienart, enquanto também apertava a mão trêmula e frágil do amigo.

Quando o visitante, precedido por Otto Günsche, já atravessava o corredor em direção à saída do Berghof, pôde ouvir nitidamente Hitler se dirigir a ele:

– Não se esqueça de transmitir minhas cordiais saudações à sua bela esposa Magda e ao seu filho.

Aquelas foram as últimas palavras que ouviu de seu amigo Adolf Hitler, chanceler da Alemanha.

Atravessaram o amplo terraço onde Hitler e Eva Braun gostavam de brincar com seus cachorros. Günsche ordenou a Meier que acompanhasse de novo o ilustre convidado à casa de hóspedes.

– Sua ceia será servida lá – avisou o ajudante de ordens do Führer.

Pelo que Lienart soube na manhã do dia seguinte, Hitler partira naquela mesma noite para seu quartel-general de Adlerhorst, em Bad Nauheim, para se reunir com o estado-maior da Wehrmacht. O francês não sabia que Hitler planejava uma grande contraofensiva nos bosques das Ardenas para o mês de dezembro daquele mesmo ano, depois de repelir um vigoroso ataque aliado à cidade holandesa de Arnheim. Para Edmund Lienart, tais medidas eram tão inúteis quanto o espernear de um enforcado prestes a sucumbir com a corda no pescoço.

Depois de uma ceia leve servida por dois camareiros da SS, vestidos de jaqueta branca, Lienart ligou para sua esposa na casa da família em Sabarthès. Já fazia alguns meses que as tropas alemãs estavam se retirando daquela área para ir reforçar as unidades da Muralha do Atlântico. Depois de longos minutos de espera, escutou o toque de chamada do outro lado da linha. Em seguida, a governanta atendeu.

– Marguerite, sou eu, seu patrão. Quero falar com minha esposa.

– Vou chamá-la imediatamente, senhor.

Lienart ouviu os gritos da governanta chamando sua esposa e, logo depois, a voz desta:

– Onde você está, querido?

– Em Berchtesgaden. Acho que é o único lugar na Alemanha de onde se pode ligar para o exterior – disse Lienart.

– Conversou com o Führer? – quis saber Magda.

– É melhor não mencionar esses assuntos ao telefone – aconselhou Lienart para impedir que a esposa continuasse fazendo perguntas indiscretas. – Teve notícias de nosso filho?

– Passou aqui uns dias, antes de voltar para a abadia de Fontfroide. Pretende ficar recluso lá até completar os estudos. Embora se queixe muito da guerra, que não lhe permite concentrar-se em suas tarefas, parece muito bem de saúde. Mas você sabe como é... Marguerite o obrigava a comer. Está muito magro...

– Vou tentar ir à França. Espero poder encontrá-lo na abadia.

– Quando volta para casa?

– Dentro de algumas semanas, mas não lhe prometo nada...

– Eu me sentiria mais tranquila se você estivesse aqui – disse Magda.

– E eu, se você fosse para a nossa casa em Veneza, onde a situação é mais calma que em Sabarthès e Roma.

– Edmund, eu prefiro ficar em Sabarthès e aguardar os acontecimentos. Aqui, estou mais perto de August, principalmente se as coisas piorarem na zona da abadia. Pedi-lhe que não partisse, mas você sabe como ele é. Igualzinho ao pai.

– Mantenha-me informado de tudo, Magda. No momento, poderá encontrar-me no Adlon, em Berlim, se é que os ingleses já não o bombardearam. Agora, preciso desligar. Ah, o Führer lhe manda seus cumprimentos.

– Cumprimente-o por mim também, querido.

Lienart esperou um pouco depois dessa conversa formal até se certificar de que não havia mais ninguém do outro lado da linha. Desligou o aparelho e pensou nos anos que vivera com Magda, mantendo uma relação matrimonial fria e distante, mas também educada e diplomática.

Magda Hauss de Lienart era uma mulher de seu tempo. De família prussiana abastada da Bavária, fora educada e preparada para casar-se com um empresário próspero ou um alto oficial do exército. Falava alemão, francês, inglês e italiano perfeitamente. Suas maneiras eram impecáveis; sua educação, primorosa. Lienart conheceu-a em Paris, em 1914, durante uma visita ao Louvre, poucos meses antes do início da Primeira Guerra Mundial. O conflito os separou: Edmund Lienart combateu nas fileiras do exército francês, nos campos de Verdun e do Marne, enquanto o pai de Magda, oficial, integrava o alto-comando do *kaiser* Guillerme. Em 1919, após a derrota da Alemanha, viram-se de novo e se casaram em poucas semanas, contra a vontade da família de Magda. Três anos mais tarde, nascia seu primeiro e único filho, a que deram o nome de August.

Com o passar do tempo e as contínuas viagens de negócios de Edmund, ela se acostumou a ficar só e a conduzir com mão de ferro as empresas e propriedades da família. Acostumou-se também às repetidas infidelidades do marido. Afinal, ele sempre voltava para seu lado. O filho não via com bons olhos o desregramento do pai, porém, muito mais por ser uma traição à mãe, a quem adorava, do que pelo fato de ele manter relações sexuais com outras mulheres fora do matrimônio.

Uma hora antes do amanhecer, o mordomo despertou Edmund Lienart de um sono profundo.

– Herr Lienart, eu trouxe seu desjejum – avisou.

– Deixe-o sobre a mesa – pediu Lienart, enquanto tateava em busca dos pequenos óculos redondos de metal.

– Dentro de uma hora e meia um carro irá levá-lo a Kehlsteinhaus, onde o secretário Bormann estará à sua espera.

– Não se preocupe, estarei pronto.

Assim como lhe haviam dito, um oficial da SS chamou à porta exatamente uma hora e meia mais tarde para dizer-lhe que o carro o aguardava. “Mentes estreitas”, pensou Lienart, pondo o relógio.

Edmund Lienart estava de novo sentado no carro de Hitler, dirigindo-se para o ponto central de toda aquela área: a fortaleza alpina. Esforçava-se por avistar, lá no alto, o prédio conhecido como Kehlsteinhaus, ou Ninho da Águia. A subida era sinuosa e cheia de curvas fechadas. A estrada, íngreme e cheia de buracos, avançava por entre rochas enormes e terminava num grande espaço aberto bem ao pé da montanha. Um longo túnel perfurava um de seus flancos. Lienart examinou o teto do túnel, que era coberto por minúsculas gotas de água por causa da condensação. Ia dar em uma vasta sala redonda encimada por uma cúpula, de onde partia um elevador forrado de cobre, que ali esperava o visitante para conduzi-lo à presença do poderoso secretário do Führer, Martin Bormann. A única decoração do elevador era um batímetro, presente da unidade de submarinos ao próprio Hitler.

Lá em cima, a parte superior da abertura vertical dava para uma grande galeria de colunas romanas e um vestíbulo circular com janelas ao redor, de onde o observador tinha a sensação de flutuar na luz dourada do crepúsculo alpino.

Quando as portas do elevador se abriram, o secretário estava à espera de seu convidado. Bormann apertou-lhe a mão como se ele fosse um amigo de infância. A seu lado via-se um homenzinho um tanto espalhafatoso, de túnica cinza e calças pretas de montaria; Lienart identificou-o logo como o general de divisão Heinrich Muller, chefe da Seção IV do Escritório Central de Segurança do Reich, conhecida também como Gestapo. Sua figura se destacava claramente entre as demais, talvez pelo respeito que infundia no resto do grupo. Os outros três homens que acompanhavam Bormann e Muller eram totalmente desconhecidos para o recém-chegado.

– Herr Lienart – anunciou Bormann com grande solenidade –, apresento-lhe o tenente-general SS Odilo Globocnik, o comissário Koch e o tenente-general SS Oswald Pohl.

Edmund Lienart apertou as mãos dos quatro homens. Pouco depois, soube que Globocnik era um verdadeiro herói dentro da máquina mortífera do Terceiro Reich, como principal artífice do extermínio de meio milhão de judeus no gueto de Varsóvia e de 15 mil no gueto de Bialystok, inclusive 1.200 crianças, além da supervisão para deportação aos campos da morte de 45 mil judeus de Lublin. No total, Globocnik fora o responsável direto pelo extermínio de mais de 600 mil pessoas. Koch era o feroz comissário do Reich para a Ucrânia ocupada, enquanto Pohl se encarregava da direção-geral de Economia e Administração das SS sob as ordens diretas do *Reichsführer* SS Heinrich Himmler.

Enquanto percorriam o pequeno edifício, Lienart concluiu que Bormann, em seu trono artificial erguido no alto da montanha por mais de 3.500 trabalhadores, era mesmo o típico nacional-socialista obcecado pela megalomania alemã. Cuidara dos mínimos detalhes da construção. Até os leões estilizados das maçanetas tinham sido especialmente desenhados pelo escultor favorito do Führer, Arno Brecker.

– Quando, tarde da noite, observo o Führer no Obersalzberg, vergado ao peso das responsabilidades e preocupações que traz aos ombros, mais o admiro e respeito, mais amor sinto por ele. É realmente o líder da nação e suporta uma carga enorme, como jamais outro chefe de Estado suportou – disse Bormann enquanto admirava a paisagem do terraço do Kehlsteinhaus, de costas para Lienart.

O lugar tinha formato oval, coroado por uma grande lareira de mármore vermelho, presente do Duce ao Führer. Os cinco homens se sentaram em sofás confortáveis, trazidos para a ocasião.

– Meus amigos, todos vocês sabem por que estamos aqui reunidos e para que foram convocados hoje – começou Bormann, quebrando o silêncio. – Primeiro, para confirmar com Herr Lienart se o que deliberamos durante nosso encontro em Estrasburgo foi ratificado pelo Führer em pessoa. Foi?

– Sim – respondeu Lienart.

– Agora que tudo está claro, vamos estabelecer os pontos para nossa reunião. Obviamente, nada deve ser anotado.

A conversa foi subitamente interrompida pela entrada de dois camareiros da SS com xícaras de café quente e bolos. Quando saíram, Bormann retomou a palavra:

– Ouçamos primeiro o que o tenente-general Pohl tem a nos informar – e Bormann acenou para o especialista em economia da SS.

– Obrigado – agradeceu Pohl, enquanto abria uma pasta vermelha com o distintivo do duplo S rúnico e o nome “Odessa” na capa. – Fiz contato com os dois grupos que formarão as linhas diretas de financiamento da Odessa. Os senhores Flick, Krupp e Vögler já providenciaram os primeiros depósitos em contas numeradas na Suíça, e em diferentes contas na Espanha e em Portugal. Seus titulares são empresas fantasmas garantidas pelas operações da IG Farben no exterior. Só Herr Lienart, aqui presente, terá livre acesso aos fundos depositados nessas contas. Por outro lado, o ministro Funk, responsável pelo Reichsbank, me informou de que as negociações da Odessa com os gnomos suíços ficarão a cargo dos senhores Puhl e Von Schroeder. Ficou combinado assim em Estrasburgo. Recebi uma lista inicial do tenente-coronel Eichmann e de seu ajudante, o capitão Brunner, com os nomes dos primeiros candidatos a entrar para o programa da Odessa. A maioria dos membros que compõem essa lista pertence à SS e à Gestapo.

– Como foi feita a seleção? – interrompeu Muller.

– Primeiro, foram criados cinco grupos prioritários: altos dirigentes do partido, altos oficiais da SS e da Gestapo, integrantes da Gestapo, policiais regulares sob as ordens da SS e guardas de campos de concentração – esclareceu Pohl.

– É muita gente – ponderou Muller.

– A lista feita por Eichmann se refere aos escolhidos entre os 45 mil agentes da Gestapo responsáveis pela ordem nas ruas; entre outros 65 mil agentes encarregados da detenção de inimigos do Estado; entre 2.800.000 policiais regulares sob as ordens diretas da SS; quase 40 mil guardas de campos de concentração distribuídos por vinte campos principais e 160 campos de trabalhos forçados; entre membros da SS ou das Waffen, que somam quase 950 mil; mais 100 mil informantes da SS, que formam parte do serviço de segurança do Reich. Por último, devemos acrescentar um número indefinido de altos membros do partido, que forçosamente têm de ser evacuados pela Odessa – ressaltou Pohl.

– Os membros da SS devem ter prioridade. Nenhum pode ser capturado. É preciso impedir a todo custo que certos segredos cheguem ao conhecimento do povo alemão. Um SS não irá, jamais, comparecer perante um tribunal comum – sentenciou Koch.

Esse rompante do comissário do Reich na Ucrânia provocou uma sonora gargalhada em Bormann.

– Mas você acha mesmo, meu amigo, que os soviéticos, os americanos e os ingleses não sabem da existência de nossos campos? Não se iluda. Dê-nos os números, senhor Pohl – instou Bormann.

– Pois não, senhor ministro – disse o responsável pela economia da SS. – Somente a SS liquidou 2,5 milhões de poloneses, 520 mil ciganos, 473 mil prisioneiros russos e, pelo que calculo, uns 4 ou 5 milhões de judeus. Nesse total não estão incluídos, é claro, os mais de 100 mil incuráveis.

– Quem são os incuráveis? – perguntou Lienart.

– Oh, aquelas pessoas arianas, a maior parte de nacionalidade alemã, executadas nas câmaras de gás dentro do programa de eutanásia – explicou Oswald Pohl sem se abalar e com a máxima precisão germânica.

Os números revelados por Pohl quase de cor provocaram certo estupor em Lienart, que até então não conhecia a magnitude da máquina de extermínio criada pelo regime nazista desde os anos 1930. O francês observava atentamente os olhos frios daquele burocrata da SS que recitava cifras de mortos como se lesse o balanço de uma grande empresa.

Pohl era um veterano do partido e pertencia à seção naval da SA. Em 1934, dez anos antes, Himmler o tirara de lá e o nomeara diretor administrativo da SS. Com o passar do tempo, ele se fez quase indispensável para o próprio Himmler. Seus poderes eram ilimitados. Até sua chegada, os oficiais de alta patente gozavam de considerável independência em questões de dinheiro. Pohl conseguiu fazer Himmler dar instruções precisas a respeito disso: todos os pagamentos feitos pela SS em geral ficariam a seu cargo, cabendo também a Pohl controlá-los e auditá-los.

– Por determinação do ministro secretário Bormann, decidiu-se, mediante ordem secreta do próprio Führer, o desvio de um considerável volume de fundos para financiar a Odessa – declarou Pohl.

– De quanto estamos falando? – perguntou Lienart.

– Pelos cálculos, em menos de um ano, esse volume desviado se aproximará dos 800 milhões de dólares americanos, mais 95 toneladas de ouro – esclareceu o especialista em economia da SS.

– E qual é a fonte principal desses fundos? – perguntou o responsável máximo da Odessa.

– Em sua maior parte, a rede industrial da SS e a Seção D da Direção-Geral de Economia e Administração.

– Perdoe minha ignorância, tenente-general Pohl, mas o que vem a ser a Seção D?

– Não se preocupe, Herr Lienart, estou às suas ordens para tudo de que porventura necessite a fim de levar a bom termo a operação Odessa e para informá-lo a respeito de quaisquer assuntos que desconheça. As fontes de financiamento da Odessa, da parte da SS, serão formadas pelo grupo de empresas dirigidas por nós e pela Seção D. Essa seção foi montada há três anos para administrar os valores e bens tirados dos campos de concentração. No grupo de empresas, figuram as fábricas alemãs de armas, porcelana, metais, pedras e têxteis cujos operários são, em sua maioria, prisioneiros dos campos. Também foram desviados fundos do grupo industrial de provisões para os destacamentos da SS. Nesse último grupo, incluem-se padarias, açougues, restaurantes, balneários de descanso para o pessoal, empresas agrícolas e madeireiras, editoras e gráficas.

– Pelo menos, o que sobrou desses judeus vai ajudar a Odessa – brincou Muller.

A piada não fez rir nenhum dos presentes. Pohl informou a Lienart, com detalhes, que a Seção D reciclava todos os pertences daqueles pobres-diabos que acabavam nas câmaras de gás e nos crematórios dos principais campos de concentração. Os mais valorizados eram os cabelos e os dentes de ouro, que os Sonderkommandos arrancavam dos cadáveres antes de atirá-los nos fornos. Mas isso era só o começo.

– Onde será depositado o ouro?

– O ouro dos dentes é examinado e, depois de estabelecerem a qualidade do material, transformado em lingotes. A seguir, esses lingotes são transferidos em comboios especiais para os cofres do Reichsbank, em Berlim. Ali, recebem um selo de autenticidade e são imediatamente despachados como depósitos legais para a Suíça, onde se convertem em dinheiro vivo, na moeda que se queira – esclareceu Oswald Pohl.

– Obrigado, tenente-general Pohl. O senhor foi muito objetivo em suas explicações – interrompeu Bormann. – Devo dizer-lhe, Herr Lienart, que todas as operações entre o Reichsbank e a Suíça serão feitas, é claro, sob seu controle, mas sempre por intermédio dos senhores Puhl e Von Schroeder, a quem conheceu em Estrasburgo. É melhor que essa desagradável tarefa com os gnomos seja conduzida diligentemente por pessoas acostumadas ao modo de agir daqueles astutos e avarentos suíços comedores de chocolate.

Após uma breve pausa, os cinco homens voltaram ao Kehlsteinhaus. Martin Bormann retomou a palavra:

– Herr Lienart, agora que conhecemos, graças ao senhor Pohl, a questão financeira, o tenente-general Odilo Globocnik e o comissário do Reich Erich Koch o colocarão a par das questões de segurança.

O primeiro a falar foi o comissário Koch.

– Como bem sabe, Herr Lienart, a operação Odessa deve permanecer no mais absoluto segredo até que o Quarto Reich possa renascer das próprias cinzas. Fomos escolhidos pelo ministro secretário Bormann, aqui presente, para nos ocuparmos da segurança de toda a operação.

– Que problemas de segurança poderão surgir? – perguntou Lienart.

– A cada dia que passar, e quanto mais pessoas estiverem envolvidas, a segurança da Odessa será mais e mais questionada. As infiltrações são inevitáveis e ninguém pode garantir que em uma reunião de amigos, em uma reunião do partido ou em um encontro de oficiais da SS ou da Gestapo alguém não dê com a língua nos dentes. Nosso trabalho será cortar essas línguas – explicou Globocnik.

– Selecionamos seis membros da SS comprovadamente fiéis à causa e ao Terceiro Reich, cuja identidade só será conhecida pelo senhor, pelo tenente-general Globocnik e por mim mesmo. – Koch bebeu um gole de café e continuou falando, enquanto estendia a Lienart seis pastas com o emblema da SS nas capas. – Leia suas fichas militares e guarde seus nomes. Todos serão retirados da frente de combate e postos à disposição da Odessa, sob suas ordens. Só agirão quando o senhor ordenar.

– Agirão como?

De novo, Heinrich Muller se meteu na conversa.

– Liquidações – esclareceu –, execuções, assassinatos, homicídios.

– Exato, Herr Lienart – interveio Globocnik. – Nossa função na Odessa será a limpeza. Nós e nossos seis candidatos nos ocuparemos de liquidar, ou "fazer desaparecer", se preferir, todos aqueles que possam prejudicar a operação Odessa. Por isso escolhemos criteriosamente, considerando a natureza da tarefa, seis de nossos melhores homens, curtidos em batalhas...

– E em liquidações – ousou dizer Lienart.

– Sem dúvida, e em liquidações – confirmou Koch.

Edmund Lienart abriu uma das pastas ao acaso e viu a foto de uma mulher em uma das fichas da SS.

– Uma mulher?

Globocnik riu alto ao ouvir a pergunta de Lienart.

– E por que não? As mulheres têm sido mais fiéis e disciplinadas que os homens na hora de pôr de lado os sentimentos e executar um prisioneiro. Rudolf Höss, comandante em Auschwitz, me contou um dia que os guardas de campo mais eficientes e cruéis são mulheres. Durante uma visita, apresentou-me a várias delas. Ainda me lembro de seus nomes: Maria Mandel, conhecida como a "Besta de Auschwitz" por sua mania de eliminar qualquer prisioneiro que a olhasse nos olhos; Elisabeth Völkenrath, que gostava de ver os prisioneiros urinar nas calças antes de ser enforcados; a supervisora Irma Grese, que deixava ao relento mães com seus bebês unicamente para desfrutar o espetáculo de vê-las apertando tanto as crianças ao peito, a fim de impedir que congelassem, que acabavam asfixiando-as entre os braços; e Margot Dreschel, que ficava observando pelo visor das câmaras de gás os estertores dos condenados. Como vê, amigo Lienart, são mulheres tão fiéis ao nosso Führer quanto você ou eu – concluiu Globocnik.

– Tranquilize-se, Lienart – disse Bormann. – Essas pessoas não farão nada que você não queira que façam. Estarão sempre às suas ordens. Leia seus históricos militares e estude-os atentamente. Decore-os.

Para Edmund Lienart, aqueles seis retratos em branco e preto eram os rostos de seis monstros sem sentimentos, sem lembranças, simples máquinas a serviço de uma ideologia, a nacional-socialista, capazes de levar adiante a tarefa de extermínio mais cruel e horrível que o homem já havia concebido.

Os seis "limpadores" da Odessa contavam com as melhores condições para cumprir suas ordens ao pé da letra. Eram, a seus olhos, criaturas frias, egoístas, brutais e implacáveis por natureza.

– Agora que tudo está claro – disse Martin Bormann –, vamos pedir ajuda à marinha.

– Que papel a marinha desempenhará na operação Odessa?

– Amigo Lienart, quem sabe se a Odessa não precisará utilizar os recursos da Kriegsmarine para o futuro do empreendimento? Dönitz e sua equipe desenharam submarinos mais rápidos, mais silenciosos e com muito mais autonomia sob a água para servir aos nossos propósitos. O alto-comando dará ordens expressas à Kriegsmarine para que retire do serviço algumas de suas melhores unidades de U-Boots e deixe-as de reserva, à espera de suas instruções.

– Espero não ter de dar muitas explicações ao almirante Dönitz – observou Lienart. – O senhor sabe, secretário Bormann, que é arriscado contrariar o alto-comando, e eu não gostaria de partilhar assuntos da Odessa com a Kriegsmarine.

– Não será preciso – interrompeu o poderoso secretário de Hitler. – O Führer ordenará pessoalmente a Dönitz que coloque à sua disposição os meios necessários, sem fazer perguntas. Deixe isso comigo. Você irá à Suíça para se reunir com nossos aliados, os gnomos. Terá a companhia de Puhl e Von Schroeder.

– Nesse caso, amanhã à noite poderei estar em Genebra. Antes, preciso ir à França para resolver um assunto de família.

– Não se preocupe, amigo Lienart. Enquanto encerro a reunião, você pode se retirar. Se quiser, um Junkers da Luftwaffe o levará à França e, depois de resolver o assunto de família, você poderá voar para Genebra.

– E onde me reunirei com os seis liquidadores? – perguntou Lienart.

– Dei ordens precisas para que sejam instalados numa casa segura ao norte de Genebra. Entrarão na Suíça com identidades e passaportes falsos, fingindo-se de refugiados que não suportaram os bombardeios aliados da Alemanha. Providenciarei para que os seis estejam o quanto antes em Genebra à espera de suas ordens, num endereço combinado – interveio o comissário Koch, dirigindo-se a Lienart.

– E agora, se não houver mais nada, daremos por encerrada nossa reunião. *Heil, Hitler* – disse Bormann, empertigando-se e erguendo o braço para fazer a tradicional saudação do partido.

– *Heil, Hitler* – responderam em coro os presentes.

Quando deixava a montanha para regressar ao aeroporto de Ainring, Lienart voltou-se para dirigir um derradeiro olhar àquela impressionante paisagem, que nunca mais voltaria a ver. Para Lienart, a montanha era apenas uma imensa rocha por onde os quatro cavaleiros do Apocalipse haviam descido do Obersalzberg a fim de desencadear a guerra, a fome e a morte sobre o mundo – engrenagem horrenda da qual ele fazia parte.

Em seu assento do Junkers JU 52 que o conduzia a baixa altitude para uma base da Luftwaffe ao norte da França, Lienart observava, ao lado, as seis pastas com o S duplo na capa e as fichas dos seis monstros fanáticos que ficariam sob suas ordens sem fazer nenhum tipo de pergunta, como toda uma nação havia ficado a serviço da causa de Adolf Hitler.

Berna

O veículo se meteu a toda velocidade pela Bundesgasse, coberta de neve, subiu a Herrengasse e parou diante do número 23, um edifício clássico em pleno bairro medieval a poucos metros da Münsterplatze, onde se erguia a catedral gótica. O motorista era um homem distinto, fumante inveterado de cachimbo, presbiteriano convicto, reservado quase até a timidez e cheio de vitalidade. Ao chegar a seu destino, desceu do carro e subiu a passos rápidos a escada até o segundo andar.

– Bom dia, senhor – cumprimentou a secretária, tentando segui-lo pelos corredores sem deixar cair as pastas que levava nas mãos.

– Bom dia, bom dia... – repetiu o recém-chegado. – Todos já chegaram?

– Sim, senhor. Estão esperando na sala de segurança.

Em 1942, Allen Welsh Dulles era um rico advogado de Wall Street e um hábil político quando William Donovan, chefe do Escritório de Serviços Estratégicos (ESE), o encarregou de abrir, na Suíça, uma agência de espionagem americana. Ao fim de um longo trajeto que o levara às Bahamas, aos Açores, a Lisboa, a Madri, Perpignan e Marselha, o novo chefe do ESE na Europa desceu de um ônibus desconjuntado na estação francesa de Annemasse, a pouco mais de sete quilômetros de Genebra, em novembro de 1942. Nesse mesmo dia, o Terceiro Reich era abalado pelo desembarque dos Aliados no norte da África. Hitler decidiu então ocupar militarmente a zona livre e Dulles se viu forçado a fugir para a Suíça a fim de salvar a pele. A Gestapo e a SS já dominavam os postos fronteiriços, mas um funcionário aduaneiro da resistência ajudou o chefe da espionagem americana a cruzar a linha.

Embora seu cargo oficial fosse o de assistente especial do embaixador dos Estados Unidos na Confederação Helvética, Dulles não era um espião disfarçado. O chefe do ESE na Suíça fazia contatos de forma pública e notória. Gostava de alardear sua amizade pessoal com Donovan e mesmo com o presidente Roosevelt, sendo também frequentador assíduo do bar do hotel Bellevue. Sua experiência como advogado de Wall Street lhe garantia não apenas um profundo conhecimento das operações realizadas pelos nazistas na Suíça, mas também o acesso a uma lista completa de nomes dos diretores dos principais bancos. Nela figuravam igualmente os homens de negócios que compravam matérias-primas a pedido de Hitler e da Wehrmacht, além de advogados, esses em número ainda maior, de Zurique, Genebra ou Berna, que atuavam como testas de ferro do Reich.

Em pouco tempo, Dulles e seu vice, Gerry Mayer, estenderam a partir de Berna uma autêntica rede de espionagem por toda a Europa ocupada, sem que os alemães ou o Abwehr pudessem jamais decifrar seus códigos de comunicações. De vez em quando, Dulles e Mayer se divertiam enviando mensagens cifradas que não informavam coisa alguma a quem as interceptava. A maioria dessas mensagens falava de um agente duplo chamado Göring, de um informante chamado Goebbels ou de um alto membro da SS chamado Himmler, que havia sido descoberto num prostíbulo disfarçado de mulher. Dulles e Mayer achavam aquilo muito engraçado.

– Chefe, estão todos reunidos no salão – anunciou seu assistente.

– Vamos lá – respondeu Dulles, recolhendo da caixa-forte um volumoso relatório com fotografias.

O salão ostentava elegantes afrescos no teto, mas estava mobiliado com peças de escritório simples e funcionais. Uma grande mesa redonda ocupava o centro e várias lousas cobriam as paredes muito altas. Em volta da mesa, estavam sentadas diversas pessoas; entre elas, Mary Bancroft, uma jovem de Massachusetts que se ocupava das relações com a Resistência francesa. Sua base era Zurique, onde se fazia passar por uma estudante de psicologia, ocupada em preparar uma tese sob a orientação de Carl Jung. Também estava presente Wally Toscanini, filha do famoso maestro Arturo Toscanini. Morava em Berna, e sua tarefa no ESE consistia em pagar os informantes e as redes de comunicações para que os guerrilheiros italianos pudessem se deslocar de norte a sul do país. A terceira mulher na reunião era Samantha Osborn, encarregada das "aproximações frias", do recrutamento de agentes locais destinados às zonas inimigas e de fazer contato com agentes inimigos. A quarta era Claire Ashford, nascida no Brooklyn havia 22 anos, filha de um agente do FBI e de uma professora primária que emigrara da Alemanha na década de 1920. A jovem dominava perfeitamente o alemão.

Quando a guerra começou, em 1939, Claire passou um curto período de tempo em uma unidade militar de retaguarda antes de se apresentar como voluntária ao ESE. Aquela garota de aspecto frágil conseguiu concluir o curso das "Três Áreas" no Prince William Forest Park, o campo de treinamento do Escritório de Serviços Estratégicos. O curso tinha esse nome pelo fato de o candidato precisar obter nota máxima nas três matérias ministradas pelos exigentes instrutores do ESE em três áreas concretas. Na Área C, Claire aprendeu tudo sobre comunicações; na Área A, treinou defesa pessoal, desde a maneira de degolar um inimigo até a de esconder uma pastilha de cianureto para utilizá-la se não conseguisse resistir aos interrogatórios da Gestapo; e na Área B, precisou enfrentar várias provas de sobrevivência ou resistência à tortura. Se o candidato passava nessa prova, era nomeado agente do ESE e partia para o teatro de operações europeu.

Em Berna, Claire não tinha nenhuma função especial. Era uma espécie de "pau para toda obra". Os homens do ESE naquele setor diziam que ela era a queridinha de Dulles, sem que Dulles, é claro, soubesse.

Os três homens que ladeavam Claire eram Daniel Chisholm, o chefe de todos, um ex-marinheiro hábil em executar inimigos pelos mais diversos métodos; Nolan Chills, o operador de rádio ou "pianista", um ex-presidiário que mantivera estreitas relações com a quadrilha de Al Capone e que a guerra conseguira recuperar; e John Cummuta, de origem iugoslava e ex-operário da indústria siderúrgica de Chicago, especialista em explosivos e demolições. Os três técnicos do ESE se encarregavam do trabalho sujo, a mando de Dulles.

– Senhores, vamos começar – disse Dulles, levantando-se da cadeira e pronunciando uma única palavra: – Odessa.

– Odessa? – estranhou Chills.

Os presentes permaneceram em silêncio até que Dulles prosseguiu:

– Sabemos que a derrota da Alemanha está cada vez mais próxima e eles também sabem. Nossos agentes, em vários pontos da Europa, tiveram notícia de diversas reuniões de altos membros do partido e prestigiosos industriais nazistas. Essas reuniões vêm sendo realizadas desde 1943, após a derrota alemã em Stalingrado. A última aconteceu em Estrasburgo, faz apenas alguns meses. Mais precisamente, em 10 de agosto.

– Quem é Odessa? – perguntou Claire.

– Odessa é o nome em código de uma operação para criar rotas de fuga para altos membros do partido e da SS depois que ganharmos a guerra. Ignoro, porém, seu significado. A cidade? Uma sigla? Não sei – confessou Dulles.

– E o que sabe a respeito da reunião de Estrasburgo? – perguntou Mary Bancroft.

– Apenas que ocorreu num hotel do centro da cidade e que, nos dias anteriores, a zona foi completamente isolada pela Gestapo e pela SS para evitar qualquer perturbação. Uma fonte nos informou que vieram vários carros dos quais desceram homens aparentemente de negócios e membros da SS. Foram identificados o tenente-coronel Adolf Eichmann e talvez seu ajudante, um tal Brunner. Não houve dificuldade em reconhecê-los porque eram os únicos uniformizados. O resto estava em trajes civis – respondeu Mayer.

– Não podemos conseguir alguma fonte confiável dentro do hotel? – indagou Bancroft.

– Não. Os homens da SS ordenaram que todo o pessoal francês do estabelecimento se retirasse na ocasião. Os únicos que ficaram, fora o gerente, eram integrantes da Gestapo e da SS – esclareceu Mayer.

– Onde entram esses industriais nazistas? – interveio Chisholm.

– Segundo parece, Martin Bormann, o cérebro da operação, vem arrecadando fundos para financiar a Odessa e, uma vez mais, a Suíça e seus banqueiros têm papel de destaque nesse jogo. Um informante de Gerry assegurou-lhe que vários responsáveis pelo Reichsbank visitam assiduamente Genebra, Zurique e Berna, fazendo ali depósitos em ouro muito suspeitos. Esse ouro ruma para a Suíça em comboios da SS, que o entregam na fronteira a caminhões blindados, os quais, protegidos pelo exército suíço, finalmente o descarregam nos cofres-fortes dos bancos de Genebra e Berna.

– Não seria melhor o presidente Roosevelt enviar um protesto diplomático à Suíça? – perguntou Wally Toscanini.

– Em primeiro lugar, todos nós precisamos dos suíços. Eles sabem que estamos aqui e sabem o que fazemos. Segundo, se levantassem a voz, os alemães encontrariam um novo método para entregar os depósitos de ouro sem que nós soubéssemos. Pelo menos, e graças ao informante de Gerry, sabemos onde e quando essas entregas são feitas – ponderou Dulles.

– Qual é a origem do ouro? – indagou Chills.

– Não sabemos. Imaginamos que seja ouro roubado dos principais bancos dos países ocupados. Pode ser ouro holandês, belga, dinamarquês, tcheco ou húngaro, fundido pelo Reichsbank. Não creio que os selos sejam todos legais. Curiosamente, uma fonte me disse que todos os lingotes estão selados com códigos anteriores à guerra.

– Mas o mais curioso de tudo é o fato de Bormann estar dirigindo a operação. No fim das contas, não parece uma figura de muito destaque no Reich – observou Bancroft.

– Engano seu, Mary. E de muita gente – advertiu Dulles. – Talvez Bormann não apareça nas fotografias, mas é o homem mais próximo de Hitler. O Führer não vai ao banheiro sem que Bormann venha correndo com o papel higiênico. Eis aqui um grosso dossiê sobre o secretário de Hitler. Decorem-no porque Bormann e a Odessa são os nossos principais objetivos – esclareceu, abrindo uma volumosa pasta com fotografias em branco e preto e relatórios da inteligência sobre Martin Bormann que ficaram espalhados pela mesa. – Samantha descreverá para vocês o perfil desse tipo.

A jovem especialista em recrutamentos se levantou da mesa e postou-se diante de uma das lousas. Era uma mulher exuberante, de basta cabeleira ruiva, lábios pintados de vermelho e curvas de tirar o fôlego, que ela sabia usar muito bem. Dulles a recrutara em 1942, durante sua breve passagem pela França. Sam, como a chamavam os mais íntimos, atuava como elo entre a Resistência francesa e uma vasta rede de contatos formada por aduaneiros suíços. Assim, ela conseguia passar de um lado para outro os membros da Resistência que precisavam fugir durante algum tempo do cerco da Gestapo.

– Aí está Martin Bormann – começou Samantha em tom descontraído –, que governa secretamente o Reich. Embora possa parecer um mordomo ou um lacaio de Hitler, tirem essa ideia da cabeça. Ele não é nada disso, em absoluto. Saberão mais a seu respeito pelo relatório que lhes será entregue ao final desta reunião. Nasceu na Baixa Saxônia em 17 de junho de 1900. Seu pai tocava trombeta em uma banda militar. Quando morreu, a mãe se casou com um banqueiro. Bormann foi convocado durante a Primeira Guerra Mundial e, embora os nazistas digam o contrário, jamais disparou um só tiro.

Aquilo provocou na sala um riso geral, logo interrompido por Dulles.

– Não riam. As pessoas que permitem que os outros atirem são as mais perigosas. Prossiga, Sam – pediu o chefe do ESE.

A moça ruiva continuou:

– Sabemos que, depois da guerra, entrou para a Sociedade contra a Presunção dos Judeus, ao mesmo tempo em que trabalhava como contador para uma família de fazendeiros. Desde então, foi a velha história: "Os judeus devem ser destruídos", "Uma raça repugnante", "Corruptores do sangue ariano", e por aí vai. Bormann, depois do Tratado de Versalhes, cresceu numa sociedade cada vez mais saturada de misticismo mascarado de nova ordem...

– Ou seja, um fanático – concluiu Chisholm.

– Sem dúvida. Porém, como milhões de outros alemães da época. O Tratado de Versalhes os transformou no que são agora – explicou Samantha.

– Cuidado, Sam, ou o chefe poderá acusá-la de nazista – brincou Chisholm, provocando o riso dos presentes.

– Bormann se uniu às Freikorps e logo chegou a tesoureiro. Embora as atividades desse grupo fossem declaradas ilegais em 1920, elas aumentaram consideravelmente até 1923, mas agora com o nome inocente de Adestramento Profissional Agrícola. Bormann continuava controlando os fundos. Em julho desse ano, foi condenado por assassinato. Curiosamente, nosso homem aparece como o que determinou o alvo, não como o que disparou. Aqui, Dulles tem razão de novo: isso o torna ainda mais perigoso. Passou apenas um ano na prisão, onde encontrou outro velho conhecido nosso, Rudolf Höss, tido como comandante de Auschwitz. Em 1925, fazia parte de outro grupo antissemita, o Frontbann. Bormann e seu grupo defendiam três princípios básicos: uma Alemanha forte, a destruição do comunismo e o extermínio dos judeus. Os mesmos princípios de Hitler. Quando este e seus palhaços conquistaram o poder, o partido dividiu a Alemanha em 41 regiões administrativas, cada qual liderada por um *Gauleiter*, isto é, um ditadorzinho a serviço de um grande ditador. Bormann aprendeu que o poder residia no controle desses 41 homens, tendo até agora levado essa atitude ao limite extremo.

– Sam, uma pergunta – interrompeu Claire. – Como é possível que em 1926 ele tenha sido um ex-presidiário e em 1933, o ajudante de Hess?

– Muito simples, querida. Casou-se com uma égua ariana de raça pura, chamada Gerda Buch. Seu pai era Walther Buch, o responsável pela disciplina no partido. Bormann conheceu Gerda em 1928, quando era membro do estado-maior da SA. Hitler foi padrinho e, logo depois do casamento, nomeou Bormann responsável pelo fundo de ajuda do partido nazista, o departamento encarregado de repartir comida e dinheiro entre as famílias necessitadas. Bormann soube desviar parte dos fundos para empréstimos privados a chefes do partido, de forma que, em pouco tempo, tinha vários deles nas mãos. Em 1930, tiveram um nazistinha a quem puseram o nome de Adolf. Finalmente, Bormann tomou providências para se livrar de tipos indesejáveis como Reinhard Heydrich ou Rudolf Hess. Comenta-se que ele esteve envolvido na queda de Röhm, embora isso seja duvidoso, se considerarmos a data em que o líder da SA caiu em desgraça.

– Acha que ele é o chefe dessa tal Odessa de que estamos falando? – perguntou Toscanini.

– Talvez ele apenas determine o alvo e outro dirija a operação. O cotidiano da Odessa – aventou Samantha.

Nesse momento, Allen Dulles retomou a palavra, ainda com o cachimbo na boca.

– Sua missão será descobrir quem é esse fantasma que manipula os cordões da Odessa. Precisamos saber quem financia a operação, quais são suas fontes de financiamento e sua origem. Quero o nome, o apelido e, se possível, o rosto do homem que chefia a Odessa.

– O que acontecerá depois que descobrirmos quem é esse fantasma? – perguntou Chisholm.

– Fico surpreso, Daniel, por você me fazer essa pergunta. A resposta é muito simples. Liquidaremos todos os envolvidos na Odessa. Sabemos que, quando um barco afunda, os ratos são os primeiros a dar o fora. Vamos fazer de tudo para que os mais gordos não consigam sair ou afundem com o barco. E é melhor fazer isso antes de nossa vitória. Por enquanto, sabemos que nossos objetivos ainda estão concentrados na Alemanha e nos países ocupados; mas, depois de chegarmos a Berlim, os pássaros fugirão de suas gaiolas de ouro para locais desconhecidos, e eu, é claro, quero todos eles numa gaiola de ferro, para serem julgados, ou num caixão. Escolham vocês mesmos o que querem fazer: detê-los ou liquidá-los.

– Prefiro acabar logo com esses malditos nazistas bastardos do demônio – rosnou do fundo da sala John Cummuta, que, com as costas apoiadas à parede, fazia malabarismos equilibrando-se em dois pés da cadeira.

– Se quisermos alcançar esse objetivo, John, deveremos antes dar rostos ao nosso fantasma e aos seus asseclas, a fim de detê-los ou liquidá-los; conhecer em primeira mão as rotas de fuga, para bloqueá-las; descobrir suas fontes de financiamento, para impedir que o ouro continue fluindo – disse Dulles. – Então, senhoras e senhores, mãos à obra. Quero resultados e quero-os já. Pressionem seus informantes, paguem-nos ou deem-lhes um tiro, se necessário, mas arranquem deles o que souberem sobre a Odessa.

– Como serão distribuídas as tarefas? – perguntou Chisholm.

– Quero todos vocês nas ruas, nos bancos, nos escritórios dos advogados. Só reapareçam quando tiverem alguma coisa concreta – ameaçou Dulles. – Samantha, convém você tentar entrar na Alemanha enquanto ainda restam algumas portas abertas. Descubra o que for possível. Claire a acompanhará. Ela fala alemão e poderá ser útil.

– O senhor sabe, chefe, que não gosto de entrar na Alemanha acompanhada... – protestou a jovem.

– Sei, mas essas são as minhas ordens – disse bruscamente Dulles, para cortar pela raiz qualquer réplica da agente. – E agora, todos ao trabalho! Quero-os em pleno uso de suas faculdades. Vou me comunicar com Washington e preciso lhes dar alguma coisa. Tragam-na para mim.

Depois da reunião, Dulles regressou a seu pequeno escritório, situado ao fundo de um longo corredor. Enquanto degustava o cachimbo quase apagado, passou os olhos pelas manchetes dos jornais suíços: anunciavam a paralisação daquela que seria a última ofensiva alemã. A Wehrmacht, liderada pelo VI Exército Panzer SS, havia lançado um ataque surpresa nas Ardenas, mas teve de parar por falta de combustível. Enquanto notava que já começara a nevar lá fora, Dulles pensou nos jovens que ainda teriam de morrer nos campos de batalha da Europa antes de acabar com o Terceiro Reich. Mas sabia também que ele e seus agentes iniciariam uma dura luta para evitar o nascimento de um futuro Quarto Reich.

III

Abadia de Fontfroide

O inseto começou a se arrastar pela mesa de madeira, chamando a atenção do estudante distraído. Num movimento rápido, este colocou a mão em forma de barreira à sua frente, impedindo-o de avançar. Observou o desespero da barata para se esquivar daquela mão imensa em seu caminho. Dois dedos pousaram-lhe sobre as patas traseiras, obrigando o inseto a lutar pela liberdade.

– Lienart? – chamou uma voz do outro lado da porta da cela.

O jovem August se voltou naquela direção e respondeu sem muito interesse:

– Sim, irmão Hubert, o que você quer?

– Alguém veio vê-lo. Um homem muito bem-vestido – informou o religioso.

– Já vou.

Antes de se levantar da mesa, estendeu o polegar e esmagou a barata, que o tempo todo estivera lutando para escapulir.

– *Legum servi sumus ut liberi esse possimus*, somos escravos das leis para que possamos ser livres – sentenciou August Lienart, sorrindo.

O jovem saiu para o frio corredor externo. O irmão Hubert acompanhou-o até o local onde o visitante o esperava.

Fontfroide, situada uns catorze quilômetros a sudoeste de Narbonne, no meio das montanhas de Corbières, era a abadia cisterciense mais importante do sul da França e também uma das mais bem conservadas. Um agradável refúgio:

longe do mundo, muito longe da guerra. Ali tudo decorria num espaço de tempo diferente do real. Os dois religiosos atravessaram o claustro e se dirigiram para o pátio de Luís XIV, rodeando o poço e o laranjal.

– Eu lhe pedi que esperasse aqui – protestou o irmão Hubert ao notar que o visitante havia desaparecido.

– A quem se refere? – perguntou August.

– Ao homem que veio visitá-lo... – respondeu o irmão Hubert, com certa irritação.

Os dois religiosos cruzaram a porta talhada em estilo românico e entraram na capela dos estrangeiros. Aquele recinto, o único que ainda se conservava do mosteiro original, acolhia peregrinos e pessoas estranhas, a quem se permitia assistirem aos ofícios religiosos sem molestar os monges. Ao entrar, August notou uma figura familiar ajoelhada e persignando-se diante da grande cruz erguida no centro.

– Olá, papai – saudou o jovem.

O homem concluiu lentamente o sinal da cruz e se virou para a porta.

– Olá, filho – disse Edmund Lienart, segurando o braço do rapaz. – Vamos dar um passeio.

Segundos depois, August rompeu o silêncio, que se tornara opressivo.

– E então, o que o traz aqui?

– Vim ver como você está.

– O senhor não viria aqui apenas para ver como eu estou. Deve estar precisando de alguma coisa.

– Vamos caminhar um pouco pelo jardim – propôs Edmund Lienart para evitar ouvidos indiscretos.

Pai e filho atravessaram calados o antigo cemitério da abadia e, depois de uma pequena cerca, desembocaram no jardim.

– A guerra ainda não chegou aqui, mas logo tudo desabará.

Os dois homens continuaram passeando. Edmund Lienart convidou o filho a sentar-se num banco de pedra coberto de musgo.

– Preciso de sua ajuda – disse ele.

– De minha ajuda? – exclamou August. – O senhor nunca precisou de minha ajuda nem da ajuda de ninguém.

– Às vezes, as tarefas que assumimos são mais pesadas do que imaginávamos, e é por isso que vou precisar de você – disse Lienart enquanto aspirava profundamente o aroma das mais de duas mil roseiras e outras plantas aromáticas que cresciam em estado quase selvagem por entre as lápides do cemitério. – Gosto deste lugar – acrescentou.

– Falou com a mamãe? – quis saber o seminarista.

– Sim, liguei para ela de Berchtesgaden. Ela me disse que você foi visitá-la e que estava bem.

– É verdade.

Edmund Lienart percebeu nos olhos do filho uma sombra de censura por sua conduta de anos em relação à esposa, às amantes e à vida mundana em Paris, sempre alheio aos deveres de pai e marido.

– Sei que me recrimina por não ter estado mais tempo com vocês, mas sua mãe e eu estabelecemos uma espécie de *entente cordiale*. Eu levo minha vida em Paris, sem provocar escândalos que possam colocá-la em má situação, e ela permanece em Sabarthès, cuidando dos negócios e das propriedades da família. Há vários anos, existe entre nós dois um grande respeito e amizade, apenas isso. Então, peço que não me julgue. Ela não o faz – disse Lienart.

– Ela talvez o perdoe. Eu não.

– Eu sei, filho, eu sei...

– O que o senhor queria me dizer? – interrompeu August.

– Vim porque me encarregaram de uma missão difícil e delicada – explicou Lienart. – Antes de lhe dar qualquer informação, você tem de prometer que não comentará com ninguém o que vou lhe transmitir hoje aqui. Ninguém pode saber de nada. Se você contar a alguém, porá em perigo sua mãe, a mim, a você mesmo e a tudo o que a família Lienart significa – advertiu.

– E que missão tão secreta é essa? De quem a recebeu? – perguntou August.

O pai se levantou do banco de pedra e, virando-se de costas, começou a falar.

– Desde 1943, após a derrota sofrida pelo exército alemão em Stalingrado, muitos líderes em Berlim se deram conta de que a guerra começava a pender para o lado do inimigo. E após o revés nas Ardenas, a situação se complicou ainda mais. A Alemanha perdeu quase cem mil homens naquelas florestas. Vários figurões do Reich se apressaram a fazer as malas para se preparar para o dia da derrota.

– Os ratos abandonam o barco que afunda. Covardes! – exclamou August.

– Seres humanos, filho, seres humanos... – replicou Lienart, tentando desculpar os líderes do Reich. – Os bolcheviques já estão bem perto de Varsóvia. A resistência talvez só dure uma ou duas semanas. Não muito mais, creio eu. A partir daí, restará pouco território para alcançarem o solo alemão. Na frente ocidental, americanos e ingleses também se aproximam a toda velocidade. Os alemães não querem arriscar-se a perder um tempo precioso, que não têm, em outra ofensiva como a das Ardenas.

– Resta-lhes tão pouco tempo assim?

– Muito pouco. Por isso preciso de sua ajuda.

– Quem o encarregou da missão, pai?

– Bormann, Martin Bormann – suspirou Lienart.

– O secretário do Führer?

– Ele mesmo. Mas, como não confio nesse tosco, decidi que o Führer em pessoa deveria ratificar as ordens e fui a Berchtesgaden, para um encontro com o chanceler.

– Viu Hitler?

– Sim. Estive com ele por 45 minutos, a sós, no Berghof. Só ele e eu.

– E como está o homem? – perguntou August, brincando distraidamente com seu crucifixo de prata.

– Arrasado seria a palavra. Não tenho dúvida, vi isso em seus olhos. Sabe que a guerra está perdida e que lhes resta muito pouco tempo.

– E qual é a missão de que ele o encarregou?

– Só direi se você estiver disposto a ajudar-me. Se não estiver, entenderei, mas será melhor que não saiba nada, nesse caso. É para sua própria segurança.

August se levantou e caminhou em direção ao irmão Hubert, que aguardava a certa distância.

– Irmão Hubert, meu pai ficará para almoçar. – E, voltando-se de novo para o pai: – Espere até à tarde. Darei minha resposta.

– Esperarei... Mas tem de ser ainda hoje. Preciso ir a Genebra e, como você sabe, em vista da situação, a viagem é complicada – respondeu Lienart.

Naquela mesma tarde, após descansarem algumas horas, pai e filho se reuniram de novo no chamado dormitório dos irmãos leigos, uma grande sala de pedra rosada provida de enorme abóbada.

– Olá, pai. O senhor descansou?

– Sim, ao menos por algumas horas. É a primeira vez que consigo repousar um pouco depois de meses.

– Resolvi, depois de pensar bastante, ajudá-lo em sua missão – comunicou o jovem seminarista.

– Ótimo, filho. Por ora, você é o único em quem posso confiar. Há muita gente querendo saber o que ficou decidido em agosto passado num hotel de Estrasburgo.

– Vai contar-me?

– Odessa – disse Lienart.

– Odessa? O que é isso?

– Organização dos Antigos Camaradas da SS. Isso é Odessa.

– E o que faz essa organização?

– O problema não é o que ela faz, mas, sim, o que fará. No futuro. Vou lhe contar tudo desde o começo agora que você decidiu subir a bordo...

– Mas antes devo impor uma única condição para minha ajuda – interrompeu o jovem.

– Sim. Qual é?

– Mamãe nunca saberá nada de nossa colaboração. E, quando digo nunca, é nunca.

– Aceito.

– Se ela vier a saber alguma coisa sobre o que estamos tramando com essa sua organização Odessa, darei por encerrada minha colaboração com o senhor. Que isso fique bem claro – advertiu o rapaz.

– Está suficientemente claro, meu filho. E agora, se não houver mais condições que você queira impor, passo a lhe contar tudo o que até o momento sei a respeito da Odessa...

Durante duas longas horas, sentados num grande banco do corredor, Edmund Lienart relatou ao filho o que havia acontecido durante a reunião no hotel Maison Rouge de Estrasburgo, bem como seus encontros com Adolf Hitler no Berghof e com Martin Bormann no Ninho da Águia.

– Isso é tudo... Precisarei de você para abrir novas rotas de evasão sem que o resto da Odessa tome conhecimento delas.

– O que poderíamos temer, pai?

– É melhor estabelecer diversas vias de escape às escondidas de Bormann e seus asseclas. Quanto menos souberem esses caipiras, melhor. Isso contará pontos para nós. Os hierarcas a serem evacuados depois da guerra só precisam conhecer suas próprias rotas de fuga. É como se você e eu, internados num campo de prisioneiros, tivéssemos de abrir vários túneis para fugir. O melhor é que cada prisioneiro conheça um único túnel, pois, se for capturado, dará com a língua nos dentes. Conhecendo uma só via, um só túnel, só ele correrá perigo, não os outros – explicou Lienart.

– Qual seria exatamente a minha missão? – indagou August.

– Uma tarefa bastante delicada. Amanhã mesmo você deverá deixar a abadia e entrar em contato com o arcebispo Hudal, Alois Hudal. É o reitor do Colégio Teutônico de Santa Maria dell'Anima. Conhece-o?

– Sim. Onde devo me encontrar com ele?

– Como você é membro da Igreja, o melhor seria em Roma. Precisamos da colaboração de Hudal para que o Vaticano se transforme em um local de trânsito, em um corredor seguro para os fugitivos.

– Mas, pai... ainda não sou sacerdote. Sou apenas um seminarista. Não creio que um arcebispo de Roma vá dar ouvidos ao que um simples noviço lhe disser.

– Isso não importa – cortou Lienart num tom levemente desdenhoso. – Eis uma carta para Hudal. De qualquer forma, Roma está ocupada pelos Aliados e não há disfarce melhor, numa nação de católicos, do que um padre de batina preta que entre e saia do Vaticano facilmente. É o que você fará. Hudal tem um assistente em Roma, um tal Krunoslav Draganovic, diretor da Organização de São Girolamo. Ele poderá ajudá-lo. Preciso do apoio de

Hudal e Draganovic para conseguir do Vaticano e de Pio XII todo o apoio possível. Entregue-lhe a carta endereçada a Hudal.

– Acha que o Santo Padre nos ajudará? – perguntou August.

– Pio XII é mais anticomunista que antinazista. Acredita mais em uma Europa controlada por católicos, mesmo tendo de apoiar o Reich, do que em uma Europa dominada pelos bolcheviques, com Stalin à frente. Devemos entrar nesse jogo e chegar ao papa antes da derrocada alemã. Essa será a sua tarefa.

– Tudo bem, pai, amanhã cedo estarei a caminho de Roma. E o senhor, o que fará?

– Tenho encontros com vários banqueiros suíços e uma reunião com seis personagens sinistros.

– Quem são?

– Bormann, temendo que alguém atrapalhe nossa missão, destinou à Odessa seis carrascos da SS. Eles prestarão à causa serviços de segurança.

– Assassinos! – rugiu o jovem seminarista.

– Talvez. Mas espero não precisar utilizá-los. Estarão sob minhas ordens diretas e só farão o que eu quiser. Não pretendo recorrer a eles, repito. Vou encontrá-los num determinado local de Genebra e preciso partir hoje mesmo, à noite.

– Os suíços vão cooperar?

– Ah, esses suíços, esses gnomos! É como o Führer os chama.

– Por quê?

– Os gnomos, segundo o Talmude, são uns gênios minúsculos, feios e disformes que governam a terra onde se guardam tesouros. Os termos "feio" e "disforme" provavelmente se referem mais aos seus defeitos morais do que aos físicos, mas, seja como for, esses suíços se parecem muito com gnomos. Se você lhes oferece ouro e diamantes, abrem-lhe as portas de par em par. Tenho uma reunião urgente com vários deles e também com funcionários do Reichsbank.

– A Odessa já foi tão longe assim?

– Como eu lhe disse, todos querem salvar a pele. Quando o barco afunda, os ratos mais gordos e mais bem alimentados são os que têm maior probabilidade de sobreviver. Göring, Goebbels, Himmler, Funk e o resto são ratos gordos; eles vão querer fugir quando seu Reich de Mil Anos desaparecer do mapa sob as bombas aliadas.

– Como entrarei em contato com o senhor?

– Deixe isso comigo. É mais seguro que ninguém saiba de sua existência e de seu papel na Odessa. Quanto menos souberem, mais chances haverá de que os serviços de inteligência aliados não o descubram. Devemos jogar com vantagem. Conhece alguém em Roma?

– Tenho um grande amigo lá. Talvez ele possa até me ajudar em minha missão.

– É de confiança?

– Sim... É um sacerdote chamado Hugo Bibbiena. Sua família pertence à nobreza vaticana. Descende do cardeal Dovizi Bibbiena. Acho que tem um cargo importante na Secretaria de Estado, apesar de me terem dito que talvez trabalhe para a Entidade.

– O que é essa Entidade? – perguntou curioso Lienart.

– O serviço secreto do Vaticano.

– Ah, sim. Pois faça contato com ele, mas sem lhe mostrar todas as cartas. É melhor sabermos antes que posição o Vaticano adotará.

– Está bem, pai.

– E não saia de Roma. Talvez você possa até convencer sua mãe a ir para a nossa vila em Frascati.

– Não, não creio que eu consiga convencê-la a trocar Sabarthès pela Villa Mondragone. Ela se sente mais segura em Sabarthès.

– Pois essa será mais uma de suas missões, filho.

Os dois Lienart caminharam em silêncio para a porta da abadia. Edmund Lienart tentou beijar o filho no rosto, mas ele ergueu rapidamente a mão e apertou a do pai. Lá fora, aguardava-o um veículo militar para levá-lo até uma base da Luftwaffe, de onde tomaria um voo para Genebra. De volta à sua cela, o seminarista pensou na longa e arriscada viagem até Roma por uma Europa que caía aos pedaços em meio à tragédia.

O hotel Beau Rivage, no número 13 do Quai du Mont-Blanc, se transformara não apenas no estabelecimento do gênero mais sofisticado de Genebra, mas também no maior e mais conhecido centro de espionagem mundial numa Europa assolada pela guerra. Edmund Lienart era um cliente assíduo. Gostava de almoçar, com seus convidados, no exclusivo e discreto salão Masaryk, longe de olhares curiosos.

– Bom dia, senhor Lienart.

– Alguém perguntou por mim, George?

– Não, senhor. Mas, se alguém perguntar, nós lhe comunicaremos imediatamente.

– Obrigado, George. Peça para que subam minha bagagem e prepare-me um Martini seco.

Aquele lugar era para Edmund Lienart um oásis de paz em plena Europa convulsionada. Os jornais informavam sobre o recuo alemão das Ardenas, que em poucos dias se transformara em fuga ensandecida para lugar nenhum. As outrora formidáveis e gloriosas unidades Panzer da SS escapavam a toda velocidade para a Bélgica. O território alemão já estava em chamas, e sua sobrevivência não iria além de uns poucos meses. Para Lienart, a Alemanha era agora um paciente em estado de coma, mas o Führer o havia encarregado de uma missão que ele estava disposto a cumprir até o fim. O toque do telefone interrompeu seus pensamentos.

– Senhor Lienart?

– Sim, George?

– Seus convidados chegaram. O que o senhor quer que façamos?

– Acompanhem-nos ao salão Masaryk e atendam-nos até eu descer.

– Pois não, senhor – disse o chefe da recepção.

Lienart permaneceu por alguns minutos à janela, contemplando ao longe o majestoso Mont Blanc, que dominava a cidade, enquanto ajustava cuidadosamente a gravata de seda, presente de sua esposa. Aquela paisagem lhe lembrava o Obersalzberg. Antes de sair do quarto, examinou-se atentamente ao espelho e colocou no bolsinho do paletó de *tweed* um lenço que combinava com a gravata. Agora, sim, estava preparado para entabular uma conversa com os banqueiros e advogados suíços.

O salão Masaryk – com sua enorme lareira, suas paredes forradas de madeira e seu piso de mármore coberto de tapetes persas de lã – era imenso, mas acolhedor. Ao entrar, Lienart deparou-se com dois rostos familiares: os dos banqueiros Emil Puhl e Kurt von Schröeder. Conhecera-os durante a reunião no Maison Rouge, em Estrasburgo.

– Herr Lienart? – adiantou-se Puhl. – É um prazer revê-lo.

– O prazer é todo meu, Herr Puhl – respondeu Lienart, apertando-lhe a mão.

Os outros três homens presentes no salão não eram conhecidos, embora parecessem manter relações estreitas com os dois especialistas do Reichsbank. Um deles era Korl Hoscher, advogado impiedoso que conseguira cerca de 2 milhões de francos suíços em comissões sobre o dinheiro dos resgates dos judeus. O mais jovem, Radulf Koenig, um suíço, tinha enorme habilidade para colocar seus "clientes" nas mãos da Gestapo, depois de pagarem o resgate. O terceiro era Galen Scharff, o poderoso diretor-geral do Banco Nacional Suíço, com seus olhos cinzentos saltados das órbitas, óculos redondos de madrepérola, nariz grande e cabelo castanho muito curto, já grisalho nas têmporas. Scharff parecia diferente dos outros: mais flexível, era sem dúvida o mais astuto dos três. Responsável pelo departamento de ações desde 1942, não tinha apoio político, o que lhe emprestava a imagem de tecnocrata capaz de administrar valores e dar lucro a qualquer partido. Seu mundo era o mercado de ações, a bolsa e, sobretudo, os negócios rápidos de alta rentabilidade. Os políticos e suas "intrigas de bar", como ele mesmo dizia, no Bellevue Hotel de Berna ou no Beau Rivage de Genebra, eram gente de outro planeta.

– Bem, senhores, comecemos – propôs Lienart.

Koenig foi o primeiro a tomar a palavra.

– Herr Lienart, antes de tudo, eu quero lhe dizer que é para todos nós uma honra conhecê-lo e fazer negócios com o senhor. Espero que sejam proveitosos para ambas as partes.

Embora Lienart desprezasse aqueles tipos, sabia que iria precisar de seus serviços quando tudo acabasse, para criar bases estáveis de fundos financeiros para a Odessa. Aos olhos de um francês, aqueles suíços pequenos e vaidosos tinham sido tocados pela *húbris*, o conceito grego que se pode traduzir por "descomedimento" ou "autoconfiança excessiva". Agora, no começo de 1945, a oligarquia financeira que os três representavam era contaminada por essa mesma *húbris*. Mas já em 1939 o mundo bancário suíço acalentava a ideia de embrenhar-se no poder mundial para dele se beneficiar.

Os cofres-fortes dos grandes bancos de Genebra, Berna ou Zurique se haviam convertido em enormes cloacas onde se guardavam lingotes de ouro roubados de outros bancos centrais dos países ocupados, lingotes de ouro procedentes dos judeus mortos nas câmaras de gás e capitais desviados por Himmler, Göring ou Ribbentrop.

– Precisamos de vocês para manter abertas as linhas entre nossa organização e os fundos depositados em seus bancos, após o fim da guerra – interveio Puhl.

Uma gargalhada interrompeu a conversa. Era Korl Hoscher, que até então se mantivera em silêncio.

– Vocês, alemães, agora exigem que os ajudemos sem a mínima demonstração de decência e humildade. Desde 1939 a Suíça tem sido um de seus mais fiéis aliados na hora de lhes fornecer o necessário, inclusive matérias-primas para seu chanceler manter bem lubrificada uma máquina de guerra que arrasou diversos países. Vocês continuam exibindo as mesmas maneiras de 1939, mas hoje, em janeiro de 1945, a situação é muito diferente.

Lienart interrompeu o suíço para evitar uma resposta ainda mais agressiva da parte dos banqueiros alemães.

– Eu sou francês, senhor Hoscher, um estrangeiro ou, como vocês suíços dizem, um *di cheibe Usländer*, um maldito gringo. O senhor tem razão em parte, mas sem dúvida nem o senhor, nem os banqueiros de seu país nem os políticos da Confederação se lembram de que a Alemanha e a Suíça estão unidas por um vínculo que foi estabelecido em 1939. Esse vínculo nos amarra uns aos outros. Acredita sinceramente que a imagem da Suíça se manterá intacta e imaculada depois que o Terceiro Reich desaparecer? Acha que os americanos e os ingleses não lhes pedirão contas por sua ajuda à Alemanha? Supõe que ninguém jamais baterá à sua porta para reivindicar o dinheiro ou o ouro roubado que guardam nos cofres-fortes de seus bancos? Vocês, suíços, são uns pobres idiotas. A Suíça é uma puta de bordel que quer se passar por virgem; mas eu lhe asseguro, senhor Hoscher, que americanos, ingleses, poloneses, húngaros, tchecos e mesmo comunistas sabem muito bem com quem a puta se deitou e quanto extorquiu.

Os assistentes permaneceram num silêncio total e incômodo enquanto Lienart falava, mas ninguém ousou intervir. Enchendo um copo de conhaque francês, ele prosseguiu:

– De certa forma, deixe-me dizer, senhor Hoscher, vocês se parecem muito com os alemães, e não só pela estreita colaboração econômica e financeira que mantiveram com a Alemanha. Seu governo conserva o costume tipicamente germânico da prepotência. Gosta de alardear democracia e liberdade de imprensa enquanto amordaça sem piedade todo aquele que pretenda macular seu paraíso de pradarias verdejantes, montanhas cristalinas, dinheiro, bancos e chocolate. Vocês são até mais antissemitas que os alemães. A única diferença é que os alemães sujam as mãos matando os judeus, ao passo que os suíços os expulsam covardemente para a fronteira, para a morte certa... Mas, claro, vocês não se rebaixam a tanto, vocês não puxam a alavanca das câmaras de gás nem jogam os corpos nos fornos crematórios. Por isso, sem dúvida, dormem bem... Não é assim, senhor Hoscher?

Os três suíços começaram a mostrar certa inquietude e mal-estar ante o ataque do francês.

– E agora, sabendo que a puta não é virgem, proponho falar de negócios – rematou Lienart. – De acordo?

Os presentes concordaram com um aceno de cabeça.

– Perfeito. O senhor Puhl lhes dirá quais são as nossas necessidades – informou Lienart.

Emil Puhl era o homem que de fato mandava no Reichsbank. Tinha uma expressão maliciosa e um olhar zombeteiro, mas sabia ser enérgico. Não tomava chá em Berchtesgaden nem era chamado no meio da noite à Chancelaria do Reich e muito menos podia beijar a mão de Eva Braun ou acariciar

Blondi, a fiel pastora-alemã de Hitler. Para isso existia o serviçal Funk. Puhl era austero e ao mesmo tempo ambicioso; sem dúvida, sentia o maior desprezo por seu chefe, odiando-o na mesma medida em que o invejava. Era Funk quem tomava chá com Hitler e delirava com ele sobre um império pangermânico milenar que se estenderia do Atlântico à Ásia. Mas no Reichsbank, em Berlim, quem mandava era Puhl. Suas estreitas relações com Himmler tornavam-no um homem muito poderoso; ainda assim, os outros líderes do partido ignoravam que essas relações se haviam transformado em amizade quando Puhl recomendara ao todo-poderoso chefe da SS que abrisse contas de depósito no Reichsbank para o ouro dos mortos nas câmaras de gás de Auschwitz, Maïdanek ou Buchenwald. Uma parte pequena, mas considerável, desse ouro (extraído quase todo dos dentes dos judeus executados) foi parar em duas contas abertas nos nomes de Max Heilinger e Heinrich Melmer. Sob esses nomes se escondia Heinrich Himmler – e Puhl não ignorava isso.

– Chegou a hora de a Suíça e seus bancos deixarem de financiar a guerra para financiar a paz – declarou o vice-presidente do Reichsbank. – Dentro de pouco tempo, a Alemanha não precisará mais de manganês, volfrâmio, cromo, ferro, tungstênio ou mesmo petróleo. Daqui a alguns meses, estaremos precisando de ouro, diamantes e dinheiro vivo em moedas estrangeiras. Com esse objetivo, Herr Lienart foi autorizado pelo próprio Führer a recorrer aos fundos que estão depositados em seus bancos tão logo o Terceiro Reich desapareça.

– E como pretendem fazer isso? – indagou Koenig.

Puhl tirou um volumoso relatório de sua pasta de couro e começou a fornecer uma série de dados.

– A partir de 1943, com Stalingrado, a guerra tomou outro rumo para nós. A contraofensiva soviética progride rapidamente. No norte da África, está tudo perdido. Nossas relações econômicas com vocês, suíços, são magníficas e foram se estreitando cada vez mais a partir do próprio Reichsbank, da Wehrmacht e dos ministérios dos Transportes e Armamentos. – Nesse ponto, alguém interrompeu o relato de Puhl.

– Os Aliados vêm pressionando nosso país para que não aceitemos seus depósitos de ouro e para que cortemos as linhas de abastecimento de matérias-primas – disse Scharff.

– Enquanto a Suíça ganhar dinheiro com a Alemanha, não creio que lhes convenha cortar as linhas nem fechar suas fronteiras às nossas remessas – interveio Kurt von Schröeder, o economista especializado em operações monetárias, que até o momento se mantivera prudentemente alheio à disputa com os três suíços.

– Herr Schröeder, você e seu governo devem saber que a Suíça vem desempenhando um papel muito difícil na atual conjuntura – observou Koenig. – Os Aliados, sobretudo os americanos, pressionam meu país desde o final de 1943, alegando que, se houvéssemos cortado nossos serviços bancários e os créditos do Banco Nacional Suíço à indústria de armamentos alemã, a guerra teria terminado antes.

– Isso porque vocês preferiram ganhar dinheiro com a situação e agora não sabem como se livrar de nós – respondeu Von Schröeder, indignado.

– Ninguém vai se livrar de ninguém – contemporizou Puhl, tocando o braço de Von Schröeder para acalmá-lo. – Agora precisamos ser pacientes e pragmáticos. Foi para isso que viemos a Genebra. Quero lembrar as palavras de nosso Führer: todo negócio com a Suíça deve ser feito em tom amistoso. O Terceiro Reich, como bem disse Herr Lienart, tem os dias contados, e o melhor é pensarmos não em erros e consequências, mas no futuro de nossa Alemanha. Se me permitem, continuarei expondo os fatos.

– Prossiga – disseram os presentes.

– Funk, o ministro da Economia, confirmou que a Alemanha e o Reichsbank não podem renunciar, um dia sequer, à possibilidade de efetuar transações de divisas com a Suíça e, em especial, à troca de ouro por divisas conversíveis e perfeitamente legais. Nossa sobrevivência está em jogo e depende dessas operações. Em poucos dias, queremos que a Suíça aceite um importante carregamento de ouro procedente do Reichsbank, que ficará depositado em nome de Edmund Lienart, aqui presente, nos cofres-fortes do Banco Nacional Suíço. Os lingotes serão transportados por rodovia até a fronteira, em Basileia. O comboio terá como escolta unidades da SS. Depois da fronteira, passará a ser acompanhado por unidades policiais suíças e pelo pessoal civil armado do Reichsbank. O ouro irá então para a caixa-forte principal do banco. Os documentos e comprovantes do depósito serão preparados pelos advogados aqui presentes, senhores Hoscher e Koenig.

– De que modo o senhor Lienart fará a retirada dos fundos? – perguntou Scharff.

– Nunca em lingotes de ouro diretamente. Poderia ser perigoso e não escapar à vigilância dos americanos. Quando Herr Lienart precisar desses fundos, avisará os senhores por meio de anúncios cifrados na página 10 do *Neue Zürcher Zeitung* – respondeu Puhl.

– Em que moeda os depósitos serão feitos?

– O melhor é utilizar o franco suíço. Se os depósitos excederem certa quantidade de dólares, os serviços de inteligência americanos, por intermédio de seu Departamento do Tesouro, desconfiarão, e isso nem de longe nos interessa. Preferimos que tudo se faça em francos.

– O ouro virá em lingotes? – perguntou Scharff.

– Não, a maior parte chegará em caixas metálicas na forma de *Preussische Münz*, moedas prussianas com números de série anteriores a 1939. As moedas foram cunhadas há poucas semanas, mas, para evitar seu rastreamento, foi-lhes aplicado um número de série anterior à campanha da Polônia. Assim se evitarão perguntas incômodas e respostas incorretas.

– Que explicação dará o banco se alguém fizer uma dessas perguntas incômodas, senhor Puhl?

– Muito simples. Os altos funcionários do Banco Nacional alegarão que só aceitam ouro para pagamento das exportações de armas e produtos industriais suíços ao Reich. O ouro é, pois, apenas o ressarcimento dos créditos de compensação concedidos por sua entidade e uma parte da dívida que o Reich tem com a Suíça.

– Certo – concordou Scharff. – Os senhores realmente pensaram em tudo.

– Tomara que sim – disse Puhl. – De fato, para vocês, suíços, o negócio vale a pena. Enquanto a Europa cai aos pedaços, nosso ouro continuará chegando aos seus cofres. Preservem o segredo de nossa associação e garanto-lhes que a Suíça sairá desta guerra como uma das nações mais ricas do mundo.

– Teremos de calcular a onça com relação à qualidade do ouro que vocês nos entregarem.

– Não haverá problema – interveio Von Schröeder –, desde que mantenham o limite de 35 dólares por onça.

O banqueiro suíço procurou calcular de cabeça:

– Isso dá... 1.125.276 dólares por tonelada a uma taxa de 4,2 francos suíços por dólar. Sem dúvida, um bom negócio para ambas as partes.

– Nós só queremos que vocês sejam rápidos para entregar as quantidades de dinheiro de que Herr Lienart venha a necessitar. Que sejam rápidos e não façam perguntas.

– Por favor, confiem em nós como seu Führer vem fazendo desde o início da guerra. Já sabem que, na Suíça, somos pouco dados a fazer perguntas, talvez por vergonha ou talvez por respeito à privacidade alheia. Fiquem tranquilos porque não haverá perguntas de nenhum funcionário do meu banco, de nenhum funcionário aduaneiro ou da polícia sobre a questão das remessas. Disso se ocuparão os senhores Hoscher e Koenig.

– Espero que seja assim. Não gostaríamos de fazer alguma coisa contra alguém caso não se atendam aos nossos pedidos – advertiu o funcionário do Reichsbank.

– Quando será enviado o primeiro comboio? – perguntou Scharff.

– Precisamos ainda tomar medidas de segurança para impedir que os Aliados saibam de nossa operação. Em todo caso, vocês serão informados no devido tempo pelo senhor Lienart. Por ora, é só esperar.

– Gostaria de perguntar-lhe, senhor Puhl, se nosso embaixador Frölicher sabe que nos reunimos – disse o banqueiro.

– Será informado no devido tempo. Aliás, não creio que no momento seu embaixador em Berlim esteja preocupado com esta reunião. Os aviões aliados não lhe estão dando trégua suficiente para que possa pensar no assunto – respondeu Puhl em tom meio sarcástico, referindo-se aos contínuos bombardeios sobre a capital do Reich.

– Certo. Então, espero que vocês informem nosso embaixador em Berlim quando acharem oportuno. Não quero que o Banco Nacional da Suíça infrinja a legislação do país. Se puserem nossa embaixada em Berlim a par do assunto, ficaremos protegidos caso haja alguma altercação com os americanos.

– Vocês, suíços, sempre tentando tirar o corpo fora e esquivar-se da lama que possa salpicá-los! – observou Von Schröeder. – São mesmo uns verdadeiros artistas quando se trata de sair limpos; sairiam limpos até de uma luta no barro.

– Então, se não há mais perguntas, podemos dar por encerrada a reunião – declarou Edmund Lienart.

Os seis homens se levantaram e, após apertarem as mãos dos demais, os três suíços se dirigiram para a saída. Galen Scharff manteve-se a certa distância de Korl Hoscher e Raduff Koenig. Para o banqueiro, aqueles dois advogados eram de casta inferior. Formado pela Universidade Católica de Lucerna, Scharff representava a sétima geração de banqueiros da família e tinha de deixar isso bem claro aos dois desclassificados. Antes de deixar o salão Masaryk, o banqueiro tomou o braço de Lienart e acompanhou-o até a porta.

– Sabe o que Voltaire dizia dos banqueiros suíços? – perguntou.

– Confesso que não – respondeu Lienart.

– Voltaire morou cerca de vinte anos perto de Genebra e escreveu que, quando um banqueiro vê outro pular pela janela, pula também porque certamente há aí algo a ganhar – riu Scharff, estendendo a mão ao francês.

– Pois espero que pulemos juntos por essa janela, Herr Scharff – retrucou o chefe da Odessa com um leve sorriso nos lábios, enquanto despedia-se do seu último convidado.

– Não duvide, amigo Lienart, não duvide – garantiu o executivo suíço.

Antes que Galen Scharff se perdesse no meio de uma pequena multidão de homens de negócios apinhados na recepção do elegante hotel, Lienart lhe fez uma última pergunta:

– Voltaire chegou a pular pela janela?

O diretor-geral do Banco Nacional Suíço parou surpreso e respondeu olhando o francês diretamente nos olhos:

– Voltou a Paris com 84 anos, podre de rico graças aos banqueiros suíços, que aplicaram seu dinheiro em empréstimos prussianos e no rentável tráfico de escravos. Como vê, também ele pulou pela janela – concluiu, sorrindo, antes de desaparecer.

Lienart, voltando ao salão, viu que Puhl e Von Schröeder haviam se servido cada qual de um copo de conhaque. Dirigiu-se ao pequeno bar para servir-se de um também.

– Acredita que Scharff cumprirá sua palavra? – perguntou Von Schröeder.

– Não lhe restará alternativa se fizermos ele e seu banco ganharem dinheiro. Só haverá problema se esse lucro cessar.

– O que acontecerá, então? – perguntou Puhl.

– Nem queira saber, Herr Puhl.

Lienart pensava na reunião que haveria dentro de algumas horas em uma casa de Chambésy, não distante de Genebra. Antes de sentar-se ao lado dos dois banqueiros alemães, olhou o relógio. Tinha tempo.

Chambésy

Edmund Lienart percorreu rapidamente os pouco mais de quatro quilômetros entre o hotel Beau Rivage e a residência onde ocorreria a reunião com os seis assassinos da SS. Da estrada de Lausanne, que ia dar em Chambésy, tinha-se uma vista agradável do lago Leman. Apesar do frio, Lienart conservou baixada a capota de seu BMW 327. Gostava de sentir o ar gelado no rosto. Poucos minutos depois, chegou à cidade e, virando à esquerda, entrou em uma rua sem saída em cuja extremidade se erguia uma alta grade de ferro. Vários homens armados, vestidos como os guardas florestais bávaros, de calças curtas de couro e suspensórios bordados, patrulhavam o perímetro interior rodeado de muros com cercas elétricas. Quando o veículo parou, dois vigias saíram de uma guarita e se aproximaram. Um deles examinou o recém-chegado e abriu a grade.

O BMW entrou num grande pátio em cujo centro se via uma fonte e deteve-se em um dos lados do edifício. A casa era uma vila construída em fins do século XIX por ricos comerciantes armênios. Já em ruínas, fora adquirida por um próspero banqueiro suíço que, morrendo sem herdeiros, doara-a ao Estado. No local tinha funcionado um cassino e, posteriormente, um centro de convivência germano-suíço.

Ao descer do veículo, ele avistou os dois guardas armados de metralhadoras.

– Herr Lienart? – disse uma voz às suas costas.

– Sim, sou eu.

– Siga-me – pediu o mordomo, com forte sotaque alemão.

O interior da casa principal exibia ainda alguns toques de decoração oriental e móveis em estilo inglês, combinando com os afrescos do teto que mostravam cenas de caça.

– Deseja instalar-se antes em seu quarto?

– Sim, obrigado. As pessoas que espero já chegaram?

– Já, senhor. A maioria está em seus quartos. O restante, na biblioteca.

– Ótimo. Convoque-os para daqui a dez minutos. Vou entrevistá-los um por um.

– Farei isso, senhor.

O quarto de Lienart era amplo e claro, com magnífica vista para o lago. Ele viu sobre a mesa uma garrafa de licor de cereja preta, excelente para aquecer. "Está na hora", pensou, após consultar o relógio.

Munido dos relatórios pessoais que o comissário Koch lhe entregara no Kehlsteinhaus, no Obersalzberg, preparou-se para conhecer os responsáveis pela segurança da Odessa.

Um grande escritório de onde se descortinava o lago próximo foi o local escolhido por Lienart para entrevistar os seis membros da SS. Estava ainda de costas para a porta, admirando a paisagem, quando ouviu o ruído seco de uma batida de calcanhares. Virou-se. Diante dele estava um homem jovem de cabelos ruivos e rosto infantil, vestido com uma blusa de lã xadrez.

– *Heil, Hitler* – cumprimentou o recém-chegado, estendendo o braço direito.

– Nada de saudações do partido. Assim, ninguém saberá que são alemães. Se você continuar gritando desse jeito, em menos de dois minutos teremos aqui toda a espionagem aliada. A partir de agora, fica suspensa para você e seus companheiros a saudação ao nosso Führer. Entendeu? – instruiu

Lienart, enquanto lia o histórico militar do homem que continuava em posição de sentido à sua frente. – Pode sentar-se.

O sargento Ulrich Müller sentou-se, rígido, na borda da poltrona.

– Vejo que combateu na frente oriental.

– Sim, senhor. No Báltico, com o Einsatzgruppe A dos Einsatzkommandos 3, integrantes do Grupo de Exércitos Norte, sob as ordens diretas do general Franz Walter Stahlecker.

– Pelo que sei, é bastante hábil no manejo do fuzil.

– Sim, senhor, caçava muito com meu pai antes da guerra. Sou capaz de acertar um alvo a mil metros.

– Segundo sua folha de serviços, até crianças – disse Lienart, provocando certa tensão em Müller.

Os assassinos da SS gostavam de liquidar populações inteiras, mas não de falar sobre o assunto. Lienart prosseguiu, sempre lendo o informe:

– Sua unidade era especializada em quê?

– Participamos de operações de limpeza de judeus e guerrilheiros em vastas zonas da Letônia, senhor – respondeu Müller.

– Vê algum problema em receber ordens de um superior não alemão, senhor Müller?

– Nenhum, senhor. Meus superiores me informaram, e aos outros companheiros, que sua missão é primordial e prioritária para o futuro do Reich e que a sobrevivência de nossa Alemanha depende dela. Fui treinado para receber ordens, acatá-las e não fazer perguntas.

A unidade de Ulrich Müller havia sido responsável pelo assassinato de 30 mil judeus no gueto de Riga. Sua especialidade era praticar tiro ao alvo com uma espingarda de franco-atirador em judeus e guerrilheiros. No Báltico, acabaram com a vida de 130 mil homens, mulheres e crianças, entre os judeus e guerrilheiros aprisionados.

– Bem, senhor Müller, a partir deste momento você faz parte de nossa pequena unidade secreta. Nada do que escutar aqui poderá ser repetido lá fora.

– E se algum superior me interrogar? – perguntou o SS.

– Pedirá que ele se dirija ao ministro secretário Bormann. Ao ouvir esse nome, parará de interrogá-lo. E agora pode retirar-se e chamar seu próximo companheiro.

O suboficial se pôs em pé e, após bater os calcanhares, saiu do escritório. Mas antes Lienart chamou-lhe a atenção:

– Senhor Müller, esqueça a partir de agora a batida de calcanhares e a posição de sentido. Eu sou civil, e essas formas de saudação não são necessárias comigo.

– Entendido, senhor – disse Müller, fechando a porta.

Uma leve batida indicou a Lienart que o candidato seguinte esperava para vê-lo.

– Entre – ordenou.

A porta se abriu e apareceu uma mulher pequena, magra, mas de olhar penetrante, indagador. Lienart, sem se virar para ela, abriu a pasta.

– Sente-se.

– Prefiro ficar em pé – disse a mulher.

– Mandei que se sentasse – repetiu Lienart em tom autoritário.

A mulher franziu o cenho, mas obedeceu.

– Leio aqui que você é membro do corpo médico da SS.

– De fato. Destinada a trabalhar de 1940 a 1943 no campo de concentração de Ravensbrück, sob as ordens do doutor Gustav Gebhart.

Para Lienart, o rosto daquela mulher era o de um monstro, o de um dos milhares de monstros em que muitos alemães de bem haviam se transformado. E agora ele iria ajudá-los a escapar da justiça.

– Você foi muito bem recomendada pelo comissário Koch.

– Sei disso, senhor. Sou bastante eficiente em meu trabalho. Gosto dele – respondeu a doutora Bertha Oberhaser.

As experiências médicas feitas por aquela mulher consistiam principalmente em provocar cortes nos prisioneiros e infectá-los para simular os ferimentos dos soldados alemães que combatiam na frente. Usava lascas de madeira para isso, pregos enferrujados, cacos de vidro, imundícies e serragem.

– Vê algum problema em receber ordens de um superior não alemão, doutora Oberhaser?

– Não, senhor. Só gostaria de saber por que um alemão não está liderando a missão para a qual meus companheiros e eu fomos designados.

– Não foi isso o que lhe perguntei. Sua opinião importa muito pouco ao Reich – emendou Lienart. – Quero saber apenas se cumprirá minhas ordens sem discutir.

A mulher se mexeu na poltrona.

– Sim, senhor, eu cumprirei suas ordens até o fim.

– Está bem. Pode retirar-se.

O candidato seguinte foi Hubert Böhme, um homem mirrado, com ares de professor interiorano, que chefiava o 4º comando especial do Sonderkommando 1005 dos Einsatzgruppen. Arquiteto antes da guerra, perdera o emprego e se alistara na SS. Por seu brilhante desempenho em Babi Yar, em Kiev, havia recebido a Cruz de Ferro de Primeira Classe.

– Então fez parte da operação de Babi Yar? – perguntou o francês.

– Sim, senhor, e com muito orgulho. Em apenas dois dias, liquidamos cem mil judeus. Cinquenta mil por dia...

Lienart ergueu os olhos do relatório a fim de observar o rosto daquele homem de aparência normal, que se vangloriava de haver chacinado cem mil seres humanos, homens, mulheres e crianças, em apenas 48 horas.

Com seus profundos olhos claros, Böhme não se sentia à vontade diante daquele desconhecido que o fitava de cima e não era sequer alemão. Lienart observou que Böhme ajeitava com cuidado o pouco cabelo que ainda tinha para disfarçar sua incipiente calvície.

– Qual foi o seu último posto? – perguntou Lienart.

– Quando me informaram que devia me apresentar ao senhor aqui em Genebra, integrava a Aktion 5.

– O que é a Aktion 5?

– Nossos superiores ordenaram que apagássemos quaisquer traços das execuções em massa promovidas por nossa unidade na Rússia e na Ucrânia, sobretudo em Babi Yar. Exumamos os cadáveres das valas comuns, os empilhamos e queimamos para que os bolcheviques só encontrassem cinzas.

Lienart ficou horrorizado ao ouvir aquele ex-arquiteto descrever com a maior frieza como facilitara o trabalho alternando camadas de lenha e cadáveres ou usando trilhos como grelha. Aquilo o deixava sumamente orgulhoso.

O próximo a entrar no escritório foi Rudolf Creutz, membro do Einsatzgruppe C, que operara no norte e no centro da Ucrânia, em territórios ocupados do Leste, até outubro de 1941. Lienart se surpreendeu ao ler em seu histórico que Creutz tinha dois doutorados, em Direito e Economia Política, motivo pelo qual seus companheiros de unidade o chamavam, segundo a mais pura tradição acadêmica alemã, de "doutor Creutz".

– Você é advogado e economista? – perguntou Lienart, curioso, àquele homem de maneiras finas e ares de professor universitário, que revirava o chapéu nervosamente nas mãos.

– Sim, senhor. Obtive ambos os doutorados na Universidade de Leipzig, antes da guerra.

Com a aprovação de Reinhard Heydrich, Creutz fez por merecer o respeito de seus superiores quando se ocupou, entre janeiro e fevereiro de 1940, da execução secreta de presos políticos no campo de concentração de Soldau. De junho a outubro de 1941, chefiou o Sonderkommando integrante do Einsatzgruppe C, responsável pela descoberta e execução de comissários políticos da NKVD, o serviço secreto russo. Sua unidade localizou e liquidou quase seiscentos desses comissários.

O quinto candidato era o capitão SS Walther Hausmann. Em junho de 1941, ele fora designado para o Einsatzgruppe D, que operava no setor sul da frente oriental, especialmente na Ucrânia e na Crimeia. Participara do extermínio dos judeus, da repressão aos grupos de guerrilheiros e do combate à resistência russa. No desempenho de suas funções, foi responsável pela matança de Simferópol, onde pelo menos 14.300 pessoas – na maioria, judeus – pereceram. No total, atribuíram-se ao comando especial de Hausmann mais de 90 mil execuções.

– Sente-se, senhor Hausmann – ordenou Lienart enquanto consultava sua ficha.

Apesar da origem humilde, Hausmann havia estudado Economia em Göttingen e, em 1930, lecionado em diversas instituições.

– É economista, certo?

– Sim, sou.

– Gosta de seu trabalho?

– Muito, senhor. Alguém tem de fazê-lo para manter limpo o território do Reich.

– O que sabe sobre esta missão?

– Nada, senhor. Só me disseram, e creio que também aos meus companheiros, que é um trabalho vital para o futuro do Reich. Quando nos dará mais detalhes?

– Quando terminar de entrevistar todos vocês, explicarei qual a função de cada um na operação montada – respondeu Lienart. – Até lá, esperarão minhas ordens nesta casa. Agora, por favor, peça que o senhor List entre.

O sexto membro da segurança da Odessa era o major da SS Erhard List. Antigo membro da SD, o Serviço de Segurança e da Sipo, a Polícia de Segurança, uma agência de informações da SS, na Estônia, havia desempenhado um papel fundamental na deportação maciça de judeus dos países bálticos. Filho de um contador da IG Farben, estudara Direito nas universidades de Munique e Colônia. Em Riga, integrou o 1º e o 2º Einsatzkommando. Essas unidades se ocuparam da destruição de sinagogas, da liquidação de quatrocentos judeus e da criação de grupos locais com o propósito de promover os *pogroms*. No começo de julho de 1941, partira para a Estônia a fim de cumprir, naquele país, a ordem do Führer de executar, sem demora, judeus, ciganos, comunistas e doentes mentais. Um informe datado de 15 de outubro de 1941 resumia a grande operação liderada por List na Estônia, onde tombaram mais de mil prisioneiros.

– Vejo que você é muito eficiente em seu trabalho de liquidar prisioneiros – observou Lienart.

– De fato. Creio até que o recorde dos Einsatzgruppen é meu. Orgulho-me de reconhecer que conseguimos eliminar 474 judeus e 684 comunistas em menos de onze horas. Um recorde, sem dúvida – disse List, alisando as pernas da calça à espera de um sorriso de aprovação daquele francês distinto que o entrevistava.

Lienart não conseguia entender por que aqueles SS, homens comuns, cidadãos exemplares, muitos deles com alto nível intelectual, haviam se consagrado à causa de executar outras pessoas, sem o menor laivo de humanidade, em nome da ideologia da pureza de uma raça.

– Em virtude de sua formação, você ficará no comando de nossa pequena unidade – avisou Lienart.

– A quem me reportarei? A quem responderei pelas ordens recebidas? – perguntou List.

– A mim, somente a mim. A mais ninguém. E agora, tenha a bondade de chamar seus companheiros para que fiquem a par de sua missão.

– Imediatamente, senhor – disse List, dirigindo-se para a porta e chamando os cinco companheiros que esperavam do lado de fora.

Depois de reunir a todos, Lienart lhes narrou a fundação da Odessa, sua reunião com o Führer e a escolha do grupo para a segurança da organização.

– Vocês formarão uma equipe que passará a chamar-se Kameradschaftsshilfe, ajuda do camarada. Essa será sua tarefa após o fim da guerra, que não tarda.

– Qual será exatamente o nosso trabalho na Kameradschaftsshilfe? – quis saber Böhme.

– Deverão impedir que pessoas inconvenientes se aproximem de mim ou da Odessa. Só agirão se eu mandar e, enquanto isso, permanecerão nesta casa. A partir de agora, aqui é o seu lar. Acostumem-se a essa ideia, e acostumem-se rápido. A Europa está caindo aos pedaços e o caos reina à nossa volta. Preciso tê-los o tempo todo à minha disposição para as emergências. Repito: permanecerão aqui até novas ordens. Alguma pergunta?

– Quando podemos nos instalar? – indagou Müller.

– Agora mesmo. Mais perguntas?

– Quem informará onde estamos aos nossos superiores? – perguntou Creutz.

– Ninguém. A partir deste momento, eu serei seu único superior. Pessoa alguma poderá lhes fazer perguntas, nem a SS, nem o partido, nem sequer o alto-comando da Wehrmacht. Do jeito que vão as coisas, eles não se preocuparão muito com o paradeiro de meia dúzia de membros da SS.

– Eu não gostaria de ser fuzilada ao entrar de novo na Alemanha – disse a doutora Oberhaser.

– Querida doutora, você não deve se preocupar mais com o que lhe possa fazer a Gestapo, caso a tomem por desertora. Pense, antes, no que os Aliados lhe fariam se a prendessem. Sem dúvida, americanos, ingleses e russos já sabem das experiências que conduziu com crianças, injetando-lhes azeite ou hexobarbital para extirpar-lhes os membros e órgãos vitais. O melhor que poderia acontecer a você seria cair nas mãos da Gestapo, que a acusaria de desertora e a executaria num piscar de olhos. Já os serviços secretos aliados a mandariam diretamente para a forca. Isso, sim, seria ruim para você, doutora Oberhaser. Agora, se tudo estiver claro, mãos à obra!

Naquela mesma noite, Edmund Lienart lia os jornais de Genebra, que informavam sobre o implacável avanço das tropas soviéticas, já bem perto da capital do Reich. As primeiras páginas mostravam fotos de soldados alemães deixando a Bélgica enquanto as forças aliadas lançavam cerca de 3 mil toneladas de bombas sobre Berlim. O capítulo final começava a ser escrito.

IV

Em algum lugar do Atlântico

— Subir periscópio! – ordenou Heinz Schäffer, comandante do U-977.

O U-977, submarino do tipo VIIc, fora construído nos estaleiros Blohm und Voss de Hamburgo e destinado à 31ª U-Flottile no começo de 1945. Desde então, passara a atacar os comboios aliados que cruzavam o Atlântico levando armas, munições e tropas para a Europa.

– Atenção! Sabe qual é a nossa posição?

– Sim. É 150, senhor – respondeu o piloto.

– Ótimo, então vamos.

– O que está acontecendo? – perguntou o imediato, o alferes Otto Fiehn.

– É o U-32. Detectou um comboio britânico bem perto de nós. Deveremos alcançá-lo em dez horas. Avise a tripulação. São mais de trinta navios de carga. O U-32 ficará à nossa espera. Seguirá o comboio e nos manterá informados.

– Está bem, senhor.

Fiehn empunhou o interfone e, após dar um sinal, avisou a tripulação.

– Ouçam todos. O U-32 está perseguindo um comboio. Vamos nos juntar à caçada. O contato se dará a qualquer momento depois das seis. Câmbio.

O submarino manobrou para oeste e, durante horas, navegou por mar tempestuoso.

– Maldito tempo! Poderíamos passar ao lado dos ingleses sem vê-los. Já deveríamos ter chegado. Por que não recebemos notícias do U-32?

– A visibilidade é nula, senhor – gritou o vigia da coberta.

– Evacuem a ponte. Depressa. Fechem as escotilhas e vamos continuar a trinta metros – ordenou Schäffer.

– Proa descendo dez. Popa subindo cinco – marcou o navegador. – Proa a zero, popa a zero.

– Por que submergimos? – perguntou o cozinheiro do outro lado do barco.

– Por causa da acústica. Com tempo ruim, aqui embaixo se escuta melhor que na superfície.

– Popa subindo cinco. Algum sinal? – perguntou o capitão ao operador do sonar.

– Não, senhor.

Minutos depois, o operador alertou Schäffer:

– Capitão, contato a 160 graus. É bem grande.

– Direção?

– Vão para leste. Quarenta e cinco graus e aumentando.

– Para a superfície, rumo um, três, zero. Proa subindo dez. Popa descendo cinco. Anotem no diário de bordo: "Apesar do mau tempo, decidimos entrar em ação" – ordenou Schäffer enquanto estudava os mapas de navegação. – Onde estamos? – perguntou.

– Nós estamos aqui e o comboio... também deveria estar perto.

Enquanto procuravam calcular sua posição, ouviu-se um grito na ponte.

– Barco a estibordo, barco a estibordo! Alarme, alarme! – bradou o vigia.

Schäffer, com o binóculo, tentava identificar o tipo de embarcação que avançava contra eles numa velocidade de quarenta graus a estibordo.

– Merda, está vindo rápido demais! É um contratorpedeiro – gritou o capitão. – Submergir, submergir! Posição de combate. Tripulação a postos na sala de torpedos.

Os tripulantes saltaram de seus estreitos beliches e correram para a proa, ao mesmo tempo em que uma forte luz vermelha iluminava o interior do U-977.

– Ventilação fechada, senhor – avisou o maquinista em meio à confusão.

– Inundem as câmaras. Proa descendo dez. Manter profundidade de periscópio – ordenou o capitão, tentando avistar o contratorpedeiro em meio à neblina. – Armar tubos de um a quatro.

– Do um ao quatro armados, senhor – gritou o artilheiro.

– Preparem-se para atacar, senhores.

– Alguma coisa no sonar?

– Barulho de hélices a 110 graus... na zona da popa. Sinal muito fraco. Está se afastando.

– Manter profundidade.

– Proa subindo dois. Popa descendo dois. Niveladas a 13,5 metros – informou o imediato.

– Abram a comporta dos torpedos – ordenou Schäffer, ainda buscando sua presa pelo periscópio. – Velocidade, seis nós a bombordo. Distância, uma milha. Profundidade, dois metros. Velocidade de torpedos, catorze nós. Abram a comporta dos torpedos de um a três. Ângulo de três graus.

O capitão descreveu um giro de 360 graus com o periscópio, para localizar o contratorpedeiro.

– Maldição! – resmungou Schäffer entre dentes. O navio de guerra inglês se evaporara como num passe de mágica. Mas, de súbito, reapareceu à popa.

– Ganhem profundidade, ganhem profundidade! Abaixando periscópio – gritou.

A fina quilha do contratorpedeiro começou a deslizar sobre eles a três metros de distância.

– Atenção, cargas de profundidade! – alertou o oficial do sonar.

Segundos depois, o U-977 era sacudido por fortes abalos. Fumaça espessa invadiu o interior do submarino. O cheiro de óleo, suor, medo e comida rançosa espalhou-se pelos compartimentos do barco.

– Aqui é a ponte. Informe os danos – pediu Schäffer. – Devem ter avistado o periscópio. Incrível, com um mar destes. Barulho mais forte ou mais fraco?

– Constante, senhor. Duzentos e oitenta graus à frente e aumentando. Duzentos e noventa...

– Leme a bombordo e manter o rumo.

– Proa descendo quinze. Popa descendo dez. Abram a ventilação – ordenou o oficial Fiehn.

– À frente com velocidade máxima. Ele ainda está lá em cima, eu sei.

Segundos depois, outra série de cargas sacudiu novamente o submarino.

– Apaguem as luzes.

A luz vermelha inundou de novo o interior, deixando na sombra os rostos contraídos pelo medo.

– Navegação silenciosa.

– Aproximadamente... 52 graus a estibordo – sussurrou o responsável pelo sonar.

– Sala de máquinas... a todo vapor. Em frente.

– Está vindo em nossa direção – disse Fiehn.

– Ele sabe o que faz – reconheceu o capitão.

– Senhor, o contratorpedeiro está perto. Bem em cima de nós.

– Vamos descer mais – ordenou Schäffer.

– Popa subindo dez.

O submarino começou a estremecer com a pressão contra suas paredes e seus anteparos, como se um gigante tentasse esmagá-lo entre as mãos.

– Descer mais – voltou a ordenar o capitão.

Quando o batímetro indicava 180 metros, veio a terceira série de cargas de profundidade. A forte onda de expansão fez saltar algumas válvulas do interior.

– Fixada a válvula do indicador de profundidade. O submarino está nivelado – informou o maquinista.

– Agora posso ouvi-lo melhor, senhor. Está descrevendo círculos.

– Quietos. Está bem em cima de nós.

– Sinal mais fraco a estibordo, senhor. Afasta-se.

– Tem certeza?

– Nenhum sinal, senhor.

– Pois então isto é tudo por enquanto, cavalheiros. Vamos prosseguir em navegação silenciosa. Um terço à frente, cinquenta rotações – ordenou o capitão Schäffer.

Durante os seis dias seguintes, o U-977 permaneceu na zona de patrulha sem descobrir o mínimo rastro do inimigo ou dos comboios aliados. Ao amanhecer do sétimo dia, o vigia da ponte deu o alerta.

– Comboio a bombordo, senhor.

Schäffer avistou pelo binóculo uma fila de uns trinta navios.

– Torpedos de um a quatro preparados. Atenção, sala de máquinas. Avante a bombordo 107 graus.

O submarino dirigiu a proa para a retaguarda do comboio, como um lobo aproximando-se da presa mais vulnerável da manada.

– Atrás e a bombordo. Posição, cinquenta. Distância, vinte e dois, zero, zero. Direto ao objetivo. Torpedos um e dois prontos para disparo – ordenou o capitão.

– Alvo inimigo fixado, senhor – gritou o chefe dos artilheiros.

– Quinze a estibordo. Motores a duzentas rotações. Temos de abrir uma brecha ao primeiro tiro – advertiu Schäffer para o imediato, Fiehn. – A sota-vento, torpedos um e dois. Nova posição, 63. Mantenham o curso.

– Tudo pronto, senhor – gritaram da sala de torpedos.

– Torpedos um e dois, preparar. Disparar um. Fogo! Disparar o outro. Fogo!

Os projéteis partiram, com as hélices girando, em direção ao alvo.

– Torpedo três. Fogo! Torpedo quatro. Fogo!

O observador olhou à volta com o binóculo e distinguiu, por entre as sombras, a inequívoca silhueta esguia de um contratorpedeiro que se aproximava a toda velocidade.

– Rápido, rápido, submergir, submergir! – gritou o capitão, enquanto a ponte do submarino era evacuada às pressas.

– Todos para a proa, todos para a proa – chamou o alferes Fiehn, para aumentar o peso dianteiro do barco e acelerar a descida.

– Silêncio – ordenou Schäffer, observando atentamente o operador do sonar.

– E os torpedos?

– Precisamos esperar. Não deve faltar muito... 110, 120... – disse, após olhar o cronômetro que segurava em uma das mãos.

– Droga de torpedos! Nunca funcionam direito.

– Foi loucura atacar com um contratorpedeiro por perto. Ele não vai nos dar trégua. Vai querer vingança – murmurou Fiehn.

O torpedo um bateu em cheio num cargueiro. O dois, em outro. E o três também atingiu o alvo.

– Isso é só o começo. Agora vem o contragolpe – advertiu Schäffer a seus oficiais, sem desviar os olhos do operador de sonar.

Como fora previsto, o operador deu o alerta.

– Contratorpedeiro a 44 graus. A bombordo. Afasta-se.

– A estibordo com motores em meia rotação. O inimigo não está longe. E está furioso, sem dúvida – observou o capitão.

A espera foi se tornando cada vez mais tensa. Os segundos pareciam horas.

– Motores cada vez mais perto – avisou o operador, rilhando os dentes e segurando com força a alça de ferro a seu lado.

As primeiras cargas de profundidade sacudiram violentamente o U-977. De repente, os tripulantes começaram a ouvir o ruído característico do rastreador de ultrassom ASDIC.

– Malditos porcos ingleses! Certa vez, eu estive duas horas debaixo de um ASDIC no Passo de Calais. Cheguei a ter de cagar nas calças porque não podia me mexer – lembrou-se o imediato.

ASDIC era a sigla para Comitê de Pesquisa Aliado para Detecção Submarina. Esse aparelho localizava submarinos graças ao barulho que faziam ao navegar. O sonar do contratorpedeiro continuava procurando sua presa debaixo d'água. Pouco a pouco, o zumbido foi ficando mais insistente e intenso no interior do U-977.

– Leme a bombordo, quinze graus – ordenou o capitão.

Uma segunda onda de cargas sacudiu o submarino, provocando um incêndio nas máquinas. A fumaça tornava o ar irrespirável.

– Profundidade de 65 metros. Mais fundo e em silêncio. Algum sinal? – perguntou o capitão ao operador do sonar.

– A cinquenta graus e aproximando-se.

De novo se fez ouvir, dentro do submarino, o sinal de busca do contratorpedeiro.

– Desçam mais. Dez graus a estibordo. Assim pensarão que somos dois, espero eu.

– Está se afastando, senhor... Merda! Motor a 66 graus e se aproximando, capitão. É outro contratorpedeiro. Malditos ingleses! – exclamou o operador.

O rastreamento do ASDIC ficou mais forte. Aproximava-se velozmente.

– Descer mais – ordenou o capitão Schäffer.

– Proa descendo dez. Popa subindo sete. Duzentos metros, senhor.

A onda seguinte de cargas fez os parafusos e rebites do interior do submarino se transformarem em perigosos projéteis por causa da pressão.

– Cento e cinquenta e a todo vapor.

O capitão anotou no diário de bordo: "Depois de seis horas de navegação a grande profundidade, parece que despistamos os contratorpedeiros. A 210 graus de nossa proa vemos um grande clarão. Devem ser os barcos atingidos por nossos torpedos".

– Proa subindo cinco – ordenou Schäffer.

– Superfície em dez minutos, senhor.

Quando o U-977 chegou à superfície, o céu parecia ter sido tingido de vermelho em consequência do resplendor das fortes explosões dos cargueiros atingidos. Da ponte, Schäffer e seus oficiais observavam, a distância, várias bolas de fogo que desapareciam nas profundezas do Atlântico com centenas de homens a bordo daquelas embarcações feridas de morte.

– Mensagem de rádio do alto-comando, senhor. É estranho. Está duplamente cifrada – disse o operador, entregando o papel a Schäffer.

O capitão apanhou a Enigma, a máquina decodificadora, e se fechou no camarote. Abriu o pequeno armário onde guardava o diário de bordo e retirou um envelope lacrado com os selos do alto-comando da Kriegsmarine. Munido das chaves, pôs-se a decodificar a misteriosa mensagem.

– Oh, merda! – exclamou. – Esses imbecis nos ordenam um novo rumo fora da zona de comboios.

– Para onde eles querem enviar-nos? – perguntou Fiehn.

– 74º 30' 39.23" N. 18º 55' 25.76". Deixe-me ver os mapas – pediu Schäffer, e, após fazer algumas medições com o compasso, disse: – Querem que nos retiremos para uma baía chamada Bjørnøya, ao norte da ilha do Urso.

– E onde diabos é isso? – perguntou o imediato.

– A 236 milhas náuticas do extremo norte da Noruega. Eles nos mandaram ancorar ali e esperar nova ordem.

– Por quanto tempo?

– Até nova ordem – repetiu o capitão Schäffer.

– Merda! Nesse ritmo, a guerra acabará e nós estaremos na metade do caminho para lugar nenhum. Força nas máquinas... novo curso – comunicou Fiehn pelo interfone.

A várias milhas náuticas dali, o U-530, um submarino do tipo IXc/40, sob o comando do capitão Otto Wermuth, que patrulhava a costa leste dos Estados Unidos, nas imediações de Nova York, recebia a mesma ordem dada a Heinz Schäffer. O U-977 e o U-530 iniciavam uma nova aventura a serviço da misteriosa organização Odessa.

Hilzingen, perto da fronteira germano-suíça

As duas mulheres começaram a sentir frio naquele celeiro abandonado.

– Encoste-se em mim. Não tenha medo, gosto demais dos homens para tentar alguma coisa com você – disse Samantha Osborn, a agente do ESE. – Odeio este maldito clima. Espero que a Resistência não nos faça esperar muito tempo aqui.

– O que aconteceria se uma patrulha suíça nos descobrisse? – perguntou Claire, enquanto se achegava ao corpo de Samantha para aquecer-se.

– Querida, se isso acontecesse, nosso chefe precisaria dar muitas explicações ao general Guisan. No entanto, pior ainda seria se fôssemos apanhadas por aqueles caras da Gestapo, do outro lado da fronteira. Ali, tudo dependeria só de nós mesmas. Não haveria ninguém para nos ajudar na Alemanha.

Henri Guisan, antigo agricultor em uma fazenda de Chesalles-sur-Oron, fora nomeado em 30 de agosto de 1939 comandante supremo do exército suíço, cargo que só existia em tempo de guerra. A propaganda oficial fez dele um herói onisciente, uma instância ética, um símbolo de integração nacional. Na verdade, Guisan admirava as tropas da SS e da Wehrmacht. A seus olhos, os soldados alemães encarnavam a coragem, a obediência, a ousadia militar e, sobretudo, a eficiência em combate. Apesar dos relatórios recebidos da missão militar suíça na frente oriental, que falavam em execuções, torturas de prisioneiros e mulheres obrigadas a cavar as próprias sepulturas antes de morrer, Guisan se declarava um grande admirador de Mussolini. Sob o véu da neutralidade, costumava reunir-se com Allen Dulles para discutir problemas operacionais da espionagem americana em solo suíço. Os suíços fechavam os olhos a essas atividades e, assim, desmentiam sua imagem de colaboradores dos alemães.

Horas depois, ainda durante a noite, Sam e Claire perceberam que alguém tentava entrar no celeiro sem fazer barulho. Sam sacou a arma e colocou uma bala na agulha.

– Senhorita Samantha? – chamou um homem em voz baixa.

– Estou aqui – respondeu a agente do ESE, ainda de arma em punho.

– Fui enviado para ajudá-las a atravessar a fronteira e trazê-las de volta à Suíça sãs e salvas.

– Muito bem. Então, vamos – disse a espiã com determinação.

Hilzingen, situada no distrito de Constanza e com uma população de cerca de 7 mil habitantes, transformara-se graças à sua proximidade da fronteira suíça num canal de trânsito e comunicação para espiões de um e outro lado que trocavam informações durante os últimos dias do Terceiro Reich. Naquela área rodeada de montanhas, a Gestapo havia realizado constantes varreduras à procura de espiões aliados.

Em poucas horas, o guia e as agentes cobriram a distância de quatro quilômetros que os separava do Rubicão e da entrada da cidade. Claire procurou manter a calma ao avistar as primeiras luzes. O ponto de encontro era uma granja na parte norte da cidade, ao final da Hohenhöwenstrasse. Ali as esperava um contato de Samantha.

– Com quem vamos nos encontrar? – perguntou Claire.

– Não se preocupe com isso agora, queridinha. O perigo é sermos descobertas por aqueles abutres da Gestapo. Quando estivermos no ponto de encontro, quero que você permaneça a certa distância, vigiando para que não nos surpreendam.

– Mas Daniel ordenou que não nos separássemos – protestou Claire.

– Estou pouco me lixando para o que Chisholm ordenou. Esta operação é minha e o contato também é meu, de modo que sou eu quem dá as ordens aqui. Se você concordar com isso, faça o que eu mandar; se não, volte para a Suíça.

Claire guardou silêncio e continuou andando atrás do guia e de Samantha. Uma hora depois, avistaram ao longe a granja onde ocorreria o contato. Compunha-se de dois edifícios, a residência e o celeiro – este, do outro lado da estrada.

– Não vejo ninguém. Espere aqui com o guia – ordenou Samantha.

Claire se escondeu atrás de um arbusto. Não se distinguia nada naquela noite sem lua, exceto uma luzinha em uma das janelas da granja. Samantha endireitou-se e começou a correr na direção do celeiro. O único ruído era o das vacas ruminando a ração. A espiã ouviu uma voz que a chamava da sombra.

– Estou aqui – disse o desconhecido.

– Ícaro levantou voo...

– E suas asas se derreteram – emendou o informante.

Samantha, agora tranquila, apresentou-se:

– Sou agente do ESE. Que informação tem para nós?

– Sou...

Mas Samantha o interrompeu:

– Não quero saber seu nome. Se a Gestapo me pegar e eu der com a língua nos dentes, você será apanhado, e não pretendo ter isso na consciência. Portanto, nada de nomes. Para mim, você é Ícaro.

– Está bem. Trago uma informação valiosa para vocês, americanos, mas em troca quero um salvo-conduto dos Aliados para sair da Alemanha com minha família na mais absoluta segurança – exigiu o informante.

– Não estou autorizada a negociar isso, mas comunicarei seu pedido ao meu chefe na Suíça. Antes, porém, preciso me inteirar da informação que você traz e de seu valor. Um salvo-conduto da inteligência aliada vale muito, e tudo se fará de acordo com a informação dada.

– Então, aí vai. Há uma organização muito poderosa, formada por altos dirigentes do Reich e da SS, que planeja abrir rotas de evasão após a guerra para ajudá-los a se esconder em várias partes do mundo...

– Já sabemos disso – interrompeu Samantha, fazendo menção de ir embora. – Se não tem nada mais a oferecer, dou por encerrado nosso encontro e adeus a seu salvo-conduto.

– Certo, certo... – disse Ícaro, segurando-a pelo braço. – Por acaso, sabem também que o responsável máximo pela organização é um tipo estranho e misterioso, nascido na França?

– E como é que os alemães de raça ariana escolheram um estrangeiro para essa missão tão delicada? – perguntou Samantha.

– Ao que parece, é um homem muito rico e bem próximo de um dos grandes líderes do Reich. Segundo me disseram, ele é amigo íntimo de Bormann ou mesmo do próprio Führer. Procurem o francês e acharão sua organização.

– Como soube disso?

– Tenho minhas fontes, senhorita. Consiga-me o salvo-conduto e tentarei dar um rosto ao senhor X – propôs Ícaro.

Ícaro era, na realidade, Gunther Hoffman, o agente do Abwehr e homem de confiança do almirante Wilhelm Canaris que conseguira salvar a pele após a detenção de seu chefe, membro do complô contra Hitler em julho do ano anterior. Quando o Führer assinou o decreto de dissolução do Abwehr, em 18 de fevereiro de 1944, Hoffman foi designado, como muitos outros, para o Escritório Central de Segurança do Reich, às ordens de Ernst Kaltenbrünner.

– Traga-me o nome do francês e arranjarei um salvo-conduto para você e sua família se instalarem nos Estados Unidos quando tudo isto acabar.

– Espero que cumpra sua palavra...

– Espero que me traga o nome...

Samantha se despediu de Ícaro e já ia sair do celeiro quando o agente chamou-a.

– Vocês, americanos, sabem que há um traidor em suas fileiras?

– O que você está dizendo? Como terei certeza de que isso é verdade? – perguntou Sam.

– Acontece que não tenho nada a perder – replicou Ícaro. – Um agente do ESE vem passando informações altamente secretas ao Abwehr desde janeiro de 1943.

– Quero o nome desse traidor. Se me der os nomes dele e do francês, me encarregarei pessoalmente de que autorizem sua ida e de toda a sua família para os Estados Unidos. Mas quero os nomes – repetiu Samantha, antes de sair do celeiro. – Entregue-me esses dois tipos e viverá feliz com seus familiares na Califórnia. Acredite em mim...

Enquanto avançava na escuridão, caminhando com cuidado para não tropeçar, uma luz possante cegou-a e uma voz gritou do outro lado do foco:

– *Achtung! Achtung!* Atenção! Pare ou atiraremos.

Samantha tentou correr para afastar-se do campo de luz da lanterna, mas alguns disparos certeiros à sua frente fizeram-na parar.

– Levante as mãos e deite-se no chão – ordenou o agente da Gestapo.

Samantha sentiu um forte pontapé nas costelas, enquanto mãos começavam a apalpá-la das axilas aos gêmeos, dos braços ao interior das coxas, em busca de sua pequena pistola.

– Porco asqueroso de merda! – rugiu a agente do ESE em alemão perfeito.

O oficial da Gestapo golpeou-a novamente, dessa vez na cabeça.

– Vai ver o que faremos com você e sua amiguinha quando chegarmos ao quartel. Gosto muito das porcas ianques como você – riu o agente da Gestapo, tateando-lhe o seio.

Dois homens de casaco de couro preto agarraram-na pelos braços e arrastaram-na aos solavancos para o carro. Quando a atiraram violentamente para dentro, Samantha conseguiu ver o rosto de Claire, de cuja sobrancelha direita escorria um filete de sangue. O guia desaparecera.

– Não se preocupe, querida, vamos sair desta. Pode crer – sussurrou Samantha para acalmar a companheira.

O oficial que estava sentado à frente no Mercedes 260 preto virou-se e, com o cabo da Lüger, golpeou Samantha no rosto.

O quartel-general da Gestapo funcionava em uma antiga delegacia, agora abandonada, na vizinha Hohentwiel, e era protegido apenas por uns dez membros da SS e da Gestapo. O veículo parou à porta e dois SS agarraram truculentamente as duas mulheres, que foram empurradas para o sótão. Ali, trancaram-nas em celas contíguas.

– O que farão conosco? – perguntou Claire.

– Não sei, querida, mas sem dúvida não nos convidarão para um baile. Tenho certeza disso...

Durante horas, as duas mulheres permaneceram na mais completa escuridão. De repente, um grito rompeu o silêncio. Dois homens da Gestapo entraram nas celas e, após atirarem Samantha e Claire rudemente ao chão, algemaram-lhes as mãos atrás das costas e levaram-nas para o andar térreo do prédio. Ali já as esperava outro veículo para percorrer cerca de cem quilômetros até o local onde seriam interrogadas por um enviado de Ernst Kaltenbrünner. O carro com os dois agentes da Gestapo e suas prisioneiras era escoltado por dois soldados da SS numa motocicleta BMW com *sidecar*. De súbito, uma explosão fez literalmente voar pelos ares os dois SS e seu veículo. De ambos os lados da estrada, balas começaram a atingir o carro, enquanto Samantha e Claire mantinham as cabeças abaixadas.

– Malditos cães americanos! – rugiu um dos agentes da Gestapo, empunhando a arma para liquidar suas prisioneiras. Quando estava prestes a disparar contra Claire, ouviu-se um ruído seco no interior do automóvel. O oficial nazista caiu morto sobre o encosto do assento. Alguém o alvejara na nuca.

– Olá, queridas!

Aquela voz era bem familiar às duas. Eram Nolan Chills e John Cummuta, acompanhados por vários membros da Resistência.

– Vão ficar aí ou querem vir conosco? – chamou Chills.

As duas agentes do ESE saltaram do carro e correram para um bosque próximo.

– Tenho certeza de que alguém nos entregou. Estavam à nossa espera – afirmou Claire, tentando recuperar o fôlego após a corrida.

Chills virou-se para ela e mandou que ficasse em silêncio até nova ordem.

– Recebemos instruções de Dulles para conduzi-las sãs e salvas à Suíça. Deixe tudo conosco e não digam nada até serem interrogadas pela seção de segurança.

– Espero, ruivinha, que tenha algo de bom para o papai Dulles – disse Cummuta, piscando um olho para Sam. – Seus peitinhos não conseguirão nada com ele.

– Isso não é da sua conta, seu iugoslavo do inferno.

Uma hora depois, os agentes do ESE e os membros da Resistência cruzavam novamente a fronteira com a Suíça. Ainda com as roupas molhadas e uma manta aos ombros, as duas mulheres permaneceram durante horas sentadas num duro banco de ferro, à espera do interrogatório.

– Isso é pior do que a Gestapo, não acha? – resmungou Samantha, pegando a mão de sua companheira. – Mas não se preocupe. São apenas formalidades...

Antes que terminasse a frase, a porta se abriu e apareceram dois sujeitos em mangas de camisa.

– Vão torturar-nos? – perguntou Samantha, e entrou na sala soltando a cabeleira ruiva e balançando petulantemente os quadris.

Claire admirava Samantha. Apesar de toda a sua beleza física, tinha coragem bastante para entrar e sair da Alemanha em busca de uma boa informação, frieza para estourar o crânio de um alemão sem pestanejar e uma espécie de rebeldia que divertia o próprio Allen Dulles. No ESE, em Washington, havia rumores de que Dulles desfrutava os favores de Samantha, como também de Mary Bancroft e Wally Toscanini. Verdade ou não, o certo era que Sam sabia muito bem usar esse boato em benefício próprio.

– O que disse o agente alemão? – perguntou um dos interrogadores.

– Não é da sua conta – respondeu Sam em tom de desafio.

– Escute, mocinha... Se não responder às nossas perguntas, vamos amarrá--la numa cadeira, amordaçá-la e mandá-la direto para os Estados Unidos.

– Ótimo, assim verei os dois noivos que tenho em Nova York.

– Vamos, conte-nos o que o informante lhe disse.

– Eu só posso dizer isso ao meu chefe de operações, Daniel Chisholm, a Gerry Mayer ou a Allen Dulles. A ninguém mais.

O primeiro interrogador aproximou-se novamente de Sam e, agarrando-a pelos ombros, insistiu:

– O que lhe disse o agente alemão?

– Afaste-se. Você está fedendo. E, por favor, não ponha mais as patas em mim.

O agente ergueu a mão e descarregou uma violenta bofetada no rosto de Sam, que tombou da cadeira.

– Seu filho da puta! – rugiu Sam, estendida no chão e com a face vermelha por causa do golpe. – Repito: se puser de novo as patas em mim, caso tenha uma única bala e veja você ou esse Hitlerzinho à minha frente, não hesitarei em disparar.

O outro agente afastou o colega para que não batesse de novo na mulher.

– Calma, calma – ele disse. – Chame a outra. Mande-a entrar.

O homem saiu da sala enxugando o suor do rosto.

– Claire Ashford, entre.

Claire se levantou, envolvendo-se mais na manta que a cobria. Quando entrou na sala de interrogatório, viu Samantha sentada a um canto, olhando para a parede.

– Castigaram-na como na escola? – perguntou Claire, provocando um sorriso na amiga.

– Não banque a engraçadinha conosco. Garanto-lhes que, quando endurecemos, somos piores que esses principiantes da Gestapo.

– Disso não duvidamos nem um pouco, seus nazistas de merda – desafiou Sam.

O primeiro agente agarrou os longos cabelos de Sam e puxou-os com violência.

– Se der mais um pio, será presa e mandada para Washington, acusada de traição. Sabe bem o que isso significa. As presidiárias da cadeia federal de Taconic vão apreciar muito um bombom como você.

– O que lhes disse o informante alemão? – perguntou o interrogador a Claire.

– Não sei.

– Não sabe ou não estava presente?

– Não sei.

– O que você quer dizer com "não sei"?

– Que não sei. Fiquei no celeiro vigiando enquanto a agente Osborn falava com o contato – respondeu Claire, sem entender bem o que se passava ali.

– Tem certeza de que, dentro do celeiro, estavam o agente alemão e a agente Osborn? – perguntou o segundo homem.

Claire notou que Samantha tentava se virar na cadeira para olhá-la e dizer-lhe alguma coisa.

– Claro. Tanta certeza quanto tenho de que você está aqui, mas preferiria estar no bando da Gestapo – zombou Claire.

– Hum... Vejo que temos outra agente engraçadinha. Mas talvez queira examinar estas fotos e dizer-me como foi que o agente alemão acabou assim.

O interrogador exibiu as fotografias em branco e preto, sem muita luz e um tanto borradas, onde se via um corpo jogado sobre o feno úmido. Na segunda, o mesmo corpo aparecia mais nitidamente, com um estilete cravado na nuca. Dessa vez foi a própria Claire que evitou o olhar de Samantha.

– Garanto-lhe que, quando deixamos esse sujeito, ele estava mais vivo que você.

– Uma das duas, na confusão da chegada da Gestapo, pode ter entrado no celeiro e assassinado o informante.

– Vai ter de procurar em outra parte. Tanto minha companheira quanto eu sofremos nas mãos da Gestapo. Se fôssemos traidoras, não acha que nos soltariam? Soltariam pelo menos a que houvesse colaborado com eles. Como isso não ocorreu, poderia dizer-me por que uma de nós teria interesse em calar o agente inimigo, do qual possivelmente iríamos obter informações vitais para nossa missão?

– Talvez porque uma de vocês seja traidora.

– Garanto-lhe que vamos ficar muito tempo por aqui antes de confessarmos que uma de nós matou o agente alemão.

Os dois homens do Departamento de Segurança do Escritório de Serviços Estratégicos deixaram a sala de interrogatório. Por alguns minutos, as duas mulheres permaneceram em silêncio. Samantha e Claire não podiam dizer nada sobre sua missão em Hilzingen porque alguém poderia estar na escuta.

De repente, a porta se abriu e Daniel Chisholm entrou na sala.

– De pé, meninas – disse o chefe de operações da agência do ESE em Berna. – Já acabou. Vamos voltar a Berna. Não digam absolutamente nada – ordenou.

As duas se levantaram e saíram para o corredor. Enquanto Daniel ajudava Claire a pôr a manta sobre os ombros, Sam se aproximou dos dois agentes de segurança.

– Tudo esquecido, companheira – disse o primeiro agente.

– Que bom – respondeu Sam, estendendo-lhe a mão. E, antes de apertar a do homem que a esbofeteara, mirou-o fixamente, piscou-lhe um olho e, erguendo o joelho, golpeou-o em cheio entre as pernas. Afastando-se pelo corredor, pôde ouvir às suas costas o agente amaldiçoá-la enquanto se retorcia de dor no chão.

Roma

O trem chegou com duas horas de atraso à estação central de Roma. Centenas de pessoas corriam para chegar à cidade, fugindo dos focos de resistência alemã que ainda restavam no norte do país. A maioria dos controles de segurança estava a cargo de policiais italianos e policiais militares americanos.

– Documentos, padre – pediu um policial com a mão estendida.

– Aqui estão – respondeu August, sem desviar os olhos do militar americano que, ao lado do outro, observava-o atentamente sob o capacete branco.

– Motivo da viagem?

– Visitar a Santa Sé... a Secretaria de Estado.

– Muito bem, padre, pode continuar. E bem-vindo a Roma.

Na saída da estação, vários homens cercaram o jovem vestido de preto para oferecer-lhe seus préstimos.

– Precisa de guia, táxi, remédios, penicilina? – perguntou um homem de baixa estatura, bigode espesso e gorro negro. August examinou aquela figura que parecia saída de um beco napolitano e resolveu contratar seus serviços.

– Pegue minha bagagem e leve-me a este lugar.

O homem pegou a pequena mala e o papel onde estava escrito o endereço.

– Via Tommaso Campanella, 41 – informou August ao motorista. – É perto do Vaticano.

August seguiu-o de perto, atravessando uma multidão que tentava por todos os meios chegar ao edifício principal da estação, alguns vergados ao peso de engradados de galinhas ou cestas de tomates e laranjas.

– É a guerra, eminência. Muita gente vem a Roma, do campo, para visitar suas famílias, e lhes trazem produtos com que possam sobreviver. Esses produtos são logo trocados por remédios ou penicilina. A guerra... o senhor sabe... – suspirou o motorista.

– Não me chame de eminência. Não sou bispo nem cardeal, apenas um humilde sacerdote.

– Está certo, padre. Ah, meu nome é Luigi... Luigi Russo.

Ao longo do trajeto, August pôde observar as ruínas causadas pelos bombardeios aliados e pela ocupação nazista da Cidade Eterna.

– Deseja ver algum monumento antes?

– Não, muito obrigado, Luigi. Não tenho tempo para passeios turísticos. Apenas me leve ao endereço que lhe dei – pediu o rapaz.

As ruas romanas pareciam mercados ao ar livre, onde circulavam policiais, guerrilheiros armados, policiais militares americanos e soldados aliados tentando controlar o caos em que se transformara a capital da Itália.

– Muitas italianas se tornaram prostitutas para poder alimentar seus filhos. Os americanos se aproveitam disso, dando-lhes chocolate, meias de seda e rações de carne enlatada. Foi a isto que nos levou aquele filho da puta do Mussolini!

– Você é comunista? – perguntou August.

– Com muita honra. Este país precisa dos comunistas para a reconstrução. Stalin e seu valente exército soviético foram os únicos que conseguiram repelir o maldito Hitler. Os americanos e os ingleses bebedores de chá deixaram que gentalha como Hitler e Mussolini chegasse ao poder e dominasse vários países sem fazer absolutamente nada. E qual o resultado disso? Nossas mulheres têm de se prostituir em troca de meias – sentenciou Luigi, cuspindo pela janela suja de seu veículo desconjuntado. – O senhor é francês, não?

– Sim, sou.

– Vocês é que foram inteligentes. Deixaram entrar o alemão de bigode e aquele pequeno marechal, de modo que agora podem lavar as mãos e aceitar De Gaulle como herói numa Paris intacta. Vocês, franceses, é que sabem fazer bem as coisas, caramba, não nós, os italianos! Fomos bombardeados pelos americanos quando éramos sócios dos alemães; depois de rompermos essa sociedade, os alemães é que nos bombardearam. Todos atiraram bombas sobre nós. Todos querem que os italianos se fodam... Perdoe-me a palavra, padre, mas é a verdade.

Quase uma hora depois, August contemplava da janela do carro a cúpula majestosa de São Pedro, erguida sobre Roma como um símbolo de esperança em meio a uma cidade ferida.

– Bonita, não?

– Se é! – respondeu August entre dentes.

Minutos depois, o veículo entrou na via Tommaso Campanella.

– O número 41 deve ser por aqui, padre. Vou perguntar àquelas crianças.

Luigi desceu do carro e andou em direção a uns meninos que jogavam com uma bola feita de trapos.

– Disseram-me que o edifício é aquele da esquina com a via Mocenigo.

August desceu também e pegou a mala.

– Quer que o espere, padre? – perguntou Luigi.

– Sim, espere-me aqui.

O sacerdote entrou num edifício sombrio e chamou o elevador.

– Não funciona, padre – disse-lhe uma mulher que limpava a escadaria ajoelhada num dos degraus.

– Estou procurando o padre Bibbiena.

– Eu o conheço. Mora no segundo andar.

August bateu levemente com os nós dos dedos na porta de madeira adornada com uma imagem da Virgem. Quando ela se abriu, apareceu uma bela jovem de olhos negros e cabelo escuro, exibindo um largo sorriso que deixava ver os dentes perfeitos.

– Sim, padre?

– Sou August Lienart. Venho da abadia de Fontfroide, na França, para ver o padre Bibbiena.

– Entre, por favor. Deve estar cansado.

– Obrigado.

A jovem desapareceu atrás de uma porta corrediça e voltou pouco depois.

– O padre Bibbiena vai recebê-lo imediatamente. Quer um café? Um pastel? Embora seja difícil para todos encontrar café, o padre Bibbiena o consegue facilmente.

– Sim, aceito. Não como nada há horas.

August Lienart admirava seu amigo Bibbiena, um personagem misterioso que sabia mover-se pelos labirintos da cúria fazendo-se imprescindível para a perfeita e bem lubrificada máquina vaticana. Desincumbia-se do trabalho sujo que ninguém mais queria ou ousava executar e, por isso, tornara-se insubstituível na Santa Sé. Era um homem alto, de boa aparência, tez morena, abundante cabeleira negra, com mais ou menos 30 anos e uma educação primorosa. Desde pequeno, sua família o preparara para a carreira eclesiástica; mas, quando o cardeal Pacelli foi eleito Sumo Pontífice com o nome de Pio XII, tornou-se um "enviado especial" do papa e de seu secretário, Robert Leiber. Nascido em Veneza, Bibbiena estudou num seminário de Roma e em Passau, onde conhecera August. Graças ao domínio de diversas línguas, ficou durante vários meses a serviço da contraespionagem pontifícia, o Sodalitium Pianum, e pouco depois se incorporou à Entidade.

De repente, seu amigo Hugo apareceu por trás da jovem.

– Padre Lienart! – exclamou o religioso estreitando-o nos braços.

– Ainda não sou sacerdote, Hugo – ressalvou August.

– Estivemos juntos no seminário de Passau. Era o mais inteligente de todos e sempre dissemos que algum dia chegaria ao Trono de Pedro – contou Bibbiena à jovem, que ficara ao seu lado. – E então, amigo, o que o traz a Roma?

– Se não for inconveniente, gostaria de falar a sós com você – pediu August, olhando para a mulher.

– Hum... bem... Ora, não se preocupe com Elisabetta, ela é de total confiança. Vai nos trazer café e biscoitos para restaurarmos as forças.

– É claro, padre Bibbiena. Num minuto – disse a jovem, deixando os dois religiosos a sós na sala e fechando a porta.

– Linda, não? O espetáculo da beleza, sob qualquer forma, eleva a mente a nobres aspirações, não acha, amigo? – perguntou Bibbiena com um sorriso zombeteiro no rosto.

– A beleza do corpo é um viajante que logo vai embora, meu caro. A beleza, como dizia Sócrates, tem reinado curto – respondeu August.

Elisabetta, apesar de sua juventude, havia lutado ombro a ombro com a Resistência contra os alemães na zona de Montescaglioso, perto de Matera. Ludibriando a Gestapo, conseguira fugir e esconder-se em Roma, onde se juntara novamente aos guerrilheiros que atacavam as linhas de abastecimento dos alemães em sua retirada para o norte, sempre acossados pelos exércitos aliados. Após a ocupação anglo-americana de Roma, entrara para o serviço do padre Hugo Bibbiena. Alguns diziam que era amante do religioso, mas, na verdade, Elisabetta Darazzo integrava uma ampla rede de informantes que trabalhava para a espionagem vaticana. Bibbiena utilizava-a como uma espécie de correio secreto.

– Aqui estão o café e os biscoitos, padre Bibbiena.

– Deixe-os aí, Elisabetta. Eu mesmo servirei. Pode se retirar.

A jovem deixou novamente a sala, e os dois religiosos ficaram a sós.

– Agora que ninguém nos ouve, vai contar-me o que o traz a Roma? – perguntou Bibbiena.

– Preciso localizar o bispo Hudal.

– O bispo titular de Aela?

– O reitor da congregação austro-alemã de Santa Maria dell'Anima em Roma – esclareceu August.

– Para que você quer vê-lo?

– Prefiro não envolver você nisto. Devo entregar uma carta muito importante a Hudal. Talvez você possa me conseguir uma audiência com ele.

– E por que acredita que posso consegui-la?

– Por causa de seu posto na Secretaria de Estado ou, talvez, de seu trabalho para a Entidade.

– Quem lhe disse que faço parte do serviço secreto papal? Não é verdade.

– Bem, amigo, seja como for, preciso que você me arranje esse encontro com o bispo Hudal.

– Sabe que, se eu fizer isso, terei de comunicar o fato à Secretaria de Estado?

– Sei, é o seu trabalho. Mas, pela amizade que nos une há tanto tempo, preciso que me ajude. É muito importante para mim.

– Dê-me dois dias para eu tentar marcar a audiência com ele. Onde vai ficar hospedado?

– Tenho um quarto reservado na residência dos jesuítas, perto da Piazza Navona.

– Quem o levará?

– Um motorista que é metade romano e metade napolitano está me esperando lá embaixo – respondeu August, vendo pela janela Luigi abrir uma marmita com macarrão requentado.

– Posso pedir a Elisabetta que o leve aonde quiser – disse o amigo, procurando detectar uma expressão de cumplicidade no rosto do jovem seminarista.

– Não, muito obrigado, amigo, mas não é necessário.

August se dirigiu para a saída acompanhado por Bibbiena. Elisabetta os esperava com a porta aberta.

– Boa tarde – disse August à jovem.

– Boa tarde, padre.

Já na rua, encontrou Luigi comendo o macarrão sobre a capota do carro e lendo as últimas notícias da guerra.

– Quantas mortes por aí! – lamentou o motorista.

– A quem se refere?

– Os Aliados... Os Aliados bombardearam Dresden. O jornal diz que quase mil aviões tomaram parte na ação e despejaram 4 mil toneladas de bombas sobre a cidade. Foi devastador. Milhares de mortos. Dresden praticamente deixou de existir – murmurou Luigi, coçando a cabeça e emitindo um longo suspiro.

– *Pallida mors aequo pulsat pede pauperum tabernas regumque turres* – sentenciou August.

– Que significa isso, padre? – perguntou Luigi, com a barba suja de molho de tomate.

– "A pálida morte golpeia, com o mesmo pé, as cabanas dos pobres e os palácios dos reis."

– Aonde vamos agora?

– À residência dos jesuítas, em Sant'Ivo alla Sapienza. Corso del Rinascimento, atrás da Piazza Navona.

– Conheço bem o lugar. Vamos lá... – disse Luigi, engatando barulhentamente a marcha de seu calhambeque.

Nos dias seguintes, enquanto não era chamado pelo amigo Bibbiena, August desfrutou os museus de Roma, seus palácios, suas obras de arte e também sua vida noturna. Visitou o Vaticano e admirou a Capela Sistina, orou diante do altar de São Pedro e sentou-se para descansar sob a colunata de Bernini, sempre guiado por Luigi.

– Olá, padre – disse uma voz conhecida.

August abriu os olhos e, colocando sobre eles a mão em forma de viseira, tentou distinguir a figura que o saudava.

– Ah, é você... – disse, virando-se para ver melhor a recém-chegada. – Seu nome é...

A dúvida de August fez a jovem rir.

– Elisabetta... Elisabetta Darazzo, mas meus amigos me chamam de Eli.

– Posso chamá-la de Eli se você não me chamar de padre. É muito formal. Além disso, não sou sacerdote, apenas seminarista.

– O que faz por aqui?

– Admiro as belezas de Roma.

– Eu não sou romana. Nasci em uma pequena aldeia do sul, Montescaglioso, a uns catorze quilômetros de Matera. Conhece?

– Não, não conheço essa região da Itália.

– É a melhor. Vinho, azeite e, é claro, a abadia beneditina de San Michele Arcangelo e a igreja da Madonna della Mouva. Se puder, não deixe de visitar minha aldeia. Eu poderia recomendar-lhe centenas de lugares.

– Não me esquecerei, acredite. Mas depois que esta guerra acabar.

– Quer me acompanhar? Vou dar um passeio no mercado – convidou Eli.

Pelo resto do dia, August e a jovem ficaram juntos, flanando pelas ruas e sentando-se nos terraços como qualquer outro casal de jovens namorados que voltavam a se encontrar depois da libertação da cidade. Num país sem guerra, num continente sem mortes.

Durante o passeio, Elisabetta contou a August sobre seus primeiros tempos de estudo de arquitetura na universidade, a chegada de Mussolini ao poder, a entrada dos alemães, as prisões de dezenas de universitários, amigos seus, pela Gestapo e pela polícia fascista, a OVRA, sua incorporação aos chamados Grupos de Ação Patriótica (GAP), sua fuga para Roma e sua vida atual, à espera do fim do conflito.

– Tem família na Itália? – perguntou August.

– Não. Os alemães mataram todos os meus parentes. Meus pais e meu irmão.

Um profundo silêncio desceu sobre os jovens, enquanto caminhavam pela rua.

– Meu irmão lutava na Resistência. Um dia, atacaram uma posição alemã perto de nossa aldeia. Na manhã seguinte, ainda escuro, fomos despertados pelo barulho de tiros. Chamaram da porta. Não tivemos tempo sequer de saltar da cama. Os alemães invadiram a casa toda. Eu ainda estava meio adormecida, acho que eram umas cinco horas da manhã. Um soldado, um verdadeiro cão raivoso, me agarrou pelo braço e me jogou no chão, gritando "*Raus!*". Quis me vestir, mas ele não deixou. Consegui pôr uma blusa sobre a camisola, mas não os sapatos. Empurraram-me para fora a socos e pontapés. Nossos vizinhos tiveram a mesma sorte e estavam encostados à parede da casa em frente, juntamente com outras pessoas. Fuzilaram ali mesmo os mais velhos. Os que podiam se manter em pé foram obrigados a carregar pesadas caixas, cheias de granadas e munições. Em seguida, alinharam-nos de costas ao longo da parede, cada qual com um alemão por trás, apontando sua arma. Ao chegar à casa de um de nossos vizinhos, ouvimos gritos e rajadas de metralhadora. Os soldados então saíram e fecharam a porta. Não ouvimos mais o choro das três meninas.

O jovem seminarista escutava a história sem fazer comentários. Elisabetta continuou:

– Ordenaram-nos então que formássemos uma fila e prosseguíssemos. Tentei virar-me para ver se meus pais e meu irmão ainda estavam vivos, mas o soldado que me vigiava, aos gritos, golpeou-me nas nádegas e nos quadris com um bastão. Um dos golpes foi tão forte que caí, gemendo de dor. Meu pai sempre dizia que não é necessário matar um homem em campo aberto para fazê-lo sofrer, basta lhe dar um pontapé e derrubá-lo na lama. Cair equivale a morrer. O que se levanta já não é um ser humano, mas um monstro ridículo, coberto de barro. O alemão que vinha atrás de mim era um rapazola de olhos claros, uniforme verde e capacete grande demais para ele. Parecia uma flecha, mas uma flecha envenenada – afirmou a jovem, com um sorriso amargo. – A marcha continuou por uma ruela escura. Embora meus pés já estivessem sangrando, tive de prosseguir, com a ponta do bastão encostada nos rins. Andamos durante horas e, toda vez que parávamos numa aldeia, a cena se repetia. Velhos e crianças eram mortos, assim como o gado. Celeiros e casas eram incendiados para não dar abrigo à Resistência. Os alemães usavam granadas de mão, metralhadoras, paus e facas. Faziam imenso barulho. Choro de mulheres e crianças, um alarido que subia do fundo do vale, mugidos de reses sacrificadas... Nossas costas doíam. Gianni, que tinha uns 60 anos e era maestro, parou e se recusou a continuar carregando a caixa; então, a flecha vermelha engatilhou sua arma e alvejou-o na cabeça. Lembro-me também de que foram levados os três irmãos Pisani, todos cegos. Eles tentaram pegar caixas para salvar a vida, mas como conseguiriam arcar com o peso? Disseram ser cegos, mas foi inútil. Cada um levou um tiro e ficou estendido no chão. O soldado não parava de me cutucar os rins com o bastão. A certa altura, a coluna se deteve junto a um alto barranco. O alemão me agarrou pelo cabelo e me levou para o mato, onde rasgou minha roupa e me estuprou. Mas a flecha era tão estúpida que se esqueceu de tirar a cartucheira. Quando me penetrava, agarrei sua baioneta e enfiei-a em suas costas. Vi-lhe os olhos pálidos fitando o nada e ele finalmente dando-se conta de que aquela italiana acabava de tirar-lhe a vida asquerosa. Sangrava como um porco, mas não consegui liquidá-lo de vez; começou a gritar e a tentar arrebatar-me a arma com que eu o feria repetidamente. Os gritos chamaram a atenção de seus companheiros, porém, quando enfim me livrei daquele nojento, fiz o sinal da cruz e, sem pensar, saltei do barranco. Rolei por algum tempo, esbarrando em arbustos e pedras. Conhecia bem a região, pois costumava caçar ali com meu irmão. Aos pés do barranco, cobri-me de folhas secas e me fingi de morta. Não ousava sequer respirar. Os alemães começaram a atirar, mas eu estava bem protegida. Ouvia as explosões das granadas de mão que faziam vibrar a rocha sob a qual me escondera. Meu corpo inteiro doía. Doíam-me o ventre, as costas e os pés, que não paravam de sangrar. Mas eu tinha de continuar escondida e quieta. De onde estava, via as pernas de um soldado que andava de um lado para outro, procurando por mim. Eles deviam estar cheios de ódio por eu ter dado fim àquela flecha envenenada de olhos pálidos.

– Por quanto tempo ficou escondida? – perguntou August.

– Acho que por umas duas ou três horas. Meus braços, minhas costas e pernas estavam rígidos... Foi então que ouvi o bater das asas de duas perdizes... São pássaros de nossa região. Não levantariam voo se percebessem movimento na área.

– Sabe o que aconteceu com seus pais? – interrompeu o jovem seminarista.

– Quando constatei que os alemães tinham partido, resolvi subir até a beira do barranco. Ali encontrei os corpos sem vida de meus pais e do meu irmão. Foi a vingança por eu ter matado um dos seus. Que tal? Três italianos por um alemão, simples questão de matemática. Matemática germânica – concluiu Elisabetta, enquanto continuavam a passear.

– Ainda quer continuar lutando? – perguntou August. – Se matassem meus pais, eu não pararia nunca de combater contra os alemães.

– Continuar lutando? Para quê? Não tenho mais ninguém por quem lutar. Minha família está morta, como este país. Tenho 22 anos e já vi morrer entes queridos demais. Para mim, a guerra acabou, embora meus companheiros continuem lutando no norte.

– Que fará quando tudo terminar?

– Talvez retome meus estudos de arquitetura em Parma. Algum dia, quem sabe você, já cardeal importante, não venha viver em Roma em uma casa projetada pela grande arquiteta Elisabetta Darazzo? Nada é impossível – brincou a jovem, sorrindo e saltitando à volta de August.

Nesse momento, o seminarista consultou o relógio.

– Preciso voltar à residência...

– Ah, está bem... Quer que o acompanhe ou prefere perder-se sozinho?

– Fique tranquila. Encontrarei a morada. Não tem erro, é bem atrás da Piazza Navona.

Os dois jovens se entreolharam, um tanto constrangidos.

– Bem, então... vou indo... – disse Eli.

Vendo-a afastar-se, August teve vontade de dizer-lhe que apreciara aquelas horas em sua companhia, mas uma missão importante o levara a Roma e nada deveria distraí-lo, nem mesmo aquela formosa jovem de cabelos escuros e profundos olhos negros.

Quando ele entrou na residência, o sacerdote encarregado da portaria deteve-o.

– Você é o padre Lienart? – perguntou.

– Sim, mas sou apenas seminarista. Ainda não fui ordenado.

– Há uma mensagem do padre Bibbiena, da Secretaria de Estado da Santa Sé.

August recebeu o envelope lacrado e abriu-o quando entrou no quarto.

Querido amigo:

Conforme o prometido, consegui que o arcebispo Alois Hudal o receba. Apresente-se amanhã às 9 horas na entrada principal do colégio de Santa Maria dell'Anima, situado na Via della Pace, atrás da Piazza Navona. Não se atrase. Hudal é célebre, em Roma, pelo cultivo rigoroso da educação, da moral e do dever. Tenha cuidado com ele.

Cordiais saudações, amigo.

H. Bibbiena

Depois de ler a mensagem, August levantou o colchão para se certificar de que ainda estava lá a carta do pai para o arcebispo. Agora, só precisava esperar a manhã seguinte.

August acordou cedo e, após orar na capela da residência, escolheu um terno azul-escuro e uma gravata da mesma cor. Antes de partir para a Piazza Navona, vizinha, mirou-se ao espelho e gostou de ver-se em trajes civis.

– Acho que preciso engordar um pouco – pensou, ajustando bem o paletó aos ombros.

Ao sair da residência, parou um instante a fim de observar dois meninos que brincavam de pega-pega. Era estranho ouvir risos sabendo que, a poucos quilômetros dali, ainda se lutava com unhas e dentes por um pedaço de terra. Olhou o relógio e viu que já passava um pouco das nove.

– Nossa! Estou atrasado! – exclamou, correndo para a Piazza Navona em meio a crianças, mães com carrinhos de bebês e vendedores ambulantes.

Quando chegou à porta do colégio de Santa Maria dell'Anima, o jovem seminarista limpou o suor da testa com a manga do paletó. E antes de entrar apalpou o bolso onde pusera a carta para Hudal.

– A quem deseja ver? – perguntou um sacerdote com forte sotaque alemão.

– Tenho uma audiência com monsenhor Hudal. Ele está à minha espera.

– Sente-se e aguarde.

Durante uns minutos intermináveis, August ficou imóvel numa poltrona de veludo vermelho, segurando nas mãos ainda suadas o misterioso envelope.

A igreja e o seminário austro-alemão de Santa Maria dell'Anima formavam um centro religioso em pleno coração de Roma. Seu diretor, o bispo Alois Hudal, de 60 anos, ficara conhecido na Entidade, o serviço de inteligência do Vaticano, como o "Bispo Negro", graças às suas simpatias pelo regime nazista, em geral, e por Heinrich Himmler, em particular. A princípio, Hudal fora declarado *persona non grata* pela Secretaria de Estado, pois um informe da contraespionagem vaticana, o Sodalitium Pianum, revelava que o austríaco era na verdade um agente dos serviços secretos do Reich. O certo é que Alois Hudal mantinha importantes relações dentro da poderosa cúria romana e sabia se movimentar por seus salões atapetados. Defendia as ideias nacional-socialistas de Hitler e seu grupo. Em 1937, escrevera um livro, *Os Fundamentos do Nacional-Socialismo*, em que elogiava a política do Führer, tentando unir cristianismo e nazismo. Ele mesmo enviara um exemplar autografado a Hitler, escrevendo de próprio punho: "Ao arquiteto da grande Alemanha".

Há 22 anos dirigia com mão de ferro os destinos do colégio de Santa Maria dell'Anima, que preparava religiosos alemães e austríacos para o sacerdócio. Em 1930, o poderoso cardeal Merry del Val, prefeito da Congregação do Santo Ofício, nomeou-o consultor; e, três anos depois, em junho de 1933, o cardeal Eugenio Pacelli, agora papa Pio XII, ordenou-o bispo titular de Aela, permitindo-lhe manter o cargo de reitor em Roma. Aquele filho de sapateiro que estudara teologia em Graz fora longe, aos olhos do jovem Lienart, e seu pai sabia disso. O próprio papa chamava o bispo pelo apelido carinhoso de Luigi.

– Pode entrar – disse o recepcionista. – Monsenhor Hudal vai recebê-lo.

August, nervoso, viu abrir-se a grande porta de madeira que dava acesso ao escritório principal do eminente arcebispo. Ao entrar, surpreendeu-se ao ver ali sentado ninguém menos que seu amigo, o padre Bibbiena.

– Olá, August.

– Que faz aqui? – balbuciou o seminarista.

– Ordenei-lhe que assista a esta misteriosa reunião – disse uma voz do outro lado do vasto salão. Era Hudal.

August se aproximou do arcebispo e, tomando-lhe a mão direita entre as suas, beijou o anel episcopal.

– Bem, bem – disse Hudal. E, tocando-lhe a cabeça com a mão esquerda, abençoou-o. – Só há duas coisas que podemos perder: o tempo e a vida. A segunda é inevitável; a primeira, imperdoável. Portanto, diga-me a que veio.

– Monsenhor, procurei-o com a máxima humildade...

Hudal interrompeu de novo o seminarista:

– A humildade é patrimônio dos pouco inteligentes, meu jovem. Não percamos tempo com mais rodeios! Diga-me a que veio.

August entregou o envelope ao arcebispo, que se dirigiu para a sua mesa, rompeu com um estilete o lacre onde se via um dragão alado, símbolo da família Lienart, e retirou a carta. Pôs uns óculos de aros metálicos redondos e começou a ler.

Por alguns minutos, reinou silêncio na sala. Só se ouviam as exclamações de satisfação do próprio Hudal.

– Bom... Muito bom... Ótimo! – dizia.

Finalmente, após concluir a leitura, foi até a porta e ordenou a seu secretário que chamasse outro religioso para a reunião. Instantes depois, alguém batia à porta com os nós dos dedos.

– Entre, entre, padre Draganovic – pediu Hudal. – Sente-se. Apresento--lhe o padre Bibbiena, da Secretaria de Estado, e o jovem seminarista August Lienart.

O recém-chegado era um tanto rude e falava pessimamente o italiano. August calculou que tivesse pouco mais de 40 anos. Nascido na cidade austro--húngara de Brcko, ele presidia havia algum tempo a instituição de São Girolamo em Roma.

– Nosso jovem amigo, aqui presente, nos traz uma boa proposta, que desejo comunicar-lhes, padres Bibbiena e Draganovic – prosseguiu Hudal. – Segundo parece, em nossa querida Alemanha, muitos já dão a guerra por perdida, e este jovem é portador de notícias interessantes, proveitosas para nós...

– Como assim, monsenhor? – interveio Draganovic.

– Não me interrompa até eu finalizar a explicação. Depois, poderão fazer as perguntas que desejarem – cortou Hudal, acendendo um cigarro. – Nosso jovem amigo é o mensageiro de seu pai e de uma poderosa organização chamada Odessa. Essa organização propõe que montemos uma rede de instituições da Igreja para facilitar a fuga de vários de nossos amigos do Reich, quando a guerra acabar. A ideia é escondê-los em Roma e, após conseguir para eles documentos falsos, ajudá-los a dar o grande salto para a América do Sul.

– Isso sairá bastante caro – observou Bibbiena, que se mantivera até então em silêncio.

– Sem dúvida, meu amigo, mas a Odessa pagará por nossa ajuda. O Vaticano e nosso querido Santo Padre precisam de fundos especiais para devolver à Santa Sé o esplendor que merece depois de um conflito tão longo. O fluxo instável do óbolo de Pedro para o Vaticano, durante a guerra, fez os cofres papais ficarem seriamente afetados.

– Acha que conseguiria para mim uma audiência com o papa, monsenhor? – perguntou August.

– Jovem Lienart, por que aguarda com tanta impaciência as coisas? Se elas são inúteis para sua vida, também é inútil esperar por elas. Se elas forem necessárias, virão a seu tempo. Deixe, pois, comigo as conversas com o Santo Padre. Ele no momento está muito aflito com a situação de Roma e dos refugiados.

– Sim, monsenhor, mas a paciência é também a fortaleza do fraco, e a impaciência, a fragilidade do forte.

– Muito bem, jovem Lienart. Vejo que é hábil com as palavras. Decerto irá longe aqui na Santa Sé, caso consiga converter essa impaciência inata da mocidade em virtude. Sua família é uma das mais prestigiosas na longa história do Vaticano. Sabe que um antepassado seu, creio que o cardeal François Lienart, foi conselheiro dos papas Gregório XV e Urbano VIII? Por isso, depois de ler a carta que tão amavelmente me enviou seu pai, o senhor Edmund Lienart, decidi ajudá-lo em sua missão.

– Muito obrigado, monsenhor. Seu auxílio é vital para levá-la a bom termo.

– Sabe que o padre Draganovic dirige uma organização que ajuda refugiados croatas a escapar? São bons católicos e merecem apoio – afirmou Hudal, para grande surpresa de Draganovic.

– Mas, monsenhor... – murmurou o padre.

– Não balbucie, padre Draganovic, não balbucie... – censurou Hudal.

– Que rotas são essas? – perguntou August.

– São rotas de fuga criadas por intermédio de organizações católicas de Roma. Como você as chama, padre Draganovic?

– O Corredor Vaticano – respondeu Draganovic em voz baixa.

– Como? Mas agora fale alto para que possamos ouvi-lo – advertiu o Bispo Negro.

– Corredor Vaticano...

– Essa organização foi muito bem planejada e montada pelo padre Draganovic desde 1943. Diga a seu pai, jovem Lienart, que o padre Krunoslav Draganovic ficará encantado em se pôr inteiramente à disposição da Odessa, conforme meu desejo.

– De novo, muito obrigado, monsenhor. Será uma grande ajuda para a organização a que pertenço e que, sem dúvida, passa por momentos bastante delicados – respondeu, agradecido, August, percebendo no entanto que Draganovic estava de cara fechada. Não seria fácil trabalhar com ele, apesar de tudo o que dizia o arcebispo Hudal.

– Pois então não se fala mais nisso. O padre Draganovic o porá a par das rotas e lhe dará todas as informações necessárias para seu pai cumprir o acordo que propõe à nossa organização. Sabe o conteúdo da carta que ele me mandou?

– Sou apenas um mensageiro de meu pai e da Odessa, nada mais. Não me cabe conhecer o conteúdo das mensagens que entrego. Ele mesmo me teria dito o que a carta contém, caso o desejasse.

– Gosto de sua segurança, jovem Lienart. Mas vou lhe revelar o que a carta diz e o que responderei a seu pai. Neste documento, que seu pai me pede para destruir depois de ler, afirma ele que, em troca de nossa ajuda na criação de uma rota de fuga vaticana para nossos amigos do Reich, a Odessa desembolsará uma boa quantidade de lingotes de ouro, no valor de mais ou menos 52 milhões de francos suíços em ouro. Os lingotes foram cunhados pelo Reichsbank com selos anteriores a setembro de 1939. Segundo seu pai, dentro de algumas semanas ou alguns dias, um caminhão escoltado por membros da SS e da Guarda Nacional Croata, de nosso querido e estimado Poglavnik Pavelic, trará o ouro à Santa Sé.

– É ouro demais para que os Aliados ou a divisão de contraespionagem, o CIC, não o interceptem! – exclamou Bibbiena.

– Tenho uma ideia... – interrompeu August.

– Uma ideia se torna muito perigosa quando é única – sentenciou Draganovic.

– Todo homem nasce capaz de fazer qualquer coisa, boa ou má, mas as exigências da sociedade é que determinam nossos atos. Creio que sei como evitar o controle aliado sobre o ouro.

– Estamos ouvindo, jovem Lienart – disse Hudal.

– Ao que parece, o comboio virá diretamente do território alemão. Qualquer transporte que passar pela fronteira entre a Áustria e a Itália, ou entre a Suíça e a Itália, poderá ser detectado pelo CIC. Proponho então que o carregamento de ouro vá direto para Veneza e ali, nas fábricas de Murano, seja fundido novamente e cunhado com selos da Santa Sé. Não creio que ocorra a nenhum dos Aliados tomar do Santo Padre o controle sobre as reservas de ouro do Vaticano. Nem ingleses, nem americanos, nem franceses solicitarão uma inspeção do ouro depositado no Banco do Vaticano. Ninguém tem interesse, no momento, de ofender o papa.

– Parece-me uma grande ideia – declarou Hudal, dando uma forte palmada na mesa –, mas quero que vocês dois, padre Bibbiena e jovem Lienart, viajem com o comboio para, digamos... proteger nossos interesses.

– A esse respeito, terei de consultar meu pai, monsenhor. Só ele tem poder para conseguir do presidente do Reichsbank, o senhor Funk, permissão para que o padre Bibbiena e eu acompanhemos o comboio.

– Certo, meu jovem. Espero sua resposta até hoje à noite, depois que falar com seu pai. Diga-lhe que a Santa Sé tem o maior prazer em negociar com ele e com nossos amigos de Berlim – assegurou Hudal, queimando num recipiente de prata a carta de Edmund Lienart.

August se levantou e, depois de beijar o anel do arcebispo, encaminhou-se para a porta. Mas antes de ele sair, Bibbiena agarrou-lhe o braço e puxou-o de lado.

– Sabe o que está fazendo? – perguntou-lhe.

– Perfeitamente – respondeu August.

– Sabe que, se os franceses ou os guerrilheiros italianos o pegarem, será fuzilado?

– Precisamos evitar que a informação sobre o carregamento de ouro chegue aos ouvidos deles. Vai ajudar-me? – indagou o seminarista.

– Claro, sou seu amigo. Ajudarei, sim – garantiu Bibbiena.

Enquanto os dois homens se despediam à porta do colégio de Santa Maria dell'Anima, eram fotografados a curta distância de vários ângulos. Naquela mesma noite, após várias horas de espera, August conseguiu fazer contato com o pai e narrar-lhe o sucedido durante a reunião com o arcebispo Hudal, bem como o desejo desse de que August e Bibbiena acompanhassem o comboio.

– Filho, eu verei o que posso fazer. Falarei com o presidente Funk. Os soviéticos já estão muito perto de Berlim e os americanos acabam de conquistar Baden, Frankfurt e Marburgo. Temos pouco tempo, e é importante contarmos com o Corredor Vaticano de Draganovic. Hudal e seu grupo são os únicos capazes de manter esse corredor aberto, e a Odessa não ignora isso.

– De acordo, pai – disse August.

– E você, está bem?

– Sim. Mas ainda me preocupo com a mamãe.

– Ela não tem problemas em Sabarthès. Não quer, como você sabe, instalar-se em nossa casa de Veneza nem na Villa Mondragone, que neste momento são locais mais seguros. Sempre foi muito teimosa. É o jeito dela.

Antes de interromper a comunicação, Edmund Lienart avisou o filho do envio de três membros da Irmandade.

– São assassinos, pai.

– Sei disso, filho, mas em uma hora tão delicada é necessário que alguém o proteja. Estou lhe mandando Müller, Hausmann e List. Providenciarei para que Ulrich Müller o acompanhe no comboio. É nele que confio mais. Tem muita experiência em combate e talvez lhe seja útil.

– Esses homens me dão medo, pai.

– Sim, mas são os únicos com quem agora podemos contar. A única tarefa deles em Roma será proteger sua vida para que você consiga cumprir sua missão. Arranje-lhes acomodações discretas. Eles o seguirão a qualquer parte. Informe ao arcebispo Hudal que você e seu amigo Bibbiena acompanharão o comboio. Depois lhe digo onde se reunirão a ele. Boa sorte, filho.

– Boa sorte para o senhor também, pai.

Ditas essas palavras, a ligação foi interrompida.

V

Feldkirchen in Kärnten, sul da Áustria

A cidade austríaca de Feldkirchen in Kärnten, bem próxima da fronteira iugoslava, conseguira escapar intacta às bombas aliadas. Os enormes rochedos que a cercavam davam-lhe o aspecto de um oásis seguro.

O valioso carregamento, dividido em três caminhões, havia sido embalado em caixas de madeira sem nenhum tipo de identificação. Dentro, acumulavam-se quinhentos quilos em lingotes de ouro com selos de origem dos Estados Unidos, da França e da Holanda, moedas recentemente cunhadas, vários milhões em diamantes lapidados e uma enorme quantidade de divisas, sobretudo francos suíços e dólares americanos. Os motoristas escolhidos para a missão eram em sua maior parte homens da SS e do Reichsbank, além de agentes croatas.

– De onde veio todo esse tesouro? – perguntou Hugo Bibbiena a seu amigo August Lienart.

– De Bormann, Martin Bormann.

– O famoso e pomposo secretário do Führer?

– Ele mesmo. Ante Pavelic, o Poglavnic da Croácia, deve muito a Bormann, e calcula-se que ele tenha doado uns 80 milhões de dólares à causa da Odessa. Aqueles dois sujeitos – e August apontou dois homens que fumavam de maneira compulsiva – são ministros de Pavelic: o general Ante Moskov e Lovro Ustic, ex-ministro da Economia. Pavelic não confia em ninguém, muito menos no Vaticano ou em Bormann.

– A Croácia não participou do saque dos bancos centrais dos países ocupados por Hitler.

– Mas espoliou as famílias judias, sérvias e ciganas da Iugoslávia. Esse foi um grande negócio para Pavelic e seu bando. Parte do roubo está aí nesse caminhão. Usaram-no em subornos para poderem se refugiar na América do Sul depois que a guerra terminar. Pavelic sabe que, se forem presos pelos guerrilheiros de Tito, seguramente acabarão enforcados.

– A caminho! – gritou um oficial alemão.

Os homens começaram a subir para seus respectivos caminhões, escondidos num bosque das cercanias da cidade. Até então, os comboios chegavam de Berlim a intervalos regulares. A necessidade de matérias-primas para manter em perfeito funcionamento a máquina de guerra alemã fazia aumentar na mesma proporção a necessidade de dinheiro vivo, lingotes de ouro negociáveis e divisas. No fim de 1943, quando foram rompidas as linhas alemãs na Ucrânia, os cofres-fortes dos bancos de Berna acumulavam 592 milhões de francos suíços em lingotes e moedas de ouro. A finalidade dessa última remessa era pagar os favores do Vaticano, que se comprometera a montar uma rota de fuga segura para os altos dirigentes do Terceiro Reich, que agora era apenas um império de ruínas e cinzas.

– Faz muito frio aqui – queixou-se Bibbiena.

– Sim, mas não devemos perder de vista o carregamento – observou August.

– Odeio o frio, é algo superior às minhas forças. Passei muito mal na Rússia.

– Você esteve na Rússia?

– Estive. Dirigi o Plano Tisserant para a Entidade – contou Bibbiena, tentando aquecer as mãos com seu próprio bafo.

– Tisserant? O cardeal Eugène Tisserant, prefeito da Congregação para as Igrejas Orientais?

– Sim. O plano consistia em infiltrar sacerdotes católicos nas zonas da União Soviética controladas pela Wehrmacht depois da invasão. A base das operações era o recrutamento de sacerdotes para acompanharem as unidades que combatiam na frente. Tínhamos por objetivo estabelecer o catolicismo, protegidos pelo avanço do exército alemão. Éramos uns pobres incautos e fomos diretamente para o matadouro.

– Onde recrutavam os sacerdotes? – perguntou August, bastante interessado.

– Em três abadias: Grotta Ferrara, na Itália, Chevetogne, na Bélgica, e Velehrad, na Morávia. Ali eles treinavam para saltar na União Soviética.

– E qual era a missão? Matar Stalin?

– Seria ótimo, amigo, mas não... O trabalho se limitava a rezar missas nas zonas libertadas pela Wehrmacht.

– Quanto tempo você ficou na Rússia?

– Até fevereiro de 1943. Tive de dar o fora de lá porque os alemães do VI Corpo de Exército, sob o comando de Von Paulus, corriam mais que eu, perseguidos pelas hordas vermelhas – riu Bibbiena, dando uma palmada no ombro do amigo.

– E os outros sacerdotes?

Bibbiena, olhando para August, disse apenas "carne de canhão" e levou o cigarro aos lábios.

Os três caminhões, com os faróis apagados para evitar ataques das forças aéreas aliadas, puseram-se em marcha para a Ossiacher Strasse, em direção a Villach. O primeiro veículo era ocupado por agentes da Gestapo e pelo pessoal armado do Reichsbank. O segundo, transportando apenas lingotes, levava o tenente-coronel Adolf Eichmann e quatro membros da SS. August ficou surpreso ao ver uma tão alta patente do Escritório Central de Segurança do Reich naquela expedição. No terceiro veículo viajavam August, Bibbiena e mais homens armados do Reichsbank. Chegando a Villach, o comboio parou à beira da estrada.

O caminhão liderado pelo pessoal do Reichsbank iria para oeste, em direção a Hermagor, Reschensee e, finalmente, Martina, em território suíço, de onde seria escoltado até Berna por soldados do exército local. Seu destino era a sede do Banco Central da Suíça, em cujos cofres-fortes seria depositado o valioso carregamento. O segundo caminhão, chefiado por Eichmann, se separaria do comboio em Villach e penetraria pelo norte, pela Tirol Strasse, até o lago Toplitz. O terceiro, descendo para o sul, cruzaria o Wurzenpass e, depois de entrar na Iugoslávia, passaria pelas cidades de Bovec, Kanal e Nova Górica, de onde se dirigiria ao território italiano. Já na Itália, deveria cruzar sem problemas Gorizia e Cervignano del Friuli, chegando por fim a Veneza e Murano.

– Tomara que não tenhamos nenhum problema – disse Bibbiena.

– Tomara – repetiu August, todo encolhido de frio na cabine do caminhão.

Durante a noite, o veículo, já separado dos demais, retomou a marcha pela rota estabelecida e, aos primeiros raios do sol, deteve-se num espesso bosque para não ser detectado. A zona iugoslava poderia ser a mais perigosa por causa dos bandos de guerrilheiros de Tito; apesar disso, August e Bibbiena esperavam chegar sem muitos contratempos à Itália.

A etapa iugoslava passou sem contratempos. O exército preferia não fazer perguntas em se tratando de um caminhão carregado com propriedades da Igreja Católica austríaca com destino à Santa Sé. Logo depois de atravessar a passagem fronteiriça de Nova Górica, já em solo italiano, o caminhão se deteve numa área arborizada que rodeava Gorizia. Eles esperaram a noite cair para retomar a marcha.

– Preciso mijar – disse Bibbiena, saltando da cabine.

– Não vá muito longe – recomendou August.

– Fique tranquilo, minha próstata é rápida.

Bibbiena se afastou alguns metros, até um matagal, e abriu a braguilha. Nesse momento, percebeu um movimento estranho às costas.

– Não se mexa ou meto-lhe uma bala na cabeça – disse alguém, com o sotaque de algum dialeto italiano do sul.

– Não pretendo me mexer, até porque estou mijando – respondeu o agente da Entidade, virando-se. – Se não se importa, vou guardar este órgão em seu devido lugar.

– Faça isso com muito cuidado e deixe-me ver suas mãos.

Subitamente, do meio do mato, surgiu um bando de guerrilheiros fortemente armados. Pertenciam aos Corpos de Voluntários da Libertação, às ordens do general Cardona.

– Quem é você? – perguntou aquele que parecia o líder.

– Sou o padre Hugo Bibbiena, funcionário da Secretaria de Estado da Santa Sé – respondeu o religioso, tirando da mochila de couro o passaporte com a tiara e as chaves de Pedro.

– Ora, ora, o que temos aqui? – comentou o guerrilheiro. – Pelo visto, prendemos um corvo.

Bibbiena manteve a calma e riu alto para aliviar a tensão ambiente.

– Amigo, pelo jeito, não lhe racharam a boca quando você era criança para impedir que se tornasse um malcriado.

O guerrilheiro levantou a metralhadora e fez menção de apontá-la para o agente do Vaticano.

– Baixe a arma, Piero.

– Deixe-me liquidar este corvo – rugiu o guerrilheiro.

– Já mandei baixar a arma – ordenou um homem vestido com um uniforme de campanha do exército italiano que parecia ser de um oficial.

– Se o seu amigo estivesse desarmado, com os punhos eu poderia ensinar-lhe as boas maneiras – disse o espião papal.

– Vai ficar detido por nosso grupo até confirmarmos sua identidade. Revistem-no para ver se não tem nenhuma arma.

Uma jovem de cerca de 20 anos se adiantou e obrigou Bibbiena a levantar as mãos. Logo apareceu uma pistola Beretta que o agente trazia escondida no bolso interno do casaco.

– E então? Agora vai me explicar por que um padre anda armado?

– Questão de segurança – respondeu Bibbiena, ainda com um sorriso nos lábios. – Bem sabem que os caminhos de Deus são inescrutáveis e, não há dúvida, inseguros. Não gostaria de encontrar por aí um bandido disposto a roubar a Santa Sé.

– Não se preocupe, padre, somos comunistas, mas comunistas que respeitam Deus e o papa. Amarrem-lhe as mãos e levem-no para o acampamento. Está anoitecendo e amanhã de manhã decidiremos o que fazer com ele.

Hugo Bibbiena foi escoltado até uma clareira do bosque onde a unidade guerrilheira mantinha seu quartel-general. Meia hora depois, August Lienart começou a ficar preocupado com a demora do amigo.

– Talvez devêssemos procurá-lo – sugeriu ao motorista alemão do veículo.

– Talvez não, senhor. Nossa missão é levar este ouro para um lugar seguro em Veneza. Se você se arriscar por seu amigo, a operação poderá ficar comprometida; e se os italianos descobrirem o que levamos, não só ficarão com tudo como nos farão perguntas.

– Diremos então que é propriedade da Igreja da Áustria – objetou August.

– Isso pode funcionar na Iugoslávia católica, mas não na Itália comunista. Toda esta zona é controlada por guerrilheiros vermelhos que lutam contra nossas unidades no norte do país. Se descobrirem que estamos aqui, será o fim.

August refletiu por alguns instantes.

– Já sei o que vou fazer. Vou procurar meu amigo. Se eu não voltar antes de anoitecer, dirija-se à aldeia mais próxima, Cervignano del Friuli, e me espere ali – disse August, apontando um lugar no mapa da região.

– Quanto tempo eu devo esperar?

– Vinte e quatro horas. Se eu não aparecer com o meu amigo, prossiga sem parar até o local combinado em Veneza.

– Farei isso, padre. Boa sorte – despediu-se o motorista.

Por uma hora, talvez duas, August vagou sem rumo pelo bosque que rodeava Monte Calvario. A espessura do mato tornava sua marcha ainda mais difícil.

– Que inferno! Por que você tinha de se afastar do caminhão? – dizia a si mesmo, amaldiçoando o amigo.

Pouco depois, quando a noite já começava a descer sobre o bosque, um ruído o pôs em alerta. Escondeu-se atrás de uns arbustos e viu um rapaz que se dirigia com uma lata de água para algum lugar. Seguindo-o de perto, chegou ao acampamento onde Bibbiena estava detido. Várias tendas de campanha e cabanas de madeira se alinhavam em volta de uma grande fogueira.

– Você aí, levante-se! – disse uma voz às suas costas.

Era um sentinela. August não o ouvira aproximar-se. Não teria mais de 20 anos e trazia na cabeça um gorro muito grande, dos Regimentos de Bersaglieri.

– Levante-se e não faça nada com as mãos – ameaçou o rapaz.

August ergueu as mãos e apoiou-se no joelho direito. Nesse instante, como uma sombra, alguém saltou por trás do sentinela e tapou-lhe a boca com uma das mãos, enquanto, com a outra, enfiava-lhe um punhal na nuca. O rapaz, ainda com uma expressão de surpresa no rosto, não levou mais que alguns segundos para morrer.

– Olá, senhor Lienart. Sou Ulrich Müller. Pertenço à Kameradschaftsshilfe, a ajuda ao camarada, serviço de segurança da Odessa. Seu pai me enviou para protegê-lo.

August não conseguia desviar os olhos do jovem italiano que acabava de morrer de forma tão horrível. Aquele era seu primeiro contato real com a guerra, e ele jamais o esqueceria.

– O que o senhor quer, então, que façamos? – perguntou o suboficial da SS.

– Que façamos... como assim?

– Para salvar seu amigo.

– Desculpe-me, ainda não me recuperei do que acabo de ver. Nunca tinha visto alguém ser assassinado dessa maneira.

– É a guerra, padre. É a guerra.

– Acho melhor você mesmo dar as instruções. Tem mais experiência que eu.

– Certo. Eis como vamos tirar seu amigo daqui.

Durante alguns instantes, August escutou atentamente o plano de fuga exposto por Müller.

– Depois ficarei no alto para vigiar a entrada do acampamento. Para isso, precisarei de uns minutos, enquanto o senhor e seu amigo se aguentam lá dentro. Cobrirei sua retirada com meu fuzil.

– Espero que seja bom mesmo no manejo dessa arma – disse August, observando o fuzil de precisão que Müller trazia em uma capa de couro.

– Não se preocupe. Procure apenas resgatar seu amigo.

O suboficial da SS pôs-se a correr agachado por um longo caminho que ladeava o acampamento guerrilheiro, seguido de perto por August. Já perto da cabana onde se achava Bibbiena, Müller sacou da bolsa uma faca de lâmina fina e atirou-se sobre o único sentinela que barrava o acesso ao local. Em questão de segundos, o homem estava morto. Müller continuou a correr até a área externa do acampamento, a fim de se posicionar para cobrir a retirada de Bibbiena e August.

August tentou não fazer muito barulho ao entrar na cabana.

– Hugo, você está aí?

– Sim, estou aqui. Amarraram minhas mãos atrás das costas.

August tirou uma navalha do bolso e cortou as cordas que prendiam as mãos do amigo.

– Vamos embora daqui, rápido.

Quando os dois homens iam sair, uma jovem guerrilheira, carregando uma panela de sopa quente, entrou de súbito na cabana. August avançou contra ela para tapar-lhe a boca antes que a jovem pudesse dar o alarme.

– Por favor, senhorita, não grite, não grite! – implorou August.

A moça, que lutava para se ver livre dele, ficou parada enquanto olhava fixamente para seu sequestrador. August sentia o corpo dela quente sob o seu.

– Somos sacerdotes, não assassinos, senhorita. Não queremos fazer-lhe mal. Só queremos ir embora daqui. Está entendendo? Se compreendeu, pisque duas vezes.

A jovem piscou duas vezes.

– Agora, vou soltá-la devagar e amarrar suas mãos. Se gritar, porém, sua vida ou as nossas correrão perigo. Entendeu?

A jovem piscou novamente duas vezes. August reduziu pouco a pouco a pressão de sua mão contra a boca e o corpo da prisioneira.

– Não faça isso, August. Acabe com ela – disse Bibbiena às suas costas.

Quando August retirou a mão da boca da jovem, ela respirou fundo e emitiu um grito ensurdecedor.

– Alerta, alerta, aler...!

No mesmo instante, August, que voltara a tapar a boca da jovem, viu Bibbiena envolver-lhe o pescoço com o braço direito e segurar-lhe o queixo com a mão esquerda. Num segundo, quebrou-lhe o pescoço como se fosse um pedaço de madeira seca. Ouviu-se apenas um leve estalido.

– Eu lhe disse que devia acabar com ela, amigo – falou Bibbiena a um August ainda impressionado com a morte da jovem. Talvez tivesse visto o rosto de Elisabetta naquela pobre guerrilheira que seu amigo não hesitara em matar.

– O mundo é uma hospedaria, e a morte, o fim da viagem. Para ela, o fim foi hoje – sentenciou Bibbiena, enquanto ajudava August a se levantar de cima do corpo da jovem. – Agora, vamos tentar sair vivos daqui. Tomara que os gritos de sua amiguinha não tenham acordado todos aqueles comunistas.

Os dois homens deixaram a cabana e se dirigiram para os fundos do acampamento. Correram o mais que puderam, sem olhar para trás. Subitamente, ouviram diversos disparos em sua direção, mas continuaram correndo até as sombras do bosque. O primeiro tiro derrubou o primeiro sentinela. O segundo esmigalhou o crânio do segundo guerrilheiro, que tentava alcançá-los. Em seguida, várias explosões fizeram estremecer o chão em todo o perímetro do acampamento.

– Obrigado, meu Deus, por me salvar – agradeceu Bibbiena, sem parar de correr.

– Esqueça Deus. Ele não tem nada a ver com isto. Quem preparou sua fuga foi um homem da SS enviado por meu pai – informou August, acompanhando o amigo na carreira.

Os três homens conseguiram fugir em meio às sombras da noite e alcançar uma zona segura.

– Boa noite, senhor. Sou o sargento Ulrich Müller, às suas ordens – apresentou-se o membro da Kameradschaftsshilfe, apertando a mão de Bibbiena.

– Meu filho, se eu não fosse sacerdote e heterossexual, pediria a sua mão em casamento. Isso é que é proteger alguém!

– Na verdade, não estava protegendo o senhor, mas, sim, o padre Lienart. Ele não queria deixá-lo para trás, mas tenho ordens bem claras de seu pai com respeito à sua segurança. Era ele que eu protegia, não o senhor.

– Seja como for, obrigado por salvar minha vida.

Enquanto se dirigiam para o ponto de encontro com o caminhão que transportava o ouro do Vaticano, Bibbiena virou-se para Müller.

– Quer dizer que deixaria aquele bando de comunistas me matar?

– Não, padre.

– É bom ouvir isso.

Após um curto silêncio, o ex-membro dos esquadrões de execução do Einzatzgruppe A retomou a palavra:

– Eu mesmo teria disparado contra o senhor, caso não conseguisse resgatá-lo.

– Você me mataria sabendo que sou sacerdote?

– Para mim, tanto faz. Tenho duas missões e duas ordens: proteger o padre Lienart e levar o caminhão em segurança a Veneza. Só isso. O senhor, padre, não entra em meus planos.

Os três homens continuaram atravessando o prado, enquanto August observava sorrindo o amigo.

– De que está rindo? – recriminou Bibbiena.

– Da próxima vez que você quiser fazer suas necessidades, faça-as nas calças.

Minutos depois, alcançaram o ponto de encontro com o veículo que transportava o tesouro para o Vaticano. Pelo resto do trajeto, Bibbiena ficou de olho em Müller, aquele jovem loiro com jeito de cavalheiro prussiano que limpava calmamente seu fuzil na carroceria do caminhão. August ainda trazia vivos na mente os olhos da jovem guerrilheira que haviam acabado de matar.

Quando os primeiros raios do sol inundaram a paisagem, o caminhão já havia conseguido percorrer os quase 112 quilômetros entre Gorizia e Tessara. Ali os esperava um barco para transportar o valioso carregamento até o local convencionado, em Murano.

O veículo seguiu por um estreito caminho de cascalho em direção a um canal interior. Quatro homens o aguardavam. Sem dizer qualquer palavra, começaram a levar as caixas de madeira com quase 6 milhões de marcos em lingotes de ouro e muitos milhares mais em diamantes para a barcaça. Depois de cumprirem a tarefa, os quatro se aproximaram de um senhor mais velho, fizeram a saudação fascista e deixaram o local.

A barcaça partiu com vários homens armados a bordo, os quais August não conhecia, e cobriu as quase três milhas náuticas até a ilha.

Desde fins do século XIII, Murano havia se convertido em um centro mundial da cristaleria quando os artesãos de Veneza foram obrigados a instalar-se lá para fugir dos incêndios na ilha principal. A partir dessa época, diversas fábricas locais, como a Barovier e Filhos, forneciam suas peças valiosas e exclusivas às casas reais de toda a Europa, às cortes pontifícias e aos milionários americanos. Dizia-se até mesmo que Mussolini encomendara uma peça primorosa para dar de presente ao Führer: uma águia de asas abertas segurando entre as garras uma suástica de cristal. Pietro Barovier era o patriarca de uma família dedicada ao vidro desde o século XVII. Ajudado pelos quatro filhos, dirigia a empresa familiar como se fosse um fazendeiro.

– Bom dia, padre.

– Senhor Barovier, é um prazer conhecê-lo. Meu pai me falou muito bem do senhor.

– Agradeço sinceramente a confiança depositada em mim e em minha casa. Meus filhos e eu nos colocamos à inteira disposição do senhor e do Santo Padre, a quem servimos há séculos.

– Justamente por isso estamos aqui hoje, amigo.

August notou um homenzinho de óculos redondos e bigode minúsculo que apertava aos braços, como se fosse um bebê, uma velha bolsa de couro.

– Quem é você? – perguntou-lhe.

– Sou Amerigo Marcone, funcionário da Administração dos Bens da Santa Sé, a ABSS. Estou às ordens do diretor Bernardino Nogara e sob a orientação sempre reta e santa do senhor Montini, subsecretário de Estado. A administração dos bens do Vaticano está em nossas mãos – respondeu o homenzinho. – Pediram-me que escoltasse até aqui os clichês papais para a cunhagem dos lingotes e a lista com os números de série que deverão constar das peças.

– Certo, senhor Marcone, mas terá de esperar o fim da operação, que será demorada – advertiu August.

– Não há problema, padre. Recebi ordem de trazer para cá os selos e clichês que serão utilizados nos lingotes e, quando estiver tudo pronto, levá-los de volta aos cofres da Santa Sé.

Ninguém parecia estranhar o fato de, já nas primeiras horas da manhã, vários homens chegarem a Murano em uma velha barcaça e descarregarem caixas de madeira no cais de uma de suas fábricas.

– De quanto tempo o senhor precisará para fundir todo o ouro? – perguntou August a Barovier.

– Depende da quantidade. Mas, se trabalharmos em turnos contínuos, eu creio que em 24 horas os lingotes estarão prontos para a entrega no Vaticano.

– O senhor Marcone, aqui presente, vai passar-lhe os clichês pontifícios e as numerações para os lingotes. Quando terminarem a cunhagem, tudo terá de ser devolvido ao representante do Vaticano.

– O que há, padre? Não confia nos italianos? – irritou-se um dos filhos de Barovier.

– A confiança é o sentimento pelo qual acreditamos em alguém mesmo sabendo que ele mentiria se estivesse em nosso lugar. Não confio em ninguém e, se não quiserem que meu amigo Müller lhes faça uma visita, será melhor cumprirem minhas ordens ao pé da letra.

– Fique tranquilo, padre, prestamos serviços à Santa Sé há séculos e, para mim, é uma honra terem escolhido minha fábrica para esta missão tão delicada – contemporizou Pietro Barovier.

– Espero não ter de me preocupar com nada. Este é um pedido especial de Sua Santidade e, obviamente, uma prova de confiança no senhor e em sua família. Trabalhem bem, e serão recompensados. Entendido?

– Sim, padre – respondeu o patriarca, tomando a mão do jovem Lienart e beijando-a. Aquela sensação de poder foi agradável ao seminarista.

Enquanto conversavam, dois dos filhos de Barovier abriam as caixas de madeira e empilhavam os lingotes de doze quilos cada um junto a um dos fornos maiores. Dentro, viam-se três enormes cadinhos de cerâmica refratária em brasa. Cuidadosamente, o operário pegou o primeiro lingote com uma tenaz de ferro e colocou-o no primeiro cadinho. Pouco a pouco, como se fosse uma barra de chocolate suíço, o lingote com o símbolo do Terceiro Reich foi desaparecendo diante dos olhos dos presentes, quando o forno alcançou os 1.100 graus centígrados.

O mesmo aconteceu aos demais lingotes, até não restar sinal deles nas caixas em que foram trazidos da Áustria. Com o ouro convertido em líquido, dois operários da fábrica de Murano prenderam um dos cadinhos a uma enorme garra de ferro e verteram o conteúdo em vários moldes; estes, em seguida, foram depositados em grandes bandejas e mergulhados em água fria para acelerar o processo de solidificação.

August aproximou-se do tanque, colocou luvas de proteção e comprovou que em nenhum deles restava o menor sinal de sua origem obscura.

– Tome – disse ele, passando o lingote a Barovier –, imprimam aí o selo da Santa Sé.

Colocaram os lingotes em uma prensa mecânica e imprimiram-lhes a marca da tiara e das chaves de Pedro, além de um número de série para evitar o controle das autoridades econômicas aliadas.

– Para que servem esses códigos numéricos? – perguntou Bibbiena ao amigo.

Foi Marcone quem respondeu:

– Depois que a guerra terminar, as autoridades aliadas vão assumir o controle de todo o ouro que a partir daí circular entre os bancos centrais. Hitler roubou muitos depósitos, principalmente dos bancos centrais dos países ocupados. Os lingotes mais comuns são os de 385,80 onças troy...

– Quantos quilos isso dá? – interrompeu Bibbiena.

– Doze. A ideia é alterar esse peso em cada lingote. Depois, aplicaremos a marca do Vaticano e, mais tarde, um número de controle anterior à guerra. Assim, o ouro não despertará suspeitas. Cada lingote pesa 385,80 onças troy, a um preço unitário de 13.503 dólares americanos, que equivalem a 58.450,43 francos suíços. Isso daria aproximadamente 5.445,85 reichmarks por lingote, mas a esta altura da guerra é melhor já falar nos dólares do vencedor ou nos francos suíços dos neutros – explicou Marcone. – Somente em ouro, o Vaticano receberá quase dois milhões e meio de dólares, distribuídos por 179 lingotes cunhados. O valor entregue em diamantes será calculado por nossos peritos em Roma.

Horas depois, lustrosos lingotes amarelos com o selo papal, valendo quase dois milhões e meio de dólares, estavam de novo empilhados no chão da fábrica de Murano para ser embalados em caixas especiais e transferidos para os inexpugnáveis cofres-fortes do Banco do Vaticano em Roma.

– O que faremos agora? – perguntou Bibbiena a August.

– Vamos voltar a Roma e aguardar novas ordens. Esta missão já está no fim.

Cerca de trezentos quilômetros ao norte, encravado entre os imponentes picos dos Alpes austríacos, a setenta quilômetros de Salzburgo e um pouco mais de Berchtesgaden, ocultava-se o lago Toplitz, destino final de um dos caminhões do comboio. Com cerca de um quilômetro de comprimento por 110 de profundidade, aquelas águas turvas e pobres em oxigênio inviabilizavam qualquer forma de vida em suas profundezas geladas.

O tenente-coronel Adolf Eichmann, acompanhado por quatro homens da SS, batia à porta de uma casa perto da margem. Eram cinco horas da manhã. Uma jovem camponesa atendeu e ficou surpresa ao ver os cinco homens vestidos com o uniforme negro da SS.

– Como se chama? – perguntou Eichmann.

– Ida... Ida Weisenbacher.

– Há alguém mais em casa?

– Não, senhor. Meus pais morreram e moro sozinha aqui.

– Vista-se. Meus homens vão ajudá-la a atrelar os cavalos a essas carroças. Precisamos delas.

A jovem entrou, tremendo de frio, e pôs o maior número de roupas possível para enfrentar a baixa temperatura.

– Que quer que eu faça, senhor?

– Precisamos dessas duas carroças. Atrele os cavalos e, se quiser ajuda, peça aos meus homens – respondeu Eichmann.

Enquanto a jovem tirava os animais do estábulo e os levava para junto das carroças, o tenente-coronel da SS, o grande arquiteto da Solução Final para o problema judaico na Europa, não parava de dar ordens e instruções a seus homens, que estavam num caminhão atolado na lama. Meia hora depois, as duas carroças já estavam na estrada coberta de barro e lodo.

– Vamos transferir essas caixas do caminhão para as carroças e levá-las para a margem do lago. Entendido?

– Entendido, senhor – respondeu Ida.

A moça e os quatro SS foram passando as pesadas caixas do caminhão para as carroças. Estas então avançaram com dificuldade pelo lodaçal, até chegar à margem. Os homens desceram e depositaram as caixas em uma grande barcaça que estava presa ao cais desconjuntado. Quando a embarcação chegou ao centro do lago Toplitz, dois SS começaram a atirar as caixas à água, formando uma pequena onda de espuma e borbulhas.

– Senhorita – disse Eichmann –, agora já pode voltar para casa. Ordeno-lhe que não conte nada do que viu aqui a ninguém. Entendido?

– Sim, senhor... Juro que não contarei nada. Prometo.

Durante as horas seguintes, os quatro membros da SS ficaram atirando caixas ao lago. Quando os primeiros raios do sol iluminaram os montes que o rodeavam, a operação estava quase finalizada.

– Vocês dois, para o caminhão – ordenou Eichmann. – Vou esperar os outros voltarem do lago.

– Sim, senhor – responderam os homens.

De longe, Eichmann observou os dois jovens altos, loiros, de boa aparência e cegamente obedientes à causa do Reich que se aproximavam remando. Tinha na mão direita uma Lüger que ele acabava de sacar do coldre.

– Dê-me a sua mão, vou ajudá-lo – disse Eichmann a um dos SS.

Quando o jovem estava prestes a segurar a mão esquerda do oficial, este, num movimento rápido, disparou contra sua cabeça, diante do olhar surpreso do companheiro. Este pressentiu que também ia morrer, e foi o que ocorreu. Eichmann apoiou o cano da pistola contra sua cabeça e apertou o gatilho. Quando voltou ao caminhão, recarregou a arma.

– Onde estão nossos companheiros? – ainda conseguiu perguntar um dos jovens.

Eichmann deu-lhe um tiro no coração. Em seguida, subiu ao estribo do caminhão e, pela janela, alvejou a cabeça do quarto membro da SS. Sua missão fora cumprida com êxito. Agora só lhe restava ir embora dali.

Durante vários dias, Dulles tivera de dar explicações a Washington pelo fiasco de Hilzingen. Um agente inimigo disposto a colaborar era coisa difícil de conseguir, principalmente agora, na reta final da guerra. Com o assassinato daquele, todos haviam metido os pés pelas mãos: se não sabiam proteger seus informantes, era pouco provável que conseguissem recrutar outros.

– Posso entrar, chefe? – perguntou Samantha.

– Entre, Sam.

– Preciso falar com você. Desde que regressamos de Hilzingen, os homens da segurança não nos perdem de vista, nem a mim nem a Claire. Assim, fica difícil trabalhar nas ruas e conseguir novos informantes.

– Sei disso – interrompeu Dulles –, mas é preciso entender que, quando um agente duplo, com fácil acesso a informações importantes, é assassinado logo depois de se reunir com você e com Claire, os cães da segurança fuçam mesmo o lixo para descobrir o que aconteceu. Não podemos permitir uma infiltração a partir de dentro, e você sabe muito bem disso, Sam.

– O que eu posso fazer para que esses caras da segurança larguem do meu pé?

– Convencê-los de que você não tem nada a ver com a morte de Ícaro. Se fizer isso, estou certo de que eles a deixarão em paz. De qualquer modo, vou tentar afastá-los, mas preciso que você me traga algo. Para mim, você é a maior responsável pela perda de Ícaro e deve, portanto, dar-me outra fonte confiável.

– E Claire?

– O que tem ela?

– Claire também estava comigo na reunião com Ícaro. Quando a Gestapo apareceu, eu a perdi de vista por algum tempo. Nesse ínterim, ela poderia tê-lo matado – disse Samantha.

– Estou pensando em mandá-las a Roma para obterem alguma informação.

– Sobre o quê?

– Segundo parece, um agente em Roma andou falando sobre uma operação que envolve ouro nazista destinado possivelmente ao Vaticano. Quero saber quem está no comando e também qual será a rota da remessa, para interceptá-la, caso o ouro ainda não tenha sido entregue.

– E se já foi?

– Descobriremos o destino final do carregamento. Por trás disso, ao que parece, está a misteriosa sigla: Odessa.

– Quer que eu vá a Roma?

– Sim, com Claire, Nolan, John e Daniel. Quanto antes, melhor. Não admitirei que esse ouro nazista escorra por nossos dedos.

– Está bem. Fique tranquilo, Allen, vou lhe trazer essa informação – garantiu Samantha. – Quer que eu fique esta noite com você? – acrescentou, inclinando-se sobre a mesa e exibindo seu belo decote.

– Não, Sam. Só quero que me traga alguma coisa para acalmar Washington. Você está na corda bamba por causa da perda de Ícaro. E agora, por favor, deixe-me redigir estes relatórios e feche a porta ao sair.

Samantha, sem conseguir ocultar o ressentimento pela rejeição de Dulles, abotoou a blusa, puxou a saia para baixo e saiu do escritório.

– O que foi que ele disse? – perguntou Claire em voz baixa.

– Nada. Nem falou de Ícaro. Acho que iremos à Itália com Chisholm e Cummuta, o iugoslavo imbecil. Ao que tudo indica, a Odessa reapareceu em Roma. Dulles quer que andemos por lá e lhe arranjemos alguma coisa para ele poder tirar a segurança de cima de nós.

– Tenho certeza de que não nos darão um minuto de sossego em Roma.

– E você está certa, queridinha. Esses cães sabem fazer seu trabalho e ficarão na nossa cola o tempo todo. Agora, vamos procurar Chisholm para receber instruções.

Na sala de reuniões da Herrengasse 23, sede do ESE, já se encontravam Gerry Mayer, Wally Toscanini, o próprio Chisholm, Cummuta e Chills. Quando Samantha e Claire entraram, fez-se silêncio.

– Bem, meninas, sentem-se e nós diremos o que vão fazer em Roma – disse Mayer, para quebrar a tensão. – Daniel lhes dirá qual será o seu trabalho.

Daniel Chisholm, chefe de operações do ESE, observava as agentes com olhar desconfiado, mas não podia deixar de colaborar com elas. Para

Chisholm, eram mais importantes as ordens recebidas de Dulles e Mayer do que seus sentimentos em relação às duas.

– Temos uma informação importante, de fonte segura...

– Que fonte? – emendou Samantha.

– Prefiro omitir esse detalhe, desnecessário tanto para você quanto para o bom cumprimento de sua missão. E agora, se não me interromperem mais, explicarei qual será ela – ralhou Chisholm, olhando feio para Sam e claramente irritado pela interrupção. – Como eu dizia, uma fonte segura nos informou sobre um possível carregamento de ouro enviado da Alemanha ou da Áustria para o Vaticano. O Vaticano mandou, ao que parece, dois agentes da Entidade. Um deles é um sujeito muito esperto, conhecido de nosso pessoal em Roma, chama-se Hugo Bibbiena. Aqui está um relatório com algumas fotografias dele. Do segundo agente, sabemos pouco, apenas que se chama Liejart ou Lienhart, de nacionalidade francesa. Mais nada. Precisamos encontrá-lo e segui-lo para descobrir aonde vai.

– E se o ouro já tiver mudado de mãos? – perguntou Cummuta.

– Se estiver em poder do Vaticano, não nos restará muita coisa a fazer. Acredito que esse ouro será usado no pagamento de favores quando a guerra terminar. Descubram se a Odessa tem algo a ver com isso. Entenderam?

– Sim, chefe – responderam ao mesmo tempo Claire, Sam, Chills e Cummuta.

– Viajaremos à noite para a Itália. Preparem-se. Estaremos numa cidade controlada por nossas forças e por isso não teremos grandes dificuldades com os italianos. Mas o lugar está cheio de quintas-colunas, agentes alemães e fascistas que teimam em continuar na luta. Talvez eles nos dificultem as coisas.

– Qual será nossa missão? – perguntou Claire.

– Você pegará esse tal Lienhart com a ajuda de Chills e Cummuta.

– Como?

– Nolan e John se encarregarão disso. Sabem como fazer. Você verá como são eficientes. Com seu sistema, sempre se saem bem.

Os dois agentes, sentados no fundo da sala, começaram a rir da insinuação de seu chefe de operações.

– Arranje um apartamento pequeno perto da Piazza Navona – continuou Chisholm, dirigindo-se a Claire. – Tem de ser numa área tranquila, sem muito barulho, de preferência em uma rua sem saída. Talvez possa se instalar em uma pensão, onde não costumam fazer muitas perguntas.

– Por que perto da Piazza Navona?

– Porque ali foi fotografado nosso misterioso amigo junto com o agente do Vaticano. Achamos que talvez more nas imediações, num hotel, em uma casa ou até em Santa Maria dell'Anima, sob o manto protetor do bispo Hudal.

– Que farei quando já tiver um endereço em Roma?

– Você me dará esse endereço. Estarei em nossa embaixada. Nolan e John ficarão com Sam num apartamento, de onde será coordenada a operação. Está tudo claro? Alguma pergunta? Não? Então, já sabem: muito cuidado e tragam-me algo que valha a pena para Dulles. Chegaremos a Roma em dois grupos. Claire e eu formaremos um. John, Nolan e Sam, o outro. Quanto menos suspeitas levantarmos, melhor.

– Boa sorte a todos e... boa caçada – disse Gerry Mayer, encerrando a reunião.

Baía de Bjørnøya, ilha do Urso

– Senhor, senhor! – gritou o oficial de comunicações.

– O que está acontecendo? Para que essa gritaria? – perguntou o comandante Heinz Schäffer, do U-977.

– Senhor, eu acho que recebemos uma mensagem do alto-comando. Cifrada.

– E ainda temos alto-comando? Pode ser uma brincadeira ou então nem todos se suicidaram ainda. Mostre-me essa mensagem tão importante. Justamente agora que ia pegar um dos grandes... – resmungou o oficial, atirando para um lado a vara de pescar e saltando por entre as pedras úmidas.

No interior do U-977, Schäffer dirigiu-se ao seu camarote com a máquina Enigma. Depois de abrir os envelopes dos códigos, começou a decifrar a mensagem.

– Estamos aqui há semanas, capitão. Para onde nos mandarão agora? – perguntou o imediato, o segundo-tenente de fragata Otto Fiehn.

– Pelo que vejo aqui, vão nos dar outra posição. Devemos ancorar num local da costa norueguesa e esperar uma personalidade que subirá a bordo.

– Uma inspeção a esta altura da guerra?

– Não sei. É só o que posso dizer por enquanto. Temos de cumprir as ordens de nossos superiores, e se eles nos mandam ancorar na Noruega, é para lá que iremos.

– Mas por quê? E para quê? Já não nos resta mais nada, salvo aguardar o fim da guerra. Vamos então arriscar nossas vidas por esses porcos? Que apodreçam no inferno! Mataram nossos camaradas em número suficiente para vir exigir agora que passemos além de nosso dever.

– Otto, vou lhe falar como amigo e não como comandante. Se alguém o ouvisse dizer essas coisas, sem dúvida, o entregaria à Gestapo, e de nada lhe serviria a Cruz de Ferro que traz ao peito. Desejo mais que tudo voltar para a minha esposa e os meus dois filhos, dos quais não tenho notícia há mais de um ano. A única coisa que sei é que Dresden, a cidade onde morava minha família, não existe mais. No entanto, aqui estou eu, no comando do U-977, e até receber ordem expressa para me render, não me renderei. Diga isso à tripulação. Estejam todos preparados para zarpar antes de anoitecer.

– Qual será a nossa nova posição?

– 58° 08' 04.21" N, 8° 00' 13.48" E. Assinale-a no mapa e passe a informação adiante.

O navegador do U-977 começou a calcular a latitude e a longitude na carta marítima.

– Meu Deus! – exclamou Joachim Lamby, o navegador.

– Que foi? Qual é o nosso destino? – perguntou o capitão Schäffer.

– Um porto norueguês, Kristiansand, senhor. Teremos de despistar todos os navios ingleses e aliados que patrulham aquelas costas. Será como nos metermos na boca do lobo ou, melhor dizendo, diretamente em seu estômago.

– Se essas são as ordens, vamos acatá-las até o último momento. Avise a tripulação de nosso novo destino. Fiehn e Lamby, eu os esperarei em meu camarote – concluiu Schäffer.

Os três homens ficaram sozinhos no cubículo.

– Eu os reuni aqui para colocá-los a par de uma missão altamente secreta, ordenada pelo almirante Dönitz em pessoa. Nossa tarefa não será penetrar nesse porto norueguês, porém deveremos ficar ocultos em algum ponto da costa até recebermos instruções para ancorar em um local qualquer perto de Kristiansand, onde recolheremos um personagem importante do Reich para pô-lo a salvo. Ainda não sei quem ele é, mas seremos informados no devido tempo. Por enquanto é só, cavalheiros. Mãos à obra.

Não muito longe dali, o capitão Otto Wermuth, do U-530, recebia uma mensagem semelhante. Ele iria para 55° 08' 24.90" N, 8° 28' 42.17" E. O navegador do submarino anotou na carta marítima a nova posição.

– Lakolk – disse.

– Onde é isso? – perguntou o capitão Wermuth.

– Na costa ocidental dinamarquesa. O ruim, capitão, é que essa zona está cheia de barcos ingleses. Se nos detectarem, ficarão encantados de nos pôr a pique.

– Navegaremos submersos de dia e emergiremos à noite. Fomos orientados para permanecermos nessa posição até nova ordem, a fim de recolher um peixe grande. Talvez uma alta patente da Kriegsmarine. Mande a tripulação preparar o submarino para zarpar. Sairemos amanhã à noite.

– Perfeito, senhor. Atenção, atenção, tripulação! Todos preparados para zarpar.

Depois de ficar durante várias semanas ancorado naquele penhasco bem no meio do Atlântico Norte, o U-977 tomou rumo norte. Pouco a pouco, o casco do submarino começou a submergir nas escuras e frias águas até se transformar em uma estrela fantasma. No dia seguinte, seria seguido pelo U-530.

O som estridente do telefone arrancou August de um sono profundo. A viagem que fizera pouco tempo antes à Áustria esgotara-o por completo. Era um homem de reflexão e estudo, feito para a política e a diplomacia, não para a ação, esgueirando-se por bosques e matando guerrilheiros. Essas tarefas cabiam a seu amigo Bibbiena e ao sargento Müller.

– Sim? – atendeu com voz sonolenta. – Quem fala?

Ouviu-se uma voz de mulher do outro lado da linha.

– Senhor August Lienart?

– Sim, sou eu.

– Uma chamada de Genebra. Vou passá-la ao senhor.

Durante alguns segundos, August escutou pelo aparelho diferentes sons de chaves que se conectavam e desconectavam, até ouvir a voz do pai.

– Pai?

– Sou eu, August.

– Eu queria ligar para você e falar da viagem à Áustria...

O pai o interrompeu:

– Vejo que está a salvo em Roma.

– Sim. Foi uma aventura cansativa. Não é de minha natureza andar saltando por aí.

– Preciso que faça outra viagem. Sei que estou exigindo muito de você, mas é a única pessoa em que posso confiar. Dentro de poucos dias, começa a missão mais importante. Você terá de ir a Tønder, na Dinamarca, e aguardar ali novas instruções.

– De quem?

– Enviarei um membro da Kameradschaftsshilfe, talvez Creutz. Ele o procurará e lhe dirá o que deve fazer.

– E Hausmann, List e Müller?

– Como se saiu Müller durante a última missão?

– Muito bem... Salvou a vida de Bibbiena e a minha.

– Pois farei com que o acompanhe em Tønder. Enquanto isso, Hausmann e List permanecerão em Roma, aguardando novas instruções.

– Pai, qual é o nome da nova missão?

– Operação Götterdämmerung – disse Lienart.

– Operação Crepúsculo dos Deuses? Estranho nome para uma missão...

– Quando você chegar a Tønder, entenderá. Por enquanto, é melhor não conversarmos mais por telefone. Pode ser perigoso para ambos. Lembre-se de que deverá estar na Dinamarca, o mais tardar, até 29 de abril. Nesse dia, é vital que esteja lá. Não se esqueça, filho.

– Não me esquecerei, pai. Estarei lá no dia combinado.

– Cuide-se. Entrarei em contato com você quando puder.

– Está bem, pai.

Depois de desligar e ficar novamente em silêncio no pequeno dormitório de Sant'Ivo alla Sapienza, August concluiu que, curiosamente, devia agradecer à Odessa por se reaproximar do pai. Aquela organização de criminosos de guerra estava conseguindo o que ninguém mais conseguira durante toda a sua vida. Lembrava-se ainda de que o pai havia se recusado a conversar com ele quando a mãe o informou de que o filho pretendia abandonar os estudos na universidade para vestir o hábito. Um sorriso perpassou pelo rosto do jovem seminarista antes de ele apagar a pequena lâmpada de cabeceira e voltar a dormir.

VI

Roma

O som do telefone voltou a despertar August Lienart. Dessa vez, chamavam-no da Secretaria de Estado da Santa Sé. Era seu amigo Hugo Bibbiena.

– Consegui que você seja recebido no Palácio Apostólico.

– Quer dizer que vou falar com Sua Santidade? – exclamou o seminarista.

– Não, amigo, ainda não. Mas este é o primeiro passo para chegar até o papa. Será recebido pelos bispos Montini e Tardini, que são os olhos e ouvidos do sumo pontífice. Se conseguir impressioná-los, terá abertas as portas do Vaticano não só para chegar ao papa como para qualquer outra coisa até o fim de sua vida. Lembre-se bem disso quando estiver na presença deles.

– Montini não é o diretor de Assuntos Internos?

– É mais que isso – respondeu o agente da Entidade. – Montini tem sido um dos homens de confiança de Sua Santidade desde 1937. E Tardini se encarrega da diplomacia vaticana. Eles querem agradecer-lhe pessoalmente pelo negócio de Murano, que foi muito proveitoso para a Santa Sé.

– Como devo agir?

– Fique de cabeça baixa, mas não se esqueça, amigo: falsa humildade equivale a orgulho. Se eles perceberem isso, não deixarão de dizer-lhe.

– Seguirei seu conselho, mas você bem sabe que orgulho e fraqueza são irmãos gêmeos. Quando serei recebido?

– Hoje mesmo, no final da tarde. Procure chegar a tempo na Porta de Santa Ana. Deixarei instruções junto à Guarda Suíça para que o encaminhem. Ficarei à sua espera ali mesmo, na entrada. Seja pontualíssimo.

– Serei, amigo. Pedirei que Luigi venha me buscar para me conduzir até o Vaticano. Muito obrigado. Devo-lhe muito – concluiu August.

– E eu lhe devo mais ainda. Lembra-se de como saí do acampamento guerrilheiro de Monte Calvario? A paz esteja conosco – respondeu Bibbiena, antes de desligar.

À tarde, o carro caindo aos pedaços de Luigi esperava August Lienart no Corso del Rinascimento, a poucos metros da residência de Sant'Ivo alla Sapienza.

– Bom dia, Luigi – disse August, entrando no veículo.

Luigi não o tinha visto chegar.

– Ouviu as notícias, padre? Os nossos já estão lutando nos arredores de Berlim enquanto os ianques ainda não sabem o que fazer.

– Quem são os "nossos", Luigi?

– Os comunistas, os bolcheviques, padre. Quem mais?

– Vamos, ligue o motor e leve-me à Porta de Santa Ana, no Vaticano, onde estão me esperando.

– Lá vamos nós, padre...

Por alguns minutos, o carro percorreu as vielas estreitas de Roma até chegar à ponte Umberto I e cruzar o Tibre. Dali, seguiu pelo Lungotevere, atravessou a porta do castelo de Sant'Angelo e enveredou pela Via della Conciliazione, coroada pela grande cúpula de São Pedro. Chegando à praça, Luigi entrou à direita, rumo ao Largo del Colonnato, para cruzar a Porta Angelica, sob o Passetto di Borgo, a passagem elevada de oitocentos metros de comprimento que liga a Cidade do Vaticano ao castelo de Sant'Angelo. Alguns metros à frente, Lienart avistou os membros da Guarda Suíça e da Guarda Nobre, que protegiam o acesso à Porta de Santa Ana.

– Pode me deixar aqui mesmo, Luigi – pediu August.

– Não quer que entre?

– Não. Vou a pé. Obrigado, Luigi.

– Devo esperá-lo?

– Não será preciso. Aproveitarei para dar um passeio.

– O senhor é quem sabe, padre. Se precisar de mim, é só chamar – disse o taxista, acenando pela janela imunda e fazendo uma curva fechada na rua até desaparecer na direção da praça São Pedro.

– Sou August Lienart – identificou-se o jovem seminarista ao guarda suíço. – Fui convocado por monsenhor Montini e monsenhor Tardini.

– Espere aqui um momento. Vou confirmar.

Enquanto o oficial fazia uma ligação no telefone negro instalado numa guarita de madeira, August avistou seu amigo Hugo Bibbiena.

– Não se incomode, oficial. Sou o padre Bibbiena, da Secretaria de Estado. Acompanharei o senhor Lienart ao Palácio Apostólico.

O militar examinou Bibbiena com certa desconfiança, mas deixou-os entrar.

– Suíços estúpidos. Quem teve a ideia genial de encarregá-los da segurança do Santo Padre? – resmungou Bibbiena.

– De Clemente VII? – perguntou August, referindo-se ao papa que fora obrigado a fugir durante o chamado Saque de Roma feito por parte das tropas do imperador Carlos V. Em 6 de maio de 1527, perderam a vida 147 dos duzentos guardas suíços que defendiam o sumo pontífice no castelo de Sant'Angelo. Desde então, tornaram-se o exército oficial do Vaticano.

Bibbiena, seguido por August, atravessou rapidamente o torreão de Nicolau V e adentrou o Palácio Apostólico pela ala dos apartamentos pontifícios. Vários membros da Guarda Nobre olharam para os dois homens sem lhes prestar muita atenção. A extremidade norte do palácio, logo embaixo do escritório do Santo Padre, abrigava as dependências da Secretaria de Estado, cuja chefia estava vaga desde o falecimento do cardeal Luigi Maglione, em agosto do ano anterior.

– O Santo Padre gosta de controlar tudo pessoalmente. Por isso, além de papa, continua sendo secretário de Estado – explicou Bibbiena, sorrindo para o amigo.

Pio XII preferira não nomear substituto para Maglione, deixando os assuntos internos e externos do Vaticano a cargo de Montini e Tardini.

– Padre, temos uma audiência com os monsenhores Montini e Tardini.

– Esperem um instante. Sentem-se, se quiserem – convidou o secretário.

Pouco depois, o secretário reapareceu na sala informando a Bibbiena que os dois altos membros da cúria receberiam apenas August Lienart. O seminarista francês virou-se para o amigo, a fim de tranquilizá-lo.

– Não se preocupe. Sei qual é o meu lugar – garantiu-lhe.

– Monsenhor Montini disse que você não precisa esperar pelo senhor Lienart. Pode voltar agora mesmo aos seus afazeres.

– Farei isso – replicou Bibbiena, um tanto melindrado.

– Siga-me, por favor – disse o secretário a August.

Os dois homens percorreram vários corredores até chegar a uma grande porta vigiada por dois soldados da Guarda Nobre, vestidos de couraça e traje de gala. O secretário bateu de leve com os nós dos dedos e uma voz do outro lado convidou-os a entrar.

– Monsenhores? Apresento-lhes o senhor August Lienart.

Os dois poderosos membros da cúria nem olharam para o recém-chegado. Continuaram examinando, aos fundos do grande escritório, vários documentos que uma religiosa lhes entregava.

Para o jovem Lienart, a espera estava se tornando quase insuportável. Sentia-se incomodado, ali em pé, com a gravata apertando-lhe o pomo de adão e sem saber o que dizer.

– Aproxime-se, jovem – convidou finalmente Tardini.

August tomou a mão dos dois religiosos e beijou seus anéis.

– Ah, meu querido jovem, seu amigo, o padre Bibbiena, nos informou que você estuda no seminário de Fontfroide – disse Montini.

– É verdade, monsenhor. Iniciei meus estudos em Passau, mas a guerra me obrigou a ir para Fontfroide. Espero ser ordenado ali em breve.

– Continue assim e, mais cedo do que pensa, poderá se tornar sacerdote e permanecer perto de Sua Santidade. Sente-se aqui, Lienart. Junto de nós – convidou Tardini, indicando um sofá ao seu lado. – Soube que realizou uma grande obra para a Santa Sé, e sempre estaremos em dívida para com você, jovem.

– Monsenhor, apenas servi a Deus e ao Santo Padre, a quem continuarei servindo com orgulho e honra – balbuciou August.

– Muito bem, jovem Lienart, muito bem. Mas, se não moderar seu orgulho, ele talvez se transforme em seu pior castigo – advertiu Montini.

– Monsenhor, meu único desejo é servir ao Santo Padre...

Montini interrompeu-o de novo:

– Ah, a juventude! Sempre rebelde, sempre disposta ao martírio em nome da fé!

– Apenas queria dizer que...

– Não se preocupe, rapaz, nós o entendemos perfeitamente. Monsenhor Montini e eu próprio, embora isso pareça mentira, fomos jovens um dia, tão orgulhosos e irrequietos como você – disse Tardini, que beirava os 57 anos.

Monsenhor Montini retomou a palavra:

– Sabemos, pela Entidade, que você realizou um belo trabalho na ilha de Murano. Esse serviço à Igreja fará com que jamais o esqueçamos na Santa Sé. E fique certo de que acompanharemos seus estudos com a máxima atenção.

– Obrigado, monsenhor – agradeceu August.

– O arcebispo Hudal recomendou você encarecidamente.

– Monsenhor Hudal é um homem muito generoso.

– Sei disso, meu jovem, sei disso. Mas pode ser também um sólido pilar para alguém que almeje uma boa posição na Santa Sé.

– Muito obrigado, monsenhor, mas antes devo concluir meus estudos no seminário e vestir o hábito.

– Talvez uma pessoa como você, que serviu tão bem e com tanta discrição a causa da Santa Sé e da Igreja, possa receber uma ajuda especial, digamos assim. Se algum conselheiro convencesse o Santo Padre a emitir uma licença, isso poderia acelerar o processo de sua ordenação e garantir-lhe um posto junto a nós. Que acha?

– Monsenhor Tardini se refere a um empurrãozinho para que você permaneça ao nosso lado – esclareceu Montini.

– Sua generosidade me deixa absolutamente perplexo – exclamou August Lienart. – Mas, quando esta guerra acabar, sem dúvida, sairão das sombras muitos inimigos prontos a comprometer meu nome, caso descubram o que fiz para o bem da Igreja.

– Deixe isso por nossa conta e lembre-se, jovem Lienart, que só deve ter inimigos dignos de ódio, nunca inimigos dignos de desprezo. Orgulhe-se de quem lhe queira mal – aconselhou Montini.

– Perdoe-me, monsenhor, mas às vezes fico um tanto cético quando dependo dos poderosos.

– Ora, ora! O ceticismo não é apanágio das almas elevadas, mas das inteligências medíocres e vaidosas.

– Sim, mas os senhores contam com a proteção do Vaticano e da Santa Sé, ao passo que eu... sou apenas um francês de 22 anos. Ainda não terminei meus estudos no seminário e sou inexperiente demais para arcar com as responsabilidades postas sobre meus ombros, as quais, creio eu, cumpri com decência em nome de Sua Santidade.

– Acredito, rapaz, que tanto monsenhor Montini quanto eu mesmo poderemos fazer algo para que o Santo Padre emita essa licença. Convém que jovens prestimosos como você estejam perto da Santa Sé.

Monsenhor Tardini resolveu então tocar no delicado assunto dos lingotes de ouro.

– Creio que a operação de Murano foi um êxito completo, não?

– Sim, monsenhor, conforme a Entidade já deve tê-los informado – disse August, pensando em seu amigo Bibbiena.

– De fato, de fato... mas gostaríamos, tanto monsenhor Montini quanto eu, de fazer-lhe algumas perguntas.

– Estou às suas ordens, monsenhor.

– Qual era a origem desse ouro?

– Acho melhor que nem o senhor, nem monsenhor Montini ou a Santa Sé saibam sua origem. Agora, é ouro do Vaticano, conforme indicam as marcas nele gravadas – respondeu Lienart.

– Quantos lingotes foram cunhados?

– Calculo que 179, com valor aproximado de dois milhões e meio de dólares. Nessa cifra não entram os diamantes, que fazem parte de uma doação, digamos assim, das autoridades croatas ao Vaticano.

– E onde estão agora esses diamantes?

– Foram entregues sob custódia, assim como os lingotes e os clichês papais, ao senhor Amerigo Marcone, da ABSS.

– Conheço-o bem. Um grande servidor da Igreja – atalhou monsenhor Montini.

– O que a Croácia pretende pagar com esse dinheiro? Ou, pelo menos, o que deseja adquirir com ele? – perguntou Tardini.

– Penso que, depois da guerra, muitos bons cidadãos alemães, austríacos, croatas, húngaros, holandeses, noruegueses e de outras nacionalidades, fiéis servidores da causa do Reich, vão tentar escapar à justiça aliada, incapaz como só ela de entender o que esses patriotas poderiam fazer em defesa do Ocidente contra o bolchevismo.

– Você me impressiona, jovem Lienart. Com 22 anos, já sabe o que ocorrerá na Europa do pós-guerra?

– Sim, monsenhor. É fácil de prever. Os comunistas... se abocanharem uma parte da Europa, tanto a Igreja em geral quanto a fé católica em particular se verão em sérios apuros. Os homens que lutaram pelo Reich serão nossos novos aliados neste século. Só eles ousaram combater os comunistas...

– Guardando as devidas proporções, eu diria que Napoleão fez o mesmo – murmurou Tardini.

– Sim, monsenhor, mas os russos do século XIX conservavam e queriam conservar o mesmo sistema social vigente nas potências da Santa Aliança que lutaram contra Napoleão. Hoje, esse sistema é bem diferente. Stalin e suas hordas sabem que devem avançar o mais rapidamente possível para o coração da Alemanha a fim de obter a parte maior quando o mapa europeu for retalhado. O presidente Truman terá de voltar os olhos para o Pacífico, para o inimigo japonês, após a queda do Terceiro Reich. Stalin vai se aproveitar disso. Acredito, monsenhores, que nosso Santo Padre Pio XII será o único a se postar na vanguarda da luta contra o comunismo em nosso continente. Se a Itália ficar sob sua influência, o Vaticano também ficará, estejam certos disso. Portanto, devemos fazer todo o possível para ajudar os homens do Reich que querem asilar-se em lugares como a América do Sul, o Egito ou a Síria.

– E quais são os planos para isso? – perguntou monsenhor Montini.

– Graças à colaboração de monsenhor Alois Hudal, do padre Krunoslav Draganovic e das organizações romanas dirigidas por eles, criaremos uma espécie de corredor vaticano para que os líderes do Reich possam obter segurança, documentos e salvo-condutos com os quais se estabeleçam em lugares imunes à justiça aliada, ali permanecendo até serem chamados de novo para ajudar a libertar a Europa desses comunistas. Os homens e mulheres ajudados pelo corredor vaticano se tornarão a grande vanguarda na luta que se travará após a guerra. O ouro de Murano, recebido pela Santa Sé, financiará em parte essa rota de fuga segura.

– O Corredor Vaticano – murmurou monsenhor Montini. – É assim que se chamará a missão. Operação Corredor Vaticano.

– Impressionante, jovem, realmente impressionante – sentenciou monsenhor Tardini, aplaudindo a análise do jovem Lienart. – Acredite-me, se tudo sair como você está prevendo, fique certo de que o aguarda um futuro promissor aqui na Santa Sé. Não se esqueça disso.

– Não me esquecerei, monsenhor. Já disse um grande sábio: "Informe-me e esquecerei, ensine-me e me lembrarei, convença-me e aprenderei".

– Belas palavras, jovem Lienart. Asseguro-lhe que tanto monsenhor Montini, aqui presente, quanto eu nos lembraremos de seu nome. E isso porque, como disse outro sábio, "Se não quer cair no esquecimento depois de morto e decomposto, escreva coisas dignas de se ler ou faça coisas dignas de se escrever". Você, rapaz, está no caminho certo para fazer grandes coisas. Não duvide disso, não duvide.

– Não duvidarei, monsenhor. Embora a dúvida, para mim, seja um dos sinônimos de inteligência.

Nesse momento, monsenhor Montini se levantou e deu por encerrado o encontro.

– Faça contato conosco caso surja algum problema daqui por diante. Somos, desde já, seus protetores.

– Não me esquecerei disso, monsenhor – disse August, despedindo-se dos homens de confiança do papa Pio XII.

Deixando o enorme escritório, de cujas largas janelas se avistava a praça São Pedro, August dirigiu-se para a saída do Palácio Apostólico. Na rua, sentiu no rosto o ar fresco da noite, que já havia caído sobre Roma. Sentia-se muito bem depois da reunião com os altos membros da cúria. Sem dúvida, aguardava-o um futuro muito promissor por trás daquelas paredes de ambição, política, poder e fraudes, mas ele seria um bom aluno e aprenderia a movimentar-se pelos requintados salões papais. Para ele, tudo não passaria de uma trepidante partida de xadrez.

Ainda refletindo sobre as palavras de Montini e Tardini relativas a seu futuro no Vaticano, encaminhou-se para a Piazza Navona. Como todas as tardes, depois de assistir à missa na basílica de São Pedro, regressou pelo mesmo caminho, atravessando a Via della Vetrina. Ao chegar à esquina da Piazza del Fico, ouviu o choro de uma mulher.

– Escute aqui, sua puta! Como não nos pagou, vou retalhar essa sua carinha bonita – dizia um homem, agarrando a jovem pelos cabelos.

Outro homem levantou a mão totalmente aberta e descarregou um forte golpe no rosto da vítima. Ao ver a cena, August pensou a princípio em não se meter e procurar a polícia militar americana, mas esta demoraria muito a aparecer no local. Também não podia pôr em risco sua missão em Tønder, que segundo seu pai era vital para a Odessa. Nada nem ninguém iriam comprometer seu futuro, nem mesmo aquela jovem agredida por dois brutamontes em um escuro beco romano. O primeiro homem ergueu a jovem pelos cabelos e arremessou-a violentamente contra uma lata de lixo, enquanto lhe gritava algo relacionado a uma dívida.

– Se não nos pagar dentro de uma semana, vadia, vamos atrás de você e será obrigada a pagar de uma maneira ou de outra. Está entendendo?

A jovem, apavorada, cobria o rosto para evitar novos golpes.

– Não me batam mais, por favor! – suplicava.

Por fim, August resolveu entrar em cena. Pegou a tampa de uma lata de lixo e um pedaço de madeira para defender-se.

– Vocês aí...! Deixem a moça em paz ou chamarei a polícia militar – ameaçou, golpeando a tampa com o pedaço de madeira para fazer o maior barulho possível. Mas aquilo não amedrontou os brutamontes, ao contrário.

O primeiro, depois de bater novamente na mulher, avançou contra o jovem seminarista.

– Ora, ora, temos aqui um cavaleiro andante... – zombou, pronto a lançar-se sobre August.

O jovem continuou gritando pela rua afora na esperança de que alguém viesse socorrê-lo e salvar a moça, mas naqueles dias as pessoas preferiam encerrar-se em suas casas do que se envolver com assuntos alheios. Roma não era nada segura.

Só o que August viu em seguida foi o punho do homem vindo contra seu rosto a toda velocidade. Conseguiu esquivar-se do primeiro golpe, mas não do segundo, que o atingiu em cheio na boca do estômago.

August dobrou-se sobre si mesmo por causa da dor e da falta de ar. O segundo homem, aproximando-se, deu-lhe um forte pontapé nas costelas.

– Suma daqui, seu valente de merda! – gritou o segundo agressor.

Nesse momento, alguém acertou violentamente, com a tampa da lata de lixo, a cabeça de um dos desconhecidos. A jovem agredida, em vez de fugir, havia se levantado e ido ao ataque para defender seu protetor.

O som de um apito alertou os brutamontes.

– Corra, deixe-os aí, já tiveram o bastante... Vamos embora antes que a polícia militar apareça.

Os dois homens dispararam na direção da Via del Corallo. August, ainda estendido no chão úmido, tentava recuperar o fôlego. Doíam-lhe as costelas e a cabeça. Em plena escuridão, ouviu a voz da jovem, que procurava ajudá-lo a levantar-se.

– Vamos, amigo... Você é muito pesado. Ou faz um esforço para ficar em pé ou em poucos segundos os policiais militares estarão aqui e acabaremos os dois em cana.

August só se lembrava de que, quando a mulher o enlaçou para ajudá-lo, sentira o cheiro de seus cabelos. Cheiravam a jasmim.

– Vamos, meu cavaleiro andante. Vamos dar o fora daqui – disse a mulher.

Os dois corpos, abraçados, esgueiraram-se pelas ruas na direção da Piazza Navona.

– Moro num apartamento aqui perto – disse a jovem. – Lá estaremos a salvo e tratarei de seus ferimentos. Você está pior que eu.

Depois de alguns minutos, que para August pareceram horas, conseguiram chegar à Piazza Capo di Ferro. Com dificuldade, a jovem fez August se sentar num pequeno degrau enquanto tirava as chaves do bolso. Em seguida, ajudou--o a levantar-se e subiram dois lances de escada até o andar da desconhecida.

– Não faça barulho, por favor – pediu a mulher. – Se a senhora Doglio me pega trazendo um homem ao meu apartamento, me põe no olho da rua.

Após subir mais alguns degraus, a jovem usou novamente as chaves para abrir a porta. Entraram num apartamento pequeno, mas aconchegante e limpo, ocupado quase todo por uma cama. Ao lado, havia uma cozinha. O banheiro era comum aos moradores do pavimento.

– Silêncio. Vou buscar água em uma bacia e cuidar desse corte em sua testa.

August apalpou o rosto e descobriu que sua sobrancelha direita sangrava abundantemente e que havia manchado a camisa branca. A calça estava rasgada à altura do joelho, mas a jovem parecia estar em piores condições.

– Você é que está pior que eu – conseguiu dizer ele, sentado na cama.

– Deite-se. Vou trazer um pouco de água para lavar essa ferida.

– Eu é que deveria fazer isso para lavar as suas.

– Já fez o suficiente por mim. É o meu cavaleiro andante.

Antes de sair, a jovem se virou para August:

– Meu nome é Laurette. Laurette Perkins – disse Claire Ashford, a agente do ESE.

– E o meu é August. August Lienart.

A luz que entrava pela janela despertou August. Ao mexer-se na cama, sentiu uma forte dor no flanco e gemeu alto.

– A noite foi ruim? – perguntou uma voz de mulher.

August tentava recuperar o controle.

– Você dormiu muito – prosseguiu a voz. – Ontem, quando voltei com a água para limpar suas feridas, estava num sono profundo e fiquei com dó de acordá-lo.

– Que horas são?

– Nove da manhã. Fiz café e consegui um ovo no mercado negro. Prefere frito ou mexido?

– Não quero nada, obrigado, pois não consigo sequer mexer a mandíbula. Tenho de ir – disse August, tentando levantar-se da cama. Descobriu então que estava só de cueca. – Onde foi parar minha roupa? – perguntou alarmado.

– Não se preocupe. Não me aproveitei de você. Só tirei sua calça para mandar lavá-la. Em poucas horas, estará seca e costurada. Então, poderá ir embora. Enquanto isso, fique aí na cama queixando-se ou venha tomar café quente e comer um ovo.

August levantou-se, envolvido pudicamente no lençol remendado, como se fosse uma capa.

– Você está péssimo – observou Claire.

– Você também – respondeu August, notando a maçã direita inchada do rosto da jovem.

– Sim. Aqueles caras sabem bater em uma mulher.

– Quem eram eles? Pareciam estrangeiros. Talvez americanos ou ingleses.

– Americanos. Trabalham no mercado negro de Roma. Muitos desertores ianques ficaram por aqui depois da libertação e agora se ocupam de controlar o mercado negro. É mais lucrativo do que perseguir os alemães até seu país ou matá-los.

– Por que a agrediram? – perguntou August, tentando enfiar um pedaço de pão na boca dolorida.

– Segundo eles, devo-lhes dinheiro pela venda de carne enlatada, o que não é verdade. Entregaram-me várias latas, mas, quando ia vendê-las no mercado negro, homens de seu bando me assaltaram e roubaram-nas. Desse modo, obrigam-nos a trabalhar para eles até poder pagar o que devemos.

– E quanto você lhes deve?

– Uns duzentos dólares, mas não tenho tanto assim.

– Não se preocupe. Vou lhe dar essa quantia para você ficar livre deles.

A jovem se ergueu indignada da mesa.

– Escute aqui, acho que está confundindo as coisas. Não vou me deitar com você por duzentos dólares, entendeu?

August tentou acalmá-la, com o som da própria voz vibrando em sua cabeça dolorida.

– Não, por favor! Não me interprete mal. Não tenho intenção de me deitar com você. Só quero dar-lhe o dinheiro para que aqueles brutos a deixem em paz. Só isso.

Segurou a mão de Claire e pediu que ela se sentasse novamente à mesa.

– Bom, se é assim, vá lá. Mas não, obrigada. Não posso aceitar seu dinheiro.

– Por quê? – perguntou August.

– Porque teria de encontrá-lo de novo para lhe pagar a dívida.

– Isso não será necessário. Estarei bem pago caso não a veja mais apanhando daqueles sujeitos.

Os dois tocaram ao mesmo tempo no rosto um do outro, sentindo os resultados dos golpes da noite anterior e trocando um sorriso de cumplicidade.

– Que faz em Roma? – perguntou a agente do ESE.

– Estudo.

– O quê?

– Estou me preparando para ser sacerdote.

– Oh! – exclamou Claire.

– Sinto muito.

– Por quê? Atualmente, os sacerdotes são mais úteis que os artistas.

– Você é artista?

– Sim, pintora. Estudava na Escola de Belas-Artes de Roma quando a guerra começou e me impediu de concluir o curso. Depois, apaixonei-me por um italiano que lutava na Resistência. Participou do ataque da Via Rasella contra uma unidade da Wehrmacht. No dia seguinte, 335 civis foram presos e levados para as Fossas Ardeatinas, nas cercanias de Roma.

– O que aconteceu com ele?

– Fuzilaram-no. Era um dos 335 reféns.

– Lamento – murmurou August.

– Não precisa. Muitas pessoas perderam entes queridos nesta maldita guerra. Você perdeu alguém?

– Na verdade, não. Meus pais vivem na França e sou filho único.

– De onde são seus pais?

– Pertenço a uma família de Sabarthès, no sul da França, perto da fronteira com a Espanha. Temos propriedades ali.

– Então é riquinho... – disse Claire, rindo.

– Meus pais são ricos, eu não – desculpou-se o rapaz.

– Estou brincando. Meus pais eram de Manchester. Possuíam uma loja de ferragens nos subúrbios da cidade, até que a crise e a guerra obrigaram-nos a fechá-la. Desde então, meu pai passou a dedicar-se a beber e a bater em minha mãe. Um dia, saiu e não voltou mais. Tomara que um nazista lhe tenha dado um tiro certeiro.

– Bem, agora preciso ir, Laurette. Pode me dar minha roupa, por favor? Deixarei os duzentos dólares que deve àqueles tipos, num envelope com seu nome, na portaria da Sapienza, Corso del Rinascimento, esquina com a Via degli Staderari.

– Sei onde é, mas não irei.

– Por que não? Posso ajudá-la a ficar livre dos brutamontes. Se voltarem a pegá-la num beco escuro, talvez não tenha a mesma sorte de ontem à noite.

Claire atirou os cabelos para trás e sorriu.

– Quem salvou quem? – perguntou.

– Talvez você tenha me salvado, mas quem sabe se da próxima vez se sairá tão bem? Aceite.

– Só se jantar comigo uma noite destas.

– Não posso, sinto muito. Tenho muita coisa a fazer na cidade e não me sobra tempo para vida social. Além disso, daqui a alguns dias, farei uma viagem.

– Não se trata de vida social e sim de um jantarzinho inocente comigo, com esta pudica e solitária artista inglesa perdida em Roma. Só isso. Vai à França?

– Sim, preciso ver meus pais – mentiu August.

O rapaz acabou de vestir-se, e Claire ajudou-o a colocar o paletó, que estava com o bolso rasgado em consequência da luta. A jovem ergueu-se nas pontas dos pés e beijou-o na boca.

– Tenho de ir – murmurou August, meio confuso, dirigindo-se para a porta. Mas, antes de deixar o apartamento de Claire, voltou-se e acrescentou: – Talvez eu aceite jantar com você, caso não recuse o meu dinheiro. Será um acordo. – E fechou a porta.

A agente do ESE acabava de estabelecer e garantir o contato. O que ainda ignorava era que, dentro de poucos dias, August Lienart iria tomar parte em uma das mais importantes operações realizadas pela Odessa em tempo de guerra: a chamada operação Götterdämmerung, Crepúsculo dos Deuses.

Logo que o rapaz deixou o apartamento, Claire fez o mesmo, a fim de pôr seus superiores a par do ocorrido.

– Daniel, é Claire.

– Descobriu alguma coisa? – perguntou o chefe de operações do ESE.

– Ao que parece, nosso homem viaja muito. Vai sair de Roma em poucas horas. Talvez esta noite mesmo.

– Qual será o seu destino?

– França. Mas não tenho certeza.

– Ótimo. É melhor voltar ao seu apartamento.

– Não devo segui-lo? – protestou Claire.

– Não. Fique em Roma para o caso de o sujeito fazer contato. Ele deve saber onde você está.

– E vai mandar quem segui-lo?

– Nolan e John – respondeu Chisholm.

– Não receia que ele os reconheça como meus agressores de ontem à noite?

– Escuro como estava, não deve ter visto bem nenhum dos dois. Vou pô-los na pista de nosso homem para saber aonde ele vai.

Antes de desligar, Claire solicitou novas instruções a Chisholm.

– Faça o que eu lhe disse. Se ele quiser entrar em contato com você, sem dúvida, fará isso logo depois de voltar de sua misteriosa viagem. Por enquanto, desfrute Roma à vontade.

– Está bem, Daniel – suspirou Claire antes de desligar o telefone. – Diga a Chills e Cummuta que estão me devendo uma. Ontem à noite, se divertiram a valer batendo em mim...

– Tudo tinha de ser o mais real possível. Seu homem precisava acreditar que a cena era verdadeira. Graças a isso, você conseguiu apanhá-lo. Bom dia, Claire, e até o próximo contato – disse Chisholm.

Ainda sentada na cabine, Claire concluiu que o chefe não confiava mais nela depois do fiasco de Hilzingen.

Bunker da Chancelaria, Berlim

Desde 16 de abril, a capital do Reich havia se tornado o alvo de 20 mil canhões do Exército Vermelho que bombardeavam sem parar uma cabeça de ponte a leste da cidade. Todas as manhãs, equipes de trabalho formadas por velhos e crianças reforçavam as defesas cavando fossos antitanque ou erguendo barreiras precárias para deter os blindados russos.

Dia após dia, Berlim se transformava num monte de escombros, como seu Führer. Embora não sofresse de nenhuma doença, Hitler se convertera fisicamente em uma verdadeira ruína. O trabalho incessante, o fim de todas as suas esperanças, os remédios de que abusava e, sobretudo, a violência do próprio temperamento, desencadeada pelas desgraças que se acumulavam à sua volta, haviam reduzido o conquistador de outrora à condição de espectro macilento e trêmulo.

Em seus últimos dias, Hitler se assemelhava a uma divindade cruel que exultava ante o espetáculo das ruínas de seus próprios templos. Como um antigo herói wagneriano, pretendia baixar ao túmulo rodeado de sacrifícios humanos. Celebrara seus 56 anos havia poucos dias, acompanhado por Eva Braun, a família Goebbels e seu fiel secretário, Martin Bormann.

O quartel-general de Hitler fora instalado na vasta Chancelaria do Reich, um monumento colossal que o Führer havia mandado construir para ostentar o orgulho e o poder do povo alemão. As enormes salas, com seus pisos de pórfiro e mármore, suas pesadas portas de madeira de lei e bronze, iluminadas por incontáveis lustres de cristal da Boêmia, estavam agora atulhadas de escombros causados pelas explosões ou carbonizados pelas bombas incendiárias.

Quinze metros abaixo da velha Chancelaria, à altura do jardim, fora construído um grande refúgio durante a guerra. A ele se chegava por uma escadaria que conduzia diretamente aos porões. No último patamar, abria-se um espaço reduzido, ladeado por três portas maciças, impenetráveis ao ar e à água.

A primeira porta dava acesso a uma copa; a segunda desembocava no jardim do Ministério das Relações Exteriores; e a terceira era a do refúgio. O *bunker* tinha duas alas; a primeira, com doze aposentos, seis de cada lado de um longo corredor central, onde se alojava o pessoal do serviço.

Naquele labirinto subterrâneo, os pequenos cômodos exalavam um forte cheiro de mofo, querosene, botas de couro molhadas e suor. Num e noutro canto se podia sentir o odor característico de desinfetante.

Naqueles abrigos, muitas vezes improvisados, viviam os homens e as mulheres que acompanhavam o Führer havia anos. Entre seus mais próximos colaboradores contavam-se Nikolaus von Below, Otto Günsche e o general Wilhelm Burgdorf, o ajudante de campo de Hitler junto à Wehrmacht. Também se alojavam no *bunker* Martin Bormann e seu conselheiro, Wilhelm Zander. Um pouco mais afastadas estavam as acomodações das quatro secretárias de Hitler: Christa Schroeder, Johanna Wolf, Gerda Christian e Traudl Junge. Bem ao lado era o dormitório do general de divisão SS Hermann Fegelein, um protegido de Himmler que fazia pouco tempo que havia se casado com Gretl, a irmã de Eva Braun.

A seção seguinte abrigava o sucessor de Heinz Guderian, Hans Krebs, o último chefe do estado-maior geral da Wehrmacht e seu ajudante de campo. Seguindo-se pelo mesmo corredor, chegava-se aos aposentos do vice--almirante Hans Voss, do piloto de Hitler, Hans Baur, e do segundo piloto,

Georg Betz, bem como ao quartel-general de Wilhelm Mohnke, responsável pela defesa da cidade.

O resto dos compartimentos era ocupado por telegrafistas, telefonistas, cartógrafos e membros do pessoal civil da Chancelaria. Nos últimos, mais afastados, havia um grande centro cirúrgico, um consultório médico, uma cantina, as garagens e, em cima, os quartos dos motoristas, entre eles, o do motorista particular do Führer, Erich Kempka.

Eva Braun também tinha ido para o *bunker* no final de março, contrariando a vontade do amante, mas os tentáculos da Odessa já eram poderosos demais a essa altura da guerra para que as decisões do Führer impedissem uma operação. Edmund Lienart dera ordens bastante explícitas para que ambos permanecessem juntos no mesmo lugar, a fim de ser evacuados, caso fosse necessário. Até aquela semana, Eva Braun havia permanecido no Obersalzberg. Bormann tentara convencer Hitler a deixar Berlim, mas ele se recusara repetidas vezes, então Lienart teve de exigir que Eva fosse mandada para lá.

– Será mais fácil tirar o Führer de Berlim se Eva Braun estiver a seu lado do que a centenas de quilômetros de distância, em Berchtesgaden – explicara a Bormann.

Em 20 de abril, quando Hitler completou 56 anos, a frente de combate desmoronou. As primeiras linhas de vanguarda dos tanques soviéticos já chegavam aos subúrbios da capital. Aquela tarde foi provavelmente a última em que Hitler viu, reunidos numa mesma sala, seus mais íntimos colaboradores. No dia 21, os soviéticos começaram a invadir a Grande Berlim. Àquela altura, Himmler, Göring, Dönitz e Kaltembrunner já haviam desaparecido. Os ratos mais gordos abandonavam rapidamente o barco. Hitler, ao contrário, estava decidido a morrer em Berlim como se essa cidade fosse seu Valhala particular e exclusivo.

Já nessa época as vanguardas soviéticas haviam se encontrado na Kantstrasse, deslocando a linha de frente para Zehlendorf-Neuköln, enquanto, ao norte, caíam Tegl e Reinickendorf. Os russos concentravam agora seus esforços na conquista dos aeroportos da cidade, Tempelhof e Gatow, para evitar a fuga dos líderes supremos do nazismo.

A Odessa precisava manter o espaço aéreo aberto para retirar da Berlim assediada o maior número possível de figurões. Bormann ordenou que se transformasse em pista de aterrissagem de emergência o eixo leste-oeste, a Unter den Linden. Para isso, Albert Speer mandou remover os postes elétricos de ambos os lados da grande avenida.

A primeira parte da operação Götterdämmerung, começou em 26 de abril nas primeiras horas da manhã, quando Martin Bormann ligou para Munique e chamou para que viesse a Berlim o general da Luftwaffe, Robert Ritter von Greim.

– General, o senhor deve estar aqui ainda esta noite. Traga a oficial aviadora Hanna Reitsch. De vocês dois depende o futuro do Reich e sua sobrevivência. E o futuro do Führer depende de que consigam chegar a Berlim. Confio em ambos, como o Führer também confia. Não posso responder a nenhuma pergunta. Só preciso que venham sem falta – insistiu Bormann, antes de desligar.

Durante horas, escoltados por quinze caças, os dois sobrevoaram as linhas americanas e soviéticas que já cercavam a capital. Quando os russos estavam a ponto de tomar o aeródromo de Gatow, o general Von Greim conseguiu aterrissar num Focke-Wulf 190 cujo bagageiro fora transformado em assento para a aviadora Hanna Reitsch.

Graças a uma unidade sitiada da SS, Von Greim pôde fazer contato com o *bunker*. Informaram-no de que todas as vias de acesso a Berlim, a estação de Anhalter e um grande trecho da Potsdamer Strasse já estavam nas mãos dos russos.

– Vou tentar chegar aí voando – disse Von Greim.

O general e Hanna Reitsch subiram para um Fieseler Storch que os esperava e levantaram voo em meio às fortes rajadas de vento que os focos de incêndio espalhados por toda a capital provocavam. Sobrevoando a escura silhueta do Portão de Brandenburgo, desceram na Unter den Linden. Pouco antes de tocarem o chão, um disparo de artilharia ligeira arrancou parte do piso do aparelho, ferindo Von Greim numa perna.

– Se algo me acontecer, procure de todos os modos chegar ao *bunker* e pôr o Führer a salvo. Ouviu? – disse o general a Hanna Reitsch. – A operação Götterdämmerung agora só depende de você.

Nascida na Silésia, em 1912, Hanna Reitsch tinha estatura baixa, era loira e cheia de vigor. Nacional-socialista convicta, Hitler lhe concedera em 1941 a Cruz de Ferro por ela ter desenvolvido um método de cortar os cabos e derrubar os balões de proteção antiaérea britânicos. Bormann não ignorava que Hitler confiaria inteiramente nela caso decidisse deixar Berlim de avião.

– Não vou abandoná-lo aqui – garantiu Hanna a Von Greim, enquanto o ajudava a se arrastar em direção às ruínas da Chancelaria.

– Que faremos com o avião? – perguntou um homem de certa idade, armado com um velho fuzil e uma granada antitanque dependurada do ombro.

– Seu pessoal deve protegê-lo a todo custo – ordenou Hanna ao idoso, que estava rodeado de adolescentes, nenhum com mais de 16 anos. – Este é o único aparelho capaz de sair de Berlim. Ninguém deve tocá-lo. É de vital importância para o Reich e o Führer que vocês o protejam. Entendido?

– Sim, senhora. Protegeremos este avião com nossas próprias vidas, se for necessário.

– O general e eu devemos chegar à Chancelaria para nos reunirmos com o Führer.

– Não se preocupe – respondeu o velho. – Três de meus homens os escoltarão.

O velho escolheu três rapazinhos, em cujos rostos se podia ver o pânico, vestidos com uniformes grandes demais e exibindo a braçadeira negra da milícia nacional alemã.

– Vamos logo – instou Hanna aos três adolescentes. – Não temos muito tempo.

Durante o trajeto, Von Greim e Hanna observaram a destruição da Cidadela. A maior parte dos edifícios da Wilhelmstrasse estava arrasada ou seriamente danificada. Os cinco eram os únicos seres vivos no meio daquela montanha de escombros e lixo em que se transformara a capital do Terceiro Reich.

– Senhorita, agora, já podem ir sozinhos para a Chancelaria – disse um dos jovens. – É melhor evitar a Hermann Göring Strasse porque já há patrulhas soviéticas no Tiergarten. Sigam direto pela Wilhelmstrasse até a Voss Strasse. É mais seguro.

– Muito obrigada e boa sorte – despediu-se Hanna.

– Boa sorte a vocês também. Protegeremos seu avião com nossas próprias vidas, senhorita. Não se preocupe – garantiu o mais alto dos três, que deram meia-volta e logo desapareceram no labirinto de escombros.

No *bunker*, Hanna Reitsch ficou aguardando ordens até 29 de abril, quando teve início a segunda fase da operação Götterdämmerung. Às vezes, as explosões da artilharia soviética faziam cair no subterrâneo uma fina chuva de pó branco desprendido das paredes. Às doze horas daquele dia, Martin Bormann chamou Rochus Misch, o guarda-costas de Hitler, ao seu alojamento.

– O que deseja, Herr Bormann? – perguntou o guarda-costas.

– Preciso de Ferdinand Beisel no *bunker*. Encontre-o e traga-o aqui, mesmo que esteja bêbado. Se não quiser vir, arraste-o. Entendeu?

– Sim, senhor. Perfeitamente – respondeu Misch.

Algumas horas depois, o guarda-costas e dois homens da Leibstandarte Adolf Hitler compareceram de novo diante de Martin Bormann. Os dois membros da SS puxavam, cada qual por um braço, um homem alto, magro, com um pequeno bigode mal aparado, uma mecha de cabelos caída sobre a testa, sujo e em completo estado de embriaguês.

– Deixem a bebedeira passar. Depois, lavem-no, vistam-no e tragam-no de novo à minha presença – ordenou Bormann. E, antes que os SS saíssem, acrescentou: – Misch... não deixe ninguém mais no *bunker* ver Beisel. Certo?

– Certo, senhor.

Os três membros da SS saíram do alojamento do secretário do Führer arrastando consigo aquele desconhecido de muitos, mas não de todos os eleitos do regime. Ferdinand Beisel era um fiel nacional-socialista que se alistara na SA ao final dos anos 30. Diante dos amigos e camaradas de armas, gabava-se de ser muito parecido com o Führer. A semelhança era tanta que até costumava imitar o sósia em reuniões familiares.

Um dia, em 1939, Beisel, completamente bêbado, começou a imitar o Führer numa cervejaria de Munique, mas, para sua desgraça, estavam no auditório três agentes da Gestapo. Beisel foi detido sob a acusação de "ofensa à imagem do Führer" e levado para o quartel-general da Gestapo na Prinz Albrecht Strasse, em Berlim. O recém-chegado chamou a atenção de um dos carcereiros, que informou a Heinrich Müller, general da SS e chefe todo-poderoso da Seção IV do Escritório Central de Segurança do Reich, mais conhecida como Gestapo, sobre a grande semelhança do prisioneiro com Hitler. A partir daí, Martin Bormann se pôs a elaborar um plano baseado na utilização de sósias que substituíssem Hitler em momentos importantes.

Bormann conseguiu de Müller autorização para interrogar Beisel a sós no calabouço da Gestapo. A cela era minúscula, com um catre à direita e uma cadeira à esquerda. A única luz vinha de uma pequena claraboia no teto. Ao entrar, Bormann estacou impressionado com o rosto daquele homem. Notou que Beisel parecia um pouco mais alto e jovem do que Hitler, mas os traços eram idênticos.

– Interessante... muito interessante – murmurou Bormann, observando bem o rosto de Beisel à luz.

Alguns dias depois, durante uma reunião no Berghof, Bormann informou ao Führer seu plano secreto para evitar possíveis atentados. Hitler desdenhou a sugestão, acrescentando que aquele palhaço zombava de sua imagem e que ele de nada lhe valeria no futuro. Bormann, porém, não pensava assim.

De 1940 a 1941, Beisel teve aulas intensivas para burilar seu personagem. Assistiu a centenas de filmes para reproduzir os gestos e tiques do chanceler; ouviu horas e horas de discursos do Führer para imitar sua pronúncia, seu estilo oratório e seu tom de voz. Bormann costumava até mandar Beisel, vestido como Hitler e com forte escolta da SS, para as ruas da capital a fim de observar as reações do povo e o desempenho de Beisel.

Havia chegado a hora: Beisel iria interpretar o maior papel de sua vida, o último ato de uma grande tragédia.

O chefe da brigada criminal do serviço de segurança do Reich, Peter Högl, chegara ao *bunker* com uma jovem que ninguém conhecia. Os dois entraram sub-repticiamente em um dos dormitórios destinados aos guarda-costas de Hitler. Quem os visse juntos pensaria que o tenente-coronel contratara uma prostituta.

– Dispa-se e ponha esta roupa que está em cima da cama – ordenou Högl à jovem, mostrando-lhe um vestido azul, meias, ligas e outras peças íntimas.

A mulher, muito bonita, tinha cerca de 30 anos. Levemente rechonchuda, rosto redondo e cabelos castanho-claros curtos, parecia-se um pouco com Eva Braun. Era secretária do Ministério da Propaganda, chefiado por Goebbels. Desde 1940 vinha sendo protegida pela SS e colocada em cargos de responsabilidade no Ministério, sempre sob a supervisão e a vigilância do pessoal da Chancelaria. Comentava-se que fora o próprio Bormann quem a tinha descoberto por acaso, numa mesa anônima do Ministério. Naquela mesma tarde, comparecera ao escritório do poderoso secretário do Führer, que a interrogou.

– Qual é o seu nome?

– Katherina Kauffman, mas meus amigos me chamam de Katy.

– Tem namorado?

– Saí durante algum tempo com um capitão. Ele morreu na Bélgica.

– Considera-se uma adepta fiel de nosso Führer?

– Sim, senhor.

– E do Partido Nacional-Socialista dos Trabalhadores Alemães?

– Também.

– Estaria disposta a dar sua vida pelo nosso Führer?

– Sim, senhor. Estaria.

– Tire toda a roupa para que eu possa vê-la.

A jovem estranhou aquela ordem, mas, na presença de um membro tão poderoso da Chancelaria, não lhe restava alternativa.

– Toda a roupa – insistiu Bormann.

A jovem se despiu completamente, ficando apenas de meias e sapatos. Permaneceu em pé, tentando cobrir o púbis e o busto com as mãos e os antebraços. O secretário, sem dizer uma palavra, aproximou-se e tocou-lhe os seios.

– Mas, senhor, eu... – gaguejou a jovem, ruborizada.

De repente, Bormann agarrou-a pelo cabelo e dobrou-a sobre a mesa.

– Apoie as mãos no tampo e abra as pernas – ordenou.

A jovem, com lágrimas nos olhos, obedeceu.

– Se realmente está disposta a se sacrificar por nosso Führer, não se importará de dar alguns minutos de prazer a seu humilde secretário. Claro, se tiver alguma objeção, poderei mandar a Gestapo visitar sua família e declará-la inimiga do Reich. Disseram-me que é bem agradável a vida no campo de Dachau nesta época do ano, quando se conspira contra o partido.

Sem dizer mais nada, Bormann abriu a braguilha e penetrou-a. Durante vários minutos, ofegante, golpeou as nádegas da mulher enquanto a possuía por trás, arrancando-lhe gemidos de dor. Ao terminar, o secretário de Hitler ordenou à jovem que se vestisse e retomasse seu trabalho no Ministério da Propaganda.

– Será avisada quando o Reich e o nosso Führer precisarem de você. De agora em diante, não se preocupe mais com despesas. Será instalada num apartamento perto da Chancelaria e ficará sempre sob minha proteção pessoal, até o dia em que for chamada a servir ao nosso glorioso Reich. O que aconteceu entre nós não acontecerá mais. Fique tranquila.

A moça, ainda com lágrimas nos olhos, permaneceu em silêncio enquanto recolhia as roupas espalhadas pelo chão.

– Já pode ir – disse Bormann, sem sequer olhar para ela.

Desde aquele dia de 1940, a jovem nunca mais foi convocada nem molestada por nenhum alto funcionário da Chancelaria, até a noite terrível em que as tropas soviéticas, combatendo casa por casa, edifício por edifício, em pleno coração de Berlim, chegaram a poucos metros da Cidadela.

– Pode me deixar sozinha? – pediu a jovem secretária a Högl.

– Sinto muito, senhorita. Ordenaram-me que não a perdesse de vista.

A mulher virou as costas ao SS e começou a tirar o vestido.

– A roupa íntima também – determinou Högl. – Ponha todos os seus pertences nesta bolsa aí: vestido, meias, sapatos, calcinha, bolsa, documentos...

Enquanto se despia, sempre de costas para o alto oficial da SS, a jovem tentava manter o equilíbrio.

Quando Katherina Kauffman terminou de vestir-se, Högl acompanhou-a até um alojamento do *bunker* bem ao lado do quarto de Beisel.

– Não saia daí, aconteça o que acontecer, entendeu? – disse Högl. – Este alojamento foi preparado para você. Ninguém a aborrecerá em momento algum, fique sossegada. Todos os dias, eu mesmo lhe trarei o café da manhã, o almoço e o jantar. Tem aí livros e revistas antigas para se distrair. Quando precisarmos de seus serviços, virei em pessoa chamá-la. Por ora, descanse.

Naquele mesmo instante, o Führer estava em seu quarto, sentado na cama, ao lado de um cofre aberto. Passara horas redigindo seu testamento pessoal e político. Nele, exprimia o desejo de casar-se com a jovem que, após anos de fiel amizade, entrara por decisão própria na cidade quase sitiada a fim de partilhar o destino do Führer. No texto, nomeava como testamenteiro "meu fidelíssimo correligionário Martin Bormann".

Na mesma noite, Hitler e Eva Braun contraíram matrimônio no *bunker*. Os noivos, após confirmar perante o funcionário Walter Wagner serem de origem exclusivamente ariana e não terem doenças hereditárias, aceitaram o "casamento de guerra" devido às circunstâncias especiais. O funcionário, dirigindo-se a Adolf Hitler e Eva Braun, perguntou-lhes se desejavam casar-se. Depois que ambos confirmaram, ele os declarou marido e mulher.

A noiva estava tão nervosa que, ao assinar o registro, começou a escrever seu sobrenome, para em seguida riscar a letra "B" e colocar "Eva Hitler, nascida Braun". Em seguida, os recém-casados foram para seus aposentos e esperaram. Meia hora depois, Martin Bormann bateu levemente à porta com os nós dos dedos.

– Meu Führer, tudo pronto – avisou ele.

– Antes, quero falar com o capitão Baur e o piloto Betz.

– Sim, *meu Führer*. Imediatamente – concordou o secretário.

Quando os dois pilotos da Luftwaffe entraram no quarto de Hitler, notaram que ele havia trocado de roupa. Tirara o uniforme e se livrara das insígnias do partido. Eva Braun, sentada num sofá de revestimento florido, também havia se trocado. Baur achou aquilo estranho. A senhora Hitler vestia calças e botas militares, trazendo nas mãos o gorro regulamentar de um regimento de montanha. O Führer estava de camisa xadrez, blusa de lã grossa, calça de flanela e jaqueta bávara.

Quando os dois militares entraram, Hitler se levantou, apertou as mãos de Baur, agradeceu-lhe a fidelidade de tantos anos e, após um breve discurso sobre a covardia e a traição, pediu-lhe um favor.

– Amanhã, porei fim à minha vida, como também o fará a senhora Hitler, aqui presente. O destino quis assim. Peço-lhe, quando isso ocorrer, que providencie para que nossos cadáveres sejam cremados. Nossos restos não podem cair nas mãos desses porcos.

– Prometo atender ao seu pedido, meu Führer... – disse Baur, antes de tentar convencer Hitler a fugir da cidade como horas antes procurara fazer Magda Goebbels, a esposa do ministro da Propaganda. – Precisamos do senhor, meu Führer. Dezenas de aviões esperam sua decisão. Temos alguns, escondidos, com capacidade de voo de 11 mil quilômetros. Podem levá-lo a um lugar seguro em um país árabe, na América do Sul ou no Japão.

Mas Hitler interrompeu o piloto, recusando sua oferta.

Pouco depois, reinando silêncio absoluto no *bunker*, cinco silhuetas, de duas mulheres e três homens, abandonaram o recinto sob a proteção da noite e se dirigiram à Unter den Linden. Caminhavam muito juntos, a passo rápido, embora um dos homens o fizesse com certa dificuldade. De vez em quando, tropeçava, mas era vigorosamente apoiado por dois oficiais da SS que os acompanhavam, sendo um deles Erich Kempka, o motorista do Führer.

Curiosamente, o bombardeio da Cidadela havia diminuído, mas o cheiro de carne queimada se misturava ao do combustível dos tanques atingidos pelos projéteis soviéticos. Os três homens e as duas mulheres correram pela Wilhelmstrasse em direção ao norte.

– Um momento. Silêncio – ordenou um dos SS.

Soldados de uma patrulha do exército soviético se aproximavam. Mas antes de terem qualquer reação, uma unidade da Volkssturm abateu todos eles.

– Por aqui, por aqui... – gritou um dos adolescentes que faziam parte da unidade alemã.

Hanna Reitsch reconheceu nele um dos garotos que a haviam acompanhado até o *bunker* na noite em que conseguira aterrissar com o general Ritter von Greim no eixo leste-oeste.

– Olá, lembra-se de mim? – perguntou a famosa aviadora.

– Oh, sim, claro!

– Onde estão seus companheiros?

– Mortos. Atacaram um tanque T-34 em Tiergarten. Conseguiram destruí-lo, mas morreram.

Reitsch, Kempka e o resto do grupo observaram aquele rapazinho já com experiência de guerra, sangue e morte refletida no rosto. Após um breve silêncio, Hanna tomou a palavra.

– Leve-nos até o avião que lhes pedi para protegerem.

– Esta zona foi muito castigada e as patrulhas bolcheviques já se aproximam do Portão de Brandenburgo. Será difícil chegar até lá. Quase impossível.

Nesse momento, um dos homens, que tinha permanecido com o rosto oculto pela aba do chapéu, encurvado e coberto por um pesado capote militar, levantou a cabeça.

– Ah, meu Deus! *Heil, mein Führer*! – exclamou o jovem, pondo-se em posição de sentido e erguendo o braço para fazer a saudação nazista.

– Se não quer que nos matem a todos, abaixe logo esse braço – recomendou Kempka. – Precisamos chegar ao avião, meu jovem.

– Sim, senhor, agora mesmo. Sigam-me.

As cinco pessoas que tinham conseguido escapar do *bunker* eram agora guiadas por um adolescente de no máximo 16 anos. O grande Führer, dirigente máximo do Terceiro Reich, conquistador de nações, exterminador de povos inteiros, seguia, pelas ruas de uma cidade em chamas, um garoto de uniforme muito largo, de capacete ajustado com farrapos de jornal e trapos, munido de um lança-granadas e uma metralhadora MP-40. Talvez aquele jovem fosse o único sobrevivente, aos olhos de Hitler, do glorioso exército que massacrara em poucas semanas a Polônia, a Noruega, a Dinamarca, a Bélgica, Luxemburgo, a Holanda, a Rússia, a França, a Iugoslávia, a Grécia e o norte da África.

O grupo cortou pela Französische Strasse, atravessando diversos pátios internos de edifícios que haviam deixado de existir. Ao chegar à Charlottenstrasse, deparou-se com dois soldados de infantaria que pendiam de um poste.

– Não se preocupem, eram traidores que queriam abandonar seu posto – disse friamente o jovem, cuspindo no chão em sinal de desprezo.

Finalmente, os quatro homens e as duas mulheres alcançaram o local onde deveria estar o Fieseler Storch em que Hanna Reitsch chegara a Berlim.

– Meu Deus! Sumiu! – exclamou a aviadora.

– Fique tranquila, senhorita, nós o pusemos a salvo – disse o jovem. – Encontra-se dentro da catedral francesa da Friedrichstadt. Ninguém mexeu nele. Esteve vigiado o tempo todo.

Uma voz se fez ouvir na escuridão.

– Quem vem lá? – perguntou um membro da unidade alemã que não teria mais de 14 anos.

– Quem poderia ser, idiota? Stalin dando uma volta por Berlim? Sou Hans e trago cinco amigos a quem devemos ajudar.

Entrando na catedral francesa, os fugitivos do *bunker* viram o avião bem no meio da nave. Os membros do Volkssturm o haviam levado para o local a fim de poupá-lo das bombas soviéticas.

Os membros da unidade e os SS empurraram o leve aparelho em direção a oeste, evitando que suas asas batessem em alguma árvore.

– Deixe-me subir primeiro. Tenho de verificar o arranque do motor – pediu Reitsch a Kempka. – Quando perceberem que consegui ligá-lo, acompanhem o Führer e a senhora Hitler até aqui.

Durante uns poucos segundos que pareceram horas, Hanna tentou ligar o pequeno avião. O barulho do motor parecia encobrir até o som das peças de artilharia e das fortes explosões dos foguetes que caíam próximo da catedral de Berlim, ali perto, e no Lustgarten.

– Por favor, pegue, pegue... pegue, seu maldito! – gritava Hanna. Nesse momento, o motor Argus do Fieseler Storch começou a vibrar e a expelir nuvens de fumaça preta, até que finalmente a hélice se pôs a girar.

– Subam, subam rápido! – gritou a aviadora ao grupo, que aguardava a distância.

Erich Kempka levava o Führer quase arrastado, ainda coberto com o capote. Eva Braun, com roupas bem mais leves, seguia-os de perto, protegida pelo segundo SS.

– Meu Führer, o avião é muito pequeno. Terá de sentar-se no chão. Quanto à senhora, acomode-se na parte traseira, se quer que subamos sem contratempos. Tenho pouco terreno para arremeter e preciso nivelar o aparelho – explicou Hanna.

Pouco a pouco, o avião – com seus quase quinze metros de envergadura e dez de comprimento – começou a deslizar para o centro da avenida, na direção do Portão de Brandenburgo. Depois de tê-lo parado, Hanna acelerou até alcançar a potência necessária para a decolagem.

A aviadora soltou os freios e foi ganhando velocidade em meio às sombras. Temia apenas encontrar algum obstáculo na pista pelos 75 metros, no mínimo, de que precisava para levantar voo. Subitamente, ouviram vários disparos de armas leves na direção do aparelho, quando este já conseguira erguer as duas rodas do solo e começava a ganhar altura.

– Vamos, queridinho, vamos, para cima, para cima... – repetia Hanna enquanto empurrava o manche para subir mais.

O alto-comando, no *bunker*, havia lhe comunicado que para além do Portão de Brandenburgo os soviéticos enfrentavam a 11ª Divisão SS Nordland, que defendia o Reichstag com unhas e dentes. Depois de sobrevoar a quadriga que coroava o Portão de Brandenburgo, o pequeno aparelho fez uma manobra brusca em direção ao sul. Hanna ficou surpresa com a tranquilidade da senhora Hitler e o tremor incontrolável do Führer. Na escuridão da noite, só iluminada aqui e ali pelos incêndios, o Fieseler Storch, com seus dois importantes passageiros a bordo, foi se distanciando de uma Berlim à beira da rendição.

No *bunker*, reinava um silêncio opressivo. A vida prosseguia em ritmo lento, à espera do que iria acontecer, alterando o cotidiano de todos os presentes. Espalhadas pelos diversos cômodos, pessoas sozinhas ou em grupos acalentavam esperanças que jamais se realizariam.

– Misch! – chamou Bormann.

– Sim, Herr Reichleiter – respondeu o guarda-costas de Hitler.

– Traga-me Beisel. Diga-lhe que desejo vê-lo com um dos uniformes entregues a ele. A senhorita Kauffman também deve estar preparada.

– Sim, Herr Reichleiter. Imediatamente...

Ao sair do alojamento de Bormann, Misch foi procurar Högl na cantina.

– O ministro Bormann ordena que lhe levemos ao senhor Beisel e à senhorita Kauffman.

– Certo – respondeu Högl.

Os dois homens da SS percorreram todo o *bunker* até chegar à ala mais distante, onde tinham sido instalados Katherina Kauffman e Ferdinand Beisel.

– Senhorita Kauffman? Sou Högl, comandante de unidade de assalto. Já pode me acompanhar. Não tenha medo.

– Vão nos tirar daqui? – perguntou a jovem.

– Sim, senhorita – mentiu Högl –, mas antes deve praticar uma bela ação em benefício do Reich.

– O quê?

– Não se preocupe. O ministro Bormann vai explicar-lhe.

Katherina sentiu um calafrio por todo o corpo ao lembrar-se de seu encontro na Chancelaria com o secretário Bormann, naquela tarde de 1940. Não havia se esquecido. Ainda podia sentir o cheiro que se desprendia dele enquanto a violentava.

No meio do caminho, no corredor, Högl e Kauffman se encontraram com Misch e Beisel, que também se dirigiam ao alojamento do secretário de Hitler. Ela se espantou ao ver o Führer de tão bom humor. Ignorava que era um sósia.

– Senhor Beisel, senhorita Kauffman... Chegou o momento de servirem ao Reich. Durante algumas horas, devem se passar pelo Führer e por sua esposa Eva Braun... – comunicou o secretário.

Beisel examinou a jovem por trás.

– Ela me agrada. Agradam-me as mulheres gordinhas. Poderemos ser íntimos?

Bormann fechou a cara ante a observação de Beisel.

– Não. No *bunker*, devem manter as aparências. Pouca gente sabe que estão aqui.

A jovem descobria agora por que a Chancelaria a protegera durante tantos anos. Parecia-se muito com a companheira de Adolf Hitler. Com Eva Braun.

– Quanto tempo nós ficaremos no *bunker*? – perguntou.

– O necessário para fazer seu papel. Não se preocupe. Depois disso, poderá ir embora sem problemas. Prometo. Um de meus homens a acompanhará até uma zona segura, fora do alcance dos russos.

– Qual é, exatamente, o serviço que devo fazer para o Reich? – perguntou a secretária.

– Como já lhe disse, vai se passar por Eva Braun durante algumas horas. E depois, conforme prometi, poderá ir embora.

– Só isso?

– Só isso – confirmou Bormann.

Beisel, trajando um dos uniformes do Führer, parecia um tanto deprimido, talvez por causa da ressaca.

– E eu, quando poderei dar o fora deste maldito lugar?

– Depois que prestar um serviço ao Reich, como a senhorita Kauffman. Será hoje mesmo, à noite. Se tudo der certo, de madrugada já poderão deixar o *bunker*.

– Quanto nós cobraremos pelo serviço? – perguntou Beisel.

– Daremos alguns diamantes brutos e 2 mil dólares americanos a cada um. Jamais poderão contar a ninguém o que aconteceu aqui. Entenderam-me bem, os dois?

Kauffman e Beisel sacudiram a cabeça afirmativamente. Guardariam o segredo.

– Leve a senhorita Kauffman ao quarto da senhora Hitler – ordenou Bormann a Högl. – Você, Beisel, ficará aqui comigo, por enquanto.

– Siga-me – disse Högl à jovem secretária do Ministério da Propaganda.

Högl ia acompanhado por Kempka, o motorista, e Linge, o ajudante de campo do Führer.

– É aqui, senhorita Kauffman – indicou Högl, convidando-a a entrar.

No pequeno salão entre o quarto de Hitler e o de Eva Braun, via-se um pequeno sofá junto de uma mesa baixa, ao lado de outro, de três lugares.

A jovem sentiu uma mão forte agarrá-la bruscamente por trás. Era Högl. Katherina pensou que ele também iria violentá-la, mas isso estava muito longe da realidade.

Kempka segurou-a pelas pernas enquanto Högl lhe tapava a boca para que ninguém mais no *bunker* ouvisse seus gritos.

– Abra-lhe a boca – ordenou Linge a Högl.

– Por favor, soltem-me, soltem-me, por favor... – foi a única coisa que a jovem conseguiu dizer. Porém ninguém mais a escutava.

Linge tirou do bolso uma pequena cápsula e colocou-a entre os molares da vítima. Högl fechou-lhe fortemente as mandíbulas, fazendo romper-se a cápsula que continha ácido prússico. Em questão de segundos, o corpo da pobre moça começou a ter convulsões, enquanto uma espuma azulada brotava-lhe dos lábios. Pouco depois, ela estava morta.

Linge pousou a mão em seu peito para certificar-se. Em seguida, levantaram o cadáver do chão e puseram-no sobre o sofá, como se ela estivesse adormecida. Agora seria a vez de Beisel. Os três homens voltaram ao alojamento de Bormann.

– Herr Bormann, a senhorita Kauffman já está devidamente instalada.

– Ótimo. Acompanhem o senhor Beisel aos aposentos do Führer e instalem-no também.

Beisel se levantou do sofá em que estava recostado e seguiu Högl pelos estreitos corredores do *bunker*. Atrás dele, vinham Linge, Misch e Kempka.

Chegando ao pequeno salão do Führer, Linge sacou sua Walther calibre 7.65, apoiou o cano na fronte de Beisel e disparou. O ex-membro da SA caiu ao chão como um boneco desengonçado. Os quatro homens da SS ergueram o cadáver e puseram-no sentado no sofá menor, perto do de três lugares, onde agora jazia o corpo de Katherina Kauffman. Antes de sair, Linge jogou a pistola no chão e colocou uma cápsula de ácido prússico na boca de Beisel. Em seguida, golpeou-o levemente na mandíbula para fazê-la romper-se e deixar escapar o veneno.

Pouco depois, informava ao major da SS Otto Günsche, ajudante pessoal de Hitler:

– Otto, está feito. O Führer e sua esposa morreram.

Günsche correu até o pequeno salão e viu os cadáveres de Hitler e Eva Braun. A senhora Hitler, deitada no sofá, tinha as pernas encolhidas e os lábios fechados, com uma leve coloração azul. O Führer estava sentado no sofá de revestimento florido, ainda de olhos abertos, como se a morte o houvesse pegado de surpresa; o corpo dobrado para trás e a cabeça um pouco inclinada para a frente. Da fronte perfurada escorria um fio de sangue que lhe descia pela face. No chão, dentro de uma poça de sangue, via-se uma pistola Walther.

– Confirmo: o Führer está morto – sentenciou Günsche, após fazer a saudação militar.

Linge e Högl envolveram o cadáver de Hitler num cobertor, com a ajuda de Kempka e do capitão da Luftwaffe, Baur. Os quatro homens carregaram o corpo escada acima, seguidos por Bormann, que levava nos braços o cadáver de Eva Braun.

Lá fora, os disparos estavam tão perto que os obrigaram a proteger-se, enquanto caía sobre eles uma chuva de caliça e pedaços de tijolos.

– Em frente – ordenou Högl, arrastando o corpo do Führer e seguido por Günsche, que levava o de Eva Braun.

Os dois homens depositaram os corpos em uma cratera aberta por um obus russo de grande calibre, enquanto Kempka e Baur despejavam sobre eles vários galões de gasolina. Högl tentou atirar na cratera achas de madeira acesas, que, no entanto, se apagavam por causa do vento forte. Então, Linge pegou uma folha de papel e enrolou-a em forma de tocha. No momento em que cessaram os disparos, tomou impulso e arremessou-a. Ouviu-se um barulho alto, seguido de grandes labaredas. Todos fizeram a saudação nazista, enquanto a fogueira expelia nuvens de fumaça preta. Högl esperou que os corpos se encolhessem com o calor, até ficarem totalmente negros e retorcidos.

Os SS regressaram ilesos ao *bunker*. Bormann observou, antes de fechar a pesada porta, que aquela cratera fazia desaparecer os últimos vestígios da chamada operação Götterdämmerung. A fumaça escura, que se perdia no céu de uma Berlim já falecida, seria o derradeiro rastro do Crepúsculo dos Deuses. Em poucos dias, Bormann tentaria seguir o mesmo caminho graças aos poderosos tentáculos da Odessa.

VII

Tønder, Dinamarca

A cidade dinamarquesa, situada ao sul da Península da Jutlândia e ao norte da fronteira com a Alemanha, conservara-se um paraíso em uma Dinamarca ainda ocupada pela Wehrmacht. A população ficara reduzida por causa da guerra.

August Lienart conseguira chegar a Tønder depois de uma longa viagem, passando pela Itália, Suíça, Alemanha, Bélgica, Holanda e de novo pela Alemanha, para chegar ao território dinamarquês. Essa viagem demorada por uma Europa em ruínas deixou-o totalmente exausto.

No primeiro dia, conseguiu acomodações, juntamente com Ulrich Müller, na casa de um homem chamado Dagmar Jørgensen, colaboracionista que pouco antes servira nas fileiras das Waffen-SS na frente russa. Ali Jørgensen havia conhecido Müller. Sua casa, pintada de verde, era bem perto da praça do mercado.

– Bom dia, camaradas – saudou Jørgensen.

– Bom dia, camarada – respondeu Müller. – Apresento-lhe Herr Lienart.

– Muito prazer. É uma honra conhecê-lo – disse o dinamarquês, apertando a mão do seminarista. – Aqui estarão a salvo. Ninguém os molestará. Preparei alguma coisa para comerem.

Jørgensen parecia um típico pescador da região. Ruivo, barba comprida, com um velho casaco de marinheiro e um gorro da marinha mercante dinamarquesa, suas mãos ásperas e cheias de cicatrizes revelavam uma longa carreira em barcos de pesca do bacalhau. Ele deixou Lienart e Müller a sós.

– Devemos esperar aqui a chegada de Creutz? – perguntou Müller.

– Sim. Ele nos trará instruções para a missão de que a Odessa nos encarregou.

– Não gosto nada desse Creutz.

– Nem eu. Mas não nos resta alternativa a não ser trabalhar com ele. São ordens de meu pai – observou August.

– Eu o conheci na Ucrânia, quando pertencia ao Einsatzgruppe C. Acho que isso foi em outubro de 1941. Ele gostava muito de estuprar meninas antes de degolá-las.

– E você, de fuzilá-las...

– Era melhor e mais rápido para elas morrer com um tiro do que ser estupradas e degoladas – ponderou Müller, olhando Lienart de frente.

– A violência é sempre um ato de fraqueza e, em geral, quem a pratica se sente perdido. Você, Müller, que perpetrou tantos atos brutais, deveria saber disso...

Uma leve batida na porta obrigou os dois a mudarem de assunto.

– A comida está na mesa – avisou o dinamarquês.

August ficou surpreso ao ver, na pequena sala de refeições, uma fotografia do rei Cristiano X.

– Por que a surpresa? – perguntou Jørgensen.

– Talvez porque você seja um colaboracionista – respondeu August.

– Em certo sentido, o rei também foi.

– Mas defendeu os judeus dinamarqueses. Apareceu com a estrela amarela de Davi costurada ao uniforme, lembra-se?

O colaboracionista riu com gosto.

– Contos da carochinha. Para o rei e os seus, era conveniente espalhar essas lendas para não ter de dar explicações aos Aliados quando a guerra acabasse. Uma história difícil de engolir...

– Então é falsa?

– Digo apenas que é difícil de engolir, principalmente porque em solo dinamarquês jamais essa tal estrela amarela dos judeus foi usada. A atitude do rei com relação ao símbolo judaico foi acertada em uma conversa com o primeiro-ministro Buhl. Quando observou que a administração alemã imporia o uso da estrela de Davi aos judeus, disse que, nesse caso, talvez todos os dinamarqueses devessem usá-la. Maldito seja! Eu não sou judeu, portanto, me negaria a fazer isso!

– Por que insinuou que o rei teria de dar explicações aos Aliados? – perguntou Müller a seu antigo camarada de armas, enquanto preparava um sanduíche de manteiga, queijo, verduras e um pouco de arenque.

– Desde 9 de abril de 1940, quando os alemães cruzaram a fronteira, o Führer respeitou a autonomia dinamarquesa, permitindo que o Parlamento continuasse funcionando e que o rei permanecesse no trono. Foram esses malditos membros da Resistência que, com suas sabotagens, provocaram a forte reação do Reich contra nosso país. Agora que a guerra está perdida, os Aliados talvez não vejam com bons olhos o papel tímido desempenhado pela Dinamarca.

– Müller me contou que você serviu nas Waffen-SS – disse August.

– Sim, alistei-me em 1941 no Regimento Nordland, que integrava a Divisão Wiking. Um ano depois, nós, os membros dos Freikorps Danmark, fomos transferidos para o 24º Regimento de Granadeiros Panzer SS.

– Só serviu na frente russa?

– Sim, até ser ferido e dispensado.

Os três homens permaneceram em silêncio total durante o resto do almoço.

– Sabe onde é a Vestre Omfartsvej? – perguntou finalmente August.

– Sim, no lado oeste da cidade – explicou Jørgensen. – Há ali uma pista de pouso. Antes da guerra, era utilizada por aviões civis, mas desde a ocupação alemã virou uma base da Luftwaffe.

– Devemos esperar nesse local um contato que chegará a Tønder hoje à noite, com instruções precisas.

– Vou com vocês, se quiserem.

– Obrigado, camarada – respondeu Müller.

Horas depois, ao anoitecer, os três homens saíram da casa e seguiram rumo oeste pela Viddingherredsgade até chegar a Dyrhusvej. Um posto alemão deteve o carro.

– Deixem que eu fale com eles – ofereceu-se Jørgensen.

O soldado alemão pôs a cabeça para dentro do pequeno veículo e iluminou seu interior com uma lanterna. Em seguida, pediu os documentos dos ocupantes.

– Seus papéis.

– Pois não – disse o dinamarquês, mostrando uma carteira de identidade do Grupo de Voluntários SS Dinamarca, com o duplo S rúnico na capa.

– Aonde estão indo? – perguntou o soldado.

– Temos um encontro com um oficial da SS que chegará da Suíça em voo especial.

– Podem passar – disse o soldado, retirando a barreira de arame que bloqueava a estrada.

Minutos depois, um pequeno avião aterrissava na pista e taxiava até o edifício principal. Quando parou, um homem abriu a portinhola e saltou para o chão. Imediatamente, o aparelho manobrou para a cabeça da pista e alçou voo novamente, desaparecendo na direção sul. O recém-chegado, trajando uma capa de chuva longa e um chapéu enterrado até as sobrancelhas, aproximou-se dos três homens.

– Boa noite. Sou Rudolf Creutz, membro do Einsatzgruppe C.

– Boa noite. Sou August Lienart. Este é Dagmar Jørgensen, membro dos Freikorps Danmark. O sargento Ulrich Müller, da Kameradschaftshilfe, você já conhece.

– Trago-lhe instruções da parte de seu pai, Herr Lienart.

– Vamos embora daqui. É melhor voltarmos para casa – recomendou Jørgensen.

Os quatro homens entraram no carro e regressaram à casa do dinamarquês. August não tirava os olhos daquele membro das unidades de extermínio da SS na Ucrânia que adquirira vasta experiência localizando, interrogando e executando comissários políticos e membros do NKVD, o serviço secreto de Stalin, entre os prisioneiros de guerra soviéticos. Dizia-se que Creutz, em pessoa, chegara a matar mais de trezentos comissários políticos com um disparo na nuca.

Ao entrar na casa, o SS pediu a Jørgensen algo para beber.

– Só tenho licor dinamarquês, que eu mesmo fabrico lá embaixo, no porão – disse o dinamarquês, enchendo o copo de Creutz.

– Trago uma carta para o senhor, Herr Lienart, de seu pai. São instruções minuciosas, que o senhor deverá cumprir ao pé da letra. Tenho ordens de entregar-lhe o envelope e voltar à Suíça – disse o SS após esvaziar o copo de um só gole. – Não é recomendável que alguém como eu passeie pela Europa numa hora destas.

Creutz entregou o envelope a August, que reconheceu nele a letra do pai. Enquanto lia a carta, a expressão do jovem foi mudando.

– Más notícias? – perguntou Müller.

– Operação Crepúsculo dos Deuses. Precisamos garantir que seja concluída sem contratempos – respondeu August. – Agora somos peças-chave de uma das mais importantes missões da Odessa. Temos de estar hoje à meia-noite na pista de pouso de Dyrhusvej e esperar ali a chegada de um avião procedente de Berlim.

Não muito longe da casa, escondidos num celeiro, John Cummuta e Nolan Chills, os dois agentes do ESE enviados por Daniel Chisholm, vigiavam os movimentos de Lienart desde sua chegada à Dinamarca.

– Quem será o sujeito de capa que chegou com eles? – perguntou Chills, sorvendo um grande gole de uísque de um cantil metálico.

– Sei lá. Mas, se pudermos, vamos nos agarrar a esse dinamarquês. Ele pode ter mais informações sobre o que fazem Lienart e o loiro aqui, neste fim de mundo, neste lugar tão ermo da Dinamarca.

– Como faremos isso?

– Vigiaremos a casa dele. Quando o terreno estiver livre, entraremos e prenderemos todos. Encarrego-me de fazer com que soltem a língua. Deixe isso comigo. Gostaria muito de ficar a sós com esse seminarista francês até ele me contar por que está aqui.

– Acha que espera algum figurão? – perguntou Chills.

– Logo descobriremos o que andam tramando. Por ora, devemos esperar.

Os dois homens se sentaram sobre um fardo de palha e continuaram observando, de binóculo, as janelas iluminadas da casa de Jørgensen.

Müller despertou Lienart por volta da meia-noite.

– Está na hora – avisou.

August consultou o relógio e acordou Creutz.

– Levante-se, Creutz. Você e Jørgensen ficarão aqui, para o caso de surgirem problemas. Müller e eu iremos ao aeródromo de Dyrhusvej.

Logo depois, os dois homens saíram da casa e subiram ao carro de Jørgensen para se dirigir ao aeródromo.

Horas a fio, August e Müller esperaram na cabeceira da pista a chegada de algum avião, mas não apareceu nenhum. August, já desanimado, dispunha-se a voltar para o veículo quando Müller o deteve.

– Espere. Acho que estou ouvindo alguma coisa.

August prestou atenção ao som, que parecia o de um avião se aproximando.

– Sim, é o som de um motor de avião – disse Müller.

De repente, como que do nada, surgiu sobre eles um Arado Ar 234 quase roçando suas cabeças. Ao tocar o solo, as rodas levantaram uma nuvem de poeira que foi se tornando densa à medida que o aparelho deslizava em direção ao pequeno edifício ao lado da pista, protegido por duas metralhadoras antiaéreas da Luftwaffe. Quando o avião parou, August e Müller se aproximaram da portinhola.

– Sou o capitão Peter Baumgart, da Luftwaffe. Venho em missão secreta – gritou o piloto.

– Sou August Lienart, e este é o sargento Ulrich Müller. Temos ordens de viajar com vocês até a parada seguinte. Preciso garantir que seus passageiros sejam removidos em segurança.

– Perfeito – concordou Baumgart. – Vou desligar o motor. Acho que meus passageiros precisarão de sua ajuda para descer do aparelho.

Até esse momento, os dois passageiros – um homem envolvido num amplo capote e uma jovem de cerca de 30 anos, com os cabelos ocultos por um gorro do 136º Regimento de Caçadores de Montanha Gebirgsjäger com uma flor de edelweiss presa ao lado – tinham permanecido sentados na cabine escura e incômoda no mais absoluto silêncio.

– Podem descer do avião agora, se assim o desejarem. Aqui, estarão a salvo – disse Lienart aos passageiros, de quem, por causa da escuridão, não conseguira ainda ver os rostos.

Uma mão trêmula apareceu na abertura, seguida por um corpo frágil, embrulhado num capote pesado demais para seu porte.

– Eu mesma o ajudarei – disse a mulher, saindo apressadamente do avião para afastar August.

Sob o foco de luz branca, August e Müller puderam examinar com atenção as feições dos recém-chegados. O SS se pôs em posição de sentido, bateu os calcanhares com força e ergueu o braço.

– *Heil, mein Führer* – saudou.

– Não, por favor, não. Não é necessário que nos saúdem assim – pediu Eva Braun.

– Meu Führer, é uma honra tê-lo aqui, são e salvo, bem como à distinta senhorita Braun – balbuciou August, tomado de surpresa.

O seminarista lembrava-se bem da última vez em que vira Hitler. Fora durante uma visita familiar ao Berghof, havia sete anos, apenas um ano antes da invasão alemã da Polônia, episódio que deu início à Segunda Guerra Mundial. Ele era apenas um adolescente de 16 anos, pouco interessado em política. Lembrava-se também de ter brincado com Blondi, a cadela de Hitler, de passear demoradamente com um dos filhos de Goebbels e até de conversar sobre arquitetura com o ministro Speer.

– Chame-me de senhora Hitler, ou melhor, de Eva – sugeriu a esposa do Führer.

– Por obséquio, arrumamos um lugar onde poderão comer alguma coisa quente antes que o capitão Baumgart prepare o avião para prosseguir viagem – informou Müller.

– Sargento Müller, avise-nos quando tudo estiver pronto para a partida.

– Certo, Herr Lienart. Eu avisarei.

Müller empertigou-se novamente diante do Führer.

– Será um voo longo até nosso próximo destino – informou August a Hitler e Eva Braun. – É melhor que descansem um pouco e comam alguma coisa. A viagem pode ser incômoda e perigosa. Embora as forças alemãs ainda controlem o solo da Noruega, é a RAF que domina seu espaço aéreo.

– Qual é o nosso destino? Gostaria de conhecê-lo para preparar adequadamente o avião – observou Baumgart.

– Nosso destino final é o porto norueguês de Kristiansand. Lá, o Führer e sua esposa serão recolhidos por um submarino e levados para lugar seguro.

– Que lugar? – indagou o piloto.

– Não é preciso que você saiba. Quanto menos gente estiver a par dessa informação, menos perigo haverá de que nosso Führer seja descoberto pelos Aliados. Apenas cumpra as ordens e trate de nos levar em segurança para Kristiansand. Isso basta. Agora, vá preparar o avião. Não temos muito tempo – advertiu August.

Perto do jovem seminarista, Hitler parecia imerso numa serenidade melancólica, falando da morte como se fosse uma libertação.

– Conhece a palavra *menetekel*? – perguntou-lhe o Führer.

– Não, senhor.

– É um termo alemão que se poderia traduzir por "sinal misterioso". Foi tirado da Bíblia – explicou Hitler –, de Daniel, 5:25. O trecho no qual o rei Baltazar da Babilônia vê escrita na parede a frase fatídica "*Mene mene tequel ufasrin*", anunciando-lhe que seus dias estão contados.

Pelas horas seguintes, Hitler permaneceu em silêncio absoluto. Trajando a mesma roupa com que havia escapado do *bunker* de Berlim, mantinha-se aquecido graças ao grosso capote cinza, que não tirara dos ombros. Aquele capote, aos olhos de August, parecia pesar uma tonelada sobre o corpo encurvado, débil e vencido do Führer. Subitamente, Hitler retomou a palavra com outro discurso incoerente.

– Sou o Führer e talvez devesse ter convencido os americanos de que só havia uma pessoa capaz de deter os bolcheviques. Essa pessoa era eu, à frente do partido e do atual Estado alemão.

August continuou em silêncio diante daquele velho de olhos vidrados.

– Se o destino quer assim, então desaparecerei do palco da história como um obscuro fugitivo. Mas o suicídio me parece um ato mil vezes mais covarde.

Meu destino, jovem, é guiar as futuras gerações rumo a um Quarto Reich, e essa será, a partir de agora, minha missão – sentenciou Hitler.

– Meu Führer, acha que os ingleses declararão guerra aos comunistas? – perguntou Lienart.

– Sem dúvida. Somente uma aliança germano-britânica poderia tê-los detido. Ano após ano, a Alemanha cortejou o Império Britânico, alimentando com ele a ideia de manter afastados dos negócios do Velho Mundo tanto a Rússia quanto os Estados Unidos. Eu, o Führer, sou, ou melhor, era a derradeira oportunidade da Europa, que não pode ser conquistada com simpatia e persuasão. Isso eu tentei em fins dos anos 30. Para conquistar a Europa, é preciso violentá-la. O objetivo de minha vida e das gerações vindouras será a causa do extermínio dos bolcheviques. Esse estúpido e pomposo Mussolini, esse italiano inepto acabou com meus planos. Sua impensada invasão da Grécia retardou por três semanas nossa campanha contra a Rússia. Qual foi o resultado? A catástrofe de inverno diante das portas de Moscou. Tudo seria diferente se ele tivesse me ouvido! Ah, os italianos e suas improvisações! O desfile triunfal que Mussolini pensava montar em terras gregas se transformou num pesadelo que terminaria em derrota militar se nós não interviéssemos – explicou Hitler, sempre golpeando com o punho cerrado a mesa de madeira à sua frente. – Os gregos resistiram com todas as suas forças e, após uns poucos dias de combate, repeliram os italianos para além da fronteira da Albânia, chegando a conquistar Coriza. De invadidos, passaram a invasores; e se nós não corrêssemos em socorro dos italianos, os gregos acabariam passeando pelas ruas de Roma. Todos os reforços que preparáramos para a campanha contra a Rússia tiveram de ser desviados para a Grécia, do contrário os Bálcãs cairiam em mãos aliadas. Se a Grécia sucumbisse, os Bálcãs sucumbiriam também e, com eles, a própria Itália. Como Mussolini foi idiota! O que aconteceu com ele?

– Meu Führer – interrompeu Lienart, única maneira de chamar a atenção daquele homem que não parava de tremer por causa do mal de Parkinson –, executaram o Duce há dois dias. Seu corpo e o da amante, Clara Petacci, ficaram dependurados em uma praça de Milão, à vista de todos. Não tiveram sequer um julgamento justo.

– Estão mortos? Mas como? Como podem estar mortos...? – repetiu Hitler, sem poder acreditar no que lhe contara o jovem August.

– Infelizmente, sim, senhor. Estão mortos. Sinto muito, meu Führer.

– Não pode ser... Tenho de falar com ele, tenho de me encontrar com ele em Roma... – balbuciou Hitler, fitando o vazio enquanto procurava conter o movimento incessante do braço direito.

Eva Braun, a seu lado, tomou-lhe a mão carinhosamente e sussurrou-lhe algumas palavras doces e afetuosas ao ouvido, a fim de acalmá-lo.

– Meu Führer – disse August –, o senhor não passará por isso, fique tranquilo. A Odessa vai levá-lo a salvo, com sua esposa, para um lugar seguro. Cuide de sua saúde e deixe o resto por nossa conta. Já fez o bastante.

O silêncio foi subitamente quebrado pela voz do capitão Baumgart.

– Tudo pronto, meu *Führer*. Senhora Hitler, estamos preparados para partir – informou o oficial da Luftwaffe.

– Müller e eu iremos também – declarou August.

– Vamos ficar sobrecarregados. Não é um avião de passageiros, é um bombardeiro – protestou Baumgart.

– Pouco me importa o que ele seja. Iremos com o Führer para Kristiansand. Essas são as minhas ordens e o desejo do Führer.

O oficial da Luftwaffe percebeu que não conseguiria nada discutindo com aquele jovem francês tão petulante e, dando meia-volta, dirigiu-se para o avião estacionado na pista.

– Está na hora, meu Führer. Devemos partir – avisou August, ajudando-o a levantar-se da cadeira. Eva Braun, ainda com o gorro do regimento de montanha, segurava o marido pelo outro braço para ajudá-lo também a caminhar os poucos metros que os separavam do avião na pista.

A poucos quilômetros dali, quando o Arado Ar 234 já sobrevoava os telhados de Tønder com seus importantes passageiros, os dois agentes do ESE resolveram invadir a casa de Dagmar Jørgensen.

Nolan Chills, empunhando uma Walther com silenciador, entrou pela porta dos fundos, enquanto John Cummuta fazia o mesmo pela porta da frente. Não se ouvia nada. Cummuta chegou à pequena sala, onde se via uma estufa de ferro acesa num canto. Estava quente ali. Chills entrou na cozinha e notou uma xícara de café sobre a mesa, ao lado de um cigarro que ainda soltava fumaça. Ao tocar a xícara, percebeu que estava morna. Os dois agentes do ESE se encontraram no corredor estreito, perto de uma escada.

– Esta área está limpa – murmurou Chills, apontando com a arma o andar superior.

Começaram a subir a escada. No alto, se separaram. Chills se esgueirou para o quarto principal, enquanto Cummuta, de faca em punho, ia para o quarto de hóspedes. O iugoslavo se sentia mais seguro com a lâmina de sua Fairbairn-Sykes na mão do que com uma pistola.

Ao entrar, viu uma capa molhada sobre a cama. Revistou os bolsos para ver se o dono não havia esquecido ali algum documento. Depois, aproximou-se do guarda-roupa. Quando se dispunha a abri-lo, a porta se escancarou violentamente, golpeando-o na testa e obrigando-o a retroceder. Jørgensen postou-se diante dele, empunhando um machado.

– Vou cortar essa sua maldita cabeça! – rugiu o dinamarquês.

– Mas, antes, terá de me alcançar – respondeu o espião, dando-lhe ao mesmo tempo um forte pontapé na virilha.

Os dois homens começaram a trocar golpes, esquivando-se e contra-atacando.

– Sou um soldado da SS, e você verá o que fazemos com tipos como você – ameaçou o dinamarquês.

– E você logo descobrirá o que nós, os iugoslavos, fazemos com um porco colaboracionista da sua laia – retrucou Cummuta.

Ambos se lançaram ao ataque e foram de encontro ao espelho do guarda-roupa. O rosto de Dagmar Jørgensen, ao cair, mudou subitamente de expressão. Seus olhos ficaram vidrados. Cummuta mergulhara a faca na nuca do adversário e manteve-a ali até constatar que o homem não respirava mais. Em seguida, retirou a arma, falando com o cadáver de Jørgensen:

– Seu porco traidor, então você sangra como qualquer um de nós? Morra logo, seu filho da puta!

Depois de cuspir sobre o cadáver, Cummuta limpou o sangue de Jørgensen da lâmina da faca e enxugou-a na capa de chuva que estava sobre a cama. Sempre alerta, foi para os fundos da casa, por onde Chills havia entrado momentos antes.

– Chills? – chamou Cummuta, quase sussurrando.

Antes de entrar, ouviu uma tosse seca que vinha do quarto. Sentado no chão e recostado na cama, Chills apertava o ventre com as mãos. Elas estavam cobertas de sangue. Rudolf Creutz havia conseguido feri-lo mortalmente antes de fugir. A vida do antigo gângster ia se apagando aos poucos entre os braços de Cummuta.

– Que tal isto? Consegui sair vivo de tiroteios com a quadrilha de Al Capone para morrer neste buraco cujo nome nem consigo pronunciar – suspirou Chills, tentando não engasgar com o próprio sangue.

– Não se preocupe. Vou conseguir tirá-lo vivo daqui.

– Duvido, John... Duvido...

Logo depois, Chills expirou. Seu companheiro fechou-lhe os olhos, cobriu seu rosto com uma jaqueta e foi em busca de Creutz.

De um salto, alcançou o andar térreo e correu para a porta traseira. Estava aberta. Ainda com a faca na mão, ficou parado em silêncio, atento a qualquer movimento nas imediações. Subitamente, como se tivesse sido alertado por um sexto sentido, pôs-se em guarda e esquivou-se ao primeiro ataque de Creutz, que não parava de rir sarcasticamente.

– Vou matá-lo... Vou matá-lo como matei seu amigo. Senti a lâmina rasgar-lhe as tripas. Foi delicioso – disse Creutz.

Cummuta girou sobre si mesmo e golpeou o adversário na nuca quando ele tentava apunhalar-lhe as costas. O SS desabou no chão enlameado. Cummuta agarrou-o por um pé e arrastou-o até a casa.

– Aqui ninguém interromperá a conversinha que vamos ter – avisou.

O iugoslavo percebeu, entre as tábuas do assoalho, parcialmente cobertas por um tapete, um débil raio de luz que vinha do porão. Afastou o tapete com o pé e descobriu uma abertura que dava para um subterrâneo escuro. Abriu-a e atirou para baixo o corpo de Creutz, que ainda ria histericamente apesar de seus ferimentos. Era ali que Jørgensen fabricava o licor clandestino.

– Sofri nas mãos dos soviéticos coisas inimagináveis, quando me fizeram prisioneiro. Você não é páreo para os torturadores do NKVD.

– Veremos, amigo. Logo veremos – murmurou Cummuta, lembrando-se da morte de seu amigo Chills.

Depois de amarrar o SS a uma pesada cadeira de madeira, começou a fazer-lhe perguntas.

– Quem é você?

– Acho que não vou dizer, porco ianque.

– Má resposta, amigo – disse Cummuta, enquanto umedecia um pedaço de pano.

Quando o trapo ficou completamente encharcado, o agente repetiu a pergunta.

– Quem é você?

– Vá se foder – desafiou Creutz.

Cummuta deu um passo para trás e descarregou um violento golpe com o trapo molhado na garganta do SS. Esse começou a tossir e seu rosto ficou roxo em consequência da pancada no pomo de adão.

– Ora, vamos, amigo, não foi tão doloroso assim – zombou Cummuta, ajudando Creutz a respirar.

– Vá tomar no cu, seu filho da puta! – rugiu o agente da Odessa.

– Por que estava aqui?

– Não me lembro – respondeu Creutz.

Cummuta jogou o trapo úmido ao chão e cravou-lhe a faca profundamente na coxa esquerda. Creutz não conseguiu conter um grito de dor.

– Grite à vontade, amigo. Ninguém vai ouvi-lo aqui.

– Filho da puta! Filho da puta! Eu não direi nada a você!

– Isso é o que veremos – disse Cummuta, girando a lâmina na ferida. – Quero saber o que você e seus amigos estão fazendo aqui na Dinamarca.

– Não vou dizer, seu porco maldito! – bradou Creutz, cuspindo-lhe no rosto.

– Veremos se é capaz de falar com um olho só.

Num golpe seco, Cummuta tirou a faca da coxa de Creutz e, com a ponta, arrancou-lhe o globo ocular direito da órbita. Mesmo com o olho dependurado, o ex-membro do Einsatzgruppe da SS se recusava a falar.

– Devo reconhecer que tem coragem, amigo, mas vamos ver se continuará calado sem um dos testículos.

Cummuta cortou-lhe a calça e agarrou-lhe o escroto com força.

– Ou me diz o que vocês faziam aqui ou ficará sem seus ovos – ameaçou.

– Morra, filho da puta! – foi a resposta do SS.

Com um golpe certeiro, a lâmina afiada abriu o escroto, deixando os testículos do assassino da Odessa caídos sobre o assento. Creutz não parava de gritar.

– Isso pode ser consertado, mas, se você não responder, vou cortá-los e enfiá-los no seu rabo. Ouviu bem? – gritou Cummuta, sacudindo o prisioneiro pelos ombros para impedir que desmaiasse.

– Está bem, está bem... Vou dizer, vou dizer – suplicou Creutz.

– Sou todo ouvidos, meu caro – respondeu Cummuta, sentando-se diante dele num banco de madeira.

– Vai me deixar viver, se eu lhe contar?

– Juro por Deus – respondeu o iugoslavo.

– Ordenaram-me trazer umas instruções seladas e entregá-las a um contato aqui de Tønder...

– Quem deu essa ordem? Qual era o seu contato?

– A Odessa... A Odessa deu a ordem – explicou Creutz.

– O que vem a ser a Odessa?

– A Odessa é o poder, o novo poder que restabelecerá o Quarto Reich quando acabar esta guerra já perdida. Ela está ajudando os peixes graúdos da Europa a escapar para lugares mais seguros, do outro lado do Atlântico.

– Peixes graúdos? Quais?

– Os líderes do Reich, além de homens e mulheres que formavam parte de sua estrutura de poder – respondeu Creutz.

– Quem é o chefe da Odessa? Quem era seu contato aqui? O rapazinho francês, por acaso?

Creutz ficou surpreso com a informação de que dispunha o agente do Escritório de Serviços Estratégicos.

– Bormann, Martin Bormann é a cabeça da Odessa. Foi ele que organizou tudo.

– E que papel desempenha o tal seminarista na operação?

– Ele foi o escolhido.

– O escolhido para quê? – perguntou Cummuta.

– Foi escolhido pela Odessa, embora ele ainda não saiba. Bormann e o próprio Führer tomaram essa decisão.

– Qual é o nome dele?

– Lienart, August Lienart... – balbuciou Creutz.

– Qual é mesmo o nome dele? – perguntou de novo o agente do ESE, dando-lhe um violento soco na boca. – Não entendi.

– Lienart! – gritou Creutz.

– Qual era a missão deles na Dinamarca?

– Uma missão secreta. Um peixe graúdo passaria por aqui de avião, rumo a lugar seguro.

– Quem? – perguntou Cummuta.

– Alguém de Berlim...

– Mas quem? Goebbels? Göring? Keitel? Dönitz? Quem...?

– Não sei... Mas, a esta hora, já estão longe. Enquanto você me batia, Lienart escapava com os peixes graúdos num avião. Você não conseguirá mais encontrá-los – disse Creutz, rindo zombeteiramente para Cummuta.

– O interrogatório acabou – disse o agente com rispidez, enquanto cortava a manga esquerda da jaqueta e a camisa de Creutz. Em seguida, ergueu-lhe o braço nu, que exibia a tatuagem com seu grupo sanguíneo, como era característico da SS.

– Então você é da SS! Assassino de merda!

– Vai entregar-me? Faça isso, por favor! Assim, permanecerei preso durante alguns anos, comendo comida quente, e em pouco tempo estarei de novo nas ruas caçando sua mulher e seus filhos para me divertir – disse Creutz, sempre rindo ironicamente.

– Não tenho mulher nem filhos, amigo, mas, para proteger a humanidade de canalhas como você, eu vou executá-lo com minhas próprias mãos – declarou Cummuta, derramando no piso do porão o álcool que Jørgensen usava para fabricar seu licor clandestino.

– Não vai me soltar? Você jurou por Deus! – exclamou Creutz.

– Eu menti – respondeu o iugoslavo.

Cummuta acendeu um cigarro, tragou e, quando a ponta ficou vermelha ao máximo, jogou-o no chão. O álcool derramado fez o resto.

Horas depois, o Arado Ar 234 pilotado pelo capitão Ernest Baumgart, com seus passageiros – Adolf Hitler, Eva Braun, Ulrich Müller e August Lienart –, aterrissava num aeródromo perto de Kristiansand. Um Mercedes preto sem nenhum tipo de identificação aguardava-os ao lado da pista. Sem dizer palavra alguma, o motorista abriu a portinhola do avião e ajudou o Führer a descer, seguido da senhora Hitler, de Lienart e Müller.

– Vou deixá-los aqui – avisou Baumgart. – Minha missão está cumprida.

– O que vai fazer agora? – perguntou Lienart.

– Creio que não nos resta muito tempo. Posso ficar mais um pouco e levá-los aonde quiserem; depois, vou para Sola, no oeste da Noruega, para render-me aos britânicos. Prefiro cair nas mãos deles a ser capturado pelos bolcheviques.

– Será ótimo se você puder levar-nos, eu e Müller, a algum ponto da França. Dali, eu conseguirei chegar à Suíça.

– Está bem, senhor Lienart, vou esperá-los.

August Lienart entrou no carro, que se dirigiu para a estrada de Oddernesveien e, após atravessar uma ponte sobre o canal, seguiu à esquerda pela Vestre Strandgate. Foi subindo por um caminho em zigue-zague até entrar em uma trilha madeireira que atravessava um bosque pequeno e cerrado. Finalmente, o veículo alcançou uma pequena baía, guarnecida por poderosos canhões costeiros instalados em casamatas fortemente protegidas por destacamentos da Wehrmacht, que se renderiam poucos dias depois.

O Mercedes se deteve no alto de uma encosta. Dali, uma escada estreita de concreto levava a uma minúscula praia de areia cinzenta. Enquanto desciam, August avistou um bote inflável com vários homens, à espera dos ilustres viajantes.

Foi o primeiro a pisar na praia e dirigiu-se imediatamente ao grupo de marinheiros da Kriegsmarine. Um oficial com o quepe branco de comandante das unidades de U-Boot, de camisa xadrez marrom e japona grossa, veio ao seu encontro.

– Bom dia. Sou o capitão Heinz Schäffer, comandante do U-977 – apresentou-se o oficial.

August ficou surpreso ao ver, em seu pescoço, a Cruz de Cavaleiro com Folhas de Carvalho.

– Concederam-me essa honraria por afundar barcos civis desarmados e por não recolher sobreviventes que pereciam nas águas geladas – disse Schäffer em tom sarcástico, enquanto mostrava a medalha a Lienart. – Agora, gostaria de saber quais são as minhas ordens.

Nesse momento, Müller chegou à praia segurando o poderoso viajante por um braço, a fim de impedir que escorregasse nos degraus úmidos da escada coberta de musgo.

Quando Schäffer viu o rosto do recém-chegado, gritou a seus homens:

– Sentido!

Os soldados bateram os calcanhares e levantaram o braço.

– A saudação não é necessária. Podem baixar o braço – pediu Eva Braun.

– Meu Führer, todos nós, membros de seu exército, estávamos preocupados com o senhor. Disseram que havia se suicidado na Chancelaria do Reich – disse Schäffer, apertando a mão ossuda de Hitler nas suas, ásperas e trincadas por efeito do sal marinho.

– Não se preocupe, não se preocupe – balbuciou o Führer.

– Senhor, vamos levá-lo para bordo do U-977 e pô-lo a salvo.

Antes de dirigir-se para a margem, Hitler se voltou e estendeu a mão a Lienart.

– Jovem, quando se perde a guerra, perde-se também o povo. Não vale a pena inquietar-se pelas necessidades básicas do povo alemão, por sua subsistência. Ao contrário, é melhor que essas coisas também sejam destruídas. Ele mostrou ser o mais fraco; e ao do Leste, mais forte, pertence exclusivamente o futuro. Só sobreviverão ao combate os medíocres, pois os bons terão caído na luta. Isso não deve ser esquecido. Você, principalmente, não se esqueça nunca disso. Quando o vi pela primeira vez no Berghof, brincando com Blondi, percebi em seu olhar que ainda seria parte do destino do novo Reich.

– A que novo Reich se refere, meu Führer? – perguntou August Lienart.

– No devido tempo você saberá. Ainda é muito jovem para entender o trabalho que o aguarda no futuro – respondeu misteriosamente o Führer. – Adeus, meu jovem.

August Lienart viu no homem que decretara as chamadas O Decreto de Nero e Ordem da Bandeira um ancião vencido, envolto num capote grande demais para ele, que fugia de uma Europa devastada por sua própria loucura. A primeira ordem era para destruir todas as instalações militares, os transportes, as indústrias, os centros de abastecimento e até hospitais em todo o território do Reich; a segunda prescrevia o fuzilamento de todos os habitantes de Berlim que haviam hasteado bandeiras brancas nas janelas de suas casas.

Observando da praia o bote que se distanciava com os tripulantes e o casal Hitler, August Lienart deu por encerrada a operação Götterdämmerung. Mas outras não menos importantes viriam. Na mesma noite, daria a boa notícia a seu pai. Era hora de voltar a Roma. Tinha ainda muito trabalho a fazer e muita gente para ajudar, mas antes precisava ver o pai em Genebra, como ele lhe ordenara na carta entregue por Creutz em Tønder.

De Martin Bormann, verdadeiro arquiteto e cérebro da Odessa, nada mais se soube por muito tempo. Dois dias depois do suposto suicídio de Adolf Hitler e Eva Braun no *bunker* da Chancelaria, Bormann, acompanhado pelo doutor Ludwig Stumpfegger, tentou abandonar a Cidadela na noite de 2 de maio. Segundo as primeiras informações, ambos os líderes nazistas haviam morrido na ponte de Weidendammer, ao norte da capital, alvejados pelos soviéticos. A verdade era que Bormann conseguira escapar do *bunker* e ir para Berchtesgaden, a fortaleza nos Alpes. O secretário do Führer sabia que as longas galerias existentes nas montanhas dos arredores do reduto alpino de Hitler seriam mais difíceis de invadir que nunca.

Depois de suas aventuras na Dinamarca e na Noruega, o jovem August Lienart chegou a Genebra, um verdadeiro oásis de paz e tranquilidade. Seu pai lhe havia reservado acomodações confortáveis no hotel Beau Rivage. Após a difícil e incômoda viagem a bordo do Arado Ar 234, sob o comando do capitão Baumgart, seu único desejo era tomar um banho quente e dormir num colchão macio. Precisava recuperar as forças depois de ter concluído com êxito a operação Crepúsculo dos Deuses.

– Bom dia, Herr Lienart – saudou o recepcionista. – Seu pai o espera no restaurante Le Chat-Botté.

– Diga-lhe que o verei às seis da tarde.

– Farei isso, senhor – respondeu o recepcionista, que, após chamar um dos camareiros, ordenou: – Acompanhe Herr Lienart a seu quarto.

Logo ao entrar, sentiu um perfume de lilases, que foram espalhados estrategicamente sobre a cama. No banheiro, aspirou o aroma dos sabonetes cor-de-rosa que estavam na pia de mármore. Tudo ali rescendia a limpeza. Naquele apartamento de hotel, August estava distante de toda a podridão que inundava a Europa.

Pelas quatro horas seguintes, o jovem seminarista dormiu tranquilamente, até ser despertado por breves batidas na porta, conforme havia pedido.

Ao abrir o guarda-roupa, deparou-se com um elegante terno azul, uma camisa branca irrepreensivelmente passada e uma gravata azul com pintas vermelhas, presente de sua mãe quando ele fez 18 anos. Na prateleira inferior, descobriu um par de sapatos pretos, bonitos e brilhantes. "Minha mãe sempre tão clássica!", pensou August, com um leve sorriso. Sentia saudades dela. Estava certo de que os últimos meses da guerra não tinham sido nada fáceis para a pobre mulher, naquela solitária casa de campo familiar. Mas sua mãe era forte e sabia cuidar-se. August queria revê-la logo. Por um instante, lançando um olhar à edição do dia da *Tribune de Genève*, com as últimas notícias sobre o conflito, voltou-lhe à mente o belo rosto de Elisabetta. Lembrava-se bem do longo passeio que tinham dado em Roma. Para ele, era como se já houvesse decorrido muito tempo. Pensou em pegar o telefone e chamar o número da casa de seu amigo Bibbiena, mas desistiu. Seria melhor encontrar-se com ela em Roma. Àquela altura, por causa de sua missão na Odessa, poderia colocá-la em perigo, e ele não queria isso por nada no mundo.

Pouco depois, desceu a grande escadaria até o piso principal do hotel e se dirigiu ao restaurante, onde o pai o esperava. Ao entrar, chamou-lhe a atenção a enorme mesa de centro, decorada com plantas exóticas e uma imensa variedade de pratos: de ostras da costa francesa a caviar iraniano, lagostas do Atlântico e trufas vienenses. Era óbvio que a guerra não havia afetado em nada o modo de vida dos suíços.

– August, August...

Alguém chamou sua atenção do fundo da sala. Era seu pai. Ele havia se levantado da mesa ainda com o guardanapo na mão.

– Olá, pai!

Edmund Lienart apertou a mão do filho.

– Está com boa aparência – disse ele.

– Consegui dormir bastante e recuperar-me – respondeu August.

– Como foi a operação Götterdämmerung? – perguntou Lienart.

– Sem contratempos.

– Antes de conversarmos, quer comer alguma coisa? Peça o que quiser.

– Não, pai, obrigado. Só tomarei água e beliscarei uma torta de verduras.

– Nada mais? Você está um pouco magro. Precisa repor as forças. Água e torta de verduras não vão ser suficientes – protestou o pai. – Pierre, por favor – pediu ao *maître* –, traga para meu filho um bom filé com batatas e uma garrafa de Château Lafite. Sabe que os vinhedos foram ocupados pelos alemães durante a guerra? Eles beberam as melhores safras.

– Não sabia – respondeu August, sem mostrar o menor interesse.

– Nossos vinhos não foram feitos para essa gente, que só sabe encher a cara com cerveja – disse Lienart em tom de desprezo pelos alemães a quem agora ajudava a escapar.

– Por que me fez vir a Genebra, pai?

– Ah...! Sempre direto, hein, filho? Nisso, lembra muito sua mãe.

– Não quero perder tempo. Tenho de voltar a Roma o quanto antes.

– Alguém está à sua espera lá? Conheceu uma pessoa sobre a qual eu deva saber algo? – perguntou Lienart olhando o filho diretamente nos olhos.

– Não, pai. Ninguém. Só desejo voltar logo a Roma.

– Preciso que se encontre com o tal Draganovic.

– Para quê?

– A organização que ele montou, o Corredor Vaticano, deve ser totalmente entregue à Odessa, com seus agentes e suas rotas de fuga, sem discussão. Faça-o entender isso.

– Não creio que ele nos vá entregar sua organização de mão beijada. A medida mais segura da força é a resistência, e estou certo de que Draganovic não vai facilitar as coisas para nós – ponderou August.

– Basta dizer-lhe que a Odessa tem os braços tão longos que pode até cortar o fluxo de seus financiamentos suíços. Se isso acontecer, os únicos perdedores serão seus protegidos. Se for necessário, conversaremos com Montini e Tardini no Vaticano. Eles o obrigarão a entender.

– Acho que Hudal está bem protegido pelo próprio papa. Se eu não conseguir falar com Sua Santidade, será difícil Draganovic nos entregar sua organização. Terei de me encontrar novamente com o arcebispo Hudal e com esse religioso croata.

– Percebo, pelo seu tom de voz, que não gosta deles – observou Lienart.

– É verdade, pai. Não confio em Hudal com suas maneiras refinadas, que apenas escondem mais um nazista. Não confio também em Draganovic.

– Precisamos dos dois na Odessa. Não podemos prescindir de nenhum deles se quisermos que o Corredor Vaticano permaneça aberto pelo máximo de tempo possível.

– Eu sei, pai, eu sei – reconheceu August.

Pai e filho permaneceram em silêncio enquanto o garçom dispunha o prato de August e o *sommelier* vertia o líquido vermelho de uma garrafa em duas taças de fino cristal.

– Que aconteceu com Creutz? – perguntou Lienart.

– Não sei. Aconteceu alguma coisa com ele?

– Está me respondendo com outra pergunta. Enviei-o a Tønder com instruções muito precisas e ordenei-lhe que voltasse à casa de Chambésy.

– Creutz me entregou as instruções, que foram cumpridas ao pé da letra. Não regressou ainda?

– Não, e isso me preocupa.

– Mas a operação Götterdämmerung foi um sucesso... – observou August.

– Sim, mas por esses dias ainda teremos de realizar muitas outras operações semelhantes na Odessa. E, se alguém nos apanhar, todos os nossos protegidos acabarão na forca. Não podemos nos permitir perder mais alguém da Irmandade. Vamos precisar de cada um deles. Quanto mais a Odessa for pressionada, mais necessitaremos da Kameradschaftsshilfe para proteger nossas rotas.

– Creutz me deu a carta com suas ordens. Müller e eu as cumprimos escrupulosamente. Acompanhamos o protegido até Kristiansand e o vimos embarcar são e salvo no U-977. Depois, voltamos à Suíça pela França. Não sei mais nada de Creutz. Talvez esteja se embriagando em algum botequim.

– Ou talvez tenha morrido – disse Lienart, sempre olhando o filho bem nos olhos.

– Por que acha isso? E, mesmo que ele tenha morrido, que perigo haveria para nós e para a Odessa? – perguntou August.

– Creutz sabe quem é você e quem sou eu. Ele nos conhece, o que poderia nos colocar em perigo. Embora sua informação sobre a Odessa fosse limitada, sabia alguma coisa sobre a base da Irmandade em Chambésy. Sabia também os nomes e as patentes, na SS, dos membros da Kameradschaftsshilfe. Isso poria em risco a segurança de Müller, Böhme, Oberhaser, Hausmann e List.

– Então, que faremos? – perguntou August.

– Vamos esperar. Precisamos concentrar agora nossos esforços no resgate do maior número possível de membros do partido, da Gestapo, da SS e da Wehrmacht que tenham alguma chance de escapar. Devemos fazer com que tomem de forma segura nossas rotas de fuga.

– Como conseguiremos a lista de nomes para entrar em contato com eles?

– Eles é que entrarão em contato conosco. A Odessa montou uma rede de informantes por toda a Alemanha e pelos países ocupados para que os líderes da SS possam recorrer aos seus serviços caso queiram se pôr a salvo. Muitos já foram detidos pelos americanos.

– Temos alguma informação sobre os detidos? – perguntou August, um tanto surpreso.

– Sim. Os americanos têm suas listas e encarregaram uma unidade de contraespionagem de localizar e prender os homens e as mulheres que constarem delas. O general Erich Alt, da Luftwaffe, Walter Riedel, engenheiro-chefe do programa de foguetes V-2 em Peenemünde, meu amigo Gunther Altenburg, ministro plenipotenciário do Reich na Grécia, o doutor Bailent Homan, ministro do governo pró-nazista húngaro, Wilhelm Waneck, chefe de inteligência no Escritório Central de Segurança do Reich, e Werner Göttsch, oficial da SD, já estão em seu poder. E não creio que esses homens do CIC ou do ESE parem até ter suas prisões cheias de altos membros do Reich. Americanos, ingleses, franceses e bolcheviques estão ansiosos para apertar a corda no pescoço deles. Se a Odessa não os proteger, acabarão dependurados no patíbulo.

– Quais serão nossos próximos objetivos?

– Tenho aqui uma lista de membros da SS que deverão entrar nas rotas da Odessa. Precisaremos das vias de escape do Corredor Vaticano – explicou Lienart, entregando um papel ao filho.

August leu atentamente os nomes: Adolf Eichmann, Josef Mengele, Franz Stangl, Alois Brunner, Ante Pavelic, Hörst Schumann, Jancu Veckler, Boris Derig e mais alguns outros.

– Conheço vários. Com esse Eichmann, cruzei no comboio de Feldkirchen in Kärnten. Acho que viajava no caminhão que ia para o norte, para o lago Toplitz – disse August.

– Eichmann é um sujeito perigoso – observou Lienart.

– Por que os Aliados o querem tanto?

– Eu o conheci na reunião em Estrasburgo, no ano passado, bem como a seu ajudante, Brunner. Ele estava lá sentado, com seu uniforme de tenente-coronel da SS. Eichmann foi o responsável pela Seção IVB4 da Gestapo.

– Prendia inimigos da Alemanha? – perguntou August.

– Não. Eichmann era, na Gestapo, o responsável máximo pela deportação de judeus aos campos de concentração e extermínio.

– Um assassino... – murmurou August.

– Um burocrata, filho, um burocrata. Na reunião de Estrasburgo, lembro-me bem, ele anotava números. Coordenou os transportes para os campos. É um homem tenaz, muito apegado a ordens e estatísticas. Para ele, os judeus não passavam disto: estatísticas.

– Continuo achando que é apenas um assassino... – insistiu August.

– Sim, e nós estamos ajudando essa gente a escapar – disse Lienart, mirando fixamente o filho.

– Eu sei, pai, eu sei... – respondeu o rapaz, tomando um longo trago de seu copo de vinho. – Todas essas fugas serão custeadas pelo ouro do Reichsbank que trouxemos de Feldkirchen in Kärnten?

– Sim. No momento, a Odessa é proprietária de cerca de 750 empresas na América Latina, na Suíça e no Oriente Próximo. São quase duzentas na Espanha e em Portugal, 35 na Turquia, 98 na Argentina e 214 aqui na Suíça. Toda a estrutura dessa rede foi ratificada na reunião presidida por Martin Bormann em Estrasburgo.

– A que se dedicam essas empresas? – perguntou August.

– A todos os tipos de atividades. Algumas fazem pesquisa e se estabeleceram perto de lagos e usinas hidráulicas para que os engenheiros do Quarto Reich tenham uma identidade fictícia no trabalho científico, juntando o material e os fundos necessários a esse renascimento. Há também companhias de exportação e importação, empresas aéreas, etc.

– E qual é o papel dos suíços nisso tudo?

– Um papel muito importante. Korl Hoscher, um advogado que ganhou bastante dinheiro resgatando judeus ricos, Radulf Koenig, outro financista inescrupuloso, e Galen Scharff, diretor-geral do Banco Nacional Suíço, estão encarregados de lavar e redirecionar esses fundos para empresas legais que, na verdade, pertencem à rede da Odessa. Eles fazem o dinheiro chegar às empresas para que essas continuem operando sem problemas financeiros.

– Confia neles?

– Tanto Hoscher quanto Koenig e Scharff sabem que a mão da Odessa é pesada e que, se a desapontarem, a Odessa os fará pagar caro. Eu, filho, só confio em você e em mais ninguém. Hoscher e Koenig são homens ambiciosos e, portanto, mais temíveis que Scharff. Esse não passa de um banqueiro cuja única missão consiste em oferecer o melhor serviço aos seus clientes, entre os quais a Odessa é agora um dos maiores. Ele também sabe que, se cometer algum erro, não escapará da Odessa. Por enquanto, com o ouro fluindo, não terão problemas, e é disso que a Degussa se ocupa.

– Degussa? – perguntou August, curioso.

– É uma empresa alemã de fundição. No encontro de Estrasburgo, decidiu-se mantê-la salva nas cavernas bávaras de Altaussee, o mais longe possível dos olhos de americanos e soviéticos. Ela fundiu, desde 1943, todas as peças de ouro que chegavam dos campos de extermínio por intermédio da SS. Cada peça era classificada por joalheiros especializados, na maior parte prisioneiros judeus, em uma instalação construída para esse fim no campo de concentração de Sachsenhausen, em Oranienburg, ao norte de Berlim. Ali, cada aliança de casamento, cada dente de ouro eram classificados pela qualidade do material e, a seguir, fundidos em lingotes. No último mês de março, os prisioneiros encarregados dessa tarefa em Sachsenhausen foram mortos para não restar nenhum indício de suas atividades.

August examinou novamente a lista de nomes que seu pai acabara de lhe entregar.

– Que acontecerá com as famílias dos que constam da lista? Terão de ser removidas também?

– Já pensamos nisso. As famílias podem pôr em perigo a fuga de nossos protegidos. Os serviços de inteligência aliados devem estar vigiando muitas delas, para a eventualidade de os maridos fazerem contato. Por ora, a Odessa se ocupará apenas das famílias dos que já foram detidos. O doutor Helmut von Hummel, contador da Odessa, reservou um fundo especial para esses casos. Enquanto os maridos ou as esposas estiverem na prisão, a Odessa financiará a ajuda aos parentes por meio de um fundo chamado Hiag...

– Hiag?

– É a sigla em alemão para Associação de Ajuda Mútua a Antigos Membros das Waffen-SS.

– Quem decide qual família será ajudada?

– Por enquanto, nós mesmos. Mais tarde, com o passar do tempo, alguém que estiver a salvo fora da Europa assumirá a tarefa. Ainda não estamos preocupados com isso.

– Como localizaremos tantas pessoas nesta Europa em ruínas? E como saberemos quem são? – perguntou August.

– Adolf Eichmann e Alois Brunner pertencem à Seção IVB4 da Gestapo; Ante Pavelic era o *poglavnik* da Croácia pró-nazista; Franz Stangl comandava os campos de Sobibor e Treblinka, a nordeste de Varsóvia; Josef Mengele, Hörst Schumann, Jancu Veckler e Boris Derig são do departamento de saúde da SS.

– Médicos?

– Sim, médicos da SS responsáveis por experiências com seres humanos nos campos de concentração.

– A crença em algum tipo de maldade sobrenatural é supérflua: os homens, por si mesmos, são capazes dos atos mais cruéis – sentenciou August, revirando a lista nas mãos.

– Querido filho – disse Lienart, sorrindo e brincando com sua taça de vinho –, para que o mal triunfe basta que os bons não façam nada, e nisso a Alemanha e os alemães são muito eficientes. Os bons deixaram o país nas mãos dos maus, concessão que acabou com todos eles, mocinhos e bandidos. Alguém já disse que uma causa má como o Terceiro Reich será sempre defendida por meios maus por homens maus.

– Sim, pai, mas segundo Plutarco a omissão do bem não é menos condenável que a prática do mal. Quem não castiga o erro incentiva-o, e nós, o senhor e eu, ajudando todas essas pessoas a escapar à punição, fazemos parte do mesmo mal que elas provocaram.

– Querido filho, o diabo é otimista se crê que pode fazer mais mal ao homem do que o próprio homem. Você e o seu Deus deveriam saber disso – ironizou Lienart, erguendo um brinde aos céus com sua taça. – Quando pensa em sair de Genebra?

– Gostaria de ir para Roma hoje mesmo.

– Quero que Müller o acompanhe. Ele deve ficar sempre por perto. Creutz nos conhecia, sabia seu nome, e estou certo de que, se foi assassinado, os agentes inimigos poderão chegar até você facilmente. Por isso, insisto em que Müller não o deixe um minuto sequer. Entendeu?

August manteve-se em silêncio enquanto provava a carne malpassada que lhe haviam servido.

– Entendeu? – perguntou de novo o pai.

– Entendi, sim, pai. Perfeitamente.

– Ótimo. Se você quiser, pode então voltar para Roma, mas mantenha-me informado de seus contatos com o Vaticano. Eu também não confio nem um pouco nesse tal Hudal e em seu capanga Draganovic. Vigie-os de perto e avise-me se conseguir uma audiência com o Santo Padre.

– Farei isso.

Quando ia se levantar, August avistou na entrada uma bela mulher de cabelos ruivos que saudava seu pai.

– Mais uma amante?

– O sarcasmo é totalmente desnecessário aqui – repreendeu Lienart.

– Penso em minha mãe quando vejo esse tipo de mulher rondando-o.

– É uma boa amiga e uma informante muito útil da Odessa. Venha, vou apresentá-los.

– Não, obrigado. Prefiro não conhecer nenhuma de suas amiguinhas especiais – respondeu August, levantando-se. – Boa tarde, pai. Quando estiver em Roma, entrarei em contato com o senhor.

Dirigiu-se então para a saída, trocando um olhar furtivo com a ruiva bela e sensual que esperava seu pai. Na recepção, enquanto fechava a conta, viu-o subir à escada abraçado com a mulher.

– Podemos ir. Está tudo preparado no carro – disse Müller às suas costas.

– Muito bem. Já vou – disse August, sempre de olho no pai. Ele beijava a ruiva na porta do elevador.

August Lienart saiu do hotel e respirou profundamente o ar fresco vindo das montanhas que rodeavam o lago Leman.

– Müller, ponha minha bagagem no carro. Antes, darei um pequeno passeio até o cais do lago.

– Certo, Herr Lienart. Vou esperá-lo aqui – respondeu o alemão.

Enquanto percorria aquele mesmo cais onde, havia meio século, a imperatriz Sissi fora assassinada por um anarquista, August concluiu que a história do Crepúsculo dos Deuses era uma imagem bastante adequada do fim do Terceiro Reich. O anel maldito, fabricado com o ouro roubado do Reno pelo anão Alberico, da raça dos nibelungos, provocou a morte de Siegfried, mas também a destruição do Valhala, a morada dos deuses. Na mente do jovem Lienart, Hitler bem podia ser o anão nibelungo que, após destruir nações inteiras e rapinar seu ouro, acabara destruindo também tanto a grande Alemanha simbolizada na ópera por Siegfried quanto a Europa que poderia ter se convertido no portentoso Valhala. Estavam ainda claras, em sua memória, as palavras que lhe dissera Hitler antes de embarcar para Kristiansand, referindo-se à impossibilidade de subjugar a Europa com palavras amenas: "Para conquistar a Europa, é preciso violentá-la".

No segundo ato, as filhas do Reno, as potências europeias, procuram convencer Siegfried (a Alemanha) a devolver-lhes o anel de ouro. Como na ópera, a Alemanha se recusou, e as potências a advertiram de que, caso não o fizesse, uma maldição cairia sobre ela: a ruína total de seu povo.

Enquanto continuava admirando o entardecer sobre o lago, August sorriu deliciado, ao evocar o terceiro ato da ópera de Wagner. Da mesma forma que Brünnhilde, a eleita de Siegfried, quando ordena colocarem o cadáver de seu amado numa pira funerária para que assim as filhas do Reno recuperem o anel, permitindo a volta da paz ao Valhala, fora preciso que a Alemanha passasse pela destruição, através de um fogo-fátuo purificador, para que renascesse de suas cinzas um Quarto Reich mais forte e muito mais poderoso.

A Alemanha havia capitulado. As hostilidades cessaram em todas as frentes no dia 9 de maio, à zero hora. Apesar de aquele ser um momento de alegria para o mundo inteiro, a Suíça e os suíços conservavam sua serenidade hipócrita. Tudo estava acabado. O Terceiro Reich se fundira em meio a uma trovoada apocalíptica. A bandeira soviética tremulava sobre Berlim, no alto do Reichstag. Por toda parte, só se viam humilhação, caos, ruínas. Entre os soldados, incontáveis prisioneiros traziam o pavor nos olhos; mal conseguiram perceber o que se passava. Entre a população civil, milhões de farrapos humanos lutavam pela vida enquanto esperavam aprender a viver de novo. O Führer compusera o epitáfio definitivo para a grande Alemanha desfeita em pó: "Se o povo alemão não for capaz de vencer esta prova, não derramarei uma lágrima por ele". Agora, o autor do epitáfio estava em algum lugar do Atlântico rumo a um porto seguro, deixando para trás uma Europa que ele havia ajudado a destruir.

A Segunda Guerra Mundial havia causado cerca de 52 milhões de mortes, mutilado milhões de crianças, mulheres e homens, expulsado de seus lares milhões de pessoas, assolado regiões inteiras, arrasado por completo cidades da Europa, da África e da Ásia.

Havia chegado o momento da evasão dos ratos mais gordos do Terceiro Reich pelos corredores que a Odessa abrira.

VIII

Berna

Naquela manhã, a atividade na sede do ESE em Herrengasse era desenfreada. John Cummuta devia informar a Allen Dulles e Gerry Mayer o que havia acontecido em Tønder. Quase todos ali já sabiam da morte de Nolan Chills – que sempre citava o ditado "As más notícias voam".

– Temos de solicitar ao Departamento de Guerra que avise a família dele – disse Dulles. – E agora, John, venha até a sala de reuniões e nos conte tudo o que ocorreu na Dinamarca.

– Farei isso, chefe – respondeu Cummuta, ainda abatido pela morte do amigo.

Em silêncio, entraram na sala Dulles, Mayer e Chisholm, o chefe de operações, que viera de Roma após receber a notícia. Cummuta foi o último a entrar.

Durante quase uma hora, o agente do ESE relatou em detalhe tudo o que acontecera desde que haviam partido de Roma para a Dinamarca, seguindo os passos de Lienart. Quando descreveu a morte de Chills, os presentes permaneceram em silêncio absoluto.

– E que foi feito desse Lienart? – interrompeu Mayer.

– Desapareceu.

– Onde vocês o perderam de vista? – perguntou Chisholm.

– Quando vigiávamos a casa, vimos Lienart sair de carro acompanhado de seu cão de guarda: um sujeito alto, loiro e de boa aparência. Pelo jeito, era da SS.

– Por que acha isso?

– Desde que começamos a segui-lo, em Roma, percebemos que era um homem de forte personalidade, embora ele não desse ordens. Isso só acontece quando se é da SS, mesmo em presença de um alto oficial da Wehrmacht.

– Talvez seja um SS pouco importante – sugeriu Chisholm.

– Temos uma foto dele. Será que o pessoal da contraespionagem pode nos dizer quem é? Ou os homens do capitão Matesson? – aventou Dulles.

– E o sujeito que você matou, quem era? – perguntou Mayer.

– Ele não me disse, mas sei que pertencia à SS.

– Por quê?

– Cortei a manga de sua camisa e ele tinha tatuado no braço o grupo sanguíneo. Por isso.

– Disse-lhe o nome? – perguntou Dulles.

– Recusou-se.

– Não conseguiu arrancar-lhe essa informação? – quis saber Chisholm.

– Da próxima vez que passar por situação semelhante, eu chamarei você para me ensinar a fazer as coisas. Mas posso garantir-lhe que, com o pomo de adão quase esmagado, os músculos da coxa esquerda em farrapos, o globo ocular pendente e o saco rasgado, só me restava cortar-lhe os ovos e enfiá-los no rabo do infeliz – retrucou Cummuta, indignado com a pergunta petulante de seu chefe de operações.

– Calma, cavalheiros – contemporizou Dulles, enquanto preparava o cachimbo. – Precisamos organizar as informações para ter um panorama mais claro. Assim, saberemos que Nolan não morreu em vão. Vamos analisar de novo tudo o que aconteceu, John.

– Está bem, senhor – concordou Cummuta.

– Certo – disse Chisholm.

– O que o SS lhe contou durante o interrogatório? – perguntou Dulles.

– Depois de alguns tabefes, confessou que fora a Tønder para entregar umas ordens secretas ao francês. Reconheceu que o chefe dessa organização chamada Odessa era Martin Bormann...

– O secretário de Hitler? – indagou Mayer.

– Ele mesmo. Disse-me também que um peixe graúdo do Reich ia passar por Tønder rumo a algum buraco onde estaria a salvo.

– Revelou quem era o peixe graúdo? – perguntou Dulles.

– Ele não sabia ou, pelo menos, foi o que me garantiu. Acho que falou a verdade, tendo em vista sua condição física no momento. Depois afirmou que o tal August Lienart era uma espécie de escolhido.

– Escolhido para quê? – espantou-se Chisholm.

– Sei lá. Mencionou um Quarto Reich.

– Quer dizer que esse francês foi escolhido para liderar um Quarto Reich? – perguntou Dulles meio incrédulo.

– Não sei, chefe. Foi o que o cara da SS me disse.

– E que mais?

– Nada mais. Só me restava cortar-lhe os ovos ou queimá-lo vivo pelo que fez a Nolan. Optei pela segunda alternativa.

– Não pensou em entregá-lo aos Aliados para que o interrogassem? – perguntou Chisholm.

– Eu não tenho o seu estilo; além do mais, você não precisou ajudar Nolan a segurar as tripas depois que aquele porco nazista lhe abriu a barriga com uma faca de caça. Você não o viu morrer nem ouviu a risada daquele alemão de merda. Da próxima vez, venha comigo e ensine-me o que fazer.

A tensão reinante na sala foi aliviada pelo próprio Dulles, que encerrou logo a conversa.

– John, eu quero falar com você em meu escritório.

– Sim, chefe – respondeu Cummuta.

Os dois homens entraram para o escritório pequeno e bem iluminado. Na parede, via-se a fotografia do novo presidente, Harry S. Truman. Sobre uma mesinha, alinhavam-se vários porta-retratos, entre eles, um de sua esposa, outro do próprio Dulles, vestido de branco e sobre uma plataforma de madeira, ao lado do falecido presidente Franklin D. Roosevelt, e outro ainda com o primeiro-ministro britânico Winston Churchill. John Cummuta surpreendeu-se por ver ali a foto da senhora Dulles: no escritório de Herrengasse, todos sabiam da estreita relação do chefe do ESE com Mary Bancroft e Wally Toscanini.

– Sente-se – convidou Dulles, tirando da gaveta uma pequena garrafa de uísque e dois copos de vidro. – Tenho outra missão para você, John.

– O quê? Está pensando em me tirar da operação Odessa?

– Não, fique tranquilo. Continuará na operação Odessa, mas com um trabalho diferente. Quero que obtenha todo tipo de informação sobre esse August Lienart. Fotografias, biografia... Descubra aonde ele vai, com quem vai, com quem se encontra. Quero saber tudo sobre ele e, mais importante ainda, para que foi "escolhido" – completou Dulles.

– Por que não o liquidamos, pura e simplesmente? Eu sozinho poderia fazer isso, chefe.

– Talvez ele seja mais útil para nós vivo do que morto – explicou Dulles. – Se a Odessa está ajudando criminosos de guerra a escapar, pretendo saber de quem se trata, quais são suas rotas de fuga, a estrutura da operação, quem a financia, quem é o contato dela na Suíça. Pretendo saber tudo e, se você acabasse com esse francês, poderíamos perder a única pista que temos da Odessa. Procure saber o máximo sobre Lienart. Agora, por favor, peça a Daniel que entre. Preciso falar com ele.

Cummuta se levantou e, antes de sair, deu um grande gole no copo de uísque que ainda tinha na mão.

– Posso entrar, chefe? – perguntou Chisholm, do lado de fora.

– Entre, Daniel. Temos de conversar. E feche a porta – pediu Dulles.

– Sobre o que temos de conversar?

– Estou preocupado com Samantha – disse o chefe do ESE.

– Como assim? O que lhe preocupa?

– Faz dias que não se comunica, e isso é assunto seu, Daniel. Se algum de seus agentes desaparece, você é que tem de resolver o problema.

– Vou lhe dizer uma coisa, chefe. Samantha não desapareceu – garantiu Chisholm.

– Então, onde ela está?

– Foi vista em Genebra.

– E que faz ela em Genebra? – perguntou Dulles, intrigado.

– Não sei ainda, mas logo saberei. Pelo que me disseram, andou pelo hotel Beau Rivage com um sujeito de boa aparência, mas que não conseguimos identificar. Parecia um banqueiro.

– Mandou segui-la? – perguntou Dulles, bastante surpreso.

– Depois do fiasco de Hilzingen, o pessoal da segurança não perdeu mais de vista nem Samantha nem Claire. É melhor que eles as sigam. Nós temos poucos agentes e todos estão trabalhando na operação Odessa.

– Então pôs Claire sob vigilância também?

– Sim. Mas ela ainda está em Roma. Conseguiu o contato com o francês, conforme lhe foi ordenado, e soube que ele ia viajar. Calculamos que seu destino seria Tønder. Se voltar a Roma, saberemos imediatamente.

– O que os caras da segurança vão fazer com Sam?

– Ainda não sei, mas adverti-os de que, antes de fazer qualquer coisa, terão de pedir nosso consentimento – esclareceu Chisholm.

– Espero que tenham entendido isso bem. Não quero que cometam outro erro, como aconteceu durante o interrogatório após a operação de Hilzingen. De que modo Claire planeja reencontrar-se com o francês?

– Nós mesmos avisaremos a ela que Lienart está em Roma e facilitaremos uma aproximação, como da outra vez.

– Pois que seja assim... E avise os caras da segurança para que nos mantenham informados sobre os movimentos de Samantha. Deixe claro que, se descobrirem alguma coisa, nós, e não eles, é que tomaremos as devidas providências – ordenou Dulles.

– Certo, chefe. Vou lhes dizer isso – respondeu Chisholm.

– Agora, você e John têm de voltar a Roma e ficar bem atentos. Precisamos de mais informações sobre a Odessa e o tal Lienart.

Roma

O telefone chamou várias vezes sem que ninguém atendesse. Quando August já pensava em desistir, uma voz do outro lado perguntou:

– Alô? Quem é?

– Sou eu, Elisabetta, August...

– Quem?

– August. August Lienart...

– Ah, padre Lienart! O padre Bibbiena não está em casa no momento. Foi ao Vaticano.

– Não quero falar com ele. Quero falar com você.

– Comigo? – A voz de Elisabetta revelava surpresa.

– Sim. Acabo de chegar da Suíça e pensei...

A jovem o interrompeu:

– Poderíamos nos ver às cinco, se quiser. A essa hora, estarei livre. Que tal diante do obelisco da praça São Pedro?

– Combinado. Ah, e não me chame de padre, por favor. Não sou sacerdote – pediu August.

– Está bem, pad... oh, desculpe, senhor Lienart! – riu Elisabetta, antes de desligar.

August ficou sentado na cama de seu quarto, na residência eclesiástica, enquanto procurava acalmar-se. Afinal, era a primeira vez que marcava encontro com uma mulher. Logo que se sentiu mais tranquilo, ligou para o colégio de San Girolamo.

– Bom dia. Quero falar com o padre Draganovic, por favor.

– Quem deseja falar?

– Diga-lhe que sou August Lienart e que estou em Roma.

Durante vários segundos, que lhe pareceram intermináveis, August permaneceu na escuta, aproveitando a espera para repassar mentalmente o que o pai havia lhe dito sobre o padre Draganovic. O religioso, de 44 anos, se definia como um fiel servidor de Ante Pavelic e do regime Ustacha. Durante os quatro anos em que exercera o poder, Pavelic liderara uma política de genocídio, com campos que nada deixavam a desejar aos dos nazistas. Judeus, sérvios, ciganos e adversários políticos foram assassinados por todos os meios imagináveis: pisoteados, espancados, asfixiados, estrangulados, enforcados. Um dos campos mais sangrentos era o do Jasenovac, onde Draganovic trabalhara como capelão.

O religioso tomara o máximo cuidado para não sujar as mãos com os crimes, embora os apoiasse em sua função. Com o tempo, criou o chamado Escritório de Colonização para forçar grande número de comunidades sérvias a converter-se ao catolicismo. Quem não se convertia era levado para um campo de extermínio; suas propriedades, confiscadas, passavam às mãos de colonos croatas. Em agosto de 1943, Krunoslav Draganovic chegou a Roma como representante da Cruz Vermelha Croata para ajudar na assistência aos refugiados iugoslavos.

Draganovic se recusava a ajudar os sérvios e só prestava socorro aos croatas. Não demorou muito, tornou-se um bom aliado dos criminosos de guerra que procuravam fugir da justiça aliada. Em janeiro de 1944, ele preparou em Roma e Gênova cinco esconderijos para esses facínoras. Um dos mais importantes era o mosteiro croata de San Girolamo.

De repente, uma voz do outro lado da linha arrancou August de suas divagações.

– Alô?

– Padre Draganovic?

– Sim, sou eu.

– Aqui é August Lienart.

– Ah, senhor Lienart! É um grande prazer falar com um jovem tão distinto, que conhece tão bem nossa causa.

– Obrigado, padre – apressou-se a dizer August, para interromper as lisonjas do religioso. – Liguei porque preciso ter um encontro com o senhor.

– Pode vir quando quiser à sede de nossa organização, no número 132 da Via Tomacelli, do outro lado da igreja de São Roque, em frente ao mausoléu de Augusto.

– Sei onde é, padre. Se não for inconveniente para o senhor, eu posso ir agora mesmo.

– Sem problemas, senhor Lienart. Será uma honra recebê-lo em San Girolamo.

Meia hora depois, August deixava a casa de Sant'Ivo alla Sapienza. Na rua, já o esperava Luigi com seu veículo desconjuntado.

– Bom dia, Luigi.

– Bom dia, senhor Lienart, bom dia...

– Vamos ao número 132 da Via Tomacelli.

– É pertinho daqui. Em menos de dez minutos estaremos lá. Pode acreditar.

Quando o carro entrou na Piazza di San Luigi dei Francesi em direção à Via della Scrofa para cruzar a ponte Cavour sobre o Tibre, August perguntou ao motorista:

– Luigi, você nunca pensou em lavar este calhambeque?

– Para que, padre? Aí fora não há nada de interessante para se ver. Decidi que o lavarei no dia em que minha Roma voltar a ser o que era antes da guerra: digna, limpa e honesta como minha mãe, e não suja, libertina e sórdida como as putas romanas – respondeu o motorista enquanto enveredava a toda velocidade pelas ruelas, abrindo caminho a buzinadas.

A residência de San Girolamo era um edifício anexo à igreja de São Roque. August avistou, na porta principal, uma placa de bronze lustroso que indicava: Comitê de Refugiados Croatas em Roma. O jovem seminarista tocou a campainha e esperou. Ao virar-se para admirar a parte de trás do Palácio Borghese, notou na esquina um homem que parecia vigiá-lo.

Ouviu então o rangido da grande porta que se escancarava às suas costas. Um religioso, trajando uma ampla batina e falando muito mal o italiano, convidou-o a entrar.

– Senhor Lienart?

– Sim, sou eu.

– Queira, por favor, levantar as mãos. Nossos serviços de segurança vão revistá-lo.

August obedeceu e apoiou as palmas na parede enquanto dois homens, surgidos do nada e armados de pistolas, começaram a apalpá-lo das axilas até os calcanhares.

– Está limpo – disse um deles.

– Acompanhe-me, por favor – convidou o religioso que lhe abrira a porta.

Subiram uma larga escada até o segundo andar do prédio. No fim do corredor, havia uma grande sala cheia de estantes com incunábulos identificados na lombada por um número escrito a mão. No centro, via-se uma comprida mesa coberta de papéis e encimada por um crucifixo de prata.

– Por favor, por favor, senhor Lienart – disse uma voz por trás de August. – É um prazer tê-lo entre nós.

– Sempre revistam seus hóspedes?

– Procure entender, jovem Lienart, é uma medida de segurança nos tempos que correm – desculpou-se Draganovic.

– Faça o favor de não me chamar de jovem. Meu nome é Lienart, August Lienart.

– Está bem, senhor Lienart. Desculpe-me, mas às vezes a juventude não é uma fase da vida e sim um estado de espírito.

– De fato, padre Draganovic. Mas alguém disse que a juventude é a quadra dos sacrifícios desinteressados, da ausência de egoísmo, dos excessos supérfluos. Acho que esperarei ter a sua idade para agir de maneira diferente – retrucou August.

– Agora devo lhe perguntar: o que o trouxe até nós? – interrompeu o religioso.

– Sua organização.

– Minha organização? San Girolamo?

– Não. O Corredor Vaticano.

– A que se refere? – perguntou Draganovic, inquieto.

– Sabe muito bem a que me refiro e não desejo perder meu tempo. O tempo é um grande mestre que regula muitas coisas, e sua organização do Corredor Vaticano está interferindo nas operações da Odessa.

– Mas em que uma organização religiosa tão humilde quanto a nossa pode atrapalhar uma organização tão poderosa quanto a sua? – protestou o religioso croata.

– Nossos homens se depararam com agentes croatas do Corredor Vaticano em várias missões de fuga, e não podemos permitir isso – respondeu Lienart com a maior frieza.

– Quem não pode permitir? Quem você representa? E quem acha que é para falar comigo assim em minha própria casa?

– Calma. Ficar alerta é viver; distrair-se é morrer. Represento uma organização muito poderosa e com ouvidos em toda parte. Seu braço pode chegar a qualquer esconderijo. Eu não preciso de armas, querido padre... – disse August. – Depois do poder, nada melhor que saber usá-lo, e isso a Odessa faz muito bem.

– Trabalhei duramente para manter esse corredor aberto e longe de olhos indiscretos. Vocês agora querem que eu lhes entregue minha organização e minhas rotas. Isso poderá pôr em perigo o esquema todo, caso a contraespionagem americana rastreie essas rotas. E mais: quem confia seus segredos a outro homem torna-se escravo dele.

– Pois então não resta alternativa a não ser ficarmos calados. O silêncio é o único amigo que nunca trai. Não concorda, padre Draganovic? – perguntou o jovem seminarista.

– Concordo. Mas não se esqueça, senhor Lienart, de que custa mais responder com graça e delicadeza do que calar com grosseria e desdém. O silêncio é às vezes uma resposta má, uma resposta bem amarga – ponderou o religioso croata, sabendo que aquele rapaz de caráter orgulhoso acabava de arrebatar-lhe uma das organizações de evasão mais bem montadas em anos.

Recuperando-se logo do golpe recebido, o chefe do Comitê de Refugiados Croatas em Roma virou-se para o visitante e disse:

– Suponho que já deva ter informado a Santa Sé dessa nova decisão – disse ele.

– Padre Draganovic, permita-me observar que existem três tipos de ignorância: ignorar o que se deveria saber, saber mal o que se sabe e saber o que não deveria ser sabido. Não se preocupe, eu mesmo me encarrego de pôr monsenhor Montini e monsenhor Tardini a par de nosso acordo. Estou certo de que ficarão satisfeitos com essa decisão. O senhor poderá informar ao bispo Hudal.

– E que devo dizer-lhe?

– Que a Odessa pagou por essas rotas, e muito bem, não só ao Vaticano como à sua organização do colégio de Santa Maria dell'Anima. São 45 quilos de ouro em lingotes depositados nos cofres do Banco Nacional da Suíça. Isso, sem dúvida, basta para o pagamento das rotas. De qualquer modo, nossos objetivos são os mesmos – ressaltou Lienart.

– De acordo, senhor Lienart... Falarei com o arcebispo Hudal. Só espero que a Santa Sé tome conhecimento dessa mudança de rumo.

– Não se preocupe. Como já lhe disse, encarrego-me de tudo – tranquilizou-o August, tirando do bolso a lista de protegidos que seu pai lhe confiara. – Quero que examine esta lista e me diga se os seus agentes já fizeram contato com alguma das pessoas que dela constam.

O padre Draganovic pegou o papel e colocou seus pequenos óculos de aro de metal.

– Já, já, já... – ia dizendo entre dentes, enquanto lia os nomes dos nazistas que seriam removidos: Mengele, Eichmann, Schumann, Veckler, Derig, Stangl...

– E então? – impacientou-se August.

– Sim, identificamos e localizamos muitos desses homens que o Corredor Vaticano ajudará a fugir. Alguns até já estão aqui mesmo, neste edifício, sob nossa proteção. Pelo menos quatro.

August não pôde evitar um gesto de surpresa diante da revelação de Draganovic:

– Sério?

– Tão sério quanto nós dois estarmos aqui, neste momento – garantiu o religioso. – Se me acompanhar, posso apresentá-los ao senhor.

Os dois homens subiram por uma escada interna até o andar de cima. Para chegar ao corredor principal, foi preciso percorrer um grande salão onde estavam vários homens armados, em trajes civis. A maior parte eram jovens procedentes das milícias nacionalistas ustases.

Chegando diante de uma das portas que se abriam para o longo corredor, Draganovic bateu de leve.

– Entre, entre... – disse uma voz do outro lado.

– Perdoe a interrupção, Poglavnik...

O religioso se dirigia ao ditador croata com o título que esse utilizava no Estado Independente da Croácia e que equivalia a "Führer" ou "líder".

– À vontade, à vontade, padre Draganovic.

O homem escondido naquele quarto era ninguém menos que Ante Pavelic.

– Apresento-lhe o excelentíssimo e honorável Poglavnik da Croácia, Ante Pavelic – anunciou Draganovic.

August deu um passo à frente e apertou a mão do criminoso de guerra.

– Quem é este jovem? – perguntou Pavelic ao padre.

– Sou seu passaporte para a liberdade – atalhou August.

– Ele é o enviado da Odessa, Poglavnik – interveio Draganovic.

– E então? Como pretendem me tirar daqui sem que ingleses ou americanos me detenham?

– Ainda não sabemos. Antes, precisávamos localizá-lo, e fiquei imensamente surpreso quando o padre Draganovic me informou de que o senhor estava aqui. Por enquanto, as rotas estão muito vigiadas. É melhor que continue escondido até lhe darmos novas instruções.

– Quem se comunicará comigo? – perguntou o ditador.

– A Odessa, senhor Pavelic. Se obedecer às nossas instruções, poderá sair são e salvo da Europa. Caso contrário, os Aliados fatalmente o prenderão e o entregarão a Tito, que se encarregará de mandá-lo para a forca – advertiu August.

– Pois então prefiro ficar aqui.

Os dois homens saíram do quarto e se dirigiram a outra porta, que exibia o número 8, no fundo do corredor, ao lado de uma janela com ampla vista para a Igreja de São Roque. Após bater na porta com os nós dos dedos, Draganovic esgueirou-se para dentro. O homem à sua frente pôs-se em posição de sentido e bateu sonoramente os calcanhares.

– Senhor Lienart, apresento-lhe o doutor Boris Derig.

August cumprimentou o médico, mas evitou apertar-lhe a mão.

– Sou o doutor Derig – disse o homem.

– Sei muito bem quem o senhor é. Já fui informado pela Odessa – respondeu August.

Derig, nascido numa aldeia polonesa em 1903, estudara medicina na Alemanha, especializando-se em cirurgia e obstetrícia. Em agosto de 1940, chegou ao campo de concentração de Auschwitz como capitão da seção científica da SS. Aos poucos, foi adquirindo prestígio como cirurgião e participou, em meados de 1943, do traslado de 130 pessoas que seriam executadas nas câmaras de gás; 86 desses corpos foram utilizados na montagem de uma coleção especial de esqueletos que ficou exposta no departamento de anatomia da Universidade de Estrasburgo, para seus estudos. Graças à perícia no bisturi, Derig conseguiu permissão do doutor Ernst Robert Grawitz, oficial-médico chefe da SS, para realizar ovariotomias em prisioneiras. Chegou a executar quase 17 mil operações em mulheres de idade entre os 6 e os 50 anos.

O quarto seguinte no corredor, de número 7, era ocupado pelo doutor Hörst Schumann. Esse médico, também membro da seção científica, estudava os raios X e seus efeitos sobre a esterilidade. Durante uma longa permanência no campo de Auschwitz, fez inúmeras experiências com homens e mulheres, aplicando-lhes grandes doses de radiação nos ovários e testículos. Extirpava esses órgãos sexuais danificados e enviava-os para o Instituto Histopatológico de Breslau, onde se tornavam objeto de estudos.

O próximo refugiado em San Girolamo era o doutor Janku Veckler, pediatra antes da guerra e alistado na SS em setembro de 1936. Desde janeiro do ano seguinte, integrava a seção científica. Em Birkenau, começou a estudar a cor dos olhos das crianças. Em poucos meses, já havia reunido quase uma centena de globos oculares com íris de diferentes cores: amarelo-claro, azul-claro, verde ou violeta. Pouco depois, passou a se interessar por gêmeos. Os que chegavam às plataformas de Auschwitz-Birkenau iam para um edifício administrado por ele. Ali, os médicos transplantavam órgãos e membros de um gêmeo para outro a fim de avaliar a rejeição aos tecidos enxertados. Outros eram castrados sem anestesia ou tinham o trato urinário conectado ao cólon, sempre sob a direção e a supervisão de Veckler.

Mas foi sob as ordens do doutor Joseph Mengele, o "Anjo da Morte", também na mira da Odessa, que Veckler perpetrou suas maiores atrocidades com aquelas crianças. Por exemplo, infectava com febre tifoide um dos gêmeos para depois infectar o outro. Estudava como morriam ou resistiam ao bacilo. Quando morriam, iam para a unidade de dissecação, onde seus órgãos eram comparados. Muitos desses meninos e meninas, antes de serem operados ou assassinados na mesa de operação, recebiam do doutor Veckler um doce com a pergunta reconfortante: "De quem você gosta mais? Do papai ou da mamãe?".

– Quer conhecer mais algum de nossos protegidos? – perguntou Draganovic.

– Não. Já basta – respondeu August.

– Agora que o senhor é o chefe, diga-me, que devemos fazer com eles?

– Eu não sou o chefe da Odessa, apenas um emissário. Por enquanto, mande Pavelic para outro lugar. Ele é o mais importante de todos.

August não comentou nada com Draganovic sobre suas suspeitas de ter sido seguido até San Girolamo.

– Não haverá problema. Podemos enviá-lo para o mosteiro de Santa Sabina, na Via Santa Sabina. Ali estará a salvo. E quanto aos doutores Veckler, Derig e Schumann? – quis saber Draganovic.

– Que continuem em San Girolamo até conseguirmos para eles novas identidades, passaportes falsos e um lugar onde fiquem bem longe dos investigadores aliados. Consultaremos o nosso centro de documentação em Fulda para saber quanto tempo será necessário para falsificarem os papéis com que esses homens poderão sair da Europa.

– O Poglavnik também?

– Também. Embora eu esteja certo de que Pavelic será uma ameaça maior à Odessa do que os três médicos da SS juntos – afirmou August.

– Acha que ele pode pôr em perigo nossa organização?

– Não, padre. O senhor está sob jurisdição papal. Não acredito que americanos ou ingleses ousem invadir San Girolamo ou qualquer outra instituição religiosa em busca de criminosos de guerra. Monsenhor Montini e monsenhor Tardini não achariam graça alguma em vê-los fazer isso na própria Roma – observou o seminarista.

– Por quanto tempo terão de permanecer conosco? – perguntou curioso o padre croata.

– Estão com pressa para sair daqui?

– Não, mas logo chegarão novos refugiados, e precisamos que a Odessa encontre um lugar seguro para eles.

– Antes, temos de localizar Eichmann, Brunner, Stangl e Mengele – explicou August. – Depois, começaremos a instalá-los em locais discretos no norte da Europa, na América Latina, nos Estados Unidos e até no Oriente Próximo. Mas, até lá, precisamos ter paciência.

– O senhor é muito jovem, mas lembre-se: nada é mais atraente num homem do que a cortesia, a paciência e a tolerância. Não se esqueça nunca disso – aconselhou o padre Draganovic.

– É verdade, padre, a paciência e o tempo podem mais que a força e a violência. Seja, pois, paciente e espere em companhia de seus hóspedes. A Odessa os protegerá – garantiu August, dirigindo-se para a saída.

Já na rua, o seminarista olhou para os dois lados a fim de descobrir se alguém o vigiava. Não notou nenhum suspeito.

– Luigi, eu não vou precisar do carro agora. Pode ir, se quiser. Tenho de fazer uma visita ao Vaticano e está um belo dia para passear.

– Muito bem, senhor Lienart. Quer que o apanhe amanhã? – perguntou o motorista.

– Eu o chamarei, se for necessário. Muito obrigado, Luigi – despediu-se o jovem.

Pouco depois, caminhava em direção à ponte Cavour e, dali, seguindo a margem do Tibre, chegava ao castelo de Santo Ângelo, de onde já podia admirar a majestosa cúpula de São Pedro iluminando a cristandade. Enquanto percorria a Via della Conciliazione, August procurava esquecer por que e para que estava em Roma, qual era sua missão e qual seria seu castigo caso fosse descoberto. Sabia que os refugiados em San Girolamo eram verdadeiros monstros, mas ele fazia parte de seu mundo, desse mundo que lhes permitiria continuar em liberdade sem castigo.

Quando chegou à praça, ladeada pela colunata de Bernini, lembrou-se do que Eichmann havia lhe dito quando o encontrou em Feldkirchen in Kärnten: "A crueldade, como qualquer outro vício, não carece de motivo, apenas de pretexto". Palavras sem dúvida lapidares sobre o que aqueles homens escondidos em San Girolamo, com seus uniformes da SS, haviam feito em nome de uma ideologia baseada na superioridade da raça ariana em relação a outros povos classificados como "indesejáveis" ou "inferiores".

Na praça São Pedro, avistou junto ao obelisco a jovem Elisabetta. Ela estava de cabelos soltos, vestido vermelho e ombros cobertos por um xale preto. Costumava usá-lo para cobrir a cabeça ao entrar na igreja ou na basílica de São Pedro. Ela se virou ao vê-lo entrar na praça e acenou para ele.

– Olá, padre Lienart! – saudou a jovem, sorrindo.

– Você já sabe que não sou padre...

– Sim, já sei, mas é só para irritá-lo um pouco – brincou Elisabetta, enquanto lhe tomava a mão para saírem a passeio.

August apreciou a sensação de segurança que lhe dava levar a jovem pela mão. Nunca havia sentido aquilo antes.

– Se prometer não me chamar mais de padre, deixarei que me chame de August.

– Se prometer não me chamar mais de Elisabetta, deixarei que me chame de Eli.

– Combinado. Nem padre nem Elisabetta – riu o seminarista, enquanto continuavam o passeio pela Via della Conciliazione.

Chegaram ao Tibre e cruzaram a ponte de Santo Ângelo, onde permaneceram algum tempo contemplando os casais jovens que se abraçavam e beijavam sob o entardecer romano, enquanto o céu se tingia de vermelho e violeta por trás da basílica de São Pedro.

– Venha – propôs Elisabetta, puxando-o pela mão. – Vou lhe mostrar uma sorveteria de que gosto muito.

Os dois se meteram pelos becos do Vicolo della Campanella até chegar a uma pequena sorveteria na esquina da Via di Panico. Quando iam atravessar a rua, quase foram atropelados pela motocicleta de um policial militar americano.

– Americanos estúpidos! – rugiu August.

– Não gosta deles?

– São infantis, ignorantes e insolentes. Acham que podem impor sua cultura à Europa.

– Mas foi graças a eles e aos ingleses que conseguimos nos ver livres dos nazistas – ponderou Elisabetta.

– O problema agora é saber por quanto tempo a Europa será uma colônia americana – resmungou August, sem deixar de acompanhar atentamente o motorista que se afastava.

– Ora, August, vamos parar de falar em política e pedir um sorvete bem gostoso.

O passeio dos jovens prosseguiu até a Via di Monte Giordano.

– Venha comigo. Sei de um parque escondido numa ruela aqui perto – propôs Elisabetta, saltitando e lutando com o sorvete para não manchar o vestido.

Ao final de uma rua curta e estreita, abria-se um pequeno éden bem no meio da grande cidade, um oásis de paz em forma de jardim minúsculo e discreto, protegido por inúmeras árvores cujas copas frondosas impediam a passagem dos raios do sol.

– Gosto de me esconder aqui para ler.

– É mesmo um bom lugar para isso – reconheceu August, tentando distinguir os altos telhados em meio aos ramos das árvores.

– Sente-se aqui ao meu lado – convidou Elisabetta, batendo com a palma da mão no banco de madeira onde se acomodara.

– Aqui, com você, parece que o tempo não passa. Parece que entra em outro ritmo!

– Isso é um elogio ou um sinal de que se aborrece com minha companhia?

August sorriu-lhe, enquanto ela continuava lutando contra os pingos do sorvete.

– Você foi a melhor coisa que me aconteceu nestes últimos tempos. Conhecê-la trouxe ar fresco para a minha vida.

– Posso lhe fazer uma pergunta? – murmurou Elisabetta.

– Pergunte o que quiser.

– Por que você quer se tornar um sacerdote?

– Desde criança, sei que essa será minha carreira. Estava sempre lendo as biografias dos grandes homens da cristandade... santo Agostinho, santo Irineu de Lião, são Basílio de Cesareia, são Gregório Magno... Pouco a pouco, comecei a ouvir o chamado de Cristo, até finalmente decidir entrar para o seminário de Maria Auxiliadora, em Passau. Ali fiquei alguns anos, mas a guerra me obrigou a continuar os estudos na abadia de Fontfroide, bem perto de nossa residência familiar em Sabarthès.

– É o primeiro da família a entrar para a Igreja?

– Sou de uma família nobre, da qual muitos membros dedicaram suas vidas à Igreja e ao Sumo Pontífice. Um antepassado meu, o cardeal François Lienart, foi conselheiro dos papas Gregório XV e Urbano VIII. Graças a ele, minha família possui uma casa em Frascati.

– Bem perto de Roma.

– Sim. Mas faz muitos anos que não vamos lá. Chama-se Villa Mondragone – informou August.

– Ora, ora, eu aqui pensando que você fosse um pobre seminarista e agora descubro que é um milionário! – riu Elisabetta.

– Minha família é rica. Eu não tenho um centavo.

– E por que não mora nessa vila?

– Na Villa Mondragone...? Talvez por medo.

– Medo, você? – exclamou Elisabetta, rindo alto.

– Sim. Você ficaria surpresa. Quando eu era menino, passar a noite naquela enorme casa me deixava em pânico. Lembro-me de que meus pais costumavam cear fora e dormir na cidade. Eu ficava sozinho no casarão, aos cuidados de uma babá, que também me assustava. Tinha no queixo uma verruga de onde saíam pelos... Parecia uma bruxa de contos de fadas...

Ambos riram daquela evocação.

– Gostaria muito de conhecê-la – disse por fim Elisabetta.

– A babá? Oh, não, por favor...

– Não seja bobo. Gostaria de conhecer a Villa Mondragone. Tem um nome muito misterioso, que dá mesmo um pouco de medo – brincou Elisabetta, erguendo as mãos como se fosse um monstro prestes a saltar sobre August.

– Chama-se Villa Mondragone, ou Vila da Montanha do Dragão, em referência ao escudo de nossa família, que ostenta um dragão alado. Foi construída em 1567 pelo cardeal Marco Sittico Altemps, sobrinho e protegido do papa Pio IV. Na época, recebeu o nome de Villa Angelina, em homenagem ao título cardinalício dos Farnese. Em 1613, tornou-se propriedade do cardeal Scipione Borghese, sobrinho do papa Paulo V, e em 1621 passou às mãos de nossa família.

– Com o tempo, pertencerá ao cardeal August Lienart – disse Elisabetta.

– Ah, falta muito para isso... – suspirou o seminarista.

– Para herdar a casa ou para ser cardeal?

– As duas coisas – sorriu August.

– Pois nosso segundo encontro acontecerá quando você me convidar para conhecer a Villa Mondragone.

– Isto então é um encontro? – surpreendeu-se August.

– Que mais poderia ser?

– Um passeio inocente...

– De mãos dadas e equilibrando um sorvete? – interrompeu Elisabetta, sorrindo. – Em Montescaglioso, chamamos a isso de encontro. Se eu não fosse órfã, meus pais estariam aqui agora me vigiando.

– Sim, imagino seu pai sentado ali com uma espingarda nas mãos, para me impedir de chegar mais perto de você.

– E você quer fazer isso? – perguntou Elisabetta.

Depois de alguns instantes, sem dúvida, constrangedores para o surpreso rapaz, este se levantou repentinamente do banco de madeira.

– É melhor ir andando. Já é tarde – disse ele, olhando para o relógio. – Quer que eu a acompanhe?

– Não se preocupe. Você está perto da residência, e minha casa é mais longe.

– Sem problemas. Tenho todo o tempo do mundo. Alguém disse que o tempo é apenas o espaço entre nossas recordações – pontificou August.

– Mas alguém também disse que o tempo é um rio cujas águas vão arrastando implacavelmente os seres vivos. Por isso, devemos valorizar cada momento, e este é muito especial para mim – disse a jovem, pegando a mão de August para voltarem ao Vaticano.

Quando chegaram à casa de Elisabetta, o seminarista largou-lhe a mão.

– Tem medo de que nos vejam juntos? – perguntou ela.

– E por que deveria ter medo?

– Pelo modo como largou minha mão. Não se preocupe. Não direi nada ao padre Bibbiena.

– Nada sobre o quê?

– Sobre nós.

– E há algo entre nós?

– Só o tempo dirá.

Antes de fechar a porta, Elisabetta se ergueu nas pontas dos pés e aproximou os lábios dos de August. Foi um beijo longo e entusiasmado.

– Adeus, padre Lienart... Até breve – despediu-se ela, antes de desaparecer na escuridão dos portais.

– Adeus, Eli – conseguiu balbuciar August.

Naquela noite, o rapaz não conseguiu dormir, pois não parava de pensar em Elisabetta. No dia seguinte, devia fazer contato com seu pai para informá-lo sobre as medidas tomadas com relação à primeira lista entregue pela Odessa. Sem dúvida, teria de comunicar-se com o centro da Odessa em Fulda, onde a organização havia estabelecido uma base de falsificação de documentos para seus poderosos protegidos.

Lüneburger

Em 21 de maio de 1945, dois dias antes da detenção do gabinete inteiro do almirante Dönitz, um homem de aspecto estranho, com um emplastro no olho, tentava sair da cidade. Caminhava entre dois soldados das Waffen SS. Os três vestiam uniformes comuns da polícia e levavam documentos falsos, na tentativa de evitar os postos de controle aliados para chegar à fortaleza alpina do Führer, oitocentos quilômetros ao sul. O cortejo engrossava cada vez mais, arrastando os soldados alemães que, sem saber para onde ir, juntavam-se a ele para não ir à parte alguma.

A coluna se deteve diante de um posto militar.

– Documentos – pediu o soldado britânico.

– Pois não, senhor – gaguejou nervosamente o homem, tirando do bolso uns papéis amassados e gastos.

– Você é Heinrich Hitzinger? – perguntou o soldado, examinando a fotografia do documento.

– Sim, senhor. Sou.

– Um instante – disse o militar.

O soldado se afastou do grupo em direção a um sargento da unidade de contraespionagem que, de longe, observava os rostos dos três homens. O sargento obrigou os três a postar-se ao lado da estrada e ordenou à longa coluna que prosseguisse a marcha.

Os três homens vestiam uma mistura bizarra de trajes militares e policiais, o que chamara a atenção do suboficial de inteligência. Envergavam túnicas cinzentas da Geheime Feldpolizei do Reich, a qual, juntamente com a Gestapo, se achava na lista das organizações agora perseguidas pelos Aliados.

Os três foram acomodados num caminhão e escoltados até o Centro de Interrogatório 031, em Lüneburger, onde estava instalado o quartel-general do marechal Bernard Montgomery.

– Esperem aqui pelo capitão – ordenou o sargento que os havia detido.

Ao entrar na sala, o capitão John Silvester, da unidade de segurança do 8º Exército Britânico, reparou logo naquele homenzinho de aspecto miserável. Mas hesitou, ao ver o emplastro em seu olho.

– Sargento, chame o coronel Murphy, por favor – ordenou Silvester.

Michael Murphy era o chefe do serviço de inteligência de Montgomery. Entrando na sala, observou atentamente o rosto daquele homem.

– Você é Himmler.

O homem então retirou o emplastro do olho, colocou seus característicos óculos de aros de metal, empertigou-se e fez a saudação militar. Ninguém correspondeu. Os dois outros homens que acompanhavam Himmler eram Werner Grothmann e o comandante Heinz Macher.

– Chame imediatamente o capitão Wells à sala de interrogatório – ordenou Murphy.

Minutos depois, apresentava-se o capitão Wells, responsável pelo corpo médico do exército.

– Que está acontecendo? – perguntou, ao entrar.

– Prendemos Heinrich Himmler.

O médico ficou mudo ao ouvir o nome do até então todo-poderoso senhor da vida e da morte de milhões de seres humanos.

– E o que vai fazer com ele? Dar-lhe um tiro? – perguntou o médico.

– Precisamos deste homem vivo. Vamos impedir que ele se suicide até o alto-comando resolver o que fará com ele – explicou Murphy.

Himmler pensava que, se conseguisse falar com Eisenhower, este entenderia a necessidade de libertá-lo para a campanha que logo se iniciaria, numa Europa devastada, contra o bolchevismo e o papel que iriam desempenhar nessa luta os líderes supremos do partido nacional-socialista. Ele, como chefe da SS, possuía informações importantes, que seriam úteis no combate aos soviéticos.

Murphy ordenou ao capitão Silvester que revistasse os bolsos do prisioneiro. Em um deles havia uma cápsula de cianureto de potássio. Foi confiscada.

– É melhor que fique nu – recomendou Murphy a Silvester e ao doutor Wells.

Com a ajuda de dois soldados, Himmler começou a despir-se. Poucos meses antes, aquele homem pálido e doentio era o líder da temível SS, o comandante-chefe de uma aguerrida força de combate e de uma corporação policial de funcionamento tão complicado que seus captores ainda não haviam conseguido desvendar as peças-chave de sua estrutura. Ali, inteiramente nu, voltara a ser o filho de um maestro bávaro que esganiçava a voz para chamar a atenção.

– Quero falar com o coronel Murphy a sós – pediu Himmler.

– Sinto muito – disse um dos soldados –, antes temos de revistá-lo.

O doutor Wells obrigou Himmler a abrir a boca diante da luz de uma lâmpada possante e, com um dedo, começou a examinar-lhe os dentes podres.

– Está limpo – declarou o médico.

– Ótimo. Logo virá um oficial do alto-comando para falar com você. Entendeu? – perguntou o coronel Murphy.

Himmler, ainda nu, balançou a cabeça afirmativamente.

Duas horas depois, apareceu o coronel John Kevner, membro do estado-maior de Montgomery e responsável pela inteligência britânica no teatro de operações da Europa.

– Sou o coronel Kevner e vou interrogá-lo – apresentou-se.

Himmler, vestindo uma calça e uma camisa do exército britânico, levantou-se e estendeu-lhe a mão. O oficial britânico, sem sequer olhá-lo no rosto, ordenou que se sentasse. Himmler esperava um aperto de mãos entre militares, como se todos ali pertencessem à mesma confraria das armas. Achava que o coronel Kevner o compreenderia melhor, considerando que sempre fora um soldado de prestígio, mas seu interrogador não iria lhe dar esse gosto. Para Kevner, aquele homenzinho de óculos com lentes redondas e armação metálica, sentado à sua frente, não passava de um assassino, um criminoso de guerra, e como tal devia ser tratado.

– Quero negociar – disse Himmler.

– Negociar o quê?

– Preciso falar com o general Eisenhower. O que tenho a dizer, sem dúvida, lhe interessará.

– Não creio que Eisenhower queira conversar com um tipo como você, principalmente depois de ter visitado alguns campos de concentração.

Himmler ficou ofendido ao notar o desdém de Kevner, que não mostrava respeito algum pelo que ele significara na cúpula do Terceiro Reich.

– E se eu dissesse que sei como vão escapar muitos de meus ex-camaradas? – arriscou o nazista.

– Quer negociar?

– Quero. Tenho algo de que vocês precisarão quando os bolcheviques ocuparem boa parte da Europa. Muitos líderes do Reich prepararam rotas de fuga. Eu sei como escaparão e por que meios, bem como o lugar onde está o dinheiro para manter abertos esses corredores e os nomes dos encarregados dessas missões. Sei tudo, e vocês não sabem nada. Se quiserem saber, negociaremos. A chave está em Odessa.

– No porto ucraniano?

– Não. Odessa é a sigla em alemão de Organisation der Ehemaligen SS-Angehörigen, a Organização de Antigos Membros das SS.

– Lamento, mas não estou autorizado a negociar com você. Se quiser, dê-me a informação; se não quiser, guarde-a consigo.

– Pois então traga aqui alguém que esteja autorizado. Ficarei em silêncio até isso acontecer.

Kevner se levantou, recolheu os papéis que espalhara sobre a mesa e saiu.

– Vigiem-no dia e noite até que o SHAEF, Quartel-General Supremo da Força Expedicionária Aliada, resolva o que vamos fazer com esse sujeito. Temos de mantê-lo vivo até arrancar-lhe tudo o que sabe sobre a Odessa. Se alguém está a par da estrutura dessa organização, é sem dúvida Himmler – ordenou Kevner.

– Entendido, senhor – respondeu o capitão Silvester.

Pouco depois, no quartel-general britânico, alguém telefonava para um número em Roma.

– Alô – atendeu uma voz.

– Quem é? – perguntou outra.

– Quero falar com Belerofonte.

– Que deseja comunicar?

– A situação se complicará caso o chefe da ordem da caveira conte tudo o que sabe.

– E o que sugere? – perguntou Belerofonte.

– Talvez o envio de algum membro da Kameradschaftsshilfe. Alguém precisa vir a Lüneburger. Farei com que chegue até nós. No momento, o chefe da ordem da caveira está muito vigiado, mas espero que essa vigilância diminua nos próximos dias. Não nos resta muito tempo, Belerofonte, e se ninguém conseguir fechar a boca do sujeito, a situação se tornará perigosa para muitos.

– Não se preocupe. Tomaremos providências – disse Belerofonte, antes de desligar.

Em seguida, levantou de novo o aparelho e pediu para falar com um número em Genebra.

– Hotel Beau Rivage, bom dia!

– Desejo falar com a suíte de Herr Edmund Lienart. É muito importante.

Após alguns segundos, a voz que atendera reapareceu do outro lado da linha.

– Um momento, eu vou transferir a chamada – disse.

– Alô?

O espião reconheceu a voz de Lienart.

– Sou Belerofonte.

O agente da Odessa adotara o pseudônimo de Belerofonte em homenagem ao herói da mitologia grega que matou a Quimera e domou Pégaso.

– Que houve?

– Os britânicos prenderam Himmler.

Por alguns instantes, Edmund Lienart ficou em silêncio.

– E então?

– Eu soube, por meu contato, que durante o interrogatório com os agentes da inteligência ele ofereceu todas as informações sobre a Odessa em troca de liberdade, proteção e transferência para um lugar seguro na Grã-Bretanha ou nos Estados Unidos. Que vamos fazer?

– Deixe-me pensar. O maldito traidor! Nunca confiei nele – resmungou Lienart.

– Temos de ser rápidos em nossas decisões. E precisamos agir logo.

– Qual é a situação de Himmler no momento?

– Está detido no quartel-general britânico em Lüneburger, vigiado pela Unidade de Segurança do 8º Exército.

– Seria possível infiltrar lá um dos nossos? – perguntou Lienart.

– Para quê?

– Para lhe fechar a boca de uma vez por todas.

– Sim, creio que sim. Meu contato poderia introduzi-lo no quartel e levá-lo até Himmler.

– Sendo assim, mandarei alguém.

– Há uma cervejaria em Bispingen, ao sul de Lüneburger. Será o ponto de encontro.

– Como se reconhecerão? – perguntou Lienart.

– Seu homem deverá usar um chapéu bávaro com uma pena vermelha. Assim será fácil identificá-lo. Meu contato o introduzirá no quartel. Só dispomos de 48 horas, no máximo, antes que Himmler comece a cantar. O resto dependerá da eficiência de seu agente – explicou Belerofonte.

– Eficiência é o que não lhe faltará, fique tranquilo – garantiu Lienart, e desligou.

Em uma casa da localidade suíça de Chambésy, o telefone tocou e alguém atendeu.

– Sou Edmund Lienart, senhora Müller.

– Boa noite, Herr Lienart – respondeu Henrietta, a esposa de Ulrich Müller.

– Preciso falar com o senhor Hubert Böhme. Chame-o, por favor. É muito urgente.

A senhora Müller, ex-membro do corpo feminino da SS, ocupava aquela casa, por determinação de Edmund Lienart, para dar cobertura aos membros da Kameradschaftsshilfe às margens do lago Leman. Uma voz brusca soou do outro lado da linha. Era Hubert Böhme, ex-chefe do Sonderkommando 1005. Ele tinha sido o principal responsável, sob as ordens de Otto Rasch, pelo massacre de Babi Yar, em que haviam sido executados 33.771 civis – a maioria, judeus.

– Sou Böhme. Que deseja?

– Devo informar-lhe que Himmler foi detido pelos britânicos – respondeu Lienart.

Nesse momento, o chefe da Odessa ouviu o ruído dos saltos de Böhme pondo-se em posição de sentido ao ouvir o nome de Himmler.

– O Reichsführer SS?

– Ele mesmo. O problema é que ameaça denunciar a nossa organização em troca de imunidade. Se alguém não fechar logo o bico desse covarde, acabaremos todos na forca.

– E o que você quer que eu faça? Quais são as suas ordens? – perguntou Böhme.

– Você é membro da Kameradschaftsshilfe, o serviço de segurança da Odessa. Faça o que for preciso para eliminar o problema. Himmler está preso na sede do quartel-general dos britânicos, a oeste de Lüneburger. Ele não pode abrir a boca e negociar com nossas vidas. Tem na cabeça nomes, inclusive o seu e o meu, os números de contas bancárias na Suíça, as rotas de fuga, os endereços de amigos poderosos... Tudo, absolutamente tudo! Se ele resolver falar, estaremos liquidados.

– Não se preocupe. Vou cuidar dele. Mas como entrarei no quartel britânico? Deve ser muito bem guardado.

– Um contato da organização estará à sua espera em uma cervejaria em frente à igreja, em Bispingen, ao sul de Lüneburger.

– Como o reconhecerei?

– Ele é que reconhecerá você. Ponha um chapéu bávaro com uma pena vermelha. Nosso homem o procurará.

– Deixe comigo, Herr Lienart. Viajarei à noite para Bispingen. Só espero que seu contato consiga mesmo me introduzir na base britânica.

– Não se atrase, Böhme. Nossos pescoços estão em suas mãos – advertiu Lienart, desligando.

Um dia e meio depois, o assassino da Odessa chegava ao povoado de Bispingen. Hubert Böhme dirigiu-se para a cervejaria perto da igreja, na Hauptstrasse, e, ao entrar, percebeu num canto três membros da polícia militar britânica. Enquanto dois deles continuavam jogando sua partida de dardos, o terceiro, junto ao balcão, não tirava os olhos do recém-chegado, que usava um chapéu bávaro. Aproximou-se então de Böhme e tocou-lhe o ombro.

– Papéis, documentos – pediu ele.

Böhme tirou do bolso um passaporte suíço falso.

– E o que faz aqui um cidadão da Suíça? – perguntou o policial britânico.

– Trabalho para o Comitê Internacional da Cruz Vermelha, ocupado no momento em recensear os refugiados que vagam pela Europa; no meu caso, os que vagam pela Alemanha.

O militar não pareceu muito convencido com a explicação de Böhme e se dirigiu para um dos camaradas que jogavam dardo, aparentemente um suboficial. O nazista, bebendo sua caneca de cerveja, de longe, viu quando os dois militares se voltaram para observá-lo da extremidade do balcão.

– Creio, senhor, que terá de nos acompanhar até o quartel-general para confirmar sua identidade.

Böhme começou a ficar inquieto. Nenhum dos três policiais se dera o trabalho de revistá-lo, do contrário, teriam descoberto a Walther que ele levava no bolso do casaco. Por um instante, pensou em sacar a arma e acabar com seus captores, mas logo à saída se depararam com um oficial.

– Que diabo está acontecendo aqui? – perguntou o capitão Silvester, o mesmo que revistara Himmler.

– Senhor, vamos confirmar a identidade deste homem – explicou o sargento da polícia militar, entregando-lhe o passaporte suíço.

– Você é da Cruz Vermelha? – perguntou Silvester a Böhme.

– Sim, oficial. Estamos trabalhando num recenseamento de refugiados para recompor as famílias.

– Não se preocupem. Eu mesmo o levarei ao quartel-general.

– Mas, senhor, nossa obrigação é...

– Sua obrigação é acatar as ordens de oficiais superiores sem discutir – interrompeu Silvester.

– Desculpe, senhor, mas eu... – tentou continuar o sargento.

– Chega! Levarei pessoalmente este homem ao quartel-general. O marechal Montgomery não vai querer que provoquemos um incidente diplomático nem com o governo suíço nem com a Cruz Vermelha Internacional. Se não pensa assim, sargento, você pode me acompanhar e queixar-se diretamente a ele...

O policial militar hesitou, mas preferiu não discutir mais com um oficial da unidade de segurança.

– Bem, senhor, não foi minha intenção...

– Então pensamos da mesma maneira. Obrigado, sargento. Já pode voltar ao seu copo.

– Sempre às ordens, capitão! – gritaram os três policiais ao mesmo tempo e em seguida entraram novamente na cervejaria.

– Acompanhe-me. Este é o meu carro – disse Silvester a Böhme, mostrando-lhe um jipe.

O ex-membro da SS acomodou-se e permaneceu calado até Silvester retomar a palavra.

– Cheguei bem a tempo. Reconheci-o pelo chapéu com a pena vermelha – confidenciou o oficial de segurança.

Ao ouvir aquelas palavras, o SS soube com alívio que o militar britânico era o seu contato.

– Posso lhe perguntar uma coisa?

– Pergunte – respondeu Silvester.

– Por que está fazendo isto?

– Venho correndo a Europa desde Dunquerque, matando nazistas como você. Esta guerra acabou, e o que eu ganhei? Nada. Absolutamente nada. Uma pequena pensão do exército e a esperança de conseguir algum emprego em Dumfries, minha cidadezinha. Sua organização me ofereceu trabalho em troca de uma boa soma, depositada em uma conta na Suíça. Se eu conseguir sair vivo daqui, irei para as Bahamas a fim de passar o resto da vida rodeado de belas nativas.

Dirigindo a toda velocidade por estradas cobertas de lama, o capitão Silvester concluiu:

– Além do mais, esse nazista asqueroso do Himmler já não serve para nada, e se com seu pescoço eu puder embolsar algum dinheiro, que seja!

Em pouco tempo, o veículo percorreu os quase trinta quilômetros até a sede do quartel-general britânico.

– Como vou entrar no recinto?

– Deixe isso por minha conta – garantiu Silvester. – Preocupe-se apenas, quando estiver frente a frente com Himmler, em liquidá-lo o mais depressa possível.

– Que farei com a sentinela?

– Deixe isso por minha conta também. Dentro de dez minutos, haverá troca de guarda no galpão de segurança e Himmler ficará sem proteção durante uns quatro. Há um pequeno escritório bem ao lado. Você deverá estar lá pouco antes da troca de guarda, para não perder tempo. Esses quatro minutos serão suficientes?

– Sim – respondeu o assassino da Odessa.

– Que método utilizará? – quis saber Silvester.

– Posso meter-lhe uma bala na cabeça ou estrangulá-lo com uma corda.

– Não, melhor utilizar isto – disse o militar britânico, entregando-lhe uma cápsula de cianureto de potássio que havia tirado do próprio Himmler durante a revista. – Se conseguir fazê-lo morder a cápsula, sua morte será menos suspeita.

Böhme pegou a cápsula, protegida por um pequeno estojo de metal, e guardou-a no bolso.

– E agora, vá lá para trás e cubra-se com essas mantas para que o sentinela da entrada não o veja.

– E se revistarem o veículo? – perguntou Böhme.

– Não farão isso. Os guardas estão sob meu comando.

O jipe passou pelo posto de controle sem problemas e chegou à instalação militar reservada às equipes de segurança e inteligência.

– São dez horas. Temos pouco tempo – disse Silvester a Böhme. – Este é o galpão. Entre pela parte de trás do escritório e espere a troca de guarda. Como eu já lhe disse, você só tem quatro minutos. Cinco no máximo.

O assassino da Odessa deslizou para dentro do galpão e ocultou-se atrás de uma porta. Depois de algum tempo, viu os guardas que vigiavam o acesso ao quarto de Himmler olharem o relógio e abandonarem o recinto. Havia chegado o momento.

Böhme saiu para o corredor e entrou no quarto de Himmler. Este, sentado num pequeno catre militar no meio da sala vazia, nem sequer se levantou ao vê-lo.

– Boa noite, meu *Reichsführer* – cumprimentou Böhme.

– É alemão? – perguntou o antigo chefe supremo da SS, um tanto surpreendido.

Imediatamente, o assassino saltou sobre ele com a cápsula na mão direita. Himmler, percebendo o que o esperava, tentou gritar para alertar os sentinelas do corredor, mas estes ainda estavam longe, no pavilhão de segurança, fazendo a troca de guarda.

Böhme, como um raio, enfiou-lhe a cápsula de veneno na boca e golpeou-lhe fortemente a mandíbula, para que seus dentes podres a rompessem.

Nesse momento, Böhme ouviu às suas costas o barulho de alguém que entrava no quarto. Era o capitão Silvester, de arma em punho. Böhme virou-se rapidamente, tentando sacar sua pistola do bolso do casaco, mas esta havia se enganchado no tecido. O britânico fez três disparos e derrubou o assassino da Odessa. Seu corpo ficou estirado, de rosto contra o chão, num canto do quarto.

Silvester se aproximou para comprovar que o assassino havia morrido. Quando lhe virou o corpo, Böhme, que ainda respirava, conseguiu disparar duas vezes contra o agressor através do casaco. Segundos depois, ambos estavam mortos.

O som dos disparos alertou o serviço de segurança. O coronel Murphy e o doutor Wells entraram correndo no quarto, onde Himmler estrebuchava atrozmente no chão. O médico pegou um tubo de plástico e enfiou-o em sua garganta, para esvaziar-lhe o estômago. Só depois de catorze minutos o chefe da organização que havia eliminado milhões de seres humanos esticou as pernas pela última vez. O ar, dentro do quarto, estava saturado pelo cheiro de cianureto de potássio, suor e vômito. Por efeito do veneno, logo o cadáver assumiu uma tonalidade esverdeada.

O homem que imaginara ser a reencarnação de Henrique I, imperador do Sacro Império Romano Germânico, não mais vivia. O coronel Murphy, chefe da espionagem de Montgomery, olhou o cadáver e cerrou os punhos.

– Este aí era o único que poderia ter nos contado onde Martin Bormann se escondeu e revelado o mistério da tal organização Odessa – murmurou aflito.

Em seguida, após contemplar os corpos inanimados de Silvester e Böhme, ele se virou para o doutor Wells e os dois guardas e disse:

– Ninguém deve saber o que realmente aconteceu aqui esta noite. Para todos os que não estejam agora neste quarto, Heinrich Himmler suicidou-se com uma cápsula de veneno que trazia incrustada num dente molar. É o que registrarei no informe oficial e é o que será transmitido tanto ao marechal Montgomery quanto ao SHAEF. Vocês todos me entenderam?

O doutor Wells e os dois guardas assentiram com a cabeça.

– Levem os cadáveres de Silvester e deste homem. Pediremos à Unidade de Informação que tire algumas fotografias do corpo de Himmler. Depois, ele deve ser cremado antes que se ordene uma autópsia e suas cinzas devem ser espalhadas pelo mato em volta de Lüneburger. Que assim seja – ordenou o coronel Murphy.

O braço comprido da Odessa conseguira calar o indiscreto Heinrich Himmler antes que ele pudesse revelar aos britânicos a estrutura secreta da organização empenhada em salvar o maior número possível de criminosos de guerra, à espera do renascimento do Reich.

IX

Fulda, Alemanha

O homem do trem lia um exemplar de *Barras e Estrelas* que mostrava na primeira página a foto de um gigantesco cogumelo de fogo e fumaça. Os Estados Unidos haviam lançado sua primeira bomba atômica sobre uma cidade japonesa chamada Hiroshima. "A força de onde o Sol extrai seu poder foi atirada contra aqueles que acenderam a guerra no Oriente", rezava a manchete do diário do exército norte-americano. "Um B-29 de nome *Enola Gay* deixou cair a bomba às 8h15 da manhã. Quarenta e cinco segundos depois, o artefato explodia a seiscentos metros do solo. Um enorme relâmpago branco praticamente cegou a tripulação do bombardeiro, enquanto uma monstruosa nuvem vermelha, em forma de cogumelo, começava a subir no local da explosão", relatava o artigo. Cem mil pessoas desapareceram num piscar de olhos por causa do verdadeiro forno em que a cidade se converteu e do vento de 1.200 quilômetros por hora que começou a soprar do centro da explosão. Hiroshima não existia mais.

– Próxima parada, Fulda. Próxima parada, Fulda – anunciou o guarda do trem.

O homem se levantou, deixou o jornal sobre o assento e se dirigiu para uma das portas do vagão.

Quando o trem parou por completo, saltou para a plataforma e caminhou lentamente para a saída da estação. Levava na mão uma maleta.

– Documentos, por favor – pediu o oficial britânico encarregado do posto de controle.

– Aqui está meu passaporte.

– Você é suíço?

– Não está lendo no passaporte?

– Qual o motivo de sua visita a Fulda?

– Assuntos particulares.

– Atualmente, não há assuntos particulares na Alemanha. Ou me diz o que o traz a Fulda ou terá de me acompanhar para checarmos sua identidade – ameaçou o militar.

– Vou visitar o amigo de um parente de minha esposa que mora numa granja perto de Margretenhaun.

– Como se chama esse homem? – quis saber o militar.

– Hans Dirlewanger. É granjeiro.

O militar britânico olhou fixamente para os olhos azuis daquele suíço e resolveu devolver-lhe o passaporte após alguns segundos de hesitação.

– Lembre-se de que não poderá circular à noite pelas estradas que rodeiam Fulda – avisou.

– Está bem. Não me esquecerei – respondeu o homem. – Muito obrigado, oficial.

A falsificação do passaporte suíço era da melhor qualidade. Nem mesmo os britânicos perceberam que era falso. O recém-chegado sabia quanto aqueles militares teriam gostado de descobrir que, à sua frente, estava um chefão da SS. Erhard List, filho de um contador da IG Farben, formara-se em Direito em Munique e Colônia. Seu primeiro conflito com a polícia ocorreu em 8 de março de 1933, quando ele e um colega içaram a bandeira nazista no edifício principal da universidade. Cinco anos depois desse incidente, já ostentava a patente de major da SS. Como membro do Sonderkommando 1 do Einzatzgruppe, mandado para os países bálticos, ocupou-se da destruição de sinagogas e do extermínio de judeus até que, em fins de 1941, foi designado para a Estônia. Ali, como responsável direto, executou 474 judeus e 684 prisioneiros russos em menos de onze horas. "Um recorde difícil de superar", gabava-se List a seus companheiros. Pouco antes do fim da guerra, deixou a frente de combate por ordem de Bormann e passou para a Odessa sob as ordens de Edmund Lienart.

Ao sair da estação, List mostrou o papel que tinha na mão a um homem sentado em uma motocicleta Zundapp KS750.

– Siga esta estrada em direção a Margretenhaun. Poucos quilômetros antes de chegar, encontrará Horwieden.

– Você me levaria até lá? – perguntou List.

– Terei de esperá-lo?

– Não.

– Então cobrarei vinte marcos aliados – disse o motociclista, referindo-se à moeda que os Aliados tinham criado para a Alemanha ocupada.

– Está bem. Combinado – aceitou List.

Durante o trajeto, de uns quatro quilômetros, cruzaram com comboios militares britânicos que iam para a cidade. Por fim, o veículo reduziu a velocidade e entrou à esquerda, em direção a um grupo de granjas um pouco distantes da rodovia principal.

– Este é o endereço que me deu – informou o motociclista.

– Muito obrigado, amigo – agradeceu List, entregando-lhe um bilhete impresso pela Reserva Federal dos Estados Unidos para a nova Alemanha.

O agente da Irmandade enveredou por uma estreita trilha ascendente até chegar às imediações de umas casas. Um homem estava ordenhando uma vaca.

– Bom dia – cumprimentou o homem, ao vê-lo aproximar-se.

– Bom dia. Estou procurando Herr Hornetz – disse List.

– Não há ninguém aqui com esse nome.

– Avise Herr Hornetz de que um membro da Kameradschaftsshilfe deseja vê-lo. Ele entenderá – insistiu List.

O membro da Odessa viu o granjeiro levantar-se pesadamente do banquinho de madeira e dirigir-se para a casa mais distante. Pouco depois, percebeu que, da mesma casa, alguém o observava por trás de umas cortinas brancas lisas.

– Siga-me – pediu o granjeiro.

Dentro, tudo pareceu normal a List. Nada fora de lugar. A decoração era típica de uma casa de campo da região de Hesse. Quem suspeitaria de que naquele lugar isolado funcionava o principal centro de falsificação de documentos da Odessa?

– Bom dia – saudou um homem.

– Sou o major Erhard List – apresentou-se o agente da Odessa.

– Sei quem é e qual o seu trabalho na Odessa. Minha organização está inteiramente às suas ordens, major List. Sou o subtenente Heinrich Hornetz e este é o primeiro-sargento Heinrich Weerts.

– Céus... um subtenente e um primeiro-sargento responsáveis pelos papéis de nossos refugiados... – murmurou List, sorrindo.

– Sim, major, mas somos da SS. Sabemos qual é nosso dever agora que o Reich foi destruído e nossa grande Alemanha foi ocupada pelos bolcheviques.

– Certo, certo... Não tenho muito tempo para conversas... – impacientou-se o enviado de Edmund Lienart. – Suponho que saiba por que vim aqui arriscando a pele.

– Sim, e já temos tudo preparado – garantiu Hornetz. – Acompanhe-me, por favor.

Os três homens saíram da casa e foram para um grande armazém onde se guardavam grandes baldes esterilizados para o leite.

– Por aqui – indicou Weerts, erguendo uma pesada tampa de ferro disfarçada sob um elevador falso.

A abertura revelava uma escada de metal que descia alguns metros abaixo do nível do solo. Chegando ao último degrau, os três homens se meteram por um velho sistema de esgotos já em desuso, da cidade vizinha de Margretenhaun.

– Por que isto aqui fede tanto? – perguntou List.

– Porque é aonde vinha parar a merda dos moradores de Margretenhaun. Daí, o cheiro... – explicou Weerts.

Uns metros mais à frente, Hornetz dobrou de novo um corredor e chegaram a uma porta de ferro oxidada pela umidade.

– É aqui – disse ele.

Weerts, que se adiantara, deu três golpes curtos na porta, seguidos de outros mais breves. A portinhola do alto se abriu bruscamente e uns olhos examinaram o grupo. List ouviu vários ferrolhos sendo puxados.

Ao entrar, o agente da Odessa descobriu com grande surpresa uma vasta sala limpa e organizada, com impressoras, moldes e pranchas ao lado de compridas mesas em que trabalhavam vários homens e mulheres na falsificação de documentos, passaportes, certificados e vistos de entrada de vários países.

– Este é Herr Gruber – apresentou Hornetz.

Um homem alto, magro, de orelhas de abano e sobrancelhas cerradas aproximou-se de List, estendendo-lhe a mão.

– Oh, perdão! – desculpou-se ele. – Permita-me lavar as mãos. Estão cheias de tinta, e eu não gostaria de sujá-lo.

– Eu o conheço – disse List. – Você participou da operação Krüger.

O homem soltou uma gargalhada e corrigiu:

– Operação Bernhard. Era seu verdadeiro nome.

– Essa operação não foi comandada por um tenente-coronel da SS?

– De fato. O escritório 6-F-4 estava sob meu comando. Sou, na verdade, o tenente-coronel Bernhard Krüger.

– É uma honra conhecê-lo, senhor – gaguejou List ao mesmo tempo em que se punha em posição de sentido e batia ruidosamente os saltos dos sapatos.

– Isso não é necessário... Essa saudação não se justifica mais na nova Alemanha... – disse Krüger. – Agora, já não somos militares, apenas patriotas, amigo. Embora me atreva a dizer que, do jeito que estão as coisas, até o patriotismo está fora de moda.

– Quem não ama sua pátria não pode amar nada na vida – ponderou List.

A operação Bernhard tinha sido uma das maiores e mais bem-sucedidas campanhas de falsificação montadas pelo regime nazista. De 1942 a 1945, idealizado por Reinhard Heydrich e conduzido pelo coronel Krüger, o escritório 6-F-4 falsificara cerca de 400 mil libras esterlinas por mês. Krüger selecionou 140 prisioneiros judeus especializados em tipografia, ilustração, caligrafia, desenho e corte, dando-lhes a classificação de "trabalhadores absolutamente indispensáveis ao Reich". Quando a guerra terminou, o coronel Krüger se apossou de várias caixas de libras e documentos falsos, conseguindo instalar-se na Suíça com sua amante até ser descoberto pela Odessa num pequeno hotel de Appenzell. A partir daquele dia, todo o departamento de falsificação e documentação da Odessa ficou sob suas ordens.

– Acompanhe-me, amigo. Temos cinco envelopes com as identidades que seus protegidos deverão assumir. Proteja esses envelopes com a própria vida até chegarem a seus destinatários em Roma – informou Krüger. – Se os britânicos puserem as mãos neles, seus protegidos não terão escapatória. Portanto, proteja-os a todo custo.

List começou a suar profusamente.

– Faz muito calor aqui. Por que mantêm essas estufas acesas? – perguntou.

– Se observar com atenção, verá que todos os documentos em que estamos trabalhando ficam em bandejas especiais. Se os britânicos aparecerem, enquanto derrubam a porta, teremos tempo para atirar ao fogo dessas estufas o conteúdo das bandejas. Assim, manteremos nossos protegidos seguros por mais tempo – explicou Krüger.

– E se entrarem antes que consigam destruir as provas? – indagou List.

– Queira Deus que não entrem, para o bem da Odessa e de seus protegidos.

List depositou os cinco envelopes sobre uma das grandes mesas e abriu-os um por um. O primeiro trazia o nome de Pedro Gonner. Abriu o passaporte argentino falsificado e os certificados de viagem: o homem da fotografia era o Poglavnik Ante Pavelic. O segundo envelope continha um passaporte húngaro em nome de Kermit Goran Marzec; o terceiro, um passaporte polonês para um médico judeu chamado Daniel O. Bermawitz; e o quarto, um passaporte finlandês em nome de Seppo Törni, com os correspondentes passes fronteiriços do mesmo país e uma boa quantidade de moeda local. O último envelope continha um passaporte português concedido a Luís M. Rocha.

Subitamente, um ruído vindo de fora começou a chegar aos ouvidos dos homens que estavam na sala.

– *Englischer Schweinehund!* – gritou Hornetz.

Da mesma passagem por onde List havia chegado minutos antes, vinham gritos de "alto" em inglês e alemão.

– Porcos ingleses! Eles nos descobriram! Você precisa escapar daqui com esses documentos. É absolutamente necessário que os leve a Roma – disse Krüger a List.

A caçada britânica de nazistas era comandada pelo major Peter Davies, o capitão John Hodge e o sargento John Robbins. Faziam parte da Divisão de Investigação do Grupo de Crimes de Guerra na Europa Norte-Ocidental.

– Porcos, filhos da puta! – rugiu Weerts, disparando com a metralhadora em direção ao corredor escuro para deter o avanço britânico.

Os outros começaram a esvaziar as bandejas de documentos nas grandes estufas. O fogo consumia as provas e os rastros da Odessa.

– Rápido, por aqui! – chamou Hornetz, dirigindo-se a List e Krüger. – Esta é a única saída.

List colocou os cinco envelopes em uma bolsa militar, dependurou-a no ombro e penetrou com Krüger em uma passagem que não teria mais de dois metros de largura.

– Sigam o túnel até o final. Verão uma escada e uma grade enferrujadas. Empurrem-na e continuem pelo túnel até um canal. A saída é logo depois. Tenham cuidado. Nós vamos resistir aqui. Não se preocupem, manteremos a distância esses porcos ingleses – garantiu o subtenente da SS Heinrich Hornetz, empurrando uma pesada porta de ferro.

List se arrastou como pôde pelo túnel estreito e escuro até chegar à grade de que falara Hornetz. Seguia-o de perto o chefe de falsificações da Odessa. Saltaram o canal e prosseguiram até o ponto onde se avistava já a luz do sol.

– Acho que, por aqui, sairemos do outro lado da granja. Esses *böse schwein* ingleses quase nos pegam – disse List.

Ao final do túnel, os dois homens se viram atrás de umas pequenas colinas que rodeavam a granja pelo norte. Ainda agachados, List e Krüger avistaram ao longe as patrulhas inglesas cercando os edifícios, de onde vinham sons de disparos.

– As coisas estão ficando pretas – disse Krüger. – Vamos dar o fora o mais rápido possível.

List lançou um último olhar ao conjunto de casas cercadas pelas forças britânicas, sabendo bem que não devia pôr em perigo a missão que o levara até ali nem os cinco envelopes guardados na bolsa a tiracolo.

Dentro do túnel, Hornetz e Weerts tentavam manter os atacantes a distância, enquanto o resto do pessoal da Odessa fugia pelos fundos.

– Vamos lá, Weerts. *Meine Ehre Heisst Treue* – disse Hornetz.

– Assim será. Sempre lutaremos sob o nosso lema: "Minha honra chama--se lealdade" – respondeu Weerts, citando o lema da SS e lançando-se contra os britânicos sem deixar de disparar.

Na confusão reinante, Hornetz conseguiu escapar pelo túnel e chegar são e salvo à luz do dia. Ali o esperava um carro com três homens armados.

O major Davies e o capitão Hodge perseguiram-no, mas, ao chegar à área onde estava estacionado o veículo, vários disparos feitos pelos SS feriram um dos oficiais britânicos na perna. Finalmente, graças à intervenção de duas patrulhas, conseguiram deter Hornetz. Pouco depois, estava tudo acabado. O maior centro de falsificação de documentos da Odessa havia sido destruído pela contrainteligência militar do marechal Montgomery. A Odessa tardaria muito a recuperar o que perdera naquela tarde num porão de Horwieden.

Enquanto Krüger se ocultava num bosque vizinho, Hornetz e Weerts eram detidos e entregues ao Grupo de Crimes de Guerra. Os dois seriam enforcados na tarde de 30 de julho, no campo de concentração de Neue Bremm. List conseguiu chegar à Itália são e salvo, com seu valioso carregamento, graças à ajuda prestada por vários membros do Círculo de Salzburgo, uma organização nos mesmos moldes da Odessa.

Roma

– Senhor Lienart, senhor Lienart! – chamou o irmão que fazia as vezes de porteiro na residência de Sant'Ivo alla Sapienza.

– Diga, irmão.

– Uma senhorita lhe deixou este bilhete hoje de manhã – explicou o religioso.

August examinou o envelope e foi para o claustro. Sentado junto a uma coluna, abriu-o e retirou uma pequena folha, escrita à mão com letra redonda e miúda:

Caro senhor Lienart:

Conforme prometi, solucionei meus problemas em Roma graças à sua generosidade. É hora de pagar o grande favor que o senhor fez a uma pobre estudante inglesa de arte. Convido-o a jantar esta noite, se for de seu gosto. Saiba que é a única maneira que encontrei para retribuir sua ajuda desinteressada.

Meu endereço, caso não se lembre, é: Piazza Capo di Ferro, 2º andar. Espero-o às oito.

Sempre sua,

Laurette Perkins

August sorriu e guardou a carta. Voltando à recepção, pediu ao porteiro papel em branco e envelope. Após escrever, dobrou o papel e colocou-o no envelope com o timbre da Sapienza. Grafou cuidadosamente o nome da jovem: Laurette Perkins. Sentado num banco de madeira, na recepção, estava Ulrich Müller.

– Müller, entregue esta carta no endereço que aí está.

– Deixe comigo, Herr Lienart – disse o guarda-costas.

August precisava ainda contar ao pai o que havia acontecido nas últimas semanas e inteirá-lo dos próximos passos da Odessa.

Antes de sair para o encontro, pediu uma ligação para o hotel Beau Rivage de Genebra. Minutos depois, seu pai atendia.

– Boa tarde, pai.

– Boa tarde, filho. Nosso homem está indo para Roma – informou Lienart, referindo-se a List. – Logo você receberá o material. Nossos amigos estão felizes.

– E quanto ao nosso outro amigo da Alemanha? – perguntou August. Falava de Hubert Böhme, o agente da Odessa enviado para executar Himmler.

– Morto no cumprimento de sua missão. Acho que foi melhor assim. O silêncio é o único amigo que nunca trai – respondeu Lienart.

– Meu próximo passo será a entrevista no Vaticano, pai.

– Já está marcada?

– Não, ainda estou esperando. Preciso falar com meu amigo Bibbiena para saber se ele pode fazer alguma coisa na Secretaria de Estado.

– Filho, mantenha-me a par desse encontro. Desejo saber a posição do Vaticano em relação aos nossos assuntos. Até agora não disseram nada por conta do dinheiro recebido, mas sem dúvida não gostaram do fato de termos tomado sua organização.

– Também penso assim, pai. O croata colocou inúmeros obstáculos – informou August. – E se Hudal exigir que lhe entreguemos novamente o Corredor Vaticano?

– Não, ele não fará isso. É esperto demais. Sabe que, se o fizer, em primeiro lugar nossa organização acabará de um golpe com a sua e, em segundo, convenceremos a Suíça a cortar o fluxo dos fundos. Sem esses fundos, o corredor de Draganovic não se sustentará por muito tempo na ativa, o que ninguém ignora. Enquanto não protestarem, seus bolsos continuarão sendo recheados sem problemas. É o que mais interessa ao arcebispo Hudal e ao Santo Padre – garantiu Lienart.

– Está se referindo a Sua Santidade?

– Sim. Olhe que Draganovic e sua corja atuam em Roma desde agosto de 1943. Pio XII sempre achou que Pavelic era um homem mau, mas que não tinha as mãos manchadas de sangue inocente. Consolava-se pensando assim. No entanto, não são os deveres que tiram a independência de um homem, mas, sim, os compromissos. Ora, Sua Santidade sabe muito bem quais são eles.

– De que está falando? – perguntou August.

– Em setembro de 1943, Sua Santidade recebeu em audiência 110 policiais croatas, muitos deles envolvidos em assassinatos maciços no campo de concentração de Jasenovac. Chegaram até ele graças ao intrigante do Montini. Tome cuidado com ele.

– O subsecretário de Estado? – perguntou August.

– Ele mesmo. Segundo parece, por essa intermediação entre os croatas e o papa, Montini e os seus receberam 45 quilos de ouro em moedas. Nosso amigo croata não pode manter aberto o corredor de Roma sem o conhecimento e a proteção de Pio XII. Esteja certo disso.

– Que acontecerá se o papa me mandar devolver o controle do corredor a Draganovic? – perguntou August.

– Não creio que isso vá acontecer. Montini e Tardini já se encarregaram de explicar-lhe que não é recomendável. Ambos sabem da procedência do carregamento chegado de Feldkirchen in Kärnten e o que a Odessa fez com os lingotes nos fornos de Murano, imprimindo-lhes novas marcas para transformá-lo em ouro de circulação legal. Esses malditos intrigantes da Secretaria de Estado vaticana não ignoram que poderíamos contar tudo aos ingleses ou aos americanos, provocando um enorme escândalo. Por isso, preferem manter a boca fechada e continuar enchendo os bolsos de dinheiro.

– Que devo fazer agora? – perguntou August.

– Por enquanto, faça chegar os documentos aos nossos protegidos. Quando os receberem, poderemos instalá-los em zonas seguras. A Odessa perdeu uma seção estratégica e, até que a recupere, devemos tomar muito cuidado para que nossos protegidos não se exponham. É aí que entram as instituições do corredor.

– E quanto aos outros nomes da lista? Que faremos se os localizarmos?

– O mais seguro é levá-los para Roma. Aí ninguém os molestará e, caso sejam descobertos pelos Aliados, não creio que estes invadam uma instituição protegida pela bandeira do Vaticano. Dentro dela, nossos protegidos não terão nada a temer – respondeu Lienart.

– Restam cinco para localizar – disse August.

– Somente dois. Nossa rede de informantes detectou os outros três – corrigiu o chefe da Odessa. – Você receberá pelo correio seus endereços, para levá-los a lugar seguro.

Alois Brunner, Josef Mengele e Franz Stangl haviam conseguido se refugiar na região de Altaussee, a uns treze quilômetros do lago Toplitz, sob a proteção do Círculo de Salzburgo. Era necessário localizar ainda Adolf Eichmann.

– Creio que o corredor possui um refúgio próximo – disse August. – Lembro-me de que passei alguns dias num mosteiro da Comunidade de São Rafael, no centro da Bavária. Lá, ficarão seguros. A ideia é que permaneçam no mosteiro até podermos trazê-los a Roma e, daqui, evacuá-los o mais depressa possível para outro lugar.

– Que está pensando? – indagou Edmund Lienart.

– O senhor me falou sobre empresas instaladas pela Odessa em diferentes partes do mundo: na América do Sul, no Oriente Próximo e até nos Estados Unidos. Elas talvez possam nos servir de cortina de fumaça para realocarmos nossos protegidos. Ninguém suspeitará de nada se enviarmos um cidadão de origem alemã com passaporte suíço, finlandês ou português para dirigir uma das empresas da Odessa na Argentina, no Paraguai, na Bolívia, na Síria, na Espanha ou nos Estados Unidos. O senhor não acha, pai?

– Sim, parece-me uma boa ideia. Darei instruções aos nossos advogados, Korl Hoscher e Radulf Koenig, para que comecem a preparar os documentos necessários.

– Certo, pai – disse August, desligando.

Encerrada a conversa, August olhou o relógio. Faltava um pouco para as oito, a hora do encontro com a agente do ESE. Andando pelo Corso del Rinascimento, seguido de perto por Ulrich Müller, dirigiu-se à Piazza Navona. Gostava de sentar-se perto da fonte dos Quatro Rios, desenhada pelo grande Bernini em 1651. Aquela elegante silhueta de mármore, coroada pelo obelisco de Domiciano, representava os quatro grandes rios da época: o Nilo, o Ganges, o Danúbio e o Prata.

August não só admirava o monumento, mas também se sentia feliz vendo as crianças correndo de lá para cá, sob o olhar das mães que ao mesmo tempo flertavam com os soldados americanos.

Os cidadãos de Roma continuavam impressionados com a notícia do lançamento da segunda bomba atômica sobre Nagasaki. Dessa vez, o número de mortos chegou a 36 mil, com mais de 40 mil feridos.

"Tanta morte e destruição!", pensou August, sempre olhando as crianças que corriam pela praça.

Eram sete e meia. Em trinta minutos, precisava comparecer à casa na Piazza Capo di Ferro, onde encontraria a estudante inglesa. Pouco depois, chegava diante do portal meio destruído, escorado por grandes vigas com braçadeiras metálicas. Já na escada, ouviu vozes femininas. Desceu os três degraus que havia subido e se escondeu no vão escuro.

– Você deve ceder à vontade dele caso lhe peça mais alguma coisa. É a única forma de arrancar informações de um homem – dizia uma das vozes.

– Acontece que eu não sirvo para isso. Não sou você – respondeu a segunda mulher.

August reconheceu a voz da jovem estudante inglesa que, semanas antes, ele tinha ajudado a escapar de uns desconhecidos.

– Pense bem. Se precisar de mim, chame.

August saiu da sombra e ainda conseguiu ver uma mulher de longos cabelos ruivos deixando o edifício. Ela lhe lembrava a mulher que ele vira com seu pai no elevador do hotel Beau Rivage, em Genebra. Talvez fosse mera coincidência. Ao ouvir a porta bater, abandonou seu esconderijo e subiu a escada até o segundo andar, onde morava Laurette Perkins. August não se deu conta de que a porteira o tinha visto subir. Após recuperar o fôlego, bateu e esperou. De dentro, vinha um forte cheiro de orégano.

A porta se abriu e Laurette surgiu sorridente, ajeitando o cabelo.

– Pensei que você não viria.

– Por quê? Sou seu credor – disse August.

– Sim, eu sei. Entre, por favor. Não fique aí parado – convidou a jovem, agarrando o seminarista pela manga e puxando-o para o pequeno apartamento.

– Cheiro bom.

– Obrigada. Estou preparando macarrão com azeite e orégano. Espero que goste, porque é a única coisa que sei fazer.

– Por que achou que eu não viria?

– Talvez pelo fato de você andar muito ocupado com os estudos ou não querer passar a noite com uma estudante inglesa – disse Claire, abrindo a tampa da frigideira para sentir o aroma do molho.

– E você é...?

– Se eu sou o quê? O que você quer dizer?

– Estudante – respondeu August.

– Que pergunta! Já lhe disse que vim a Roma para aprender arte, mas a guerra atrapalhou meus estudos. Agora, vamos jantar – disse Claire, misturando o conteúdo da frigideira à massa. – Abra a garrafa de vinho, por favor. Eu não consigo.

August pegou a garrafa e abriu-a. Em seguida, ele encheu as duas taças que estavam sobre a pequena mesa.

– Você se chama mesmo Laurette Perkins?

– É lógico. Você está um pouco esquisito esta noite. Da outra vez, foi mais agradável – queixou-se Claire. – Por que faz tantas perguntas? Se você acha que o estou enganando em alguma coisa, pode ir embora. Mas, se realmente pensa isso, por que aceitou meu convite?

– Talvez por curiosidade – respondeu August.

– Por curiosidade?!

– Sim. De algum modo, ficamos ligados na noite em que aqueles sujeitos nos pegaram na rua. Pensei que você fosse de fato uma estudante sem recursos...

– E sou mesmo uma estudante sem recursos. Se você queria me interrogar, por que não disse logo? Vamos, chame a polícia militar americana ou os italianos – desafiou Claire.

– Não.

– Nesse caso, o que você quer de mim? – perguntou a agente do ESE.

– A verdade.

– Segundo Aristóteles, nós nunca estamos nem muito perto nem muito longe da verdade – disfarçou Claire.

– Mas, segundo Sêneca, a linguagem da verdade deve ser obrigatoriamente simples e sem artifícios. Gostaria que você me dissesse a verdade dessa maneira – pediu August. – Esteve com alguém ainda há pouco?

– Ainda há pouco?

– Sim.

– Não. Não estive com ninguém – garantiu Claire.

– Então quem era a ruiva que acabou de sair de sua casa? – pressionou August, segurando-a pelos braços.

– Ninguém... Ninguém esteve comigo. Acredite em mim. Você está me machucando – gemeu Claire.

August continuava segurando-a firmemente pelos braços.

– Eu a ouvi conversando com você e a vi saindo de sua casa. Reconheci a voz. E ainda vai me dizer que não conhece essa mulher?

– Juro que não sei quem é ela.

– Vamos! Quem é a ruiva de cabelo comprido e saia justa que saiu de sua casa e ficou conversando com você na escada?

Depois de alguns minutos sem que Claire se dignasse a responder, August resolveu soltá-la.

– Não se assuste. Vou embora e não a incomodarei nunca mais...

Claire se levantou da cadeira e segurou o rapaz pelo braço. De repente, abraçou-o e deu-lhe um beijo longo, apaixonado.

– Fique, por favor. Fique comigo esta noite... – implorou. – Prometo contar-lhe tudo... Mas fique.

Enquanto August permanecia em pé, sem saber o que fazer, ela começou a desabotoar a blusa.

– Não, por favor... Não faça isso – pediu o rapaz, segurando-lhe as mãos.

– Fique comigo... – murmurou Claire. E beijou-o de novo, com ardor.

August, embora tentasse afastá-la, sentia um forte desejo por seu corpo. Afinal, aquela jovem lhe era desconhecida, mas tinha uma história que ele queria saber.

Os dois ficaram unidos a noite inteira na pequena cama, abraçados, isolando-se da realidade e da situação que os havia conduzido àquele apartamento de Roma.

Nus sob um fino lençol, enquanto Claire lhe acariciava as costas, August evitava imaginar quem seria aquela mulher com a qual acabara de ter sua primeira experiência.

– Você continua triste – disse ela.

– Há um provérbio oriental que diz: "Não podes evitar que o pássaro da tristeza voe sobre ti, mas podes impedir que ele se aninhe em tua cabeça".

– Por que está tão quieto?

– Talvez porque deseje saber seu nome verdadeiro. Diga-me pelo menos seu nome – pediu August.

– Laurette. Laurette Perkins – respondeu Claire, sem dar o braço a torcer.

A agente do ESE não ignorava que sua segurança dependia da manutenção do segredo, mas, bem no fundo, sentia muita vontade de contar ao rapaz quem realmente era e o que estava fazendo.

August se levantou da cama e começou a vestir-se.

– Já vai? Ainda não amanheceu.

– É verdade, mas preciso voltar à residência.

– Vamos nos ver de novo?

– Não sei. Talvez quando você decidir me dizer quem é – disse August, calçando os sapatos.

– Não posso lhe contar nada. Mas meu nome é Laurette Perkins, uma ingênua estudante inglesa em Roma que conheceu um jovem francês maravilhoso, a quem gostaria de ver novamente. Só você tem a resposta – disse Claire.

August abriu a porta e, antes de sair, olhou longamente para Claire, ainda nua sobre a cama. Fitava-a, examinava-a.

– Todas as paixões são boas quando somos donos delas e todas são más quando nos escravizam – sentenciou o rapaz, antes de fechar a porta.

Desceu a escada com uma forte sensação de desengano enquanto recordava as palavras do escritor Maurice Maeterlinck, segundo as quais a desesperança se baseia no que sabemos, ou seja, nada, e a esperança, no que ignoramos, ou seja, tudo. Ao chegar à rua, o céu de Roma começava a tingir-se com o vermelho do amanhecer.

A pouca distância dali, um homem observava August Lienart saindo do edifício da Piazza Capo di Ferro. Em seguida, ele próprio entrou e subiu as escadas até o segundo piso. A porta não estava trancada. Empurrou-a devagar e num golpe de vista percebeu que não havia ninguém ali. Ouvindo que alguém se aproximava nas pontas dos pés, escondeu-se atrás da porta. Claire, vindo do banheiro comum ao fundo do corredor, não teve tempo de reagir ao primeiro ataque do intruso, que a golpeou fortemente na nuca, fazendo-a perder os sentidos.

Ao recuperar a consciência, a agente do ESE sentiu uma forte dor de cabeça e um gosto de sangue seco na boca. Tentando situar-se, viu que estava completamente nua, de bruços em sua própria cama e com as mãos amarradas às costas. Não ouvia nada e não podia ver além da cabeceira. Quando tentou mover as pernas, constatou que também elas estavam imobilizadas. O desconhecido amarrara-lhe os tornozelos à cama, deixando-a com as pernas completamente abertas.

– Onde você está? – perguntou ela. – Quem é? O que quer de mim?

O desconhecido, sentado numa cadeira, observava-a a distância, sem dizer uma palavra sequer.

– Solte-me e eu lhe darei dinheiro. Tenho algum escondido – propôs Claire, mas o sujeito continuava observando-a atentamente enquanto saboreava o macarrão frio que restara num dos pratos do jantar.

– Meu pai é um homem muito rico e, se você me soltar, ele poderá lhe dar uma boa quantia. Basta que você me desamarre e vá embora. Nesta mesma tarde, receberá um envelope com bastante dinheiro – continuou Claire, sem ver ainda o rosto de seu captor, que continuava devorando o macarrão frio com orégano.

Após cerca de meia hora, o homem se pôs em pé.

– Só vou perguntar uma vez. Quem é você? – ele ameaçou.

– Sou estudante de arte. Meu nome é Laurette Perkins – respondeu Claire.

O desconhecido pegou uma meia de cima de uma cadeira, enrolou-a na mão e amordaçou a jovem. Esta viu de repente que ele havia se livrado das calças, deixando o membro exposto.

Claire tentou resistir sem sucesso, quando o desconhecido se deitou sobre ela. Sentiu uma dor forte ao perceber que o homem a penetrava pelo ânus, mas seu peso e a mordaça impediam-na de gritar. Após várias arremetidas, o intruso se deteve. A agente do ESE podia sentir um cheiro desagradável de suor misturado com álcool que vinha de seu agressor, enquanto ele respirava junto a seu pescoço.

Após sair de dentro de sua vítima, ele foi até a mesa e bebeu um trago da garrafa de vinho. A jovem ainda sentia uma dor forte nas nádegas por causa da violência da penetração, mas também nos pulsos e tornozelos, pelo esforço para soltar-se.

O desconhecido se aproximou de novo, ainda sem calças, e arrancou-lhe a mordaça da boca.

– E então, queridinha, vai me dizer agora quem é ou terei de continuar fazendo experiências com você?

– Sou estudante. Não sei mais o que responder – conseguiu murmurar Claire, com a boca dolorida pela mordaça.

– Só quero que me diga quem é. Se disser, soltarei você e sumirei daqui. Assim, nosso assunto ficará entre o seu rabo e o meu pau – disse o homem.

– Não sei o que você quer que eu responda. Sou estudante! Sou inglesa e estudo em Roma! – soluçou Claire.

– Está bem. Se você quer assim, assim será – disse o homem, recolocando a mordaça na jovem.

Foi até a cozinha e pegou uma colher comprida de madeira. O primeiro golpe fez Claire tentar soltar um grito estrangulado. O segundo, bem mais forte, atingiu-a nos rins; foram mais uns vinte nas costas, no pescoço e nas nádegas, desenhando filetes de sangue na carne arroxeada.

– Força, força, queridinha. Não vá desmaiar justamente agora que está disposta a me dizer quem é.

A dor quase a fez perder os sentidos. Em seus pulsos e tornozelos, avultavam as marcas das cordas.

– Vou perguntar pela última vez: quem é você?

– Meu nome... meu nome... é... Claire Ashford. Sou agente americana do ESE e, se você não me soltar agora, meus companheiros o encontrarão e enfiarão seus testículos em sua boca – disse Claire, com voz entrecortada.

– Assim é que eu gosto. Boazinha. Mas, antes de soltá-la, diga-me qual é a sua missão em Roma.

– Exterminar sujeitos de merda como você – rugiu Claire, cuspindo para um dos lados da cama.

– Isso basta, queridinha. Bem, chegou a hora de dormir... – disse o desconhecido, tirando uma faca do bolso da jaqueta.

Mostrou a Claire a lâmina brilhante de uma adaga onde se podia ler, em letras góticas gravadas com ácido, a frase "*Meine Ehre Heisst Treue*" – minha honra chama-se lealdade –, o lema da SS. A agente só pôde ter um vislumbre do cabo de ébano ilustrado com uma águia e das duas runas incrustadas num pequeno botão redondo.

– Adeus, queridinha. Chegou o momento de você se despedir deste mundo – anunciou o desconhecido.

Sentou-se sobre ela, segurou-lhe a fronte com a mão direita e, com a esquerda, degolou-a. O sangue começou a escorrer do pescoço da agente, provocando um gorgolejo que não cessou enquanto o sangue não parou de fluir da traqueia. Claire sentia que a vida a abandonava. Suas pernas começaram a tremer e seu corpo a agitar-se em convulsões. Instantes depois, ela estava morta. O homem soltou-lhe a cabeça, limpou a adaga no lençol e guardou-a. Aquela sensação de poder e morte deixou-o excitado; assim, antes de vestir-se, ele violentou novamente o corpo sem vida de Claire.

Genebra

Uma bonita jovem pressionava ritmicamente os músculos das costas do magnata. Apesar de sua idade, ele sabia que ainda era atraente para as mulheres. O momento de descontração foi interrompido por uma voz.

– Herr Lienart, uma visita o aguarda no bar do hotel – avisou o recepcionista.

Uma hora depois, Lienart, com um impecável terno de linho e um lenço vermelho no bolsinho do paletó, entrava no bar inglês do hotel, de cujas janelas se divisava o lago Leman. Ao fundo, sentado em uma mesa redonda, estava o eficiente doutor Helmut von Hummel, ex-assistente especial de Martin Bormann na Chancelaria e agora contador da Odessa. Esse homem mostrava quão rápida e brilhantemente as ideias nacional-socialistas floresciam sob as asas protetoras da Odessa. Alto, magro, com uma roupa mal cortada que o tornava ainda mais deselegante, era sempre atencioso para com as pessoas que detinham o poder.

– Bom dia, senhor Lienart – cumprimentou o contador.

– Herr Hummel? O que o traz aqui?

O contador apanhou uma maleta de couro gasto, que tinha ao lado, abriu-a e tirou uns papéis.

– Alguém está roubando nossa organização – informou em voz baixa.

Ao ouvir aquilo, Lienart interrompeu o contador e pediu que ele o seguisse até sua suíte, onde não estariam à mercê de nenhum ouvido indiscreto.

Os dois homens se levantaram da mesa sem dizer palavra alguma e caminharam em direção ao elevador. Pouco depois, achavam-se na luxuosa suíte que Lienart ocupava no hotel e de onde dirigia a gigantesca estrutura da Odessa.

– E então? Quem está roubando nossa organização?

– Ainda não sei com certeza, mas trata-se dos fundos Hiag, a que só têm acesso os advogados da Odessa: Korl Hoscher e Radulf Koenig. Um deles, ou os dois, estão desviando dinheiro para várias contas numeradas em bancos de Berna. Os fundos Hiag são parte dos lucros obtidos com a venda de excedentes americanos da guerra, na forma de veículos e sucata, por intermédio de empresas importadoras/exportadoras sediadas no Oriente Próximo e em Havana.

"Hiag" era a sigla, em alemão, do Comitê de Ajuda Mútua dos Soldados das antigas Waffen SS, fundado pelo general Kurt Meyer, o chefe da SS responsável pela execução de prisioneiros de guerra canadenses. Como o Corredor Vaticano, fora absorvido pela Odessa e agora se ocupava de sondar a opinião pública para saber se aceitariam a volta ao lar de todos aqueles nazistas. Além disso, graças a um grande número de sólidas filiais, encarregava-se de instalar antigos políticos alemães em postos influentes da Alemanha do pós-guerra, onde podiam proteger os nazistas fugitivos.

– Como sabe que o ladrão é um dos nossos advogados? – perguntou Lienart.

– Toda semana é feito um levantamento contábil das entradas e saídas de dinheiro procedente das contas Hiag efetuadas no Banco Nacional da Suíça. Há ordens para que essas contas permaneçam paradas até que se determine o destino do dinheiro. Há duas semanas, notei um movimento estranho em uma delas. Foram retirados cerca de 3 milhões de dólares em quinze saques. Solicitei um encontro em Zurique com os advogados Hoscher e Koenig, para submetê-los a uma auditoria. Eles eram os únicos que sabiam dessa medida.

– E o dinheiro foi recuperado?

– Não totalmente. Mas estou certo de que Hoscher ou Koenig, ou ambos, estão realizando operações de alto risco com esse dinheiro. Utilizam os fundos imobilizados da organização para enriquecer. Acham que, como o dinheiro procede de contas não movimentadas, na Odessa ninguém perceberá nada – afirmou o contador.

– Todos, na Suíça, procuram enriquecer. Não importa o mal que causem ou a quem matem para conseguir isso. O importante, para os gnomos, é ganhar dinheiro – esclareceu Lienart, referindo-se aos banqueiros suíços.

– O problema é que alguém pode estar fazendo aplicações de alto risco. Caso tenha prejuízo, nossa organização será a única prejudicada.

– Qual dos dois você acha que é? – perguntou Lienart.

– Hoscher é mais decidido, e Koenig, mais estúpido, creio eu. Mas não ponho a mão no fogo por nenhum dos dois. Aliás, ambos podem estar roubando. Errar é humano, mas só os imbecis persistem no erro. Recomendo que os dois sejam eliminados – sugeriu Von Hummel.

Lienart achou graça da sugestão do tímido contador.

– O que se faz com precipitação nunca sai benfeito, querido amigo. Devemos agir sempre com tranquilidade e calma – ponderou Lienart. – Você sabe muito bem, meu fiel Von Hummel, que a pressa e a superficialidade são as doenças crônicas de nosso século. Antes, precisamos descobrir qual dos dois é o culpado, a fim de castigá-lo. Isso servirá de advertência para o outro. Mas, se os dois estiverem envolvidos, que os dois paguem.

– E o que o senhor pensa em fazer?

– Acho melhor mandá-los para nossos amigos da Irmandade. Eles se ocuparão do caso.

– Que acontecerá com o culpado? – perguntou o contador.

– Quando se encara cada situação como um assunto de vida ou morte, morre-se muitas vezes. Deixaremos que nossos amigos resolvam. São hábeis em fazer os outros falar. Seu passado na SS desenvolveu neles essa habilidade inata – respondeu Lienart com um sorriso gélido nos lábios. – O importante é recuperar nosso dinheiro.

– E se o culpado não o devolver?

– Quando a situação é adversa e não há muita esperança, as medidas drásticas são as mais seguras. Deixaremos nossos irmãos decidir. Eles saberão o que fazer para recuperar o dinheiro. E agora, se me permite, tenho vários assuntos para resolver – despistou Lienart, acompanhando o doutor Helmut von Hummel até a porta.

Antes de sair, o contador voltou-se e apertou-lhe a mão.

– Espero que meus serviços sejam levados em conta, Herr Lienart.

– Serão, amigo, serão... A Odessa nunca deixa de proteger seus amigos, e você é um deles. Você e sua família contarão com nosso apoio. Não se preocupe, amigo.

– Muito obrigado, Herr Lienart... Muito obrigado... – balbuciou o contador, sempre apertando a mão do magnata, que achava aquilo repugnante.

Sozinho na vasta suíte, Lienart chamou o número da casa de Chambésy.

– Senhora Müller, sou Edmund Lienart.

– Sim, senhor. Com quem deseja falar?

– Com a senhora Oberhaser.

Minutos depois, ouviu-se uma voz feminina do outro lado da linha.

– Herr Lienart? Aqui é Bertha Oberhaser.

– Preciso que venha hoje à noite a Genebra. Tenho uma missão para a senhora.

– Muito obrigada, Herr Lienart, muito obrigada... Sempre pensei que, por ser mulher, não...

Lienart interrompeu bruscamente a ex-médica da SS no campo de Ravensbrück.

– Senhora Oberhaser, não precisa agradecer. Faça o que deve ser feito para a Odessa, e isso bastará. Espero-a hoje à noite – disse Lienart, desligando.

A chamada seguinte foi para uma casa em Roma.

– Quem é? – perguntou uma voz.

– Misteriosa em pleno dia, a natureza conserva o véu e aquilo que não mostra ao teu espírito... – Lienart interrompeu-se.

– ... tu não lhe podes arrancar com chaves e alavancas – continuou a voz.

– Boa tarde, Herr Hausmann.

– Boa tarde, Herr Lienart. Que deseja?

– A Odessa precisa que vá sem demora a Zurique.

– Qual é a minha missão? – perguntou o ex-capitão da SS.

– Vai se encontrar lá com a senhora Oberhaser, que lhe dará todas as informações. Entendido?

– Sim, senhor. Irei esta noite mesmo. Onde me encontrarei com a senhora Oberhaser?

– No hotel Schweizerhof, em Bahnhofplatz. Há um quarto reservado para ambos. Estarão registrados com os nomes de senhor e senhora Holbein. A senhora Oberhaser lhe dará as instruções.

– Certo, Herr Lienart. Estarei lá – garantiu o ex-capitão da SS antes de desligar.

A mulher sentada no pequeno sofá de veludo da recepção, com seu chapeuzinho preto, parecia inquieta naquele ambiente elegante do hotel Beau Rivage. Ex-membro do corpo médico da SS, sentia-se ali um patinho feio.

No campo de concentração de Ravensbrück, fizera seus experimentos clínicos, que consistiam principalmente em provocar feridas nos prisioneiros e infectá-las para simular as feridas que os soldados alemães sofriam na frente de combate. No final de 1944, passara a ocupar-se de crianças, nas quais injetava óleo de motor e Evipan para extirpar seus membros e órgãos vitais. Da injeção à morte decorriam de três a cinco minutos, no máximo, e as crianças ficavam conscientes de seus efeitos até o último instante. Foi quando Bormann a recrutou para a Irmandade, o serviço de segurança da Odessa...

– Senhora Oberhaser? Siga-me... – ordenou Lienart.

– Senhorita...

– Como?

– Senhorita, senhorita Oberhaser. Não sou casada, Herr Lienart.

– Suba comigo à minha suíte.

A ex-médica da SS seguiu o chefe da Odessa até um dos luxuosos elevadores, a cargo de um ascensorista que vestia um ridículo uniforme verde com botões dourados cintilantes, onde se via o escudo do estabelecimento.

– Cá estamos – disse Lienart, abrindo a porta. – Quer beber alguma coisa?

– Não, obrigada. Nunca bebo – respondeu a mulher, que continuava em pé, sem tirar o casaco nem o chapéu.

– Chegue perto da luz – ordenou Lienart.

A mulher se aproximou do magnata e permaneceu empertigada diante dele.

– Dê uma volta.

Bertha Oberhaser girou em volta de si mesma.

– Deixe-me ver suas pernas. Levante o vestido.

Como se fosse um robô, a mulher sequer protestou ao ouvir essa ordem. Estava acostumada. Segurou a barra do vestido com ambas as mãos e levantou-a acima dos joelhos. Lienart observava-a enquanto ela se expunha sem mover um músculo, sem mudar a expressão do rosto.

– Está bom, pode baixar agora – disse ele.

A mulher, um tanto intrigada, tentou falar, mas foi logo interrompida pelo chefe da Odessa.

– Achava que iríamos transar? – perguntou o magnata francês. – Mulheres é o que não me falta, e jamais me deitaria com uma pessoa como você. Você, doutora Oberhaser, não passa de mais uma arma da Odessa, só isso. Não confunda as coisas.

– Bem, Herr Lienart, então...

– Não fale. Apenas ouça. Você parece uma mulher atraente debaixo desse vestido sujo, desse casaco de mau gosto, desses sapatos gastos de estilo militar e desse chapéu ridículo. Farei de você uma arma perigosa, implacável e cruel. Você, senhorita Oberhaser, se transformará em uma arma de primeira nas mãos da Irmandade, mas lembre-se sempre: por mais eficaz que seja a arma da beleza, infeliz da mulher que só a esse recurso dever o triunfo sobre um homem ou a conquista de seus objetivos – afirmou o magnata, lançando uma sonora gargalhada.

Nesse momento, Lienart pegou o telefone e pediu à recepção que enviassem à suíte maquiadoras, massagistas, costureiras, manicures e cabeleireiras. Minutos depois, um pequeno exército de mulheres entrava no quarto com o necessário para transformar aquele monstruoso verdugo de massas em uma perigosa e bela assassina.

Três horas depois, a mulher insignificante – de rosto marcado e com bolsas sob os olhos – que entrara na suíte era uma beldade do ponto de vista masculino, algo absolutamente necessário para a missão que ia desempenhar. Antes de liberá-la, Lienart lhe confiou dois envelopes, um com seu nome e o outro com o nome de Walther Hausmann, que deveriam ser entregues no hotel de Zurique.

– Está tudo aí. Missão, objetivos e o dinheiro necessário. Depois de ler as instruções, você e Hausmann queimarão os papéis para não deixar a mínima pista, entendido?

– Entendido, Herr Lienart.

– Então, boa sorte... senhorita Oberhaser.

X

Roma

Durante vários dias, August Lienart se sentira vigiado, mas seu fiel cão de guarda, Ulrich Müller, não notara nada de estranho. Naquela manhã, ele teria de reunir-se com Krunoslav Draganovic em San Girolamo. Não gostava nada do sujeito, que, entretanto, servia bem aos interesses da Odessa, e isso a seu ver era suficiente. Na carteira de couro preto da qual ele nunca se separava, havia cinco envelopes que seriam entregues a seus protegidos. O veículo parou diante da entrada de sempre. Luigi desceu para abrir a porta do carro a Lienart e Müller.

– Cá estamos, senhor Lienart.

– Obrigado, Luigi. Espere por nós, pois devo regressar sem demora à residência. Aguardo uma ligação da Secretaria de Estado.

– Estarei aqui – garantiu o motorista.

Müller se aproximou da porta identificada pela placa do Comitê de Refugiados Croatas em Roma e tocou a campainha. O mesmo homem que atendera na vez anterior pôs a cabeça de fora.

– Sou o guarda-costas de Herr Lienart. Temos uma reunião com o padre Draganovic – informou o ex-SS.

Quando entraram, dois homens armados obrigaram-nos a colocar as mãos na parede para procederem à revista. Um deles abriu a jaqueta de Müller e tirou a Lüger que ele trazia na parte de trás do cinto.

– Será devolvida quando saírem – esclareceu o guarda.

O sacerdote, com forte sotaque balcânico, pediu que os dois visitantes o seguissem até o piso superior. Percorreram um longo corredor até chegar ao escritório de Draganovic.

– Bom dia, queridos amigos, bom dia! – saudou o croata, estendendo a mão a August Lienart.

– Bom dia, padre Draganovic.

– Que os traz à minha humilde organização?

Lienart, ouvindo a pergunta do reitor de San Girolamo, lembrou-se das palavras de Martinho Lutero: a humildade dos hipócritas é o maior e o mais altaneiro dos orgulhos.

– Trago cinco envelopes com documentos para nossos protegidos.

– Mas ouvi dizer que a Odessa teve problemas em Fulda e que a documentação se perdeu – observou Draganovic, com certa surpresa na voz.

– Nossos protegidos têm preferência. De fato, alguém revelou aos ingleses o centro secreto da Odessa, mas nosso agente conseguiu escapar com os cinco envelopes. Sem dúvida, querido padre Draganovic, descobriremos o indiscreto que falou demais. Não duvide... E agora, gostaria de entregar os documentos aos nossos protegidos.

– Ah, claro, claro, Herr Lienart! Pode usar meu escritório para isso, se quiser. Chamarei os três refugiados que estão entre nossas humildes paredes.

– Trago cinco envelopes. Quem está faltando? – perguntou August.

– O Poglavnik foi transferido para o mosteiro de Santa Sabina, na Via Giuseppe Gioacchino Belli, como o senhor recomendou. Mas posso fazer chegar até ele os documentos – respondeu o religioso.

– Com Pavelic são quatro. Quem é o quinto? – perguntou August.

– O general SS Heinrich Fehlis, chefe da Gestapo na Noruega.

– Onde ele está?

– Morto – respondeu Draganovic.

– Morto? Você calcula quanto custa para a Odessa criar uma nova identidade para um de nossos protegidos? Por que ninguém comunicou o fato a Genebra? – perguntou August, visivelmente contrariado.

– Não fique assim, jovem... perdão, Herr Lienart. Protegemos Fehlis pelo maior tempo possível. Quando a guerra terminou, arranjamos para ele uma nova ficha militar e convencemos os caras do Crowcass de que ele era realmente um suboficial das tropas de montanha morto em ação em 11 de maio deste ano. Pedimos a Fehlis que permanecesse escondido até podermos tirá-lo do sul da Noruega. Garantimos que iríamos nos ocupar dele e que o mandaríamos por uma rota segura a Portugal, mas o general não nos deu ouvidos. Não levou a sério nossa organização do Corredor Vaticano e decidiu agir por conta própria.

O Crowcass, sigla em inglês de Registro Central de Criminosos de Guerra e Segurança de Suspeitos, foi fundado em Paris no mês de março de 1945. Essa organização elaborara uma lista dividida em quatro seções: alemães, não alemães e duas partes suplementares de suspeitos de haver cometido crimes de guerra entre 1939 e 1945. A parte final continha cerca de 60 mil nomes. O número um era Adolf Hitler, procurado por assassinato na Polônia, Tchecoslováquia e Bélgica. Outros nomes famosos eram os de Martin Bormann, Adolf Eichmann, Alois Brunner e Josef Mengele.

– O que aconteceu com Fehlis? – perguntou August.

– Os homens do Crowcass o acharam em Sandefjord, no sul da Noruega. Deram-lhe a oportunidade de render-se, mas ele se negou. Sabia que, se o fizesse, acabaria na forca ou diante de um pelotão de fuzilamento. Antes de ser pego por nossos agentes ou pelos cães do Crowcass, resolveu suicidar-se com um tiro na cabeça.

– Tanto trabalho para nada – suspirou August, examinando os documentos portugueses em nome de Luís Miguel Rocha, com a foto do ex-chefe da Gestapo na Noruega.

– E então? – perguntou Draganovic. – Que vamos fazer com esses papéis?

– Queimá-los – disse August, de mau humor. – Agora, quero ver os protegidos.

– Certo, Herr Lienart, chamarei primeiro o doutor Derig – esclareceu Draganovic.

Enquanto esperava, August abriu um envelope e colocou seu conteúdo sobre a mesa. Dois golpes na porta chamaram-lhe a atenção.

– Entre – disse.

Diante dele estava o doutor Boris Derig, ex-capitão médico de Auschwitz. Sentado no fundo da sala, Müller não tirava os olhos do recém-chegado.

– Herr Lienart? – perguntou o médico.

– Não se preocupe com meu nome nem com minha identidade. Deve saber apenas que sou seu amigo, um amigo da Odessa. Apenas isso.

– Esperava um homem mais velho. Com mais experiência – declarou Derig.

– A experiência, querido doutor Derig, é uma coisa que só se conquista depois que precisamos dela e, geralmente, é atribuída pelas pessoas de certa idade a si próprias – disse August em tom professoral.

– Estou de acordo com você, jovem. *Touché*... – respondeu Derig, sorridente.

– Agora que esclarecemos esse ponto – prosseguiu August –, eis aqui os documentos para sua nova vida. Vai se chamar Seppo Törni. Será instalado pela Odessa em Oulu, uma cidadezinha no norte da Finlândia. Durante os primeiros anos, até se adaptar, a Odessa se encarregará de suas despesas.

– Como posso agradecer o que estão fazendo por mim? – perguntou Derig.

– Adapte-se logo e consiga emprego. A partir de então, deixará de ser um peso para a Odessa e poderemos desviar seus fundos para outros camaradas mais necessitados. Essa será a melhor forma de nos agradecer. Quer fazer alguma pergunta antes de deixar San Girolamo?

– Sim. Como chegarei a esse lugar?

– Vamos embarcá-lo num navio mercante nos próximos dias. A profissão que registramos nos documentos finlandeses é a de mecânico de motores.

– Mas eu não entendo nada de motores... – protestou Derig.

– Não se preocupe. Embarcará como passageiro e terá uma das mãos enfaixada, para o caso de alguém lhe pedir algum favor. Outra coisa: se, no futuro, falar sobre a Odessa e suas operações ou sobre como conseguiu fugir graças à nossa organização, revelando a rota seguida ou algum de nossos nomes, o braço longo da Irmandade o alcançará. Não se esqueça disso – advertiu August.

– A partir deste momento, sou um túmulo. Agirei como o provérbio judeu segundo o qual devemos nos guardar da água silenciosa, do cachorro silencioso e do inimigo silencioso – pontificou Derig, sarcasticamente.

– Espero que não esqueça mesmo porque a Odessa será, a partir de agora, um inimigo silencioso para você, caso não saiba ficar de boca fechada.

– Não esquecerei – assegurou Derig antes de sair.

O próximo a entrar foi o doutor Hörst Schumann. August apanhou outro envelope e entregou-o ao recém-chegado.

– Seu novo nome será Kermit Goran Marzec, um imigrante húngaro.

– Onde me estabelecerei?

– Nos Estados Unidos – respondeu August.

– Mas... – começou Schumann.

– Não há mas – cortou August. – Não se preocupe, Herr doutor. Nada melhor que viver na mesma cova que o inimigo: ninguém ligará para você. A Odessa tem uma empresa de sucata muito rendosa em uma cidade pequena chamada Saint Paul, no Estado de Minnesota, às margens do Mississippi. Vamos transferi-la para seu nome. Ninguém lhe fará perguntas. Comporte-se como um americano perfeito, que pessoa alguma indagará suas origens. Coma hambúrgueres, beba cerveja e seja simples como eles. Os americanos gostam de quem vence, e você chegará aos Estados Unidos como um vencedor capaz de comprar uma empresa.

– Sim, serei um bom americano – disse o médico que havia esterilizado milhares de homens, mulheres e crianças em Auschwitz.

– É o que recomendo para sua própria segurança. Mas aconselho-o também a nunca falar da Odessa e de suas operações, de sua fuga da Europa e das rotas que seguiu. Sobretudo, jamais revele o nome de algum de seus camaradas ou dos membros da organização com que teve contato. Espero que não se esqueça disso.

– Não me esquecerei... e muito menos o que fizeram por mim – disse o doutor Schumann.

O terceiro protegido era o doutor Janku Veckler, médico e pediatra em Birkenau.

August abriu o terceiro envelope e tirou os documentos de Veckler. O primeiro era um passaporte polonês em nome de Daniel Bermawitz.

– Um judeu? – protestou Veckler.

– Haverá identidade melhor que a de um judeu para um criminoso nazista passar despercebido? De qualquer forma, se não o quiser, outro protegido nosso quererá este passaporte, não tenho dúvida – respondeu August, olhando fixamente para Veckler e recolocando o passaporte polonês no envelope.

– Está bem, não se exalte assim, amigo.

– Não sou seu amigo, Herr Veckler... Apenas seu protetor – esclareceu August.

– Ficarei com essa identidade. Para onde irei?

– Para a Inglaterra. Nos primeiros anos, não poderá exercer a medicina, mas, com o passar do tempo, não haverá problema, desde que seja bastante discreto.

– E quando será isso? – perguntou o médico da SS.

– Quando nós lhe dissermos. Agora, o importante é colocá-lo na Grã-Bretanha sem levantar suspeitas dos agentes ingleses do Crowcass. Entre os papéis trazidos de Fulda por nosso agente, há vários certificados que o identificam como doutor Daniel Bermawitz e inúmeras cartas de recomendação de antigos pacientes.

Veckler, examinando os documentos falsificados pela Odessa, deparou com um certificado do campo de concentração de Sachsenhausen em nome do prisioneiro Daniel Samuel Bermawitz.

– Mas...

– De fato, você esteve preso no campo de Sachsenhausen – explicou August.

– Mas então deverei ter um número tatuado no braço...

– Correto. Isso será feito hoje mesmo à noite, antes que saia de San Girolamo. Recomendo também que aprenda os fundamentos da religião judaica e leia a Torá, pois poderá ser interrogado pelos serviços de segurança britânicos. Também não lhe fará mal saber um pouco de hebraico – aconselhou August.

– É curioso... – refletiu Veckler. – Dediquei-me a matar esses judeus e a esterilizá-los para impedir que procriassem como ratos e agora tenho de passar por um deles!

– Dizem, caro doutor Veckler, que o destino é uma lei cujo significado nos escapa por falta de dados. Sua tarefa, doravante, consistirá em reunir esses dados para melhorar seu destino.

– É o que farei, não tenha dúvida.

– Antes que saia, doutor, gostaria de deixar uma coisa bem clara. Nunca fale da Odessa e de suas operações, de sua rota de fuga e, obviamente, nunca cite o nome de nenhum de seus camaradas ou dos membros da organização com que teve contato. Espero que não se esqueça disso.

Veckler olhou August fixamente, sem dizer palavra alguma, e fechou a porta. Pouco depois, entrava Draganovic.

– E então, senhor Lienart, que faremos agora?

– Só resta entregar a documentação a Pavelic – disse August.

– Posso fazer isso, se o senhor quiser. Fui convidado a assistir a uma missa em Santa Sabina esta tarde.

– Está bem, mas tenha cuidado. Não pode ser detido com esses papéis nem por americanos nem por ingleses. É muito perigoso andar em Roma com eles – advertiu August.

– Não se preocupe. Ninguém reparará num humilde sacerdote caminhando pelas ruas da cidade.

– Aqui estão. Diga a Pavelic que esperamos transferi-lo o quanto antes para algum porto da Argentina, via Gênova ou Madri.

– Direi – garantiu o religioso. – Gostaria de saber também o que acontecerá com os outros protegidos da lista da Odessa.

– Alois Brunner, Josef Mengele e Franz Stangl estão em segurança na Comunidade de São Rafael, na Bavária. Serão trazidos para cá, para os refúgios do Corredor. Ainda não conseguimos localizar Adolf Eichmann. Um agente do Círculo de Salzburgo assegurou tê-lo visto num abrigo de montanha em Altaussee, mas não pudemos comprovar a informação.

– Estaremos preparados, no Corredor Vaticano, para lhes dar cobertura. Diga isso a seu pai.

– Eu direi, padre Draganovic. E agora, se me permite, preciso voltar à residência. Espero uma chamada da Secretaria de Estado.

Antes que August, sempre acompanhado de seu fiel Müller, saísse do escritório de San Girolamo, Draganovic puxou-o por um braço.

– Espera uma chamada de seu amigo Bibbiena?

– Exatamente. Parece que o Santo Padre, em pessoa, deseja agradecer as generosas doações que nossa organização fez à Igreja.

– Nosso Santo Padre sempre tão gentil para com os demais... – disse o sacerdote, entre dentes.

– De que está falando? – perguntou August.

– O Santo Padre sabe fechar os olhos aos atos da Odessa, enquanto continuam chegando ao Vaticano suas abundantes doações. A boca do Vaticano também permanecerá fechada enquanto o ouro fluir para suas arcas.

– Noto certa irritação em seu tom de voz, padre Draganovic – observou August. – Quem, a seu ver, é a boca do Vaticano?

– Ainda não descobriu? Monsenhor Montini e monsenhor Tardini, os subsecretários de Estado.

– E, segundo sua teoria, quem seriam os ouvidos do Vaticano? – perguntou August.

Draganovic não pôde conter uma gargalhada.

– Bendita inocência a sua! Alguém disse, meu querido Lienart, que os inocentes e não os sábios é que resolvem os problemas difíceis. E, no seu caso, tinha razão. Os ouvidos do Vaticano, os ouvidos de Montini e Tardini, são o seu amigo Hugo Bibbiena.

– Hugo Bibbiena? Mas ele trabalha na Secretaria de Estado...

– E quem disse que ele pertence à Secretaria de Estado? Bibbiena é um dos maiores responsáveis pela Entidade, o serviço de inteligência papal. Diz-se até que vive em pecado, em sua própria casa, com uma de suas principais agentes, mas, graças a seu poder e à proximidade que mantém com os subsecretários de Estado, para não dizer com o pontífice em pessoa, ninguém no Vaticano ousa criticá-lo.

– Bibbiena vive com uma mulher? – perguntou August, inocentemente, enquanto visualizava o rosto de Elisabetta.

– Sim, com uma beldade de olhos negros que, segundo as fofocas, é uma antiga guerrilheira comunista – contou Draganovic, baixando a voz para dar à afirmação um tom de boato.

– Não conheço essa jovem – mentiu August. – Mas como ela entrou para o serviço de Bibbiena?

– O senhor é jovem e de boa aparência. Essa moça lhe agradaria, estou certo – disse o religioso, sem dar muita importância ao assunto. – Ao que parece, ela era agente da Entidade no sul da Itália, mas não tenho certeza disso. Talvez tudo não passe de boato. O certo é que vive sob o mesmo teto que Bibbiena.

– Isso não quer dizer nada. Pode ser que ele a considere uma irmã.

– O senhor é bastante ingênuo, amigo Lienart. Vê-se que não conhece a moça... – insinuou Draganovic.

Talvez por não querer saber mais nada de Elisabetta ou por não acreditar no que ouvia, August largou a mão do religioso e afastou-se dele.

– Preciso ir, padre. Voltaremos a nos ver quando localizarmos o resto dos nomes de nossa lista. Bom dia.

– Bom dia, Herr Lienart.

August sentiu uma espécie de enjoo quando saiu.

– Peça a Luigi que prepare o carro – ordenou a Müller. – E deixe-me sozinho por um momento. Quero tomar um pouco de ar antes de voltar à residência.

Pela mente do jovem seminarista começaram a desfilar imagens de Elisabetta. "Uma espiã do Vaticano. Elisabetta, uma espiã do Vaticano", repetia uma voz dentro de sua cabeça enquanto ele se agarrava fortemente ao corrimão da ponte Cavour sobre o Tibre.

– Herr Lienart? Herr Lienart?...

A voz de Müller arrancou-o do transe em que mergulhara.

– Herr Lienart, o senhor está bem? – perguntou Müller.

– Sim, estou bem. Voltemos à residência – disse August.

Os dois homens se dirigiram para o carro, ao lado do qual Luigi os esperava. Poucos minutos depois, avistavam a cúpula setecentista da igreja de Sant'Ivo alla Sapienza, desenhada por Borromini.

Lienart reparou no grande número de viaturas policiais estacionadas na entrada da residência. Dois carabineiros estavam em pé diante da porta principal do edifício.

– Continuamos? – perguntou Luigi ao ver os veículos da polícia.

– Não. Não temos nada a temer, mas pare um pouco mais à frente. Você, Müller, permaneça no carro. É melhor que eles não saibam quem você é – ordenou August.

– O senhor manda, Herr Lienart.

August desceu do carro e dirigiu-se a passos lentos para a entrada do prédio. Um dos policiais que estavam diante da porta abordou-o:

– August Lienart?

– Sim, sou eu. Que deseja?

– O comissário Di Carlo o espera lá dentro – respondeu o policial, pondo-se ao seu lado.

– Aconteceu alguma coisa?

– O comissário lhe dirá – respondeu secamente o policial.

Logo à entrada, percebeu que algo não ia bem ao ver a expressão do padre porteiro, que o olhou fixamente.

– Por aqui – indicou o policial, abrindo a porta da biblioteca.

Mal entrara, August deparou com vários homens sentados em volta de uma das grandes mesas. Outro, ao fundo, examinava sem grande interesse os volumes de uma estante.

– Bom dia, bom dia... – cumprimentou afavelmente o homem sentado mais perto da porta. – Permita que me apresente. Sou o comissário Angelo di Carlo, do departamento criminal de Roma.

– Muito prazer, comissário. Sou August Lienart.

– Francês?

– Sim.

– Lamento não falar bem sua língua – desculpou-se o comissário.

– Não se preocupe, pode falar em italiano, que entendo perfeitamente.

– Ótimo. Apresento-lhe o capitão Raimundo Mancinelli, do corpo de carabineiros.

August estranhou não lhe apresentarem o homem de terno cinza que examinava os títulos dos livros.

– E então? Que desejam de mim? – perguntou August.

– Queremos lhe fazer umas perguntas – respondeu Di Carlo, tirando uma caneta do bolso do paletó e espalhando algumas folhas de papel sobre a mesa.

– Que tipo de perguntas?

O comissário Di Carlo pegou várias fotografias em branco e preto de uma pasta e colocou-as também sobre a mesa.

– Queremos saber se conhecia a senhorita Claire Ashford.

– Claire Ashford? Não, não a conheço. Não sei quem é – respondeu August.

– Hummm... Pois temos notícia de pelo menos duas visitas que o senhor fez à vítima – declarou Di Carlo.

– Vítima? Quem morreu? – alarmou-se o jovem seminarista.

– A senhorita Ashford. Olhe as fotografias – instou o comissário.

August pegou a primeira foto. Nela, via-se um corpo, possivelmente de uma mulher, deitado de bruços e com a cabeça meio coberta por um lençol.

– Sinto muito, mas não sei quem é.

– Temos uma declaração escrita da senhora Doglio, a porteira do edifício, que afirma tê-lo visto entrar pelo menos duas vezes – disse Di Carlo, mostrando a August uma folha de papel.

– Queira me desculpar, inspetor... – começou August.

– Comissário... Comissário Di Carlo.

– Queira me desculpar, comissário Di Carlo, mas não conheço nenhuma mulher chamada Claire Ashford – garantiu August.

– Então não conhece esta mulher? – insistiu o comissário, pondo sobre a mesa uma foto de documento de Claire.

Um calafrio percorreu o corpo de August.

– Meu Deus... é Laurette – gaguejou.

– Quem é Laurette? – perguntou o oficial de polícia.

– Laurette, Laurette Perkins... Meu Deus! Ela está morta?

– Sim. Alguém a esfaqueou até a morte depois de abusar sexualmente dela – respondeu Di Carlo.

– Mas é impossível... – balbuciou August. – Quando a deixei, estava viva...

– Pois alguém se aproveitou dela, apunhalou-a umas quarenta vezes e por fim a degolou com uma lâmina bem afiada. O pior de tudo foram os golpes que o assassino lhe aplicou nos órgãos sexuais...

A sala começou a girar em volta de August.

– Por favor, preciso ir ao banheiro... – disse. Mas, antes de conseguir levantar-se, puxou para perto um cesto de lixo e vomitou nele.

– Precisa de algum tempo para se recompor, padre? – perguntou Di Carlo.

– Não... apenas de alguns segundos, por favor... – pediu August.

– Traga um copo de água para o padre Lienart – ordenou Di Carlo a um dos agentes uniformizados.

Enquanto essa cena se desenrolava, o homem de terno cinza permanecia calado, observando atentamente as reações do jovem seminarista.

– Está melhor?

– Sim, comissário. As fotografias me impressionaram muito – confessou August.

– Ah, querido padre Lienart! A morte só tem importância quando nos faz refletir sobre o valor da vida. O assassinato, ao contrário, recorre à violência para anular esse valor. No caso que investigamos, alguém arrebatou brutalmente a vida da pobre jovem. Meu interesse é saber quem foi o monstro que perpetrou um ato tão execrável.

– Perdoe-me, mas não posso lhe dizer nada a respeito – disse August. – Reconheço que estive com ela, mas, quando saí, a moça estava viva.

– Desculpe-me interrompê-lo – interveio o capitão Mancinelli –, mas o senhor a chamou por outro nome.

– Laurette. É como eu a conheci. Disse-me que era uma estudante inglesa.

– Onde a conheceu? – perguntou Di Carlo.

– Uma noite, em uma rua de Roma.

– Quer dizer que era prostituta?

– Não. Estava sendo assaltada por dois homens... – respondeu August, ainda tentando se recuperar do golpe recebido.

– Quem eram esses homens?

– Não sei. Não consegui ver o rosto deles. O que sei é que nos deram uma boa surra, em nós dois, mas ao menos evitei que continuassem maltratando-a – contou August.

– Muito cavalheiresco de sua parte. E depois?

– Nada. Não houve mais nada.

– Então por que esteve de novo com a senhorita Ashford? – perguntou Di Carlo, limpando a ponta da caneta com um lenço.

– Ela me convidou para jantar a fim de agradecer a ajuda que lhe dei quando os homens a atacaram.

– Vejamos minhas anotações... Hum... O senhor saiu da casa dela na manhã seguinte – disse o comissário. – Na declaração da boa e sempre atenta senhora Doglio, a porteira, o senhor saiu no dia seguinte bem cedo.

– Bem, sim... Passei a noite com ela, mas não a matei – respondeu August.

– Ora, ora, sempre pensei que os sacerdotes deviam cumprir o celibato.

– E devem mesmo, mas eu ainda não sou sacerdote. Não fui ordenado. Continuo estudando no seminário.

– E o que faz aqui em Roma? – perguntou interessado o policial.

– Estou completando meus estudos na Biblioteca do Vaticano.

– Tenho informações que o situam em diferentes locais de Roma, como o colégio teutônico de Santa Maria dell'Anima, o colégio de San Girolamo...

August concluiu que quem o estava seguindo eram agentes da polícia italiana; do contrário, não disporiam de toda aquela informação.

– Meus estudos e minha vida em Roma me obrigam a visitar diversos lugares e instituições, bem como várias autoridades eclesiásticas.

– Como o arcebispo Hudal e o padre Draganovic? – perguntou de repente o comissário Di Carlo.

– Sim. Ambos mantêm ótimas relações com minha família há muitos anos, de modo que, ao chegar a Roma, fui visitá-los por uma questão de cortesia. Como sabe, comissário, quem não se mostra cortês provoca os castigos da soberba.

– De acordo. Mas sei também que os temores, as suspeitas, a frieza, a reserva, o ódio e a traição se escondem frequentemente sob esse véu uniforme e pérfido que é a cortesia – sentenciou Di Carlo, sorrindo para o seminarista.

August ficou surpreso com aquela afirmação do policial.

– Posso lhe perguntar uma coisa, comissário?

– Sim.

– Gostaria de saber quem era realmente essa jovem. Chamava-se Claire Ashford?

O homem que observava os títulos dos livros e permanecera em silêncio até então se virou para August.

– Por que você quer saber isso?

– Porque gostava de Laurette... ou Claire, ou seja lá como se chamava. Era encantadora, e lamento muito sua morte. Se eu tivesse ficado com ela, isso não teria acontecido...

– Ela foi assassinada, senhor Lienart, assassinada. Violaram e torturaram a pobrezinha até matá-la; e, quando já haviam acabado com ela, degolaram-na em sua própria cama.

– Sinto muito. Sinto muito, sinceramente... – murmurou August, baixando a cabeça.

O homem se aproximou da mesa onde estava sentado o seminarista, apoiou as mãos sobre o tampo e mirou o rapaz fixamente nos olhos.

– Essa mulher era uma agente americana.

– Uma policial? – perguntou August, incrédulo.

– Uma agente do ESE, o Escritório de Serviços Estratégicos dos Estados Unidos.

– Espiã?

– Sim, digamos assim. Estava em uma missão importante em Roma – explicou o desconhecido.

– Perdão, mas não sei quem é o senhor – interrompeu August.

– Ah, não me apresentei! – disse o homem, com frieza. – Meu nome é Daniel Chisholm, chefe de segurança da embaixada dos Estados Unidos em

Roma. Claire era uma de nossas funcionárias, e nossos chefes nos mandaram descobrir quem é o culpado... Claro que, se descobrirmos quem ele é, alguns companheiros quererão esquartejá-lo, senhor Lienart.

– E entregá-lo à justiça italiana – interveio o comissário Di Carlo. – Para que seja julgado.

– Sim, é claro, comissário. Não iríamos fazer justiça com nossas próprias mãos – desculpou-se Chisholm em tom sarcástico, enquanto olhava fixamente August. – Vocês, italianos, sabem muito bem que nós, americanos, somos contra as execuções sumárias nas ruas de Roma. Não aprovamos essa forma de agir, acreditem. Esteja certo de que acharemos o culpado desse assassinato e o entregaremos às autoridades de seu país.

– É o que espero, meu caro Daniel, é o que espero – disse Di Carlo.

August continuava em silêncio, de olhos baixos.

– Bem, senhor Lienart, gostaria de saber sobre o que conversou nessa última noite com a senhorita Ashford.

– Não conversamos sobre nada em especial. Ela me contou que havia chegado a Roma antes da guerra e que seu noivo, um ex-guerrilheiro italiano, fora executado pelos alemães nas Fossas Ardeatinas. Eu não quis lhe fazer mais perguntas.

– A senhora Doglio garantiu, em sua declaração, que só viu o senhor entrar no apartamento da senhorita Ashford. O senhor e ninguém mais – disse Di Carlo.

– Contei-lhe tudo o que sei sobre o assunto, comissário Di Carlo. Podem até me torturar, mas não posso lhes dizer mais do que sei. Já lhes contei que conheci Laurette, ou Claire, ou seja lá qual for seu nome, quando a defendi de uns sujeitos que a estavam agredindo na rua. Ofereci-me para ajudá-la a pagar sua dívida e não soube nada mais dela até receber o convite para jantar em sua casa. Ela disse que era para agradecer minha ajuda. Confesso que tivemos relações, mas logo de manhã fui embora. A próxima notícia que tive dela foi hoje, quando os senhores chegaram aqui para me interrogar sobre seu assassinato. Não sei mais nada.

– Sabe, porém, que poderíamos prendê-lo agora mesmo – ameaçou Chisholm.

August ergueu a cabeça e olhou o agente americano bem nos olhos.

– Acho que o senhor não tem essa autoridade. Não estou em território americano, mas italiano. Aqui em Roma é a polícia italiana que pode deter-me se tiver provas; e, como não as tem, duvido que mesmo ela faça isso. O senhor é americano e, portanto, não pode fazer muita coisa por aqui.

– Gostaria muito de lhe dar um tiro, acredite... – soltou Chisholm.

O momento de tensão foi bruscamente quebrado pelo comissário Di Carlo.

– Ora, ora, amigos, não creio que seja necessária tanta violência. O senhor Lienart, aqui presente, teve a gentileza de falar conosco. Por enquanto, não temos provas contra ele e só podemos contar com sua boa vontade para responder às nossas perguntas.

– Boa vontade?! Desculpem-me interrompê-los, mas, se não vão me prender pelo assassinato de Claire Ashford, dou por encerrada esta conversa – disse August. – Se quiserem falar comigo de novo, tragam uma ordem judicial ou dirijam-se à casa de minha família em Frascati. Avisem-me antes para que eu possa chamar meu advogado.

– Por ora, não precisamos interrogá-lo novamente – respondeu o comissário Di Carlo. – Mas devo pedir-lhe que não saia de Roma sem nos comunicar. Preciso saber onde está, caso tenha de lhe fazer mais perguntas sobre a senhorita Ashford. Não se esqueça de que foi a última pessoa a vê-la viva e, por enquanto, é o principal suspeito.

– Certo, comissário. Não se preocupe. Não planejo sair de Roma, pois tenho muito trabalho a fazer no Vaticano – assegurou August.

– Não há mais perguntas por ora, pode retirar-se – disse o comissário.

August se levantou e caminhou lentamente para a porta da biblioteca. Sabia que os quatro homens o estavam seguindo atentamente com o olhar. Depois de fechar a porta, o comissário Di Carlo voltou-se para os demais:

– Não o perderemos de vista.

Fora do edifício da Sapienza, August tentava manter a calma diante do olhar atento dos dois agentes de polícia que o observavam da entrada. Perguntas e mais perguntas rodopiavam em sua cabeça: perguntas sem respostas.

Quem teria matado Claire? Por que uma agente do ESE havia se aproximado dele? Será que eles queriam matá-lo, mas só encontraram Claire? Isso significaria que as operações da Odessa corriam perigo? Alguém da Irmandade enviado por seu pai a teria matado ao descobrir que Claire era uma agente do ESE? Que fazia aquele homem da embaixada americana no interrogatório? Elisabetta era mesmo uma agente do Vaticano? E amante de Bibbiena? Seu amigo Hugo Bibbiena teria duas caras?

August observou Müller, que estava um pouco longe, junto ao carro de Luigi. Aquele membro da Kameradschafsshilfe não saía de seu lado. Talvez tivesse recebido ordens diretas de seu pai ou da Odessa, ou de ambos, para acabar com a vida da agente do ESE. Sem refletir, dirigiu-se para ele e, antes que o ex-membro da SS pudesse dizer uma palavra, empurrou-o para um lado da rua e esbofeteou-o.

– Que é isto? – perguntou Müller, meio tonto pelo efeito do golpe.

– Você a matou, seu porco maldito, você a matou... – rugiu August, agarrando Müller pela gola do casaco.

– De quem está falando? Não entendo... – protestou Müller.

– De Claire... Você a matou.

– Quem é Claire? – perguntou Müller, tentando libertar-se.

– Laurette Perkins...

– Não estou entendendo nada, Herr Lienart... Solte-me, por favor.

– Laurette se chamava Claire Ashford e era uma agente americana... – explicou August, sem largar Müller.

– Continuo não entendendo nada, Herr Lienart. E agora me solte, por favor.

– Mentiroso! Meu pai ordenou-lhe que matasse Claire, seu maldito nazista assassino! – gritou August, esbofeteando-o novamente.

Müller, então, num gesto brusco, ergueu o braço para se proteger de um novo golpe, imobilizou August e deu-lhe uma cabeçada em pleno rosto. O sangue esguichou abundantemente do nariz do jovem, que caiu de joelhos por causa da dor. Müller se aproximou e disse-lhe ao ouvido:

– Juro, Herr Lienart, que não tive nada a ver com a morte dessa mulher. Não recebi ordem de ninguém para acabar com ela, muito menos de seu pai ou da Odessa. Ouviu bem?

August, ainda de joelhos, conseguiu fazer um movimento afirmativo com a cabeça.

– Ah, Herr Lienart! Concluindo, devo adverti-lo de que, se me tocar de novo, terei de matá-lo, não importa quem o senhor seja... Não permitirei que isso aconteça novamente – disse Müller, antes de afastar-se descendo a rua.

Luigi, que fora testemunha da briga, desceu do carro e ajudou August a levantar-se do chão.

– Vamos, senhor Lienart, vamos... Eu o ajudarei a andar...

Sentindo uma forte dor de cabeça provocada pela cabeçada de Müller, August se apoiou no motorista para poder chegar até o carro. Ao longe, como testemunha do incidente, o comissário Angelo di Carlo observou os dois homens entrando no automóvel e desaparecendo numa esquina. Estava claro que o oficial da polícia italiana não iria perder de vista aquele estranho e misterioso jovem seminarista francês.

Zurique

Zurique, motor financeiro e cultural do país, trabalhava sem pressa às margens do lago Zürichsee, alimentado pelas águas do rio Linth. Para aquela cidade, o mundo permanecia imóvel ou, pelo menos, o relógio avançava mais devagar que nos outros lugares. E para seus habitantes, o continente não havia sequer passado por uma guerra mundial. Suas avenidas limpas e arborizadas eram ladeadas por edifícios em estilo clássico, propriedade de grandes bancos e empresas financeiras privadas. O que se passava dentro desses edifícios ninguém sabia. No entender dos gnomos, a confidencialidade entre banqueiro e correntista era mais sagrada que a relação entre médico e paciente ou entre sacerdote e fiel. Para a Associação de Banqueiros Suíços, não havia nada tão intocável quanto os negócios e o dinheiro, atitude levada a extremos por pessoas como Galen Scharff, o diretor-geral do Banco Nacional Suíço, Radulf Koenig e Korl Hoscher.

O trem procedente de Roma havia chegado com atraso. Walther Hausmann saiu da estação central de Zurique e cruzou a Bahnhofplatz até o hotel Schweizerhof. Construído em 1876, o estabelecimento tinha se transformado durante a guerra em um dos principais centros de espionagem, negócios ilegais, tráfico de armas e conspirações.

– Sou o senhor Holbein – apresentou-se Hausmann ao recepcionista.

– Sua esposa já chegou. Registrou-se esta manhã. Seu apartamento é o 324, terceiro andar – informou o recepcionista, entregando-lhe uma chave. – Precisa de um carregador?

– Não. Trago pouca bagagem.

O agente da Odessa subiu os dois andares pela escada e caminhou pelo corredor atapetado até uma porta identificada por três números de bronze. Bateu com os nós dos dedos.

– Quem é? – perguntou uma voz de mulher.

– Hausmann. Walther Hausmann.

O recém-chegado ouviu as persianas serem descidas. Ao entrar, deparou-se com uma mulher atraente. "Podia até ficar bonita, se fosse maquiada", pensou o ex-oficial da SS. A mulher ocultava uma pistola de dois tiros na mão direita.

– Para evitar alguma surpresa – disse ela, mostrando a arma a Hausmann.

– Não se preocupe. Sou de confiança. Pode guardá-la.

Hausmann fora designado em junho de 1941 para o Einsatzgruppe D, que operava ao sul da frente oriental, principalmente na Ucrânia e na Crimeia. O agora assassino da Odessa havia participado do extermínio de judeus e da repressão aos grupos guerrilheiros e às atividades da resistência russa. No desempenho do cargo, foi responsável pela matança de Simferopol, em que sucumbiram pelo menos 14.300 pessoas – a maioria, judeus. No total, foram atribuídas ao seu comando mais de 90 mil execuções.

– E então? – perguntou Hausmann.

– Tenho ordens muito claras da Odessa para você e para mim.

– Quais são?

– Estão nestes dois envelopes – disse a mulher, entregando-lhe um.

Hausmann abriu-o. Duas folhas escritas à máquina indicavam qual era seu objetivo: Korl Hoscher. Missão: descobrir se o advogado tinha algo a ver com o desvio de fundos da Odessa e, em caso positivo, recuperar o dinheiro roubado.

– Qual é a sua missão? – perguntou a Oberhaser.

– Koenig, Radulf Koenig. Devo saber se ele está implicado e, se estiver, recuperar os fundos da Odessa.

– Como vai fazer isso? – perguntou Hausmann.

– Esse advogado costuma frequentar um clube muito especial, nos subúrbios da cidade. Irei lá e tentarei fazer contato com ele.

– Que tipo de clube?

– Die Rote Orchidee é um clube em que ilustres cavalheiros, banqueiros, homens de negócios, políticos e religiosos podem desinibir-se longe dos olhos zelosos da sociedade helvética e, é claro, dos olhos ainda mais zelosos de suas esposas. Ali, vestidos de mulher ou com trajes de couro, presos a argolas, dão vazão às suas preferências sexuais... com certa liberdade, digamos assim. Koenig é um dos frequentadores, por isso eu me ocuparei dele.

– Que fará para que o homem confesse e lhe entregue o dinheiro?

– Deixe isso comigo, Herr Hausmann. E você, como agirá com Hoscher?

– Ouvi dizer que é muito ligado à família e esse é o seu ponto fraco. Se não confessar e me entregar o dinheiro roubado à Odessa, começarei a matar seus parentes, um por um, até não sobrar ninguém – disse Hausmann, com a maior frieza. – Tomara que tenha parentes em grande número e demore a me entregar o dinheiro.

Essas palavras fizeram Oberhaser sorrir.

– E se você acabar com todos eles sem que o homem confesse e lhe dê o dinheiro?

– Sem problemas. Prosseguirei com seus amigos até não lhe restar ninguém no mundo.

Durante a tarde inteira, permaneceram no quarto, preparando-se para sua missão. Ao anoitecer, os dois assassinos da Odessa partiram, cada qual para seu destino.

O clube Die Rote Orchidee situava-se num bairro elegante da parte alta de Zurique, bem perto da Klopstockstrasse. Nenhum letreiro o identificava. Quando Bertha Oberhaser chegou próximo a uma grade alta, um guarda veio ao seu encontro.

– Esta é uma propriedade particular – avisou ele.

Bertha abriu o casaco e mostrou ao vigilante uma blusa transparente, que deixava ver seus seios grandes e firmes.

– Gostaria muito de entrar – disse ela. – Que devo fazer para isso?

O vigilante olhou para os dois lados a fim de se certificar de que não havia ninguém por perto e introduziu a mão no decote da mulher para apalpar-lhe os seios.

– Pode entrar, mas não diga que fui eu quem deixou.

A mulher fechou o casaco e caminhou com dificuldade pelo chão de cascalho, equilibrando-se nos sapatos de salto alto.

O interior da mansão era elegante, confortável, com todo tipo de prazeres que um ricaço pudesse pagar – e, em Zurique, ricaços não faltavam.

– Quer guardar o casaco? – perguntou uma jovem negra nua, cujo corpo escultural, cor de ébano, só estava coberto por um minúsculo avental e uma coifa.

– Sim, obrigada.

Depois de entregar o casaco, Bertha se dirigiu para um dos salões principais. No caminho, apanhou uma máscara veneziana de um cesto próximo e cobriu o rosto. Ali se misturavam cavalheiros, que fumavam charutos caros e bebiam conhaque envelhecido em grandes taças de cristal da Boêmia, e jovens de ambos os sexos prontos para uma aventura sexual com qualquer daqueles milionários. A entrada era proibida a quem não pertencesse ao fechado e exclusivo círculo de Zurique. Mulheres sozinhas entravam livremente, se aceitassem a premissa de que poderiam ser escolhidas para qualquer tipo de jogo sexual. Ali, ninguém fazia perguntas. Quem não queria participar dizia "não" e o pretendente se retirava. Contava-se que honestas donas de casa de Zurique, Berna e Genebra compareciam com o rosto coberto e participavam de orgias com as quais ganhavam um dinheiro extra para cobrir seus gastos.

Oberhaser viu Koenig conversando animadamente com outros dois homens. Colocou-se em seu campo visual e sentou-se no balcão.

– Uma vodka, por favor – pediu ao garçom.

De repente, sentiu que alguém se sentava atrás dela e colocava as mãos em seus seios. Não se virou.

– Gosto de seus peitos – disse o homem.

– Se quer continuar acariciando-os e ainda usufruir do resto do corpo, terei de saber antes quanto irá me pagar.

– Quem é você? – perguntou Koenig.

– Uma mulher insatisfeita – respondeu Oberhaser.

– E que mulher não é?

– É como dizem... "Não há mulher insatisfeita, e sim homem inexperiente". Mas você está certo. Eu própria me encarrego de evitar a insatisfação, já que meu marido não se preocupa com isso.

– E quem é seu marido?

– Um advogado muito conhecido na cidade.

– Diga-me seu nome, por favor – pediu o advogado da Odessa, sem tirar as mãos do decote da mulher.

– Sou a esposa de um grande amigo seu, mas, se lhe dissesse meu nome, nossa aventura perderia a graça, não?

– Concordo. Quer subir comigo a um reservado? – propôs Koenig.

– Prefiro os reservados de baixo – respondeu Oberhaser, pondo a mão entre as pernas do advogado.

– Bom... Muito bom... Isso me agrada.

No andar térreo havia vários cubículos parecidos a celas para a prática do sadomasoquismo, do masoquismo e do travestismo, longe de olhos indiscretos. Todos inteiramente à prova de som: ninguém ficava sabendo o que acontecia dentro daqueles calabouços quando a porta estava fechada por dentro.

– E então? – perguntou Koenig.

– Tire toda a roupa, porco asqueroso – ordenou Oberhaser.

O poderoso advogado, que fizera parte de sua fortuna entregando clientes judeus ricos à Gestapo depois de lhes extorquir resgate, ficou completamente nu. As dobras flácidas de sua barriga pendiam para o chão.

– E você, não vai ficar nua? – perguntou ele.

Bertha Oberhaser ordenou que se colocasse de rosto contra a parede e prendeu-lhe pés e mãos com umas argolas. Depois, apanhou um pequeno chicote de couro e umedeceu-o numa torneira.

– Muito bem, senhor Koenig... Agora, você é todo meu. Quero que seja bonzinho e me conte tudo o que sabe.

O advogado tentava virar a cabeça para olhá-la, mas não conseguia por causa da posição.

– Solte-me uma mão, assim poderei acariciá-la – pediu.

A mulher ergueu bem o braço e descarregou-lhe um forte golpe nas nádegas. A dor foi insuportável.

– Solte-me, solte-me já... Não quero mais saber dessa brincadeira.

– E quem disse que estamos brincando, senhor Koenig?

– Quem é você? O que quer de mim?

Sem dizer palavra alguma, Oberhaser descarregou um segundo golpe, um terceiro e um quarto. O advogado gritava, mas ninguém podia ouvi-lo.

– A dor é inevitável, mas o sofrimento é opcional, caro senhor Koenig.

– O que você quer de mim? O que você quer? – soluçou o advogado.

– Apenas a verdade.

– Que verdade?

– Ainda bem que está chorando, senhor Koenig, pois a dor que não se desafoga com lágrimas pode fazer outros órgãos chorar, e nisso eu sou especialista.

– Diga o que você quer de mim, por favor! Dou-lhe o que pedir, se me soltar. Tenho muito dinheiro em contas numeradas. Ele será seu.

Oberhaser aplicou-lhe outro golpe. Na pele das nádegas do advogado começaram a aparecer pequenos filetes de sangue.

– Não grite, senhor Koenig. Ninguém pode livrar os homens da dor, mas quem fizer renascer neles a coragem para suportá-la será perdoado – sentenciou Oberhaser, sorrindo.

– Por favor... por favor... não me bata mais! Darei o que pedir. Darei tudo, mas não me bata mais.

A mulher se aproximou do advogado e sussurrou-lhe ao ouvido:

– Vejo que a dor tem um grande poder educativo. Ela nos torna melhores, mais misericordiosos e, trazendo-nos para nós mesmos, nos convence de que esta vida não é um jogo, mas, sim, um dever. Ora, você violou esse dever enganando aqueles que depositaram em sua fidelidade a máxima confiança.

– Diga-me o que quer... – suplicou Koenig.

– Muito bem... Noto que chegou o momento de nos entendermos, mas saiba que, para chegar até aqui, tudo isso foi necessário.

– Que quer de mim? Dinheiro?

– Não, não quero o seu dinheiro. Quero o dinheiro que você roubou da Odessa.

Ao ouvir essas palavras, Koenig se recompôs imediatamente.

– Malditos filhos da puta! Solte-me agora mesmo! Matarei com minhas próprias mãos esse filho da puta francês que dirige sua organização! – gritou o advogado.

Oberhaser deu um passo para trás, estendeu o braço e fustigou novamente as nádegas da vítima.

– Está bem... Está bem... Não me bata mais! O que você quer saber?

– Primeiro, exijo que não desrespeite quem o fez ganhar tanto dinheiro. Segundo, quero saber onde está o dinheiro que você roubou da Odessa.

– Não está comigo – afirmou Koenig.

– Com quem está, então?

– Com Hoscher, Korl Hoscher.

– Quanto ele roubou da Odessa?

– Não sei... Era Hoscher quem sacava as quantias das contas Hiag da Odessa. Meu trabalho se limitava a depositar esses fundos em outras contas de sociedades fantasmas.

– Quem tem as senhas dessas contas?

– Hoscher. Ele tem todas as informações sobre o dinheiro – disse Koenig, entre lágrimas.

– Muito bem, senhor Koenig. Recebi ordens de matá-lo, mas, como a compaixão é uma virtude rara nos tempos que correm, vou deixá-lo viver. Entretanto, se revelar a alguém alguma coisa sobre a Odessa, seus líderes, as rotas de fuga ou nossos protegidos, esteja certo de que o encontrarei de novo, e não mais armada com um chicote. Entendeu, senhor Koenig?

O advogado só conseguiu mover a cabeça afirmativamente.

Antes de deixar o cubículo, Oberhaser recordou as instruções de Edmund Lienart.

– Ah, senhor Koenig, outra pergunta! Está implicado no roubo do senhor Galen Scharff?

Dessa vez, Radulf Koenig moveu a cabeça negativamente. A doutora Oberhaser aproximou-se então de uma cadeira de ferro com ataduras de couro em ambos os braços, sobre a qual havia deixado uma bolsa de couro preto. Abriu-a e apanhou uma seringa e um pequeno frasco.

– Quanto pesa, senhor Koenig?

– Não sei. Que vai fazer? Prometeu que não me mataria se lhe contasse tudo.

– Quanto pesa, senhor Koenig? – insistiu a doutora.

– Não sei. Talvez oitenta ou noventa quilos – balbuciou o advogado.

A assassina da Odessa observou aquele homem preso à parede, com as dobras da barriga pendentes.

– Cem quilos? Não sei. Por que quer saber?

Bertha Oberhaser colocou uma agulha hipodérmica na seringa e introduziu-a na tampa do frasco, que continha um líquido de cor branca. A etiqueta indicava KCI, cloreto de potássio. Puxou o êmbolo até o líquido alcançar a marca de 147 miligramas.

– Muito bem, senhor Koenig, como você foi muito malvado, sua enfermeira vai lhe aplicar uma injeção.

O advogado começou a suar profusamente vendo a mulher se aproximar com a seringa na mão. Tentou defender-se, mas sem sucesso. A doutora segurou-lhe o braço e introduziu-lhe habilmente a agulha na veia, só retirando-a quando a seringa ficou vazia. Em pouco tempo, Koenig começou a sentir fortes dores na região cardíaca. O cloreto agia. Segundos depois, morria de infarto.

Já do lado de fora, Bertha Oberhaser ligou para uma vila próxima, situada na zona de Seefeld.

– Korl Hoscher é o responsável. Ele está com o dinheiro – ela disse. E desligou.

A poucos quilômetros dali, numa elegante vila às margens do lago, a situação era bem diferente. O amplo salão com vista para o jardim chinês se transformara num centro de detenção improvisado para o SS Hausmann. Sentadas e amarradas em cadeiras estavam a esposa de Korl Hoscher, suas duas filhas, de 11 e 16 anos, e as duas empregadas da casa. Hoscher permanecia imóvel em outra cadeira.

– Pois bem, meu caro, seu amigo Koenig confessou que foi ideia sua desviar fundos da Odessa para sua própria conta.

– É mentira – disse Hoscher. – Eu nunca roubaria a Odessa. Não sou tão idiota assim.

– Ah, meu amigo! Nada no mundo é mais perigoso que a ignorância sincera e a idiotice humana – sentenciou Hausmann.

– Deixe-me falar com seu chefe. Com Edmund Lienart.

– Acontece que ele não quer falar com você. Só quer que lhe devolva o dinheiro roubado da Odessa.

– Juro que não roubei dinheiro nenhum da Odessa. Isso seria...

Antes que pudesse terminar a frase, Hausmann encostou a pistola com silenciador na cabeça de uma das empregadas e disparou. Fragmentos do cérebro da jovem foram parar no rosto de Eleonora Hoscher, a esposa do banqueiro, provocando nela um ataque de pânico.

– Maldição, Arthur, diga a este homem o que ele quer saber para nos deixar em paz! – suplicou a mulher.

– Aí está, Herr Hoscher, vejo que consegui chamar sua atenção – disse Hausmann, rindo.

– Repito que não desviei um único centavo da Odessa e vou dizer isso a Edmund Lienart.

Hausmann se dirigiu então para a cadeira onde estava sentada Amelie, a filha adolescente do advogado. Postou-se atrás dela e disse a Hoscher:

– Escute, amigo, gosto de garotinhas como sua filha. Se não me contar o que eu quero saber, será testemunha de como um homem tira a virgindade de uma menina – ameaçou, acariciando os longos cabelos ruivos da adolescente.

– Deixe-a em paz, por misericórdia! Se quer violentar alguém, faça comigo... Ela não merece isso, por favor! – implorou Eleonora Hoscher.

– Pergunto de novo, senhor Hoscher: onde está o dinheiro que roubou da Odessa? – insistiu Hausmann.

– Repito que não roubei um único centavo da Odessa.

Hausmann recarregou a pistola, aproximou-se da esposa do advogado, levantou a arma e alvejou-lhe um dos joelhos.

– Pare, por favor, pare!... Não atire de novo – suplicou Hoscher ao ver a mulher tentando controlar a dor provocada pela bala, que lhe quebrara a rótula.

– Então, sou todo ouvidos.

– Não tirei um só franco da organização...

Antes que Hoscher concluísse a frase, Hausmann apontou o cano da arma para a cabeça de Eleonora e apertou o gatilho.

– Resposta errada, senhor Hoscher. Resposta errada... O próximo passo será divertir-me com esta garota, bem diante de seus olhos. Vai gostar de ver um homem como eu, curtido na guerra, se enfiar no meio das pernas de sua querida e bonita filha adolescente.

– Está bem, está bem... Deixe-a, não lhe faça mal... Direi onde está o dinheiro, mas, por favor, não faça nada às minhas filhas.

Hausmann soltou uma sonora gargalhada.

– Ora, ora, está se vendo que não amava muito sua esposa, pois só resolveu falar depois que eu a matei!

– O que você quer que eu faça? – perguntou Hoscher.

– Quero que vá ao banco onde guardou nosso dinheiro e o transfira para esta conta – disse Hausmann, tirando do bolso do paletó um papel com vários números anotados. – Em seguida, volte aqui com o comprovante e não tente fazer nenhuma bobagem. Sou formado em Economia pela Universidade de Göttingen e fui assessor econômico do Escritório Central de Segurança do Reich. Entendeu bem?

– O que acontecerá com minhas filhas?

– Depois que você comprovar a operação de transferência dos fundos, eu as soltarei. Espere um dia para chamar a polícia, a fim de me dar tempo de cruzar a fronteira. Do contrário, virão outros membros da Odessa para liquidar você e sua família. Se, ao sair daqui, chamar a polícia, acontecerá o mesmo. Tem a partir deste momento cinco horas para devolver o dinheiro roubado e voltar. A cada quinze minutos de atraso, eu matarei uma de minhas reféns... e olhe que só me restam três... – advertiu Hausmann.

Hoscher olhou para as duas filhas e, depois de tranquilizá-las, saiu de casa rumo à sede do Credit Suisse da Paradeplatz. Durante as duas horas seguintes, realizou várias operações de transferência de fundos de várias contas numeradas para outras no Banco Nacional da Suíça. Todas as sociedades registradas como titulares dessas contas eram dirigidas por Korl Hoscher e Radulf Koenig.

Ao terminar, subiu ao carro e voltou para sua residência na Bellerivestrasse. Abriu o portão de ferro e entrou. Depois de estacionar o Rolls Royce Phantom II ao lado do caminho, dirigiu-se para a porta da casa. Como do lado de fora não se via o interior, apertou a campainha. Segundos depois, percebeu a silhueta de Hausmann aproximando-se.

– E então, Herr Hoscher? – perguntou o SS.

– Aqui estão os comprovantes de todas as operações. Foram dezessete transferências, mas consegui chegar a tempo.

– Vejo que você e seu sócio roubaram muito da Odessa – disse Hausmann, dando um longo assobio.

– Vai libertar minhas filhas? – perguntou Hoscher.

– Claro que sim. Devo cumprir minha palavra.

Hoscher se dirigiu para o grande salão, seguido de perto pelo assassino da Odessa. Ao chegar, descobriu com espanto o que havia ocorrido em sua ausência: Hausmann executara com um só disparo na cabeça a segunda criada e a filha menor do advogado. A adolescente, imóvel e desnuda, estava estendida no chão, com a grande cabeleira ruiva sobre uma poça de sangue. Depois de violentada, fora morta também, como as outras reféns, com um tiro na cabeça.

Hoscher estacou, petrificado, diante daquele cenário sinistro. Quando conseguiu reagir, só teve tempo para virar-se e ver o assassino apontando a arma para sua cabeça e disparando. A Odessa tinha recuperado seu dinheiro em troca de seis cadáveres. Um preço bastante aceitável, do ponto de vista de Hausmann.

XI

Genebra

Naquela manhã, Edmund Lienart se sentia inquieto com as notícias que chegavam da Alemanha ocupada. As manchetes dos principais jornais suíços anunciavam a formação de um tribunal internacional para julgar os crimes de guerra do Terceiro Reich. Líderes colaboracionistas estavam sendo executados em seus respectivos países: o marechal Philippe Pétain havia sido condenado à morte, mas tivera sua pena comutada para prisão perpétua; Pierre Laval fora executado; o chefe de governo norueguês pró-nazista Vidkun Quisling tivera a mesma sorte e também muitos outros líderes estrangeiros que haviam colaborado com a Alemanha nazista.

Era claro que as quatro potências vencedoras se dispunham a castigar duramente os chefes do Terceiro Reich que caíssem em suas mãos. Todos seriam levados a juízo por quatro acusações concretas: crimes de guerra, crimes contra a humanidade, genocídio e guerra de agressão. No total, 4.850 pessoas foram indiciadas, mas apenas 611 foram acusadas formalmente. No primeiro julgamento, 22 líderes do Reich se sentaram no banco dos réus, com Martin Bormann sendo julgado *in absentia*. Doze foram condenados a morrer na forca; três, a prisão perpétua; dois, a vinte anos; um, a quinze; um, a dez; e três acabaram absolvidos. Dos doze homens que haviam assistido à reunião secreta no hotel Maison Rouge de Estrasburgo, presidida por Martin Bormann, a maioria estava detida ou sendo vigiada por parte das autoridades aliadas.

Walther Funk e Emil Puhl, do Reichsbank, receberam penas de prisão perpétua e cinco anos de detenção, respectivamente; Friedrich Flick, magnata do carvão e do aço, de sete anos; Carl Krauch e Georg von Schnitzler, da IG

Farben, de seis e dois anos e meio; Gustav Krupp escapou graças a seu precário estado de saúde, mas seu filho Alfried foi condenado a doze anos; e Kurt von Schroeder, especialista em operações bancárias internacionais, a apenas três meses. Albert Vögler, o magnata dos armamentos, se suicidaria em sua cela da prisão de Haus Ende, em Herdecke, depois de ser capturado pelos americanos. Só quatro dos participantes da reunião da Odessa continuavam em liberdade: Bormann, Adolf Eichmann, Alois Brunner e ele próprio, Edmund Lienart. Enquanto permanecesse em seu elegante refúgio genebrino, não teria nada a temer. Sabia que os suíços jamais o entregariam à França. Não lhes interessava que os aliados conhecessem o grau de envolvimento dos gnomos na indústria bélica de Hitler, em seu abastecimento e financiamento. Caso fosse entregue aos franceses, Lienart poderia revelar muita coisa.

O toque do telefone arrancou-o de seus pensamentos.

– Alô?

– Herr Lienart, o senhor Alfred Hirsch o espera na recepção.

– Peça-lhe que suba à minha suíte. Vou atendê-lo aqui.

Minutos depois, o banqueiro, trajando um elegante terno cinza com riscas, entrava no salão da suíte. Lienart o recebeu com seu uniforme de tênis.

– Peço-lhe que me desculpe, Herr Hirsch, por minha roupa informal. Tenho daqui a pouco uma partida de tênis com vários membros de seu governo. Na verdade, eles se saem melhor na política que no esporte – brincou Lienart, sorrindo para seu convidado. – Agora gostaria de saber a que devo a honra de sua visita.

– Venho comunicar-lhe minha intenção de deixar de ser seu banqueiro e de sua organização – anunciou de forma lacônica o presidente do Banco Nacional Suíço.

Lienart se mostrou surpreso.

– E qual é o motivo dessa decisão, vinda de um banqueiro sério como o senhor?

– Talvez porque não queira acabar como Radulf Koenig e Korl Hoscher e sua família – esclareceu Hirsch.

– Quando um imbecil não enxerga a saída, imagina que tudo acabou. E, efetivamente, tudo acabou mesmo, querido amigo, coisa que, aliás, deve ter ocorrido a Herr Koenig e Herr Hoscher. De qualquer modo, devo dizer--lhe que nem eu nem a Odessa tivemos nada a ver com esses horríveis assassinatos. Foi um ato execrável, que devemos condenar. Aquelas pobres meninas... – disse Lienart, com expressão compungida.

– Pois acho que por trás de tudo isso está a mão de sua organização – afirmou o banqueiro.

– Querido amigo, alguém disse que devemos desconfiar uns dos outros. É nossa única defesa contra a traição – ponderou o magnata, enquanto bebericava um copo de limonada. – Em contrapartida, amigo, a confiança é a sensação de poder acreditar em alguém sabendo que nós mesmos mentiríamos em seu lugar. Não acha?

– De qualquer forma, não quero mais sua carteira de cliente, de sua organização e de suas empresas, Herr Lienart – insistiu Hirsch.

– Sinto muito, mas creio que isso não será possível.

– Por quê? – perguntou o banqueiro.

– Você sabe demais, querido amigo, e outras instâncias de nossa organização talvez não gostem muito disso... – insinuou Lienart.

– Entretanto... Entretanto, estou sujeito ao sigilo profissional entre banqueiro e cliente. Você e sua organização contam com a proteção da lei. Eu...

– Permita-me interrompê-lo, querido amigo. Os senhores Koenig e Hoscher esqueceram para quem trabalhavam e violaram a confiança depositada não apenas neles, mas também na tradicional moralidade do sistema bancário suíço, que você também representa, tal como aqueles ladrões. Quem acha que o dinheiro pode tudo acaba fazendo tudo por dinheiro. Era assim que seus colegas pensavam. Para evitar desgostos futuros, não vou aceitar sua proposta. Continuará sendo nosso amável, eficiente e honesto banqueiro na Suíça.

– Mas mataram sua esposa, suas duas filhas... Como puderam fazer isso?

– Já lhe disse, querido amigo, que nem eu nem a Odessa tivemos nada a ver com essas mortes de inocentes. Acredite no que lhe digo. Se houvesse sido a Odessa, Koenig e Hoscher sofreriam muito mais do que sofreram e seriam só eles, é claro, as vítimas, não pessoas inocentes como seus familiares. A Odessa não assassina crianças... – garantiu Lienart em tom grave.

Alfred Hirsch permaneceu em silêncio, de cabeça baixa, olhando para o chão sem entender bem o que havia acontecido.

– Deixe-me dizer-lhe uma coisa, meu caro. A violência é o último recurso do incompetente, e você sabe que nós dois somos pessoas educadas, cultas, refinadas; a violência não consta de nosso dicionário. Fique tranquilo. Eu jamais recorreria a meios violentos para alcançar um objetivo, esteja certo disso – afirmou Lienart.

– Então quem, a seu ver, foi o assassino?

– Não sei. Mas, ao que parece, Hoscher morava em uma casa sem segurança, e isso, querido amigo, é um grande erro nos tempos atuais. Deve ter sido obra de algum desesperado que procurava comida e joias; encontrando a família inteira dentro da casa, irritou-se porque ninguém quis lhe dar o que queria. Só isso explica tamanha violência – respondeu o magnata, e, consultando o relógio de ouro, emendou: – Agora, se me permite, meu amigo, devo deixá-lo. Tenho uma partida de tênis marcada. E lembre-se de uma coisa: pode-se entrar na Odessa, mas não sair dela. É bom não se esquecer disso nunca.

O banqueiro continuou sentado, sem dizer coisa alguma, agora com a certeza de que nunca poderia abandonar aquela organização fechada. Antes de sair, Lienart virou-se para o presidente do Banco Nacional Suíço.

– Ah, ia me esquecendo... Dê lembranças à sua esposa e aos seus filhos – disse, com um sorriso gélido nos lábios.

Pelo resto do dia, Lienart desfrutou o convívio de políticos e financistas de Genebra, além de boa companhia feminina. Mas agora tinha de falar com seu filho August sem falta.

– Alô, pai!

– Como vão as coisas aí em Roma? – perguntou Edmund.

– Complicadas.

– Precisava falar com você para informá-lo de que deve ir pessoalmente a Altaussee. Temos três protegidos no mosteiro de São Rafael para conduzir a Roma.

– Vai ser difícil – respondeu August.

– Por quê?

– A polícia italiana não me perde de vista por causa do assassinato de uma agente do ESE e estou certo de que os americanos também não. Um inspetor da polícia italiana me comunicou que não posso sair de Roma até o fim da investigação – explicou August.

– Isso será um problema para a continuidade de nossas operações. Quem era a jovem? – perguntou Lienart.

– O senhor já sabe.

– Não, não sei, filho.

– Uma agente dos serviços de inteligência americanos em Roma. Ao que parece, estava numa missão. Talvez tenha descoberto nossa pista e achado que eu era o melhor caminho para chegar até a Odessa. Mas isso, nós nunca saberemos.

– E você acha que eu tenho alguma coisa a ver com sua morte?

– Nem sei mais o que pensar.

– Acredite em mim. Não sei nada sobre essa mulher nem sobre o que aconteceu a ela.

– E por que devo acreditar?

– Porque sou seu pai e jamais o enganaria.

– Chamava-se Claire Ashford e, segundo informação de um sujeito que acompanhava o comissário Di Carlo, degolaram-na depois que eu a deixei.

– Quem era esse sujeito?

– Um homem chamado Chisholm. Apresentou-se como o chefe de segurança da embaixada dos Estados Unidos em Roma, mas não acredito nisso. Parecia mais um espião. Tenho certeza de que é do ESE.

– E muito poderoso... – completou Lienart.

– Como sabe?

– Ora, do contrário, os italianos não permitiriam que ele estivesse presente no interrogatório do suspeito de um assassinato ocorrido em Roma.

– O que você quer que eu faça, então?

– Espere em Roma a audiência com o papa. Será melhor e mais seguro que você se instale na residência da família em Villa Mondragone. Darei instruções para que preparem a casa. Não saia daí até receber novas ordens minhas.

– Não é necessário... – começou a protestar August.

– Não discuta comigo. Vigiado como está, convém que se refugie em Frascati. E fique lá até esse policial italiano se esquecer de você. Não podemos pôr em perigo as operações da Odessa só por causa dessa agente morta.

– E quanto a Müller? – perguntou August.

– Fui informado de que vocês dois tiveram uma briga. Acha que ele pode ter sido o responsável pela execução da garota?

– Acho. Mas também estou certo de que não ergueria um dedo sem receber ordens suas.

– Ah, querido filho! A fidelidade é a confiança transformada em norma. Müller é muito mais fiel a você do que a mim ou à Odessa. Seria capaz de dar a vida por você, não se esqueça nunca disso. Daria a sua por alguém, August?

– Em muitos casos, encontramos motivos nobres e heroicos para atos que praticamos sem saber ou sem querer. Fiz mal ao acusar Müller do assassinato dessa agente do ESE, mas foi o primeiro pensamento que me ocorreu – confessou o rapaz.

– E o segundo foi para mim, sem dúvida – observou Lienart.

– Só você e a Odessa estariam interessados no desaparecimento dessa jovem. Seriam os maiores beneficiados por sua morte.

– Acha que, se precisássemos matar alguém, seria de forma tão brutal? Não basta pensar na morte, é preciso tê-la constantemente diante dos olhos. Assim, a vida fica mais solene, mais importante, mais fecunda... É bom ver sempre seu rosto por perto – sentenciou o pai.

– E que faremos com o caso de Altaussee? Eu não posso pôr o pé fora de Roma – interrompeu August.

– Acha que Müller está à altura da tarefa?

– Sim.

– Confiar em todos é insensato, mas não confiar em ninguém é infame. Acho que devemos dar um pouco de crédito ao sargento Müller. Vou mandá-lo a Altaussee para entrar em contato com Brunner, Mengele e Stangl. É preciso instalá-los num lugar seguro em Roma.

– E o que aconteceu com o último da lista? – perguntou August.

– Eichmann?

– Sim.

– Vou tentar localizá-lo e pô-lo em segurança em nossa residência de Veneza. Talvez pudesse se refugiar durante algumas semanas no Casino degli Spiriti.

– Não seria perigoso para nós se os agentes aliados o surpreendessem ali, em uma propriedade nossa? – aventou August.

– Nós vamos evitar essa medida. Ordenarei a Müller que se ocupe dele. E você, não perca de vista os americanos, que são, sem dúvida, mais perigosos do que os italianos. Se descobrirem sua conexão com a Odessa, ficaremos em uma situação difícil. E eu não quero me arriscar, entendeu?

– Sim, pai.

– Entendeu mesmo? – insistiu Lienart.

– Sim, pai. Perfeitamente – garantiu August, antes de desligar o telefone.

Berna

A perda de Nolan Chills durante a missão de Tønder causou profunda tristeza entre os membros da agência do ESE na cidade suíça; mas o assassinato impiedoso de Claire Ashford em Roma provocou em Allen Dulles um desejo incontido de vingança. Ele queria um culpado. Naquela manhã, decidira reunir toda a sua equipe na sala principal das dependências do ESE.

Gerry Mayer, Mary Bancroft, Wally Toscanini, John Cummuta, Samantha Osborn e Daniel Chisholm já estavam sentados ao redor da mesa.

– Bom dia a todos – cumprimentou Dulles, ao entrar.

– Bom dia, chefe – responderam os presentes em coro.

– Reuni vocês aqui para informá-los de que me afastaram da chefia da agência.

A surpresa foi geral.

– As mortes de Nolan na Dinamarca e de Claire em Roma devem ter apressado uma medida que sem dúvida já estava sendo cogitada em Washington.

– Vai voltar para lá? – perguntou Mayer.

– Não. Fui transferido para nossa base em Wiesbaden para assumir o comando da nova operação Overcast, o que não me agradou muito.

– Estamos completamente por fora dessa operação – disse Mayer.

– Não sabem de nada porque será dirigida a partir da agência de Wiesbaden. A Overcast terá por missão levar mais de setecentos cientistas nazistas e suas famílias da Alemanha para os Estados Unidos – explicou Dulles.

– O que é a vida! – suspirou Cummuta. – Por um lado, os nazistas da Odessa matam os nossos; por outro, Washington nos ordena que ajudemos outros da mesma laia a escapar para os Estados Unidos.

– Como você bem sabe, John, muitas vezes, a política é a arte de trair interesses reais e legítimos em prol de outros imaginários e injustos. É esse o caso aqui. Acha que os rostos de Nolan e Claire não me aparecem em sonhos, à noite, como a você? Mas agora nossas ordens são outras, tendo também mudado nossos objetivos e nossos inimigos. Os nazistas foram derrotados e, se daqui por diante puderem nos ajudar na guerra que sem dúvida irromperá contra os comunistas, que sejam bem-vindos – disse Dulles.

– E quanto a Nolan, Claire e os rapazes americanos que tombaram em Anzio, na Normandia, nas Ardenas...?

– Como assim? – perguntou Dulles a Cummuta.

– Não devemos a eles alguma coisa?

– Esses rapazes, como Nolan e Claire, cumpriram seu dever. Sabiam o que estavam fazendo e qual era sua missão, assim como agora nós devemos saber quais são nossos novos objetivos. Você e eu só cumprimos ordens, venham de quem vierem. Não fazemos perguntas.

Cummuta se levantou bruscamente, atirou a cadeira para um lado e, antes de deixar a sala, virou-se para os colegas.

– Pois saibam todos que não estou nem um pouco satisfeito. Talvez devêssemos levantar a voz contra esse tipo de honra e lealdade muito mal explicado. Não se esqueçam. Não se esqueçam de Claire e de Nolan. Até um bando de ladrões precisa de lealdade recíproca para sobreviver, mas, ao que parece, no ESE isso já nem existe mais. Aqueles dois morreram por alguma coisa melhor do que esta merda – rugiu ele.

Durante alguns instantes, os presentes permaneceram num silêncio incômodo, que logo foi interrompido por Mayer.

– E como vai encontrar os tais cientistas nesta Europa devastada?

– Temos uma lista. A lista Osenberg...

– Quem a fez? – perguntou Samantha Osborn.

– Werner Osenberg.

– Um nazista?

– Um cientista – precisou Dulles. – Osenberg, engenheiro da Universidade de Hannover, dirigiu a chamada Wehrforschungsgemeinschaft, a Associação de Pesquisa Militar. No mês de março, um técnico polonês encontrou pedaços da lista Osenberg que, não se sabe como, foi parar nas mãos do major Robert Staver, chefe do programa de desenvolvimento de motores a jato e membro da inteligência de nosso exército. A lista serviu de base para outra, com o nome em código de Negra.

– E que vai fazer com eles? Matá-los? – insinuou Samantha, acendendo um cigarro encaixado numa piteira que Dulles lhe dera de presente.

– O plano original era apenas que nossos especialistas os entrevistassem para descobrir o grau de seu conhecimento. Mas o Pentágono ordenou a transferência de todos os técnicos com suas famílias para os Estados Unidos antes de serem localizados pelos comunistas ou venderem seus conhecimentos a Moscou.

– Que tipo de cientistas eles são? – perguntou Mayer.

– Especialistas em foguetes, aeronáutica, medicina, combustíveis sintéticos, eletrônica militar e espionagem. Há de tudo – respondeu Dulles.

– Berna vai colaborar com a agência de Wiesbaden?

– Sim, Gerry, vai. Vocês continuarão com a operação Odessa e, se encontrarem algum de meus clientes durante suas investigações, me comunicarão sem demora. Receberão, para isso, uma lista com os primeiros objetivos. Não se esqueçam: uma coisa são os cientistas de que os Estados Unidos possam precisar numa futura guerra contra os bolcheviques, e outra, bem diferente, são os criminosos de guerra.

– E se esses cientistas tiverem cometido crimes de guerra? – perguntou Mayer. – Que será feito dos inventores das bombas V-1 ou V-2 que caíram sobre Londres? E dos médicos da SS que fizeram experiências com prisioneiros nos campos de concentração? O que acontecerá com eles?

– Não acontecerá nada, Gerry. Agora, repito, os objetivos e inimigos de nosso país são outros. Precisaremos de muita gente para desenvolver novas armas que possam ser úteis em um possível confronto com os soviéticos em futuro próximo – esclareceu Dulles.

– Que merda! – resmungou Toscanini.

– Concordo com você, Wally, mas é uma merda necessária. E agora, se não houver mais objeções e antes de encerrar nossa reunião, comunico a todos que Gerry assumirá o comando aqui em Berna. Ele vai liderar a equipe para a operação Odessa – explicou Dulles. – Foi uma honra trabalhar com vocês, e espero que logo nossos caminhos se encontrem novamente.

– Quando partirá de Berna? – perguntou Mary Bancroft, a ex-amante de Dulles.

– Hoje à noite. Tenho de estar amanhã mesmo na sede do ESE em Wiesbaden, instalada, ao que parece, em uma antiga fábrica de champanhe em Biebricher, nos subúrbios da cidade. Pelo menos, se a Overcast tiver êxito, não nos faltará champanhe para comemorar.

Um dos presentes na sala pensou então: "Sim, vamos nos reencontrar sem dúvida nenhuma, Dulles. Esteja certo disso, chefe".

Frascati

A Villa Mondragone representava para August uma das fases mais felizes de sua infância. Lembrava-se ainda de como se escondia de sua babá no Jardim Secreto, situado atrás da casa. A mansão lhe trazia recordações boas e grandiosas de uma época que não voltaria mais.

Naquela tarde, August estava nervoso com a chegada iminente de Elisabetta. Não sabia qual seria sua reação diante dela. Tinha ainda na memória as palavras que o padre Draganovic dissera sobre Elisabetta e seu amigo Bibbiena. Estaria ele certo? Bibbiena pertenceria mesmo à Entidade?

Elisabetta seria de fato a amante de Bibbiena? E, além de tudo, uma agente do Vaticano?

Nesse instante, um carro cruzou o portão de ferro do alto muro de pedra coberto de musgo. Uma rampa de areia e cascalho desembocava num caminho que rodeava a imponente construção. Ao chegar à entrada, o carro parou e a buzina soou duas vezes, provocando um sobressalto em August, que estava na biblioteca. Sua convidada havia chegado.

Abrindo a porta, deparou-se com Elisabetta de pé na soleira, trajando um vestido preto e um xale que lhe cobria os ombros nus. Seu rosto se iluminou com um largo sorriso ao ver August.

– Olá, padre Lienart – brincou ela, sempre sorrindo.

– Não me chame assim, sabe que não sou padre e não gosto desse tratamento.

– Mas será algum dia, não?

– Vai demorar, Eli. Mas entre, por favor – convidou August.

O interior da Villa Mondragone não tinha nada do luxo clássico de um palácio seiscentista. Na verdade, a família usava poucos cômodos da residência, principalmente o grande escritório privado da Sala Rosa e a Sala das Cariátides. Por uma porta na extremidade norte da Sala das Cariátides chegava-se ao quarto de August, ladeado por um banheiro particular e um grande salão com uma mesa de bilhar francês no centro.

– Jantaremos na biblioteca, se for de seu agrado – disse August, pegando a mão de Elisabetta.

Os quartos davam acesso à biblioteca, que entesourava mais de 3 mil volumes. August instalara no meio uma mesa pequena com toalha branca e serviço para dois comensais. Uma vela iluminava a mesa.

– Meu Deus, que biblioteca magnífica! – exclamou Elisabetta.

– Minha família levou séculos reunindo todos esses volumes. Creio mesmo que há por aqui uma boa coleção de incunábulos sobre arquitetura. Gostaria de conhecer a Villa Mondragone antes do jantar?

– Sim, muito – respondeu ela, livrando-se do xale.

De mãos dadas, o casal admirou os afrescos da capela de são Gregório e do Palazetto della Retirata, atravessou a Sala dos Suíços e finalmente saiu para o Jardim Secreto.

– Este jardim foi construído sobre um observatório. Pelo menos, era o que meu pai me contava – disse August para romper o silêncio tenso que reinava entre os dois.

– Sabe que cheiro é este? – perguntou Elisabetta. – Da flor-da-noite. Ela desprende perfume quando anoitece. Talvez aconteça o mesmo com as pessoas. Descobrimos nosso verdadeiro eu quando a noite cai.

– Não sou muito chegado a plantas e flores. Elas me dão alergia – disse August.

Isso fez Elisabetta rir, e ela afastou uma mecha de cabelos do rosto do rapaz. Ele aproximou seus lábios dos dela, e se beijaram longa e apaixonadamente. Em seguida, August a tomou nos braços e ficaram unidos enquanto observavam as primeiras luzes acenderem-se na vizinha Roma.

– Está um pouco frio aqui. Vamos entrar? – pediu ela.

Quando voltavam para a casa de mãos dadas, August teve vontade de perguntar-lhe sobre sua relação com Hugo Bibbiena e com os serviços de inteligência do Vaticano, mas preferiu calar-se para não quebrar a magia daquela noite.

– Está com fome? – perguntou ele.

– Sim, na verdade, sim.

Sobre a mesa posta na biblioteca, alguém havia colocado pratos de fina porcelana, talheres de prata e taças de cristal de Murano. A um lado, redomas de prata cobriam diversas iguarias de carne, frango com maçãs e pastéis. Num balde de gelo, esfriava uma garrafa de vinho branco.

Durante a refeição, a conversa girou em torno de diversos temas, mas August ainda receava falar sobre o que Draganovic lhe revelara. Elisabetta o atraía demais para que ele ousasse estragar o encontro. Atraía-o de verdade e, contemplando-a à luz da vela, ele sentia forte desejo por ela. Resolveu então manter em segredo as informações de Draganovic. Talvez nem sequer fossem verdadeiras, apenas fofocas. O melhor era não saber de nada. Pelo menos, naquela noite.

Após o jantar, deram um passeio pelos arredores da Villa Mondragone até August perceber que já era tarde.

– Quer voltar a Roma? – perguntou então a Elisabetta.

– Talvez fosse melhor. Mas e você, o que quer?

– Gostaria que ficasse esta noite aqui comigo... – respondeu August, pegando a mão da jovem.

– E amanhã, o que acontecerá?

– Que está querendo dizer?

– Sabe que, se eu ficar, nossa vida e nossas percepções mudarão totalmente. Tudo depende do que desejarmos, você e eu. Quando alguém deseja alguma coisa, corre riscos.

– Mas é justamente isso que faz a vida valer a pena – assegurou o rapaz. – Eu só desejo ficar com você. Mais nada. Quero possuí-la, quero vê-la despertar, quero contemplar o amanhecer ao seu lado...

– E depois? – insistiu Elisabetta.

– Depois? Não queira que as coisas aconteçam conforme seus desejos; deixe que aconteçam como têm de acontecer. Não façamos mais perguntas – respondeu August.

Durante a noite inteira, ficaram acordados fazendo amor, conversando e despertando de um sonho que poderia transformar-se em pesadelo caso a Odessa descobrisse quem era aquela jovem. Mas, até que isso acontecesse, August tentaria protegê-la, mantendo-a longe do braço longo da Odessa e, quiçá, de seu próprio pai.

Roma

Naquela mesma hora, as ruas da cidade se transformavam em antros de prazer. As prostitutas começavam a rondar pelas vizinhanças dos jardins da Villa Borghese, de olho nos soldados aliados que saíam de licença dos quartéis vizinhos com o soldo semanal. Eram bons clientes.

O desconhecido caminhava na sombra pela Viale dei Due Sarcofagi. Chegando à Viale dei Daini, ouviu às costas a voz de uma mulher.

– Quer companhia?

O homem não disse nada, mas examinou-a da cabeça aos pés sob a tênue luz da lâmpada de um poste.

– Você tem meias? Carne enlatada? Chocolate? Cigarros? – perguntou a mulher.

O desconhecido tirou do bolso do casaco três maços de Lucky Strike e deu-os à jovem.

– Só tem isto?

O homem não respondeu.

– Então, se não tem mais nada para me dar, custará vinte liras, além do quarto – continuou a mulher. – Ora, vamos, vejo que não é de muita conversa, embora isso num homem seja bom. Há homens calados muito mais interessantes que os faladores, portanto, não precisa dizer nada. Eu me encarregarei de tudo.

A mulher se encaminhou para fora do parque, seguida de perto pelo desconhecido. Não devia ter mais de 20 anos. Sua longa cabeleira ruiva chegava à metade das costas e suas formas podiam ser consideradas quase perfeitas. Era de fato atraente, com belos traços por baixo da maquiagem barata.

O casal se dirigiu para a Via Gaspare Spontini, ali perto, e entrou num velho edifício. A jovem apontou para o painel das chaves e pediu uma. O desconhecido permaneceu na sombra, para evitar que o zelador visse seu rosto. Em seguida, ambos começaram a subir os degraus gastos de madeira.

– Francesca – disse de repente a mulher, sem se virar para o homem que a seguia. – Meu nome é Francesca. Sou do sul, de uma pequena aldeia de pescadores chamada Bagnara Calabra, se é que isso lhe interessa.

O homem guardou silêncio enquanto observava os velhos sapatos vermelhos da mulher e suas meias costuradas nos calcanhares. Chegando ao segundo andar, ela abriu a porta de um cubículo. Dentro, havia somente uma cama pequena, uma mesa e um vaso sanitário com manchas de urina ao redor.

A mulher estendeu uma toalha aos pés da cama e começou a desabotoar a blusa. Em seguida, tirou o sutiã, deixando à mostra seus seios minúsculos.

– Pois bem, meu querido e silencioso amigo... O que quer fazer? Não sei se já lhe disse antes, mas sou bastante conservadora. Isso significa que não topo nada de bizarro.

Nesse instante, quando Francesca se inclinava para desatar os sapatos, o desconhecido sacou um pequeno porrete e golpeou-a na nuca, deixando-a desacordada. Minutos depois, ela começou a recobrar a consciência aos poucos. Estava com a vista turva e sentia uma dor forte na parte posterior da cabeça. Ao perceber a situação em que se encontrava, seu rosto se transformou em uma máscara de terror. O homem a tinha despido inteiramente, amordaçado, amarrado suas mãos nas costas e deixado suas pernas abertas, presas pelos calcanhares ao estrado da cama. Francesca tentou gritar, mas sem êxito, pois a mordaça lhe entrava cada vez mais na comissura dos lábios. Por entre as lágrimas, só conseguia emitir gemidos e sons guturais sem significado algum.

O homem baixou as calças, deixando à mostra o pênis ereto, deitou-se sobre ela e sodomizou-a com a maior violência. A jovem não podia sequer gritar de dor, mas no íntimo esperava que, depois daquilo, o agressor fosse embora, deixando-a viva. O terror ia se apoderando dela, que, entretanto, já conhecera a violência de seus clientes em ocasiões anteriores e sempre conseguira escapar com apenas o nariz quebrado e um ou outro dente a menos.

Enquanto pensava sobre tudo aquilo, o homem terminou. Francesca podia sentir sua respiração entrecortada no pescoço e seu pênis ainda no ânus.

O desconhecido se levantou de repente e foi até a mesa, onde havia deixado o casaco dobrado. Enfiou a mão em um dos bolsos e tirou uma faca de duplo corte, afiada. Em seguida, aproximou-se de Francesca com a arma bem firme na mão direita. Friamente, postou-se atrás da mulher, agarrou-a com força pelos cabelos e, com um golpe certeiro, cortou-lhe o pescoço. O corpo da vítima contorceu-se todo, até ficar imóvel. O assassino observou por alguns instantes o cadáver da jovem. Seus cabelos ruivos agora lhe cobriam inteiramente a cabeça, como uma espécie de véu sobre o rosto da morte. O único som era o do líquido espesso e vermelho que escorria de sua garganta, gotejando sobre o chão de madeira.

O desconhecido limpou a lâmina no lençol remendado, guardou-a no bolso do casaco, vestiu-se e desceu a escada sem fazer o mínimo barulho.

– Boa noite – disse o zelador –, eu espero que tenha se divertido.

O assassino nem se dignou a responder. Já na rua, Ulrich von Müller olhou o céu cinzento e levantou a gola do casaco. Começava a esfriar.

Horas mais tarde e a alguns quilômetros dali, dois policiais tentavam manter os olhos abertos. A noite fora longa diante da porta daquela grande mansão de Frascati, mas o comissário Di Carlo lhes ordenara não perder de vista o seminarista francês chamado August Lienart.

O som dos freios de um carro bem ao lado deles arrancou os dois agentes da pesada sonolência em que haviam mergulhado. De súbito, viram à sua frente o rosto redondo do comissário-chefe da Polícia Criminal de Roma, Angelo di Carlo.

– Vocês por acaso se afastaram daqui, mesmo que por alguns instantes, durante a noite?

– Não, senhor. Passamos a noite inteira aqui – responderam os agentes.

– Certeza?

– Absoluta, senhor. Ficamos vigiando o tempo todo, e ninguém saiu da propriedade. Só entrou um veículo conduzido por um homem que trazia uma jovem. Não o paramos porque o senhor não nos mandou identificar as pessoas que entrassem na Villa Mondragone – disse o agente que estava ao volante da viatura de vigilância.

– Têm certeza de que o tal Lienart não saiu daqui? – perguntou de novo o comissário.

– Juramos pela Madonna Virgo Fidelis, padroeira dos Carabinieri, que o sujeito não pôs o pé fora daqui em momento algum – declararam os dois policiais com a mão direita erguida, como se estivessem fazendo uma promessa.

– Sabem se há outra saída?

– Não. Pelo menos, não para carros. Se ele saiu daqui, foi a pé, mas a propriedade tem vários hectares e somos apenas dois para controlar todos os acessos possíveis – ressaltou um dos agentes.

– Está bem, rapazes – disse Di Carlo, batendo de leve no braço do motorista de seu automóvel para que prosseguisse rumo ao interior da vasta propriedade.

A viatura subiu pelo caminho de areia até o alto da colina onde se erguia a Villa Mondragone. Por fim, estacionou diante da mesma porta onde já se encontrava August Lienart.

– Por acaso, nos esperava? – perguntou o comissário.

– Não, estava na biblioteca e ouvi o barulho do carro na areia do caminho. Por isso sabia que vinha alguém – explicou August. – É uma honra recebê-lo em minha humilde morada.

Angelo di Carlo passeou os olhos pelo elegante edifício.

– Alguém disse que o segredo da sabedoria, do poder e do conhecimento é a humildade.

– Sim, meu caro comissário, mas alguém disse também que, quando não há humildade, as pessoas se corrompem – replicou August.

– Estou de acordo com você, meu jovem amigo.

– Entre, comissário, por favor – convidou o seminarista. – Mas espero que me diga logo o motivo de sua visita. Gostaria de tomar um café?

– Sim, obrigado. Hoje já não há muitos lugares em Roma onde se possa saborear um café de verdade, só o solúvel trazido pelos americanos – lamentou Di Carlo. – Eles conseguiram fazer com que todos na Itália esquecessem nosso bom café para tomar essa água suja. Somos o país que inventou o café e temos que beber o veneno americano.

– Vou pedir que o sirvam imediatamente – disse August, levantando-se para chamar o mordomo. – Não sabia que a Itália havia inventado o café. Sempre pensei que o botânico alemão Leonard Rauwolf fosse quem o havia trazido para a Europa, após uma viagem à Etiópia.

– Você está certo, meu caro, mas realmente quem ensinou o mundo a preparar um bom café fomos nós, os italianos. A própria palavra "café" é um acrônimo... – disse sorrindo o comissário.

– Um acrônimo? Achava que essa palavra vinha de um arbusto da província etíope de Kafa.

– De fato, amigo, mas nós criamos o acrônimo de como se deve beber um bom café e o disseminamos pelo mundo. C de *caldo* (quente), A de amargo, F de forte e E de espesso – explicou Di Carlo.

Nesse ponto, August interrompeu o oficial de polícia.

– Queira perdoar, comissário, mas veio até aqui para dar uma aula sobre café?

– Oh, desculpe-me! Vim para perguntar-lhe se, esta noite, deixou por algum momento a Villa Mondragone.

– Não, em nenhum momento – respondeu August. – Por que me pergunta isso?

– Tem alguma testemunha para confirmar que passou a noite aqui?

– Os criados podem confirmar. Jantei e fui para a cama – disse o rapaz, sem mencionar Elisabetta.

– Jantou sozinho? – perguntou o comissário.

August compreendeu então que os agentes postados na entrada poderiam ter visto Elisabetta chegando no calhambeque de Luigi e decidiu confirmar para o comissário a presença da jovem na residência.

– Uma moça interessada nas obras de arte da Villa Mondragone me visitou.

– Queira então me dar seu nome para que eu lhe faça umas perguntas e ela confirme que você não saiu daqui ontem à noite.

– Poderia me dizer qual o motivo de tanto mistério, comissário? – perguntou August.

– Nesta noite, assassinaram outra mulher da mesma forma que mataram sua amiga Claire Ashford. Abusaram sexualmente dela pelo mesmo método e por fim a degolaram.

Um calafrio percorreu o corpo do rapaz.

– Na delegacia, temos certeza de que se trata de um assassino de mulheres – afirmou Di Carlo.

– Pois sinto decepcioná-lo, comissário, mas não saí de casa em momento algum durante a noite. Os agentes que ficaram aí fora o tempo todo podem confirmar isso.

– Sim, já falei com eles. De qualquer forma, vou querer interrogar sua amiguinha apreciadora da arte – disse Di Carlo, olhando fixamente para August.

– Por que deveríamos envolvê-la no caso?

– Porque ela é, sem dúvida, a única pessoa que pode afastar de você qualquer suspeita com relação ao assassinato da senhorita Ashford – assegurou Di Carlo.

A conversa foi bruscamente interrompida pelo mordomo, que chegava empurrando um carrinho com várias xícaras de porcelana e uma cafeteira de prata.

– Posso servi-lo, comissário?

– Sim, por favor. Sem leite – instruiu o policial, enquanto revisava suas anotações sobre o caso Claire.

– Posso lhe perguntar uma coisa, comissário?

– Sim, vá em frente.

– Claire estaria em algum lugar onde não convinha que estivesse?

A pergunta surpreendeu Di Carlo.

– Refiro-me a... – continuou August.

– Sim, sei a que se refere – interrompeu o comissário. – O assassinato da prostituta, esta noite, talvez indique que sua amiga Claire esteve num mau lugar, num mau momento, e ali tenha se encontrado com o assassino. Pode ser até que ele tenha procurado outra pessoa, mas acabado frente a frente com sua amiga. Pode ser.

Essa possibilidade afastava da mente de August qualquer suspeita de "execução" por parte da Odessa.

– E então? – perguntou Di Carlo.

– E então o quê?

– Vai pedir à sua amiga que venha falar comigo ou prefere que a interroguemos na delegacia?

– Está bem. Espere aqui, comissário.

August deixou o salão e se dirigiu para o setor da casa onde ficavam os quartos. Alguns minutos depois, voltava com Elisabetta.

Mal a viu entrar, o comissário se levantou e aproximou-se dela. Depois de estender-lhe a mão, bateu os calcanhares e beijou-a.

– Você é uma bela jovem, senhorita, se me permite dizer.

A atitude simpática do oficial de polícia tranquilizou Elisabetta.

– Diga-me em que posso ajudá-lo.

– Vou incomodá-la apenas por alguns instantes – garantiu Di Carlo. – Poderia confirmar que o senhor Lienart, aqui presente, não deixou a Villa Mondragone nem por um instante esta noite?

– Sua pergunta me surpreende, comissário – disse a jovem. – Qual o motivo dela?

– Creio não ser a pessoa mais indicada para esclarecer-lhe o motivo de minha pergunta. Essa pessoa é o senhor Lienart, aqui presente.

Elisabetta virou-se para August, em busca de uma explicação.

– Não faz muito tempo, assassinaram, em seu apartamento de Roma, uma mulher que eu conhecia. O comissário Di Carlo achou por bem desconfiar que o assassino fosse eu; mas, segundo parece, esta noite, enquanto você estava aqui comigo, mataram outra mulher da mesma forma. O comissário precisa saber se realmente esteve comigo a noite toda. Apenas isso.

Elisabetta olhou de novo para Di Carlo.

– August esteve a noite inteira comigo. Não deixou em momento algum a casa.

– Tem certeza? – perguntou Di Carlo.

– Sei muito bem o que digo. Ele não saiu de minha cama para nada. Encarreguei-me de que isso não acontecesse – respondeu a jovem.

Essa informação picante de Elisabetta abalou um pouco o comissário.

– Certo. Então, senhor Lienart, nem eu nem meus homens vamos incomodá-lo mais – disse ele. – Mesmo assim, não deixe de me informar, caso pretenda sair de Roma, pois talvez eu precise fazer-lhe mais perguntas.

– Mas não acabou de dizer que não me incomodaria mais? Por que eu deveria comunicar meus movimentos à polícia italiana?

– Oh, por favor, não me interprete mal! É que você foi a última pessoa que viu a senhorita Ashford viva. Quero apenas saber onde está, caso precise de mais esclarecimentos.

– Se assim é, vai me encontrar aqui, na Villa Mondragone – garantiu August, acompanhando o comissário até a porta.

Antes de entrar na viatura, Di Carlo piscou para August.

– Lembre-se, caro amigo, de que a mulher é como uma boa xícara de café. Da primeira vez que se toma, tira o sono.

Enquanto o carro se afastava, August não pôde deixar de pensar na morte daquela mulher, ocorrida na noite anterior, que o livrara da vigilância policial. "Seja quem for o assassino, eu deveria agradecer-lhe", concluiu, com um sorriso nos lábios.

Voltando ao salão, viu Elisabetta em pé, já com o xale.

– Não vai ficar?

– É hora de voltar a Roma. O padre Bibbiena deve estar preocupado comigo – respondeu ela.

– Pedirei a Luigi que a leve até sua casa.

– Obrigada, August – agradeceu Elisabetta.

Os dois permaneceram em silêncio na porta da Villa Mondragone, enquanto esperavam a chegada de Luigi.

– Posso lhe perguntar uma coisa? – disse August de repente.

– Passamos a noite juntos. Pode me perguntar o que quiser.

– Que tipo de relação você tem com Bibbiena?

– Ufa, pensei que nunca iria me fazer essa pergunta! Mas em algum momento, fatalmente, chegariam aos seus ouvidos os boatos que invadem os corredores do Vaticano...

– E então?

– E então, nada. Minha única relação com o padre Bibbiena é de respeito mútuo. Só isso. Ele me ajudou muito quando cheguei a Roma e, em troca, recebeu de mim apenas o mais fiel, puro, casto e sincero agradecimento – afirmou a jovem.

– A quantidade de rumores vazios que um homem consegue suportar está na razão inversa de sua inteligência – sentenciou August, provocando um sorriso em Elisabetta.

Quando Luigi chegou, August correu a abrir a porta traseira do carro para Elisabetta. Antes de entrar, a jovem aproximou seus lábios dos dele e beijou-o.

– Vamos nos ver de novo? – perguntou August.

– O destino não se impõe sem a cumplicidade tácita do instinto e da vontade. Acho que você e eu somos esse instinto e essa vontade. Por isso, estou certa de que nos encontraremos novamente.

August bateu no capô do carro para Luigi dar a partida. Enquanto o via afastar-se, recordou os doces momentos que vivera durante a noite, com os dois corpos se fundindo num só entre os lençóis sem questionar nada, sem censurar coisa alguma, sem guardar segredos ou, pelo menos, sem querer conhecê-los.

O jovem chamou o mordomo.

– Diga a Herr Müller que quero vê-lo na biblioteca.

– Certo, senhor. Vou chamá-lo.

Ulrich Müller havia recebido ordem sumária da Odessa para ir a Altaussee e pôr a salvo três importantes protegidos: Josef Mengele, Franz Stangl e Alois Brunner. O último da lista, Adolf Eichmann, teria de ir para Veneza e esconder-se na residência familiar local dos Lienart até sua possível transferência.

Bateram de leve na porta da biblioteca.

– Entre, Müller, entre – ordenou August.

Ao ver o guarda-costas, notou que escuras olheiras rodeavam seus profundos olhos azuis.

– Dormiu pouco esta noite, Müller?

– O suficiente, Herr Lienart. Obrigado por se preocupar comigo – respondeu Müller.

– Você já sabe quais são suas ordens. Deve ir a Altaussee e escoltar Mengele, Stangl e Brunner até Roma.

– Onde se esconderão?

– No mosteiro da Via Sicília. O padre Draganovic preparou tudo para a chegada deles. Permanecerão ali durante algumas semanas, talvez um mês, até receberem documentos e identidades falsas e serem transferidos para a América do Sul ou o Oriente Médio... provavelmente, Egito ou Síria. Enquanto isso, eles deverão ter paciência.

– Como bem sabe, Herr Lienart, a paciência não é a maior virtude de um SS. Para mim, seria difícil, sendo apenas um ex-sargento da SS, convencer dois capitães e um tenente a seguir minhas ordens – protestou Müller.

– Pois a eles não resta outro remédio, exceto morrer na forca. Segundo a informação que recebi, são objetivos prioritários do Crowcass. Explique-lhes que, se caírem nas mãos dos Aliados, vamos vê-los da próxima vez dependurados numa corda. Só depende deles mudar essa situação. Quem não obedecer às suas ordens será abandonado pela Odessa. Deixe isso bem claro para os três – concluiu August.

– Está bem, Herr Lienart, farei isso. Sairei amanhã de manhã bem cedo para Altaussee. Informaram-me de Genebra que meu contato será um membro do Círculo de Salzburgo. Vão me ajudar a transferir os três para Roma.

– Ótimo, Müller. E boa sorte – desejou o seminarista.

XII

Cidade do Vaticano

Naquela manhã, Hugo Bibbiena estava em seu escritório nas dependências da Entidade, o serviço de inteligência papal sediado no Palácio da Governança, à espera de ser convocado pelos subsecretários de Estado do Vaticano, Giovanni Battista Montini e Domenico Tardini. Fazia sete anos que trabalhava sob o manto dos serviços secretos naquele conjunto de estruturas erguidas durante os anos 1920 na colina vaticana, de onde se administrava a cidade-estado do Vaticano. Todo o conjunto de edifícios era conhecido pelo nome em código de "Maquinaria". Das amplas janelas do escritório se avistavam, no sentido horário, a entrada para a gruta de Lurdes, as muralhas de Leão IV, o prédio da Rádio do Vaticano e o Jardim Botânico. Bibbiena gostava daquele panorama. Acostumara-se a ele e, desde que assumira o cargo de chefe de operações da Entidade, costumava vagar horas a fio pelo labirinto dos jardins vaticanos.

As graves acusações apresentadas pelo governo iugoslavo contra a Santa Sé, com respeito à proteção de criminosos de guerra nazistas, inundavam os jornais naquela manhã. Para Montini e Tardini, o Corredor Vaticano estava ficando cada vez mais estreito e incômodo. O toque do telefone rompeu o silêncio do escritório.

– Alô?

– Padre Bibbiena? Sou sóror Thérèse, da Secretaria de Estado. Os monsenhores Montini e Tardini o esperam no Palácio Apostólico.

– Estou indo. Muito obrigado.

O espião papal saiu do prédio e atravessou um pequeno jardim, tendo à esquerda o Palácio da Moeda. Cruzou em seguida o pórtico situado junto à Capela Sistina e entrou nos chamados Aposentos Bórgia. Dali, encaminhou-se para os Palácios Pontifícios medievais, atravessou o Pátio de São Dâmaso e chegou ao prédio dos Apartamentos Pontifícios. No segundo andar funcionavam os escritórios da primeira e da segunda seção da Secretaria de Estado. A primeira seção, chamada de Assuntos Gerais, tinha por tarefa auxiliar o papa filtrando todos os assuntos das Congregações Pontifícias, dirigidas por cardeais. A segunda, de Relações com os Estados, controlava os negócios exteriores da Santa Sé com outros países e organismos internacionais. Dela dependiam os núncios e as nunciaturas vaticanas no estrangeiro.

Bibbiena entrou na antessala dos secretários, onde uma monja organizava vários documentos em duas pastas de couro, vermelha e preta, para serem assinados. Vermelha para Montini e preta para Tardini.

– Bom dia, padre Bibbiena. Pode entrar. Os monsenhores Montini e Tardini estão à sua espera – convidou a religiosa, apontando para uma grande porta de madeira.

– Muito obrigado, sóror Thérèse.

Montini estava sentado, enquanto Tardini despachava de pé com um jovem sacerdote funcionário da Secretaria de Estado. O que mais chamou a atenção de Bibbiena foi a presença do prefeito da Entidade, o cardeal Claudius Munroe.

– Monsenhores... eminência... estou às suas ordens.

– Sente-se aí e espere – pediu Tardini, enquanto rubricava diversas páginas com o sinete da tiara e das chaves de Pedro.

O agente da entidade permaneceu em silêncio, folheando diversos exemplares de jornais que estavam sobre a mesa e falavam dos protestos iugoslavos contra a ajuda vaticana à fuga de criminosos de guerra nazistas. Munroe não desviava os olhos de seu agente. O responsável máximo pela espionagem e contraespionagem papal contava com o apoio e a aprovação de Pio XII desde que esse fora núncio na Bavária e mais tarde em Berlim. Nesse último local, o futuro papa havia estabelecido boas relações com Munroe.

– Bom dia, padre Bibbiena – saudou Montini sem olhar para o recém-chegado. – Que acha dessas manchetes?

– Perdoe-me, monsenhor, mas meu trabalho na Entidade me ensinou a não opinar. Quando entrei para os serviços secretos papais, adotei um lema: "Presta ouvidos a todos e fala com poucos. Ouve as censuras dos demais, mas guarda tuas opiniões para ti mesmo" – respondeu Bibbiena.

– Quanto a mim, desde que faço parte da cúria, aprendi isto: não se deve temer os que têm opinião diferente, mas, sim, os que, tendo-a, são covardes demais para externá-la – atalhou Munroe.

– De acordo. Se querem minha opinião, vou dá-la. As críticas iugoslavas são fumaça e não passarão disso. Não creio que tenham prova alguma da existência do Corredor Vaticano. Os iugoslavos estão jogando verde para colher maduro. O homem judicioso só pensa nos próprios males quando eles podem levar a resultados práticos. Recomendo-lhes, monsenhores, que não deem ouvidos a essas acusações.

– E o que acontecerá se eles descobrirem o envolvimento da Santa Sé com San Girolamo? – perguntou Montini.

– Neste momento, o Corredor Vaticano está sendo liderado pela Odessa e pelo jovem seminarista francês August Lienart... A participação do padre Draganovic, em todo caso, não é muito clara, sobretudo porque a Odessa lhe arrebatou o controle das operações há meses. Draganovic não tem nada a dizer – explicou Bibbiena.

– Ele é perigoso? – perguntou o cardeal Munroe.

– A quem se refere?

– Ao tal Lienart. Poderia esse rapaz entrar em contato com os iugoslavos ou com os serviços de inteligência aliados?

– Tenho certeza de que não.

– Tem certeza ou não acredita? – interveio Tardini.

– Monsenhor, aquilo em que acredito pouco importa. Já a segurança é algo que posso me permitir. Conheço Lienart há muitos anos. É um jovem de convicções sólidas e escrupulosamente fiel a elas. Estou certo de que não está disposto a assumir nada capaz de pôr em risco uma futura e promissora carreira aqui na Santa Sé. Ele sabe disso e nós também sabemos. E, como sabemos, vamos tirar proveito da situação. August Lienart é uma peça importante no grande jogo que se anuncia.

– Acha que é boa ideia conseguir para seu jovem amigo uma audiência com Sua Santidade? – perguntou Montini.

– Talvez, vendo um homem tão moço envolvido nesses negócios, o Santo Padre lhe dê seu apoio ou assuma uma posição concreta no caso todo, ainda que seja apenas um apoio oficioso. Isso, partindo do papa, seria um avanço considerável – respondeu o espião.

– Que sugere então, padre Bibbiena? – perguntou Munroe.

– Com respeito ao assunto iugoslavo, esqueçamos. Daqui a alguns dias, ninguém mais falará sobre isso; entretanto, se dermos uma resposta oficial, a questão se arrastará e talvez ponha a Santa Sé em uma posição difícil em suas relações diplomáticas com os Aliados, principalmente com os Estados Unidos e a Grã-Bretanha. Quanto ao meu amigo August Lienart, devemos conseguir para ele essa audiência com o Santo Padre e atraí-lo para nosso campo. É um jovem que ainda não foi moldado de todo, o que pode muito bem ser vantajoso para nós.

– A que se refere? – perguntou Munroe.

– Ao escolhido.

– Que vem a ser isso?

– Soubemos que muitos ex-líderes do Terceiro Reich e dirigentes da Odessa falam do jovem Lienart como se ele fosse um "escolhido". Pois então o melhor é atraí-lo para nossa causa, poupando assim à Igreja, no futuro, sofrimento similar ao que ela teve de suportar durante a última guerra.

– Continuo não entendendo, padre Bibbiena – disse Munroe sorvendo um grande gole de sua xícara de chá. – Eleito para quê?

– Aparentemente, anos antes do fim da guerra, vários líderes nazistas comandados por Martin Bormann deram andamento a uma operação cuja finalidade é ressuscitar o Quarto Reich das cinzas do Terceiro. O próprio Führer, Müller e Himmler, entre outros, conheciam esse plano, montado depois da derrota alemã em Stalingrado. Aquele foi o começo do fim, mas Bormann tinha lá suas ideias. Uma delas era a Odessa, mas, para isso, era preciso antes convencer um homem chamado Edmund Lienart.

– Que deve ter algo a ver com August Lienart, suponho – deduziu Montini.

– É seu pai. Um magnata francês defensor da França de Vichy, com bons contatos em diferentes governos e países. O candidato para liderar o Quarto Reich já estava escolhido: um jovem francês com altíssimo nível intelectual – relatou Bibbiena.

– Loucura total... – murmurou Munroe.

– Será loucura se resolvermos não prestar a devida atenção a esses planos e não permitirmos que August Lienart faça sua carreira eclesiástica aqui mesmo, perto de nós, para poder controlá-lo e...

– ... orientá-lo? – perguntou Montini.

– Sim, e orientá-lo, monsenhores e eminência.

– É uma ideia maluca – rebateu Tardini.

– Maluca? E por quê? Permitam-me descrever-lhes um futuro talvez não muito distante. Imaginem um homem com alucinações sobre o papel que deveria desempenhar no mundo; um homem desesperado com o que vê à sua volta; um homem ansioso para pôr termo à degradação social que se agrava diante de seus olhos; um líder com profundidade e desespero suficientes para alcançar os objetivos mais surpreendentes; um homem não enquadrável em explicação alguma que possamos dar; um homem apto a dominar seus impulsos mais radicais de demonismo; um homem convicto da própria retidão moral; um homem prisioneiro de seus impulsos inconscientes, de forças obscuras... – explicou Bibbiena.

– E esse homem a que se refere é Hitler? – indagou Montini.

– Não, monsenhor. Está enganado. O homem a que me refiro é o jovem seminarista de nome August Lienart.

– Que significa todo esse discurso? Não entendi nada – interveio monsenhor Tardini.

– Imaginem um laboratório, um grande laboratório que seria a Santa Sé...

– Continuo não entendendo, padre Bibbiena – declarou o cardeal Munroe.

– Permitam que eu explique – pediu o padre a seus três interlocutores. – Imaginem que a Santa Sé seja um grande laboratório onde poderíamos transformar, aperfeiçoar, apoiar e colocar no topo do poder supremo da Terra um líder capaz de conduzir a Igreja Católica ao destino que lhe cabe. Suponham que tivéssemos podido moldar aquele cabo do exército alemão da

Primeira Guerra Mundial até convertê-lo num Hitler à nossa imagem e semelhança, no novo líder de que a Igreja precisa para sair deste estúpido e humilde ostracismo no qual a colocaram nossos líderes atuais.

– O que o senhor propõe é uma obscenidade, padre Bibbiena, e recuso-me a continuar ouvindo qualquer coisa referente a este assunto – desabafou Munroe, levantando-se da poltrona. – Se me permitem, prefiro abandonar a reunião.

– Obscenidade? Não creio que minha teoria moleste muito os monsenhores subsecretários de Estado aqui presentes. Em vez de obscena, encaro minha proposta como uma oportunidade. E, para mim, as oportunidades são como o amanhecer: quem o espera por muito tempo acaba perdendo-o. Desta vez, não devemos deixar passar o amanhecer que nos aguarda e que imporá o poder da Igreja a todos os povos – declarou Bibbiena.

– Ao custo do sangue dos outros?

– Ao custo do sangue daqueles que ousaram criticar a Igreja como se ela fosse uma prostituta que fez um mau serviço. Ao custo do sangue de todos eles. Devemos apenas ter certeza, os aqui presentes, de que estamos dispostos a derramar esse sangue em nome de Deus e de nossa Igreja – respondeu Bibbiena.

– Não quero ouvir mais nada – disse o cardeal Munroe, saindo espalhafatosamente da sala após essas palavras do padre.

Quando os três ficaram a sós, monsenhor Montini prosseguiu:

– Diga-me, padre Bibbiena, quem garante que seremos capazes de moldar esse Lienart à imagem e semelhança daquilo que convém à Santa Sé?

– Eu garanto, pois ainda é noite.

– Que quer dizer com isso? – estranhou Tardini.

– Chegamos a tempo porque ainda não amanheceu. Poderemos trabalhar sem pressa o jovem Lienart, cuja juventude nos seduz, atraindo-o para o caminho da evolução, assim como ocorreu com Hitler, uma criança inocente que se transformou num assassino de massas. Sei que minha proposta pode parecer obscena, como declarou sua eminência o cardeal Munroe; no entanto, quem mais se beneficiará de meu experimento, digamos assim, será sem dúvida a própria Igreja.

– Acha que conseguirá levar a cabo essa delicada missão? – indagou Montini.

– A única coisa que me preocupa é a oposição obstinada de sua eminência o cardeal Munroe, meu chefe na Entidade. Devo me reportar a ele. Não creio, monsenhores subsecretários, que o prefeito aceite confiar-me essa difícil tarefa.

– Que aconteceria se convencêssemos Sua Santidade a nomear Munroe núncio papal em Washington ou Londres?

– Oh, sem dúvida, isso aplainaria o caminho para nosso objetivo, que é garantir à Igreja, no novo milênio, a posição de força que ela merece ocupar na Terra – respondeu Bibbiena.

– Alguém tem de se encarregar disso – observou Montini.

– Eu próprio me encarregarei de efetivar a nomeação sem o conhecimento do Santo Padre. Depois, só precisaremos mantê-lo longe para que não consiga apresentar nenhum protesto ao papa nem contar-lhe nada do que se disse aqui – ofereceu-se Tardini, responsável pela diplomacia vaticana.

– Mas e se Munroe não quiser deixar seu posto? E se decidir informar Sua Santidade de nossos planos? – perguntou Bibbiena.

– Sua eminência o cardeal Claudius Munroe é um homem de certa idade e, sem dúvida, a doença é uma realidade a que precisamos nos acostumar. A morte, ao contrário, é o remédio de todos os males, embora só devamos lançar mão dela em último caso. O esperado raramente acontece, mas o inesperado sempre pode acontecer – ponderou Tardini.

– E quanto a mim? – perguntou Bibbiena.

– Talvez, se conseguirmos que sua eminência o cardeal Munroe aceite o cargo, o senhor possa se tornar o novo prefeito da Entidade.

– Duvido que Munroe concorde em indicar meu nome a Sua Santidade para substituí-lo. Eu sou o sangue novo que deverá correr pelas veias da nova Igreja; o sangue velho, azedo e rançoso terá de coagular-se numa crosta dura e desaparecer.

Os três homens permaneceram em silêncio por alguns instantes, absorvendo o que se havia dito e resolvido ali. Novamente, foi Tardini quem interrompeu essa situação constrangedora:

– Tem uma fotografia desse jovem?

Monsenhor Tardini queria refrescar a memória.

– Sim, monsenhor, aqui está – respondeu Bibbiena, estendendo a mão para entregar ao subsecretário de Estado uma foto em branco e preto de August Lienart.

Nela, via-se um rapaz alto e elegante, de batina, com olhos negros inquisitivos, lábios ligeiramente franzidos, expressão sonhadora, orgulhosa, melancólica, até mesmo acuada e sofrida. Sem dúvida, podiam já se observar, naquele rosto, os primeiros indícios da perversidade egoísta, da ambição sem freios, de uma profunda perturbação emocional, que é quase o mal supremo. Um calafrio percorreu o corpo de monsenhor Tardini.

Altaussee

A pequena cidade alpina de Altaussee situava-se no coração da Áustria. Os ventos gelados do norte começavam a cobrir de neve e a pintar de branco os altos cumes que cercavam o vale. Havia se passado já quase um ano e meio desde o fim da Segunda Guerra Mundial, mas a presença de tropas americanas na região não tinha diminuído, fato que irritava os mais de 1.800 habitantes locais.

As antigas estações de esqui, consideradas as melhores do mundo antes do conflito, estavam agora entregues ao abandono. Os chalés alpinos, com decorações multicoloridas nas fachadas, caíam em ruínas e a neve entrava neles pelos buracos do teto. Em seus bosques milenares, pontilhados de cascatas de águas puríssimas e imensos prados verdes, escondiam-se centenas de líderes nazistas fugitivos, e a divisão de contraespionagem aliada sabia disso.

– Ei, você aí! Venha até aqui – gritou um homem com forte sotaque do Meio Oeste.

– Que deseja? – perguntou Ulrich Müller.

– Você não tem o direito de perguntar nada. Aqui, quem faz as perguntas sou eu, seu nazista de merda! – esbravejou o suboficial americano.

Seu companheiro tentou acalmá-lo.

– Deixe-o ir. Ele não fez nada...

– Que se foda esse nazista filho da puta – rugiu o suboficial. – Venha aqui! Aproxime-se!

Müller começou a subir a rampa até o jipe da polícia militar americana.

– Senhor, eu não fiz nada – disse ele.

– Mostre-me seus documentos, seu nazista de merda!

– Eu não ser nazista – disse Müller em péssimo inglês.

– Ah, não é? Filho da puta...

O suboficial descarregou um murro violento na boca do estômago de Müller, deixando-o sem respiração e de joelhos no chão por causa da dor. O companheiro segurou-o pelo braço para impedi-lo de golpear novamente o enviado da Odessa.

– Vamos, levante-se já e mostre-me seus documentos – exigiu o sargento.

Müller continuava ajoelhado, comprimindo o estômago com ambas as mãos.

– Eu não ser nazista. Eu não ser nazista, senhor – repetia sem parar.

– Dê-me seus documentos – ordenou de novo o suboficial americano, com o punho levantado.

– Vamos, amigo, vou ajudá-lo a se levantar – disse o companheiro do sargento.

Müller, já recuperado, tentou alcançar seu bastão, mas o sargento havia colocado o pé sobre ele para impedi-lo. O assassino da Odessa tirou alguns papéis do bolso, mas o suboficial golpeou-o novamente, dessa vez, no rosto, fazendo-o cair de bruços.

– Deixe-o em paz! Ele não fez nada – gritou o outro militar. – Ficaremos em maus lençóis, caso ele nos denuncie.

– Esse lixo nazista não teria coragem para nos denunciar – rugiu o sargento.

Essa discussão entre os dois militares não os deixou ver que Müller sacara de sua pequena mochila uma adaga da SS. Num movimento rápido, cravou-a embaixo do queixo do sargento, atravessando-lhe a língua e chegando até o cérebro. Um movimento do pulso fez girar a adaga no crânio da vítima, que caiu ao chão como um boneco de trapo. Arrancando rapidamente a lâmina, atacou o segundo militar, que tentava sacar a arma do coldre. Müller avançou cambaleando para ele, com a lâmina ensanguentada em punho. Com um golpe rápido, atingiu a garganta do soldado, que caiu de joelhos. Müller observou atentamente os olhos vidrados do militar. Sabia que lhe restavam poucos instantes de vida.

Ele arrastou os dois cadáveres para o jipe e sentou-se ao volante. Chegando ao desfiladeiro de Lichtersberg, parou a poucos metros do precipício, colocou o corpo do sargento ao volante e deixou o veículo em ponto morto. Com grande esforço, empurrou-o até que as rodas dianteiras ficaram por alguns segundos no vazio. Então o veículo com os dois cadáveres despencou no abismo. Antes de se afastar, Müller viu que o corpo do sargento fora projetado para fora do jipe por causa do impacto violento, ficando dependurado em uma das árvores que cresciam na ladeira. Em seguida, Müller cuspiu no ar e se afastou do precipício.

O enviado da Odessa reconheceu, desde o instante em que matara o primeiro militar, que a contagem regressiva havia se iniciado. A unidade de contrainteligência americana não iria encerrar aquele caso tão facilmente quando descobrisse que os dois homens não haviam morrido num simples acidente de tráfego. Müller consultou o relógio. Ainda tinha muitos quilômetros a percorrer até o mosteiro que abrigava a comunidade de São Rafael.

Horas depois, quando a noite já havia caído sobre o vale, o enviado de Lienart avistou ao longe as luzes das quatro cúpulas do edifício do século XIII. O mosteiro sofrera os efeitos de várias guerras e incêndios, tendo sido reconstruído no século XVIII. No interior, conservavam-se duas rótulas de ferro forjado da mesma época. Os edifícios monásticos, agrupados à volta de três grandes pátios, também haviam passado por várias reformas.

Müller aproximou-se da porta e puxou a corrente de ferro à qual se prendia o badalo de uma campainha. Esperou pacientemente antes de tocar de novo. Minutos depois, ouviu uma voz do outro lado da porta maciça.

– Já vai, já vai – disse a voz.

Abriu-se uma portinhola na porta, permitindo que se vissem uns olhos azuis rodeados de rugas profundas.

– Quem chama a estas horas na porta de nossa comunidade?

– Um amigo.

– Isso não basta para entrar tão tarde assim em nosso mosteiro – retrucou a voz.

– Venho para levar a Roma três amigos que estão aí dentro.

Müller ouviu descerrarem-se quatro grandes ferrolhos.

– Boa noite, sou o irmão Koontz. Venha por aqui – convidou o monge.

O enviado da Odessa seguiu de perto o religioso, sem dizer palavra alguma até chegar ao edifício principal. Ali, dois monges mais jovens pediram-lhe que colocasse sua mochila sobre a mesa. Um deles abriu-a e começou a vasculhá-la.

– Nós a devolveremos – disse o religioso, apontando para a adaga com a qual Müller matara horas antes os dois militares americanos. – Agora, siga-me.

O irmão Koontz e Müller subiram uma grande escada até as celas dos monges.

– Espere um momento – pediu o religioso. – Vou dizer aos nossos convidados que o senhor está aqui.

Müller se sentia seguro entre aquelas paredes, mas sabia que, se esperasse demais, o cerco em torno dele começaria a fechar-se. Àquela hora, as patrulhas aliadas já teriam descoberto os corpos sem vida dos dois militares. Mas Müller acreditava que as causas de suas mortes não seriam conhecidas até serem levados para um bom instituto médico-legal.

– Senhor Müller – disse alguém às suas costas. – Sou o capitão da SS Josef Mengele.

– Boa noite, capitão Mengele. Sou o sargento Ulrich Müller, enviado da Odessa. A partir de agora, deve colocar-se em minhas mãos se quiser permanecer vivo. Entendeu?

– Perfeitamente.

– O senhor era o chefe em Auschwitz, certo? – perguntou Müller.

– Não. Era oficial médico no campo de Birkenau. O oficial médico que comandava em Auschwitz chamava-se Eduard Wirths. Eu recebia ordens diretamente dele, como médico-chefe de Auschwitz-Birkenau – explicou Mengele.

– Como conseguiu chegar até aqui?

– Não foi fácil. Deixei o campo de Auschwitz em 17 de janeiro de 1945 e me dirigi ao campo de concentração de Gross-Rosen, mas, quando cheguei, descobri que havia sido fechado um ano antes. Em 8 de maio, minha unidade estava nas montanhas Erzegebirge, na Saxônia, a uns trinta quilômetros de Saaz. Curiosamente, essa área ainda não estava ocupada nem pelos comunistas nem pelos americanos. Por fim, quando estes chegaram, se depararam com cerca de 15 mil soldados alemães sentados nos prados e sem armas. Consegui um uniforme da infantaria e segui em direção oeste, para ficar o mais longe possível do avanço russo. Na metade do caminho, detiveram-me e puseram-me num campo de prisioneiros. Mas logo me libertaram porque, como são idiotas, eles não descobriram minha verdadeira identidade.

– Em que campo permaneceu depois de sua nova detenção? – perguntou Müller.

– No de Schauenstein, a uns 120 quilômetros ao norte de Nuremberg. Os imbecis dos americanos se equivocaram no campo de prisioneiros e me registraram como Josef Memling.

– Como conseguiu escapar?

– Não escapei – respondeu Mengele, sorrindo. – Fui libertado apenas uma semana depois. Os americanos e os ingleses só se interessavam pelos suspeitos de pertencerem à SS. Faziam-nos desfilar de braço erguido e os que tinham uma cicatriz ou a tatuagem do grupo sanguíneo eram separados do grupo para se submeter a um pesado interrogatório. Como eu não tenho essa tatuagem, eles perderam o interesse por mim. Não queriam saber dos soldados, só dos SS...

– E depois? – perguntou Müller.

– Depois, me escondi na casa de um granjeiro em Donauwörth, perto de minha residência de Günzburg. Quando a situação se tornou novamente difícil, resolvi deixar a granja e ir para Munique. Não seria tão fácil me encontrarem numa cidade grande. Ninguém imaginaria que eu iria me esconder lá. Em Munique, encontrei refúgio na casa de um antigo colega de escola, chamado Miller. Em seguida, fui para Mangolding, onde trabalhei na granja de Georg e Maria Fischer. Eram bons nazistas. O Círculo de Salzburgo fez o resto. Consegui contato com eles e me trouxeram para cá, onde fiquei esperando uma visita da Odessa.

– Pois essa visita sou eu, doutor Mengele. Agora, volte aos seus aposentos até que eu o chame novamente.

– Qual será o passo seguinte, se é que posso perguntar? – disse o Anjo da Morte.

– Tenho ordens de levá-lo são e salvo a Roma e, após conseguir-lhe documentos falsos e outra identidade, enviá-lo para a América do Sul. Talvez para a Argentina ou o Paraguai.

– Quando partiremos para Roma?

– Nesta mesma noite. Esteja preparado – ordenou Müller.

O seguinte a entrar foi o capitão da SS Franz Stangl, austríaco de 37 anos, comandante dos campos de concentração de Sobibor e Treblinka, onde exterminara 2.284.000 judeus poloneses. Treblinka fora uma das soluções para o "problema judaico", e Stangl, uma peça na gigantesca engrenagem de assassinatos em escala industrial. Era um homem alto, de boa aparência e com um forte sotaque da Bavária. Continuava mantendo a pose orgulhosa que caracterizava todos os comandantes de campo.

– Sente-se – ordenou Müller.

– Nenhum sargento me dá ordens. Entendeu bem? – disse Stangl, de dedo em riste.

– Escute-me bem, capitão Stangl. Embora eu seja um sargento simples e pobre, se não acatar minhas ordens, saiba que lhe chutarei o traseiro para que me obedeça. Se não me obedecer, não hesitarei em deixá-lo aqui, abandonado à própria sorte, até o pessoal da contrainteligência aliada descobri-lo e enforcá-lo. Estou certo de que teriam grande interesse em fazer-lhe algumas perguntas sobre Sobibor e Treblinka – ameaçou Müller, olhando bem nos olhos do homem responsável pelo assassinato direto de milhares de judeus e ciganos na Bulgária, na Grécia, Iugoslávia, Holanda, Áustria e Polônia.

Stangl permaneceu em silêncio, olhando Müller com ar de desafio.

– Darei um jeito – disse ele, virando-se para deixar a sala.

– Acredite em mim, capitão Stangl, o senhor pode ter tido muita sorte, mas dificilmente a terá de novo. Muitas vezes, quando pensamos estar certos, estamos completamente equivocados, e é o que acontece ao senhor agora. Se quiser se arriscar por aí, faça isso. Eu compreendo. Mas não vá recorrer à Odessa caso se dê mal em sua aventura. Não lhe abriremos as portas. Ficará por sua própria conta e risco.

Stangl continuou calado, segurando a maçaneta da porta, mas sem girá-la. Sabia que, se saísse, a Odessa o abandonaria de vez. Aquele sargento tinha razão. Era bem provável que os Aliados já estivessem em sua pista.

– De acordo...

– Como disse? – pressionou Müller.

– De acordo... de acordo... Coloco-me em suas mãos e acatarei suas ordens – respondeu Stangl irritado.

– Quero que responda a umas perguntas. Alguém mais sabe que está aqui?

– Não, ninguém – garantiu Stangl.

– Temos informações de que o senhor foi preso pelas tropas americanas na Itália. Que fazia lá?

– Após o fechamento do campo de Treblinka, fui designado para Trieste sob o comando do general Odilo Globocnik. O avanço inimigo me surpreendeu na Itália e ali mesmo me capturaram.

– Onde ficou detido?

– Num campo de prisioneiros em Gleisenbach, de onde consegui escapar. Graças ao Círculo de Salzburgo, cheguei até aqui auxiliado apenas por minha audácia – respondeu Stangl. – Disse a meus interrogadores que era da SS, mas que só havia participado de operações contra guerrilheiros na Itália e na Rússia. Acreditaram em mim.

– Há momentos em que a audácia deve ceder o passo à prudência, e é isso o que deve fazer de agora em diante se quiser sair vivo da Europa – disse Müller.

– É o que farei. Qual será meu próximo destino? – perguntou Stangl.

– Roma. Permanecerá lá até lhe conseguirmos documentos falsos, com os quais poderá partir para a Síria. Vamos ver se conseguimos embarcar sua família para o Brasil.

– Que autoridade me protegerá em Roma? – indagou Stangl.

– A tiara e as chaves de Pedro. O senhor foi muito bem recomendado por monsenhor Alois Hudal, e a Odessa levará isso em consideração. Pode retirar-se. E esteja preparado para partir esta noite mesmo.

O terceiro protegido era o capitão Alois Brunner, que a Odessa queria manter a todo custo longe das garras das autoridades aliadas. Afinal, aquele capitão, colaborador do tenente-coronel Adolf Eichmann, era um dos treze homens que haviam participado da reunião no hotel Maison Rouge de Estrasburgo e ainda permaneciam em liberdade. Sem dúvida, a ninguém interessava que caísse nas mãos do inimigo. Fora o melhor homem de Eichmann e o responsável pelo envio de 140 mil judeus europeus às câmaras de gás. Aproximadamente 24 mil tinham sido deportados do campo de concentração de Drancy. Por isso, a França era uma das nações aliadas que mais se interessavam por sua prisão, do mesmo modo que almejavam capturar o magnata Edmund Lienart.

– Posso entrar? – perguntou ele, pondo a cabeça pelo vão da porta.

– Sim, entre – convidou Müller.

– Boa noite. Sou o capitão da SS Alois Brunner, às suas ordens – disse ele, batendo de leve os calcanhares.

Era novidade para Müller um ajudante do temido Eichmann saudar de bom grado um primeiro-sargento. Com efeito, aquele homem alto, de porte elegante, bem penteado e de óculos escuros fora o segundo elemento mais poderoso do IVB4, a seção do departamento IV, ou Gestapo, ligada ao Escritório Central de Segurança do Reich, onde se encarregava da localização e deportação de judeus em todos os territórios ocupados. Brunner exibia uma educação refinada, apesar de ser filho de um granjeiro húngaro.

– Vejo em sua ficha que conseguiu escapar de um campo de prisioneiros, certo? – perguntou Müller.

– Certo. Aqueles americanos estúpidos me confundiram com outra pessoa.

– Com quem?

– Com Anton Brunner, um SS executado por crimes de guerra na Áustria. Eu disse que havia combatido em uma unidade de infantaria na frente russa – explicou Brunner.

– E acreditaram no senhor? – estranhou Müller. – Os homens da contrainteligência aliada costumam despir-nos para ver se temos a tatuagem do grupo sanguíneo no braço.

– De fato, mas eu não cheguei a fazer essa tatuagem. Privilégios do alto-comando... – sorriu Brunner.

Enquanto Müller continuava lendo a ficha que tinha sobre a mesa, foi interrompido por Brunner.

– Diga-me, sargento, qual será minha rota de fuga?

– Planejamos, em primeiro lugar, levá-lo a Roma e embarcá-lo, de algum porto italiano, para o Egito, onde ficará protegido por nossa organização – respondeu Müller.

– Ficarei à espera de suas ordens. Quando partiremos para Roma?

– Hoje à noite. Esteja, pois, preparado. Pode ser que encontremos obstáculos – advertiu Müller.

– Que tipo de obstáculo?

– A caminho daqui, tive um encontro infeliz com uma patrulha da polícia militar americana. Eles perderam a parada e eu ganhei. Com toda a certeza, já estão me procurando. Se me encontrarem, encontrarão os senhores também. Portanto, é melhor sairmos o quanto antes. Vou acompanhá-los até os limites de Salzburgo e ali nos separaremos. Vários membros de nossa organização irão ajudá-los a chegar a Roma. Têm instruções para onde levá-los quando chegarem à capital italiana. Ficarão escondidos em dependências das organizações do Corredor Vaticano – esclareceu Müller.

– Corredor Vaticano? Que vem a ser isso? – perguntou Brunner.

– É melhor que não saiba. Se o capturarem, poderá pôr em sério risco toda a nossa organização. Se souber pouco, não revelará muito. Saiba apenas que o Vaticano é o nosso principal amigo e protetor. Isso basta.

– A desconfiança, sargento Müller, é a mãe da segurança, e convém que continue sendo – declarou Brunner antes de deixar o recinto.

À noite, os quatro homens – Müller, Mengele, Stangl e Brunner – percorreram os pouco mais de 56 quilômetros que os separavam de Salzburgo. Em Bad Ischl, Müller se separou do grupo para voltar a Altaussee, onde devia localizar o tenente-coronel Adolf Eichmann. O ex-oficial da SS, responsável pela morte de milhões de pessoas, estava escondido na casa de número 8 de Fischerndorf, às margens de um lago próximo. Müller ainda tinha muito trabalho pela frente antes de regressar a Roma.

Cidade do Vaticano

O cardeal Claudius Munroe, todo-poderoso prefeito da Entidade, gostava de passear um pouco pelos Jardins Vaticanos antes de iniciar sua jornada de trabalho. A reunião que tivera alguns dias antes com os subsecretários Montini e Tardini, incluindo o agente Bibbiena, provocara nele certo mal-estar. Pretendia transmitir o que fora revelado naquela ocasião ao próprio papa, mas para isso precisava antes romper o cerco que o subsecretário Montini impusera ao Santo Padre.

Seu passeio matinal começava sempre às cinco e meia em ponto, na porta do Palácio da Governança. Em seguida, ia até a Casinha de Pio IV e entrava nos Jardins Vaticanos, ladeando a muralha que terminava na torre de São João. Ali meditava em completo silêncio, longe dos olhos indiscretos da Guarda Suíça e da Guarda Nobre, que protegiam os aposentos papais.

Ao chegar à fonte da Galera, que ostentava a imagem de uma nau de guerra por cujos canhões a água escorria, sentou-se na borda de pedra. O cardeal apreciava muito o murmúrio da água fluindo por aqueles minúsculos canhões de bronze.

Precisava contar a Sua Santidade o que fora discutido na reunião. Sabia que o papa era a única pessoa capaz de pôr freio à obscenidade proposta por Bibbiena.

– Bom dia, eminência.

– Bom dia, padre Bibbiena. Estava à sua espera – disse Munroe.

– Gostaria muito de falar com o senhor.

– Alguém disse, padre, que não usar duas palavras quando basta uma é o maior dos talentos, e o que ouvi outro dia de seus lábios tem uma só: obscenidade. É assim que a comunicarei ao papa – declarou o chefe da Entidade.

– Dê-me uma chance, eminência... O que pretendo fazer é inteiramente pelo bem da Igreja, em nome de Deus...

– Quanto mal faz o homem usando o nome de Deus! Quando as pessoas são puras, as leis são inúteis; quando as pessoas são corruptas, corrompem as leis. É isso que tentarei evitar com todas as minhas forças. Não permitirei que a partir de meu cargo de prefeito da Entidade as leis da Santa Sé sejam corrompidas por seu desejo de alcançar um fim sinistro. Não, não permitirei isso – garantiu Munroe.

– Os homens soberbos e vis por natureza mostram-se insolentes na prosperidade. O senhor vive numa Igreja e num mundo prósperos. Nem sempre foi assim, e por isso devemos lutar – sentenciou Bibbiena.

– Sim, padre, mas os homens soberbos por natureza, como o senhor, mostram-se abjetos e humildes na adversidade, sendo por isso mais perigosos. O senhor, padre Bibbiena, transformou-se em uma peça perigosa para nossa engrenagem. Por isso, nesta mesma manhã, pedirei sua demissão e recomendarei sua transferência para a igreja de São Domingos, em Palermo. Ali poderá desenvolver um bom trabalho pastoral. Talvez, em Palermo, redescubra a humildade que perdeu entre estes muros altos do Vaticano. Precisamos ser humildes como o povo para poder descobrir a verdade – afirmou o cardeal Munroe.

– A verdade, eminência? Que sabe da verdade? Nunca se alcança a verdade absoluta e nunca se está totalmente distante dela – disse o espião papal.

– Sim, mas a verdade se fortalece com a pesquisa e o tempo; a falsidade, com a incerteza e a pressa. Por isso quero que deixe agora mesmo seu cargo na Entidade.

Quando o cardeal fez menção de afastar-se, Bibbiena olhou para ambos os lados para comprovar que não havia ninguém nas imediações.

– Eminência?

– Não quero continuar falando com o senhor. Faça o que tem de fazer – disse o cardeal Munroe.

Mas, antes que pudesse dar um passo, Bibbiena agarrou-o violentamente pela capa, puxou-o para si, pôs os braços em volta de seu pescoço e obrigou-o a ajoelhar-se diante da fonte. A água dos canhões começou a molhar a nuca do religioso, até sua cabeça ficar submersa.

A resistência de Munroe foi diminuindo até que ele ficou imóvel. Bibbiena agarrou o corpo pelos pés e atirou-o na fonte da Galera. Antes de sair, viu ainda que o cadáver flutuava de boca para baixo, coberto apenas pela capa vermelha cardinalícia, como se fosse um sudário.

– *Animus hominis est immortalis corpus mortale*, a alma humana é imortal num corpo mortal – murmurou o espião antes de voltar ao seu trabalho.

Após o assassinato do cardeal Claudius Munroe, Bibbiena tinha o caminho livre para pleitear o tão cobiçado cargo de prefeito da Entidade. Nesse cargo, poderia controlar seu amigo August Lienart, que devia se preparar para tarefas mais importantes.

Fischerndorf

Ulrich Müller passava dias escondido na montanha e em diversas casas seguras do Círculo de Salzburgo e da Odessa, fugindo dos serviços de inteligência americanos. Estes continuavam em sua pista depois do assassinato dos dois policiais militares na região de Altaussee. E estavam cada vez mais perto. O tempo corria contra ele, mas mesmo assim Müller precisava localizar Adolf Eichmann, sua próxima missão, conforme lhe ordenara a Odessa.

A vida do tenente-coronel Eichmann como fugitivo começara em maio de 1945. Fora para o noroeste da Alemanha e, a fim de evitar sua captura e as incursões de surpresa das patrulhas aliadas, dormia ao relento. Em seguida, se deslocara para Salzburgo, onde havia passado sua lua de mel apenas dez anos antes. No meio de uma rua, Eichmann conseguira evitar um posto policial graças à ajuda de uma bela jovem vestida com o uniforme de enfermeira da Cruz Vermelha.

– Sou tenente-coronel da SS e preciso de você para passar pelo controle – disse Eichmann.

O todo-poderoso chefe de Assuntos Judaicos da Gestapo havia tentado apagar a tatuagem do grupo sanguíneo no braço queimando-se com pontas de cigarro, mas não conseguiu. Como não podia remover a tatuagem, decidiu mudar de identidade e assumir o nome de Otto Eckmann, tenente da 22ª Divisão de Cavalaria da Waffen-SS. Era um nome bem parecido com o seu, mas ele acabou detido pelos americanos.

Primeiro, foi removido para um pequeno campo em Weiden, noventa quilômetros a leste de Nuremberg, onde permaneceu até agosto de 1945, e depois para um campo maior em Oberdachstetten. Seu pior medo era ser reconhecido por algum agente da Judenkommissionen, um grupo formado por sobreviventes que percorriam os campos de prisioneiros para identificar criminosos de guerra. Se algum o identificasse, ele não hesitaria em morder uma cápsula de veneno.

Em 1945, um antigo companheiro o havia denunciado. Sabia que Eichmann era responsável pela morte de mais de 4 milhões de judeus. A partir daquele momento, seu destino estava marcado, mas ainda assim conseguiu escapar do campo de Oberdachstetten. Mudou várias vezes de identidade, porém seu nome apareceu de novo nos Julgamentos de Nuremberg como o responsável máximo pelo assassinato maciço de judeus.

Ulrich Müller começou a subir uma encosta íngreme que conduzia a uma casa de campo cercada de amplos prados verdes. Respirou profundamente. A poucos metros da residência estava uma mulher vestida de camponesa, com mechas de cabelo ruivo caídas sobre o rosto.

– Boa tarde – cumprimentou Müller.

A mulher não se dignou a responder.

– Poderia me dar um copo de água? – pediu Müller.

– Sinto muito, mas não temos água. Se quiser, desça ao poço e sirva-se você mesmo – disse ela.

Müller percebeu que alguém os observava discretamente da casa e resolveu falar às claras.

– Senhora Eichmann?

– Como? – despistou a mulher. – Não sei a quem se refere. Não conheço essa pessoa.

– Você é Veronika Eichmann, esposa de Adolf Eichmann.

– Não, está enganado. Ignoro quem sejam essas pessoas de quem fala.

Müller, cansado da longa viagem e da tensão por ter de se esquivar o tempo todo das patrulhas aliadas, irritou-se com aquele estúpido interrogatório.

– Senhora Eichmann, não posso perder muito tempo com a senhora. Diga ao seu marido que, se deseja a ajuda da Odessa, terá de aparecer.

Quando Müller já se dispunha a descer a encosta, ouviu uma voz que vinha da porta da casa.

– Sim? – perguntou a voz.

– Tenente-coronel Adolf Eichmann?

– Sim, sou eu – disse o homem, mostrando-se por inteiro.

Aos olhos de Müller, aquele sujeito com o qual cruzara uma só vez em Riga, durante uma inspeção de tropas da SS, mais parecia um escriturário, um burocrata que jamais tingira as mãos de sangue. Usava óculos de lentes escuras e exibia ainda um porte digno dos oficiais da SS. De mãos na cintura, roupas de montaria e botas de cano alto, ele era para Müller o perfeito líder da SS, que preferia deixar o trabalho sujo para seus subordinados. Jamais sujara as mãos de sangue, jamais pisara num campo de concentração... Para homens como Adolf Eichmann, aquela história toda do Holocausto não passava de uma questão de números... com somas e restos.

– Entre, por favor – convidou Eichmann.

Sua esposa lhes trouxe chá. Eichmann perguntou então a Müller qual seria sua rota de fuga.

– Em primeiro lugar, vou levá-lo a Veneza e instalá-lo em uma casa ao norte do Grande Canal. Ali esperará até lhe conseguirmos documentos falsos e um passaporte do Comitê Internacional da Cruz Vermelha. Quando tivermos em nosso poder os papéis necessários, irá para Gênova ou Nápoles, de onde embarcará para a Argentina.

– Para o Egito não seria possível?

– Não é o melhor momento. O rei Faruq já tem problemas suficientes com os militares de seu país para se preocupar em dar asilo a membros da SS – explicou Müller. – Portanto, ficará provisoriamente em Veneza. Dali será levado a Roma sob a proteção do bispo Alois Hudal e do Corredor Vaticano. Esperamos que não precise ficar muito tempo ali, até podermos tirá-lo da Europa.

– A quem pertence a casa de Veneza?

– A um amigo seu – respondeu Müller.

– Não sei a quem se refere. Atualmente, quem combateu por um ideal deixou de ter amigos – lamentou Eichmann.

– Seu amigo e protetor se chama Lienart.

– Lienart? Edmund Lienart?

– Sim.

– Eu o conheci em Estrasburgo, em agosto de 1944. Tivemos uma reunião interessante com vários magnatas alemães, presidida por Martin Bormann, o maldito caipira da Saxônia – esbravejou Eichmann. – De que modo ele entrou para a Odessa?

– Isso o senhor poderá lhe perguntar pessoalmente, em breve. No momento, é melhor que não faça tantas perguntas e obedeça às minhas ordens, caso queira manter o pescoço longe da corda – disse Müller.

– Quando partiremos daqui? – perguntou Eichmann nervosamente, mordendo o lábio inferior.

– Calculo que em uma semana... duas, no máximo.

Enquanto os dois ex-membros da SS conversavam e planejavam a rota de fuga, entrou na sala Vera Liebl, a esposa de Eichmann, com uma expressão de pânico no rosto.

– Um veículo militar está subindo a encosta – gaguejou ela.

– Quantos são? – perguntou Müller, pondo-se em pé e aproximando-se da janela.

– Acho que uns três ou quatro.

– Bem, senhora Eichmann, não fique nervosa – disse Müller, pegando-a pelos ombros a fim de tranquilizá-la. – Não creio que venham dar uma busca aqui. Só farão um interrogatório de rotina. Fique calma e não dê nenhum sinal de nervosismo diante deles. Eles não sabem que seu marido e eu estamos aqui, portanto, não se descontrole.

O som do veículo que se aproximava chegou até os ocupantes da casa.

– Escondam-se no sótão. Era um antigo quarto de despejo. Eles não vão encontrá-los.

Os dois SS subiram uma pequena escada estreita até o sótão. Por um alçapão, podiam ver o que se passava no andar de baixo.

Uma batida na porta revelou a Müller e Eichmann que os integrantes da patrulha tinham chegado.

– Já vai, já vai. Parem de bater! – protestou Vera Eichmann.

Ao abrir, deparou com dois oficiais americanos pertencentes ao Corpo de Contrainteligência do Exército, o CIC.

– Bom dia, senhora. Sou o capitão Hubbard, do CIC – apresentou-se o primeiro oficial, mostrando seu crachá. – É a senhora Liebl? Vera Liebl?

– Sim – respondeu ela. – Que desejam?

– Podemos entrar? – perguntou o segundo oficial, adiantando um pé para que a mulher não pudesse bater a porta. – Só queremos lhe fazer algumas perguntas, se não for inconveniente.

– Vocês, americanos, sempre abusando! Que foi que nós, alemães, fizemos para ser tratados assim? – gemeu a mulher, com lágrimas nos olhos.

– Provocaram uma guerra mundial. Mataram centenas de milhares de pessoas em campos de extermínio. Apoiaram o governo mais sanguinário da história – respondeu o oficial que pusera o pé no vão da porta.

O capitão Hubbard encostou a mão na porta e empurrou-a violentamente, obrigando Vera Eichmann a dar vários passos atrás para evitar que ela lhe batesse no rosto.

– Sabemos quem é, senhora – disse ele, pousando uma maleta de couro na mesa e tirando dela uma pasta preta.

– Temos aqui uma transcrição do interrogatório a que foi submetida a senhora Henriette Hoffmann, esposa do criminoso de guerra Baldur von Schirach e filha de Heinrich Hoffmann, fotógrafo pessoal de Hitler. A senhora Hoffmann declarou em 21 de outubro de 1946 que Adolf Eichmann estava morando no número 8 de Fischerndorf, na região de Altaussee. Investigando essa denúncia, descobrimos que quem vivia aqui era Vera Liebl, ou seja, a senhora, cujo nome verdadeiro é Veronika Liebl Eichmann. É a esposa de Adolf Eichmann, organizador da logística de transportes aos campos de extermínio e principal responsável pela morte de milhões de pessoas – esclareceu o oficial.

– Meu ex-marido morreu – disse Vera Liebl.

– Ex-marido? – surpreendeu-se Hubbard.

– Nós nos divorciamos em março de 1945. Desde então, eu nada mais soube a respeito dele até me informarem que, voltando de Praga para a Alemanha, foi detido e identificado por guerrilheiros tchecos. Executaram-no em novembro daquele mesmo ano.

– Está sozinha em casa? – perguntou o segundo oficial.

– Sim.

– Mas então de quem são estas duas xícaras? – indagou o militar, pegando uma delas e comprovando que ainda estava quente.

– Não sei do que está falando – disse Vera Eichmann.

O oficial sacou uma Colt 45 do coldre.

– Alerta! – gritou para o soldado armado de metralhadora que ficara no jipe fumando um cigarro.

O capitão Hubbard levantou-se e empurrou violentamente a cadeira para trás com a perna, enquanto destravava a pistola. Nesse momento, o pesado alçapão do teto se abriu com força, golpeando-o no ombro. Müller saltou de arma em punho e alvejou Hubbard, que já estava caído no chão por causa do golpe. O primeiro disparo no peito o matou. Vera Liebl pulou sobre o segundo oficial, logo alcançado por um disparo de Eichmann.

O soldado que ficara no jipe entrou correndo com a metralhadora apontada. Mas, antes que pudesse apertar o gatilho, Müller agarrou o cano com uma das mãos e fulminou-o à queima-roupa no coração com sua própria arma. Abalados pelo confronto e pelos três cadáveres estendidos no chão da sala em meio a uma grande poça de sangue, Müller, Eichmann e sua esposa decidiram fugir imediatamente.

– Sinto muito, senhora Eichmann, mas se vier conosco só conseguirá nos atrasar. Não poderá nos acompanhar, para sua própria segurança. Caso nos detenham, será melhor para seu marido que a senhora permaneça em liberdade.

– Mas eu quero... – tentou dizer Vera Eichmann.

– Querida, querida... – interrompeu seu marido –, ouça o que o sargento Müller está dizendo. Preciso de você livre, se me prenderem, por nossos filhos

Klaus, Horst e Dieter. Eles dependem de você, da mãe. São ainda muito pequenos e necessitam de seus cuidados. Quando eu estiver em lugar seguro, farei contato com você por intermédio da Odessa para lhe revelar meu esconderijo e trazê-la até mim. Mas, por enquanto, seja paciente.

– E o que vou dizer aos garotos? – perguntou Vera Eichmann.

– Que morri na guerra, até o momento de nosso reencontro. Se esses elementos do CIC descobrirem que estou vivo, com toda a certeza a vigiarão e não a deixarão em paz. Por isso, convém que durante um bom tempo você se apresente como uma inconsolável viúva de guerra – explicou Eichmann.

– E quando nos reencontraremos? – perguntou Vera Eichmann a Müller.

– Não posso garantir nada a esse respeito. Mas escute seu marido. Nós entraremos em contato com a senhora. Só lhe pedimos que seja discreta. A vida dele está a partir de agora em suas mãos – disse Müller.

– Muito bem. Irei para a casa de minha irmã em Munique e lá ficarei aguardando notícias.

Duas semanas depois, após uma longa viagem de quase trezentos quilômetros através das principais linhas de controle aliado, caminhando de noite e escondendo-se de dia, Müller e seu protegido, o tenente-coronel Eichmann, conseguiram chegar a Veneza, a cidade dos canais. Pelos dois meses seguintes, o Casino degli Spiriti, propriedade da família Lienart, seria o esconderijo de Eichmann até a Odessa poder instalá-lo em alguma instituição controlada pelo Corredor Vaticano. Um ser monstruoso, responsável pela morte de milhões de pessoas, residiria naquela vivenda do século XVI graças à todo-poderosa rede Odessa.

XIII

Genebra

Em meados de 1948, Edmund Lienart já havia se convertido em um personagem decididamente incômodo para as autoridades suíças. A França pressionava o governo do país para que o extraditasse ou o expulsasse de seu território. Outros franceses estavam sendo julgados por alta traição e colaboração com os alemães – quase todos foram parar diante de um pelotão de fuzilamento. Entre eles estavam René Bousquet, secretário-geral da polícia francesa de 1941 a 1943; Maurice Papon, secretário-geral da prefeitura da Gironda e organizador de comboios para a deportação de judeus franceses aos campos de extermínio; e o próprio marechal Philippe Pétain.

O nome de Edmund Lienart apareceu pela primeira vez em uma lista de colaboracionistas franceses em setembro de 1945. Lienart acusava os serviços de inteligência do general De Gaulle de conspirar contra ele. Dois anos depois, as novas autoridades do governo do presidente Jules-Vincent Auriol exigiram que a Suíça entregasse Edmund Lienart para que fosse julgado perante um tribunal da França por acusações de alta traição, colaboracionismo e atividades de espionagem para uma nação inimiga. O próprio Lienart sabia que, se fosse apanhado por seus compatriotas, sem nenhuma dúvida sofreria a degradação nacional e o confisco de bens e, em seguida, seria condenado à morte.

O lado positivo da situação era que, nos últimos anos do conflito e de forma discreta, Lienart passara todas as suas propriedades e os seus bens em solo francês e nas colônias para o nome da esposa, Magda, e do filho, August. As coisas tinham de ficar perfeitamente organizadas, e nisso ele era um mestre.

Lienart não gostava da Suíça, de seus banqueiros e de seu falso discurso democrático. Embora ocasiões não lhe faltassem de zombar do país que chamava depreciativamente de "nação de feirantes", Lienart era um homem hábil e ardiloso: via que os suíços apreciavam demais as comissões e os lucros para sentirem-se indignados ou ofendidos por seus comentários. Isso fez também com que, de simples banqueiros dos nazistas, se transformassem em protetores de Hitler e dos seus seguidores. Os guardiões do ouro – os gnomos suíços – não agiam por simpatia pelo Partido Nacional-Socialista, por suas ideias ou seu Führer, mas unicamente por sede de dinheiro. Hitler sabia que, sem divisas circulando no mercado internacional, não conseguiria adquirir matérias-primas; e os banqueiros suíços, entre eles o próprio Lienart, não ignoravam que, sem matérias-primas, a Wehrmacht deixaria de existir. Diretores do Banco Nacional, ministros, funcionários do alto escalão, advogados e grandes industriais ficaram ricos por conta de seu perigoso sócio do outro lado da fronteira, o Terceiro Reich.

Naquela manhã, as manchetes dos grandes jornais suíços foram unânimes. O bloqueio terrestre soviético da capital alemã era o assunto principal. Em resposta, os Estados Unidos e a Grã-Bretanha anunciaram que abasteceriam a cidade por meio de uma ponte aérea. Os serviços de inteligência aguardavam a reação soviética desde o mês de março, quando os russos montaram postos de controle em todas as estradas, a fim de evitar a fuga maciça de cidadãos para as regiões administradas pelos americanos, britânicos e franceses. Obviamente, os inimigos agora eram outros, e a presença de Lienart em Genebra constituía um problema grave para as boas relações entre Berna e Paris. O bloqueio de Berlim seria sem dúvida um grande negócio para os banqueiros suíços, mas eles sabiam também que, se Lienart permanecesse no país, esse negócio poderia malograr.

Dentro de poucas horas ele se reuniria com diversos banqueiros com os quais tencionava manter abertas as linhas de negociação para a Odessa; com advogados, para estabelecer e registrar novas empresas no estrangeiro a fim de dar cobertura aos protegidos da organização; e com a vasta rede de falsificadores, para lhe fornecerem o mais rapidamente possível os documentos necessários à fuga da Europa de personagens como Josef Mengele, Franz

Stangl, Alois Brunner e Adolf Eichmann, todos eles refugiados em ramificações do Corredor Vaticano. Devia também entrar em contato com seu filho August naquela mesma manhã.

Uma batida na porta da suíte obrigou-o a interromper a leitura das manchetes do dia e o café que saboreava. Um camareiro do hotel Beau Rivage entregou-lhe uma mensagem. Lienart abriu o pequeno envelope e tirou dele uma carta assinada por Andreas Masson, chefe do serviço secreto suíço, que o convidava para um encontro secreto em uma casa abandonada em Pas de l'Échelle, cerca de cinco quilômetros ao sul de Genebra e bem perto da fronteira com a França. Aquilo lhe pareceu muito estranho, mas não podia recusar o convite de um dos homens mais poderosos da Confederação Helvética.

Masson era um fascista antissemita da pior classe, ou seja, da mais cultuada. Durante alguns anos, estivera ligado à extrema direita por intermédio da Liga Valdense, cujos membros veneravam Hitler, desprezando o parlamentarismo e a soberania popular. Era um intelectual medíocre, o que aborrecia Lienart mais que suas ideias fanáticas. Masson e seus amigos só se tornaram realmente perigosos depois de 1940, quando as tropas de Hitler desfilaram pelo Arco do Triunfo e o idoso Pétain assinou a rendição da França. Masson e a Liga tinham se envolvido no planejamento de um golpe de Estado com o apoio de oficiais do exército. O plano era derrubar o governo, suprimir o Parlamento, abolir a Constituição e acabar de vez com o voto popular. O novo governo, abertamente pró-nazista, seria um triunvirato formado por um governador-geral, possivelmente Philippe Etter; um ministro do Exterior, o coronel Andreas Von Sprecher; e um ministro militar que controlaria com mão de ferro o exército, a polícia e os serviços secretos. O candidato mais forte a esse cargo era Andreas Masson.

A reunião secreta alterou os planos do magnata chefe da Odessa. Ele decidiu cancelar todos os seus encontros e ligou para o filho na Villa Mondragone.

– Oi, pai – saudou August, num tom frio.

– Oi, filho. Como foram as coisas?

– Muito bem. Müller conseguiu transferir todos os nossos protegidos para Roma e Veneza.

– Ótimo, ótimo... Estamos cumprindo os prazos combinados com o padre Draganovic. Não quero ficar dando explicações a esse corvo do Hudal. Ele só espera uma falha nossa para ir correndo nos acusar de negligência a Montini e Tardini.

– E o que conseguiria com isso? – perguntou August.

– Talvez o papa ou algum dos subsecretários nos obrigue a devolver o controle do Corredor Vaticano a Draganovic e seus camponeses. Não estou disposto a tolerar semelhante coisa. Entregamos muito ouro a esses padres para que fechassem os olhos, os ouvidos e a boca; agora que o dinheiro está em suas arcas, não permitirei que se intrometam no Corredor.

– Só Sua Santidade poderia obrigá-lo a aceitar isso – garantiu August.

– Talvez, mas não creio que o faça. Pio XII é o principal encobridor do Corredor Vaticano, embora Montini e Tardini jurem o contrário. Se não fosse assim, como eles poderiam agir livremente dentro dos muros do Vaticano, com o maior descaramento? Não acho que a Entidade e seu amigo Bibbiena queiram ver estranhos à cúria andando pelos Jardins Vaticanos, por onde também passeia Pio XII – assegurou Lienart, sorvendo um gole de café.

– O que aconteceu com a primeira leva de protegidos?

– Pavelic, Derig, Schumann e Veckler foram mandados para seus respectivos destinos na Argentina, na Finlândia, na Grã-Bretanha e nos Estados Unidos – respondeu Lienart.

– E quanto à nova leva? – perguntou August.

– Temos tudo planejado. Se as coisas correrem bem, Mengele, Eichmann, Brunner e Stangl poderão ser transferidos sem problemas. O padre Draganovic está muito interessado no assunto, e não devemos decepcioná-lo. Para a Odessa, é mais importante que escapem Eichmann e Brunner, pois eles sabem demais sobre nossa organização. Assistiram à reunião de Estrasburgo. E nos conhecem.

– Planeja liquidá-los?

– Por que pergunta isso, filho? Esses homens lutaram por seu país e por grandes ideais.

– Sim, pai, mas o idealismo não se sustenta diante da necessidade.

– Provavelmente você tem razão, mas nem por isso devemos acabar com a vida daqueles cujos ideais foram traídos. Eles se mostrarão os mais combativos na hora de lutar pelo renascimento do Quarto Reich. Cumprirão cegamente seu dever quando forem chamados de novo. Ou seja, cumprirão suas ordens, filho, quando você os convocar – disse Edmund.

– Como assim? Eu sou um homem da religião, não um homem da guerra. Esses homens jamais acatariam as ordens de um sacerdote.

– A guerra, querido filho, é a arte de destruir homens; a religião é a arte de enganá-los. Uma coisa pode estar ligada à outra, e você sabe muito bem usar as duas, não? – insinuou Edmund. – E agora me diga: como está indo o caso da agente do ESE assassinada?

– Consegui me livrar da polícia italiana. Ao que parece, e muito convenientemente, há um assassino de mulheres à solta em Roma. Ele voltou a agir quando eu estava na Villa Mondragone sendo vigiado por policiais.

– Matou outra agente do ESE? – perguntou Edmund, sorrindo. – Muito oportuno...

– Não. Uma prostituta.

– Para mim dá na mesma. Escória – replicou o magnata. – E o que você pensa em fazer agora?

– Como não estou mais sendo perseguido, voltarei a Roma. Espero o chamado de Bibbiena para a audiência com o Santo Padre.

– O oficial do ESE que participou de seu interrogatório vai deixá-lo em paz?

– Não sei. Por ora, Müller está cuidando dele, pois é o responsável por minha segurança. Receio que esses sujeitos do ESE não me deixem tranquilo, embora a polícia de Roma já não suspeite de mim – suspirou August.

– O que você sugere, então?

– Ficarei em Roma aguardando os acontecimentos e esperando a audiência com Sua Santidade. Depois, tomarei uma decisão a respeito.

– A respeito de quê? – estranhou Edmund.

– Da Odessa, de minha vida... Não convém que eu continue me encarregando das operações da Odessa em Roma. O ESE continua me vigiando, e acho que não desistirá tão cedo. Além disso, ainda não decidi se volto aos estudos no seminário, agora que a guerra acabou, ou se abandono de vez a carreira eclesiástica e vou viver com...

– Com uma mulher? – interrompeu logo Lienart.

– Sim, pode ser... Mas antes ela precisa me aceitar, e não sei se isso acontecerá. Preciso perguntar-lhe, pai. Se me aceitar, não voltarei para o seminário e deixarei minha missão na Odessa. Tudo depende dela.

– Está apaixonado?

– Sim, ou pelo menos penso estar. Mas, antes que ela se pronuncie, não tomarei nenhuma decisão quanto a esses assuntos – respondeu August.

– O amor, querido filho, é como disse um dia o grande Balzac: "É possível amar sem ser feliz; é possível ser feliz e não amar; mas amar e ser feliz é um milagre".

– Considerando-se o tempo que o senhor ficou casado com a mamãe, acho muito estranha essa sua hipocrisia, pai.

– Talvez, filho, porque seja doloroso e insuportável não ser amado quando ainda se ama, mas é muito mais insuportável e doloroso ser amado quando não se ama mais. Foi o que aconteceu com sua mãe e comigo. Porém, como eu já lhe contei, ambos aprendemos a conviver com a situação – afirmou Lienart.

– Pois espero que isso não aconteça comigo. Não quero ser como vocês, pai. Quero só que ela me aceite, para ficar livre do senhor e da Odessa.

– Então ainda hesita em fazer os votos? – perguntou Edmund.

– Hesito. Mas não decidirei nada até falar com Sua Santidade.

– Informe-me o quanto antes. As coisas aqui na Suíça estão ficando difíceis para mim.

– Que quer dizer com isso, pai?

– Segundo parece, agora sou uma *persona non grata* para o governo suíço. Os miseráveis ganharam milhões de dólares em ouro durante e depois da guerra graças a mim e às operações da Odessa, mas agora que tudo terminou precisam arranjar novos negócios nos países vencedores.

– Acha que poderão expulsá-lo?

– Por enquanto, preferem não fazer nada contra mim. Sabem que disponho de muita informação sobre cada um deles e que, se tomarem uma atitude drástica, importantes documentos revelando suas operações com o Terceiro Reich talvez acabem em cima de uma mesa em Londres, Washington ou Paris – explicou Lienart.

– Receia que o entreguem aos franceses?

– Não. Não creio que isso vá acontecer. Os suíços preferirão não se arriscar. No máximo, me convidarão gentilmente a deixar o país. Se isso acontecer, vou me instalar num lugar mais quente. Estou farto de climas frios como o daqui. Sempre quis conhecer países como Curaçao, Aruba ou Cuba. Iria para uma dessas ilhas.

– E o que aconteceria com a organização?

– O que tem ela? – perguntou Lienart.

– Acha que a Odessa o deixaria continuar dirigindo suas operações de uma praia, sob um guarda-sol?

– Não são eles que devem me permitir dirigir a Odessa de uma praia de areias brancas, mas, sim, eu que devo deixá-los continuar operando sob o manto da Odessa. Sabem que posso acabar com todos de um só golpe. Tenho uma lista negra onde registrei cada nome verdadeiro de cada protegido, suas funções no Terceiro Reich e sua nova identidade, de modo que não tentarão nada contra mim. Não ignoram que tenho a chave de sua sobrevivência. Se fizerem algo para me prejudicar, a lista chegará às mãos de quem fará bom uso dela – garantiu Edmund.

– Alguma instrução para mim, pai?

– Não. Só lhe peço que tome cuidado com seu papa e os tais Montini e Tardini. Não confio em nenhum dos três.

– Vou mantê-lo informado – prometeu o jovem seminarista, antes de interromper a ligação com Genebra.

Wiesbaden

O quartel-general do ESE estava agora instalado em uma antiga fábrica do champanhe Henkell Trocken, bem na esquina da Biebricher Allee com a

Rhein-Main Schnellweg, na cidade de Biebricher, perto de Wiesbaden. Dali, Allen Dulles mantinha controle absoluto sobre as operações da espionagem americana com a finalidade de descobrir e prender todos os cientistas nazistas que pudessem ser recrutados para a causa dos Estados Unidos. À noite, quando o edifício estava vazio, Dulles fez uma chamada misteriosa.

– Pode vir me ver ainda hoje. Ninguém nos incomodará – disse ele.

Horas depois, o misterioso agente do ESE entrava no prédio vigiado por soldados americanos fortemente armados.

– Vim ver Allen Dulles – declarou ele.

– Siga-me, por favor – pediu o militar.

O agente acompanhou de perto o soldado por uma escada de mármore até um grande salão que outrora servira para as reuniões dos acionistas da empresa.

– Espere aqui. Vou avisar o senhor Dulles.

Viam-se no local móveis de escritório que deviam ter vindo dos Estados Unidos. Das paredes pendiam retratos dos fundadores da companhia vinícola. Um deles era o de Adam Henkell, criador em 1832 da marca de vinho espumante.

– Alguém mais sabe que está aqui? – perguntou Dulles logo que entrou.

– Não, chefe. Ninguém, exceto o senhor, eu e o soldado que me trouxe até esta sala.

– E então?

– Já sei quem é o traidor de nossa organização.

– Zombamos da honra e nos surpreendemos ao encontrar traidores entre nós – sentenciou Dulles, dirigindo-se ao bar e servindo-se de um uísque.

– Que quer que eu faça com ele? – perguntou o agente.

– A finalidade do castigo é garantir que o culpado não reincida no delito. Por isso, o primeiro castigo de um infrator é ser julgado pela própria consciência, que nunca o absolve. Acho que a morte é a única saída para a traição.

– Então me dá luz verde para acabar com ele?

– Sim. Não se esqueça, nessa missão, dos rostos de Nolan e Claire. Assim, talvez ache mais fácil concluí-la. Devemos isso a eles – disse Dulles. – Vá a Roma e faça o que tem de fazer.

– Certo, chefe.

Dulles bebeu todo o uísque de um só trago e saiu da sala.

Roma

– August Lienart?

– Sim, quem é?

– Uma amiga – disse a desconhecida.

– Não tenho amigas – rebateu o seminarista.

– Engano seu. Tem uma e muito boa, por sinal.

– Suponhamos que você seja realmente minha amiga. Que quer de mim, exatamente? – perguntou August.

– Que me ajude a resolver o assassinato de Claire. Sei que para você ela era especial. A própria Claire me disse.

– Disse? Quando?

– Na mesma noite em que a assassinaram.

– Por que não vem até minha casa? Moro numa vila perto de Frascati – sugeriu o rapaz.

– Não sei se devo. Prefiro decidir eu mesma o lugar onde nos encontraremos, se não se importa.

– Está bem. Você me deixou curioso. Que lugar será esse?

– Conhece as catacumbas de são Calixto? – perguntou a desconhecida.

– Sim. Em frente às Fossas Ardeatinas.

– Vou esperá-lo na cripta de santa Cecília. Que tal às dez?

– Estarei lá – prometeu August, desligando.

Horas depois, quando a noite já havia caído sobre a cidade, o calhambeque de Luigi parou na Via delle Sette Chiese, logo adiante do Quo Vadis. A seu lado estava Ulrich Müller.

– Fiquem no carro, mas atentos – recomendou August aos dois.

– Seu pai não gostaria que você entrasse aí sozinho – observou Müller.

– Este lugar me dá calafrios. Sabia que aqui mesmo aqueles malditos alemães executaram 335 italianos? – perguntou o motorista.

– Fique aqui. Müller...

– Sim, senhor?

– Se eu não sair dentro de uma hora, entre para me buscar.

– Farei isso – garantiu o guarda-costas, destravando sua arma.

August desceu do carro e tomou o estreito caminho que conduzia a um pequeno conjunto de edifícios. O tempo estava ruim, ameaçando chuva. Ao longe, sobre a cidade de Roma, podiam ver-se as primeiras descargas de raios que anunciavam a chegada de uma tempestade.

O único som que ele ouvia era o de seus próprios passos sobre a areia do caminho.

Aqueles labirintos vinte metros abaixo da superfície tinham começado a ser usados após o século II. Formavam uma extensa rede de túneis com cerca de quinze hectares e um emaranhado de galerias de quase vinte quilômetros repartidos por diferentes níveis. August acendeu a lanterna e abriu a cancela de ferro que dava para uma escadaria. Antes de descer, fez o sinal da cruz em homenagem aos dezesseis pontífices que ali jaziam. As catacumbas de são Calixto receberam esse nome em alusão ao diácono, depois papa, que foi o primeiro administrador do cemitério oficial da Igreja Católica.

Ao fim de uma longa escada, entrava-se num recinto retangular de grandes dimensões, à primeira vista nada impressionante, que era na verdade o primeiro espaço coletivo de sepultura dos bispos de Roma. Uma estreita passagem à esquerda do altar dava acesso à cripta de santa Cecília. August continuou avançando à luz da lanterna. Nas paredes, tinham sido escavados doze lóculos para os sarcófagos. Ao chegar ao centro do recinto, o rapaz descobriu que este estava vazio.

Esperou alguns minutos e resolveu voltar à superfície. Justamente quando se dispunha a entrar de novo na cripta dos papas, ouviu um ruído às suas costas.

– Não se mova e ponha as mãos onde eu possa vê-las – disse uma voz na sombra.

– E então? – perguntou August, com os braços erguidos e quase cego pelo facho da lanterna da agente do ESE sobre seu rosto.

– Veio alguém com você? – indagou a desconhecida.

– Sim, meu motorista e meu guarda-costas. Estão me esperando lá em cima, num carro parado na estrada. Caso eu não volte em uma hora, eles têm ordens de descer para me buscar.

De repente, August deixou cair a lanterna, agachou-se e saltou sobre a desconhecida, que no entanto conseguiu manter o equilíbrio apesar da violência do ataque. Apesar de ter sido agarrada pela cintura, ela descarregou com o cotovelo um violento golpe sobre a cabeça dele. A agente, treinada em artes marciais, aplicou-lhe em seguida uma forte joelhada no peito, fazendo-o retroceder. No calor da luta, sua boina caiu, pondo à mostra uma cabeleira ruiva.

– Você... – balbuciou August, estendido no chão. – Você é a mulher que estava com meu pai no hotel de Genebra e que vi descer as escadas do prédio de Claire na mesma noite em que ela foi assassinada...

– Sim... Meu nome é Samantha Osborn, mas todos me chamam de Sam. Contudo, não fique aí imaginando coisas... Eu precisava da ajuda de seu pai, por isso me viu com ele no hotel Beau Rivage. Ele também queria descobrir quem é o traidor dentro de nossa organização – disse Samantha, pegando sua arma do chão e voltando a esconder os cabelos sob a boina.

– E por que meu pai estaria interessado em ajudar o ESE? Afinal de contas, vocês são nossos principais inimigos – esclareceu August.

– É que seu pai tentava...

Samantha não teve tempo de reagir ao ataque do homem que surgiu às suas costas, saindo das sombras. Com um golpe forte, ele a desarmou e empurrou-a para o fundo da cripta.

– Pois muito bem – disse John Cummuta –, agora, sua porca traidora, vai me contar o que faz aqui com este padre traidor.

A jovem, caída sobre August, perdeu sua arma na escuridão, em consequência do golpe recebido na cabeça.

– Quero saber o que faz aqui com este sujeito que estamos seguindo há muito tempo. Então era você que lhe passava informações sobre nossos movimentos! – exclamou Cummuta, sempre de arma em punho.

– Escute, John... – tentou dizer Samantha.

– Não vou escutar nada, sua raposa. Pense em Nolan e Claire. Eles gostavam de você, e você os traiu.

– Está enganado. Não pense bobagens, John. Posso explicar...

Novamente, foi interrompida por Cummuta.

– Não tente me explicar nada. Chamei Daniel, que virá nos encontrar aqui. Explique a ele.

– Você me seguiu, John? – perguntou Samantha.

– Não. Segui este padre francês do diabo – respondeu John, apontando com o cano da arma para August, que continuava sentado no chão. Cummuta tinha ido a Roma para colher informações sobre o jovem seminarista.

– Escute bem, John. Trabalho para Allen. Há alguns dias, reuni-me com ele na sede do ESE em Wiesbaden. Ele me encarregou de descobrir quem é o traidor dentro de nossa organização. Por favor, entre em contato com Allen e comprove.

– Não tenho de comprovar nada, sua maldita porca traidora! – rugiu Cummuta. – Explique tudo a Daniel quando ele chegar. Daniel saberá o que fazer com você.

– Escute-me, John, por favor! O traidor é Daniel Chisholm – disparou Samantha. – Foi ele quem matou o agente alemão em Hilzingen. Só ele sabia que Claire e eu íamos nos encontrar com Ícarus. Só o traidor de nossa organização sabia que Gunther Hoffman, o agente do Abwehr que usava o pseudônimo de Ícarus, conhecia sua identidade. Quem deu a ordem para intervir aquele dia em Hilzingen e nos resgatar? Quem?

– Daniel – murmurou Cummuta.

– Quem era o principal interessado em que Claire e eu não conversássemos o suficiente com Ícarus para descobrir o traidor?

– Daniel... – murmurou novamente Cummuta.

– Por que ele não foi com vocês para nos resgatar? Lá estavam somente você e Nolan...

– Daniel estava também, mas pediu que atacássemos pelas laterais. Estava em Hilzingen quando você se reuniu com Ícarus. Disse que devia vigiá-las porque uma das duas era uma traidora.

– Pois garanto que teve tempo de entrar no celeiro e cravar o estilete na nuca de Ícarus – disse Samantha. – Ícarus era o único que podia identificá-lo, e Daniel resolveu acabar com ele. Os alemães acharam ótimo livrar-se de um traidor e lhe deram carta branca.

Nesse instante, Daniel Chisholm surgiu das sombras, atrás de John.

– Muito bem, meu querido John, agora largue a arma devagar – advertiu o chefe de operações do ESE. – Vá para junto de Samantha e deste padre aí.

– Por que isso, Daniel? Por que se aliou aos alemães? – perguntou Samantha.

– Ora, ora, Sam... Você sempre pragmática, tentando achar respostas para tudo! Qualquer meio é bom quando funciona, e o dinheiro que os alemães me pagavam era suficiente para eu decidir de que lado ficar.

– Mas e Nolan? E Claire? Eram seus amigos... – disse Cummuta.

– Foram vítimas colaterais, vítimas inocentes. Se os dois ainda estivessem vivos, entenderiam – respondeu Chisholm, sempre apontando a arma para Samantha, John e August.

– Então você nos vendeu a todos por avareza.

– E o que é a avareza, querida Samantha? Uma vida de miséria por medo de ficar pobre. Ofereceram-me ouro, muito ouro em troca daquilo que eu tinha: informação. Eu só precisava informar ao Abwehr, usando o pseudônimo de Belerofonte, sobre as operações executadas por nossos agentes nas zonas ocupadas. Pedi que, se detivessem algum, não o matassem, apenas o removessem para um campo de prisioneiros. Fui eu quem conseguiu introduzir um agente da Odessa no quartel-general britânico de Montgomery, em Lünerburger, para matar aquele falante do Himmler. Deram-me uma boa quantidade de ouro por isso. Não me arrependo. Era um assassino e, cedo ou tarde, seria executado. Por que não ganhar algum dinheiro com ele?

– Essa é a sua desculpa? – escarneceu Cummuta. – Acha que aqueles sujeitos da Gestapo cumpriram a palavra? Sabe quantos dos nossos devem ter sido torturados e mortos por sua culpa? Você não passa de um traidor de merda...

– Cuidado com a língua – ameaçou Chisholm, brandindo a pistola.

– Que vai fazer conosco? – interveio August.

– Muito simples: matá-los. Depois, será fácil dar explicações. Meu querido amigo Cummuta descobriu que Samantha havia traído o ESE passando informações a você, Lienart. No tiroteio, John os matou, mas, antes de morrer, você, Sam, conseguiu disparar contra ele. Fácil, não?

– Allen não acreditará na sua história – garantiu Samantha, provocando o riso de Chisholm.

– Acha mesmo? Allen só pensa em voltar para Washington e dirigir os novos serviços de inteligência. Não será interessante para ele a divulgação de que um de seus chefes de operações era um traidor. Ele colocará uma pedra em cima de tudo isso se quiser ser nomeado para algum cargo importante em Washington – assegurou Chisholm. – Ele acreditará em minha versão, queridos amigos, não tenham dúvida. E agora, se não têm mais perguntas...

Quando ia disparar contra Cummuta, Chisholm ouviu alguém se aproximando pelo estreito corredor que vinha da cripta dos papas. Cummuta saltou para um lado e Samantha para o outro, a fim de dificultar a pontaria de Chisholm.

O primeiro projétil incrustou-se na parede. O segundo alcançou Cummuta no braço esquerdo. Samantha conseguiu recuperar sua arma em plena escuridão e apertou o gatilho duas vezes. Quando cessou a troca de disparos, a cripta ficou no mais absoluto silêncio, inundada por uma nuvem de fumaça.

Chisholm estava caído no chão, de boca aberta. Uma das balas de Samantha atingira-o no pescoço. Estava morto. Nesse momento, August, que havia se colocado na entrada da cripta, tentou escapar, mas a voz de Cummuta o deteve bruscamente.

– Se der mais um passo, meto-lhe uma bala na cabeça – ameaçou o agente do ESE.

August parou e ergueu as mãos.

– Vire-se.

– O que vai fazer? Matar-me pelas costas?

– Talvez. Não me interessa muito deixá-lo sair vivo daqui. Você estava em Tønder com aqueles nazistas miseráveis, no mesmo lugar em que foi assassinado meu amigo Nolan. Se eu disparasse agora, acho que ninguém daria pela sua falta – disse Cummuta.

– Deixe-o ir – pediu Samantha. – Prometi isso a ele.

– Pouco me importa o que você prometeu a este cara. Ele ajudou criminosos de guerra a escapar e é um cúmplice a mais.

Enquanto os dois agentes do ESE discutiam, August interveio:

– Desculpem-me a interrupção, mas...

– Cale-se. Ninguém lhe deu licença para falar – ordenou Cummuta, apontando-lhe a arma.

– Vamos negociar – propôs o seminarista.

– Negociar o quê? Você não tem nada a oferecer – replicou o agente.

– E se eu dissesse que posso lhe entregar o responsável pelo assassinato de seus companheiros do ESE?

– Como sabe quem é ele? – perguntou Cummuta.

– Eu trabalho para esse homem. Poderia entregá-lo agora mesmo, mas antes preciso confirmar uma coisa.

– Como terei certeza de que cumprirá sua parte, caso eu o deixe sair daqui vivo? – perguntou o agente.

– Precisará confiar em minha palavra, não há alternativa. Eu lhe garanto que, cedo ou tarde, lhe entregarei esse homem. Acredite em mim... – assegurou August.

– Está bem. Pode ir. No entanto, se não cumprir o prometido, terá de passar o resto da vida olhando o tempo todo para trás. E um belo dia, ao virar-se, talvez dê de cara comigo apontando uma arma para sua cabeça. Só que dessa vez eu o matarei – ameaçou Cummuta.

– Cumprirei minha palavra, pode acreditar... – disse August, desaparecendo nas sombras das catacumbas rumo à superfície.

Pas de l'Échelle

O BMW deixou a Rue de la Gare e entrou por um beco que conduzia a um conjunto de edifícios em ruínas. Edmund Lienart não tinha pressa. Chegando a um grande espaço aberto, logo notou o carro estacionado sob um grupo de árvores. Sentado na capota e fumando tranquilamente, estava um homem, provavelmente o motorista de Andreas Masson. Lienart parou a alguns metros de distância.

Ao descer, percebeu que o motorista do chefe do serviço secreto suíço lhe fazia um sinal com a cabeça, indicando um prédio decrépito a um lado do pátio. Lienart encaminhou-se para lá. Dentro, amontoavam-se pilhas de escombros, possivelmente caídos do teto daquilo que talvez tivesse sido um curral.

– Entre, meu querido amigo Lienart, entre! – convidou Masson.

– Belo lugar para um encontro – respondeu Lienart, sempre olhando em volta.

O magnata francês e chefe da Odessa receava que aquele gordo desprezível houvesse organizado um sequestro em combinação com os serviços secretos franceses; por isso, o encontro a poucos metros da linha fronteiriça com a França não lhe trazia boas expectativas.

– Querido amigo Lienart, é sempre uma honra encontrar-me com você – disse Masson, que estava sentado numa cadeira de *camping* no meio daquela floresta de escombros.

– Não sei se posso dizer o mesmo – replicou o francês, olhando mais uma vez à volta.

– Já se disse que o homem não é filho das circunstâncias. As circunstâncias é que são filhas do homem.

– Curioso você citar essa frase. Sabe que é de Benjamin Disraeli, um judeu? – lembrou Lienart, com um sorriso nos lábios. – Já eu aprendi que o importante é dominar as circunstâncias, não ser dominado por elas.

– Você sabe perfeitamente por que marquei o encontro aqui, meu querido amigo Lienart.

– Não, não sei. Eu preferiria que nos reuníssemos num bom restaurante de Genebra e não neste lugar imundo, a cinco quilômetros do meu hotel.

– Nosso governo...

– A que governo se refere? – interrompeu Lienart.

– Ao da Confederação... A que outro poderia me referir?

– Ao da França, talvez?

– Ah, vocês, os franceses! Sempre tão desconfiados...

– Sempre digo que a desconfiança é a mãe da segurança e tenho me saído muito bem seguindo esse provérbio – assegurou Lienart.

– Como ia lhe dizendo, nosso governo, o da Confederação, está disposto a avaliar os pedidos das autoridades de Paris, pois você e as operações da Odessa em solo suíço já começam a se tornar problemáticos e mesmo prejudiciais para a Suíça, ameaçando a integridade de seu território.

– O governo e os bancos da Confederação não diziam isso quando, durante a guerra, mandávamos para cá milhões de francos suíços em ouro procedente dos cofres do Reichsbank e das reservas da SS. Por acaso seu governo não sabia que esse ouro provinha em sua maior parte dos dentes daqueles pobres-diabos de judeus que acabaram nas câmaras de gás dos campos de extermínio? Talvez seja bom lembrar a seu governo, a seus bancos e a você mesmo que a Suíça foi um comparsa fiel e silencioso dessa situação.

– Não é necessário, amigo Lienart, ser tão duro em suas observações – disse Masson, tirando do bolso um charuto cubano. – Pediram-me apenas para negociar com você e sua organização. Estamos todos interessados em que conte com as maiores facilidades para deixar nosso país e os franceses não interfiram em nossa política interna. A Suíça sempre foi, desde sua fundação, um país livre e democrático, que nunca aceitou a ingerência de ninguém. Tampouco a aceitaremos neste caso.

– Que caso? – interrompeu bruscamente Lienart.

– Sua possível saída de nosso país. Só queremos o melhor para todos. Você sabe que suas operações a mando da Odessa foram ignoradas por nosso governo com a condição única de que seus protegidos não viessem para cá. Então, fechamos os olhos...

– Muito convenientemente e com pagamento adiantado em lingotes de ouro... – ironizou Lienart. – Vocês, suíços, são incríveis, e por isso os admiro. Têm dupla moral, duas caras e tratam os outros conforme lhes convém. Por exemplo, seu admirado Max Huber. Jurista brilhante, presidente do Comitê Internacional da Cruz Vermelha e antifascista convicto, por um lado; mas, por outro, membro do conselho administrativo da Bührle Oerlikon, a fábrica de armas que abastecia a camarilha de Hitler, e presidente da multinacional Alusuisse, cujas instalações de Singen empregavam trabalhadores escravos. Como vê, meu caro Masson, vocês, os suíços, manejam a moral dupla com a mesma facilidade com que se vendem a este ou àquele, segundo as conveniências.

– A lei do mundo prescreve que nos aproveitemos dos outros antes que os outros se aproveitem de nós. A Suíça sobrevive há séculos porque transformou esse comportamento em algo rentável, em algo com que se pudesse lucrar – explicou Masson. – Você se acha melhor que nós, Herr Lienart? Se pensa assim, está muito enganado.

– Você, Herr Masson, fala em lucros e neutralidade quando essas duas coisas se excluem. Seu Banco Nacional aceitou ouro de todos os países alegando a tão propalada neutralidade suíça, mas aceitou também o do Reichsbank sem perguntar de onde vinha. Portanto, não me venha falar em neutralidade. A neutralidade, como princípio imutável, é uma prova de fraqueza. A Suíça foi o cofre de Hitler.

Mas logo Lienart se viu interrompido por Masson.

– Não viemos aqui para discutir a política seguida por meu governo, Herr Lienart. Viemos discutir, isso, sim, se é conveniente ou não que você e seu grupo continuem operando em nosso território.

– E vocês sabem, Herr Masson, que se eu cair nas mãos dos franceses cairão também as centenas de milhares de documentos que provam a estreita amizade de seu governo, seus bancos, seus advogados e seus políticos com Berlim, com a SS, com Himmler, com Hitler e com o ouro dos judeus assassinados nos campos de concentração. Se vocês estão dispostos a entrar no jogo, eu também estou – disse Lienart. – Diga isso a seus poderosos amigos. Se eles me molestarem, eu darei o troco.

– O que você exigiria para deixar voluntariamente o solo da Confederação? – propôs Masson.

– Ora, ora, amigo Andreas... Agora parece que vamos nos entender. Isto me agrada: contemplar o verdadeiro rosto da Suíça. Para ser sincero, eu me contentaria com 2 milhões de francos suíços em lingotes de ouro não numerados...

O chefe do serviço de espionagem suíço deu um longo e profundo assobio ao ouvir a proposta do magnata.

– Não creio que meu governo esteja disposto a pagar um preço tão alto por sua saída.

– E por meu silêncio? – perguntou Lienart. – Às vezes, o silêncio sai mais caro que as palavras. Esses 2 milhões de francos suíços em ouro conseguirão diminuir meu mal-estar por causa do convite que seu governo me faz agora para abandonar o país. Comunique isso aos seus chefes.

– Que garantia nós temos de que, depois que você estiver longe da Suíça com os 2 milhões no bolso, não irá entregar os tais documentos aos países aliados?

– Confiança, amigo Masson, confiança. Um sábio disse certa vez que sempre se pode confiar nos maus, como você e eu, porque os maus não mudam nunca. Só os bons costumam mudar.

– Se meu governo aceitasse sua proposta, como seria feito o pagamento?

A pergunta provocou uma sonora gargalhada em Lienart.

– Desculpe-me, Herr Masson. Esse riso foi uma mostra de grosseria para com você, mas é que sua pergunta me surpreendeu. Haverá algo melhor que uma conta numerada em algum de seus bancos? Onde meu dinheiro ficará guardado com maior segurança? Em que outro lugar do mundo?

– Certo. Se meu governo aceitar sua oferta, eu lhe darei uma semana para que deixe a Confederação Helvética. A partir do momento em que ele se pronunciar afirmativamente, começará a contagem regressiva para sua viagem.

– Você me agrada, amigo Andreas. Sempre nos entendemos, e isso não é nada fácil nos tempos que correm – disse Lienart, caminhando ao lado do suíço.

Quando os dois homens chegaram ao BMW de Lienart, este desabafou:

– Como o destino é curioso, caro amigo! Muitas vezes, o encontramos no caminho que escolhemos para evitá-lo. Isso me ocorreu hoje aqui, em Pas de l'Échelle.

Lienart entrou no carro e, antes que Masson se dirigisse para o dele, onde o aguardava seu motorista, voltou-se para o espião suíço e disse:

– Amigo Masson, ouça bem o que vou lhe dizer. Nossa geração não lamentará tanto o crime hediondo dos perversos quanto o silêncio covarde dos bons. Na sua Suíça neutra foram perseguidos até os bons que tentavam gritar, de modo que você e eu fizemos parte do grupo dos silenciosos, convertendo-nos em aliados do mal, em testemunhas mudas do diabo representado por Hitler e seu bando. Esse pensamento, sem dúvida, nos acompanhará até o túmulo – concluiu Lienart.

Essas talvez fossem palavras proféticas para muitos homens de toda uma geração. Walther Funk, presidente do Reichsbank, declarou aos juízes em Nuremberg: "Sem a máquina de lavar ouro suíça, o Terceiro Reich não teria sobrevivido mais que dois meses". Disse a verdade.

Cidade do Vaticano

Naquele início de inverno, respirava-se certo ar de otimismo por toda a cidade. Crianças brincavam na praça São Pedro, alheias às questões políticas que acossavam uma Europa ansiosa por renascer das cinzas depois de anos de guerra. August Lienart tinha pela frente, sem dúvida, o dia mais importante de sua vida. Embora fosse apenas um jovem seminarista, seria recebido em audiência privada pelo papa Pio XII.

A audiência estava marcada para as 13 horas, mas seu amigo Bibbiena, agora o todo-poderoso chefe da Entidade, chamara-o horas antes ao Vaticano para conversarem. August não sabia o que iria ouvir, mas estava curioso.

Vestido de maneira impecável, de terno preto e peitilho branco, dirigiu-se a passo firme para a Porta de Santa Ana, que dava acesso à cidade-estado do Vaticano com seus cinco hectares e meio de extensão. Um membro da Guarda Suíça o deteve.

– Bom dia, senhor. Aonde vai? – perguntou o oficial.

– Tenho um encontro com o padre Bibbiena na Governança e depois serei recebido em audiência pelo Santo Padre. Sou August Lienart.

– Queira esperar um instante. Informarei à secretaria da Governança que está aqui – disse o oficial antes de se dirigir à guarita e pegar o telefone para comunicações internas da Santa Sé.

August ficou em silêncio, observando a elegância que tanto admirava na Guarda Suíça.

– Senhor Lienart – disse o alabardeiro –, estão à sua espera. Um membro da secretaria da Governança virá buscá-lo.

– Obrigado.

Minutos depois, apareceu um secretário ainda jovem.

– Sou o padre Agostini. Acompanhe-me. Vou levá-lo ao escritório do padre Bibbiena.

Os dois homens caminharam em silêncio por uma estreita rua interna do Vaticano, passando pelo edifício do Correio Central. Cruzaram um grande portão e, depois do pátio do Belvedere, chegaram diante da Biblioteca Vaticana. De novo na rua, viraram à esquerda na direção do Palácio da Governança, passando por trás da basílica de São Pedro. Dois membros da Guarda Nobre estavam postados à porta.

– Venha comigo – disse o padre Agostini a um dos suboficiais.

Subiram uma longa escada de mármore branco e chegaram a uma dependência onde havia a indicação: Departamento de Serviços Especiais da Santa Sé. Atrás daquelas grandes portas de madeira nobre escondiam-se os membros da Entidade, agora sob as ordens de Hugo Bibbiena após a misteriosa morte do prefeito anterior, o cardeal Claudius Munroe.

– Meu amigo, como vai? – saudou Bibbiena, aproximando-se de August com os braços abertos.

– Estou muito bem.

– Que aventuras nós passamos durante a guerra! Lembra-se?

– Claro. E lembro-me também de como Müller livrou seu traseiro daqueles guerrilheiros italianos – riu August.

– Como vê, subi na hierarquia vaticana. Mas, como dizia Voltaire, "no desprezo à ambição reside um dos princípios essenciais da felicidade na Terra".

– Não creio que você acredite em felicidade sem ambição – ressalvou August.

– Está sendo cruel comigo. Mas venha para cá, sente-se e conte-me o que foi feito de seu amigo Müller.

– Continua ao meu serviço. Não acho, porém, que me chamou só para falar de Müller.

– Está com muita pressa, amigo August. Por que espera as coisas com impaciência? Se elas são inúteis para a sua vida, também é inútil aguardá-las. Se elas forem necessárias, virão a seu tempo – disse Bibbiena.

– Talvez pela mesma razão que você. Sou ambicioso e apressado. Defeitos que provavelmente compartilhamos.

Essas palavras fizeram rir com gosto o chefe da inteligência papal.

– Muito bem, vou lhe dizer por que o chamei aqui horas antes de sua audiência com o Santo Padre. Primeiro, queria lhe perguntar se já decidiu o que vai fazer da vida. Planeja voltar para o seminário?

– Ainda não sei – respondeu August, pensando em Elisabetta.

– Eu desejo saber o que vai fazer porque talvez possa impedir que você tenha de voltar para o seminário da abadia de Fontfroide – disse Bibbiena.

– Mas como? Só o papa está autorizado, mediante licença, a me ordenar sacerdote sem eu ter concluído o seminário.

– Podemos fazer algo a respeito, caso você esteja disposto a continuar sua vida religiosa aqui no Vaticano – propôs Bibbiena.

– E o que eu ganharia com isso? – perguntou August.

– Poder. Dê poder a um homem e você o conhecerá profundamente.

– Não penso em poder. Para quem o ambiciona, não existe meio-termo entre o cume e o precipício. Gosto do cume e evito qualquer possibilidade de cair no precipício – afirmou August.

– Posso conseguir o poder para você. Mas é preciso que se deixe guiar por aqueles que saberão transformá-lo num instrumento desse poder – insinuou Bibbiena em tom misterioso. – Depois do poder, nada melhor que saber usá-lo; e saber usá-lo é o que lhe ensinaremos. Você terá, no entanto, que ficar aqui perto de nós.

– Acha que poderá convencer Sua Santidade a me ordenar?

– Deixe isso comigo. Quando o conhecer, o Santo Padre quererá mantê--lo por aqui. Você é um eleito e, como tal, deve se aperfeiçoar entre estas paredes.

– Eu, um eleito? Que quer dizer com isso? – estranhou August.

– Vou explicar – disse Bibbiena, aproximando sua poltrona da de August para lhe falar mais de perto. – A cada cinquenta ou cem anos, nasce um eleito. Num dia de julho do ano 100 a.C. nasceu um grande militar, um eleito. Chamava-se Júlio César. Em 27 de fevereiro de 1756 nasceu outro eleito, Mozart. Em 20 de abril de 1889, veio ao mundo o eleito chamado Hitler. Por que em 15 de dezembro de 1922 não nasceria o líder fadado a conduzir nossa Igreja, num futuro não muito distante, ao lugar que ela merece? Esse é você, amigo August. Um eleito.

– Tenho 26 anos. Como sabe que sou o escolhido para realizar essa tarefa? – perguntou August.

– Sei porque sei. Porque o pressinto. Porque, antes de mim, outros adivinharam seu destino e aquilo que você deve fazer daqui por diante. Se ficar conosco e seguir nossa orientação, conseguirá ocupar o posto que lhe cabe no futuro da Igreja, da grande Igreja encarregada por direito de reger os destinos do mundo – declamou Bibbiena com intensa paixão na voz. – Você, meu amigo, é o eleito. Grandes homens como Júlio II, Inocêncio X e Alexandre VI sabiam qual era esse destino. Está agora em suas mãos a possibilidade de liderar a grande Igreja do futuro como se fosse um Quarto Reich, com a diferença de que, em vez de ser uma fé falsa como o nazismo, ela governará com base na crença em Deus e na palavra de Jesus Cristo. Você será o grande líder, e nós, seus cavaleiros cruzados, brandiremos a espada em nome dessa doutrina.

August se levantou e foi até a janela. Durante alguns segundos, permaneceu em completo silêncio, pensando em cada frase, cada palavra dita por Bibbiena.

– Qual seria esse primeiro passo? – perguntou finalmente.

– Ser aceito pelo papa. Convença-o da necessidade de permanecer aqui, junto de nós, e as portas se abrirão para você.

A conversa foi bruscamente interrompida por um dos secretários pontifícios.

– Perdoe-me, padre Bibbiena, mas devo acompanhar este senhor ao Palácio Apostólico, para sua audiência com Sua Santidade.

– Muito bem. O senhor Lienart está pronto – disse Bibbiena, sem despregar os olhos de seu amigo.

O papa Nicolau V, no século XV, foi quem teve a ideia de construir uma casa nova, grandiosa e digna para os papas. A ele se deveram os começos de uma obra que viria a ser o Palácio Apostólico, erguido à direita da basílica de São Pedro. Nesse conjunto de edifícios, pátios e salões, cada papa, com a ajuda de artistas insignes, deixou sua marca. O atual renovara o último andar da edificação de Sisto V para instalar nele seus aposentos privados, seus escritórios e a sala de audiências.

– Espere aqui – pediu o secretário papal que escoltara August até os aposentos pontifícios. – O secretário Leiber virá logo para acompanhá-lo à presença de Sua Santidade.

Robert Leiber, jesuíta, professor, historiador, espião e secretário do papa, e sóror Pasqualina Lehnert, a poderosa assistente de Pacelli durante décadas, a quem chamavam de *papisa*, eram as duas pessoas mais importantes na Santa Sé para quem desejava chegar até o Santo Padre.

– É August Lienart? – perguntou um homem alto, de boa aparência e vestido com uma sotaina negra que lhe chegava aos pés.

– Sim, padre.

– Espere neste salão até ser chamado. Quando chegar diante de Sua Santidade, não fale. Deixe que ele faça as perguntas. O Santo Padre ordenou que nenhum conselheiro, secretário ou subsecretário de Estado permaneça no salão de audiências enquanto conversarem. Isso não foi bem aceito na secretaria de Estado, mas o papa é o papa. Não acha?

– Todo poder humano se consolida com paciência e tempo – foi a resposta de August.

O secretário nem se dignou olhar para o jovem seminarista francês.

– Espere aqui até ser chamado – repetiu.

Por quase uma hora, o rapaz permaneceu em silêncio naquele recinto frio. O único som que se ouvia era o de seu pé batendo de leve contra o mármore do piso. Pôs a mão na coxa a fim de deter aquele sinal de nervosismo – pois, para ele, nervosismo era sinônimo de fraqueza; e, para sua família, a mais perigosa e desprezível de todas as fraquezas era o temor de parecer fraco. De vez em quando, um membro da Guarda Nobre papal abria a porta para ver se ele continuava esperando e fechava-a em seguida.

Uma hora e dez minutos depois, o secretário Leiber entrou na sala.

– Sua Santidade o espera – disse apenas.

August Lienart seguiu o jesuíta por um corredor decorado com afrescos renascentistas. Ao chegar a uma grande porta vigiada por quatro soldados da Guarda Nobre, Leiber lhe fez sinal para que aguardasse e enfiou a cabeça pela fresta.

– Santidade? Sua visita está aqui.

August achou fria a apresentação. Percebeu que ninguém, dentro dos muros do Vaticano, desejava que se soubesse daquela audiência. Tudo devia permanecer no mais absoluto sigilo.

Uma voz do outro lado da porta comunicou ao secretário que August podia entrar. O escritório do Santo Padre era austero, sem nenhum tipo de decoração. Só uma pequena e delicada cruz de madeira pendia da parede por trás da escrivaninha. August notou os documentos que se empilhavam de forma organizada dos dois lados da mesa. Uma larga janela com vista para a praça São Pedro iluminava o local. August caminhou na direção do Santo Padre, que se levantara ao vê-lo entrar.

– Santidade – cumprimentou o jovem, inclinando-se e beijando o brasão de armas que o papa trazia no Anel do Pescador, uma pomba com um ramo de oliveira no bico sob uma tiara e duas chaves, uma dourada e a outra prateada, que representavam o poder temporal e o poder espiritual.

Aquele homem magro, de óculos e rosto sério fora eleito sumo pontífice em 2 de março de 1939, fazia já quase uma década, tão logo completara 63 anos.

– Vamos nos sentar ali, jovem – disse o papa, indicando um grupo de poltronas verdes que rodeavam uma pequena mesa repleta de revistas políticas e religiosas, além de exemplares atrasados do *Osservatore Romano.*

Lienart permaneceu em pé enquanto o pontífice se dirigia para uma gaiola onde saltitava um canarinho. Abriu-a e deixou que o pássaro revoasse pelo escritório. Em seguida, ergueu o braço, como se fosse um hábil falcoeiro, e a ave pousou em sua mão.

– Gosta de pássaros, Santidade? – perguntou August.

– Para mim, este aqui é apenas um símbolo. Toda manhã, quando abro a gaiola e o vejo voltar para ela depois, penso que quem é capaz de renunciar à liberdade em troca de uma insignificante segurança transitória não merece nem segurança nem liberdade – respondeu Pio XII.

– Segundo meu pai, a liberdade é um luxo que nem todos podem permitir-se.

– Ele deve ser um homem muito sábio, jovem. Era exatamente o que dizia Otto von Bismark – esclareceu o papa, enquanto colocava alpiste em uma tigela dentro da gaiola. – A liberdade não é mero privilégio que se outorga, mas hábito que se deve adquirir. Nos tempos que correm, muitos jovens decidiram viver na segurança de uma gaiola.

– Estou de acordo com Vossa Santidade. As correntes prendem apenas as mãos, Santo Padre – ponderou August. – A mente é que torna o homem livre ou escravo. No dizer de um grande poeta italiano, se não gozamos de liberdade interior, de que outra liberdade nós esperamos gozar? Concordo com ele. Não merece a liberdade quem tem a mente escravizada.

– Às vezes, no entanto, os homens entendem mal a liberdade, não acha? – perguntou o Santo Padre.

– Sim, Santidade. O homem é a única criatura sensível que destrói a si própria em estado de pura liberdade. Isso nos torna muito perigosos – respondeu Lienart.

– Você me agrada, jovem. Sinceramente. Os jovens sempre se acham na posse da verdade, mas infelizmente, quando conseguem impô-la, já não são tão jovens nem a verdade é tão real – disse o papa, sentando-se ao lado de August. – Os jovens de hoje em dia são tiranos. Contradizem seus pais, comem muito, desrespeitam os professores, os mais velhos... Mas vejo que você sabe escutar, e isso depõe bastante em seu favor.

– Sempre digo que a verdadeira sabedoria consiste em reconhecer a própria ignorância – sentenciou August.

– Muito bem, rapaz, muito bem! Gostei dessa citação de Sócrates.

– Santidade – disse Lienart, aproximando-se do papa –, se me oferecessem a sabedoria com a condição de guardá-la para mim, sem comunicá-la a ninguém, eu não a aceitaria. Entretanto, sei que, se pudesse ficar aqui no Vaticano junto de Vossa Santidade, apreciaria muito, como seu fiel discípulo, os conhecimentos que o senhor me transmitisse como mestre.

– Quanto mais coisas restam para aprender, menos tempo sobra para fazê-las. Por isso permitirei que você se forme aqui, em nossa Santa Sé, em nossos braços, sob nossa proteção.

– Muito obrigado, Santidade, serei um bom aluno – garantiu August, comovido.

– Querido jovem, o verdadeiro aluno é o que supera seu professor. Não podemos deter o vento, mas podemos construir moinhos. E isso é o que faremos com você, meu amigo. Construiremos moinhos para deixar que sua força percorra estes corredores escuros e solitários. Talvez, algum dia, você traga luz à Igreja tão necessitada. Mas, até lá, deverá preparar-se.

A entrada de sóror Pasqualina no salão interrompeu bruscamente a conversa.

– Que deseja, irmã? – perguntou o papa.

– Santidade, o senhor precisa tomar seu chá e seus comprimidos. Este jovem também deseja chá?

– Não, irmã, muito obrigado – agradeceu August.

O papa era um autêntico hipocondríaco, o que dava tremendas dores de cabeça a seus médicos. Temia até que as moscas comuns lhe transmitissem alguma doença; por isso, em todas as instalações do Vaticano, haviam sido instaladas armadilhas para elas. Imaginava ter dor de dentes, arritmia cardíaca, cólica, anemia, etc. Depois que a religiosa saiu, o papa retomou a conversa em voz baixa.

– Meu secretário, o padre Leiber, me informou que você não concluiu seus estudos no seminário...

– Sim, Santidade. A guerra me impediu de continuar em Fontfroide. Depois, as missões de que meu pai me encarregou após o conflito não me permitiram prosseguir os estudos, que, no entanto, espero reiniciar em breve – explicou Lienart.

– Meu secretário, o padre Leiber, os subsecretários monsenhores Montini e Tardini, além do padre Bibbiena, já me contaram sobre seus relevantes serviços à Igreja no caso de Veneza – disse Pio XII em voz ainda mais baixa, referindo-se ao envio do ouro nazista e a sua transformação em lingotes legais nos fornos da ilha de Murano. – Creio que só conheço dois tipos de pessoas razoáveis: as que amam a Deus de todo o coração porque o conhecem, porque o encontraram, e as que o buscam de todo o coração porque não o encontraram nem o conhecem. Você, jovem amigo, serviu à Igreja com decisão num momento em que ela necessitava de homens valentes. Assim, já ordenei ao prefeito da Congregação para o Clero que prepare os documentos necessários à obtenção de uma licença com a qual você possa ser aceito em nossa Igreja e investido dos votos sacerdotais.

– Mas, Santidade... Ainda não concluí meus estudos no seminário... – replicou August.

– Embora Sêneca tenha dito que, sem estudar, a alma adoece, acho que seus serviços aqui na Santa Sé serão mais valiosos para nós, jovem Lienart, do que em um distante seminário da França.

August se ajoelhou, numa demonstração de falsa humildade, e beijou devotadamente a mão do papa, em sinal de agradecimento.

– Vamos, vamos, jovem – disse Pio XII tocando a cabeça do rapaz –, levante-se. O homem deve ser tão humilde quanto o pó para descobrir a verdade, mas a função essencial da adulação é incensar pessoas por qualidades que elas não possuem. Levante-se e sente-se aqui ao meu lado.

– Sei que aprenderei muito entre estas paredes, Santidade. Prometo.

– A multidão não vai a lugar algum sem um líder que a oriente – disse o papa. – Você deverá aprender bem a conduzir essa multidão.

– Aprenderei, Santidade. Aprenderei a fazer isso.

– Mas lembre-se, jovem, de que aprender sem refletir é desperdiçar energia. Aprenda bastante com aqueles que o amam, mas muito mais com aqueles que o odeiam. Essa será sua principal defesa quando tentarem derrubá-lo. E lembre-se também, amigo Lienart, que o poder arbitrário constitui uma tentação natural para os reis, como o vinho e as mulheres para os homens jovens, o suborno para os juízes ou a avareza para os velhos. Se conseguir dominar esse impulso, será um bom líder. Não se esqueça nunca disso.

– Não me esquecerei, Santidade – respondeu August ante essa misteriosa elocução do Sumo Pontífice.

– De acordo, meu filho. Mas é hora de nossas orações. Devo ir me preparar – disse o papa, levantando-se e dando por encerrada a audiência com o jovem seminarista francês, a quem uma licença papal acabava de converter em sacerdote.

Dirigindo-se para a porta do escritório, depois de beijar o Anel do Pescador, Lienart conservava um sorriso gélido no rosto. Ascendera ao primeiro escalão rumo a um futuro promissor. Nesse instante, cruzou-lhe a mente a frase que seu pai sempre lhe dizia: "Depois do poder, nada melhor que saber exercê-lo". Ele iria aprender isso. Sem dúvida nenhuma.

XIV

Roma

A jovem andava pela calçada sem perceber que a seguiam a pouca distância. Entardecia, e algumas ruas iam ficando quase desertas. Caminhou pela Via Santamaura e se deteve bruscamente diante de um bar na esquina com a Via Andrea Doria. O desconhecido pensou, por um instante, que a jovem o havia percebido, mas ela continuou seu caminho. Elisabetta carregava várias sacolas e jornais debaixo do braço, possivelmente para o padre Bibbiena. Ao entrar no edifício da Via Tommaso Campanella, cumprimentou a porteira.

– Bom dia, dona Rosa.

– Bom dia, senhorita Elisabetta. Quer que a ajude a subir com as compras?

– Não, obrigada. É mais gordinha que eu e não convém que faça esforços. Eu mesma levo tudo.

A jovem subiu os dois andares e parou diante da porta do apartamento. Com dificuldade, tirou a chave do bolso e abriu-a. Enquanto isso, o desconhecido permaneceu na rua, até a porteira sair da entrada do edifício. Então correu para a escada e subiu até o andar onde se localizava a residência do chefe dos serviços secretos vaticanos.

Sacou uma gazua, introduziu-a na fechadura e, com um pequeno chute na parte de baixo da porta, abriu-a sem grande dificuldade. Elisabetta havia se esquecido de correr a trava de segurança.

Uma fotografia do papa Pio XII e um crucifixo decoravam o vestíbulo. O desconhecido percorreu silenciosamente o corredor e entrou na cozinha.

Elisabetta estava pondo os alimentos nas prateleiras de um armário. Ouviu um ruído estranho no corredor. Instintivamente, agarrou uma faca de cozinha e avançou com passo firme para o local de onde procedia o barulho. Mas não viu ninguém.

Depois de guardar os mantimentos, tirou o casaco e foi para a ala norte da residência, onde era seu quarto. Diante do espelho, desabotoou o vestido, que deslizou para o chão. Admirou seu corpo. Sem dúvida, engordara uns quilinhos, mas os seios continuavam firmes e empinados. "Não caíram nem um pouco", pensou.

Em seguida, sentou-se num banquinho e desatou as ligas. Com mãos firmes, foi enrolando as meias desde as coxas até os pés, tomando cuidado para não rasgá-las. Naqueles dias, meias eram um artigo muito apreciado e muito difícil de conseguir. Depois de soltar a longa cabeleira negra, entrou no banheiro e abriu a torneira.

Através da treliça do armário, Ulrich Müller observava a bela jovem desnudar-se diante do espelho. Não era a primeira vez que a via. Vira-a já passeando com seu chefe, August Lienart. Realmente, era uma mulher muito bonita.

Elisabetta acabou de despir-se e voltou para o banheiro, de onde saía uma nuvem de vapor quente. Com cuidado para não escorregar, mergulhou os pés na banheira e deixou que a água escorresse por seu corpo, provocando-lhe uma sensação de tranquilidade.

Müller continuava dentro do armário, olhando para as peças de roupa que ficaram esparramadas no piso do quarto. De repente, ouviu passos no corredor.

Sempre atento, percebeu que alguém havia entrado no quarto e se dirigia para o banheiro. O desconhecido tinha na mão um pequeno porrete. Atravessou silenciosamente a nuvem de vapor, ainda empunhando o porrete e pronto para atacar. Num gesto rápido, correu a cortina, surpreendendo a jovem que, sob o jato de água, tentava tirar o sabão que lhe entrara nos olhos. Quando se dispunha a golpeá-la, Müller surgiu às suas costas e deteve-o no último instante.

Elisabetta passou de um salto pelos dois homens atracados no banheiro. Müller, muito mais forte e ágil, conseguiu arrancar o porrete do agressor, que resistia dando socos e pontapés no ar. O SS foi ao ataque e aplicou uma forte cabeçada no peito do desconhecido, deixando-o quase sem fôlego. Vendo-o no chão, indefeso, recuou a perna direita e deu um chute violento em pleno rosto do adversário, pondo-o inconsciente. Elisabetta, que havia conseguido pegar uma arma, voltou ao banheiro ainda nua e disparou contra o guarda--costas de August Lienart.

– Espere, espere, senhorita Elisabetta! Não atire. Sou seu amigo.

Nervosa, a jovem fez um segundo disparo e a bala foi se encravar no espelho.

– Por favor, não atire mais! – tentou dizer Müller. – O senhor Lienart me enviou para protegê-la.

Antes que ela acionasse de novo o gatilho, Müller desarmou-a, aplicando-lhe um forte soco na mandíbula.

– Sinto muito, senhorita Elisabetta, mas não quero ser alvejado novamente – disse Müller.

A jovem, ainda nua, continuava inconsciente no piso úmido do banheiro. Müller agarrou um roupão que estava dependurado na porta, cobriu-a, pegou-a nos braços e colocou-a na cama. Antes de sair, apanhou o telefone e discou um número de Frascati.

– Herr Lienart?

– Sim, sou eu. Quem é? Müller?

– Eu mesmo. Estou ligando da casa da senhorita Elisabetta.

Ao ouvir o nome de sua amada, August começou a apresentar sinais de nervosismo.

– Que aconteceu? Você fez alguma coisa com ela? Se você tocou em um só fio de seus cabelos, vou matá-lo com minhas próprias mãos! – gritou o rapaz.

– Não, Herr Lienart. Salvei a vida dela.

– Como?

– Alguém a atacou enquanto ela tomava banho. Acho que é o assassino de mulheres, o mesmo que matou a agente do ESE.

– Muito bem, Müller – desabafou August, já mais tranquilo. – Agora, siga as instruções que vou lhe dar.

– Pois não, Herr Lienart. Estou às suas ordens.

– Pegue esse sujeito e traga-o à Villa Mondragone. Não toque nele até eu interrogá-lo. Entendeu?

– Perfeitamente, Herr Lienart. Perfeitamente – respondeu Müller. E desligou.

Pouco depois, ao recuperar a consciência, a jovem viu que alguém a pusera na cama e lhe cobrira o corpo com o roupão. Sentindo ainda muita dor na mandíbula, devido ao golpe aplicado por Müller, Elisabetta se dirigiu ao banheiro. Não havia nada ali, exceto os vestígios da luta entre Müller e o desconhecido, além das marcas dos disparos que ela fizera. Os dois homens tinham desaparecido.

Enquanto isso, Müller conduzia um veículo rumo ao sudeste pela cidade de Roma. Seu destino era a Villa Mondragone. Depois de percorrer uns 25 quilômetros com o desconhecido no porta-malas, ele parou diante de uma grande cancela. Ao desligar o motor e descer para abri-la, percebeu que o assassino havia despertado e que dava chutes no interior, tentando sair.

O homem da Odessa entrou num pequeno bosque e começou a subir pelo estreito caminho de terra até o alto onde se erguia a mansão. Virou à direita, contornando o edifício principal e parando na parte baixa da casa. Havia ali um pequeno depósito onde se guardavam as ferramentas de jardinagem.

Müller abriu o porta-malas, agarrou o assassino e arrastou-o pelos pés até o depósito, onde o deixou esparramado em uma cadeira de ferro à espera de seu chefe.

– Solte-me, seu nazista de merda! Eu não fiz nada!

Müller apanhou um pedaço de madeira e golpeou violentamente a rótula do homem que atacara Elisabetta, fazendo-o gritar de dor.

O som de passos anunciou a chegada de August, que, ao entrar, viu o rosto do assassino de Claire sob uma máscara de carne exposta e sangue coagulado.

– Mas... – balbuciou. – É Luigi!

– Senhor August, eu não fiz nada! Este alemão me odeia e quer convencê-lo de que eu pretendia agredir a senhorita Elisabetta.

Müller golpeou-lhe o rosto com o pedaço de madeira, arrancando-lhe vários dentes.

– Pare com isso, Müller! O que se ganha com violência só com violência se conserva – bradou August. – Preciso saber quem lhe mandou matar Claire e Elisabetta. Não quero que desmaie. Ainda.

Lienart se aproximou de Luigi.

– Diga-me, meu bom Luigi, quem lhe mandou matar Claire e Elisabetta?

– Não sei nada disso, acredite em mim. Não sei nada... – soluçou o motorista.

August caminhou até uma mesa, no fundo do depósito. Müller havia colocado ali uma corda igual à usada para amarrar Claire Ashford e uma adaga M33, fabricada por Carl Eickhorn para os membros da SS. Lienart apanhou a adaga e fez um sinal a Müller. O nazista enfiou uma lasca de madeira sob a unha do polegar de Luigi até o fim, deslocando-a; em seguida, com um alicate, arrancou-a. O motorista não parava de gritar.

– Pare, pare, amigo – disse August –, está exagerando. Quero saber quem lhe ordenou matar Claire e Elisabetta.

– Por favor... Por favor... Tenho esposa e três filhos... Não fiz nada... – suplicava Luigi, entre lágrimas.

Lienart fez de novo um sinal a Müller, que já tinha na mão outra lasca de madeira. Habilmente, cravou-a no indicador de Luigi e arrancou-lhe a unha com o alicate. Os gritos de dor do motorista podiam ser ouvidos a centenas de metros dali. Mas onde estavam, em meio à escuridão da Villa Mondragone, ninguém viria em sua ajuda.

– Vamos lá, Luigi... Pare de chorar. O verdadeiro valor consiste em saber sofrer, e meu amigo aqui é especialista em provocar sofrimento – disse August, fingindo consolar o motorista. – Pergunto de novo: quem é você e quem o mandou matar Claire e Elisabetta.

– Repito que não sei nada, senhor August. Nada!

– Meu amigo – sussurrou Müller ao ouvido do infeliz –, eu só lhe arranquei duas unhas dos dedos das mãos. Se não responder a Herr Lienart, vou arrancar todas dos dedos das mãos e dos pés. E se continuar teimando, enfiarei suas mãos em luvas cheias de sal.

– Já lhes disse que não sei nada sobre essa tal Claire e a senhorita Elisabetta.

– Então, o que estava fazendo no apartamento? – perguntou August.

– Seguindo Müller. Ele é o assassino.

– Duvido muito, amigo Luigi, pois fui eu quem ordenou a ele que protegesse a senhorita Darazzo. Portanto, recomecemos as perguntas, mas não antes de Müller lhe arrancar outra unha.

Müller cravou outra lasca sob a unha do dedo médio de Luigi e arrancou-a.

– Sobraram apenas dezessete para ser arrancadas – advertiu Müller.

– E então, querido Luigi? Vai responder às minhas perguntas?

– Sim, sim... Mas, por favor, afaste de mim este animal... Não deixe que ele me arranque mais unhas. Não deixe que me bata mais...

– Muito bem, meu caro Luigi. A linguagem da verdade deve ser, sem dúvida nenhuma, clara e sem artifícios; por isso, em primeiro lugar, quero saber quem você é e quem o mandou se aproximar de mim aquele dia na estação ferroviária.

– Meu nome é Luigi Russo. Durante a guerra, fui agente da OVRA.

– Que vem a ser isso? – perguntou Lienart.

– Organizzazione per la Vigilanza e la Repressione dell'Antifascismo. A polícia política de Mussolini – esclareceu Müller.

– Então mentiu quando disse que era comunista, amigo Luigi. Isso me alegra. Mas o que me preocupa não é o fato de ter mentido para mim, mas, sim, a certeza de que de agora em diante não poderei mais confiar em você, meu caro Luigi – suspirou Lienart. – Quero saber quais foram as outras mentiras que me pregou.

– Não houve outras, senhor August, pode acreditar em mim. Não houve outras – repetia Luigi, com três dedos em carne viva. – Ordenaram-me fazer contato com o senhor logo que saísse da estação e não o perder de vista durante toda a sua estadia em Roma. Não sei quem me contratou. Nunca vi seu rosto. As ordens eram dadas por telefone.

– Se não me responder, já sabe que deixarei Müller usar com você seu eficiente sistema. Diga-me, amigo Luigi, por que matou Claire?

– Eles me mandaram matá-la, senhor August... me mandaram.

– Quem mandou?

– Não posso dizer.

Lienart acenou para Müller, que já se preparava para arrancar outra unha de Luigi.

– Está bem... Está bem, eu falo. Mas, por favor, não me arranquem mais unhas – suplicou o motorista. – Não sei o motivo. Nunca me dizem qual é. Só dizem a quem devo matar.

– Era necessária tanta violência com Claire? – perguntou August.

– Precisava dar a entender que tudo tivesse sido obra de um assassino de mulheres à solta em Roma.

– E por que matou a prostituta?

– Não matei prostituta nenhuma – respondeu o motorista.

Nesse momento, Müller interrompeu o interrogatório.

– Perdoe-me, Herr Lienart. Quem a matou fui eu.

O rosto de August se contorceu de surpresa.

– Por quê? Por que teve de matar aquela mulher?

– Para ajudá-lo – respondeu Müller. – O senhor estava sendo vigiado pelo comissário Di Carlo. A única forma que me ocorreu de tirar esses agentes de seu caminho foi matar uma mulher da mesma forma que este sujeito aí, enquanto estavam de olho no senhor. E deu resultado.

– Voltemos ao nosso amigo Luigi – ordenou Lienart, olhando para o motorista, que havia urinado nas calças. – Quero saber quem lhe ordenou matar Claire e Elisabetta.

– Mas eu já lhe disse, senhor August, eu não sei quem dá as ordens! Recebo o nome da pessoa que deve ser assassinada e não faço perguntas. Eles me pagam depois de concluído o trabalho e pronto! – declarou Luigi.

– E como você os informa de que eliminou a vítima? Como recebe o pagamento?

– Tenho um número de telefone de Genebra. Acho que é de um hotel ou algo parecido. Tão logo comunico que fiz o trabalho, recebo o dinheiro por meio de um banco suíço.

– Sabe qual é o nome do hotel? – perguntou Lienart.

– Não, mas é um nome esquisito... parecido com Bella Rivera, uma coisa assim...

– Beau Rivage... – murmurou August.

– Sim, é isso. É esse o nome do hotel – respondeu Luigi.

August soube então quem tinha dado as ordens para assassinar Claire Ashford e Elisabetta Darazzo. E no mesmo instante caiu-lhe do rosto o véu de inocência que o vinha cobrindo havia tantos anos. Após se recuperar do efeito das palavras de Luigi, fez um sinal a Müller e saiu do depósito. Precisava de ar fresco.

Enquanto Lienart contemplava a cidade de Roma ao longe, o ex-sargento da SS apanhou um fio e, num movimento rápido, enrolou-o no pescoço do motorista.

– Despeça-se deste mundo, porco italiano – disse Müller.

Luigi estirou a língua para fora, tentando respirar. Segundos depois, estava morto.

Müller saiu do depósito e foi para junto de Lienart.

– Tudo acabado – disse ele. – Que faço com o corpo?

– Ponha-o no porta-malas do carro dele e jogue-o perto de uma delegacia de polícia. Juntaremos um recado para nosso amigo Di Carlo.

– Certo, Herr Lienart. Farei isso.

– Ah, Müller... limpe antes o local. Livre-se de todo o lixo, pois não quero nenhum rastro dessa escória aqui em Villa Mondragone.

– Sim, Herr Lienart. Imediatamente – disse Müller, deixando August sozinho na escuridão.

No dia seguinte, apareceu um veículo estacionado em uma rua perto de uma delegacia do Corpo de Carabineiros. Um policial se aproximou para olhar dentro. Sentado ao volante e ainda com o arame em volta do pescoço, estava o cadáver de um homem. Na braguilha, alguém havia enfiado um envelope endereçado ao comissário Angelo di Carlo. O agente abriu o envelope e leu:

A justiça, embora claudicante, quase nunca deixa de alcançar o criminoso na corrida, por isso resolvi aplicá-la com minhas próprias mãos. A justiça consiste em dar a cada um o que lhe é de direito; assim sendo, aqui lhe deixo o corpo desta escória responsável pelo assassinato da jovem Claire Ashford e da prostituta da pensão da Via Gaspare Spontini. É um presente para o senhor. Assinado: um amigo.

Dias depois, August resolveu marcar um encontro com Elisabetta no beco perto da Via de Monte Giordano. Aquele lugar, cheio de árvores, flores e luz lhe trazia gratas recordações de seu primeiro passeio com ela. Lembrava-lhe também a jovem brigando com seu sorvete, que derretia em suas mãos e ameaçava manchar seu vestido.

August continuou sentado no banco de pedra vendo Elisabetta se aproximar. Mesmo de longe, constatou que ela trazia um largo sorriso no rosto.

– Olá, August!

– Olá, Eli, como está?

– Bem melhor, graças ao seu amigo alemão. O que é o destino! Um deles mata minha família e outro me salva a vida, anos depois. O destino é muito estranho, às vezes...

– Uma grande verdade é que a lei do destino nos escapa porque não podemos reunir todos os dados. Talvez esteja acontecendo isso com você agora – disse Lienart.

– Transmita-lhe meus agradecimentos e minhas desculpas. Acho que lhe dei três tiros.

– Dois... Não conseguiu dar o terceiro. Müller a golpeou antes que o matasse.

– Agora entendo a dor no queixo quando acordei – disse Eli, apalpando a mandíbula. – Por que seu motorista quis me assassinar?

– Ainda não sabemos – mentiu Lienart. – Estamos tentando descobrir quem o encarregou de matá-la. Ao que parece, a ordem veio do exterior.

– Mas quem teria interesse em me matar? Não trabalho para nenhuma organização. Nem sequer estou em contato com os grupos políticos que os guerrilheiros formaram, como o partido comunista. Não entendo por que era necessário acabarem comigo – disse Elisabetta.

August levantou-se do banco de pedra e deu as costas à jovem.

– Não foi por sua causa. Foi por causa de mim – declarou ele.

– Como? O que você quer dizer?

– Vou lhe contar uma coisa que ninguém deve saber – disse August, olhando-a bem nos olhos. – Trabalho para uma organização muito poderosa, com tentáculos em vários países. Talvez tenham sido eles que tentaram assassiná-la. De qualquer modo, vou investigar.

– Que organização é essa? O que você faz?

– É melhor que você não saiba. Quanto menos informação tiver, mais segura ficará – ponderou August.

– Muito segura me senti mesmo com um sujeito em meu banheiro tentando me bater com um porrete para depois me matar ou com um homem armado de faca lutando com outro enquanto eu tomava banho. Parece que já não é muito seguro, hoje em dia, tomar uma ducha em Roma – ironizou Elisabetta, com um sorriso sarcástico.

– Não quero que lhe façam mal, apenas isso – disse August, segurando sua mão.

– Todas as coisas que chegam até nós nos fazem mal e depois vão embora. Talvez seja esse o seu caso comigo. Preferiria ter sido torturada pelo tal Luigi, pois assim saberia desde o começo qual era seu objetivo. Você, porém, chega, me bate, me prejudica e me afasta de seu caminho. Isso me parece bem mais cruel. Você devia ter me evitado, não me deixado entrar em sua vida – queixou-se Elisabetta, soltando a mão de August.

– Não acha que seria mais fácil, para mim, continuar com você?

– Na vida não há prêmios nem castigos, apenas consequências. Foi você quem me procurou. Eu só estava lá – protestou Elisabetta. – Por que não relê santo Agostinho, já que vai ser padre? Ele disse que os homens estão sempre prontos a bisbilhotar a vida alheia, mas têm preguiça de conhecer a si mesmos e corrigir-se. Talvez você devesse tentar se conhecer um pouco melhor.

– E o que você quer que eu faça? Ficarmos juntos nos deixará felizes, mas poderá colocá-la em perigo, e isso eu não permitirei.

– Sabe o que o padre Bibbiena me disse um dia? Na hora da separação é que sentimos e compreendemos a força de nosso amor. Talvez isso aconteça conosco. Mas quando chegar o momento, você olhará para trás e eu não estarei ali. Não se esqueça disso, August. Não se esqueça nunca – advertiu Elisabetta, caminhando para a saída do beco e desaparecendo numa esquina sem sequer se virar.

August continuou sentado no banco de pedra, perdido naquela cidade e sem saber o que fazer. Acabava de virar uma página importante de sua vida. Aprendera a amar aquela jovem e a renegar seu amor. "Haverá prova maior de afeto?", pensou, enveredando pelas ruas estreitas de Roma a caminho do Vaticano. Sob aquela cúpula enorme, uma vida nova o esperava, e Elisabetta seria, sem dúvida, um obstáculo na ambiciosa carreira que ia iniciar. Para August, Elisabetta não fora mais que uma etapa.

Ao cruzar a ponte de Sant'Angelo para chegar à cidade do Vaticano, Lienart avistou a figura bojuda do comissário Di Carlo ao lado de uma viatura policial estacionada bem na porta do castelo.

– Boa tarde, comissário – saudou August.

– Boa tarde, senhor Lienart. Estava à sua espera.

– Padre. Agora pode me chamar de padre Lienart.

– Ora, ora... Então subiu na vida desde que nos encontramos pela última vez!

– Sua Santidade tomou a decisão de assinar uma licença para que eu me tornasse sacerdote graças aos serviços prestados à Igreja.

– E que serviços foram esses? – perguntou o policial.

– Que serviços? Orar a Deus, ajudar as pessoas...

– Inclusive as que não merecem ser ajudadas? – insinuou Di Carlo.

– Elas também... – respondeu August.

– Vamos andar um pouco – propôs o policial, pegando August pelo braço e dirigindo-se a um barzinho no Lungotevere. – Que tal um café?

– Não, obrigado, comissário.

– Queria vê-lo apenas para agradecer seu presente especial – disse Di Carlo, mirando fixamente os olhos do jovem sacerdote.

– Não sei a que se refere. Não lhe dei nenhum presente – esquivou-se August.

– Verdade? Pois estou surpreso de não ver seu motorista, o tal Luigi, com você.

– Não o vejo há dias. Deve estar se embebedando em algum boteco de má fama.

– Duvido, meu amigo – rebateu o comissário.

– E por quê?

– Porque o encontramos morto em seu carro. Alguém o estrangulou.

– Que horror, comissário! Já não se pode andar tranquilo por esta cidade – exclamou August, fingindo surpresa.

– Pois é. Ela está cheia de estrangeiros indesejáveis, que preferiríamos não ter por aqui, meu querido padre Lienart.

– Concordo com o senhor. É cada vez mais difícil não encontrar em Roma esse tipo de gente. Teremos de aprender a nos defender por conta própria – declarou August.

– Isso se nós mesmos não fizermos parte do problema – observou Di Carlo, sorvendo seu café.

– A maioria das pessoas gasta mais tempo e energia falando de problemas do que tentando resolvê-los. Eu prefiro fazer o contrário. E o senhor, comissário? O que prefere?

– A finalidade do castigo é garantir que o culpado não reincida. Sou adepto dessa tese, embora mantenha sempre certa disciplina na aplicação do castigo. Se não for assim, viraremos Deus – respondeu Di Carlo.

– O homem é uma criação de Deus ou Deus é uma criação do homem? – indagou Lienart, vendo que o sol já se punha atrás das colinas que rodeavam a cidade. – O primeiro castigo do culpado é a consciência, que o julga e não o absolve nunca. Depois vem a mão encarregada de aplicar a justiça que muitos desejam, mas poucos se atrevem a executar.

– O senhor fala como os justiceiros de romances baratos, padre Lienart. Triste época esta em que estamos condenados a viver, o senhor e eu! Se a justiça existe, tem de ser para todos. Ninguém pode ser excluído porque, do contrário, ela não seria justiça, seria injustiça. Da última vez em que alguém governou uma sociedade injusta, morreram milhões de pessoas numa guerra mundial.

– O senhor está muito filosófico, comissário Di Carlo, e isso às vezes nos impede de ver o horizonte real – observou August.

– Talvez tenha razão, padre, mas não deixaremos de vigiar todos aqueles que desejarem governar uma sociedade injusta. Teremos de ficar atentos.

– Comissário, eu agora preciso ir. Venha me visitar um dia destes no Vaticano. Traga sua família.

– Muito obrigado, padre Lienart, mas sabe como nós, os italianos, costumamos agir. Entramos na casa de alguém e logo assumimos o controle da cozinha – riu o policial, apertando a mão do religioso. – Não creio que isso agrade muito a Sua Santidade. Imagine uma família italiana inteira cozinhando no Vaticano!

– Comissário, eu espero vê-lo de novo qualquer dia – disse August, correspondendo ao aperto de mão do policial.

– Tenha certeza disso, meu querido e jovem padre Lienart. Logo nos veremos.

Enquanto se afastava, caminhando em direção à Via della Conciliazione, August concluiu que aquela manhã de dezembro de 1948 iria se transformar no primeiro dia do resto de sua vida. O Vaticano andava em polvorosa por causa da prisão, na Hungria, do cardeal primaz Joseph Mindszenty. Sem dúvida, os comunistas se haviam convertido no próximo inimigo a combater e, pelas décadas seguintes, os criminosos de guerra nazistas deixariam de ser o objetivo prioritário da perseguição.

XV

Dez anos depois...

Havana, 1958

De 1674 a 1797, Havana se estendeu desde as muralhas erguidas para proteger seus habitantes dos ataques de piratas. O principal baluarte da proteção era o Passeio do Prado, agora núcleo da vida social havanesa. O hotel Sevilla Biltmore constituía um dos maiores símbolos dessa vida social desde sua inauguração em março de 1922. Ali, o centro de convivência e conspiração, bem diante das portas do palácio presidencial, era o pátio em estilo mourisco, com arcadas e mosaicos inspirados no Pátio dos Leões do Alhambra, em Granada.

Esse símbolo de luxo estava sob o comando de Amleto Battisti, um simpático e poderoso corso amigo de gângsteres como Lucky Luciano, Bugsy Siegel, Meyer Lansky, Santo Trafficante e Al Capone, mas também de outras pessoas famosas que passavam pelo estabelecimento, como as atrizes Josephine Baker, Merle Oberon e Gloria Swanson; o boxeador Joe Louis; os jogadores de beisebol Ted Williams e James Roy; e o cantor Enrico Caruso. Battisti cuidava para que, mensalmente, se hospedasse em seu hotel uma nova leva de prostitutas para gozo exclusivo dos hóspedes.

O som do telefone despertou os três corpos nus que dormiam no grande dormitório da suíte 615.

– Herr Lienart? – disse uma voz do outro lado da linha.

– Sim – respondeu Lienart, ainda sonolento. – Quem é?

– Walther Hausmann, Herr Lienart.

– E o que deseja a esta hora?

– Temos um problema de segurança.

– Que problema?

– Com três protegidos.

– Quais? – quis saber Lienart.

– Derig, Schumann e Veckler – respondeu Hausmann.

– Que aconteceu?

– Soubemos que um deles entrou em contato com os americanos, possivelmente dos serviços de inteligência, a fim de negociar sua segurança futura, no caso de ser descoberto, em troca de nomes de nossa organização.

– Como sabe que foi um deles? – perguntou Lienart.

– Nosso informante, muito bem situado no novo governo alemão, confirmou que se trata de um ex-médico da SS, e a Odessa só transferiu três, os doutores Boris Derig, Hörst Schumann e Janku Veckler.

– Além de Josef Mengele, não se esqueça – ressaltou Lienart.

– Não me esqueci, Herr Lienart, mas o doutor Mengele está escondido, bem protegido, em uma casa da Odessa no bairro de Vicente López, em Buenos Aires. Temos certeza de que o traidor deve ser Derig, Schumann ou Veckler. Um deles está negociando a própria segurança com os americanos em troca de nomes, endereços e rotas de fuga – declarou Hausmann.

– Mas só Schumann foi levado para os Estados Unidos...

– Sim, mas a oferta de informação ocorreu na embaixada americana em Estocolmo, de modo que não é fácil saber qual dos três fez isso. Preciso de uma ordem de execução.

– Para os três?

– Para os três, Herr Lienart – confirmou o assassino da Odessa.

– Não é melhor descobrirmos antes quem é o traidor? – propôs o magnata francês.

– Não há tempo. Quanto mais esperarmos, mais em perigo ficará nossa organização. Ou erradicamos o problema, extirpando o tumor, ou logo será tarde demais, Herr Lienart.

– Está me pedindo para executar três homens a fim de descobrir qual deles é o traidor?

– Exatamente. Quase dez mil membros da Gestapo, da SS e até da Wehrmacht foram tirados da Europa para não cair nas mãos dos Aliados.

Muitos deles acabariam na forca se a Odessa não conseguisse instalá-los em refúgios seguros nos Estados Unidos, na Grã-Bretanha, na Finlândia, na Argentina, no Brasil, no Paraguai, na Síria ou no Egito. Se permitirmos que um desses homens se converta em traidor, vários de nossos protegidos correrão riscos enormes – ponderou Hausmann. – É um problema simples de aritmética: três ou dez mil.

Por alguns segundos, Lienart permaneceu em absoluto silêncio até que esse foi rompido por uma pergunta:

– Quem se encarregará das execuções?

– Do doutor Schumann em Saint Paul, Minnesota, eu mesmo. Do doutor Derig em Oulu, na Finlândia, Müller. E do doutor Veckler em Finsbury Park, a senhora Oberhaser.

– Quero que o trabalho seja rápido e limpo. Não ligo a mínima para o traidor, mas os outros dois protegidos não têm nada a ver com a traição. Por eles, exijo que tudo seja o mais indolor possível – ordenou Lienart.

– E então? – insistiu Hausmann.

Após alguns segundos de dúvida, Lienart respondeu:

– Autorização concedida.

Edmund desligou e voltou para a cama, onde o aguardavam duas mulatas adolescentes. Haviam se passado quase dez anos desde que Andreas Masson, chefe do serviço secreto suíço, lhe oferecera 2 milhões de francos em ouro para abandonar seu país. E quase dez anos haviam se passado desde que desembarcara no porto de Havana e transferira o centro de operações da Odessa para aquele luxuoso hotel.

Saint Paul, Minnesota

Walther Hausmann seguia de perto o Ford Fairlane 500 vermelho. Daquela distância, podia ver bem seu interior. Duas crianças entre 7 e 10 anos não paravam de brincar no banco traseiro. Quem o conduzia era um homem de cerca de 45 anos, de barba cuidada e óculos de sol. Ele parou na frente de um café chamado Tony's, onde permaneceram durante cerca de 45 minutos. Quando o homem desceu do carro, o assassino da Odessa pôde comparar o rosto de Kermit Marzec com o da fotografia em preto e branco que tinha do doutor Hörst Schumann.

O médico era especialista no estudo de raios X e seu efeito sobre a esterilidade. Schumann havia realizado grande número dessas experiências em homens e mulheres durante sua estadia no campo de Auschwitz, aplicando-lhes grandes doses de radiação nos testículos e ovários. Aquele adorável pai de família, membro da comunidade local em seu novo país, conseguia a castração, a esterilidade total dos prisioneiros, em apenas seis ou sete minutos, algo que alegrava muitíssimo o próprio Heinrich Himmler.

O enviado da Odessa continuou seguindo de perto o carro de Schumann até a porta de uma escola, onde os meninos desceram. Hausmann observou que o ex-médico da SS se despedia deles com um beijo na testa.

Depois, o Ford seguiu pela Grand Avenue até a rodovia estadual 35. Hausmann parou na entrada de uma grande ponte de ferro que atravessava o Mississippi. No meio da ponte, viu que o Ford virava à direita em direção a um grupo de prédios industriais. No alto de um deles, uma placa informava: "Marzec's Enterprises Scrap Metal". O ex-médico da SS desceu para abrir uma cancela. Não havia seguranças por ali ou, pelo menos, não podiam ser vistos de onde estava o assassino da Odessa. Hausmann saiu do carro e correu para a empresa de sucata, escondendo-se no edifício que parecia ser o escritório central.

Pouco depois, Hörst Schumann surgia na escada estreita com uma xícara de café quente na mão e uma embalagem de bolo presa entre os dentes. Parou para procurar as chaves no bolso. Era o momento. Hausmann sacou um arame grosso com empunhaduras de madeira nas extremidades e, num movimento rápido, rodeou o pescoço de Schumann, estrangulando-o. Quando o corpo caiu ao chão, Hausmann notou uma expressão de surpresa em seu rosto.

O assassino precisava apagar seus rastros. Levantou o cadáver, colocou-o no porta-malas do Ford e empurrou o carro para dentro da compactadora de sucata. Quando a poderosa prensa parou, o veículo era um perfeito cubo multicolorido do qual escorriam filetes de sangue.

Bertha Oberhaser conseguiu entrar na casa do doutor Daniel Bergman usando a identidade da senhora Cadweld, uma governanta escrupulosa. Era atraente, cozinhava bem, mantinha a casa e o consultório em perfeita ordem. Além disso, lembrava ao doutor Bergmann sua vida já distante na Alemanha.

A verdade era que aquele amável pediatra havia trabalhado no campo de extermínio de Birkenau, onde estudava a cor dos olhos das crianças. No fim da guerra, conseguira reunir centenas de globos oculares de crianças de diferentes raças e países. Pouco depois, passou a se interessar por gêmeos e trigêmeos. O doutor Daniel Bergman, ou melhor, o doutor Janku Veckler transplantava órgãos e membros de um gêmeo para outro com a finalidade de comprovar a rejeição, castrava crianças sem anestesia ou inoculava-lhes febre tifoide para descobrir quanto tempo sobreviveriam sem tratamento médico. O doutor Veckler tranquilizava seus pequenos pacientes dando-lhes um doce e perguntando-lhes "De quem você gosta mais, do papai ou da mamãe?" – assim como fazia também o afamado pediatra de Londres doutor Daniel Bergman.

Às cinco da tarde, Oberhaser recebeu uma chamada de Helen, a enfermeira de Veckler, informando-lhe que naquela noite o doutor jantaria em casa.

Mais tarde, ele subiu até seu escritório para analisar os prontuários de alguns pacientes.

Oberhaser bateu na porta com os nós dos dedos e entrou com uma bandeja na mão.

– Boa noite, senhora Cadweld. Que fez hoje para o jantar? – perguntou o médico.

– Caldo de galinha. Esquentei também um pouco de carne que sobrou de ontem – respondeu a mulher.

O doutor abriu o guardanapo sobre os joelhos e pôs a bandeja sobre a mesa. Meia hora depois, Bertha Oberhaser ouviu-o atirando a bandeja ao chão, espalhando a comida pelo tapete.

– Que foi que você colocou em minha comida? Quem é você? Por quê... Por quê...? – balbuciou ele antes de cair de bruços sobre restos de comida e vômito.

A assassina da Odessa, enviada por Edmund Lienart, pôs dois dedos no pescoço da vítima, para comprovar que estava morta. Não havia mais sinais vitais no ex-médico da SS. O segundo suspeito se fora.

Oulu, Finlândia

Há anos, Ulrich Müller recebia ordens diretas do padre August Lienart, que agora trabalhava na Secretaria de Estado do Vaticano. Sua esposa, Henrietta, fora contratada pela família Lienart como governanta da Villa Mondragone. Só de vez em quando a Odessa o convocava para realizar alguma missão. Esta era uma delas.

Müller chegou pontualmente na estação de Oulu, apesar das fortes nevascas que açoitavam aquela zona da Finlândia havia semanas. Mas ele estava acostumado a baixas temperaturas. Lembrava-se de quando, dez anos antes, servira como sargento SS no Einsatzgruppe A, em ação no Báltico. Müller era capaz de permanecer horas deitado na neve, esperando avistar algum guerrilheiro pela mira de seu fuzil. A expectativa da presa o excitava, mas, ao mesmo tempo, lhe infundia uma estranha sensação de tranquilidade.

Obviamente, o doutor Boris Derig conseguira passar despercebido naquelas vastidões geladas, pontilhadas de bosques e lagos.

Vestido como um operário da construção naval, Müller entrou num bar em que um homem passava a lista para os que desejassem trabalhar aquela noite no estaleiro. No canto do balcão, o assassino da Odessa avistou um sujeito com o distintivo do serviço de correios finlandês. No crachá, lia-se o nome de S. Törni. Era, sem dúvida, o mesmo da foto que Müller trazia no bolso.

O sujeito que se fazia passar por funcionário dos correios ganhara excelente reputação como médico em Auschwitz. O doutor Boris Derig ficara tão famoso por sua habilidade com o bisturi que conseguiu permissão especial da SS para realizar ovariotomias nas prisioneiras. Fez essa experiência com centenas delas, de idade entre 6 e 50 anos.

Müller viu Derig se despedir do garçom e sair para a rua. Graças à grande quantidade de neve acumulada dos dois lados do caminho, pôde segui-lo facilmente a pé. O passeio terminou em uma pequena e humilde cabana de madeira. De longe, Müller observou o médico brincar com um grande cão *huskie* que saltava à sua volta. Enquanto o seguia pela mira do fuzil, Müller achou melhor não disparar tão perto da aldeia. O som poderia levantar suspeitas, apesar de aquela ser uma zona de caça.

Boris Derig estacou no meio do bosque sem fazer o mínimo ruído. Subitamente, desapareceu do campo de visão de Müller, que com um pequeno sobressalto fixou a vista no local onde seu alvo estivera.

Um pequeno movimento entre os ramos indicou a Müller que sua presa rondava por ali. Em silêncio, procurou um lugar mais alto, de onde pudesse descobrir o alvo pela mira do fuzil. Durante alguns segundos, a mira passeou pela paisagem completamente branca, até encontrar um ponto negro. Derig o avistara também. Com milésimos de segundo de diferença, ouviram-se dois disparos. A bala de Boris Derig alojou-se em uma árvore a poucos centímetros da cabeça de Müller. Mas a de Müller atingiu a cabeça de Boris Derig. O terceiro suspeito da Odessa estava morto. As ordens expressas de Edmund Lienart haviam sido cumpridas uma por uma.

Havana

Segundo um jornalista, Cuba havia se transformado em um país de surpresas. Ali, tudo era manipulado, escamoteado.

Suas ruas eram varridas pela paixão do jogo como por uma tempestade. O futuro de Havana parecia bastante promissor para os grandes negócios, e Edmund Lienart, como também a Odessa, sabiam bem disso. O general Fulgencio Batista se tornara o dono absoluto do poder. Apesar da tirania imposta, alguns negócios iam de vento em popa, sobretudo no ramo de hotéis, cassinos, restaurantes e cabarés.

Na zona portuária proliferavam como cogumelos os mais sórdidos antros noturnos. A rua Zanja estava tomada de bordéis, as chamadas "casas de cama". Realmente, naquela cidade, não existia um lugar conhecido onde não houvesse drogas, roletas, apontadores de jogo do bicho e prostitutas.

Fascinantes e elegantes hotéis-cassinos iam surgindo com incrível velocidade. Abriam-se novas e belas avenidas. Construíam-se prédios para aquele governo corrupto. Podia-se mesmo cruzar por baixo da baía pelo túnel de Havana, que ligava a capital às praias do leste. O lugar atraía os investimentos da máfia americana, da margem do Jaimanitas aos brancos areais de Varadero.

Tudo naquela ilha girava em torno de negociatas e jogo, jogo e negociatas. E tudo organizado, medido, enquanto três quartos da população viviam no mais absoluto desamparo. Exércitos de mendigos, órfãos, doentes, viciados e putas perambulavam pelas ruas invadidas por bingos, bilhetes de loteria, carteados.

Naqueles dias de muito calor, os negócios prosperavam com incrível rapidez e se ganhava dinheiro com facilidade. Por que, então, se preocupar com aquele barbudo, Fidel Castro, que iniciara uma guerra na província de Oriente um ano antes? Nos cassinos e grandes hotéis, sabia-se que seu grupo desembarcara, mas fora quase aniquilado. O que quase todos ignoravam era que doze deles, incluindo o próprio Fidel, haviam conseguido instalar-se nas colinas da Sierra Maestra. Mas para os bandos mafiosos e a Odessa, que operavam a partir de grandes hotéis como o Nacional (os primeiros) e o Sevilla Biltmore (a segunda), os acontecimentos do outro lado da ilha não representavam nenhum perigo.

O Lockheed L-1049G Super Constellation da Iberia aterrissou no horário na ilha caribenha após uma longa viagem desde a Cidade do Vaticano, com escalas em Madri, Dacar e nas Bermudas. Ao descer a escada, o padre Lienart sentiu uma forte baforada de calor e umidade que não desgrudaria de seu corpo até ele deixar o país. Policiais, militares, carregadores, batedores de carteira e prostitutas circulavam pelo terminal do Aeroporto Internacional de Rancho Boyeros de Havana. Mocinhas de coxas grossas e saias curtas presenteavam os visitantes com frasquinhos de rum Matusalén em sinal de boas-vindas. Para o religioso recém-chegado do Vaticano, aquela cidade era um exemplo vivo de Sodoma e Gomorra no Caribe; mas para os mafiosos, inclusive seu pai, Havana era a Paris caribenha, o prostíbulo mais deslumbrante da América.

– Precisa de táxi, padre? – perguntou um desconhecido.

– Sim.

– Aonde vamos?

– Ao hotel Sevilla Biltmore, no Trocadero.

– Sei onde é – disse o taxista. – O senhor deve ser um bom amigo de Battisti para se hospedar ali. Verá que mulheres! Mesmo sendo religioso, não creio que dê muita importância a preconceitos, não é, padre?

– Fique calado e dirija – ordenou August.

Enquanto o veículo rumava para o centro da cidade, ouvia-se no rádio a voz de Lucy Fabery.

– Vai querer conhecer a noite de Havana, padre? – perguntou o motorista.

– Não.

– Se quiser, posso levá-lo ao Capri, na esquina das ruas N e 21. O gerente é aquele gângster do cinema, George Raft. Naja Kajamura dança ali todas as noites. Quando o senhor vir essa brasileira remexendo os quadris, sentirá vontade de arrancar esse peitilho branco.

– Não vim a Havana para me divertir – disse Lienart em tom lacônico, para interromper a insuportável tagarelice do taxista.

O padre baixou o vidro para que um pouco de brisa marinha refrescasse o interior do carro, mas sem muito sucesso. Por fim, o veículo entrou no Passeio do Prado, virou à esquerda na metade do bulevar, rumo ao Trocadero, e parou na porta do hotel. Um porteiro de boné e camisa branca se aproximou e abriu a porta traseira do carro.

– Levo sua bagagem, senhor? – perguntou.

– Não, deixe-a no táxi. Não saia daqui – ordenou. – Volto logo.

– Está bem, padre, não se preocupe. Vigiarei o táxi para que não vá embora.

August Lienart subiu a escada de mármore branco que desembocava num grande saguão rodeado de colunas em estilo colonial. Dirigiu-se para a recepção, situada em um dos lados do pátio árabe.

– Bom dia. Vim ver o senhor Edmund Lienart.

– A quem devo anunciar? – perguntou a jovem recepcionista.

– Diga-lhe que seu filho está aqui.

– Quer uma bebida enquanto espera, padre?

– Não, obrigado. Estou com pressa – respondeu August.

Aguardando junto ao pátio mourisco, August reparou em um homem de terno branco e chapéu borsalino que saboreava um *mojito.* Ao vê-lo, o desconhecido levantou o copo, saudando-o.

– Padre Lienart? Seu pai o espera na suíte 615.

August caminhou em direção aos elevadores.

– Qual andar? – perguntou o ascensorista.

– Sexto.

As portas do elevador se abriram para um grande terraço rodeado de portas brancas numeradas. August se dirigiu para a de número 615 e bateu de leve com os nós dos dedos. Pouco depois, uma jovem seminua atendeu e August escutou, do fundo do quarto, a voz do pai.

– Entre, filho, entre...

Um vestíbulo ladeado por dois quartos dava acesso a um grande salão e a um dormitório mais amplo, de onde se saía para um vasto terraço com vista para o castelo do Morro e os telhados da antiga Havana.

– Sabe que todo este andar, o sexto, foi reservado nos anos 20 para Al Capone e seus guarda-costas? – indagou Edmund.

– Talvez esses sujeitos ainda andem por aqui – respondeu August, sem deixar de observar as duas mulatas jovens que não desgrudavam de seu pai e não teriam mais de 16 anos.

– Você se escandaliza me vendo com estas garotas? – perguntou Edmund, dando uma baforada de seu charuto cubano e acariciando as nádegas das jovens por baixo das saias. – Uma coisa eu lhe digo, filho... Se uma mulher garante que tem 20 anos e parece ter apenas 16, cuidado: ela só tem 12. Mas se, ao contrário, afirma que tem 26 e parece ter 26, cuidado: ela tem mais de 40, com toda a certeza.

August não deu a mínima importância para aquele comentário. Vendo o pai com as duas moças, vinha-lhe à mente a mãe sozinha na residência da família em Veneza, cuidando meticulosamente da propriedade, agora que o marido não podia pisar na Europa.

– Cuidado, pai, um sábio já disse que o prazer é o primeiro dos bens, o início de toda simpatia e de toda aversão. É a ausência de dor no corpo e a presença de inquietação na alma.

– Ah, filho, você e sua filosofia religiosa! Sem dúvida, na minha idade, estas garotas podem me provocar um bom infarto; mas, entre duas coisas ruins, escolho sempre a que nunca experimentei antes. Mas vamos lá, conte-me tudo. Vestido assim, eu percebo que não veio a Havana para se divertir.

– Notei certa intranquilidade por aqui e vi no aeroporto muita gente fugindo – disse August, observando as avenidas pela janela.

– Os ratos abandonam o navio – sentenciou Lienart. – Já passei por isso quando o Terceiro Reich desapareceu da Europa. Os ratos maiores, os mais corruptos, são os primeiros a dar o fora.

– Muitas vezes, atos desesperados nos transformam em feras – disse August. – Não tem medo de ficar preso aqui? Dizem que os tais barbudos comunistas já estão bem perto de Havana.

– Pus os fundos da Odessa a salvo. Não permitirei que esses revolucionários se fartem com um dinheiro que não é deles – esclareceu Lienart. – Mandei transferir nossos fundos dos bancos Gelats, Financiero e Atlántico para outros da Argentina e do Brasil. Batista, esse taquígrafo idiota, continua assegurando a todos que os barbudos de Castro logo serão derrotados, e cada vez mais se pode ouvir, nos subúrbios de Havana, o ruído dos combates entre o exército e os comunistas. Ninguém mais crê no sargento Batista. Resta pouco tempo para ele e seu país.

– Então, por que o senhor continua aqui? – estranhou August. – Tem dinheiro suficiente para ir aonde quiser com os bolsos cheios.

– Talvez meu destino esteja ligado a este país. Já faz treze anos que venho fugindo de um lugar para outro, desde o fim da Segunda Guerra Mundial. Primeiro, fui para a Suíça, e depois vim para Cuba, mas daqui não sairei. Se os comunistas fedorentos de Castro quiserem me encontrar, estarei nesta suíte, com duas belas mulatas adolescentes de pele lisa, embriagando-me com uma boa garrafa de Bollinger – desafiou Edmund.

– Esse é, provavelmente, o destino que nos espera a todos. Talvez sejamos como Fausto, com a diferença de que vendemos nossa alma ao Partido Nacional-Socialista, a Bormann, a Hitler, para obter dinheiro e glória.

Lienart se levantou da cadeira de praia onde estava sentado para pegar um copo de champanhe. De repente, começou a recitar uns versos.

– "Ouro! Precioso metal, amarelo e brilhante! Oh, deuses, não aspiro a frivolidades, mas a princípios, a céus serenos! Um pouco de ouro bastaria para transformar o branco em preto; o belo em feio; o justo em injusto; o nobre em infame; o jovem em velho; o valente em covarde. Venha, pó maldito, rameira do mundo que semeias a discórdia entre os povos..."

– Edmund Lienart? – perguntou August.

– Não, filho, William Shakespeare em *Tímon de Atenas*...

– E esse ouro o converteu em branco, belo, justo, nobre, jovem e valente?

– Ah, filho, como sabe ser cruel, não entendendo que tudo o que fiz foi por você! Mas um dia entenderá. Você é um eleito e terá de descobrir isso por si mesmo. Quanto mais viver, mais aprenderá – disse Lienart.

– Deixe-me dizer-lhe uma coisa, pai. Quanto mais verdades nós acrescentamos a uma mentira, menos mentira ela se torna. Na origem de qualquer fortuna há coisas que fazem tremer, de modo que é melhor não indagar nunca de onde veio a nossa.

– Ora, vamos, filho, todos nós temos um pouco de Fausto e um pouco de Mefisto. O destino pinta a história daqueles que não têm coragem para empunhar o pincel. Como Mefisto, transformei-me em um servo fiel de Lúcifer, representado por Hitler. Transformei-me em seu caçador de almas, no protetor de seu ouro, de suas riquezas... portanto, em um de seus mais leais seguidores. Você, filho, tal como Fausto, se aproximou mais de Mefisto que de qualquer outro. No aspecto simbólico, Mefisto tem sido representado como a imagem mais refinada do mal, sempre trajando roupas dignas de um personagem da nobreza, como eu. Vendo você agora, aí de pé, vestido com sua principesca e elegante batina preta, seu peitilho branco e essa grande cruz de ouro, prata e pedras preciosas ao pescoço, acho-o, sem dúvida, mais parecido com Mefisto do que com Fausto. Mefisto é um ser racional, frio e cultor da lógica, a mesma lógica que você usará para confundir mentalmente as pessoas e fazê-las aceitar seus obscuros desígnios. De fato, você nasceu Fausto e se transformou em Mefisto – sentenciou Lienart, erguendo o copo de champanhe num brinde ao filho.

– Não, pai. O senhor está falando é de seu amigo, o Führer, que ajudamos a fugir – objetou August. – Eu me aproximei mais de Fausto, o mago que proclamava ter vendido a alma ao diabo para alcançar a sabedoria. Provavelmente, em vez de sabedoria, o que ganhamos foi dinheiro e riquezas para os outros. Esse será nosso castigo.

– "Mefisto não é teu nome,/Mas, bem o sei, desejas o mesmo que ele./ Ouvirei atentamente teus ensinamentos/ E verás que ele frutificará./ Segue-me, vem e vê/A infinitude, a eternidade." Talvez você seja esse novo Mefisto. Talvez, sem saber, você seja o escolhido.

– Não se arrepende do que fizemos? – perguntou August.

– Não me arrependo de coisa alguma. Quem se arrepende de seus atos é duplamente miserável. Mais vale nos arriscarmos ao arrependimento por ter feito alguma coisa do que por não ter feito nada. As lágrimas mais amargas que se derramarão sobre nossos túmulos, filho, o seu e o meu, serão as das palavras não ditas e as das obras inacabadas – respondeu Lienart, sorvendo longamente o champanhe.

– Nem sequer fizemos aquilo por patriotismo. Essa vantagem, pelo menos, têm os criminosos que ajudamos a escapar. O senhor não tenta nunca encontrar uma explicação que reconforte sua consciência? – perguntou August.

– Não, filho, isso é bobagem – disse Edmund, dando uma sonora gargalhada. – Consciência, você diz? Consciência é apenas um eufemismo para covardia. Nenhum homem civilizado e culto renuncia jamais à riqueza, ao prazer do dinheiro, e foi por essa razão que fizemos tudo aquilo. Eu, pelo menos. Talvez seja o momento de você buscar respostas.

– Acho que não preciso de respostas. O passado me basta.

– O passado pode nos ministrar algumas lições com certa precisão se soubermos também, com precisão idêntica, o que se passou. Reflita sobre isso, filho – aconselhou Lienart, acariciando a pele suave de uma das jovens mulatas. – O bando de homens e mulheres poderosos a ponto de quase alcançar seu objetivo de nos governar a todos mediante a aplicação de regras bestiais não se desvaneceu nem podia se desvanecer da noite para o dia. Pense no que poderia ter acontecido se a Alemanha desenvolvesse a bomba atômica antes dos Estados Unidos. As teorias nazistas que agora desprezamos como fruto de cérebros doentes estariam em vigor entre nós. Hoje, aqui.

– Talvez seja por pensar nisso que ficamos sem alma – filosofou August.

– Ter alma, meu filho, constitui uma experiência terrível. Eu procuro não pensar no assunto.

Antes de o jovem padre deixar a suíte de seu pai, este o olhou com atenção e disse laconicamente:

– Lembre-se de uma coisa, August: quando os pais constroem tudo para os filhos, aos filhos só resta destruir o que receberam dos pais. Quem sabe seja essa sua tarefa agora?

August aproximou-se e beijou o pai no rosto, o que não fazia desde os 6 anos de idade.

– Só recorre à traição quem não compreende o imenso tesouro que é ser dono de uma consciência limpa. Nós, da família Lienart, temos essa consciência – sentenciou o chefe da Odessa, acompanhando com o olhar o filho que se dirigia para a porta da suíte sem sequer se virar.

À espera do elevador, o padre Lienart ouviu o som de pés descalços que se aproximavam. Era uma das jovens mulatas.

– Vim lhe entregar isto – disse ela em mau francês, passando-lhe uma bolsa contendo aparentemente duas latas de rolos de filmes.

– O que é isto? – perguntou o padre.

– Seu pai só me pediu para entregar-lhe a bolsa e dizer-lhe que, nestes filmes, está seu destino – respondeu a garota, antes de voltar correndo para a suíte.

Com a bolsa debaixo do braço, August entrou no elevador. Ficou acompanhando os números descerem do seis ao zero, até um pequeno baque indicar que havia chegado ao térreo. Caminhando para a saída, seu olhar cruzou de novo com o do desconhecido de terno branco, que continuava sentado no pátio mourisco do hotel.

Nesse momento, o homem se levantou, colocou uma nota sobre a mesa e se dirigiu para os elevadores.

– Quinto, por favor – pediu ao ascensorista.

Saindo do elevador, o desconhecido subiu sorrateiramente ao sexto andar pela escada. Uma arrumadeira, ocupada em dobrar toalhas e lençóis, não o viu correr para a suíte 615. Com o máximo cuidado, introduziu uma gazua na fechadura e abriu a porta. Já no vestíbulo, sacou do bolso do paletó uma pequena pistola Browning com silenciador e, sem fazer o mínimo ruído, quase na ponta dos pés, deslizou para o quarto principal. Dois disparos certeiros acabaram com a vida das duas adolescentes.

Um ruído no banheiro fez com que o assassino se dirigisse para lá. Ao entrar, viu Edmund Lienart imerso num banho de água quente, com uma toalha úmida sobre o rosto.

– Boa noite – cumprimentou Lienart, sem tirar a toalha.

– Boa noite – respondeu o desconhecido.

– Imagino que tenha acabado com a vida de minhas duas jovens amigas.

– Sinto muito por isso. Mas eram testemunhas incômodas – desculpou-se o assassino.

– E então? – perguntou Lienart.

– Vim matá-lo.

– Alguém nesta mesma situação, numa banheira, disse: "As revoluções começam com a palavra e acabam com a espada" – citou Lienart, sem se mover.

– Frase idiota para alguém que está numa banheira nu, desarmado e prestes a morrer.

– É o que teria dito Jean-Paul Marat ao ser apunhalado por aquela víbora chamada Charlotte Corday – disse Lienart. – Mas, ao menos, gostaria de saber por que vai me matar.

– Por vingança – explicou o assassino.

Lienart procurava acalmar o assassino conversando com ele.

– Quem se vinga não é melhor que seu inimigo. Perdoando-o, mostra-se superior a ele, disse Francis Bacon.

– Sim, mas Francis Bacon disse também que quem quer se vingar traz suas feridas abertas, e eu trago as minhas assim há catorze anos – disse o desconhecido, sempre apontando a arma para o magnata.

– Muita gente quer vingança, mas poucos a conseguem. Entretanto, como parece que você conseguirá, eu gostaria ao menos de saber seu nome e o motivo da vingança – pediu Lienart. – Considere isso o último pedido de um condenado.

– Meu nome é John Cummuta, agente do ESE durante a guerra. Minha missão era evitar que criminosos de guerra nazistas escapassem da justiça. Sei que você mandou eliminar meus amigos Nolan Chills e Claire Ashford. Por isso, vim aqui executar uma sentença de morte.

– Mas, meu amigo, eu não sei quem eram essas pessoas. De qualquer forma, permita-me dizer-lhe que a morte de seus amigos só teve importância se o ajudou a refletir sobre o valor da vida. É a única coisa que resta deles, pode acreditar... Seus amigos eram simples peões. Não têm nem tiveram nenhum papel de destaque na partida que nós, os privilegiados, jogamos no grande tabuleiro de xadrez em que se transformou a Europa do pós-guerra.

Talvez, naquele exato instante, Edmund Lienart tenha compreendido o significado do beijo que minutos antes seu filho lhe dera no rosto. Um beijo de sabor amargo, o sabor da traição, como séculos antes o de Judas Iscariotes em seu mestre ou o de Brutus em Júlio César. Compreendeu isso... nos últimos momentos.

– "Os homens são donos de seu destino. A culpa, meu caro Brutus, não está nas estrelas, mas, sim, em nossos vícios. Cumpra a tua missão" – declamou Lienart friamente, sempre de olhos fixos no cano da arma de Cummuta.

Um estalido seco saiu da Browning. O rosto de Lienart permaneceu inexpressivo, como se naquele instante, pouco antes de morrer, adivinhasse quem o havia traído. O assassino saiu do hotel e perdeu-se em uma passeata diante do Palácio Presidencial.

O cinema Novedades, com sua fachada pintada de rosa e seu letreiro luminoso azul, era decorado com um grande cartaz do filme *Gata em Teto de Zinco Quente*. Uma Elizabeth Taylor deslumbrante, de vestido branco justo e deitada numa cama, observava com seus profundos olhos violeta os transeuntes que caminhavam pelo Reparto San José. Ao entrar, August Lienart sentiu um cheiro estranho e intenso de umidade por toda a sala. Mais de setecentas poltronas de veludo vermelho se alinhavam diante da enorme tela, agora coberta por uma cortina vermelha e amarela.

– Que deseja? O cinema está fechado – disse uma voz no fundo da sala.

– Queria pedir-lhe um favor – disse August.

– Só faço favores em troca de dois Grants – disse a voz, referindo-se ao presidente americano que aparecia na nota de cinquenta dólares.

– Contente-se com dois Jacksons – replicou Lienart, aludindo à efígie da nota de vinte.

– Está bem, está bem – disse o homem, sem dúvida, o projetista do cinema. – Que favor é esse?

– Preciso ver este filme de 35 milímetros. Seria possível? – perguntou August.

– Acho que sim, se estiver bem revelado.

A única luz na sala era a que vinha da lente do projetor Bell & Howell. O padre Lienart sentou-se em uma poltrona e olhou para a tela branca durante alguns segundos. Logo depois, começou a aparecer uma série de números em contagem regressiva. Lienart observou atentamente a figura robusta de Hitler que surgia na sacada dos fundos e se deslocava para um lado, a fim de misturar-se a um grupo de generais de lustrosas botas pretas, como se quisesse se esconder da câmera.

– Pode voltar um pouco? – pediu ao operador.

– Sim, tudo bem, padre.

– E acionar os dois projetores de uma vez?

– Sem problemas.

Apareceram então na tela três personagens que caminhavam por uma trilha na selva. Um deles, gordo e com cerca de 50 ou mesmo 60 anos, destacava-se dos outros dois.

Lienart analisou os dois filmes. O primeiro estava um tanto desbotado, o segundo tinha cores mais vivas. O primeiro mostrava Hitler e Martin Bormann durante uma celebração nazista na cidade de Nuremberg. No segundo, via-se um típico granjeiro alemão na margem de um afluente do Amazonas. As três figuras exibiam atitudes e gestos parecidos. Mesmo olhando com atenção, era quase impossível sincronizar os movimentos dos dois homens vestidos de camisas pardas, saudando de braços erguidos uma multidão que empunhava tochas, com os do camponês de imaculado chapéu panamá branco. Não era fácil encontrar semelhanças.

– Que é isto? – perguntou sem muito interesse o operador, interrompendo os pensamentos do religioso.

– Meu passado, meu passado... – murmurou Lienart, sem que o outro chegasse a ouvi-lo.

Levaria horas para estudar o segundo filme. O primeiro rolo fora resgatado depois da guerra em um esconderijo dos Alpes bávaros. O segundo, de origem e autor desconhecidos, talvez tivesse sido feito havia poucos anos.

Mas por que seu pai lhe entregara aquelas duas latas de filme? Que pretendia com isso? Às escuras, tendo como ruído de fundo apenas o som do ventilador dos projetores, o religioso começou a entender.

Itaituba, Brasil

O calor era até mais pegajoso que o de Havana na margem do Amazonas, e os mosquitos, mais agressivos. Felizmente, a chuva deixara de castigar a região. Itaituba, incrustada em pleno coração do Estado do Pará, localizava-se a quase 250 quilômetros ao sul de Santarém. Chegar ali não era nada fácil. Um hidroavião sacolejante o havia deixado na metade do rio. Uma embarcação devia recolhê-lo e desembarcá-lo no cais de uma fazenda, longe de olhos indiscretos.

O padre August Lienart tentava manter o equilíbrio naquela estreita canoa que deslizava pelas águas escuras do rio Tapajós, sempre lutando contra os insetos que atacavam as veias de seu pescoço. Finalmente, o indígena que conduzia a embarcação entrou em um pequeno braço do rio e se aproximou de um cais. Dois homens bem armados saíram ao seu encontro. O indígena os conhecia e pediu-lhes que segurassem a corda, com a qual amarraram a canoa.

Lienart saltou para a plataforma de madeira. Um homem com claro sotaque alemão convidou-o a segui-lo. Era jovem, alto e forte. Não devia ter participado da guerra, a não ser como membro da Juventude Hitlerista.

– Espere aqui, padre – ordenou o jovem.

Do grande salão decorado com as insígnias do Partido Nacional-Socialista e uma bandeira com a suástica flutuando sobre uma coluna, o padre August Lienart podia contemplar o jardim bem cuidado que rodeava a casa principal.

Um jardineiro encurvado trabalhava penosamente em um pequeno canteiro. A seu lado estava uma mulher de cerca de 45 anos, de cabelos soltos, óculos de sol e chapéu de palha. Tinha nas mãos um exemplar da *Vogue*.

– Como foi sua viagem de Cuba para cá? – perguntou o dono da propriedade.

– Oh, perdoe-me! Não o tinha visto entrar – desculpou-se August. – Boa, mas esses aviões são muito desconfortáveis e inseguros.

– De fato. E como está seu pai?

– Morto – respondeu August, em tom lacônico.

– Eu não sabia que estava doente.

– Não estava. Alguém o assassinou em um hotel de Havana.

– Que estranho! Não ouvi nada a respeito.

– Eu sei. Aconteceu ontem mesmo, por isso não podia sabê-lo ainda. Acho que vim mais rápido que as notícias da Odessa – esclareceu August.

O dono da propriedade olhou o céu e fez um gesto como se farejasse o ambiente.

– Está um belo dia e parece que, enfim, parou de chover. Vamos dar um passeio – convidou ele.

Os dois homens desceram ao jardim e enveredaram por uma trilha aberta artificialmente. À medida que se aproximavam, August voltou a prestar atenção no jardineiro e na mulher, que interrompera a leitura para ajudá-lo a levantar-se. Quando ele tirou o chapéu, uma mecha de cabelo branco caiu-lhe sobre o rosto úmido de suor. Lienart reconheceu o homem que ele havia ajudado a fugir mais ou menos uns treze anos antes. Agora, não passava de uma caricatura daquele que tinha sido o destruidor de nações, o conquistador da Europa, o aniquilador de povos, o principal responsável pela morte de mais de 60 milhões de pessoas. O líder que hipnotizara seus seguidores durante as concentrações do Partido Nacional-Socialista no campo Zeppelin, em Nuremberg, havia se tornado um ancião de quase 70 anos, com o cabelo e o pequeno bigode brancos, e o corpo ainda mais trêmulo por causa do estado avançado do mal de Parkinson.

– Meu Deus! – exclamou Lienart. – Este homem é o Führer!

– Foi, amigo, foi um dia – respondeu Martin Bormann.

– Eu pensei que...

– Que estava morto... Mas não, meu querido amigo, o Führer e sua esposa sobreviveram graças a você e à nossa querida Odessa. Pensávamos em transformá-lo no novo Messias de um Quarto Reich ainda maior, mais poderoso, mas sua mente nos abandonou já faz alguns anos. O Führer já não está entre nós. Agora, seu sonho de uma grande Alemanha, de uma grande Germânia, reduz-se a esta hortinha de verduras.

– Como chegou até aqui? – perguntou o padre Lienart, intrigado.

– Depois que você o acompanhou até a cidade norueguesa de Kristiansand, foi recolhido pelo U-977. Em 9 de maio, no fim da guerra no mar, o U-977 estava na altura da costa da Noruega. Ignorando a ordem de rendição, rumou para oeste, para o Atlântico, até a Argentina. Depois de 66 dias de navegação submersa, utilizando o *snorkel*, a situação do barco e da tripulação era lamentável. O U-977 continuou a viagem na superfície e, após 105 dias, chegou a Mar del Plata, no dia 17 de agosto de 1945. Depois de conseguir desembarcar o Führer e sua esposa em uma zona garantida pela Odessa, o U-977 e sua tripulação se renderam na Argentina para ser posteriormente entregues aos Estados Unidos.

– O senhor seguiu a mesma rota? – perguntou Lienart.

– Cheguei à Argentina antes. Quando escapei do *bunker* da Chancelaria, poucos dias depois do suposto suicídio de nosso Führer, fui para Berchtesgaden, de onde prossegui rumo a Bad Gastein e finalmente San Girolamo, sob a proteção de nossos bons amigos, o bispo Hudal e o padre Draganovic. Eles me forneceram a documentação necessária para poder chegar são e salvo à cidade de Flensburg. Dali, eu alcancei a localidade dinamarquesa de Lakolk e embarquei no U-530, que me trouxe para a Argentina.

– Mas esses submarinos não foram os únicos, não?

– De modo algum, meu amigo. O grande almirante Dönitz, ao assumir o governo como herdeiro legítimo do Führer, não desejava que um de nós lhe arrebatasse o poder no futuro e preferiu embarcar o maior número de líderes do partido em unidades da frota submarina da Kriegsmarine.

– Não sabia que haviam reservado mais unidades para a Odessa.

– Oh, sim, meu amigo, não foram apenas o U-530 e o U-977. Também participaram de nossas rotas de fuga o U-325, o U-400, o U-1021 e muitos outros.

– Por que se instalaram no Brasil? – interrompeu-o August.

– Eu já tinha me instalado aqui porque a Argentina ficou extremamente interessante para os judeus e aliados que nos procuravam. Encontrei-me com rostos demasiadamente conhecidos, como Eichmann, Barbie, Mengele e Stangl, por isso, resolvi instalar-me no Brasil. Durante algum tempo, o Führer e sua esposa viveram na ilha de Huemul, no coração das montanhas de Bariloche. Ficaram protegidos pela Odessa até que, em 1950, quase foram localizados pelos serviços de inteligência britânicos. Isso nos obrigou a trazê-los para Itaituba, onde permanecem até hoje. Esta fazenda será o último lugar do mundo que seus olhos verão.

– Sempre pensei que o senhor também...

– Havia morrido? Pois, como vê, estou bem vivo e sadio, o que neste lugar nem sempre é fácil. Vamos andar um pouco – sugeriu Bormann.

– Quantos dias você ficou em San Girolamo? – perguntou Lienart.

– Fiquei lá por pouco tempo. Acho que no máximo três dias, até o Escritório Vaticano para os Refugiados me entregar os documentos falsos, com os quais, daí por diante, passei despercebido. O que os americanos não sabiam era que meu filho, Adolf Martin, estudava havia anos no Colégio Teutônico, preparando-se para o sacerdócio sob a proteção do bispo Hudal. O problema era que Gênova e os arredores estavam muito vigiados pelos serviços de inteligência aliados. Vários dos nossos haviam fugido por esse porto graças à Odessa, ou tentavam fazê-lo. Eu preferi ir para o norte, para a Dinamarca, e dali cruzei o Atlântico no submarino.

– Como conseguiu chegar ao U-530 antes de o Führer chegar ao U-977? – perguntou Lienart, curioso.

– O capitão Heinz Schäffer, comandante do U-977, perdeu tempo demais ajudando seus tripulantes. Trinta deles concordaram em ir para a

Argentina, mas dois queriam ir para a Espanha e dezesseis, quase todos com família, regressar à Alemanha. Estes desembarcaram na noite seguinte perto de Bergen, deixando o U-977 sem a maior parte de seus homens mais experientes. Por isso o U-530, sob as ordens do capitão Otto Wermuth, no qual eu viajava, chegou antes do U-977 à Argentina, no dia 10 de julho, enquanto o U-977 só apareceu cinco semanas depois.

– Não entendo uma coisa: por que meu pai tinha tanto interesse em que eu me encontrasse com o senhor?

– Sempre digo que fiz um trabalho benfeito, e isso é tudo. Um trabalho meticuloso, no lugar adequado e para um chefe merecedor – disse Bormann. – Mas, antes de prosseguir com nossa conversa, imagino que você queira tomar um banho e descansar. O regresso ao Vaticano será longo. Depois do jantar, lhe explicarei por que seu pai queria tanto que nos encontrássemos.

Os dois homens se separaram por algumas horas.

Depois de uma boa ducha sob um chuveiro improvisado, Lienart permaneceu encostado à parede, com a água escorrendo, tentando lembrar as últimas palavras de seu pai. Seu maior medo era ter de encarar a mãe, que aguardava notícias na casa da família em Veneza. Uma voz o advertiu de que Bormann o esperava para continuar a conversa.

– Padre Lienart, o Reichsleiter Bormann o aguarda na sala de jantar principal – avisou o mesmo jovem que o escoltara desde o cais naquela manhã.

No salão estava posta uma mesa com pratos típicos alemães – javali, coelho, veado e salsichas – regados a cervejas e vinhos também alemães.

Uma voz do outro lado da casa ressoou na sala:

– Coma, meu querido amigo, coma estes manjares que me chegam semanalmente da Alemanha.

– É incrível provar tudo isto num lugar assim... – admirou-se August.

– Quando se tem poder, dinheiro e meios, nada é impossível, meu caro amigo Lienart – disse Bormann.

– O Führer e a senhora Hitler não jantam conosco?

– Já faz muito tempo que o Führer não está entre nós, como você mesmo pôde comprovar. Eles levam sua vida à parte, não saem nunca daqui. Não podemos arriscar-nos a que alguém descubra sua identidade, o que seria perigoso para muitos de nós. Não acha?

August Lienart não respondeu. Limitou-se a colocar um pouco de carne e salada no prato, onde se via gravada a insígnia do partido.

– Vamos para o alpendre. Lá é mais fresco a esta hora – convidou Bormann.

– O senhor conversou com o Führer sobre o que aconteceu na Alemanha? – perguntou o padre Lienart, bastante interessado.

– A um ditador, nunca se deve recordar seus erros. Trata-se de uma necessidade psicológica. Do contrário, ele perderia a confiança em si mesmo – esclareceu o antigo secretário de Hitler. – Deixe-me dizer-lhe uma coisa: quanto mais absurdas eram as ideias do Führer, mais entusiasmo mostravam aqueles que o serviam, isto é, nós. Bastava então fazer uns preparativos espetaculares e imprimir rapidez aos planos dele. Aos poucos, surgiam rumores de que esses planos teriam de ser adiados por problemas externos e a gloriosa ideia do Führer morria por si. Mencionar adiamentos induz o autor de um projeto a rever seus primeiros arroubos de entusiasmo e ele aos poucos vai esquecendo sua ideia até pô-la inteiramente de lado. Isso acontecia com o Führer.

– Acha mesmo que poderá existir um Hitler II? Um herdeiro? Um reflexo do Führer que seja capaz de instaurar no mundo um Quarto Reich? – perguntou Lienart.

– Vou lhe dizer mais uma coisa, amigo Lienart, e creia nela como crê que nós dois estamos aqui neste momento. Devo observar que um Hitler II se pareceria tão pouco com o nosso Führer como Napoleão III se parecia com Napoleão Bonaparte – respondeu Bormann, tomando um grande gole de cerveja. – Um homem forte, digno sucessor do Führer, não reproduziria um papel já representado. Disso, temos vasta experiência.

– Então, seria impossível um novo Hitler que não fosse criado junto ao Führer original? – perguntou o religioso.

Bormann tirou o chapéu panamá e secou o suor da calva com um lenço que trazia no bolso traseiro da calça de linho.

– Evidentemente, amigo Lienart, um novo Hitler deverá ter sido membro do partido, sem ter, no entanto, desempenhado um papel ativo na perseguição dos judeus. Deverá ter estado suficientemente próximo de Hitler para se beneficiar do selo de sua legitimidade, mas suficientemente longe para não se contaminar com o cheiro nauseabundo dos fornos crematórios.

– Isso vai ser difícil para os homens de sua geração. De uma ou outra forma, todos nós participamos em maior ou menor medida. Desde os que despejavam o Ziklon B nos canos das câmaras de gás até os que ajudaram muitos de vocês a fugir em troca de ouro e riquezas – ponderou Lienart.

Bormann soltou uma sonora gargalhada, que retumbou pela mata ao redor.

– Você deve ser um capitalista convicto, amigo Lienart. Ou devo chamá-lo de padre Lienart? – disse Bormann com certo sarcasmo. – Vocês, os sacerdotes do Vaticano, e seu Santo Padre falam eloquentemente em justiça social com todos os floreios do estilo evangélico! Mas, ao mesmo tempo, ajudam vários de nós a sobreviver com a finalidade única de nos recolocar algum dia nos cargos que muitos cidadãos da Europa gostariam que ocupássemos, caso sobrevivessem ao comunismo soviético. Isso seu chefe, Pio XII, sabe muito bem.

– Quer dizer que esse Hitler II de que o senhor fala poderia ser um católico?

– Você ainda é muito jovem, amigo Lienart. Seu pai, sim, sabia entender esse conceito. O futuro Hitler deve ser católico, mas não muito apegado à Igreja, embora trabalhe para ela, e, sem dúvida, ter carisma suficiente para dominar os meios de comunicação, indispensáveis para essa forma de... ditadura demagógica? Goebbels entendia muito disso. Se não houvesse se suicidado no *bunker*, ratificaria agora minhas palavras. Aprendemos bastante, padre Lienart, e talvez daqui por diante não nos equivoquemos mais. Podemos esperar – disse Bormann, emborcando um grande gole de cerveja e deixando cair um pouco de líquido pela comissura dos lábios grossos. Após secá-lo com a manga da camisa, prosseguiu: – Decerto, ele deve ser também ostensivamente pró-americano, esse povo tão inocente, tão infantil, mas com tanto dinheiro. Hitler II evitará falar mal de Moscou, para não cometer o mesmo erro que cometemos. Deve também ser simpático ao povo, inofensivo para as pessoas influentes e moderado com seus colaboradores, mas implacável com seus inimigos. Se preencher todas essas condições, poderá no futuro transformar-se em Hitler II.

– Na Alemanha atual, esfacelada pelas potências vencedoras, seria muito difícil o nascimento de um Hitler II – observou Lienart.

– Mas quem disse que ele terá de ser alemão, padre Lienart? – disse Bormann em tom misterioso. – Poderá estar no Vaticano, por exemplo. Quem melhor que um papa para dirigir-se ao mundo expressando ideias próximas ao nacional-socialismo sem agitar os ânimos de umas potências mais preocupadas com uma guerra nuclear, capaz de apagá-las do mapa, do que com o renascimento de um novo nacional-socialismo no coração da Santa Sé? Só um homem como o que descrevi conseguirá fazer renascer nossa ideologia dentro de um Quarto Reich, mas sem levantar as suspeitas dos vencedores. Esse homem talvez seja você mesmo, padre Lienart.

– Eu? – exclamou o sacerdote.

– Sim, você. Eu soube que em pouco tempo, graças em parte ao nosso ouro, você conquistou muito respeito entre aquelas baratas da cúria e até as simpatias do papa... – afirmou Bormann.

– Quem lhe disse isso?

Bormann voltou a rir com gosto.

– Como vocês são inocentes com esses peitilhos brancos! Já disse um escritor francês... Victor Hugo... que a maior das forças é um coração inocente. Ao derrubar as estátuas de homens como Hitler, muitos, como seus chefes vaticanos, pouparam os pedestais que poderiam ser úteis aos nossos seguidores, desejosos de criar um novo Führer pronto a ajudá-los a extirpar essa enfermidade chamada comunismo.

– Isso, porém, custaria muito – observou Lienart.

– Verdade? – exclamou Bormann. – O dinheiro e o ouro, como o esterco, só são bons quando espalhados. De nada vale guardar ouro e dinheiro nos cofres daqueles desprezíveis gnomos suíços. Por isso, estamos dispostos a ajudar financeiramente todos que, a nosso ver, possam se transformar no instrumento de um poder como não se vê há muitos anos.

– Quanto tempo isso levaria?

– Sabe o que me disse um humilde índio desta zona? – perguntou Bormann por sua vez.

– O quê? – resmungou Lienart, sem grande interesse pela resposta.

– Vocês, europeus, têm relógios, mas nós temos o tempo. Aprendi bem sua filosofia, talvez por ter de viver nesta merda de clima. O poeta latino Quinto Horácio Flaco garantiu que o tempo traz à luz tudo o que está escondido e oculta tudo o que agora brilha com máximo esplendor. Estou certo de que um belo dia alguém, talvez você, se tornará um novo líder, um novo Führer, um novo chefe, um novo ditador a quem não deveremos recordar seus erros para que não perca a confiança em si mesmo – afirmou Bormann.

– Isso não aconteceria comigo – disse Lienart com frieza. – Pode acreditar.

– Provavelmente, acreditamos muito nos sistemas e pouco nos homens. Assim, acreditarei em você – admitiu Bormann.

– Faça isso. Quem não tem confiança no homem não tem confiança alguma em Deus – pontificou o padre Lienart.

– O problema agora é descobrir como financiaremos sua ascensão ao poder – disse Bormann.

– Se recorrermos aos fundos da Odessa em algum dos bancos europeus, poderemos levantar as suspeitas dos serviços de inteligência aliados – observou Lienart.

– Nem todas as riquezas da Odessa estão em bancos suíços ou ingleses – esclareceu Bormann, enigmaticamente. – Lembre-se de que também temos o ouro de Toplitz.

– O lago Toplitz?

– Exato. O mesmo ouro que você ajudou a escoltar até uma região da Áustria, em plena guerra. O mesmo ouro que o coronel Eichmann atirou às águas numa derradeira tentativa para salvar o patrimônio do Reichsbank.

– Mas, para resgatá-lo, seria necessário um submarino! – exclamou Lienart.

– E quem disse que o ouro estava nas caixas de madeira que Eichmann e os outros quatro membros da SS jogaram no lago? O Toplitz não é grande, e em um de seus lados a profundidade só chega a dez metros. Eichmann sabia muito bem onde deveria atirar as caixas.

– E o senhor não teme que algum daqueles quatro membros da SS tenha contado tudo aos Aliados? Ou tentado tirar de lá o ouro?

– Duvido. Os quatro foram mortos por Eichmann depois da operação. Ninguém está vivo para revelar coisa alguma seja a quem for.

– Então resgataram o ouro?

– Não digo isso. Afirmo. Em seu lugar, fundimos caixas com libras esterlinas falsas. Quando os britânicos ou os americanos pensarem em pegá-las, só encontrarão dentro papel molhado – disse Bormann, sorrindo à lembrança dessa façanha. – Agora, só precisamos pensar no futuro, jovem amigo, unicamente no futuro. Devemos agir, não para acompanhar o destino, mas para ultrapassá-lo.

– Pois saiba que eu não acredito em destino. Damos esse nome a tudo que limita nosso poder. E para mim o poder é muito mais importante, muito mais valioso – disse Lienart. – Cada homem assinala e abre seu próprio caminho até um alvo concreto. Se o senhor quiser defini-lo como destino, tudo bem. Mas para mim o destino é feito de paciência e tempo. E isso eu tenho: tempo e paciência.

– O entendimento é uma tábua rasa na qual nada está escrito. Mas isso você e eu resolveremos, padre Lienart. Sim, vamos nos entender e talvez até nos compreender. Agora, com sua licença, vou me retirar para meus aposentos. Estou muito gordo e não devo abusar nem do meu corpo nem da cerveja – sorriu Bormann.

– Então, até amanhã.

Durante toda a noite, Lienart ficou ali sentado, contemplando as trevas, ouvindo os sons da floresta e repassando as palavras de Martin Bormann. Sem dúvida, seu destino já estava escrito.

Na manhã seguinte, enquanto se afastava do cais na canoa precária, o padre Lienart via Bormann se despedir dele agitando um braço e avistava ainda o ancião de cabelo branco andando tropegamente ao lado de sua esposa, Eva Braun Hitler. Desde que presenciara seu embarque no U-977, numa praia secreta da Noruega, o último nibelungo Adolf Hitler havia passado semanas confinado num ataúde de ferro, desfecho perfeito para um personagem wagneriano. De seu antro, dirigiu pelo mapa exércitos cujos soldados jaziam agora nos campos de batalha, ordenou avanços impossíveis e enviou milhares de rapazes à morte, o mesmo destino que, com avidez, fendia sobre os habitantes da capital do Reich, perfeito Valhala nazista consumido pelo fogo da arrogância. Agora, naquela espessa e imensa selva, Hitler passava seus últimos dias protegido dos recessos obscuros de sua memória pelo mal de Parkinson. "Até nisso teve sorte", pensou Lienart, dando uma palmada no pescoço para afastar os mosquitos que sugavam seu sangue.

– Insetos repugnantes! – esbravejou, vendo-os esmagados na palma da mão.

Quartel-general da CIA, Washington D. C.

O diretor era sempre o primeiro a chegar ao edifício situado diante do rio Potomac. Fazia já mais de cinco anos que fora nomeado para o posto máximo da Agência Central de Inteligência pelo presidente Eisenhower e treze desde que deixara seu escritório na sede do ESE em Berna. Entre suas lembranças mais amargas persistia a do brutal assassinato de Claire Ashford.

– Bom dia, George – saudou Allen Dulles.

– Bom dia, diretor – respondeu o vigilante armado.

O quartel-general da CIA se localizava em um edifício de estilo clássico, no número 2430 da rua E, em pleno coração de Washington, espremido entre um conjunto de prédios no chamado Navy Hill.

O escritório do diretor era amplo, com vista para o rio e obviamente confortável. Via-se um grande retrato do presidente Eisenhower e o símbolo da agência, um escudo de prata com uma rosa dos ventos vermelha, de dezesseis pontas, coroada por uma cabeça de águia que olhava à esquerda. Em cima, lia-se "Agência Central de Inteligência" em letras vermelhas sobre um fundo amarelo.

Uma mesa de carvalho americano ostentava uma ordem quase perfeita, com pastas classificadas por cor e a etiqueta "altamente secreto" nas capas.

Uma confortável poltrona de couro, ladeada pelas bandeiras dos Estados Unidos e da Agência Central de Inteligência, completava o conjunto da mesa. Atrás, em uma estante perto da janela, alinhavam-se várias fotografias emolduradas, as mesmas que haviam decorado o pequeno escritório da sede do ESE em Berna. O ambiente cheirava a fumo de cachimbo.

– Que temos para hoje, Jean? – perguntou o diretor à sua secretária.

– Uma reunião na Casa Branca com o presidente, o secretário de Defesa McElroy e seu irmão, o secretário de Estado. O departamento de Operações deixou um relatório sobre a mesa, que o senhor deve analisar. Dizem que é importante. Terá de decidir se continuará em aberto ou se pode ser arquivado.

– Verei isso imediatamente, Jean. Agora, deixe-me só. E muito obrigado – disse Dulles.

– Avisarei seu motorista para que o leve à Casa Branca.

Sentado e enchendo o cachimbo, o diretor se dispôs a ler o último relatório que havia chegado das repartições da CIA nas embaixadas americanas em Roma e Berlim. Várias páginas de diferentes cores se misturavam a fotografias em branco e preto. Em muitas, viam-se rostos esmaecidos. Dulles abriu a pasta em cuja capa se lia a palavra "Fênix" e tirou uma das folhas. Depois de limpar as lentes dos óculos, começou a ler:

O regime nazista elaborou planos meticulosos para a perpetuação das doutrinas nacional-socialistas. Alguns já foram postos em prática e outros estão em preparo para ser lançados em grande escala tão logo sua coordenação se torne possível. Essas conclusões se baseiam em mensagens interceptadas e decifradas, transmitidas entre Alemanha, Brasil, Argentina e Havana. Estamos de posse de vários volumes de cópias fotostáticas referentes aos planos alemães, entre os quais se inclui um programa de propaganda para suspender ou amenizar as medidas de controle dos Aliados. O programa será ampliado e intensificado com o objetivo de restaurar as doutrinas nazistas, fomentando as ambições germânicas de dominação do mundo. Esses planos, caso não sejam desbaratados, constituirão uma perpétua ameaça à paz e à segurança da Europa.

Dulles colocou o cachimbo num cinzeiro e se serviu da água de um pequeno copo que estava sobre uma bandeja de prata. Jean se queixava de que ele não usava nunca um pires e de que o copo imprimia marcas visíveis sobre o revestimento de couro da mesa.

Dulles tirou um formulário rosa da pasta e leu:

Sabemos que foram feitos contatos secretos com alemães influentes o bastante para auxiliar economicamente a implementação desses planos. Há também antigos funcionários do partido nazista, ex-chefes da Gestapo e da SS, e grupos de agentes da espionagem alemã que pretendem sair das ruínas do Terceiro Reich para, no exterior, reconstituir sua fé e, dentro do país, uma Alemanha renovada, quando o passado estiver quase esquecido.

O diretor da CIA parou de ler e largou o documento, que trazia as etiquetas "confidencial" e "altamente secreto". Lembrou-se de Claire e de seu assassinato.

Levantou-se em seguida da poltrona e contemplou as altas árvores agitadas pelo vento que rodeavam o edifício e o ocultavam de olhares indiscretos vindos de fora. Espreguiçou-se e voltou de novo a atenção para o relatório.

Estamos certos de que no momento alguém financia setores políticos e religiosos em diferentes partes da Europa, com a finalidade de – quando chegar a hora – convertê-los em líderes máximos de seus países, esperando que um deles possa resgatar a honra da ideologia nacional-socialista graças à fundação do chamado Quarto Reich.

O agente de campo que redigira o relatório havia sublinhado as duas últimas palavras.

Ainda não podemos dizer quem é esse personagem nem em que país atuará, mas temos certeza de que ele, a quem muitos alemães já chamam de o Eleito, se transformará em um novo Adolf Hitler, caso não o detenhamos, e procurará implementar um Quarto Reich no mundo, muito mais forte, sólido e perigoso que o Terceiro, que foi responsável pela morte de quase 60 milhões de pessoas.

Enquanto fumava seu cachimbo, Dulles concentrou-se em uma das últimas páginas do relatório.

> *Para fazer a guerra, Hitler e os seus precisavam de um banqueiro, um banqueiro livre de qualquer suspeita, confiável e neutro. Hitler já não tinha divisas e restava-lhe pouco ouro quando atacou a Polônia. Logo depois, apoderou-se do ouro do Benelux, da Noruega e de outras nações pacíficas, mas prósperas. O butim que reuniu foi considerável. O problema era que este tinha de ser lavado a todo custo por um cúmplice insuspeito, que se encarregasse de reintroduzi-lo no mercado mundial com a etiqueta de "neutro". O mesmo aconteceu com os dentes de ouro extraídos das vítimas dos campos de concentração por esbirros da SS, com os anéis e as joias roubadas dos deportados, e com todos os bens obtidos na Europa pelos pretensos comandos de proteção de divisas. A sede dessa operação foi a Suíça. Em Zurique e Berna, os comparsas a mando do misterioso banqueiro neutro lavaram o ouro roubado nos bancos centrais da Polônia, da Tchecoslováquia, dos Países Baixos, de Luxemburgo, da Lituânia, da Letônia, da Bélgica, da Albânia e Noruega... Foram eles que financiaram a guerra de conquista de Hitler... Foi esse banqueiro misterioso, sobre o qual temos boa quantidade de informações, que ajudou a manter economicamente lubrificada a engrenagem bélica do Terceiro Reich. Seu nome era Edmund Lienart.*

Dulles terminou de ler o relatório, cujo nome era o da ave mitológica de plumagem vermelha, alaranjada e amarelo incandescente, com garras e bicos fortíssimos. Essa ave fabulosa se consumia no fogo a cada quinhentos anos, mas renascia, novamente jovem, das próprias cinzas. "Talvez esses quinhentos anos sejam necessários para que o mundo se veja novamente açoitado e esmagado por um Quarto Reich mais novo e mais forte", pensou Dulles.

Os pensamentos do diretor da CIA foram interrompidos pelo interfone que estava sobre a mesa.

– Diretor Dulles?

– Sim, Jean. Pode falar.

– Seu carro está aqui para levá-lo à Casa Branca – avisou a secretária.

– Já vou.

Dulles se levantou, fechou a pasta, tirou uma caneta do bolso interno do paletó e escreveu: "Não há motivo para alarme. DCI recomenda seu arquivo e desconexão". Em seguida, rabiscou suas iniciais: "A. D.". Antes de ir para a reunião com o presidente Eisenhower, ordenou à secretária que enviasse o relatório Fênix à seção de arquivos centrais da CIA, para registro e depósito. Agora os Estados Unidos tinham outros inimigos. Três meses antes, quase 6 mil fuzileiros navais americanos haviam desembarcado no Líbano para impor a paz entre os grupos rivais; em Cuba, ali bem perto, a situação do governo de Fulgencio Batista era desesperadora ante o avanço dos barbudos revolucionários; e a União Soviética continuava se infiltrando cada vez mais na vida política dos países da Europa do Leste, em plena Guerra Fria.

Epílogo

Cidade do Vaticano, 1958

Aquele 8 de outubro amanhecera um pouco nublado. Esperavam-se fortes chuvas durante todo o dia. Os peregrinos que haviam comparecido à praça São Pedro, inquietos pela saúde do Santo Padre, traziam capas e guarda-chuvas. Em silêncio, passavam horas rezando com radinhos de pilha colados à orelha, na expectativa de notícias da emissora do Vaticano sobre a saúde de Pio XII.

O padre August Lienart pedira um café e um pedaço pequeno de torta de ricota num bar da Via della Conciliazione, onde soava como música de fundo uma canção de Domenico Modugno. O *Osservatore Romano* estampara manchetes nada tranquilizadoras sobre o estado de saúde do Sumo Pontífice: "Papa é vítima de crise cardíaca" ou "Papa pede os últimos sacramentos". Até sua ida para Castelgandolfo, ele prosseguira em sua rotina diária depois da enfermidade. Como desjejum, tomava uma xícara de café com leite, um suco e um ovo; às oito e meia, começava o trabalho em seu escritório com os dois subsecretários de Estado, monsenhores Angelo dell'Acqua e Domenico Tardini. Semanas depois, a saúde do papa se agravou. Os médicos da Santa Sé atribuíam o problema ao excesso de trabalho e ordenaram-lhe descansar alguns dias na residência de Castelgandolfo.

O padre Lienart saiu do bar e caminhou em direção à Porta de Santa Ana, desviando-se do grande número de fiéis que se dirigiam à praça São Pedro a fim de rezar pela recuperação de Sua Santidade. De repente, ouviu alguém no meio da multidão pronunciar seu nome, mas não conseguiu descobrir quem era. O chamado ia se tornando cada vez mais alto à medida que ele se aproximava da praça. Lá estava ela com sua cabeleira negra, seus grandes olhos escuros e seu sorriso largo. Era Elisabetta, que voltava à vida depois de tantos anos e de tantas recordações. August pensou, apenas por um instante, em dar meia-volta e perder-se na multidão, mas sabia que estava devendo algo a Elisabetta.

– Como vai? – perguntou ela.

– Muito bem. Está muito bonita, Eli – elogiou August.

– Você também, com essa batina e esse peitilho – respondeu Elisabetta. – Parece uma pessoa muito importante.

– Nosso primeiro encontro foi aqui mesmo, há treze anos, lembra-se?

– Claro, August. Lembro-me também de nosso primeiro passeio, de nossa primeira noite em Villa Mondragone, do amor que sentimos um pelo outro – confessou Elisabetta, sem deixar de olhar em volta.

Não muito longe de onde se encontravam, um homem brincava com uma criança de cerca de 10 anos, perto de uma das fontes da praça.

– Quem são?

– De quem está falando? – perguntou Elisabetta.

– Daquele homem com a menina – perguntou August.

– São Luca e Clara. Meu marido e minha filha de 9 anos.

– Quando se casou?

– Em dezembro de 1951. Luca esteve com os guerrilheiros durante a guerra e depois entrou para o partido comunista graças à sua amizade com o secretário Palmiro Togliatti. Conheci Luca durante uma reunião do partido. Desde então, nunca nos separamos.

– E...? – balbuciou August.

– E o que, August? E o quê? Quer perguntar-me de quem é a criança?

– Sim.

– De quem acha que é? Há nove anos... só tive relações com uma pessoa: você.

– Mas... mas por que não me contou...? – tentou dizer Lienart.

– E o que iria lhe contar? Lembra-se do que lhe falei naquela noite na Villa Mondragone, quando você propôs que ficássemos juntos? Deixei claro que, se eu ficasse, nossa vida e nossas percepções mudariam completamente. Que tudo dependeria do que nós dois desejássemos. Quando alguém deseja uma coisa, deve contar com os riscos. Eu lhe disse tudo isso, mas, aparentemente, você não me ouviu – suspirou Elisabetta, sempre de olho na menina que brincava no meio da multidão.

– Então, tenho uma filha...

– Sim, tem, mas foi Luca quem cuidou dela desde o começo. Você nunca participou de sua vida – recriminou a jovem.

– Porque nunca me deixou ficar com você e com ela – protestou August.

– E o que você faria se eu tivesse deixado? Renunciaria ao luxo e ao Vaticano para viver conosco? Lamento, mas não acredito nisso. Clara precisa de um ambiente familiar estável, e Luca é um bom homem.

– Então por que me chamou?

– Queria falar do reencontro, do perdão das decisões que tomamos e que nos levam para lugares ou situações nunca antes suspeitadas. Da impossibilidade de recuperar o passado, mas não o orgulho. Queria falar, August, da esperança do amor, da ilusão da força. Você alguma vez acreditou em nosso amor? – perguntou Elisabetta.

– O amor não existe, Eli, existem apenas as provas de amor. E a maior prova de amor que podemos dar à pessoa amada é deixá-la viver livremente. É o que faço hoje aqui, com você e aquela menina – respondeu Lienart, observando Clara a correr em volta da fonte, rindo e saltando enquanto atirava água em Luca.

– O amor, August, consiste em colocar as necessidades do outro acima das nossas, uma coisa que você nunca esteve disposto a fazer. O tempo não é o melhor remédio para as feridas?

– Sim, mas também o mais doloroso. Alguém disse que não podemos fazer nada pela pessoa amada, exceto continuar amando-a. Adeus, Eli. Cuide sempre de Clara – disse Lienart, voltando as costas a Elisabetta, a mulher que sempre faria parte de sua vida. Aos poucos, afastou-se na direção do Vaticano sem sequer virar a cabeça para lançar um último olhar ao que, para ele, já era passado.

Naquela mesma noite de 9 de outubro, na residência de Castelgandolfo, o papa sofreu um derrame cerebral e foram-lhe administrados os últimos sacramentos. Depois de uma longa agonia, morreu aos 82 anos, deixando vaga a Cadeira de Pedro. Os sinos da Cidade Eterna dobraram anunciando a passagem para a eternidade de Pio XII após dezenove anos de pontificado. "Sua Santidade o Papa Pio XII faleceu esta noite. Uma grande angústia domina agora todo o mundo católico", divulgou a Rádio Vaticano.

Aquele homem que se despedira dele de braço levantado no pequeno e frágil cais de madeira de Itaituba, banhado pelas águas do Amazonas, era na verdade um monstro de inocência e cegueira, "como fomos todos nós", pensou Lienart, sentado em seu escritório da Secretaria de Estado.

Sabia com absoluta certeza que seu pai não fora o único a converter-se em um patético Fausto, em um monstro de inocência; muitos europeus de sua geração também venderam a alma ao diabo representado pelo nazismo, por Hitler e seus seguidores. August, igualmente, fizera parte daquela operação trágica. Contemplando dali a praça São Pedro, sentia-se mais um adepto do diabo, um amigo de confiança de Mefisto, do que um fiel e consciencioso servidor de Deus.

O padre August Lienart, com as mãos cruzadas às costas, observava da janela as centenas de milhares de fiéis que iam se juntando sob a chuva com velas nas mãos, iluminando a majestosa praça São Pedro e orando pela morte do Sumo Pontífice. Enquanto seus olhos passeavam pela multidão, sua mente se transportou para as majestosas concentrações do Partido Nacional-Socialista Operário Alemão na Nuremberg dos anos 30, iluminada por milhares de tochas dos leais seguidores do Führer que gritavam em uníssono:

– *Sieg Heil! Sieg Heil! Sieg Heil!*

As massas que ululavam como matilhas nas noites de Nuremberg, que erguiam o braço e gritavam o nome de Hitler com o estrondo unânime de um oceano atroz, construiriam num futuro não muito distante, num pequeno Estado europeu encravado no seio de Roma e coroado por uma enorme cúpula, o Quarto Reich.

"*Sieg Heil! Sieg Heil! Sieg Heil!*", continuou ouvindo o padre August Lienart mentalmente enquanto observava aqueles fiéis pequenos, insignificantes, diminutos, semelhantes a insetos ao alcance de sua mão, que ele poderia esmagar do alto...

Na sombra, um gélido sorriso perpassou pelo rosto do religioso, que agora compreendia as palavras de Martin Bormann. Agora sabia qual era o seu destino. Agora imaginava por que ele era o Eleito.

"*Sieg Heil! Sieg Heil! Sieg Heil!*", continuou escutando de sua tribuna particular...

Notas do Autor

Baumgart, Ernest

Ex-capitão da Luftwaffe, foi declarado são depois de um exame psiquiátrico, mas seu julgamento por crimes de guerra cometidos no campo de concentração de Oswiecim teve de ser adiado para que se realizassem investigações oficiais sobre seu depoimento segundo o qual levara Hitler e Eva Braun para fora de Berlim. "Em 25 de abril de 1945, aterrissei em Magdeburgo, ludibriando as forças aliadas, e transportei o casal para a Dinamarca no dia 29 do mesmo mês", declarou ele em juízo. O fato não pôde ser confirmado.

Bormann, Martin

Chefe da Chancelaria, líder do Partido Nacional-Socialista Operário Alemão com *status* de ministro do Reich e secretário particular do Führer. Acredita-se que tenha sido o verdadeiro cérebro da organização Odessa. Durante anos, pairou a suspeita de que conseguira sair vivo de Berlim por ocasião da queda dessa cidade. Várias fontes asseguravam que morreu vítima de um disparo de artilharia em 2 de maio de 1945, mas outras sustentavam que conseguiu partir de submarino para a Argentina, onde viveu escondido até a década de 1980. Em 1999, sua família solicitou exame de DNA em uns restos encontrados em 1972 na Invalidenstrasse. Eram mesmo os de Martin Bormann.

Brückner, Wilhelm

Ajudante de campo do Führer. Em 1923, entrou para a SS e participou ativamente do chamado Putsch de Munique junto com Hitler e outros líderes nazistas. Em 1930, tornou-se guarda-costas do próprio Hitler e um de seus assessores mais próximos. Um grave acidente de carro obrigou-o a retirar-se da ativa. Passou então a ocupar-se da recepção de visitantes importantes na Chancelaria. Faleceu em 18 de agosto de 1954 em sua casa na Bavária.

Brunner, Alois

Capitão da SS e assessor do tenente-coronel Eichmann na seção IVB4. Desde novembro de 1939, foi o responsável pelas deportações de judeus de Viena, da Morávia, da Tessalônica, de Niza e da Eslováquia. Conseguiu fugir da Europa e refugiar-se na Síria, onde morou até 1992, com a identidade do doutor Georg Fischer. As autoridades sírias sempre negaram que ele tenha vivido no país. Em 1985, foi entrevistado pela revista *Bunte* e assegurou que não sentia remorso algum. Em 1987, declarou ao *Chicago Sun Times*: "Os judeus mereciam morrer. Não me arrependo. Faria tudo de novo, se tivesse a oportunidade". Acredita-se que ele tenha falecido em 1996, aos 84 anos.

Draganovic, Krunoslav

Conhecido como *Pimpinela Escarlate* por facilitar a fuga de muitos nazistas pelo chamado Corredor Vaticano. Na organização de San Girolamo, supervisionava pessoalmente o resgate de líderes ustachas e nazistas a fim de evitar sua prisão. Trabalhou nos Arquivos Vaticanos até a fundação do Estado pró-nazista da Croácia. Como alto funcionário do Ministério de Colonização Interna, foi responsável pela expulsão e pelo assassinato de sérvios ortodoxos, judeus, bósnios muçulmanos e ciganos. Em 1945, em Roma, sob a proteção de Alois Hudal e do próprio papa Pio XII, passou a ocultar fugitivos como Ante Pavelic e Klaus Barbie, entre outros. Em 1962, desapareceu, reaparecendo em 15 de novembro de 1968 num círculo de jornalistas de Belgrado. Nessa cidade, viveu tranquilamente, sem ser molestado pelo governo de Tito, num mosteiro perto de Sarajevo, até sua morte em 1983, aos 80 anos.

Dietrich, Josef *Sepp*

General da SS e chefe da Leibstandarte-SS Adolf Hitler, começou como motorista do Führer, mas sua participação ativa durante a Noite dos Longos Punhais fê-lo subir rapidamente. Depois da guerra, foi condenado a 25 anos de prisão como o principal responsável pelo massacre de Malmedy, em que se executaram vários prisioneiros aliados. Após cumprir dez anos, ganhou a liberdade. Em 1956, foi novamente detido pelas autoridades alemãs por sua participação na Noite dos Longos Punhais e condenado a dezenove meses. Faleceu em 21 de abril de 1966, de ataque cardíaco, aos 73 anos. Quase 6 mil camaradas compareceram ao seu enterro.

Dulles, Allen

Após deixar a sede do ESE em Wiesbaden, regressou aos Estados Unidos para trabalhar como advogado. Em agosto de 1951, foi nomeado subdiretor da CIA e, em 26 de fevereiro de 1953, diretor da Agência Central de Inteligência pelo presidente Eisenhower. Devido ao fiasco da Baía dos Porcos, viu-se obrigado a pedir demissão, pelo presidente Kennedy, em 29 de novembro de 1961. Faleceu em 28 de janeiro de 1969, vítima de uma pneumonia. Tinha 71 anos.

Eichmann, Adolf

Tenente-coronel da SS, encarregado da seção IVB4, responsável pela captura e deportação de judeus em todo o território ocupado. Permaneceu na Itália até 1950. Graças ao padre Krunoslav Draganovic, conseguiu um passaporte da Cruz Vermelha e um visto para a Argentina em nome de Riccardo Klement. Em 11 de maio de 1960, foi preso nesse país por um comando do Mossad e levado para Israel com a finalidade de ser julgado. O tribunal o condenou à morte, e Eichmann foi enforcado na prisão de Ramla à meia-noite de 31 de maio de 1962. Estava com 56 anos.

O ouro nazista do lago Toplitz

O lago Toplitz, situado nas montanhas da Áustria, mede pouco mais de um quilômetro de comprimento por 110 metros de profundidade. No ano 2000, houve uma grande operação de busca do famoso ouro do Reichsbank, sem resultado positivo. A busca mais famosa foi protagonizada pelo jovem alemão Adolf Egner, mergulhador pouco experiente, em 1963. Ao que parece, vários ex-membros da SS o enviaram com outra pessoa para retirar alguma coisa do lago. Quando se divulgou a morte de Egner por afogamento, os agentes da SS foram condenados a cinco meses de prisão com liberdade condicional por homicídio involuntário. Onde estava o ouro do Reichsbank? Um documento alemão de 1972 mencionava o ouro escondido no lago, garantindo que, depois de ser atirado ao fundo, fez-se explodir grande parte de uma parede rochosa para sepultá-lo. Outras pesquisas conduzidas entre 1983 e 1987 pelo doutor Hans Fricke encontraram destroços de aviões, armas e projéteis, bem como diversas caixas contendo escritura cirílica, o que alimentou a lenda segundo a qual os russos haviam conseguido esconder no lago restos da câmara de âmbar. Em fins de 1945, foram descobertos quatro cadáveres com disparos na cabeça, semienterrados na margem. Os quatro vestiam uniformes da SS.

Flick, Friedrich

Magnata do carvão e do aço. Tornou-se membro do partido nazista e suas empresas se beneficiaram do trabalho escravo. Em 1947, foi condenado em Nuremberg a sete anos de prisão por escravizar trabalhadores, participar do saque dos países ocupados e ter estreitas relações com a SS. Em 1950, ganhou a liberdade por ordem de um alto funcionário americano. Reuniu uma das mais importantes coleções de arte contemporânea do mundo. Morreu em sua casa do lago Constança em 20 de julho de 1972, com 89 anos de idade.

Funk, Walther

Ministro da Economia e presidente do Reichsbank. O tribunal de Nuremberg o condenou à prisão perpétua, mas, em 1957, foi posto em liberdade devido a problemas de saúde. Faleceu em 31 de maio de 1960, aos 70 anos.

Globocnik, Odilo

Tenente-general da SS. Principal responsável pela eliminação de 1,5 milhão de judeus no gueto de Varsóvia e de 15 mil no gueto de Bialystok, inclusive 1.200 crianças, e também pela supervisão e deportação aos campos de extermínio de 95 mil judeus de Lublin. Em 31 de maio de 1945, foi preso pelos britânicos. Suicidou-se com uma cápsula de cianureto no mesmo dia.

Hitler e Eva Braun

Seu suposto suicídio no *bunker* de Berlim gerou durante muito tempo toda espécie de lendas. A espionagem soviética da época, o NKVD, assegurou que tinha em seu poder restos dos cadáveres de Hitler e Eva Braun, restos depois transportados em estojos especiais para um quartel na Alemanha Oriental. Em 1955, confirmaram que os restos, um fragmento do crânio e uma parte da mandíbula, eram de Hitler. O osso parietal da caixa craniana permaneceu no Museu da Guerra de Moscou até setembro de 2009, quando o arqueólogo forense Nick Bellantoni revelou, após um exame de DNA, que o fragmento do crânio pertencia a uma mulher de 20 a 40 anos de idade. Provavelmente, eram de Eva Braun. Mas o mistério sobre sua morte naqueles dias de maio de 1945 persiste.

Hudal, Alois

Nazista confesso, Hudal foi durante trinta anos responsável pela influente congregação austro-germânica de Santa Maria dell'Anima em Roma. Apoiou com entusiasmo a anexação da Áustria por parte da Alemanha. Depois da guerra, tornou-se um dos mais importantes organizadores de rotas de fuga para criminosos de guerra nazistas, como Adolf Eichmann, Alois Brunner, Franz Stangl, Klaus Barbie e Josef Mengele, entre outros. Em 1947, suas atividades ganharam os principais jornais e, em 1952, ele teve de demitir-se. Passou seus últimos anos num convento em Grottaferrata. Jamais mostrou o mínimo arrependimento. Antes de morrer, reconheceu em seus *Diários Romanos* que colaborara com a rede Odessa, considerando isso um ato de caridade. Faleceu em 13 de maio de 1963 em Roma, com 77 anos de idade.

Koch, Erich

Comissário do Reich na Ucrânia, controlava a Gestapo e a polícia. Ante o avanço do exército soviético, fugiu através do Báltico para Copenhague. Foi preso pelos britânicos em Hamburgo, em maio de 1949, e extraditado para a Polônia e condenado à morte, em 9 de março de 1959. A execução nunca se realizou. Faleceu de morte natural na prisão de Barczewo, na Polônia, em 12 de novembro de 1986. Tinha 90 anos.

Krauch, Carl

Presidente do Conselho de Administração da IG Farben, professor honorário da Universidade de Berlim e membro ativo do Partido Nazista. Entre 1938 e 1945, dirigiu as

Indústrias Químicas do Reich. Depois da guerra, foi entregue às autoridades aliadas para ser julgado em Nuremberg, no chamado Julgamento da IG Farben. Condenado a seis anos de prisão, morreu em 3 de fevereiro de 1968, com 81 anos.

Krupp von Bohlen und Halbach, Gustav

Diplomata, milionário e presidente do conglomerado Krupp AG. Embora se opusesse ao nazismo, em 1933, os nazistas o ajudaram a livrar-se dos sindicatos. Assinou contratos para o rearmamento de Hitler, mantendo grande número de escravos trabalhando em suas indústrias. Em 1941, sofreu uma crise de paralisia, e transferiu o comando do grupo Krupp a seu filho Alfried em 1943. Foi entregue ao Tribunal de Nuremberg, mas não pôde ser julgado por causa de seu estado de saúde. Faleceu em 16 de janeiro de 1950.

Krupp von Bohlen und Halbach, Alfried

Diretor executivo do grupo Krupp AG e filho de Gustav Krupp. Construiu fábricas nos países ocupados usando escravos de Auschwitz. Em 1943, tornou-se ministro da Economia de Guerra. Detido pelos canadenses, foi julgado como criminoso de guerra em Nuremberg e sentenciado a doze anos de prisão. Em 1950 ganhou a liberdade juntamente com Fritz Meer, o químico inventor do Zyklon B que se usava nas câmaras de gás. Morreu em Essen, em 30 de julho de 1967.

Linge, Heinz

Ajudante de campo de Hitler e tenente-coronel da SS, foi uma das últimas pessoas que estiveram com Hitler e Eva Braun no *bunker* durante a batalha de Berlim e que se encarregaram de queimar os cadáveres de ambos após seu suicídio. Faleceu em 9 de março de 1980 com 67 anos.

Mengele, Josef

Oficial da SS e médico no campo de Auschwitz-Birkenau. Durante a guerra, realizou experiências com gêmeos. Era conhecido como o *Anjo da Morte*. No final do conflito, conseguiu fugir atravessando a Áustria graças ao chamado Corredor Vaticano. Escondeu-se na Argentina até 1959 e depois no Brasil, onde morreu afogado em 7 de fevereiro de 1979, com a idade de 68 anos. Sua identidade foi confirmada anos depois por um exame de DNA de seus restos mortais.

Misch, Rochus

Oficial da SS, membro do Begleitkommando Adolf Hitler e o último militar que deixou o *bunker* em 2 de maio de 1945. Ferido na campanha da Polônia em 1939, foi recomendado para a escolta do Führer. De 1945 a 1954, esteve em diversas prisões soviéticas. Em 1955, voltou a Berlim com sua família. Ainda mora na capital alemã. Tem 93 anos.

Pavelic, Ante

Ditador da República Independente da Croácia, um Estado pró-nazista. Após o fim da guerra, conseguiu fugir graças ao Corredor Vaticano e refugiar-se na Argentina de Perón. A fim de não ser preso e extraditado para a Iugoslávia, foi mandado para a Espanha de Franco, onde faleceu em 28 de dezembro de 1959, com 70 anos de idade.

Pohl, Oswald

Responsável pela direção geral da Economia e Administração da SS sob as ordens diretas do Reichführer Himmler. Depois do fim da guerra, foi preso em uma fazenda onde trabalhava, em 27 de maio de 1947. Entregue às autoridades americanas a fim de ser processado em Nuremberg por crimes de guerra, crimes contra a humanidade e participação em organização criminosa, foi condenado à morte em 3 de novembro de 1947 e enforcado na prisão de Lansberg am Lech em 7 de junho de 1951. Tinha 59 anos.

Puhl, Emil

Economista do partido e especialista em operações financeiras de alto risco, foi diretor e vice-presidente do Reichsbank, responsabilizando-se pelas operações de lavagem de ouro nazista nos bancos suíços. O Tribunal de Nuremberg condenou-o por crimes de guerra a cinco anos de prisão. Faleceu em 1962, com 73 anos de idade.

Reitsch, Hanna

Foi aprisionada no fim da guerra, submetida a rigorosos interrogatórios e libertada em 1946. Em 1959, passou vários meses na Índia, onde fez amizade com Indira Gandhi e o então primeiro-ministro Nehru. Em 1962, dirigiu a Escola Nacional de Planadores de Ghana, tornando-se assessora do presidente Nkrumah. Morreu em Frankfurt em 24 de agosto de 1979, com 67 anos de idade.

Schnitzler, Georg von

Químico e membro do conselho da IG Farben. Em 1937, foi nomeado presidente do Comitê Comercial e, em 1942, chefe da Economia Militar, encarregando-se da tomada do controle das indústrias químicas dos países ocupados. Após o fim da guerra, foi detido e julgado em Nuremberg. Em 30 de julho de 1948, foi condenado a cinco anos de prisão, mas posto em liberdade um ano depois. Faleceu em 24 de maio de 1962.

Schroeder, Kurt von

Banqueiro de Colônia, especialista em operações financeiras internacionais e membro do Partido Nazista, foi o intermediário entre a ITT e a SS de Himmler. Depois da guerra, um tribunal alemão o julgou por crimes contra a humanidade e o condenou a três meses de prisão. Passou os últimos anos como presidente da Câmara Industrial da Região do Reno, em Colônia. Morreu em 4 de novembro de 1966.

Stangl, Franz

Oficial da SS e comandante dos campos de extermínio de Sobibor e Treblinka, foi o responsável pela morte de cerca de um milhão de pessoas. Após a guerra, os americanos o capturaram na Itália e o enviaram a um tribunal militar internacional para ser julgado. Em 1948, conseguiu escapar do campo de prisioneiros e ir para a Síria e o Brasil com a ajuda do bispo Hudal e da Odessa. Trabalhou na Volkswagen de São Paulo até ser descoberto pelas autoridades alemãs. Detido em 28 de fevereiro de 1967, foi extraditado nesse mesmo ano e sentenciado à prisão perpétua em 22 de dezembro de 1970. Faleceu de ataque cardíaco em sua cela em 28 de junho de 1971. Estava com 73 anos. Algumas fontes sugerem que alguém o ajudou a suicidar-se.

Suíça e o ouro do Reich

Sem os banqueiros suíços, a Segunda Guerra Mundial teria acabado muito antes e centenas de milhares de vidas humanas teriam sido poupadas. A Suíça, com seus banqueiros, industriais e fábricas, abasteceu Hitler com bilhões de francos suíços, o que lhe permitiu adquirir grandes quantidades de matérias-primas de alto valor estratégico e manter lubrificada a engrenagem bélica. Os lucros imensos produzidos por essa aliança secreta entre os governos de Berna e Berlim ajudaram a aumentar o já considerável poder financeiro da Confederação Helvética até nossos dias. Banqueiros, negociantes de arte, advogados e joalheiros, todos de nacionalidade suíça, ocultaram e lavaram o ouro enviado pela SS e roubado de outros bancos centrais de países ocupados – quando não era arrancado, literalmente, das vítimas dos campos de extermínio, a maior parte, dentes de ouro e alianças de casamento. Enquanto a Suíça enriquecia graças a seu acordo com Hitler, os judeus que buscavam refúgio em solo helvético eram devolvidos à Alemanha. Entre 1938 e 1945, a Alemanha enviou para a Suíça cerca de 6 bilhões de dólares (em valores de hoje, cerca de 60 bilhões). Em 1995, por pressão do presidente Bill Clinton, o sistema bancário suíço reconheceu ter *encontrado* várias contas de vítimas do Holocausto e ofereceu-se para pagar 32 milhões de dólares. Finalmente, em 18 de agosto de 1998, a Suíça concordou em indenizar as vítimas com 1 bilhão e 250 milhões de dólares, para evitar o veto dos Estados Unidos às operações dos bancos suíços em solo americano. Calcula-se que quase 4 bilhões de dólares do ouro nazista transferido para a Suíça durante a guerra ainda não tenham sido localizados até o momento...

Vögler, Albert

Industrial, especialista em armamentos e filantropo, foi um dos maiores arrecadadores de fundos para o Partido Nazista. Acredita-se que tenha doado cerca de 3 milhões de marcos alemães ao próprio Hitler. Em 14 de abril de 1945, prestes a ser capturado pelos Aliados, suicidou-se.

U-530

A primeira pergunta feita à tripulação do U-530 foi: esteve a bordo do submarino algum dirigente do Terceiro Reich ou o próprio Hitler? Os marinheiros negaram o fato, alegando que o fim da guerra os surpreendera em alto-mar. A imprensa dedicou inúmeras reportagens ao U-530, falando de altos dirigentes do Reich escondidos no barco que foram deixados antes da rendição nas costas argentinas. Uma semana após a rendição do submarino na zona de Mar del Plata, um almirante alemão, Eberhard Godt, superior do comandante Otto Wermuth, colocaria mais lenha na fogueira ao garantir que o U-530 havia partido de sua base em 3 de março e não em 19 de fevereiro, como diziam os tripulantes, rumo a um porto norueguês. Após a rendição, a tripulação foi instalada na Argentina, e o submarino, entregue aos representantes da marinha americana em Buenos Aires. O U-530 acabou afundado por um submarino americano durante exercícios navais em 28 de novembro de 1947, junto às costas de Cape Cod.

U-977

Esse submarino zarpou do porto de Kiel em 13 de abril de 1945 em direção à Noruega, para iniciar operações com os novos equipamentos *snorkel*. Em 2 de maio, saiu misteriosamente do porto de Kristiansand. Em 4 de maio, no fim da guerra, o U-977 ignorou a ordem de rendição e rumou para oeste, entrando no Atlântico. Vários tripulantes resolveram ir para a Argentina e dois para a Espanha, enquanto dezesseis preferiram voltar para a Alemanha. A maior parte da viagem decorreu em imersão. Após 66 dias no mar, emergiu na costa argentina. Todos os tripulantes, inclusive seu comandante, Heinz Schäffer, foram mandados para os Estados Unidos e interrogados pela inteligência da marinha. O U-977 acabou torpedeado em novembro de 1966 durante exercícios navais. Reza a lenda que o U-977 transportou para a Argentina Adolf Hitler, Eva Braun ou Martin Bormann.